麥田出版・編輯嚴選

世界華文文學得獎經典作品

秦腔

賈平凹——著

目次

序

廢都裏的秦腔
——賈平凹的小說

王德威

八百里秦川黃土飛揚
三千萬人民吼叫秦腔 1

第一屆世界華語長篇小說創作大獎——紅樓夢獎——頒給了陝西作家賈平凹（一九五二—）的《秦腔》（二〇〇五）。這本小說藉陝西地方戲曲秦腔的沒落，寫出當代中國鄉土文化的瓦解，以及民間倫理、經濟關係的劇變。全書細膩寫實而又充滿想像魅力，能夠脫穎而出，不是偶然。

鄉土文學一向是中國現代文學的大宗，歷來傑出的作品比比皆是。賈平凹與眾不同之處，在於他以一種「聲音」的消失作為小說主題，既投射對故鄉音樂戲曲文化的追念，也不乏對本身敘事風格的反省。秦腔也稱亂彈，是中國最古老的劇種之一，千百年來流行於西北陝、甘、寧等地。秦腔唱腔高亢激昂，充滿豪放原始的特色，故有「吼秦腔」之稱。曾幾何時，賈平凹筆下陝甘大地的慷慨高歌不可復聞，取而代之的是抑鬱猥瑣的嗚咽，若斷若續，終至滅絕。

然而賈平凹憑《秦腔》獲獎，與其說是實至名歸，不如說是遲遲而來的肯定。在我看來，十三年前的《廢都》（一九九三）早已為《秦腔》鋪下了脈絡，也才是後社會主義中國具有預言與寓言意義的第一本作品。《廢都》寫的是當代西安城糜爛至極的聲聲色色，與《秦腔》的故事背景大不相同。但是在哀悼一種文明傳統的破敗，一種日常生活形式的背叛上，那股頹靡無狀的「腔」已經形成。《廢都》曾經轟動一時，賣點來自小說裏的色慾描寫以及墮落風情。小說因此遭到查禁，卻也迅速成為地下經典，風風雨雨，反而坐實了賈平凹藉廢都所投射的種種怪現狀。

識者已指出《秦腔》的場景雖然移到鄉村，其實延續了《廢都》的要旨，不妨稱為《廢鄉》[2]。這城與鄉之間的差異雖大，但賈平凹有意以此形成動線，勾勒世紀之交「八百里秦川」的興亡紀事，也為中國內陸的「社會主義市場經濟」做出尖銳觀察。他這十幾年來的創作道路走得辛苦，感慨自在其中。他為故鄉人事所譜出的秦腔是悼亡的腔，也是招魂的腔。他的敘事，用魯迅的話來說，是「為了忘卻的紀念」。

一

一九七二年，十九歲的賈平凹第一次來到西安。這座古城比不上沿海都市的風華，但是對年輕的賈平凹而言，即使是雨天城裏人撐的各色雨傘都讓他驚奇，何況隨處可見的古蹟文物。賈平凹出身陝西南部丹鳳縣棣花鄉，這裏是先秦商州故地，山水雖美，但因地形閉塞，一直維持傳統農作形式。賈平凹的父親任中學教師，是地方上的知識分子，但生活在這樣環境裏的人誰不上山下地？賈平凹始終認為「我是農民」[3]。

這位來到西安城裏的「農民」身量矮小，張口一嘴鄉音，並不能習慣城裏的生活。但就像半個世紀以前由湘西到北京的「鄉下人」沈從文一樣，賈平凹終將以一篇篇書寫故鄉的作品，建立起他在城裏的地位。這又是一則鄉土作家的典型故事了：因為離鄉背井，作家反而能超越在地經驗，將家鄉的一切幻化成有悲有喜的文字，一遣自己和（城市）讀者「想像的鄉愁」[4]。一九八三年，賈平凹憑《商州初錄》系列小說帶來創作事業的突破。他運用散文形式串聯商州人事風景，輕描淡寫，反而寄託無限深情。以後數年，他又以傳統話本風格敘述鄉野傳奇，像《人極》（一九八六）、《白朗》（一九八九）、《五魁》（一九九一）等，務以絢麗奇詭為能事。這正是尋根文學的年代，賈平凹自然趁勢成為西北鄉土的代言人。一九八七年推出的首部長篇《商州》，算是對這段時期創作心得的總結。

但賈平凹此時的作品尚不能樹立個人特色。他的敘事一方面透露沈從文、廢名等的抒情視野，一方面也承襲了陝西前輩作家如柳青等的民間講唱風格。而他對變遷中的城鄉關係念茲在茲，以致不乏說教氣息。長篇《浮躁》（一九八八）就是一個例子：雖然曾經得到好評，其實可以歸為張煒《古船》一類的大型鄉村歷史演義。

賈平凹的蛻變始於一九九三年的《廢都》。這部小說是賈平凹第一次以西安為背景的作品。來到西安二十年了，作家要用什麼樣的文字打造這座城市的身世？就在創作《廢都》的同時，賈平凹寫下了散文〈西安這座城〉。西安位處關中平原，八水環繞，曾是十三個王朝的帝都。相對於漢唐盛世，今天的西安只能成為廢都。即使如此，這座城市魅力無窮，不只可見於各代文物遺址，也可見於饒有古風的日常生活。西安的人質樸大方，悲喜分明，活脫是來自秦塼漢瓦的造像，甚至一草一木也都有它的看頭。西安城宜古宜今，「永遠是中國文化魂魄的所在地了」[5]。

然而懷著這樣的西安印象，賈平凹寫出的《廢都》卻要讓讀者吃驚。小說裏的西京固然曾是塊風水寶地，時至今日早已是五方雜處、怪力亂神的所在。在這座灰暗鬱悶的廢都裏，楊貴妃墳上的土滋長出花妖，青天白日裏出現了四個太陽。異象蔓延，西京人卻也見怪不怪，而一群好色男女正在陷入無窮盡的迷魂陣中。故事主人翁莊之蝶是西京文化名人，周旋五個女人之間，又捲入數樁沒頭沒腦的官司。他的墮落不知伊於胡底，最後身敗名裂，逃離西京時昏死在火車站裏。其時「古都文化節」正在展開。

莊之蝶的風流情史只是《廢都》的主幹，由此延伸的所謂西京四大名人、還有莊的妻子情婦等各自發展出故事支線，著實可觀。《金瓶梅》的影響在在可見，《紅樓夢》、《儒林外史》的印記也不難發現。這本小說引起空前震撼的主因是它的色情描寫。賈平凹寫偷情縱慾，對一個標榜禁欲無欲的社會已是甘冒不韙之舉。而他又套用傳統「潔本」豔情小說的修辭，每在緊要關頭代以「□□□□□□（作者刪去××字）」字樣，如此欲蓋彌彰，調侃了讀者，也調侃了他們身處的閱讀環境。

果然《廢都》一出，全民趨之若鶩，學界及官方則必撻之伐之禁之而後快。兩種歇斯底里的反應，撞擊出超過一千萬冊（正版加盜版）的印量，適足以顯示一種「欲望」消費與壓抑的兩端，以及欲望流竄、炒作、變形的必然[6]。賈平凹玩弄前現代的情色修辭學，卻招引出後現代的眾聲喧嘩，應是始料未及；他也在半推半就的情況下引領了中國世紀末風潮。

有關《廢都》的各種批評，曾經蔚為大觀[7]，西安的形象彷彿也連帶受到波及。但小說創作者從來不必是道德君子，更不必是都市計畫家。巴爾札克（Honoré de Balzac）的巴黎，狄更斯（Charles Dickens）的倫敦，陀思妥耶夫斯基（Dostoyevsky Fyodor）的聖彼得堡，卡夫卡（Franz Kafka）的布拉格，喬伊斯（James Joyce）的都柏林，甚至老舍的北京都不以樣板市容取勝，而不妨看作是不同的

「廢都」投影。如此，西安可以成為賈平凹巨大的心靈舞台，供他擺弄各色人物，演出有關城市的故事。

這就讓我們再思「廢都」的廢。賈平凹自謂西安今非昔比，失去了政治、經濟、文化的中心位置，沉浸在「歷史的古意，表現的是一種東方的神祕，囫圇圇是一個舊的文物」，「由此產生一種自卑性的自尊、一種無奈性的放達和一種尷尬性的焦慮」[8]。據此就有關《廢都》國族的、文化的、性別意義的討論，已經多有所見。但這些議論多半仍在小說明白的象徵體系裏打轉，正反意見其實都墮入賈平凹所稱自卑和自尊、放達和焦慮的循環，因此不能開出新意。

我曾在他處論及九〇年代的中文文學，不論域內域外，呈現兩種走勢：一為廢墟意識，一為狎邪風潮[9]。前者由人文建構的崩散，見證歷史流變的殘暴，後者則誇張情天欲海的變貌，慨嘆或耽溺色身的誘惑。兩種徵候看似互不相屬，卻點出世紀末文明及身體意識的兩端。在台灣，朱天文的〈世紀末的華麗〉（一九九〇）和李昂的《迷園》（一九九〇）首開其端，而朱的《荒人手記》（一九九四）「航向色情烏托邦」的同志傳奇更做出精采演繹。政治解嚴，文化解構，身體解禁；世紀末的台北韶華盛極，反而讓居住其中的子民有了大廢不起的姿態。之後的朱天心的《古都》（一九九七）、吳繼文的《天河撩亂》（一九九八）、舞鶴的《餘生》（一九九八）、駱以軍的《月球姓氏》（二〇〇一），都延續這一命題，做出各自表述。在香港，施叔青以《香港三部曲》（一九九二—一九九七）寫盡殖民地的一晌繁華，黃碧雲則以〈失城〉（一九九五）的意象，凸顯大限之前東方之珠無邊的恐怖和荒涼。

是在這樣的語境裏，《廢都》在中國的出現才更令人深思。它其實不是偶發現象：蘇童的《我的帝王生涯》（一九九〇）就是個有關前朝廢帝的狂想曲，而王安憶的《長恨歌》（一九九六）以上海興衰為背景，也講了個廢都式的故事。但沒有人比賈平凹更無所顧忌。歷經半個世紀的革命啟蒙，新中國政經一體、務實致「用」，力求人人成為歷史機器的螺絲釘。賈平凹反其道而行，提出「廢」學，自然引人側目。

多年以前賈平凹就分析自己的性格為「黏液質、抑鬱質」[10]。因為性格和環境使然，他每每自慚形穢，退縮到封閉的世界，久而久之，發展了一套獨特的人生看法。這套看法不妨就是「廢」學的根底。賈平凹的「廢」指的是百無一用的廢，絕聖棄智的廢，自暴自棄的廢，也是踵事增華的廢。以無用對有用，這和我們所熟悉的中國現代性願景——從主體的確立到家國的建設——恰恰相反。那氾濫在字裏行間的色情描寫不過是最初的端倪；而在後天安門事件歷史情境下，它的顛覆力量更呼之欲出。賈平凹在千夫所指之下，仍然堅稱《廢都》是本「唯一能安妥我破碎了的另靈魂」的書[11]，可見用心之深。

相對於此時台港文學裏的飲食男女，《廢都》顯得粗糙無文，因此曾經引來不夠頹廢之譏。的確，朱天文筆下的台北情色遊戲玩得如此老到，以致為「色即是空」做了新解，而施叔青寫香港的錦衣玉食、吃盡穿絕，竟能發展出密碼般的奧義。《廢都》既然定位在改革開放的初期，賈平凹所能描寫的食衣住行自然不可能高明。但頹廢的定義沒有專利。如果彼時台港的頹廢文學寫出文明熟極而爛的奇觀，賈平凹則致力創造一系列百廢待興的怪譚。前者充滿饜足無度的疲倦，後者則流露飢不擇食的醜態——兩者都代表了文明實踐的反挫。西京裏的男女就是偷情也偷得磕磕碰碰，他們吃的穿的毫無章法可言。評者因戲言，「頹廢是頹廢，可是土頹土頹」[12]。

我卻以為這才真正觸及了《廢都》之廢的要害。改革開放後都市重又興起，雜沓苟且的亂象也隨之而來。這到底是新時期的弊病，還是革命三十年的後遺症？西京現象可以視為當代中國具體而微的現象。但賈平凹的眼光要遠大於此；他會說西京之廢，非自今始。千年以前當漢唐帝國式微時，它的傾頹已經開始。西京的居民坐擁最豐富的文化遺產，卻在某個接榫點上錯過了歷史的因緣際會，成為內陸的黃土文明傳統的遺民。正因為西京如今連頹廢也失去了傳承，成為「土頹土頹」的，它所顯現的歷史的悵惘，還有它承受的時間的斷裂，才更令人怵目驚心。

一切曾經有過的繁華——包括最世故的頹廢——怎麼就沒有了？消失的天命，傖俗的生活，西京就在這樣「囫圇圇」的狀態下體現它的現代意義。《廢都》寫得像仿古小說，廢都裏的人事了無新意，甚至他們的聲色也寒涼得很。古城根飄來塤聲喪曲，一切都是鬼影幢幢。而一個從陝南鄉村來的作家要在這座城裏生活二十年，經歷了自己生命的波折幻滅，才多少體會了廢都之廢，已經滲入了人生的肌理。「前不見古人，後不見來者。」但就算是再悲涼的嘆息，恐怕也注定要被周遭的喧嘩迅速湮沒。

《廢都》事件後賈平凹曾蟄伏一陣，再度出手的作品像《白夜》（一九九五）等，顯示他力求從平淡中見真章的努力。《白夜》仍以西京為背景，廢都的魅影依舊徘徊不去，但賈平凹的敘事態度有了轉變。飲食男女雖然是他述之寫之的對象，只是較前此更瑣碎，也更世故些。相對的，他對容納飲食男女的那個社會，有了細加鑽研的興趣。他幾乎是抱著風俗志學者的姿態，觀察、鋪排城鄉變化中的種種現象。從穿衣吃飯到求神撞鬼，這是一個蠕動的齷齪的社會，有它自己的機制、價值、與信仰；唯其如此，倒也生機蓬勃。

《白夜》也讓我們看到當代作家如何自古典戲曲與儀式汲取靈感，使之起死回生。《白夜》的靈感得自賈在四川觀看目蓮戲的經歷[13]。目蓮戲也是中國最古老的劇種之一，其淵源及面貌不能在此盡述。但不分時代、區域及演出形式，均以目蓮僧下地獄救母為主題，發展出繁複的詮釋形式。《白夜》的主人翁夜郎是個文人兼秦腔目蓮戲演員。通過他四處演出，他見識到了社會眾生相無奇不有，同時他兩段感情歷險也有了出生入死、恍若隔世的顛仆。如賈平凹所述，目蓮戲之所以可觀，不只因為它的故事穿越陰陽兩界，更因它的形式本身已是（死去的藝術）起死回生的見證。它滲入到中國庶民潛意識的底層，以其「恐怖及幽默」迷倒觀眾[14]。而夜郎如此入戲，他的生命與愛情也必成為不斷變形轉生的目蓮戲的一部分。此前《廢都》裏真偽難辨、行屍走肉的現象，因而有了清晰倒影。

就此我們不能不記起魯迅七十年前對目蓮鬼戲的執戀。對大師而言，目蓮戲陰森幽魅，鬼氣迷離，但他卻難以割捨。九〇年代的中國，目蓮戲居然捲土重來，以其光怪陸離、匪夷所思的形式又傾倒一批後摩登／後毛鄧（post-modern/post-Mao-Deng）觀眾。何以故？目蓮戲百無禁忌，人鬼不分，豈不正符合了我們這個時代的精神？小說橫跨晝與夜、現在與過去，正對照了一個世代昏昏然似假還真的廢都風情。

二

一九九〇年代中期以後，賈平凹的創作方向逐漸撤離城市，轉而重新投注鄉村。《土門》（一九九六）裏的仁厚村原位於西安郊外，在一片發展聲中一步步被併入市區，村民的頑抗終歸徒勞一場。《高老莊》（一九九八）裏學者子路攜妻子西夏回鄉探親，目睹莊內人事蛻變卻一籌莫展，最後退回了城市。《土門》的寓意過於明白，不能算是佳作。《高老莊》則似重寫當年魯迅的〈故鄉〉情結，藉知識分子的返鄉之旅，點出時移事往，城與鄉、知識分子和農民間無從溝通的悲哀。不同的是，世紀末的中國農村已經有了巨變。尤其在鄉鎮企業推波助瀾下，人人努力除貧致富，以往祥林嫂般的人物不復可見，城裏回來的知識分子也有了自作多情的尷尬。中國的鄉土究竟何去何從？

千禧年之交，賈平凹又回到早期他所熱衷的商州山水間，寫出了一則動物傳奇——《懷念狼》。商州地界自古野狼肆虐，時至今日狼卻已成為稀有動物。故事中的主人翁由西京回到商州，為的是拍下僅存的十五隻狼的照片。為他擔任嚮導的是久失聯絡的舅父——商州當年最有名的獵狼者。狼群不再，獵人已老，回顧那些人狼大戰的日子，那些狼變人，人變狼的傳說，一種詭祕的鄉愁竟油然生起。獵人的新任務是保護狼，而不是獵殺狼。但當狼蹤再現，獵人能按得下心頭殺機麼？

《懷念狼》一開始就對人與狼間的曖昧關係提出見證。人狼對峙為敵，其實暗裏形成一種微妙共存關係。當狼群被獵殺殆盡，曾經飽受狼患的人無狼可懼，無狼可殺，居然開始萎靡不振起來。文明與野蠻，人性與暴力必須相輔相成；賈平凹的觀點與時下環保主義那套厚生愛物的說法頗有不同。而他最終要講的是個文明（不得不）墮落的寓言。小說中的攝影師不乏賈平凹的自況。他久居西京，百無聊賴，心身健康每下愈況。一趟尋狼之旅，揭露了商州山野多少不足為外人所道的風俗、異象、怪譚，恰與西京的一切成反比。然而儘管故事中段尋狼、獵狼的過程驚險刺激，我們的角色最後還是回到原點。墜落成為宿命，恰如小說中一再提及的大熊貓淪為生殖力退化的保護動物一樣。

我們於是來到《秦腔》。這本小說寫商州村鎮清風街半個世紀的故事，以村中夏、白兩家的恩怨為經，共和國的政經變遷為緯，貫穿其間的則是秦腔由流行到衰亡的過程。賈平凹在此書〈後記〉點明清風街的原型就是自己的故鄉棣花村。離鄉三十多年了，棣花村固然令他魂牽夢縈，但這個村落的急速變化也帶給他最大的感傷。在心目中的故鄉完全毀滅之前，賈平凹「決心以這本書為故鄉樹起一塊碑子」[15]——預為墓誌銘。

這該是賈平凹的本命之作了。它讓我們想起沈從文在戰爭中寫《長河》（一九四七），為的是在湘西完全沒落以前，投下最後有情的一瞥。但賈平凹無意經營抒情風格。相反的，他刻意以流年式筆法渲染所謂「瑣碎潑煩」的生活，鉅細靡遺，以致出現了一種空前黏稠窒礙的氣息——也是他個人「黏液質」的體現。這些年以家史寫國史的鄉土小說我們看得多了；《秦腔》的故事結構其實並不能脫離這一窠臼。但正是賈平凹的敘事方法，他的「腔」，讓這本小說有了新意。

早在寫作《廢都》階段，賈平凹已經自覺經營他所謂的「團塊」敘事結構。這一結構基本來自傳統說部的白描手法，但在敘事的線索上更為夾纏反覆。它也讓我們聯想十九世紀自然主義小說致力的那種比寫實更寫實的風格。但賈平凹說得好，他不再依循西方現實主義「焦點透視」的指令，而是要打散知覺的、心理的、想像的焦點界線，在文字平面上形成重疊拖沓的效果——也是生活的本色[16]。如此像觀點統一、主題精謹、情節完整等小說「經濟」要項都被推翻。說穿了，這是賈平凹「廢」學的延伸，由《廢都》首開其端，《秦腔》則發揚光大。

賈平凹的敘事法是否就此突破現有框架，應當留付持續辯論。他仍然需要在「團塊」之間建立串聯的線索。這線索可以是小說情節，但任何追蹤《秦腔》情節的讀者恐怕都會有不過爾爾的結論。其實賈平凹真正在意的是一種聲音的線索——秦腔。秦腔既是他的主題，也是他的形式。秦腔源遠流長，相傳唐玄宗李隆基的梨園樂師李龜年原本是民間藝人，他所做的《秦王破陣樂》稱為秦王腔，簡稱「秦腔」。其後秦腔受到宋詞影響，形式日臻完美。明嘉靖年間甘、陝一帶的秦腔逐漸演變成梆子戲，影響晉、豫、川等其他劇種愈深。清乾隆時秦腔名角魏長生自蜀入京，一鳴驚人，如今京劇西皮流水唱段就來自秦腔[17]。

對賈平凹而言，秦腔是西北民間生活的核心部分。它的本嗓唱腔激烈昂揚，毫無保留的吐露七情六欲，而它七百多種劇目演盡忠孝節義，形成龐大的草根知識寶庫。更重要的，秦腔人人得而歌之演之，並融入日常行為模式中；劇場和生活所形成的緊密互動構成了文化和禮儀的基型。《秦腔》中的人物在婚喪嫁娶時高歌秦腔，在痴嗔悲喜時吟唱秦腔。種種劇目曲牌成為引起對話的動機，也成為世路人情的參照。

早在一九八三年賈平凹就曾寫過一篇動人散文〈秦腔〉。當時「村村都有戲班，人人都會清唱。」「聽了秦腔，酒肉不香。」賈平凹回憶他穿鄉過鎮，黎明或黃昏獨立野外，放眼看去，天幕下一座座漢唐帝王陵寢，耳際突然傳來冗長的二胡聲，繼之以淒楚雄壯的秦腔叫板，「我就痴呆了」[18]。天地玄黃，那聲音彷彿從亙古的彼端傳來，多少興廢滄桑，盡在不言中。《廢都》中秦腔依然是西京文人雅士的話題之一[19]，而以九〇年代為背景的《白夜》裏，秦腔敗相已露，故事中的戲班串演目蓮戲不過是窮則變，變則通的方法。

到了《秦腔》的開始，秦腔已經衰落不堪。儘管政府和地方人士大力維持，失去了自為的生機，這個劇種成為物化的「民間藝術」象徵，就像懷念狼、保護大熊貓一樣。小說中的戲班演員投閒置散，他們最好的演出機會不過就是在婚喪喜慶搭配串場。與此同時，種種時新表演藝術，從流行歌曲到電影電視，早已席捲鄉村，改變了農民聽和看世界的方式。

當代中國小說至少有三部作品以聲腔作為主題，並據之以發展出敘事策略。莫言的《檀香刑》（二〇〇〇）運用流行於膠東半島的小戲貓腔（茂腔），重新講述庚子事變故事。莫言嘗言在從事創作之始就為兩種聲音所悸動：一種是膠濟鐵路火車的聲音，節奏分明，鏗鏘冷冽；一種就是婉轉淒切貓腔，高密東北鄉民共同的語言[20]。《檀香刑》藉著韻文講唱方式，讓百年前一群匹夫匹婦出現在歷史舞台，以他們的激情血淚——還有貓腔——演出一台好戲。莫言的敘事方法當然是向趙樹理那輩如《李有才板話》、《小二黑結婚》的作品致敬，但也多了一份戲中有戲的玩忽色彩。

閻連科的《堅硬如水》（二〇〇一）則讓他的人物和敘事完全沉浸在文革話語——毛腔——中。種種寶書語錄、聖訓詔告排山倒海而來，形成百科全書式的奇觀。言之不盡興，更必須歌之詠之。故事中的男女主人翁將革命的聲音政治發揮到極限，他們的定情是因為革命歌曲而起，而革命歌曲也成為春藥一般的東西，氾濫小說每一個偷情場面。在語言、歌曲形成的喧嘩中，革命激情如狂潮般的渲洩。亢奮的旋律，重複的音調摧枯拉朽，直到力竭聲嘶而後已。但對閻連科而言，這樣的音樂不能帶來創造力。而是死亡的化身[21]。

賈平凹的《秦腔》又有所不同。《檀香刑》對貓腔的使用極盡風格化之能事。莫言顯然有意以戲曲形式增加歷史事件的審美距離，而他的敘述也必須看作是場維妙維肖的演出。賈平凹卻強調他的秦腔融入生活的各個層面，猶如衣食住行般的自然。另一方面，閻連科經營的毛腔打著紅旗反紅旗。他的革命家出落得像色情狂；主席的語錄帶來銷魂的雨露，革命歌聲的激情深處正讓人欲仙，也欲死。相對於此，賈平凹的秦腔成為定義民間生活倫理的最後支柱。秦腔音調高亢，卻不唱高調。所謂：

八百里秦川黃土飛揚
三千萬人民吼叫秦腔
撈一碗長麵喜氣洋洋

沒調辣子嘟嘟囔囔[22]

秦腔的架勢氣吞山河，可是調門一轉，飛揚的塵土，洶湧的吼叫都還是要落實在穿衣吃飯上。

美學家宗白華先生（一八九七—一九八六）論中國的時空意識和文化觀念，認為西方的形上觀念強調抽象的概念、範疇，而中國形上學所描述的宇宙和世界則是一個與人息息相關的所在。從宇宙星空草木蟲魚，「時間的節奏（一歲，四時十二個月二十四節）率領著空間的方位（東西南北等）以構成我們的宇宙。所以我們的空間感覺隨著我們時間的感覺而節奏化、音樂化了」[23]。理想的中國世界是個生生不息，充滿韻律和情調的音樂世界。宗白華的立論部分來自他對《易傳》的理解，而他嚮往的音樂也有《禮記‧樂記》的儒家色彩。即使如此，宗的看法可以幫助我們體會賈平凹的秦腔世界。秦腔淒厲高亢，缺乏「中」「和」之聲，但卻是道地西北文化、生活節奏的具體表徵。

然而在新世紀裏秦腔面臨空前的危機。小說中秦腔的消失當然可以以城鄉關係轉變，生產消費模式更替，或是國家政策「主旋律」重新定調等等原因解釋。但我以為賈平凹還有別的寄託。如果這種聲腔來自八百里秦川的塵土飛揚，來自三千萬人民的嘶吼傳唱，它就不是簡單的音樂。用賈平凹的話來說，「五里一村，十里一鎮，……秦腔互相交織，衝撞，這秦腔原來是秦川天籟，地籟，人籟的共鳴啊！於此，你……不深深地懂得秦腔為什麼形成和存在而占卻時間、空間的位置嗎？[24]」秦腔的沒落於是成為人心唯危、時空逆轉的象徵，是一種異象。

正因為秦腔所象徵的聲音感應能力已經超出現實主義的詮釋規格，它引領我們重新思考賈平凹小說的神祕主義傾向。八〇年代末期以來，賈平凹對現實以外世界的興趣與日俱增，《廢都》裏從會說話的乳牛到《邵子神數》的傳說，《白夜》死而復生的再生人，《高老莊》裏神祕的白雲湫，有預言能力的幼童等等都是例證，更不提《懷念狼》這樣的作品。賈平凹的風格曾引來兩極評價，好之者認為是魔幻現實主義的中國版本，惡之者則認為裝神弄鬼，偏離社會主義的正途遠矣。

賈平凹對《易經》一類知識的研究眾所周知，更常在散文中表露他對自然奧祕的好奇。他的筆名「平凹」兩字暗含的圖騰意義已經很有文章[25]。對賈而言，山川地理，鳶飛魚躍，甚至日常生活的一飲一啄，隱隱似乎都有定數[26]。當他援引《易經》的卦和象來闡述小說創作，也就有脈絡可循。賈平凹認為人和物進入作品都是符號化的過程，一旦啟動，就產生了氣功所謂的「場」。「這裏所有的東西都成了有意義的……這樣一切都成了符號。只有經過符號化才能象徵，才能變成象」[27]。

聲音作為「象」的一種，在《廢都》裏有塤聲所引出的古遠而悲涼的氣息，成為全書的安魂曲。在《白夜》裏則有目蓮戲的種種曲牌關目串聯陰陽，演義前世今生。在這一脈絡下，《秦腔》裏的秦腔就應該被視為一種觸動通感，應和物我的音韻體系，也是三秦大地生生世世的話語、知識體系。論者多半讚美《秦腔》貼近生活底層，做出最現實主義式的白描。這是見樹不見林的看法。賈平凹必定認為小說家「仰觀象於玄表」，「俯察式於群形」，象的變化既然層出不窮，現實主義的那點功夫怎麼能夠應付？人生如此瑣碎混雜，因為一曲秦腔才紛紛歸位，形成有意義的「象」。

賈平凹的世界靈異漫漶，鬼神出沒，因此有它的道理。與其說他是魔幻現實主義的接班人，不如說他是古中國那套宇宙符號系統的詮釋者。就其極，秦腔最實在的部分安頓了現實人生，最神祕的部分打通了始原的欲望和想像。能夠參透這虛實相生的「象」的人物不是常人。在小說中，他們或是卜巫者，或是心智異常者。小說的主要敘事者引生就是這樣一半癲半痴的角色[28]，而小說家的自我期許我們不問可知。引生熱愛秦腔以及秦腔最完美的歌者白雪，甚至自閹以明志。經過他的喃喃敘事，秦腔戲文曲牌和現實、自然、超自然世界的聲音產生互動。但這互動現在有了雜音。秦腔的沒落是清風街和其他村鎮共同經歷的事實，但引生還看到，以及聽到，一些別的。那是文明消失的先兆，是天地變卦的前奏。如賈平凹所言，「現在『氣』散了」[29]。以現實主義觀點視之，小說末了山崩地裂的安排也許過於巧合，但在賈平凹所理解的符號系統裏，卻是再自然不過的事。而小說中會卜卦的星爺已經預言清風街十二年後有狼——人道文明全面潰退的必然。這就引領我們回到前述《懷念狼》的世界了。

《秦腔》因此是本具有末世視景的小說，是本憂鬱的預知死亡紀事。從《廢都》到《秦腔》，賈平凹對中國城鄉的蛻變有動人觀察，但是只有當他將自身的「黏液質＋抑鬱質」擴散成為文明乃至天地的共相，黏黏糊糊，他才形成了自己的「場」。唯其對現實現世的多思多慮，他乃有轉投幽冥，一窺休咎的欲望。而結果的廢然而退，似乎是必然下場：《廢都》如是，《白夜》、《懷念狼》如是，《秦腔》亦復如是。有意無意間，他的小說投射了社會知識階層的一種精神面貌。謂之虛無、謂之自憐都有道理。然而物傷其類，作為賈平凹的讀者，我們能不心有戚戚焉？弔詭的是，頹廢的文明成就了一個作家的文名。這其間氣運轉圜的奧妙，賈平凹需要繼續參詳。無論如何，坐鎮（也坐困？）廢都的作家以他的秦腔，已為新世紀的中文小說寫下重要一筆。

註釋：

1 賈平凹，〈西安這座城〉，收入白燁編，《四十歲說》（香港：三聯書店，二〇〇二），頁一〇五。

2 張生，〈《秦腔》：一曲輓歌，一段深情——上海《秦腔》研討會發言摘要〉，《當代作家評論》二〇〇五年第五期（二〇〇五年九月），頁三四。

3 有關賈平凹的家族北京和早年的生活經驗，見《我是農民》（北京：中國社會，二〇〇六）。

4 「想像的鄉愁」（imaginary nostalgia）的定義和討論，見拙作 David Der-wei Wang, *Fictional Realism in 20th Century China: Mao Dun, Lao She, Shen Congwen*（New York : Columbia University Press, 1992），第七章。

5 賈平凹，〈西安這座城〉，頁一〇九。

6 有關《廢都》盜版的現象，見穆濤，〈履歷〉，《當代作家評論》二〇〇五年第五期（二〇〇五年九月），頁二七。

7 見江心編，《廢都之謎》（台北：風雲時代，一九九四）；郜元寶、張冉冉編，《賈平凹研究資料》（天津：天津人民，二〇〇五）專章討論，頁一八〇——二六〇；韋建國、李繼凱、暢廣元，《陝西當代作家與世界文學》（北京：中國社會科學，二〇〇四），第一章。更細膩的討論見 Yiyan Wang, *Narrating China: Jia Pingwa and His Fictional World*（London; New York, N. Y.: Routledge, 2006），第三至五章。

8 賈平凹，〈答《出版縱橫》雜誌記者問〉，引自汪政，〈論賈平凹〉，收入郜元寶、張冉冉編，《賈平凹研究資料》，頁三五五。

9 王德威，〈驚起卻回頭——評吳繼文《天河撩亂》〉，《眾聲喧嘩以後：點評當代中文小說》（台北：麥田，二〇〇一），頁一〇八。

10 賈平凹，〈性格心理調查表〉，引自費秉勛，〈賈平凹性格心理分析〉，收入江心編，《廢都之謎》，頁九九。

11 賈平凹，《廢都》（台北：風雲時代，一九九四），頁五三六。

12 扎西多，〈正襟危坐說廢都〉，收入江心編，《廢都之謎》，頁一一。

13 賈平凹，《白夜》（台北：風雲時代，一九九五），頁三。

14 魯迅對目蓮戲的曖昧興趣，見夏濟安的討論，T. A. Hsia, *The Gate of Darkness: Studies on the Leftist Literary Movement in China*（Seattle: University of Washington Press, 1968）, p. 160。

15 賈平凹，〈後記〉，《秦腔》（北京：作家，二〇〇五），頁五六三。

16 賈平凹，〈關於小說創作的答問〉，收入江心編，《廢都之謎》，頁八五—八六。

17 http://zt.allnet.cn/ZHUANTI/Article/609.html。秦腔可分為東西兩路，西流入川成為梆子；東路在山西為晉劇，在河南為豫劇，在河北成為梆子，所以說秦腔可以算是京劇、豫劇、晉劇、河北梆子這些劇目的鼻祖。

18 賈平凹，〈秦腔〉，《四十歲說》，頁二二三。

19 賈平凹，《廢都》，頁一九二—九三。

20 白笑笑，〈莫言戲言《檀香刑》〉，http://blog.tianya.cn/blogger/post_show.asp?idWriter = 0&Key = 0&BlogID = 115875&PostID = 2010570。

21 見我的討論，〈革命時期的愛與死——論閻連科的小說〉，收入閻連科，《為人民服務》（台北：麥田，二〇〇五），頁一七。

22 見註1。

23 宗白華，〈中國詩畫中所表現的空間意識〉，《宗白華全集》卷二（合肥：安徽教育，一九九六），頁四二六。有關宗白華的音樂美學觀討論，見章啟群，《百年中國美學史略》（北京：北京大學，二〇〇五），第四章。

24 賈平凹，〈秦腔〉，頁二二〇。

25 胡河清，〈賈平凹論〉，收入郜元寶、張冉冉編，《賈平凹研究資料》，頁一七九。

26 賈平凹，〈關於小說創作的答問〉，收入江心編，《廢都之謎》，頁一二七。

27 同前註，頁八二—八七。

28 引生的原型確有其人，見賈平凹，〈記憶——文革〉，《我是農民》，頁八七—八九。

29 賈平凹、郜元寶，〈關於《秦腔》和鄉土文學的對話〉，收入郜元寶、張冉冉編，《賈平凹研究資料》，頁一。

＊本文作者為「紅樓夢獎：世界華文長篇小說獎」決審委員，美國哈佛大學東亞語言及文明系Edward C. Henderson講座教授。

《秦腔》繁字版序

賈平凹

《秦腔》簡字版在大陸出版後，我當然希望盡快出版繁字版，能使更多的華人閱讀。這是漢語寫作最起碼的一步。但是，正如我在該書後記中寫道：這本書，農村人或在農村生活過的人能進入，城裏人能進入嗎？陝西人能進入，外省人能進入嗎？而繁字版的出版，海外的華人能否讀懂和理解書中的別一種人群和這種人的生活狀況與情緒，這更使我不無恐慌。

歷史的河流在大拐彎的時候，船是顛簸的，沖擊的慣性帶給船上的人是刺激，驚叫，碰撞，甚至被摔出船艙。這對於船上的人或許幸與不幸，於寫作卻絕對天賜良機。我是個寫作者，半個世紀以來，經歷了比戰爭更翻天覆地的洗禮。譬如文化大革命，譬如改革開放，我遺憾地沒能為文化大革命寫點什麼（這需要我在以後努力），但《廢都》和《秦腔》正是我對世紀之交中國大陸的歷史所作的一份生活紀錄，也是對我的故鄉我的家族的一段感情上的沉痛記憶。它是我的宣洩，一種說話，不寫出來就覺得鬱悶和難受，就像一個人在他的父母去世時沒有去奔喪而永遠氣堵、揪心，耿耿於懷。當然，這種紀錄和記憶它是我的所知所感，《秦腔》營造的是一個虛構的完整的世界，它不去印證任何社會歷史事件。只是這個虛構的完整的世界所散發的情緒，瀰漫的氣息，它的色彩和味道與這個時代暗合。在寫這本書時，我的心情極其沉重和驚恐不安，但在敘述的過程中，語言的狂歡又使我常常忘乎所以，不顧了一切。我盡可能地寫出我所生活的所熟悉的那片土地上人們的生存狀態和他們的生存經驗，又盡可能地表現民族審美下的華文的作派和氣息。

《秦腔》的寫作使我的靈魂得到了一種安妥，而繁字版的出版對我又是另一種寬慰。當年的《廢都》是斜著翅膀飛翔的。這本《秦腔》可能還依然是貼著地面在飛。我企盼更多的華人能讀到它，並能喜歡和體會，這將是讓我多麼的高興和需要感謝啊。

二〇〇六年九月三十日　西安

秦腔

要我說，我最喜歡的女人還是白雪。

喜歡白雪的男人在清風街很多，都是些狼，眼珠子發綠，我就一直在暗中監視著。誰一旦給白雪送了髮卡，一個梨子，說太多的奉承，或者背過了白雪又說她的不是，我就會用刀子割掉他家柿樹上的一圈兒皮，讓樹慢慢枯死。這些白雪都不知道。她還在村裏的時候，常去包穀地裏給豬剜草，她一走，我光了腳就踩進她的腳窩子裏，腳窩子一直到包穀地深處，在那裏有一泡尿，我會呆呆地站上多久，回頭能發現腳窩子裏都長滿了蒲公英。她家屋後的茅廁邊有棵桑樹，我每在黃昏天爬上去瞧院裏動靜，她的娘以為我偷桑椹，用屎塗了樹身，但我還是能爬上去的。我就是為了能見到她，有一次從樹上掉下來跌破了頭。清風街的人都說我是為吃嘴摔瘋了，我沒瘋，他們只知道吃嘴，哪裏曉得我有我的惦記。窯場的三踅端了碗蹴在碌碡上吃麵，一邊吃一邊說：清風街上的女人數白雪長得稀，要是還在舊社會，我當了土匪會搶她的！他這話我不愛聽，走過去，抓一把土撒在他的碗裏，我們就打起來。我打不過三踅，他把我的飯吃了，還要砸我的碗，旁邊人勸架，說甭打引生啦，明日讓引生賠你個鍋盔，拿手還比畫了一個大圓。三踅收了拳腳，罵罵咧咧回去了，他一走，我倒埋怨勸架人：為啥給他比畫那麼大個鍋盔？他吃他娘的×去！旁邊人說：你這引生，真個是瘋子！

我不是瘋子。我用一撮雞毛黏了顴骨上的血口子在街上走，趙宏聲在大清堂藥舖裏對我喊：「引生，急啥哩？」我說：「急屁哩。」趙宏聲說：「信封上插雞毛是急信，你臉上黏雞毛沒急事？進來照照鏡子看你那熊模樣！」趙宏聲帽盔柿子大個腦袋，卻是清風街上的能人，研製出了名藥大清膏。藥舖裏那個穿衣鏡就是白雪她娘用膏藥貼好了偏頭痛後謝贈的。我進了藥舖照鏡子，鏡子裏就有了一個我。再照，裏邊又有了白雪。我能在這塊鏡子裏看見白雪，已經不是一次兩次了，這祕密我不給任何人說。天很熱，天再熱我有祛熱的辦法，就是把唾沫蘸在乳頭上，我也不告訴他趙宏聲。趙宏聲赤著上身給慢結巴武林用瓷片放眉心的血，武林害頭疼，眉心被推得一片紅，瓷片割了一下，血流出來，黑得像是醬油。趙宏聲說：「你汗手不要摸鏡！」一隻蒼蠅就落在鏡上，趕也趕不走。我說：「宏聲你把你家的蒼蠅領走麼！」趙宏聲說：「引生，你能認出那蒼蠅是公的還是母的？」我說：「女的。」趙宏聲說：「為啥？」我說：「女的愛漂亮才來照鏡哩。」武林高興了，說：「啊都，都，都說引生是瘋子，引生不，不，不瘋，瘋麼！」我懶得和武林說話，我瞧不起他，才要呸他一口，夏天智夾著紅紙上了藥舖門的台階，我就坐到屋角不動了。

夏天智還是端著那個白銅水煙袋，進來坐下，呼嚕呼嚕先吸了一鍋兒，才讓趙宏聲給他寫門聯。趙宏聲立即取筆拿墨給他寫了，說：「我是聽說夏風在省城結婚了，還想著幾時上門給你老賀喜呀！明日待客著好，應該在老家待客，平日都是你給大家行情，這回該輪到給你熱鬧熱鬧了！」夏天智說：「這就算我來請過你嘍！」趙宏聲說：「這聯寫得怎樣？」夏天智說：「墨好！給戲樓上也寫一副。」趙宏聲說：「還要唱大戲呀?!」夏天智說：「縣劇團來助興的。」武林手舞足蹈起來。武林手舞足蹈了才能把話說出來，但說了上半句，下半句又口吃了，夏天智就讓他不急，慢慢說。武林的意思終於說明白了，他是要勒掯著夏天智出水，夏天智爽快地掏了二十元，武林就跑去街上買酒了。趙宏聲寫完了對聯，拿過水煙袋也要吸，吸一口，竟把煙水吸到嘴裏，苦得就吐，樂得夏天智笑了幾聲。趙宏聲就開始說奉承話，說清風街過去現在的大戶就只有夏家和白家，夏家和白家再成了親家，大鵬展翅，把半個天光要罩啦！夏天智說：「胡說的，家窩子大就吃人呀?!」趙宏聲便嘿嘿地笑，說：「靠德望，四叔的德望高。我就說啦，君亭之所以當了村主任，他憑的還不是夏家老輩人的德望？」夏天智說：「這我得告訴你，君亭一上來，用的可都是外姓人啊！」我咳嗽了一下。夏天智沒有看我。他不理會我就不理會吧，我咳出一口痰往門外唾。武林提了一瓶酒來，笑呵呵地說：「四叔，叔，縣劇團演戲，戲哩，白雪演演，不演？」夏天智說：「她不演。」趙宏聲說：「清風街上還沒誰家過事演大戲的。」夏天智說：「這是村上定的，待客也只是趁機挑了這個日子。」就站起身，跺了跺腳面上的土，出了舖門往街上去了。

夏天智一走，武林拿牙把酒瓶蓋咬開了，招呼我也過去喝。我不喝。趙宏聲說：「四叔一來你咋撮口了？」我說：「我舌頭短。」武林卻問趙宏聲：「明日我，我，我去呀，不去？」趙宏聲說：「你們是一個村裏的，你能不去？」武林說：「啊我沒，沒沒，錢上，上禮呀！」趙宏聲說：「你也沒力氣啦?!」他們喝他們的酒，我啃我的指甲，我說：「夏風伴了哪裏的女人，從省城帶回來的？」趙宏聲說：「你裝糊塗！」我說：「我真不知道？」趙宏聲說：「人是歸類的，清風街上除了白雪，夏風還能看上誰？」我腦子裏嗡的一下，滿空裏都是火星子在閃。我說：「白雪結了婚？白雪和誰結婚啦？」藥舖門外的街道往起翹，翹得像一堵牆，雞呀貓呀的在牆上跑，趙宏聲捏著酒盅喝酒，嘴突然大得像個盆子，他說：「你咋啦，引生，你咋啦？」我死狼聲地喊：「這不可能！不可能！」哇地就哭起來。清風街人都怕我哭的，我一哭嘴臉要烏青，牙關緊咬，倒在地上就得氣死了。我當時就倒在地上，閉住了氣，趙宏聲忙過來掐我人中，說：「爺，小爺，我膽小，你別嚇我！」武林卻說：「啊咱們沒沒，沒打，打他，是他他，他，死的！」拉了我的腿往藥舖門外拖。我哽了哽氣，緩醒了，一腳踹在武林的卵子上，他一個趔趄，我便奪過酒瓶，哐嚓摔在地上。武林撲過來要打我，我說：「你過來，你狗日的過來！」武林就沒敢過來，舉著的手落下去，撿了那個瓶子底，瓶子底裏還有一點酒，他咂一口，說：「啊，啊，我惹你？你，你，你是瘋子，不，不惹，啊惹！」又咂一口。

我回到家裏使勁地哭，哭得咯了血。院子裏有一個捶布石，提了拳頭就打，打得捶布石都軟了，像是棉花包，一疙瘩麵。我說：老天！咋不來一場地震哩？震得山搖地動了，誰救白雪哩，夏風是不會救的，救白雪的只有我！如果大家都是乞丐那多好，成乞丐了，夏風還會愛待白雪嗎？我會愛的，討來一個饃饃了，我不吃，全讓白雪吃！哎嗨，白雪呀白雪，你為啥臉上不突然生出個疤呢？瘸了一條腿呢？那就能看出夏風是真心待你好呀還是我真心待你好?!一股風咚地把門吹開，一片子爛報紙就飛進來貼在牆上。這是我爹的靈魂又回來了。我一有事，我爹的靈魂就回來了。但我這陣恨我爹，他當村幹部當得好好的偏就短命死了，他要是還活著，肯定有媒人攛掇我和白雪的姻緣的。恨過了爹我就恨夏風，多大的人物，既然已經走出了清風街，在省城裏有事業，哪裏尋不下個女人，一碗紅燒肉端著吃了，還再把饃饃揣走？我的心刀剜著疼，張嘴一吐吐出一節東西來，我以為我的腸子斷了，低頭一看，是一條蛔蟲。我又恨起白雪了，我說，白雪白雪，這不公平麼，人家夏風什麼樣的衣服沒有，你仍然要給袍子，我引生是光膀子冷得打顫哩，你就不肯給我件褂子?!

那天下午，我見誰恨誰，一顆牙就掉了下來。牙掉在塵土裏，我說：牙呢，我的牙呢？撿起來種到院牆角。種一顆麥粒能長出一株麥苗，我發誓這顆牙種下了一定要長出一株帶著刺的樹的，也毒咒了他夏風的婚姻不得到頭。

第二天的上午，我去了一趟戲樓。戲台上有人爬高上低地還在裝燈擺布景，台子下已經很多婆娘們拿著條凳占地方了，吵吵嚷嚷，聽不清誰和誰都在說啥，有小兒就尿下了，尿水像蛇一樣突然從條凳竄出來。書正的媳婦把柴火爐子搬在場邊要賣炒粉，火一時吹不起，黑煙冒著。趙宏聲猴一樣爬梯子往戲樓兩邊的柱子上貼對聯，對聯紙褪色，染得他顴骨都是紅的。把穩著梯子的是啞巴，還有文成站在遠處瞅對聯的高低，唸道：名場利場無非戲場做得出潑天富貴，冷藥熱藥總是妙藥醫不盡遍地炎涼。說：「宏聲叔，你這是賀婚喜哩還是給你做廣告哩？」趙宏聲說：「話多！」屋簷裏飛出個蝙蝠，趙宏聲一驚，梯子晃動，人沒跌下來，糨糊罐裏的糨糊淋了啞巴一頭。啞巴仍扶著梯子，哇哇地叫，示意我過去幫忙。我才不幫忙的，手癢得還想打哩！場北頭的麥秸堆下一頭豬瞪我，我就向豬走去踢牠一腳。沒想這呆貨是個圖舒服的，腳一踢在牠的奶上，牠就以為我逗牠而趴下了。我呸了一口，不再理牠，一股風就架著我往麥秸堆上去，又落下來，輕得像飄了一張葉子。

我現在給你說清風街。我們清風街是州河邊上最出名的老街。這戲樓是老樓，樓上有三個字：秦鏡樓。戲樓東挨著的魁星閣，鎏金的圓頂是已經壞了，但翹簷和閣窗還完整。我爹曾說過，就是有這個魁星閣，清風街出了兩個大學生。一個是白雪同父異母的大哥，如今在新疆工作，幾年前回來過一次，給人說新疆冷，冬天在野外不能小便，一小便尿就成了冰棍，能把身子撐住了。另一個就是夏風。夏風畢業後留在省城，有一筆好寫，常有文章在報紙上登著。夏天智還在清風街小學當校長的時候，隔三岔五，穿得整整齊齊的，端著個白銅水煙袋去鄉政府翻報紙，查看有沒有兒子的文章。如果有了，他就對著太陽耀，這張報紙要裝到身上好多天。後來是別人一經發現什麼報上有了夏風的文章，就會拿來找夏天智，勒索著酒喝。夏天智是有錢的，但他從來身上只帶五十元，一張幣放在鞋墊子下，就買了酒招呼人在家裏喝。收拾桌子去，切幾個碟子啊！他這話是給夏風他娘說的，四嬸就在八仙桌上擺出一碟涼調的豆腐，一碟油潑的酸菜，還有一碟辣子和鹽。辣子和鹽也算是菜，四碟菜。夏天智說：「雞呢，雞呢嗎?!」四嬸再擺上一碟。一般人家吃喝是不上桌子，是四碟菜；夏天智講究，要多一碟蒸全雞。但這雞是木頭刻的，可以看，不能吃。

魁星閣底層是大暢屋，沒壘隔牆，很多年月都圈著中街組的牛。現在沒牛了，門口掛了個文化站的牌子，其實是除了幾本如何養貂，如何種花椒和退耕還林的有關政策的小冊子外，只有一盒象棋，再就是麻將，時常有人在裏邊打牌。

趙宏聲從梯子上下來，想和我說話，風繞著他起旋兒，他說這是邪氣，使勁地撲朔頭髮。我說扶著這風剛才我上到了麥秸堆上。趙宏聲說：「上去了?啊，你好好養病。」我說我真的上去了，麥秸堆上有個鳥窩。文成搭了梯子就爬上麥秸堆，果然從上面扔下來個鳥窩。眾人說：「咦?!」趙宏聲還是推著我到了文化站門口，問我要不要在後心處貼一張膏藥?他說：「不收錢。」我說我真的上去了，他不再理我，探頭往文化站屋裏看。裏邊有人說：「是不是么餅，我眼睛不行啦。」趙宏聲說：「你再打一天看啥全是黑的！」牌桌上有夏雨和會計李上善，兩人為一個么餅吵鬧。原來夏雨單釣么餅，將手中的么餅壓在額頭上，額頭上就顯出一個么餅圖案，上善暗示大家都不打出么餅，等黃了局攤牌，三個人手裏卻多餘著一個么餅，夏雨就躁了。趙宏聲說：「你家正忙著，你也打牌？」夏雨說：「我來借桌子板凳的，刁空摸兩圈。」起身要走。一人說：「急啥的？你哥娶媳婦你積極！」一個說：「嫂子的勾蛋子，小叔子一半子麼！」

這時候，門口有人說話：「來時我還說這一身衣服髒哩，到這兒了倒覺得乾淨！」我一回頭，是幾個劇團人。其中一個老女演員說：「你一到鄉下都英俊了！」那人是齒齒牙，微笑了一下，嘴沒有多咧，說：「這麼還有文化站？」老女演員說：「清風街出了個夏風，能沒文化站？」一直站在牌桌後頭看熱鬧的狗剩往門口看了看，彎著腰就出來。狗剩是五十多歲的人，黑瘦得像個鬼，他把頭伸到老女演員面前，突然說：「你是《拾玉鐲》？」老女演員愣了一下，就明白了，笑著點了點頭。狗剩說：「我的毬呀，你咋老成這熊樣啦?!」老女演員變了臉。狗剩要和她握手，她把手塞到口袋裏。

事後我聽說啦，三十年前縣劇團來清風街演了一場《拾玉鐲》，拾玉鐲的那個姑娘就是這老女人演的，狗剩愛上了那姑娘，晚上行房就讓媳婦說她是那姑娘，惹得媳婦差點和他鬧離婚。狗剩讓名角生了氣，上善出來忙解釋狗剩沒有惡意，只是不會說話，抬腳把狗剩踢走了。

名角是演《拾玉鐲》成名角的，她也就一輩子只演《拾玉鐲》。她的情緒沒有緩過來，中午吃飯前的時候說胃疼，要回去。清風街之所以同意包場戲，就是衝著幾個名角，這下要砸鍋呀，夏天智就讓趙宏聲針灸治胃病，老女演員說不用，還要回去。白雪就老師長老師短地懇求，還將夏天智畫的秦腔臉譜拿出來，其中一張就是專門畫她的裝扮的，老女演員才說：「我真的老了？」白雪說：「你沒老！」老女演員說：「人咋能不老呢，我是老了。」白雪說：「人老了藝術不老啊！」老女演員說：「那好吧，我不走了，但晚上取消《拾玉鐲》，我只來段清唱。」

我本來是不去夏家湊熱鬧的，上善硬拉著我去，我才去的。白雪穿了雙瘦皮鞋，把腳收得緊緊的，真好看。中星他爹信佛，給我說過菩薩走路是一步一生蓮的，我看見白雪走過來走過去，也是一溜兒一溜兒的花。趙宏聲問我看啥哩，頭老不抬，發痴眼兒？他鬼得很，知道我的心思，可我不敢瞅白雪的臉，我還不能瞅她的腳嗎？我轉了身，對著院子裏的花壇，花壇上種著月季，花紅豔豔的。趙宏聲說：「你今日可別多喝酒！」我拿手去掐月季葉，葉子顫了一下，我知道葉子疼哩，就鬆了手。

院子裏劈劈啪啪響過鞭炮，上善就主持了宴會。夏家待客雖然沒有太多地請人，人還是來了許多。武林是最後到的院門口，他來訓斥他老婆，他老婆黑娥來得早，他說：「你，你回呀不不回，一，一，一會兒上禮，啊你是有錢，錢，錢哩？」正好四嬸出來，讓武林快進去坐席，武林說：「我，我，我，沒錢呀嬸子！」四嬸說：「誰要你上禮呀?!」武林就說：「啊過一個月，是，是，是我娘的三三三週年，你也，也來，啥都不，不，不要帶噢，噢。」村主任君亭和文書秦安是相跟著來的，秦安先站在院門口唸門聯：不破壞焉能進步，大衝突才有感情。就銳聲說：「是宏聲寫的吧，寫得好！」上善就擁他們在主桌上坐了，開始講話。上善能講話，說得很長，意思是夏風是個才子，白雪是個佳人，自古才子配佳人，那是天設地造的。雖然在省城已辦了婚禮，但在老家還得招呼老戚舊親，三朋四友，左鄰右舍，老規矩還是老規矩！那麼，東街的本家，中街的他姨，西街的親家，南溝來的他舅，西山灣來的同學，還有在座的所有人，都把酒杯端起來，先賀咱老校長福喜臨門，再祝一對新人白頭偕老！都端起酒杯了吧？眾人說：早都端起了，你說得太長！上善說：那就乾杯，都得喝淨！乾過了，眾人都要坐下，上善又說：「先不急坐，再把酒倒上，讓秦支書講話！」秦安就讓君亭講，君亭說我是本家子哥，你講。秦安說：「我不會說話，要我說呀，對這一對新人哇，我只說一個字，只一個字：很好！」眾人都笑了，說：「明明兩個字，怎麼是一個字？」秦安愣了愣，也笑了，就坐下來。眾人也就坐下來。席間，有人給夏天智臉上抹紅，夏天智說婚結了給我抹啥子紅？眾人便起鬨：今日不耍新郎新娘了，就耍你，你得來個節目！夏天智也不擦臉上的紅，喃喃道：我出啥節目呀？就叫喊四嬸把他畫的那些秦腔臉譜拿出來讓大家看看。四嬸說：「你咋恁逞能的，拿那些臉譜有啥看的？」夏天智說：「你不懂！」四嬸就從櫃裏搬出一大堆馬勺，馬勺背上竟都畫著秦腔臉譜。我知道夏天智能畫秦腔臉譜，但沒見過能在馬勺上畫，畫出了這麼多，一件一件竟擺得滿台階上都是。眾人便圍進去瞧稀罕，你拿一個，他拿一個，掖在懷裏，別在褲帶上，也有拿了要出院門。夏雨急著喊：「哎！哎！」夏天智卻說：「誰要愛上的，就拿上！」眾人說：「四叔比夏雨捨得！」馬勺立時就被搶光了。夏天智臉上放光，說：「熱鬧，熱鬧！我再給大夥放段戲！」又從臥屋取了個台式收音機，擰了半會兒，正巧播放著秦腔曲牌。音樂一起，滿院子都是颳來的風和漫來的水，我真不知道那陣我是怎麼啦，喉嚨癢得就想唱，也不知道怎麼就唱：眼看著你起高樓，眼看著你酬賓宴，眼看著樓塌了……我唱著，大家就看我，說：「這瘋子，這瘋子！」上善就過來拿了一隻大海碗，滿滿地盛了米飯，又夾了許多肉在上面，給我說：「引生，你那爛鑼嗓能唱個屁！把這碗端上，好好坐到花壇沿上吃，吃飽！」然後他高聲說：「要唱我來上一板！」眾人都起鬨：「唱！唱！」上善真的就唱啦：為王的坐椅子脊背朝後，為的是把肚子放在前頭，走一步退兩步只當沒走，他大舅他二舅都是他舅。唱著唱著，一隻蒼蠅站到了他鼻尖上，他拍蒼蠅，就不唱了。音樂還在放著，啞巴牽著的那隻狗，叫來運的，卻坐在院門口伸長了脖子嗚叫起來，牠的嗚叫和著音樂高低急緩，十分搭調，院子裏的人都呆了，沒想到狗竟會唱秦腔，就叫道：「上善上善，你唱得不如狗！」來運在這場合出了風頭，喜得啞巴拿了一根排骨去餵牠。但來運叼著排骨不吃，卻拿眼睛看我。我也看著來運，我叫：「來運，來運！」來運就臥到我腿前，我看出了來運前世是個唱戲的，但這話我不說破。花壇邊的癢癢樹下，夏風和趙宏聲說話，他們是小學同學，夏風說：「瞧我爹，啥事都讓他弄成秦腔會了！」趙宏聲笑著說：「四叔就好這個麼。也真是，不是一家人不進一家門，白雪活該就是給你爹當兒媳的。」夏風說：「我就煩秦腔。」趙宏聲說：「你不愛秦腔，那白雪……」夏風說：「我準備調她去省城，就改行呀。」米飯裏邊吃出了一粒沙子，硌了我的牙，我呸了一口米飯，又呸了一口米飯。起身要走時，秦安過來問起夏風：「新生沒來？」夏風說：「沒見來麼。」秦安就給夏天智招手，夏天智端著白銅水煙袋走來，兩人嘰嘰咕咕了一陣，我逮聽著他們在商量著晚上給劇團演員披紅的事，秦安說：「五條呀，一人還得十斤雞蛋，一袋蘋果，這筆帳不好報哇？」夏天智吸了一陣煙，就把白雪叫來。白雪就站在我的旁邊，她的身上有一股香，她的褲管上黏著一個棉花球兒，我想給她取下來，但我沒敢。白雪說：「那就只給王老師一個披紅吧，她稱得上是表演藝術家了，到哪兒演出都披紅哩。」秦安說：「這得和君亭研究一下。」就叫了君亭過來，君亭聽了，口氣很硬地說：「劇團是村上請來的，當然應該負擔人家！」秦安看我，我把臉埋下吃我的飯。秦安低聲說：「畢竟是給夏風白雪賀喜來的……」君亭說：「毬，那又咋啦？演戲還不是全村人看，如果沒有夏風的婚事，你就是出錢人家肯來？莊稼一季一收的，人才是幾百年才出一個，夏風是清風街的一張名片了！咱可以宣布，如果以後誰的事弄到像夏風這麼大，家裏的紅白喜事村上就一攬子包了！咱明事明幹，用不著偷偷摸摸的。」夏天智說：「這……」秦安說：「君亭說得也是，那咱班子就算決定啦。包場費一千元，紅綢被面一條，還有雞蛋，蘋果都讓新生那邊辦，款項從他的承包費裏抵就是。」當下，秦安讓夏雨去找新生，夏雨打了一個口哨，來運就廝跟了他，夏雨還說：「引生你和我去！」我看了一下白雪，白雪給各個席上敬酒哩，我說我不去，夏雨恨了恨，從飯桌上拿了一包紙菸才走了。

差不多是雞都上架打盹了，天還沒漫下黑，亮著一疙瘩一疙瘩火雲。我在門口啪啦啪啦抖被單，隔壁來順說：「今日有戲，這天也出祥瑞，怪怪的？」這有啥怪的，禿子，來順是禿子，天也發了燒麼！來順說：「你才發燒哩！」我就是發燒哩，吃畢宴席回來我睡了一覺，睡著睡著身子發燙，我之所以抖被單，就是看把被單燒著窟窿了沒有？沒有燒著，只抖下幾個屁彈。一隻貓從樹蔭下跑過來，白的跑成了紅的，鑽進廚房的煙囪中去了，再出來，是個黑貓。來順硬著脖子往戲樓下去了，我一直等到鑼鼓吵起，喝下半勺漿水才趕了去。

清風街的人差不多都在戲樓下，中間有條凳的坐了條凳，四邊的人都站著，站著的越站越多，就向裏擠，擠得中間的人坐不住，也全站在了條凳上。人腳動彈不了，身子一會兒往左側，一會兒往右側，像是五月的麥田，颳了風。那些娃娃們從戲台的牆頭爬上去，坐在台上兩邊，被攆下來，又爬上去，賴成了蒼蠅。我就聽誰在喊：「引生呢，讓引生維持秩序！」我近去從台口拉那些娃娃腿，三下兩下全拉得掉下來。人窩裏有罵聲：「瘋子，你要出人命啊?!」但我很得意，凡是群眾集會只有我才能維持了秩序。

文成一夥跑到戲樓後面，趴在後門縫看演員化妝。我也跑去看了，我要看白雪在沒在後台，但沒見白雪的蹤影，看到的卻是那個長臉男演員往頭上戴花。中午吃飯的時候，慶玉和這個演員在一個桌子上，慶玉給他遞紙菸，他說他要保護嗓子，不吸紙菸。慶玉就問：你是唱啥的？他說：你猜。慶玉說：淨？他說：不是。慶玉說：生？他說：不是。慶玉說：那是丑角？他還是說不是。慶玉有些火了，以為他戲弄，說：那你唱毬呀！他卻說：接近了。慶玉說：噢，唱旦的！一個大男人唱旦角，我就稀罕了，正看著，他也發覺了我在偷看，走過來把身子靠在門上。

我覺得沒有了意思，離開了後門口，前邊台下的秩序還好，就灰沓沓靠到麥秸堆上發蔫了。天上的星星一顆一顆的，數了一遍，又數了一遍，一遍和一遍的數目不同。隱約裏誰在說話：「你瞧你瞧，人不少嘛！」「說到底也就是個農民的藝術麼。」「你少說這話，讓人聽著了罵你哩！」「你要是在省城參加一次歌星演唱會，你就知道唱戲的寒磣了！」「我可告訴你，王財娃演戲的時候，咱縣上倒流行一句話：寧看財娃《掛畫》，不坐民國天下。」「那是在民國。」「現在有王老師哩！」「不就是一輩子演個《拾玉鐲》，到哪兒能披個紅被面麼。」「你，你……」「我說的是事實。」「到了後台你不許這麼說！」「我才不去後台，我嫌聒，我找宏聲呫呀。」我聽出是白雪和夏風，一擰頭，他們果然就站在麥秸堆邊。我往黑影裏縮，不願意讓他們發覺是我，但他們卻沒再說話，我斜眼睛看了一下，夏風朝西頭去了，而白雪端端往戲樓走，她兩條腿直得很，好像就沒有長膝蓋。我心裏說：白雪白雪，你要能和我好，你打個噴嚏吧！但白雪沒有打噴嚏。

戲樓上叮叮咣咣敲打了半個時辰，紅絨幕布終於被兩個人用手拉開，戲就開場了。先是清唱，每一個演員出來，報幕的都介紹是著名的秦腔演員，觀眾還是不知道這是誰，不鼓掌，哄哄地議論誰胖誰瘦，誰的眼大誰的臉長。後來演了兩個小折子，一個鬚生在翻跟頭時把鬍子掉了，台下就喝倒采：下去，下去，要名角！表演藝術家王老師，在接下來就登場了，但她是一身便裝，腰很粗，腿短短的，來了一段清唱。台下一時起了蜂群，三踅一直是站在一個碌碡上的，這陣喊：「日弄人哩麼！」他一喊，滿場子的人都給三踅叫好，王老師便住了聲，要退下去，報幕的卻擋住了王老師，並示意觀眾給名角掌聲，場子上沒有掌聲只有笑聲，突然間一哇聲喊：不要清唱，要《拾玉鐲》！這麼一鬧騰，我就來勁了，撒腳往戲樓前跑。戲樓下一時人又擠開來，有小娃被擠得哭，有人在罵，三隻鞋從人窩裏拋了出來，正巧砸在我的頭上，我說：「砸你娘的×哩！」日地把鞋又砸到人窩裏去。秦安一把拉住我，說：「引生引生，你要給咱維持秩序啊！」他先跳上台讓大家安靜，可沒人聽秦安的，秦安又跳下台問我：「君亭呢，君亭沒來？」我說：「君亭飯後就到水庫上去了，你不知道?!」秦安眉頭上就挽了一個疙瘩，說：「弄不好要出事呀，這得搬天義叔哩！」劇團演出隊長說：「天義是誰？」我說：「是老主任。」秦安就說：「引生你領路，讓隊長把天義叔請來！」

我領著隊長小跑去東街，街道上有狗汪汪地咬。街北的三一二國道上開過了一輛車，白花花的一股子光刷地過來，照在一堵牆上，我突然說：「你瞧那是啥？」隊長說：「啥？」我看見雷慶的女兒翠翠和陳星抱在一起，四條腿，兩個頭，沒見了手，就說：「好哇，不去看戲，在這兒吃舌頭哩！」隊長說：「管人家事？咱急著搬救兵啊！」我不行，拾了塊土疙瘩朝牆根擲過去，車燈已經閃過了，黑暗中傳來跑步聲。穿過一條歪歪扭扭的巷子，隊長問老主任家怎麼住得這麼背呀？我說：「背是背，那可是好地穴哩！」隊長又問怎麼個好地穴？我說：「白天了，你站在伏牛坡就看得出來！」如果是站在北頭的伏牛坡上看清風街，清風街是個「凵」狀，東西兩街的村子又都是蠍子形，老主任的家就蓋在蠍子尾上。在過去，東街的窮人多，西街有錢的人家多，而最富豪的是白家。白家兄弟兩個因家事不和，老二後來搬住到了東街，但老二後輩無人，待夫婦倆死後，老大就占了東街的房院。那老大就是白雪的爺爺，曾當過清風街的保長。到了解放初，夏天義是土改代表，一心想給白家劃地主，可農會上主持人是縣上派來的監督員，和白家有姑表親，一開會就給白家傳信，結果白家主動將東街的房院交了出來，只給定了個中農成分。這房院自然而然就讓夏天義一家住了。他們是兄弟四人，按家譜是天字輩，以仁義禮智排行；在這房院裏住過了十年，後來都發了，各蓋了新的房院分開住家。先是夏天仁搬住到了北頭巷口，他就是君亭的爹，拳頭能打死老虎的人，只是命短，不到六十就死了。後搬住到中巷巷尾的是夏天禮，他在五十里外的天竺鄉幹過財務，退休已經多年。再是夏天義在蠍子尾蓋了房子，五個兒子，前四個是慶字輩，慶金慶玉慶滿慶堂，到了二嬸懷上第五胎，一心想要個女子，生下來還是個男的，又長得難看，便不給起大名了，隨便叫著「瞎瞎」。五個兒子都成了親，又是一個一個蓋房院，夏天義就一直還住在蠍子尾。這事我不願意給隊長說，說了他也弄不清。隊長說：「老主任是夏風的二伯？」我說：「你行呀！」隊長說：「夏風他家的房院倒比老主任的房院好。」我拉著隊長從池塘邊的柳樹下往過走，才要說：「那當然了，夏風家的房院是原先白家的老宅子麼！」話還沒說出口，竹青就從對面過來了。

竹青撐著一雙鷺鷥腿，叼著菸捲，立在那裏斜眼看我。我說：「竹青嫂子，天義叔在家沒？」竹青說：「我爹喝多了，可能睡了。」我就搖院門上的鐵環，來運在裏邊說：「汪！」我說：「來運，是我！」來運說：「汪汪！」我說：「我找天義叔的！」來運說：「吭哧，吭哧！」我說：「天義叔睡了？睡了也得叫起來，要出事啦！」上堂屋有了躁躁的聲音：「誰在說話？」我說：「天義叔，我是引生，你開門！」開了院門的卻是來運，牠用嘴拉了門閂，夏天義就站在了堂屋門口。夏天義是個大個子，黑乎乎站滿了堂屋門框，屋裏的燈光從身後往外射，黑臉越發黑得看不清眉眼。隊長哎喲一聲，忙掏了紙菸給他遞，他一擺手，說：「說事！」隊長就說戲樓上觀眾如何起鬨，戲演不下去，又不能不演，擔心的是怕出亂子。夏天義說：「就這事兒？那秦安呢?!」我說：「秦安那軟蛋，他鎮不住陣！」夏天義說罵了一句：「狗日的！」跟著我們就往院門口走，走到院中間了，卻喊：「哎，把褂子給我拿來，還有眼鏡！」夏天義遲早叫二嬸都是「哎」，二嬸是瞎子，卻把褂子和眼鏡拿了來。眼鏡是大橢塊石頭鏡，夏天義戴上了，褂子沒有穿，在脊背上披著。我說：「天義叔，你眼鏡一戴像個將軍！」他沒理我，走出院門了，才說：「淡話！」

到了戲場子，台上台下都成一鍋粥了，有人往台上扔東西，湧在台口兩邊的娃娃們為爭地方又打起來，一個說：我日你娘！一個說：「魚，魚，張魚！」張魚是那個娃娃的爹，相互罵仗叫對方爹的名字就是罵到恨處了，那娃娃就嗚嗚地哭。秦安一邊把他們往下趕，一邊說：「叫你爹名字你哭啥哩，毛澤東全國人都叫哩！」台下便一片笑聲。秦安沒有笑，他滿頭是汗，燈光照著亮晶晶的，就請出演員給大家鞠躬，台下仍是一哇聲怪叫，秦安說了些什麼，沒有聽見。夏天義就從戲樓邊的台階上往上走，褂子還披著，手反抄在褂子後邊，我大聲喊：「老主任來啦！」頓時安靜下來，夏天義就站在了戲台中間。

夏天義說：「請劇團的時候，我說不演啦，不是農閒，又不是年終臘月，演什麼戲？可徵求各組意見，你們說要演哩要演哩，現在人家來演了，又鬧騰著讓人家演不成，這是咋啦？都咋啦?!」叭！電燈泡上糾纏了一團蚊子，一個蚊子趴在夏天義的顴骨上咬，夏天義打了一掌，說：「日怪得很，清風街還沒出過這丟人的事哩！不想看戲的，回家睡去，要看戲的就好好在這兒看！」他一回頭，後脖子上壅著一疙瘩褶褶肉，對著旁邊的隊長說：「演！」然後就從台邊的台階上下來了。

戲果然演開了，再沒人彈七嫌八。

夏天義得意地往回走，我小跑著跟他，我說：「天義叔，天義叔，你身上有股殺氣哩！」夏天義擺了下手。我還是說：「秦安排誇他上學最多，是班子裏的知識分子哩！知識分子頂個屁用，農村工作就得你這樣的幹部哩！」夏天義又是擺了一下手。不讓說就不說了，引生熱臉碰個冷勾子，我就不再攆跟他，一轉身把掌砍在武林的脖項上。武林張著嘴正看戲的，被我一砍嚇了一跳，就要罵我，但噎了半天沒罵出一個囫圇句來。

戲是演到半夜了才結束。人散後我和啞巴、瞎瞎、夏雨幫著演員把戲箱往夏天智家抱，讓書正搭個手，書正只低個頭在台下轉來轉去。我知道他是在那裏撿遺下的東西，說：「錢包肯定是撿不到的，這兒有半截磚你要不要？」他真的就把半截磚提回家去了。

演員們在夏天智家吃過了漿水麵，大部分要連夜回縣城，夏天智挽留沒挽留住，就讓夏雨去叫雷慶送人。雷慶是州運輸公司的客車司機，跑的就是縣城到省城這一線，每天都是從省城往返回來過夜，第二天一早再去縣城載客。夏雨去叫雷慶送人的時候，在中巷見到雷慶的媳婦梅花，梅花不願意，說你家過事哩，你雷慶哥回來得遲，連一口喜酒都沒喝上，這麼三更半夜了送什麼人呀?!話說得不中聽，夏雨就不再去見雷慶，回來給爹說了，夏天智說：「讓你叫你雷慶哥，誰讓你給她梅花說了?」白雪就親自去敲雷慶家的門。敲了一陣，睡在門樓邊屋裏的夏天禮聽到了問誰個?白雪說：「三伯，是我！」夏天禮忙高聲喊雷慶，說白雪敲門哩！梅花立即開了院門，笑嘻嘻地說：「是白雪啊，晚上我特意去看你的戲哩，你咋沒演?」白雪說：「我演得不好，甭在老家門口丟人。我哥睡了沒?」梅花說：「你來了，他就是睡了也得起來！」白雪說：「想讓我哥勞累一下送送劇團裏人。」梅花說：「勞累是勞累，他不送誰送?咱夏家家大業大的，誰個紅白事不是他接來送往的?!」當下把雷慶叫出來把要走的人送走了。

留下來的演員是三男兩女，男的讓夏雨領了去鄉政府一個幹事那兒打麻將，女的安頓到西街白雪的娘家。白雪帶人去時給婆婆說夜裏她也就不回來了，四嬸不高興，給她嘰嘰咕咕說了一會兒話，白雪笑了笑，才讓夏風帶了女演員去的西街。

我原本該和夏雨他們一塊走的，可我沒有走，磨磨蹭蹭直到夏天智和四嬸已經坐在燈下清查禮單的時候才離開。但剛出門，慶金的媳婦淑貞拉著兒子光利來見白雪，說光利的嗓子好，整天跟了陳星唱歌，還要買收錄機，讓白雪聽聽他的歌看值不值得投資買個收錄機？四嬸說：「後半夜了唱啥歌呀，一個收音機值幾個錢，捨不得給娃買！」淑貞說：「是收錄機，不是收音機！」四嬸說：「收錄機貴還是收音機貴？」淑貞說：「一個是手錶一個是鐘錶！」語氣嗆嗆的。見四嬸指頭蘸著口水數錢，又說：「今日待客賺啦吧？」四嬸說：「做啥哩嘛，就賺呀?!」淑貞把嘴撇了個豌豆角，光利卻趁機跑掉了，她就一邊罵光利一邊低聲問白雪：「收了多少錢？」白雪說：「不知道。」淑貞說：「四叔四娘為啥待客哩，就是回收以前送出去的禮哩。禮錢肯定不少，給你分了多少？」白雪說：「給我分啥呀？」淑貞說：「咋不分？夏風不是獨子，還有個夏雨，四叔四娘把禮錢攥了還不是給小兒子攢著？即便他們不給你分，可你娘家的，你的同學同事的禮錢應當歸你呀！」話說得低，四嬸八成也聽得見，嚷道著白雪把雞圈門看看關好了沒有，小心黃鼠狼子。白雪說：「現在哪兒有黃鼠狼子？」淑貞說：「四娘不願意了我哩。」就要走。四嬸偏過來，說：「淑貞你走呀？」拿了一沓錢交給了白雪，白雪不要，不要不行，羞得淑貞一出院門就罵光利。

年好過，月好過，日子難過，這一天就這麼過去了。夏家待客的第二天早晨，夏天智照例是起來最早的。大概從前年起吧，他的瞌睡少了，無論頭一夜睡得多晚，天明五點就要起床，起了床總是先到清風街南邊的州河堤上散步，然後八字步走到東街，沿途搖一些人家的門環，吆喝：睡起啦！睡起啦！等回到家了，門窗大開，燒水沏茶，一邊端了白銅水煙袋吸著一邊看掛在中堂上的字畫，看得字畫上的人都能下來。白雪是聽到院門響而醒來的，做了夏家的新兒媳，起床先掃罷院子，又去泉裏挑水。路上見上善從斜巷裏過來唱〈張連賣布〉，先是一句：你把咱大鐵鍋賣了做啥？我嫌它燒開水不著餎甲。白雪就把水擔放下，瞇著笑眼聽。上善一抬頭看見了白雪，就噤口啦。白雪說：「上善哥起得早？」上善說：「睡不成麼！」白雪說：「咋啦？」上善說：「四叔啥都好，就是一點，他睡不著了也不讓別人睡！」白雪還是笑。上善說：「四叔講究大，你一早給他老兩口倒尿盆了？」白雪說：「這還沒。」上善說：「好，你給他當兒媳就要破破那些規矩哩！」

白雪擔水回來，夏天智已喝畢了一杯茶，把茶根兒往花壇上澆，問夏風起來了沒，不等白雪答覆，就嘟囔什麼時候了還睡著不起，該去西街和鄉政府接客人呀。白雪趕緊去臥房把夏風推醒。

客人接了回來，吃罷了飯，劉新生就進了門，夏天智一見他空手，先問給演員辦的貨呢？劉新生倒嚷嚷結婚待客多大的事情怎麼就不給他透個風？四嬸忙解釋只待了族人和親戚，西街中街的人家都沒告訴。劉新生說：「我還以為把我晾下了！」四嬸說：「晾下別人還能晾下你？讓你辦貨還不是給你個口信兒，只說你昨兒夜裏過來，沒見你來麼！」劉新生說：「昨兒下午我去西山灣收雞蛋了嘛！」一邊叮嚀著夏雨派人去果園拉貨，一邊卻將自己寫的鼓樂譜請教劇團來的樂師。

劉新生種莊稼不行，搞文藝卻是個人才。我敢說，像夏風那樣的人，清風街並不少，只是他們沒有夏風的命強，一輩子就像個金鐘埋在了土裏，升不到空中也發不出聲響。譬如水興他那死去的爹，大字不識幾個，卻能把一台戲一折一折背下來，連生淨丑旦的念白都一字不落。這劉新生以前吹過龜茲樂班，甚至扮過旦角，但有一年春節放鞭炮，炸藥炸了右手的中指和食指，再唱戲手伸出來做不了蘭花指，他就迷上敲鼓，逢年過節若辦社火，全都是他承操。劇團來的樂師正拿了夏天智的白銅水煙袋吸，劉新生叫聲「師傅」，從懷裏掏出一卷紙來，上面密密麻麻記了鼓譜，求樂師指正。樂師說：「你用嘴給我哼調，我聽。」劉新生就「咚咚鏘，咚咚鏘」哼起來。哼著哼著，臉綠了，脫了褂子，雙手在肚皮上拍打。樂得大家都笑，又不敢笑出聲，樂師就說：「哈，這世事真是難說，很多城裏的人，當官的，當教授的，其實是農民，而有些農民其實都是些藝術家麼！」

樂師說的這句話，事後是趙宏聲告訴我的，這話我同意。我說：「夏風就是農民，他貪得很！」趙宏聲說：「你看見夏風娶了白雪，嫉恨啦？」我說：「結就結吧，權當他是個護花人！」趙宏聲說：「咦，你還能說出這話？那你也找一個，當護花人麼。」我說：「要穿穿皮襖，不穿就赤身子！」趙宏聲說：「那你就斷子絕孫去！」我說：「我要兒子孫子幹啥，生了兒子孫子還不都在農村，咱活得苦苦的，讓兒子孫子也受苦呀？與其生兒得孫不如去栽棵樹，樹活得倒自在！」趙宏聲說：「說著說著你就瘋話了！」

那天早晨劉新生在夏天智家把肚皮當鼓敲的時候，我是在街上蹓躂的。去果園拉貨的人把雞蛋蘋果搬運到東街口，卻抖出了一個新聞：二分之一的果園劉新生已經不承包了！清風街就這麼大個地方，誰家的雞下丟了一顆蛋都會吵吵鬧鬧。劉新生將二分之一的果園退出了，人們就來了氣。果園前幾年掛果好，他發了財，去年霜凍，今年又旱，他就退出一半，果園是集體的果園，他想怎麼就怎麼啦？人是怕搧火的，一張口指責了劉新生，十張八張口就日娘搗老子地罵劉新生，待到有一個人近去拿了顆蘋果吃，你也吃我也吃，不吃白不吃，都去拿了吃。

劉新生把肚皮拍得通紅，拍著拍著放了一個屁，就見一個小娃拿著蘋果進來吃，劉新生說：「哪兒的蘋果?」小娃說:「街口都吃蘋果哩。」劉新生便跑了去看,果真是自己籌備的蘋果,兩個箱子都已經空了。李三娃的娘正撩了衣襟裝了四五顆,劉新生氣得去奪,老婆子顛著小腳跑,把一顆扔給她孫子,劉新生就把她掀倒了。旁邊人說:「你打人了?」劉新生說:「這是兩委會讓我給演員籌的貨,她紅口白牙吃誰的?」那人說:「果園是全清風街的,你能吃,為啥別人吃不得?」劉新生說:「我承包了就是我的!」那人說:「承包費你交了?」劉新生說:「交了!」那人說:「交了多少?」劉新生說:「一半。」那人說:「那一半呢?」劉新生說:「那一半我已經不承包了!」兩個人你一句我一句爭吵,我就撲上去說:「哎,新生,大家都知道你承包了,怎麼只成了一半?」劉新生說:「咋?你想咋?」他用手指我,少了兩個指頭,我把他的手撥開了,說:「豐收的時候你承包,不豐收了你就不承包了?你是清風街的爺?!」劉新生說:「我不和瘋子說!」他瞧不起我,我就從蘋果箱中拿了兩個蘋果,啃一顆,扔一顆。一直蹴在旁邊吃紙菸的三踅過來說:「你說你承包的合同修改了,你拿出來看看。」劉新生一嘴白沫,說:「拿就拿!」讓夏雨把雞蛋和剩下的蘋果拿回夏家,自個兒氣呼呼地去了果園。

蘋果已經沒有了多少,夏天智臉上不是個顏色,把雞蛋一小紙盒一小紙盒裝好數數兒,又不夠了幾盒,那個樂師說:「是這吧,昨兒夜裏回去的就都不給了,留下來的每人兩盒正好!」夏天智說:「這使不得的,大家都辛苦了嘛!」就去了臥屋和四嬸商量著把收禮來的被面給留下的這些人一人一個。四嬸說:「村上的事,都攬著?這一個被面是多少錢啊?!」夏天智說:「說是村裏包場,還不是來給咱家演的?你要那麼多被面幹啥?!活人活得大氣些,別在小頭上摳掐!」四嬸說:「你願意咋辦就咋辦吧。」臉吊得多長。夏天智拿了六七條被面,要出臥屋門了,說:「是粉就搽在臉上,你往喜歡些!」出來把被面送給演員。演員推辭了半天,到底接受了,院子裏一時氣氛活泛,然後坐了丁霸槽開來的手扶拖拉機上了路。

手扶拖拉機開出了巷口，經過街上，又拐上了三一二國道，這些我都看到了。看到了，心情就不好，因為演員們一走完，我就沒有理由再去夏天智的家了。一時灰了心情，懶得和三踅他們說話，擰身要走。三踅說：「新生還沒來哩，你走啥？」我說：「我管毬他承包不承包哩！」三踅說：「戰爭年代你狗日的是個逃兵哩！」我說：「戰爭年代？那我就提了槍，挨家挨戶要尋我的新娘哩！」我才說完，見一人牽著一隻羊從巷口出來，緊接著夏天禮在後邊攆，把牽羊人喊住了。夏天禮說：「老哥，帳不對哩！」牽羊人說：「三百元一分沒少啊?!」夏天禮說：「羊是三百元，韁繩可是麻搓的，光那個皮項圈我就花了五元錢！是這樣吧，你再給八元錢。」牽羊人說：「這，這不行吧。」夏天禮說：「不行那就沒辦法了。」動手解起羊脖子上的韁繩。牽羊人說：「我服了你了，好好，我再給你五元錢，可我現在身上沒錢了，過幾天我來清風街趕集，把錢給你補上。」夏天禮就朝我們這麼看，我們都笑他，他就給我招手。我近去了，他說：「這是引生，你認識不？」牽羊人說：「瘋子引生我當然知道。」他認得我，我不認得他。夏天禮說：「引生作個證，三天後你把錢可得補上啊！」那人把羊牽走了。夏天禮問我：「擁那麼多人幹啥的？」我把新生果園的事說了一遍，沒想他擰身就走。我說：「三叔你咋走啦？」他說：「我沒那閒工夫！」我說：「三叔往哪兒去？」他說：「茶坊趕集呀。」我這才注意到他提著那個黑塑料兜。我說：「銀元現在是啥價？」他回過頭來，看起我，一巴掌搗了我的嘴，低聲說：「你胡說些啥？」我沒胡說。夏天禮長久以來偷偷在做販銀元的生意，別人不知道，我可是知道的，我是在茶坊村的集市上瞧見過他和一個人蹴在牆根，用牙咬一枚銀元哩。夏天禮還搗著我的嘴，說：「這話你給誰說過？」夏天禮這麼說，我也就乖了，我說：「我……我說啥了？」夏天禮說：「你說你說啥了？」我說：「我說我雷慶哥孝敬你，給你買了頭羊讓你喝奶哩，你咋把羊賣了？」夏天禮就笑了，說：「我恁奢侈的，讓人罵呀?!」看見路邊的水渠裏有一個蘋果，撿起來擦了擦，放在了提兜裏。

夏天禮走了，我還站在那裏，我覺得我是一個皮球，被針扎了一下，氣就撲哧放了。中街劉家的那兩個傻子娃從牌樓下過來，爭論著天上的太陽，一個說是太陽，一個說是月亮，他們攔住了一個過路人，那人說：我不是清風街的，不太清楚。我連笑也沒有笑，悶了頭往伏牛梁去。伏牛梁是縣上「退耕還林」示範點，那裏的樹苗整整齊齊的，樹幹上都刷了石灰，白花花一片，樹林子裏有我爹的墳。我是心情不好的時候就愛到我爹的墳上，給我爹說話。我就告訴爹：「爹，我愛的女人嫁給夏家了！為什麼要嫁給夏家呢？我思想不通。她白雪，即便不肯嫁給我，可也該嫁得遠遠的呀，嫁遠了我眼不見心不亂的，偏偏就嫁給了清風街的夏家！」我爹在墳裏不跟我說話，一隻蜂卻在墳上的荊棘上嗡嗡響。我說，爹呀爹，你娃可憐！蜂卻把我額顱螫了，我擤了一下鼻，將鼻涕塗在螫處，就到墳後的土坎下拉屎。剛提了褲子站起來，狗剩過來了。狗剩是苦人，勤快得見天都拾糞，日子卻過不到人前面，聽說好久連鹽都吃不上了。我本來要同情他的，他竟然說：「引生，你那水田裏的草都長瘋了，你咋不去拔拔？」我就來氣了，說：「你有空的時候你去拔拔麼！」他說：「你以為你是村幹部呀?!」我說：「你要不要糞？我拉了一泡。」他拿了鍁過來，我端起一塊石頭，把那泡屎砸飛了。

夏天智在送走演員後就睡了，一直睡到中午飯後。四嬸做好了飯，就收拾著去西街親家的禮物，問白雪該去幾家，白雪說，族裏的戶數多，出了五服的就不去了，五服內的是六家。四嬸只準備了五家，糖酒還有，掛麵卻不夠了，就把五份掛麵又分成六份，重新用紅紙包紮。夏天智睡起來坐在炕沿上看四嬸包掛麵，問夏風：「東街口還鬧騰哩？」夏風說：「吵了一鍋灰！君亭和秦安也去了，新生拿來了合同，合同上是秦安蓋的章，君亭就發脾氣啦。君亭一發脾氣，秦安支吾得說不出話，渾身就起紅疙瘩，病又犯了。」夏天智說：「給我點紙煤去！」夏風點了紙煤，夏天智呼嚕呼嚕吸了一陣水煙。夏風說：「我君亭哥像個老虎似的，脾氣那麼大？我看他把秦安就沒在眼裏拾，既然是秦安蓋了章，也得維護秦安呀，當著三踅這夥人的面，讓秦安下不了台。」夏天智又是呼嚕呼嚕吸了一陣煙，說：「你在城裏，你不知道，農村這事複雜得很哩……」卻不往下說了，側著耳朵問：「啥響？是打雷嗎？」

是打雷。天上豁朗朗地在響，一朵雲開始罩了南溝腦的虎頭崖。

天上的雷聲像推空石磨，響了一個時辰。整個夏季，乾雷打過幾次，落不下一場雨，飄過來的雲沒有給人們留下個印象。現在雲又從虎頭崖飄來了一朵，清風街的人差不多出了屋仰頭往天上看，人給雲留下了印象，它就下了一顆雨，撲沓，砸在陳星的門口。

這雨砸下來，起了一股煙塵。門面裏，陳亮睡在涼蓆上還睡不醒，陳星喊了聲要下雨啦，出來卻沒雨，便把修車的家什擺在門口，一邊補輪胎一邊唱。清風街上，陳星是第一個唱流行歌的，能唱得和電視上、收音機上唱的一樣。現在他唱〈流浪歌〉：流浪的人在外想起了你，親愛的媽媽，流浪的人在天涯，沒有一個家……巷道裏的娃娃夥聽見了，就都跑出來，陳星不理他們，只是唱，扭頭看著街面的遠處。

中街的兩邊都是門面房，沒有門樓，卻都有個長長的門道，我就坐在丁霸槽家的門道裏吃茶。丁霸槽從縣城回來後用涼水擦身子，他個頭沒有我高，肚子卻像個氣蛤蟆，我說：「半截子，半截子，誰給你起的大名？」丁霸槽說：「我爹起的，咋啦？我爹盼我不窩囊，在槽裏能搶得下吃喝哩！」他扭頭對隔壁門道的王嬸說：「嬸子，恁熱的天還不下機子？來喝點茶麼！」王嬸在織布機上手忙腳亂，前心後背的衣服都汗透了。王嬸說：「我要是有你這樣個兒子，我也知道躺在涼椅上搖扇子哩！霸槽，聽說染坊裏價又高了？」丁霸槽說：「可能是高了。」王嬸說：「咋啥都高了?!」梭子從機上掉下來，她彎腰拾，沒拾起來。我說：「誰說的，霸槽的個子就沒事嘛！」武林挑著豆腐擔子走過去，喊：「豆腐！漿水豆，啊豆，豆腐！」王嬸就下了機子，在口袋裏掏錢要買豆腐，掏了半天掏出幾張軟沓沓的毛票，武林已經走遠了，就罵：「結巴子你是賣豆腐哩還是跑土匪呀？」

中街的街道熱氣騰騰，熱氣是生了根往上長的，往東看去看見街拐彎處的東街口牌樓，以及往西看去看見街拐彎處的西街口牌樓和牌樓下的武林，都在熱氣中晃，像是一點一點在融化。「狗子，狗子，來運！」我大聲叫著，不叫牠的大名牠不理你，叫了牠的大名，牠站住看了看，還是追逐鄉政府的黑狗賽虎。夏家的人和鄉政府有關係，連狗戀愛也門當戶對。街上的狗見到了賽虎都想接近，來運就和牠們咬，嘰吱哇嗚，咬到染坊門前了，狗和狗都是一嘴毛。

清風街的染坊，從來都是西街白家人開的。白家人善於生意，中街的門面房除了東街的竹青租了一間開理髮店外，壓麵房，鐵匠舖，裁衣店，紙紮坊都是他們的。染坊門面比先前小多了，但染出的布花樣更多，顏色更亮，平日裏晾布架要撐到清風寺的門前土場上去。從染坊旁的短巷往南就是清風寺，隔著土場和戲樓端對。清風寺是什麼時候建的？這誰說得清楚?!寺裏的前殿比後殿大，前殿的後簷和後殿的前簷僅差一尺，下雨天雨水就聚在兩殿間的台階下，然後從東西水眼道流出去。前殿隔擋了四個小房，門都是走扇子，關上了門縫裏還能伸進去個手。後殿兩邊隔擋了單間，中間擺了一個長案，還有很長的條凳，坐著吃紙菸的時候，從窗子裏就看到院子裏的大白果樹。

白果樹上住著一家鳥。大前年一隻鴿子飛來打架，鴿子和鳥夫妻打得非常激烈，白的灰的羽毛落了一地。人們想幫鳥夫妻，但擲石子擲不到那麼高。戰爭持續了三天三夜，鳥丈夫被啄瞎了眼睛，跌下來摔死了，緊接著鳥妻子也跌下來，先還能睜眼，不到一個時辰也死了。奇怪的是鴰子並沒有占巢，從此飛得沒蹤沒影，直到連颳了七天黃風，鳥巢被颳了下來，才發現巢裏還有兩隻雛鳥，差不多都乾癟了。

白果樹上的鳥遭到滅絕，正是三一二國道改造的時候。三一二國道原規畫路段要避開清風街的後塬，從屹甲嶺隨著州河堤走，可以是堤又是路，不糟蹋耕地。可後來還是從後塬經過，這就把清風街風水壞了。風水重要得很，就是風水一壞，夏天義下台了。夏天義一輩子都是共產黨的一桿槍，指到哪兒就打到哪兒。土改時他拿著丈尺分地，公社化他又砸著界石收地，「四清」中他沒有倒，「文革」裏眼看著不行了不行了卻到底他又沒了事。國家一改革，還是他再給村民分地，辦磚瓦窯，示範種蘋果。夏天義簡直成了清風街的毛澤東了，他想幹啥就要幹啥，他幹了啥也就成啥，已經傳出縣上要提拔他去鄉政府工作了。這事可是真的，因為慶金給他爹買了雪花呢布，在中街的縫紉舖裏做短大衣，準備著去鄉政府工作時穿呀。但夏天義是太得意了，竟組織村民去擋修國道！在後塬入口架了路障，不讓工人進駐清風街，當掘土機開了來，他讓一批老漢老婆們躺在掘土機前不起來。年輕的縣長來現場處理問題，讓他把村民撤走，他不撤，他說：「你得給農民道歉！」縣長生了氣：「我要為國家負責！」公安局來人把老漢老婆們架走了，也給了他處分。

三一二國道終了仍是貼著清風街北面直直過去，削了半個屹甲嶺，毀了四十畝耕地和十多畝蘋果林，再加上前幾年在七里溝淤地沒有成效被下馬，夏天義灰了心，就撂挑子。夏天義撂挑子其實是故意給鄉政府看的，因為我去看他時，他在家裏用香油炮製他的菸葉，見到我了，把一片菸葉在腿面上捲成了要給我吸，我不吸，他說：「你一天到黑亂跑哩，消息多，我不幹了聽到沒聽到啥反應？」我那時巴結他，我說：「你不幹了，清風街塌天啦！」夏天義笑了，滿嘴黑牙，說：「你狗日的會哄人了！」我說：「真的塌天了！」夏天義說：「塌了好麼！」但是，誰能想到，夏天義不幹了，鄉政府竟能立馬決定讓治保委員秦安當了支書，把君亭從農機站派回村作為主任候選人來公示，一張紙貼在街上，五天裏沒人反對就正式上任了。

夏天義是在第二天的早晨起來，穿衣服就顯得寬了許多。二嬸不讓他出門，在家給他打荷包蛋吃，他不吃，偏要出門，他說：「褂子呢，把褂子拿來！」二嬸取了對襟褂子，他說：「雪花呢大衣呢?!」二嬸說：「你穿那幹啥，你不嫌人笑話？」夏天義說：「我偷人啦?!」雪花呢短大衣披著，戴了大橢石頭鏡，叼著黑捲菸從街上走。經過貼著公示紙前，許多人叫他：老主任！夏天義端端進了飯館，他這回沒賒帳，付的現款，吃了一海碗涼粉。夏天義愛吃涼粉。吃了涼粉，又提了兩瓶酒，砍了十斤排骨，說：「我以前的工作沒完成好，年輕人應該擔擔重擔麼，我回家睡覺去！」

我這說到哪兒啦？我這腦子常常走神。丁霸槽說：「引生，引生，你發什麼呆？」我說：「夏天義……」丁霸槽說：「叫二叔！」我說：「二叔的那件雪花呢短大衣好像只穿過一次？」丁霸槽說：「剛才咱說染坊哩，咋就拉扯到二叔的雪花呢短大衣上？」我說：「咋就不能拉扯上?!」拉扯得順順的麼，每一次閒聊還不都是從狗連蛋說到了誰家的媳婦生娃，一宗事一宗事不知不覺過渡得天衣無縫！丁霸槽不理我了，自言自語道：「這麼坐著不是個法兒呀，總得弄錢呀！」我不接他的話，他又翻來覆去地說，「到哪兒弄錢去？」到哪兒弄錢去？真是有一個錢就想著第二個錢？我就煩了，說：「信用社有錢，你頭上套個黑絲襪子去搶麼！」話一出口，我就知道失言了。丁霸槽之所以現在不是窮人，前幾年銀行在清風街辦信用站，他在站上幹過，人都說他鑽了許多政策上的空子，從中挪騰了一筆錢。我說：「你瞧我這髒嘴！」丁霸槽說：「你嘴巴髒，你把牙上的韭菜擦了！」我一擦，果然有片韭菜葉子。丁霸槽卻說：「君亭的褲襠裏是不是濕的？」我才發現君亭從街上碎步鑽進短巷去了，臉色不好。

君亭在中午發了一通火，就氣呼呼到兩委會辦公室來。君亭像他爹，如果左眉骨沒有一道疤，簡直就是他爹又活過來了。但君亭比他爹性急，腿快，話頭子也快，前傾著身子走路。有一次我在廁所裏蹲坑，他也進來了，我說：「主任親自來尿呀？」他說：「嗯。」我說：「我要尋你彙報個事哩。」他說：「啥事？」我說：「關於我爹的事。」他說：「你爹的事你尋秦安。」我說：「秦安他拿不了稀稠。」他說：「那就等我閒下來再說，廁所外還有三個人等著我辦事哩！」他收回了東西，提了提褲子就出去了。他是忙，我懷疑尿也沒來得及尿淨。君亭氣呼呼到了清風寺，寺門口現在掛的是兩委會辦公室的牌子，牌子上有人用炭畫了個小王八，把他娘的，他用腳把小王八蹭了，又踢開了門，上善在庭院裏喝茶。和上善喝茶的是婦女委員金蓮，兩人都脫了鞋，盤腳坐在石凳上，白果樹陰了半院，白花花的太陽從樹葉間篩下來，兩個人像兩隻斑點狗。今年的白果也旱得沒多掛果，趙宏聲在撿白果的落葉，一把小扇子，一把小扇子，他撿了一大包，要拿回去製藥。君亭進來看了一眼，金蓮慌忙把鞋蹬上了，君亭沒有說話，徑直進了他的辦公室。趙宏聲說：「君亭不高興了？」金蓮說：「你撿白果葉哩，他能高興？這棵樹可是村幹部的茶錢樹呀！」趙宏聲說：「今年白果兩毛錢，又沒結幾顆果。」金蓮說：「往年可是五角價的，正因為今年是小年，葉子才值了錢，你卻每天來撿。」趙宏聲說：「不至於這麼小氣吧?!」彎過頭來，一邊看著君亭辦公室的窗子，一邊低聲說：「哎，我聽說他來辦公室，一進寺門就不說話了，天大的事也得坐到辦公桌前的椅子上了才開口，而且他的座位

最遜誰坐了，是不是？」金蓮說：「這些你咋知道的？」趙宏聲說：「這樣好，這樣才有威嚴，不至

於掌櫃子當成個夥計了！」金蓮如夢初醒，說：「原來是這樣！」君亭把辦公室窗子嘩啦打開，罵

道：「宏聲，你嘴裏能不能吐出顆象牙?!」趙宏聲低了頭，不敢作聲，提了白果葉包從門口溜走

了。

君亭把上善叫了屋去，上善給君亭倒了一茶缸茶水，但君亭的身子像是個篩子，喝多少水漏多少汗，就不喝了，指示上善把帳做一做，看清風街現在欠別人多少，別人又欠咱多少？上善說：「怎麼今日提起帳，上邊要來檢查啦？」君亭說：「你也話多得很！我是村主任，我心裏能不揣個明白？」上善說：「清得很，帳面上還有三萬元，欠上邊稅費有八萬，欠幹部十一萬三千，欠飯店二萬二一。」君亭的額顱上忽地湧了個肉疙瘩，說：「欠幹部這麼多？」上善說：「這積攢多少年了，常常是上邊催得緊的稅，下邊又收不上來，幹部臨時用自己錢墊的，更多的是去貸款，貸款單上又落的是個人名字。還有，補貼欠半年的，一年的。引生他爹是欠了一年零三個月的補貼。引生來要過幾次，把我罵得狗血淋頭……」君亭一揮手，說：「沒收回來的有多少？」上善說：「西街農業稅還欠二萬，中街的是八千五，東街的一萬六千。果園承包費交了五千，還欠三千八。電費幾乎三分之一沒繳上來。河堤上賣出的那些樹，事情還黏著呢，引生他爹在條子上寫著的是六十棵，我去查看了，樹樁是八十一棵，原定的一棵賣一百元，引生他爹說其中四十棵賣給了鄉長的外甥，因為人家一次性買得多，大小粗細拉平是五十元。他人一死，就成糊塗帳了。」君亭沒言語，在口袋裏掏紙菸，但口袋裏沒有，他說：「你帶紙菸了沒？」上善說：「我才吸完。」彎腰從屋角笤帚後撿扔掉的紙菸把兒，君亭把茶缸的剩茶潑過去，紙菸把兒全濕了，坐在椅子上出粗氣。窗子開著，白果樹上的知了沒死沒活地叫，來運從寺院門縫裏擠進來，賽虎緊接著也跟進來，金蓮把賽虎攆了出去，關了門，賽虎就在門外抓門

環，在外邊叫一聲來運，來運在裏邊應一聲。上善就給金蓮揮手，金蓮把來運就也攆了出去。上善然後說：「還有，不知該怎麼說呀？」君亭說：「說。」上善說：「秦安上次去縣上爭取河堤的加固資金，說捨不得娃打不了狼，拿了兩萬元的活動費，但資金沒批下來，兩萬元也沒了下落。」君亭說：「你問問他！」上善說：「我咋問呀?!」君亭躁了：「你是會計你咋不能問？錢是清風街的錢，打了水漂了就打了水漂了?!」上善不再吱聲。遠處有啊哇啊哇的長聲，這是染坊後院的那頭驢在叫，清風街就只有了這一頭驢，在染坊的後院裏專門推碾子軋染料。君亭噎過上善後，口氣緩下來，說：「新生的事，現在人都盯著，三踅叫喊著要告哩，你說怎麼辦？」上善說：「剛才我和金蓮還說到這事著，修改合同的事，雖說是秦安分管的範圍，他沒給你打招呼？」君亭說：「我知道個屁！」上善說：「這，這事咋能這樣弄呢？那就誰屙下的誰去擦吧。」金蓮把一壺茶端進來，君亭不說話了，金蓮知趣，放下茶壺又出去，坐到石凳上用指甲花染手上的指甲。君亭說：「誰屙的誰擦？現在屎抹勾了，他能擦淨?!」上善說：「三踅不是省油的燈，他真鬧起來，與秦安不好，與咱們誰都不好。這事我思謀，你得出來，一方面壓壓三踅，一方面要想個辦法……」君亭說：「我處處護著他，他倒不領情，最近他是不是和我二叔走得勤？」上善說：「這我說不清，反正是我到老主任那兒去了三次，三次他都在那兒。」君亭說：「我二叔也是糊塗了！」撇下上善，自個兒出了辦公室，到院中的水井裏打水。井水不深，木鉤桿吊著水桶就把水提上來了，君亭把水倒在銅臉盆裏，整個頭臉全塞在盆水裏，哇哇哇地一陣響，水濺了一地。

君亭和上善在清風寺的辦公室裏提到了我爹，這令我非常惱火。李上善，世上有一種鬼名字叫日弄，你李上善就是日弄鬼！清風街的爛事那麼多，他上善偏要數說我爹的不是，還不是因為我爹人死了，死口無證，豬屙的狗屙的全成了我爹屙的！我爹在世的時候，他能把我家的門檻踏爛，來了不是手裏提個雞，就是端一個老南瓜。要是下雨，他會將一雙泥腳在台階上蹭來蹭去。我爹說：你進來，進來吧！他還是用樹棍把鞋上的泥刮得乾乾淨淨了才肯進來。河堤上的樹要滅伐，為的是要修繕小學校的危房，而鄉長的外甥提出要買一些樹，一是人家舅是鄉長，二是鄉長正準備批一筆款給學校，哪能不賣給人家嗎？樹伐下來幫著拉運的是誰，是你李上善嘛！向縣財政局要加固河堤款是秦安最後辦的，可先聯繫的還是我爹，誰願意去行賄呀！但我爹揹了一麻袋柿餅、花生到財政局，人家讓拿到辦公室去都不讓去！兩萬元打點了人家，能指望再讓人家還打個收條嗎？沒腦子！我爹為清風街辦事落了個啥，受盡了人的黑臉白眼，磨破了腳上的一雙雙膠鞋，他是懷裏揣了冷饃在飯店裏要碗麵湯泡著吃，吃壞了胃，給誰說去，反倒現在村裏還欠他的幹部補貼金！

君亭洗完了頭臉，上善殷勤地跑到廁所邊的核桃樹上摘了三片葉子，要君亭夾在褲腰裏生涼，君亭卻說：「你給我撓撓脊背。」君亭的脊背上滿是痱子。撓著撓著，上善的脊背也癢了，靠著那棵白果樹蹭。金蓮就進了辦公室，擺弄了風扇，但風扇怎麼也是不轉。上善說：「你沒看有電沒電?!」金蓮拉了燈繩，燈是滅的，就說：「又沒電了！」君亭不讓上善撓脊背了，說：「你這就去鄉政府，把頭頭腦腦的都請了，到劉家飯店裏咱包一桌飯。」上善說：「請鄉上人呀？」君亭說：「我估摸三踅肯定要告狀的，得先給鄉上打個招呼。我還有個想法，給電站得增容呀，天這麼旱，不說澆地用，人熱得連電扇也搧不成，西街的意見大得很，幾乎是起了吼聲，這錢也得讓鄉上幫呀！」上善說：「吃飯時叫不叫秦安？」君亭說：「叫上吧。」金蓮就說：「那我去通知秦安。」先出門去了。上善也要走，君亭說：「給劉老吉說，讓他弄些錢錢肉。」

上善轉過清風寺拐角，金蓮卻站在那裏等著他，伸手把他額頭上一撮耷拉下來的頭髮往謝頂處抹上去，說：「你們說什麼事，我進去他就不說了？」上善說：「他嫌秦安太靠老主任。」金蓮說：

「連他二叔都防備呀？」上善說：「他和秦安是越來越尿不到一個壺裏了，以後難做事的就是你我哩。」金蓮說：「也活該秦安是軟蛋，聽說鄉上都有意思讓他們換個位的，有這事沒？」上善說：「我問過他，他板著臉說：你聽誰說的？我就沒再問他了。」金蓮說：「突然間要請客，會不會是鄉上今日通知這事呀？」上善拍了謝頂，說：「對對對，極有可能，我怎麼就沒想到這一點?!」瞧四下沒人，捏了一下金蓮的屁股。

金蓮一股風就往秦安家去，這女人豐乳肥臀，總覺得她在清風街要比白雪漂亮，但就是臉上有雀斑，要抹好多粉。夏天裏出汗多，粉難搽勻，她口袋裏便時常裝了個小圓鏡。一路走著照了三回，到了秦安家，秦安家的門上了鎖，返回街上見秦安的老婆在染坊，叫道：「嫂子，秦支書呢？」眼裏看著染坊門口的對聯：進來了，我知道你的長短；出去了，你知道我的深淺。心裏就說：這肯定是趙宏聲寫的！秦安的老婆在翻印花布，卻沒理睬金蓮。金蓮又說：「嫂子，我找秦支書哩！」秦安的老婆說：「他算什麼支書呀，那是聾子的耳朵，我早就讓他割了哩！」染坊的白恩傑說：「耳朵割了那成啥啦？」秦安老婆說：「成啥了？」白恩傑說：「你還解不開？」秦安老婆說：「解不開。」白恩傑說：「笨得很！我說個故事吧，一個大象正走著，一條蛇擋了路，大象就說：躲開！蛇不躲，說：你張狂啥呀，不就是臉上長了個毬麼！大象也罵道：你不也就是毬上長了個臉麼！」秦安老婆就撲過去抓白恩傑的嘴。等秦安老婆出了染坊，卻把金蓮也叫出來，在沒人處了，說：「金蓮，你找他啥事？」金蓮說：「兩委會請鄉政府人吃飯呀，四處尋不著他的人！」秦安老婆說：「人在屋裏哩。」金蓮說：「我剛去過你家了，院門鎖著的。」秦安老婆說：「他不想見人，叫我把他反鎖在屋裏的。金蓮，你說說，秦安人心軟，見不得誰有難處，新生守著個病老婆，照顧他讓他承包了果園，果園收成不好，他又欠了一勾子爛帳，秦安眼見著他艱難才同意改了合同，現在倒落得三踅要告，君亭也嚷，要把改了的合同再改過來。一盆水潑出去都收不回來，這當支書的說出的話不如放一個屁?!」金蓮閉口不說是非，只是聽著。到了秦家門樓，開了門，秦安果真就在堂屋台階上坐著用瓷片兒刮竿頭，刮了一盆子。金蓮說了吃飯的事，秦安不去。秦安老婆說：「沒出息，你咋不去?」秦安說：「我不想見他君亭。」秦安老婆說：「你羞先人了你！他君亭是老虎?他就是欺負你，你也讓鄉上領導看看他怎麼個欺負你，你為啥不去?」秦安說：「那好，見了鄉上領導，我提出不幹了！」

在飯店裏，三巡酒都喝了，劉老吉的兒子從西山灣買錢錢肉才回來。劉老吉訓兒子：養頭驢都該養大了，這個時候才買肉回來！劉老吉的兒子抱怨西山灣那裏沒了現貨，人家冷櫃裏存著給縣上領導送的兩條，他死皮賴臉地連包紙綻也沒綻就拿回來了。君亭把包紙剝開，果然裏邊是兩條驢鞭，每條驢鞭上都貼著紙條。分別寫著縣長的名字，書記的名字。君亭就說：「咱就吃縣長的和書記的！」大家哈哈大笑，秦安卻冷不沓沓地說他要辭職。鄉長說：「你這秦安掃興，大家正樂著，你辭什麼職?」秦安說：「我不幹支書啦。」大家都愣了，拿眼看秦安。秦安說：「我可是把話給你們領導說明了。」起身就要走。鄉長一把扯住，說：「喝酒喝酒，天大的事喝了酒，吃過錢錢肉了再說！」秦安還是說：「我真的不幹了。」秦安是痴性人，話一出口就梗了脖子，不再喝酒。鄉長說：「你要辭職就由你了?」秦安說：「我這一堆泥捏不起個佛像麼！」鄉長說：「清風街就在鄉政府的眼窩底下，啥事我們不知道?你秦安幹事好著哩！要說不是，就是開拓局面的能力軟了點，當時配班子，也是考慮到這一點才把君亭從農機站調過來，我看你兩個長的補短的，粗的勻細的，滿合調的呀！清風街是鄉上的大村，任何工作只能做好，不能搞砸！清風街最近是出了些事，出了些事不怕麼，有什麼事解決什麼事麼。為了大局，為了清風街的工作做得更好，我們也研究了，你們兩個誰也不能給我撂挑子，可以把各自的工作對換一下……」君亭一直在喝酒，喝得臉紅紅的，錢錢肉端了起來，涼調的，切得一片一片，中間方孔外邊圓，是古銅錢的樣子，他說：「鄉長，先吃菜，嚐嚐味道咋樣？說對換就對換了？」鄉長說：「我聽聽你們意見。」君亭說：「我覺得這不合適吧，我畢竟年輕，經驗也差，還是繼續給秦安做個幫手啊！」秦安說：「還是把我一抹到底著好！」鄉長說：「就這麼定了，趁今日這機會，先說給你們，明日就在清風街上張榜公示呀。」一說畢，酒桌上都沒了聲。鄉長就帶頭吃錢錢肉，他吃飯響聲大，說：「都說這東西有營養，不一定吧？」上善說：「現在市面上賣的都是小毛驢的，那不行，咱西山灣出叫驢，叫驢的東西勁還是大哩！」君亭說：「咱上善是西山灣的女婿，他丈人曾經做過這東西。」上善說：「做這東西，兩歲的叫驢最好，但不能軟著割，得領一頭漂亮的草驢在牠面前轉，等到那東西一硬起來，全充了血了，刷地一刀割下來……」金蓮就起身離開了桌。鄉長就笑開了，說：「不說啦，不說啦。老吉，主食是些啥？」劉老吉說：「酸湯麵行不行？」鄉長說：「那就來麵。一人一碗。」秦安說：「我不要。」君亭和金蓮幾個人也說吃飽了，不要麵了。最後落實了兩碗，劉老吉就對廚房喊：「來三兩碗麵！」恰好店裏進來三人也要吃麵，劉老吉又喊：「再來兩三碗麵！」金蓮小聲問上善：「怎麼三兩碗兩三碗地喊？」上善說：「三兩碗是把三碗麵盛成兩碗，兩三碗是把兩碗麵盛成三碗，明白了吧？」金蓮說：「這賊老吉！」上善踩了一下金蓮的腳，端了酒杯說：「鄉上都研究了，公示不公示，那就鐵板釘了釘，來，我先敬鄉上領導對清風街的關懷，再恭賀君亭和秦安！鄉上的決定好得很，啥叫神歸其位，這就叫神歸其位！」秦安先是不喝，最後還是端起喝了一半，頓時脖臉通紅，胳膊上起了紅疹。君亭說：「這半杯我替你了！」拿過來喝了，又說：「既然是這樣，那我有個要求，清風街電不足，這鄉上都知道，我想增容哩，鄉上得拿錢啊！」鄉長說：「清風街從來是不叫不到，不給不要，你君亭倒把這作風給變了！好麼，增容是急需增容的，鄉上可以掏，但我把話說清楚，你們也得掏，四六攤分，你們把四成籌齊了，我給你們掏六成，怎麼樣？」君亭說：「憑領導這麼支持，我君亭把這半瓶一口喝了！」上善忙擋，說：「你胃潰瘍……」君亭說：「毬！能拿回六成，胃出了血也值！」半瓶子白酒吹了個喇叭。鄉長一直看著君亭，等君亭把酒喝完了，問稻田抗旱的事，又問伏牛梁上「退耕還林」示範點的便道修得怎樣，問著問著，頭一歪對秦安說：「我來前三踅就在我那麼，果園是怎麼回事？」秦安當下臉色就變了，君亭立即給秦安添了茶水，說：「這麼快三踅就告狀了？沒什麼嘛，給劉新生改合同的事，秦安和我研究了的！當時的合同是按正常年景定的，去年受凍，今年乾旱，產量減得厲害，咱不能讓人家上吊麼。分出來的那一部分，好多人還想承包，這你放心，很快就落實啦！」鄉長說：「這就好。三踅可是說得邪乎得很，說你兩個先鬧開了！」君亭說：「三踅的話你敢信？誰的狀他都告哩，吃誰的飯砸誰的鍋，他在清風街活了個獨人！」

話說罷，君亭就去了廁所。秦安也跟了去，一邊尿一邊說：「你說果園很快就承包，其實已經擱在那兒了，有誰肯去？要是鄉長知道了咱在哄他，那咋辦呢？」君亭說：「我也是剛才突然想到一個人才這麼說的。」秦安說：「誰個？」君亭說：「陳星。」秦安說：「他能肯呀？」君亭說：「這事我來辦，你只管著劉新生把所欠的承包費交上來就是。」又返回桌上，秦安的臉色有了活泛，給各位敬了酒，敬到君亭，說：「兄弟，哥不如你，陳星的事就全靠你了！」鄉長問：「誰是陳星？」君亭說：「從外地來的小夥，原本來清風街上要開鞋店的，咱這樣稅那樣費的太多，就沒開成，我和秦安的意思是如果外來人想在咱這兒做生意，除了稅收外，別的費能免就免了，卻吃不準這樣行不行？」鄉長說：「你們看著辦麼，外來人能來對清風街是好事，不能撿了芝麻丟了西瓜嘛。」喜得君亭當即讓金蓮去叫陳星來見鄉上領導。

太陽一落，屹甲嶺的烏鴉便往清風街來。我是見不得烏鴉的，嫌牠醜。我一直認為，栽花要栽漂亮的，娶媳婦要娶漂亮的，就是吃雞吃魚，也得挑著漂亮的雞魚吃！這些烏鴉站滿了戲樓的山牆頭上，一起喊：黑哇！黑哇！黑哇！天就立馬著黑，黑得烏鴉和戲樓一個顏色。這個後晌，夏天義在地裏挖土，把老钁頭挖壞了，去鐵匠舖修補完，差不多雞都上了架，回來路過雷慶家的院牆外，聽到滾雷狀的划拳聲，順腳就進了院子。夏天禮端著葫蘆瓢在餵豬，葫蘆瓢裏的紅薯麵給豬槽裏撒一層，豬吞幾口，揚頭又看著他，他又撒一層，罵道：「比我都吃得好了，你還嘴奸！」抬頭見夏天義進來，說：「二哥你吃了？」夏天義說：「吃了。」廈屋裏有電視聲，是梅花和幾個孩子在看電視，梅花出來嘟囔著畫面不清，讓文成上到樹上把天線往高處移，對夏天義說：「二伯進堂屋喝酒去！」夏天義說：「又喝上了？」夏天禮說：「一回來就喝，又花錢又傷身子，那酒有啥喝的！」夏天義說：「都誰在？」梅花說：「君亭，家富，還有那個陳星。二伯知道不，君亭現在是支書啦！」夏天義說：「那秦安呢？」梅花說：「他兩個調換了一下。」夏天義說：「真能折騰。」梅花說：「折騰了也好，這剛調換，君亭就找陳星把退出來的果園承包了。」夏天義說：「是不是？」走近去推開堂屋門。屋子裏煙霧騰騰，酒氣醺人，都站起來讓座，敬酒。夏天義就坐了，點了自己的黑捲菸，說：「你們年輕人玩，你們玩！」陳星先倒了一杯酒，單手端給夏天義，趙家富訓道：「咋端酒哩，那個手呢?!」陳星一時不知所措，趙家富奪過酒杯，雙手高高端了，說：「記著，在清風街敬長輩老者就得這樣！」但夏天義卻說天熱，他不喝。趙家富說：「君亭今日是村支書了，你是老領導，又是君亭的二叔，這都是你夏家的榮耀，你應該喝一杯！」夏天義接了酒杯，卻交給了陳星替他喝，說：「你把果園承包了，就好好務弄，技術上有不懂的來找我。」君亭說：「二叔也知道了？」跟著進來的梅花收拾地上的空酒瓶，嘟囔：「喝了這麼多啦？」雷慶說：「再去弄一碟菜吧。」梅花聽見了卻裝沒聽見，斜靠在門框上說：「二伯什麼不知道？巷道裏跑過一隻雞，二伯清楚這是誰家的雞，下蛋了沒有！」夏天義說：「這事算弄得好。以後承包出去的項目還得勤勤照看著，一大撒手，問題就出來了，清風街可是費幹部的地方！」君亭說：「這一次也就是三踅在鬧騰。」梅花打了個噴嚏：阿嚏！唾沫星子濺了雷慶一脖子。梅花說：「誰想我哩?!」雷慶說：「狗想你哩！」梅花踢了一腳，說：「三踅，哼，他是以攻為守哩！」雷慶說：「你就話多得很！」梅花說：「我說的是理呀，磚場這幾年，他總說是虧損，可自個摩托車倒騎上了！讓他承包他不承包，別人要承包他又不肯，哪兒有這麼橫的事?!」君亭說：「這可是二叔手裏的事，二叔沒解決，秦安沒解決，我就是煮牛頭也不能一把火兩把火就煮爛了的。」夏天義說：「我要不退下來，他敢？我可告訴你，遺留的問題一時解決不了，就得月月查他的帳，防備著貪污！」君亭說：「沒承包前，要允許著這些人貪污哩，不貪污誰當自己事幹？但貪污有個度，超過度了那不行。」夏天義說：「一個子兒都不能貪污！」君亭給大家倒酒，一邊倒一邊臉上笑笑的，說：「瞧我二叔說的！他在任的時候水清是清，可水清不養魚麼，清風街誰給你好好幹來？」夏天義說：「我幹得不好，辦公室的錦旗掛了一面牆了！」話說得動了氣，把手裏的捲菸猛地從堂屋門口往院子一扔。他這一扔，偏不偏電燈忽地滅了。梅花說：「停電了，電又停了！」立時黑暗中一片寂靜，大家都在原地不敢動。梅花在劃火柴，在找煤油燈，喊：「翠翠，把廈屋牆窩子裏的煤油燈拿來！」腳底下踢倒了一個空酒瓶子，玻璃碎裂著響，末了一盞燈顫顫巍巍地亮在櫃檯上。夏天義說：「你瞧瞧，咱這電，三天兩頭斷！」君亭說：「你當主任的時候哪能用多少電，現在誰家沒個電扇電視的？明日我就去縣上採購新的變壓器呀！」夏天義說：「我給你說話，你總是跟我頂嘴！」

院子裏，夏天禮還在餵他的豬，他拿手壓壓豬的脊梁，試膘的厚薄，豬的脊梁仍然像個刀刃子。翠翠過來說：「爺，我二爺和我君亭伯又吵哩，你不去擋擋？」夏天禮說：「那不是人吵哩，是兩個肝吵哩，我廈屋櫃上有大黃丸，給他們拿去吃吃。」翠翠把大黃丸還沒拿來，堂屋門哐啷響，一片子光跌在院裏，夏天義走出來了。家富和雷慶給夏天義說好話，越說夏天義的脖子越硬，拉也拉不住，把披在肩上的褂子拉下來了。梅花拿了褂子追到院門外，夏天義還是沒留住。夏天禮進了堂屋說：「你兩個虛火就恁大?!」君亭說：「在他眼裏，啥事都是我們管得不好！我到底是村幹部呢還只是他的姪子，倚老賣老！」夏天禮就不再言語，把桌上吃光了菜的一個碟子取了往櫃檯上放，說：「我說不要喝多了不要喝多了，火氣大，天又熱，喝的啥酒哩！」君亭卻說：「喝酒喝酒！雷慶你還有酒沒？沒了我回去拿幾瓶來！」雷慶又取了一瓶新酒，君亭拿牙咬瓶蓋，咬不開，瓶子口塞到門閂環裏一按，呼地瓶蓋就蹦了。

夏天義在院門外聽見君亭又嚷嚷著還要喝酒，越發生了氣，路過夏天智的老宅院也沒停，一腳高一腳低往巘子尾去。幾條巷子都一哇黑，許多人在罵這電是怎麼啦，說斷電就斷電啦？電扇轉不了，熱得在屋呆不住，拉了蓆到打麥場上睡，就有人朝一戶院裏喊：「劉叔，劉叔，到打麥場去呀不？」回應說：「不去啦。」那人說：「熱成啥啦不出門，在家扒灰呀？」回應說：「扒灰也是黑灰！」嘩的燈又亮了。燈一亮，夏天義就閃到牆根，他不願意讓別人看見了他，問起他為什麼電總不正常。但站在牆根了，才意識到自己已經不是村幹部了還怕人責問嗎？又大著步子往前走。巷子裏又沒了人，夏天義走著走著又怨恨起了君亭：工作沒做好，還聽不進意見，這樣下去能不出婁子嗎？酒桌上提到買變壓器，拿什麼去買，肯定還得群眾集資吧，清風街一集資就又要罵娘了，以前修街面路就是集資，差一點沒塌了天啊！夏天義突然為君亭擔起心來，已經走到了自家門口，並沒有進去，把老钁頭放在門樓角，拐腳要尋電工俊奇的。

俊奇姓周，自小就患有心臟病，一年四季嘴唇都發青，幹不了重活，是夏天義在任上的時候讓俊奇當了清風街的電工。有人對俊奇當電工有意見，狗剩就當著夏天義的面說：「不公平呀，你偏心俊奇哩！」夏天義沒有反駁，也不迴避，說：「只要你能得心臟病，我也偏心你！」狗剩說：「可惜我娘不是地主婆麼！」夏天義聽了，撲上去搧了狗剩一個嘴巴。從那以後沒人再提說這件事。

明白了吧，夏天義和俊奇家是有故事哩！這故事已經長久了，清風街上了歲數的人知道，年輕人不知道，但我知道。土改的時候俊奇的爹被定為地主成分，當然得批鬥，俊奇的爹受不了作踐，俊奇的娘就去勾引夏天義。夏天義第一回和俊奇娘是在磨坊裏辦了那事，俊奇娘把褲子褪了，叉著腿仰面睡在磨盤上，夏天義首先看見這麼白的身子，血就轟地一下上了頭。他的老婆，就是二嬸，褲頭都是舊棉襖拆下的布縫的，月經來時夾的是爛棉花套子，而俊奇娘的褲頭竟是紅綢子做的。心想：到底是地主的老婆！就狠了心幹起來。已經排泄了，還用手又戳了幾下。那時辰，拉磨子的牛還拴在磨坊裏，夏天義使勁拍了一下俊奇娘的屁股，一側頭，看見牛眼瞪著他，瞪得比銅鈴還大。但是，夏天義畢竟是夏天義，把俊奇娘睡了，該批鬥俊奇爹還是批鬥。俊奇娘尋到夏天義為丈夫討饒，夏天義說：「茄子一行，豇豆一行，咱倆是咱倆的事，你掌櫃子是你掌櫃子的事。」俊奇娘說：「那我白讓你幹了?!」夏天義生了氣，說：「你是給我上美人計啊?!」偏還要來，俊奇娘不，夏天義動手去拉，俊奇娘就喊，夏天義搗了她的嘴，唬道：「你這個地主婆，敢給我上套?!」俊奇娘就忍了。可是，俊奇娘的喊聲畢竟被耳朵聽到，一個是中星的爹，一個就是牛棚裏的牛。中星的爹從水田裏拔草剛上了塄，看見了夏天義和俊奇娘挽聯了一疙瘩，摘片蓖麻葉擋了自己的臉就走了。中星他爹那時才學佛學道，給人預測算卦，是個碎嘴，給一些人說了，出奇的是東街的人不但不氣憤，倒覺得夏天義能行，對美人計能將計就計，批鬥地主還是照舊批鬥。只是俊奇家的牛記仇，從此一見夏天義就拱了頭來牴，牴斷過夏天義的一根肋骨。

中星的爹曾經給我說過，人是輪迴轉世的，這一世是人，前一世可能是一棵樹，下一世或許又成了一頭豬，各人以各人的修行來決定托變的。所以我說來運前世是個唱戲的。所以我老覺得我和白雪在前世是有關係的，我或許是一塊石頭，她或許是離石頭不遠處的一棵樹。俊奇家的牛牴斷了夏天義的一根肋骨，夏天義和牛結了仇，入社後，就把那牛殺了，拿皮蒙了鼓，現在這面鼓就在劉新生家的樓上放著。十幾年都過去了，夏天義一直恨俊奇爹娘的卑鄙，不肯再到周家宅院去，而隨著俊奇的爹一死，自己的年紀也大了，卻有了惻隱之心，夜深人靜了總想起俊奇娘的模樣，便暗中照顧那娘兒倆。一次在麥場上，俊奇娘收工往家走，走過了麥堆時將腳踩在麥堆裏，又搖了幾下。這種偷糧食的辦法許多人都使用過，夏天義就看見了，他吭了一聲，俊奇娘嚇得渾身哆嗦，回過頭來，卻發現夏天義把頭低了，在腿面上搓捲著菸葉。俊奇娘為這事感念過夏天義，曾託俊奇叫夏天義去她家吃茵陳蒸飯。夏天義沒有去。俊奇長大了，病懨懨的像黃瓜秧子，夏天義就讓他當了電工。

那個夜裏，夏天義從水塘邊上一個土坡，穿過兩道巷，站在了東街最東的那棵柿子樹下，看著周家的院門。這是六間屋的大院，曾經是青堂瓦舍，土改時院子中間壘了胡基牆，將四間分給了貧農張拴狗，兩間留給了俊奇家。俊奇修了電房的保險絲回來不久，關院門要睡覺了，猛地看見柿子樹下有一顆亮點，還以為是狼，嚇了一跳。再看時，那亮點發紅，知道有人在吸紙菸，就問：「誰？」夏天義走過去，俊奇呀地叫了一聲，忙不迭地招呼著讓往家裏坐。在俊奇居住的上房裏，散發著濃重的酸菜味和尿桶臊氣，夏天義又接續了另一根捲菸，問起電供應的事。俊奇乖順得像個學生，先檢討了自己的工作，為清風街常常斷電感到內疚。他說：「二叔，我給你下巴底下支了磚頭了。」夏天義說：「我現在不是村幹部了，我只問電不正常是啥原因？」俊奇說是電費難收，所以放電時間短。西街更不行，電都斷了十幾天了。夏天義又問變壓器是不是該更換了，而更換變壓器是不是又要集資？俊奇驚訝著夏天義什麼事都知道，就告訴說君亭向鄉上要了錢，也約他一塊去縣城先看貨呀，但錢是四萬元，可四萬元怎麼行呢，新換個變壓器得十二萬，因為必須要加增容量，要另架高壓線路，這不是買一台變壓器能解決了的。俊奇說：「君亭說就這些錢，先把變壓器換了再說。」夏天義說：「這我心裏有數了。君亭不懂電，你得把握好，錢不能亂花，還要辦事！知道不？」俊奇說：「我聽你的。」

說了一陣話，蚊子叮得難受，夏天義說你不買些蚊香?俊奇說天擦黑時燒草燻了燻，現在開了燈，蚊子見光又從門縫進來了。夏天義說：「那我得走呀。」就出了上房。在院子經過廈屋，廈屋倒亮著光，窗紙上印著俊奇娘的頭影。俊奇娘在屋裏問：「俊奇，黑漆半夜的誰來了？」俊奇說：「是老主任，我天義叔。」夏天義遲疑了一下，要說話，卻又腳沒打住，匆匆走出了院門。在院門外，他悄聲對俊奇說：「你娘高血壓病怎麼樣？」俊奇說：「還是頭暈，不打緊的。」夏天義說：「讓她睡醒了先不急著起身，起身了先不急著就走。」俊奇說：「嗯。」夏天義又說：「你娘拉扯你不容易，上年紀了，你得孝順哩。」俊奇的眼窩就潮了。

這個下午，我是和丁霸槽喝淡了一壺茶，他嗇皮不肯再添茶葉了，我就去文化站看夏雨他們搓麻將。關於整個下午發生的一切事，都是陳亮後來告知我的。他是個大舌頭，咬字含糊，和武林有一比，但武林結巴是慢結巴，陳亮結巴是快結巴。我喜歡陳亮快結巴，我說：「你說不及了你就唱！」

他也是能唱的，但唱的是秦腔，就唱：「『越思越想越可恨，洪洞縣裏沒好人』。」我說：「你會唱秦腔了？」他一得能，又唱了一板曲子：

我說：「陳亮，清風街讓你兄弟倆承包了果園，你倒罵『洪洞縣裏沒好人』了?!」陳亮說：「一簽簽了合同，我哥就就是哭，哭了。」我說：「他哭啥的？」陳亮說：「我哥一一心想當個歌歌手的的，只是為了吃吃飯才四處跑跑著做鞋補補輪胎的，這果園一承承包就把他拴拴拴在清風街了！」我說：「你哥的歌聲我聽了，當歌手他真的就餓死了，何況還帶著你這個兄弟，你們到哪兒混去？」陳亮說：「這，這也是是的。」然後我就問陳星是不是勾搭上翠翠啦？陳亮變臉失色，說：「沒沒沒。」我警告說要在清風街站住腳，就得先把自己的東西管好。陳亮說：「這這知道，我們都有有手哩！」他這麼一說，我就可憐起這兄弟倆了，唉，這社會，幸福的人都是一樣的幸福，恓惶的人卻是各有各的恓惶。但是，陳亮卻又說了一句：「你是不是是對我哥吃吃醋啦？」我對陳星吃醋啦？笑話！翠翠，澀蘋果，沒長開，她那樣子，清風街多得是，我吃醋的只有夏風！我看搓麻將看到天黑，才從街上往回走，心想能不能碰上白雪呢，或許白雪去西街娘家也正巧回東街呢。但國營供銷店的張順在喊我：「引生！引生！」我沒有理這麻子。張順又說：「和你爹一樣裝聾充痴！」我說：「你說啥？」張順說：「罵你就聽見了？」我爹是給夏天義當了一輩子副手，每一次換屆，夏天義都要留用我爹，但每一次運動來了需要拔白旗，夏天義就要批判我爹。我爹是好脾氣，受批判時便裝聾充痴，過後了又鞍前馬後地給夏天義做副手。我抱怨過我爹，我爹說：「那好麼，能做活典型嘛。」我說：「你當典型，他咋不當典型的？」我爹說：「你不懂！」我可能不懂，但夏天義可以批判我爹，我也可以抱怨我爹，而別人要說我爹的不是，我反對哩！我摸了一塊磚，走過去準備收拾張順，張順卻是要我吸酒管子，我便不恨他了。供銷社存著幾大木桶的酒精，用細皮管要往小罐裏導引，細皮管裏有氣，導引不過來，需要用嘴吸。我吸了兩口就吸通了，卻趁機美美喝了兩口。兩口酒精下肚，頭稍微有些暈，半閉了眼睛在街上走，想要見白雪，果然白雪就打了燈籠在前邊走，腳步碎碎的，兩個屁股蛋子擰著。我才要叫：「白雪！」另一條巷子裏走出上善和金蓮，在說：「這妹子做啥去？」回答是：「家富在雷慶家唱酒哩，去接呀。」我才看清前面走的不是白雪。也上前說：「咦，男人能掙錢了，也顯得老婆賢慧！」家富的老婆回頭罵我：「你這光棍知道老婆是個啥?!」就對上善和金蓮說：「家富拿不住自己，上次喝多了，回來一頭窩在渠裏，多虧是乾渠，要不早沒命了！」上善對金蓮說：「雷慶請酒不叫咱去，咱偏也去！」他們去，我就跟著去，反正回家還是睡不著。

在雷慶家，上善、金蓮和家富的老婆都入了席，梅花不給我凳子，說：「你有病，喝酒會犯的，你當酒監吧。」梅花從來不把我放在眼裏的。當酒監就當酒監吧，我辦事可是認真的。喝了一陣，家富賴酒，雷慶壓住讓喝，我過去抱住了家富的雙手，他把酒喝進嘴裏了，我又強調：說話，說話！他一說話，酒嚥下去了，就對我不滿意。輪到君亭，君亭要我代酒，說：「你喝一兩盅沒事！」我酒精都喝過了，還怕喝一盅兩盅?我喝了，家富就嫌我監酒不公，說：「你巴結君亭，君亭給你啥好處了?你嚷嚷著要承包磚場，磚場仍是三踅幹著，你連陳星都不如，陳星還承包果園哩！」陳星承包果園的事那天夜裏我還不知道，我就問君亭：「這是真的？」君亭說：「新生不全承包了，總得有人幹呀！我也考慮過你，可你有病，你幹得了？」我說：「我有啥病哩？你們村幹部倒有病，欺軟的怕硬的，尤其是秦安，他上台還是我爹推薦的，我爹一死，我爹的事他就不管了?!」家富說：「你爹人都死了還管他啥事？」我說：「村裏還欠我爹五百元哩，是補貼費和代墊的牲畜防疫稅。」君亭說：「你不要提你爹的事啦！」我說：「為啥不提？」君亭說：「那是糊塗帳，你爹負責修街面，大家集資了那麼多錢，可路修成了個啥？為這事我替你爹背了多少黑鍋！你爹一死，死口無對，這些帳是瞎是好一筆抹了，你再提五百元，誰說得清?!」我說：「你當主任不能說這話！」陳星說：「他不是主任，是支書了，支書比主任大！」我說：「你是支書哩，你們不還錢，我就告去！」君亭說：「告去！」我說大話，君亭要是口氣軟和，給我解釋解釋，事情也就過去了，但是君亭說：告去！他那神情壓根就瞧不起我，我就火了。我感覺我頭上起了一堆火，像雞冠子，還在地上蹦哩，蹦得上了木梁，木梁上的灰塵全落下來，又從木梁上跳下來。我罵道：「貪官污吏！」君亭忽地站起來，說：「誰是貪官污吏?!」我說：「秦安是，你也是！」君亭說：「你嘴放乾淨些！」我說：「貪官污吏！貪官污吏！」他一拳頭把我戳倒在了地上。我是裝了兩顆假牙的，假牙掉在桌子底下，我撿起來又裝進了嘴，爬起來往他衝過去，說：「你支書打人，你打呀，你不把我犧牲了你都不是人！」眾人都把君亭護住了，倒指責了我：「引生，你咋啦，你病犯啦？」我撞不上君亭，氣得在桌面上撞我的頭，咚，咚咚，撞得桌面上的酒盅都跳起來。是家富後來抱住了我，卻還是一邊對君亭說：「你今晚心情不好，惹這瘋子幹啥呀？」一邊把我往門外拖。我手抓著門框，他把我掰開了，硬是把我送回了家。

我一夜沒睡，睜著眼坐在土炕上，一疙瘩一疙瘩的蚊子來咬我，覺不著癢，等著蚊子趴在腿面上吸血，吸得肚子鼓鼓的了，啪地打一掌，血就染了一手。我的血竟是臭臭的。後來我頭疼得厲害，像熟透了的西瓜，錚兒錚兒響，就裂開了，我能感到從裂縫裏往外冒白氣。我不知怎麼就在清風街上走，見什麼用腳踹什麼，希望有人出來和我說話，但沒人出來，我敲他們各家的門，他們也不理我。清風街是虧待了我，所有的人都在賤看我和算計我。趙宏聲的大清堂門口有盞路燈，照出我的影子，影子有十丈長，我就身高十丈，我拿腳踩我的影子，影子不疼，我的腳疼。天亮了，我怎麼還是坐在炕上？身上出了一層小紅疙瘩，那是蚊子咬的，我看見院門敞開著，連堂屋門也敞開著，是不是半夜裏賊來過了，忙揭開了炕蓆，蓆下的二百零八角錢還在，吊籠裏的三個蒸饃還在。我再一次到了街上，街上有了遊豬，大肚子著地，一擺一擺地走。中街的人家有好幾戶是放遊豬的，狗剩就擔著糞擔，一頭是尿桶，一頭是糞籠，跟著豬走，豬的尾巴一翹，便把大糞勺伸到豬屁股下。我真看不起狗剩，別人出外打工都好好的，他出去揹了一年礦，回來就得了病了，而每天早起都拾糞哩，穿的褲子黑勾蛋子都露了出來！從街上走到了三一二國道上，鄉政府的大鐵門還關著，來運卻已經蹲在那裏，等候著賽虎了。狗戀愛這麼專注，這我沒有想到。從鄉政府門口再走一大圈回西街，西街人差不多都起床了，坐在門口的石頭上發迷瞪，撓膀子，說：「引生你視察回來了？」我說：「昨晚聽到我敲你家門了？」他們說：「沒呀！」我說：「門都快敲破了怎麼會聽不見？」他們站起來翻我的眼皮，說：「引生引生，你犯病啦！」

我怎麼是犯病了呢？我引生現在有什麼病？我想白雪是病嗎，我愛錢是病嗎，我喝茶喝酒頓頓飯沒有吃厭煩是病嗎，這些人真可笑！我繼續往前走，水興家門旁那一叢牡丹看見了我，很高興，給我笑哩。我說：「牡丹你好！」太陽就出來了，夏天的太陽一出來屹甲嶺都成白的，像是一嶺的棉花開了。哎呀，一堆棉花堆在了一堵敗壞了的院牆豁口上！豁口是用樹枝編成的籬笆補著，棉花裏有牽牛蔓往上爬，踩著籬笆格兒一出一進地往上爬，高高地伸著頭站在了籬笆頂上，好像順著太陽光線還要爬到天上去。我從來沒有遇到過這麼好的景象，隔著棉花堆往裏一看，裏邊坐著白雪在洗衣服。這是白家的院子！我立即閉住了氣，躲在那棵桑椹樹後往過看。白雪洗的衣服真多，在籬笆上晾著了上衣，褲子，還有褲頭和胸罩。白雪還在大木盆裏搓一件衣服，她一搓，我一用勁，她再一搓，我再一用勁，我的拳頭都握出汗了。我那時是又緊張又興奮，可以說是糊糊塗塗的，我在心裏說：「白雪白雪，你要對我好的話，你擰一下頭來看我。」我這麼祈禱著，望了一下天，希望神在天上，能使我的願望實現，但是，她白雪始終頭沒有擰，一直低著，水濺在臉上，擦了一下，後來站起來卻返回堂屋去了。白雪一返回屋，我就大了膽了，我哪裏能想到我竟能跳起兩米高，忽地跳過了籬笆。兩米的高度我從來沒有跳到過，但我跳過了，極快地將晾著的衣服偷了幾件，抬頭看堂屋門，門口臥著一隻貓，貓說聲：不妙喔！我撒腳就跑，一件衣服又掉下去，拿著的是件胸罩。

我是一口氣跑到西街村外的胡基壕的。我掏出了那件胸罩，胸罩是紅色的，我捧著像捧了兩個桃。桃已經熟了，有一股香氣。我湊近鼻子聞著，用牙輕輕地咬，舌尖一舔舌尖就發乾，有一股熱氣就從小腹上結了一個球兒順著肚皮往上湧，立即是渾身的難受，難受得厲害。那個時候我知道我是愛了，愛是憋得慌，出不了氣，是脹，當身上的那個東西戳破了褲子出來，我身邊的一棵蘑菇也從土地長出來，迅速地長大。我不願意看我的那個東西，它樣子很醜，很凶，張著一隻眼瞪我。我叫喚道：「白雪白雪！」我叫喚是我害怕，叫著她的名字要讓我放鬆卻越來越緊張了，它仍是瞪我，而且嗤地吐我。

不說這些了，說了我就心跳，渾身起雞皮疙瘩。因為我很快被人發現了，挨了重重的一腳，白家人聞訊出來，將我一頓飽打。我的一生，最悲慘的事件就是從被飽打之後發生的。我記得我跑回了家，非常地後悔，後悔我怎麼就幹了那樣的事呢？我的鄰居在他家的院子裏解木板，鋸聲很大，我聽見鋸在罵我：流氓！流氓！流氓！我自言自語說：「我不是流氓，我是正直人啊！」屋子裏的家具，桌子呀，笤帚呀，梁上的吊籠呀，它們突然都活了，全都羞我，羞羞羞，能羞綠，正直人麼，正直得很麼，正直得說不成，那正直麼，正直得比竹竿還正，正直得比梧桐樹還正麼！我掏出褲襠裏的東西，它耷拉著，一言不發，我的心思，它給暴露了，一世的名聲，它給毀了，我就拿巴掌搧它，給貓說：「你把它吃了去！」貓不吃。貓都不肯吃，我說：「我殺了你！」拿了把剃頭刀子就去殺，一下子殺下來了。血流下來，染紅了我的褲子，我不覺得疼，走到了院門外，院門外竟然站了那麼多人，他們用指頭戳我，用口水吐我。我對他們說：「我殺了！」染坊的白恩傑說：「你把啥殺了？」我說：「我把×殺了！」白恩傑就笑，眾人也都笑。我說：「我真的把×殺了！」白恩傑第一個跑進我的家，他果然看見×在地上還蹦著，像隻青蛙，他一抓沒抓住，再一抓還沒抓住，後來是用腳踩住了，大聲喊：「瘋子把×割了！割了×了！」我立馬被眾人抱住，我以為會被亂拳打死，他們卻是要拉我去大清堂。我不去，他們絆倒了腿，把我捆在門扇上抬了去。趙宏聲那時正和鄉政府的小王幹事學唱戲，事後趙宏聲告訴我，他正唱到：「看你那額顱，看你那腿胯，哪一樣子稱得著騎馬坐轎?!」我就被抬進藥鋪，是他一看，傷口太大，他治不了，就讓人在三一二國道上擋車送我去縣醫院，又讓白恩傑快回我家去找割下來的×。

我這邊一出事，白雪家的人都慌了，夏風也是在白家的，他正罵我，聽到消息也跑來我家看究竟，我已經被抬到三一二國道上，而白恩傑剛出了我家門，手裏拿著用紙包的那一吊子肉，夏風說：「現在醫療技術高，能接上的。」白恩傑說：「熱熱的，還活著哩。」夏風就回白家給白雪說了情況，白雪嗚地就哭了。白雪一哭，我在去縣城的路上就感覺到了，我心裏寬展了：白雪沒有恨我，以後見到了白雪她還會理我的。但白雪這麼一哭，夏風生氣了，說：「你哭啥的？」白雪說：「是我害了引生！」夏風狠狠地摔了一下門，自個先回了東街。這是他們第一次翻了臉。

天繼續在旱著，街道上起了蹚土，所有的狗都整晌地臥在屋簷下吐舌頭。雞開始一把一把地脫毛，露著個裸脖子和紅屁眼。魚塘裏每日都漂有死魚，伏牛梁上的「退耕還林」示範點上已經有百十棵幼樹乾枯了。更要命的是稻田裏無法灌溉，地勢略高的畦裂起了大小不一的泥板，四角翹著，像苫蓋了一層瓦。低處的畦邊還偶爾聚了一灘水，集中了黑乎乎的蝌蚪，中間的蝌蚪還動著，四邊的全部頭朝內，尾巴黏在了泥裏。清風街上十多年來沒有過這麼旱，莫非是要死人啦！當然，這些我不管了，我躺在縣醫院的病床上治傷。醫生說×拿來的時候已經顏色變黑，死了，死了的不能再縫接，我要求把×埋了，就埋在醫院花壇的一棵牡丹下。我反覆地叮嚀：一定要是棵白牡丹！

還是再說清風街吧。清風街有我張引生不顯得多，但一旦我離了，清風街就一下子空盪了，像是吃一碗飯，少鹽沒調和。在鄉政府做飯的書正，晚飯後一洗完鍋盆碗盞，把擔著的泔水桶一放在家，就往自家的田裏去等水。許多人都在田畦上坐著，相互問：「水庫裏今夜放不放水？」誰知道水庫放不放水？大家心裏沒底，卻誰也不敢離開，就開始罵天氣。罵著罵著，有人唱開了秦腔，唱的是《拿王通》中皇帝出場：「王出宮只見得滾龍抱柱，金爐中團團氣罩定龍樓。腰繫著藍田帶上鑲北斗，足蹬著皂朝靴下扣金釘。殿角下擺的是雙獅戲舞，有宮娥和彩女齊打采聲……」便有人喊叫：「甭唱啦！莊稼要死了，你唱的什麼皇帝老兒，煩不煩呀？」回應道：「莊稼死了就不種莊稼了，咱也和皇帝老兒一樣了！」書正說：「沒莊稼了你唱風屙屁去！」一抬頭，月光下夏風從河堤上走了過來，高聲喊住。書正說：「你來得好，你是貴人，說不定今夜能來水哩！」書正和夏風在小學是同桌，夏風每次回來，別的同學都躲著，他總是要來敘敘舊。敘過舊要走了，夏風給他一顆紙菸他不吸，用手握著，到鄉政府喊住一個小幹事，說：「我給一個好東西！」小幹事見紙菸牌子好，問哪裏來的，他會說：「這是我同桌夏風給我的！」小幹事當然對夏風感興趣，書正就要講許多夏風的故事，譬如夏風小小就愛寫字，家裏的牆上，門上，櫃蓋上，能寫字的地方都寫得滿滿當當，他卻不愛寫字，字和他有仇的，他把毛筆尖拔了，破開筆桿去編螞蚱籠。小幹事說：「唉，這怎麼說你呀！同樣學的是一加一等於二，一個學成造宇宙飛船了，一個學得只認得人民幣。」但書正不以為恥，笑著說：「我是瞎農民，瞎農民。」還唱一段《雙婚記》上的詞：「我今生活得日巴喇，在家做莊稼，一天犁了二分地，打了一十二頁鏵。這個莊稼不做吧，靠著老婆紡棉花。盆盆大的鐵燈盞，捻子搓了丈七八，天明著了九斤油，紡了一兩二錢花。」夏風在河堤上散了心過來，口袋裏裝了一包紙菸，撕開了，給眾人散了個精光，自己倒拿過書正的旱煙鍋來吸。兩人又是說些閒話，不知不覺話題扯到了我。書正先是罵我，再是勸夏風不要生氣，夏風說：「我不生氣。」書正說：「生他的氣不如咱給狗數毛去！」夏風說：「引生是不是真瘋子？」書正說：「不是瘋子也是個沒熟的貨！」夏風說：「也是可憐他，一個男人沒了根，那後半生的日子怎麼過呢？」書正聽夏風說這話，抱了夏風的頭，說：「夏風夏風，你可憐那牲畜了，你大人大量啊！」

書正還抱著夏風的頭，三踅騎著摩托車一股煙跑來，剎閘不及，把書正的鍁軋著了。三踅也不道歉，當下對夏風說：「夏風，我把你君亭哥告了！」書正說：「你咋這麼說話？你就是告了，你也不要給夏風說麼。」三踅說：「我告了就是告了，隱瞞著幹啥？」夏風說：「你是為啥？」三踅說：「這清風街真是你夏家的世事啦？一個夏天義下去，一個夏君亭又上來，我就氣不順！現在又包庇劉新生，劉新生是十畝地裏一棵苗，就那麼稀罕？」書正說：「你告吧，你誰不敢告?!你霸著磚場還不知足呀？」三踅說：「我也不避你夏風，我就是以攻為守，讓誰也別在我頭上捉蝨。現在農村成這熊樣子，死不死，活不活，你養不了狗去看門，你自己就得是條狗咬人哩！」書正說：「你厲害得很麼，你比咱伯厲害麼！」

書正說「咱伯」，指的就是三踅的爹。三踅的爹當過國民黨的軍需，活著的時候就愛告狀，告夏天義重用了李上善，重用了秦安。狀子寄到鄉政府，鄉政府把狀子轉給了夏天義，狀子又寄到縣政府，縣政府還是把狀子轉給了夏天義。三踅的爹就把狀子裝在一個大信封裏，寫上縣長的名字，後邊再加上「伯父親收」，縣長是親自看了狀子，親自到清風街來處理了。夏天義沒有怯，對縣長說：「他告狀？你知道他是什麼人？」縣長說：「什麼人？」夏天義說：「國民黨的軍需！」縣長說：「有歷史問題？」夏天義說：「我和他不是一個階級，天要是變了，他要我的命，也會要你的命！」縣長也就沒再追究夏天義，在夏天義家吃了一頓包穀麵攪團，坐車回去了。三踅的爹也就從那場事起，著了一口氣，肚子脹，脹過了半年，新麥沒吃上人就死了。

三踅說：「甭提我爹，我瞧不起他，三年了我都沒給他墳上燒過紙！」夏風是不喜歡三踅的，卻一直給他笑著，說：「你告誰不告誰我不管，也管不上，但你這脾性倒爽快！」三踅說：「是不？你這話我愛聽！說到這脾性，我也是向你爹學的，咱們鄉政府誰不怕你爹，每一任鄉長上任哪個不先去看望你爹，四叔才真正是清風街的人物哩！」書正說：「你學四叔哩？四叔可不只想到自己！」三踅說：「四叔當過校長，縣政府有他的學生，更有夏風這麼個兒子，他當然腰粗氣壯的，我三踅就憑著橫哩！」說完，問起夏風：「慶玉回來了沒？」夏風說：「今日不是星期天吧？」三踅說：「他哪兒論過星期天不星期天？他說今日回來要拉磚的，你見他了讓來尋我，新出了一窯磚，得趕快去拉哩。」夏風這才知道慶玉要蓋新房了。

夏風回到家，他娘問白雪咋沒回來，夏風說她娘家有些事，搪塞過去，就說起慶玉蓋房拉磚的事。夏天智提了桶在花壇上澆水，白玫瑰紅玫瑰的都開了，水靈靈的，都想要說話。清風街上，種花的人家不少，尤其是夏天智，他在院子裏修有花壇子，花壇子又是磚壘的台兒，那一叢牡丹竟有一筐籃大，高高的長過牆頭，花繁的時候，一站在巷口就能看見，像落了一疙瘩彩雲。但是，夏天智愛種花他不一定就能知道花能聽話也能說話，知道的，除了蜜蜂蝴蝶就只有我。白玫瑰紅玫瑰喝飽了水想要給夏天智說話，夏天智卻扭轉了臉，看著夏風，他說：「夏風，把水煙袋給我。」夏風把水煙袋遞給他，又給他吹燃了紙煤，夏天智說：「我才要給你說房子的事哩。咱夏家這些年，差不多都蓋了新庭院，只剩咱還在老宅子裏。老宅子房倒還好，可你兄弟兩個將來住就太窄狹了。東街原來的生產隊老倉庫現在聽說要賣，咱把它買下來……」四嬸說：「老倉庫呀，那破得不像樣了，能住人呀?!」夏天智一吹紙煤，訓道：「你知道個啥！」四嬸離開了去關雞圈門，雞卻打鳴，她說：「這時候了打的啥鳴?小心罵你呀！」夏天智說：「咱買老倉庫不是買房，是買莊基，在原莊基上蓋一院子，你將來退休了可以住麼。我聽聽你的意見?」夏風說：「我不同意。」夏天智說：「不同意?批一塊新莊基難得很哩，過了這個村就沒那個店了！」夏風說：「我退休早得很哩，再說真到退休了還回來住呀?到那時候清風街和我同齡的能有幾個，小一輩的都不認識，和誰說話呀?再說農村醫療條件差，吃水不方便，冬天沒暖氣，就是有兒女，那也都在省城，誰肯來伺候?」夏天智說：「兒女隨母親戶籍走的，咋能就都在省城?」夏風說：「我正想辦法把白雪往省城調的。」夏天智說：「往省城調?」夏風說：「將來了也把你和我娘搬到省城去！」四嬸說：「好，跟你到省城享福去！」夏天智眼睛一睜，把一句話撂在地上：「你去麼，你現在就去麼！」四嬸說：「行啦行啦，我說啥都是個不對，我也不插嘴啦，行啦吧?」夏天智說：「葉落歸根，根是啥，根就是生你養你的故鄉，歷史上多少大人物誰不都是夢牽魂繞的是故鄉，晚年回到故鄉？」夏風說：「有父母在就有故鄉，沒父母了就沒有故鄉這個概念了。」夏天智說：「沒我們了，你也就不回來給先人上墳了？話咋能說得那麼滿，你就敢保證一輩子都住在省城？西山灣陸長守年輕時比你成的事大吧，官到教育廳長了，可怎麼樣，一九五七年成了右派，還不是又回來了！」四嬸不想說話了，偏又憋不住，說：「你說的啥晦話！什麼比不得，拿陸長守比？那老倉庫買過來得多少錢，要蓋新院子又得多少錢？」夏天智說：「老倉庫拆下來梁能用，柱子能用，瓦也能用一半，總共得兩萬五千吧。」四嬸說：「天！」拿眼看夏風的臉。夏風說：「不是錢多錢少的事，是蓋了新庭院沒用。」夏天智沒再說一句話，端了水煙袋進了堂屋，坐到中堂前的籐椅上了。中堂的牆上掛了一張《臥虎圖》，算不得老畫，老虎又懶懶地躺在那裏，耷拉著眼皮。夏天智給人排說過這張畫的好處，說老虎就是這樣，沒有狐狸聰明，也沒有兔子機靈，但一旦有獵物出現，牠才是老虎，一下子撲出去沒有不得手的。君亭當上村主任的時候，夏天智就把君亭叫來在中堂前說了很多話，什麼「居處以恭，執事唯敬」，什麼「無言先立意，未嘯已生風」，指著《臥虎圖》說：「你瞧這老虎，不一樣就是不一樣，名字前都加一個『老』字！」君亭卻說：「是嗎，那老鼠名字裏也有個『老』字！」氣得夏天智不再給君亭多說什麼。

夏風見他爹回坐在《臥虎圖》下的籐椅，他確實是有些怕他爹，但夏天智坐在籐椅上了，並沒有自養自己的虎氣，或許是心情悶，竟閉了眼睛睡著了，呼呼的有了酣聲。夏風就出了院門在巷道裏看夜空。光利和啞巴打打鬧鬧地從巷口進來，啞巴刷地將一個東西擲打光利，沒打著，東西落在夏風的腳下，便「啊！」了一聲，慌忙都跑了。夏風低頭看了，是一隻死貓，一腳要踢開時，卻又把它撿起來，拿回院子埋在了花壇裏要做肥料。

晚飯做得遲，做好了，四嬸喊夏天智吃飯，夏天智才醒過來。出來卻對夏風說：「你去櫃裏取那副老對聯，把中堂上的這副換了，這副詞句還可以，字寫得弱。」夏天智是存有許多字畫的，喜歡不停地倒換著掛在《臥虎圖》旁邊的，夏風就搭凳子上到櫃檯上從牆上取對聯，四嬸說：「晚上了，又要吃飯呀，換什麼畫？」夏天智說：「你換你的！」自個卻先坐到八仙桌邊，等待把飯端上來。飯是包穀糝稀飯，四嬸端到了桌上，轉身自個端了碗在院裏吃。夏風掛了對聯，對聯上寫的是「博愛從我好；宜春有此家」，笑了笑，到廚房裏還要端那碟木雞。四嬸說：「吃的稀飯，端木頭幹啥？」夏風說：「我爹就好這個。」端上桌了，也自己到院裏來吃。

院子裏有悠悠風，蚊子少，母子倆聽見堂屋裏夏天智把腿面和胳膊拍得不停地響，但夏天智不肯出來，他們也不叫他。四嬸說：「他愛餵蚊子，讓蚊子咬去！」夏風問起夏雨呢，也不見回來吃飯？四嬸說：「鬼知道他死到哪兒了？八成又去金家了吧。」夏風問哪個金家？四嬸說：「別人給提說過金蓮的姪女。」夏風說：「噢。」四嬸說：「你爹倒熱火，他之所以蓋院子呀，就是要成全這門親事。我不同意！金蓮她娘眼窩子淺，當初你和金蓮的事，就是她不願意，認為你是農民，她家金蓮已經是民辦教師了。現在她姪女又黏乎夏雨，咱是找不著人了，需金家不行？我惹氣的是夏雨沒腦子，整天往那兒跑，在咱家懶得啥事不做，卻去人家那裏挑水呀，擔糞呀，勤快得很！」夏風問：「金蓮現在幹啥著？」四嬸說：「和西街老鄭家的老三結了婚，早不當『民辦』了，在村裏是婦女委員，還是那個猴精樣！」夏風說：「日子還過得好吧？」四嬸說：「你管她好不好的，還沒傷夠你的心？」一隻蚊子趴在夏風的後脖上，四嬸說：「不要動！」啪地拍了一掌，她拾片樹葉子把血擦了。

突然一聲碗碟的破碎聲。四嬸朝堂屋說：「咋啦？」堂屋裏的夏天智沒回應，又是哐啷一聲，好像在隔壁院子裏響。接著是腳步，是喊叫：「四娘！四娘！」四嬸問夏風：「是不是喊我？」夏風說：「是我菊娃嫂子。」四嬸放下碗，說：「又打架啦！」

兩人出了院門，月亮光光的，果然菊娃就在她家院門口被慶玉摁在牆上，菊娃還在喊叫，慶玉搗她的嘴，菊娃手腳亂動，卻軟得往下溜。四嬸過去拉開了慶玉，恨道：「要打你往屁股蛋子上打，你是搗死她呀?!」菊娃喘不過氣來，哽了半天才哭了，說：「四娘救我！」四嬸又恨道：「你一回來不是罵就是打，你回來幹啥呀！」慶玉說：「我在學校裏口乾舌燥地講了一天課，黑來又揹了椽回來，進門累得兮兮的了，飯也沒做，水也沒燒，我是養活老婆呢還是餵了頭豬?四娘你到屋裏看看，看是家還是個狗窩，誰家的娃娃出來不乾乾淨淨，你瞧咱的娃像個土蛆！不說給娃們洗洗，也把自己收拾些呀，可炕底下，血褲頭都塞了兩條了！」菊娃說：「你胡說！你是嫌棄我了就作踐我！當初你尋不下老婆的時候，見我看得能吃了，把我叫娘叫婆哩，把啥地方沒舔過，咋不嫌髒呢?!」慶玉撲上去搧了個耳光，罵道：「你說的是你娘的×話！」菊娃一挨打，就喊：「麥草麥草！」麥草是二嬸的名字。四嬸說：「你們打架哩，罵你娘幹啥?」菊娃說：「我恨她哩！」四嬸說：「你恨她造孽哩！」菊娃說：「恨她沒生個好兒子！」慶玉又撲過去拳頭擂了兩下。四嬸忙護了菊娃，往自家院子裏拉，說：「你嘴上也乾淨些。」菊娃說：「他打我，我就罵她娘，麥草麥草，你生娃哩還是生了個狼虎！」四嬸就生氣了，說：「那我就不管了，讓他打死了你去！」

夏風在慶玉的家裏勸慶玉，慶玉的臉上印著兩道指甲印，說：「兄弟，你看哥過的啥日子?!」慶玉家三間房，開間小，入深也淺，屋裏是又髒又亂。慶玉原是村小學的民辦教師，後來轉了正，就不認真教書，被調到了白毛溝的小學校去。白毛溝離清風街十里路，幾十個孩子在一起上混合課，他白天得空到學生家的山林裏砍一棵兩棵樹，隔三差五了晚上就揹著回來，張狂得要蓋新庭院。這些，夏風不太清楚，但夏風知道他為人的德性，也不願與他多說些話，只提醒著去拉磚的事。慶玉一下子像換了個人似的，說：「出窯啦?」夏風說：「三踅說要拉就快些去，好多人都等著要貨哩。」慶玉說：「這我倒不急了，明日去還能和他砍些價。」慶玉沒了事似的，夏風倒覺得沒了趣，就回自家院來。菊娃在院子裏還是哭，四嬸勸不下，也不勸了，任她哭去。女兒臘八過來喊：「娘！娘！」菊娃說：「睡去！」又哭。哭了三聲，說：「籠裏有饃，蓋好別讓進了老鼠！」再哭。竹青腳步很重地進了院子，說：「不哭啦，爹在我那兒發脾氣啦，讓我過來看看是咋回事？」四嬸就對夏風說：「給你嫂子發紙菸！」竹青接了紙菸，說：「四叔不在？」夏風說：「在堂屋裏。」竹青立即不燃紙菸，裝在了口袋裏，說：「四叔在屋裏，你還敢這麼哭呀？」菊娃也就住了聲，說：「四叔在屋裏？那我得讓四叔給我做主，要不有一天我會死在那土匪慶玉手裏的！」堂屋裏夏天智說：「你哭呀，你咋不哭啦？清風街人還沒聽夠的，怎麼就住聲啦?!」竹青趕緊拉菊娃就出院門，低聲說：「你是該打哩，你那一張嘴是誰都受不了！慶玉哥那瞎脾氣躁是躁，可他是顧家的角兒，他辛辛苦苦要蓋房，沒吃喝好當然就上火了！」菊娃說：「他蓋新庭院是為了他和黑娥哩！」竹青說：「又胡說了是不是？」菊娃不說了，卻要竹青陪她去家裏說話。竹青說：「已經沒事了我還陪你說什麼話，我得去找丁雉子哩！」四嬸聽說竹青去丁霸槽家，就讓夏風廝跟了去西街接白雪，一定要接回來，才結過婚的人，咋能黑來一個睡在東街，一個睡在西街？

在路上，夏風問起黑娥是誰，竹青說：「你給我點上一支紙菸了我說給你。」夏風說：「我慶堂哥不吃紙菸，你倒菸癮越來越大了。」竹青說：「你沒看看你慶堂哥幹的是不是男人的事?!」又說，「黑娥是武林的媳婦，武林那個歪瓜裂棗的，媳婦倒臉兒白淨，頭梳得光明，不知怎麼日怪的和慶玉哥好上了，才和菊娃嫂子三天兩頭地吵嘴鬧仗。」夏風說：「活該慶玉哥娶了菊娃嫂子。」竹青說：「慶玉在你們九個伯叔弟兄中，沒有君亭狠，卻比瞎瞎鬼，是個攪屎棍，我那一門子裏就數他在裏邊惹事生非，沒想卻讓菊娃制了他！世上的婚姻真是說不清，不是冤家不聚頭，十全十美的就你和白雪。」

去丁霸槽家要路過金家，一排兩個院子，院門樓上都是一篷葡萄架，無數的螢火蟲在飛。螢火蟲不是禿子沾月亮光，牠們都自帶了燈籠。夏風伸手去抓一隻螢火蟲，抓住了，立在西邊那個院門口發了呆。那一年冬裏，他到金蓮家，金蓮給他燙酒，原本酒壺煨在火炭盒上穩穩當當的，不知怎麼酒壺剛放上去，酒壺就歪了，歪了倒出些酒也還罷了，沒想竟一壺酒全灑在盆中，煙灰騰起，火炭全滅。他就預感到戀愛不成，後來果然就不行了。竹青說：「咋啦，想見金蓮啦？」夏風笑笑，竹青拉了夏風就要進院，夏風卻不肯了，摘了從門樓上撲灑下來的葡萄蔓上的一顆硬葡萄，在嘴裏嚼，螢火蟲便從手中飛到院門裏去了。

這個晚上原本是再正常不過的晚上，水興的孩子不好好學習挨了一頓打，李三娃的娘哮喘病又犯了，新生家的一隻雞掉到了水茅坑，後來又撈了出來。但是，有一件怪事，我得說出來，因為這怪事是我直接導致的。那就是我把夏風的腿弄壞了。我早就說過，這世上的事情，凡是你腦子裏能想到的，就肯定會發生。譬如我以前想過：狗有尾巴，老鼠有尾巴，人為什麼就不能也長個尾巴呢？果然我在醫院就發現一個小女孩來做割尾巴的手術的。就在這個晚上，我躺在醫院，看著牆壁上霉黑了的一大片，形狀像是夏風的側面照，我就想：夏風的命怎麼那麼壯呢，為什麼好事都集中在他的身上呢，他如果是個跛子多好！我這麼想著，想得非常狠，那正是他站在金蓮家院門口嚼硬葡萄的時候。他嚼了嚼，酸得打了個冷顫，就對竹青說他不一塊去丁霸槽家了，該去西街呀，抬腳就走。但是，咔嚓，他的膝蓋響了一下，閃了一個趔趄。竹青說：「你咋啦？」夏風站直了，跺了跺腳，說：「沒事。」當時真的沒事，三天後一上台階就隱隱作痛，後來回省城拍了一個片子，竟然是左膝蓋的半月板裂了，動了一回手術。

再說竹青獨自到了丁霸槽家，一擺子房都黑著，丁霸槽的電視開著，風扇也吹著，丁霸槽在和夏雨說話。竹青一來，夏雨就走了，竹青說：「霸槽，你靈得很，該知道我為啥來了？」丁霸槽說：「這電我才用上。」竹青說：「態度不錯！但性質惡劣還是性質惡劣，東街群眾反映你偷電，我是組長，我得來管管。你看怎麼個處理？」丁霸槽說：「中街組有人不自覺，電費收不上，害得大家都用不上電麼。」竹青說：「我聽說中街之所以電費收不上來，是你在自家電錶上搗鬼。」丁霸槽說：「這是賴我哩！」竹青說：「賴不賴你，這是中街組的事，可你現在偷用東街組的電卻是事實吧？」丁霸槽說：「是事實，就是晚上用了一點照明電，一個電扇，一個電視，每個月撐死二十度，一個月也就二三十元吧，到時候我會全交的！」竹青說：「這話可是你說的？你寫個保證吧！」丁霸槽說：「你不信我呀？」竹青說：「我不敢信！」丁霸槽寫了保證書，竹青又讓他咬破中指按個指印，丁霸槽啪的在空中拍了一下掌，手心裏一灘蚊子血，塗在中指上按了，說：「我慶堂哥可憐！」竹青說：「你說啥？」丁霸槽說：「我現在知道慶堂平日遭的罪了！」

竹青回來，給夏天義說了，夏天義責怪為啥不當場讓丁霸槽把偷搭的電線取了？竹青說：「他要交錢那也行麼。」夏天義說：「你等著他哪年哪月把錢交給你呀?! 磚場放任自流，電費收不上來，你們都這麼軟，清風街的工作牛年馬月能搞好？」竹青見夏天義說話蹭，就說：「爹，這話你最好少說，君亭在任上，他當貓的知道怎麼逮老鼠。」夏天義說：「現在老鼠都養貓了！」二嬸坐在炕上，翻著白眼仁吃炒豆，舌頭撬過來撬過去，炒豆咬不爛，又拿了出來，就敲起炕沿，示意夏天義聲高了。夏天義沒好氣地吼道：「你指頭疼不疼，煩死人啦！」竹青趕忙打岔，說：「娘，黑來吃的啥飯？」二嬸說：「米湯煮蘿蔔，沒把胃給餵好，就聲高啦！」夏天義陰沉個臉。夏天義臉長，一陰沉像個冬瓜。竹青起身要走了，夏天義又問道：「君亭和俊奇回來了沒？」竹青說：「看明日回來。」

夏天義說：「你給君亭說，不管怎樣，要給西街中街送電，天熱成這樣，沒電怎麼行？」竹青說：「人熱還罷了，地旱得秧葉子都點上火啦。」夏天義說：「我鬧心就鬧心這事，水庫上總得放水啊，現在是水庫上不配合，鄉裏也不見誰著急，旱死餓死了人才有人管啊?!」竹青接不上話，就掏了紙菸吸，狠狠地一口吸進肚，呼地從鼻孔裏噴出來，夏天義說：「你菸癮這麼大？」竹青就把菸頭掐了。

竹青一走，雞都叫了，夏天義還坐在炕沿上生氣。二嬸說：「咱夏家世世代代都有女人吸菸的，三婆在世時吸菸，五娘活著時吸菸，她三嬸吸菸，現在竹青也吸菸，你管得那麼多？」院門外有了什麼抓門聲，臥在炕邊的來運一下子靈醒過來，搖了尾巴就往外走，夏天義冷不防吼了一下：「往哪兒去？睡下！」來運回頭看著夏天義，立即低了頭，又返過來臥好。燈就熄了，院門外還有著抓門聲。二嬸說：「賽虎這麼早就來了？」夏天義沒吭聲，長長的腿直著伸過來，腳就在二嬸的臉前，一股子臭味，二嬸摸了枕巾把腳蓋住了。

慶玉去磚場拉磚，三踅沒有抬價，還多給裝了一千塊，慶玉就覺得三踅夠義氣。夠義氣的人都是惡人，他要對你好了，割身上的肉給你吃，但若得罪他了，他就是鱉嘴咬你，把鱉頭跺下來了，嘴還咬著。慶玉得了便宜，把一百元往三踅的手裏塞，說：「不請你去飯館了，你自己買酒喝吧！」三踅說：「我這是優惠知識分子哩，你若有心，給我一樣東西。」慶玉問：「什麼東西？」三踅說：「前年你丈人去世時咱去拱墓，他家有個老瓷倒流酒壺，如今人過世，放著沒用，你拿來讓我溫酒。」慶玉說：「原本是小意思的事，我不會捨不得，巧的是我拿回來，菊娃反對我喝酒，送給了我四叔，這就不好再要了。」三踅說：「你是過河勾縫子夾水的人，你能送你四叔？你不願意也罷了，但你得給我安排一下！」慶玉說：「安排啥？」三踅說：「我得學你，收藏錢也收藏女人哩！」慶玉說：「你別胡說！」三踅說：「趙宏聲給你看過性病，是不是？」慶玉說：「這趙宏聲狗日的給我栽贓哩，我是火結了，哪裏是……」三踅說：「慶玉，得性病這不是你的專利，你就不能讓我也得得?!我看見黑娥的妹子到她家來了，你要讓我認識認識哩！」慶玉說：「這皮條我拉不了。」三踅說：「行呀，慶玉，磚一拉走就不認啦?我可告訴你，你蓋房還得用瓦哩！」

有了磚，慶玉就在劃撥的莊基地上起土，扎牆根子。清風街的規矩，是紅白喜喪事都相互換工，你這次給我家幫了工，我下次給你家幫工，只管飯，不付工錢。慶玉是請了東西中三街上幾個有名的泥水匠，再請了東街幾個小工，又給夏家四戶都打了招呼，待中星爹拿了羅盤定了方位，掐算了日子，劈里啪啦放一通鞭炮，施工就開始了。

君亭和俊奇從縣上回來後，三番五次去鄉政府落實資金，又二返縣城買了新的變壓器來安裝，人都黑瘦了一圈。聽說慶玉蓋房，就支使了他媳婦麻巧來幫活。麻巧門牙翹著，嘴也翹，一再解釋君亭已經幾天幾夜沒沾家了，實在來不了，菊娃說：「我們就沒指望他，你來了就是了。」但麻巧養了三頭豬，她一天三頓都要回家去餵食，每次提一個木桶放在菊娃的廚房裏，有什麼泔水就盛在裏邊，有剩飯剩菜了趁沒人注意也往裏邊倒。菊娃就叮嚀臘八不離開廚房，防備麻巧把什麼都拿回去餵豬。

夏天禮被請來經管現場的，但誰也指揮不動，只是不停地撿拾著那些被匠人們扔掉了的釘子、鐵絲和半截磚頭，又嫌啞巴在攪和水泥時把裝水泥的袋子弄破了，嫌文成在茶壺裏放的茶葉太多。太陽到了頭頂，人影子在地上縮了，有人說：「收工洗一洗吃飯吧！」夏天禮說：「飯熟了會有人來叫的，再幹一會兒！」太陽偏過了樹梢，菊娃還不來叫吃飯，大工小工的都懶得再動了，聽中星的爹給講陰陽。中星的爹留著一撮山羊鬍，右手的小拇指甲特別長，一邊掏著耳屎，一邊講人是怎樣輪迴的：人要死過二十四小時了，如果頭頂還溫，那是靈魂上天堂了，如果胸部溫熱，那是投胎做人了，如果腹部溫熱，那是託變家畜了，如果腿上溫熱，那是託變飛禽走獸了，如果腳上溫熱，那就下地獄了。別人就問：「都轉世了，那鬼怎麼說，還有鬼嗎？」中星的爹說：「當然有鬼。鬼是脫離了輪迴道的，所以說遊魂野鬼。人如果遭了橫死，或者死時有什麼氣結著，那死了就變成鬼了。」別人再問：「西街那李建在省城打工，從腳手架上跌下來死了，那肯定變了鬼啦？」中星的爹說：「肯定變了鬼麼。」別人說：「果然是真的！李建他娘說每天夜裏廚房裏有響動，是碗筷的聲音，她就說：『建兒建兒，我娃可憐得肚子飢，你走吧走吧，娘給你墳上燒些紙。』」中星的爹說：「你想想，咱這一帶每年有多少案子，小偷小摸的都破不了，可茶坊出了個凶殺案，一星期就破了，那不是派出所的人能行，是冤鬼追索凶手哩！」一個人就說：「那李建的鬼還在嗎？」中星的爹說：「在麼。」那人說：「還在？你會掐算，你掐算他在哪兒？」中星的爹說：「是不是你欠了李建的錢了？」那人變臉失色，汗嘩嘩地往下流。夏天禮就說：「別聽他胡說！」中星的爹說：「我沒胡說。」夏天禮說：「你真能掐算，你掐算啥時候收工吃飯呀？」中星的爹扳了指頭，嘴裏咕咕嘟嘟的，像瓶子裏灌米湯，仰了頭說：「還得一小時，菊娃才來叫人呢。」夏天禮說：「去你的吧，現在咱就收工，吃飯去！」眾人哇的一聲，不再怕鬼，肚子裏裝了個餓死鬼了，就收拾了工具，都往慶玉家跑去。

夏天禮給慶玉敘說了蓋房現場的情況，慶玉吃過飯後就不讓中星的爹再去幫活了。沒了中星的爹，不熱鬧，但夏天智來了。夏天智來了他絕對不幹活的，啞巴還要給他搬一把椅子，他坐著吸水煙。他不指揮人，但不指揮人卻誰也不敢消極怠工，大工小工人人都汗流浹背，像是從河裏撈上來一樣，仍撅起屁股幹活。西街的陸家老大在縣教育局，代領了夏天智的退休金，託人捎了來，夏天智指頭蘸了唾沫一張一張數，大家就都看著，說：「四叔一個月這麼多錢！」夏天智說：「不多。」大家說：「還不多?!幾時請我們喝酒麼！」夏天智說：「喝酒，喝酒，晚上了到我家去喝酒！」大家說：「現在喝麼！」夏天禮說：「現在喝的什麼酒?給慶玉幫活哩，要喝收工後讓慶玉買酒。」大家說：「四叔來了，三叔你就不是監工的。」夏天智就說：「我給大家聽秦腔，聽秦腔比喝酒來勁的，啞巴，啞巴！」啞巴在和泥，說：「哇！」夏天智說：「你到我睡屋裏把收音機拿來！」收音機拿來了，卻怎麼也收不到秦腔，他便不停地拍打著機子。夏天禮有埋怨，卻不能批評夏天智，說：「人就像這機子，不拍打著不出聲的。」夏天智說：「戰場上還有個宣傳隊哩！」再一拍，收音機裏唱起來了。秦腔一放，人就來了精神，砌磚的一邊跟著唱，一邊砌磚，泥刀還磕得磚呱呱地響。搬磚的也跑，提泥包的也跑。提泥包的手上沾了泥，一摔，泥點子濺了夏天禮一鼻臉。

這一天，夏天智又拿了收音機給大家放秦腔，收音機裏嗞啦嗞啦的雜音太多，夏天智用嘴哼曲牌，說：「天熱，我唱個《邊湖船》吧。」就唱起來。

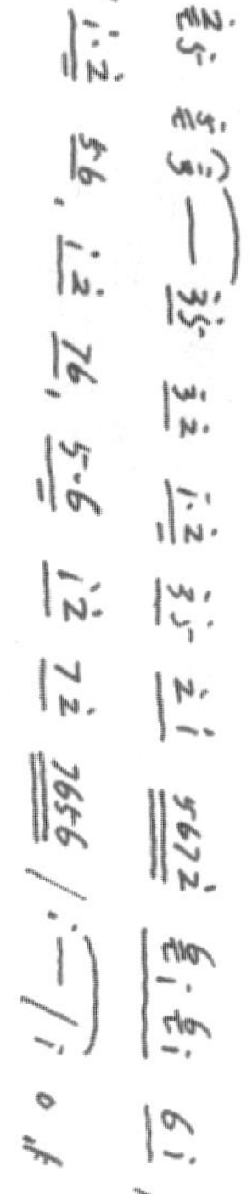

大家都拍掌，說：「好！好！」夏天智臉脹得有盆子大。大家說：「四叔唱得這好，啥時學的?」夏天智說：「『文化大革命』中學的。那一陣我被關在牛棚裏，一天三晌被批鬥，我不想活啦，半夜裏把繩拴在窗腦上都綰了圈兒，誰在牛棚外的廁所裏唱秦腔。唱得好得很！我就沒把繩圈子往脖子上套，我想：死啥哩，這麼好的戲我還沒唱過的！就把繩子又解下來了。這秦腔救過我的命哩！可我唱得不好，沒白雪唱得好。」大家就說：「瞧四叔說起兒媳婦的名字多親熱！讓白雪來也唱一唱麼，四叔不願意啦？」夏天智說：「行麼，行麼。」拿眼睛就看見來順領著一個孩子走了過來，孩子腦袋圓圓的，紮著一撮頭髮，像一根蒜苗，趴在面前就磕頭。夏天智問：「你是誰？」孩子說：「我是張長章。」夏天智說：「名字太拗口！」來順說：「四叔文墨深，你給娃重起個名。」夏天智說：「知道你夏風叔吧。」孩子說：「知道。」夏天智說：「就學他，叫個張學風吧，將來出人頭地！」來順說：「四叔說對了，這娃靈性得很，還能唱秦腔，讓娃唱一段吧。」唱起來，果然不錯。夏天智說：「還行還行，記住，能唱秦腔，更要把學習學好！」來順說：「書念得好著哩，就是他爹不行，害得娃要休學了。」夏天智說：「他爹是誰？」來順說：「是背鍋子張八麼。今夏張八背駝得頭都抬不起了，掙不來一文錢，地裏的活兒也做不前去，掏不起學雜費，就不讓他念書了。」夏天智說：「這是張八的娃娃？再窮也不能虧了孩子麼，張學風，學休不得，以後的學雜費，爺給你包了！」來順趕緊按了張學風在地上又磕頭，磕得咚咚響。待夏天智一走，大家就議論張學風來唱秦腔，完全是來順精心策畫了的。來順也承認了，說：「救助這孩子也只有四叔嘛！怎麼不尋三叔去？」夏天禮聽見了，說：「我沒錢，就是有錢我也不吃誰給我戴二尺五的高帽子！」

話說到這兒，我得插一段了。在清風街，差不多的人都吝嗇，但最吝嗇的要算夏天禮，別人吝嗇那是因為窮，夏天禮應該是有錢的，他摳門得厲害我就搞不明白。他曾經和三嬸吵了一次嘴，我在書正媳婦的小飯店裏碰著了他，我說：「咦，三叔也下館子啦？」他說：「不過啦，這個家要咕咚就咕咚吧，來一個燒餅！」燒餅是黏著芝麻的那種燒餅，他咬了一口，一粒芝麻就掉到了桌縫裏，摳，摳不出來，再摳，還是摳不出來，我說：「三叔，我拍桌子上了你用手就接。」就猛一拍桌子，芝麻從桌縫裏跳出多高，他伸手便接住了。夏家兄弟四人，夏天仁死得早，我不瞭解，夏天義一直在農村勞動著，自然身骨子硬朗，而夏天智和夏天禮身體卻差別很大。我問過夏天義：「聽夏雨說，四叔平日感冒都少見，他咋保養得恁好呢？」夏天義說：「這有個祕訣，你學不學？」我說：「啥祕訣？」夏天義說：「多做些好事！」夏天義的話或許是對的，但是，夏天禮小器自私，雖然一直病病蔫蔫，可每一回病得不行了不行了又活了過來，這又是為什麼？我但凡見著夏天禮，他不是鬼鬼祟祟揹個爛布兜去趕集販銀元，就是端了個藥罐子到十字路口倒藥渣子。我猜想，他每天早晨起來熬藥，藥罐子裏熬的不是中藥材，是把人民幣剪成片片了熬著喝人民幣湯的吧。

蓋新房的，那些匠人和小工，也包括慶玉，最不願意讓夏天義來，但夏天義還是來了。夏天義在現場看了看，覺得不對，拿步子量莊基的寬窄。慶滿說：「爹，爹，這是上善親自用尺子量過的。」夏天義說：「你信得過上善還是信得過你爹?!」夏天義果然量出莊基東西整整寬了一步，他說：「把牆根往裏重扎！」慶滿說：「你讓我哥生氣呀？」夏天義說：「你說的屁話！我生氣你就不管啦?!」牆根子已扎壘了一尺高，慶滿不願意拆，說要等慶玉來了再說，夏天義拿腳就踹一截牆根子，一截牆根子便踹倒了。他說：「你多占集體一鳌地，別人就能多占一分地！」就蹲在那裏吃黑捲菸，看著慶滿他們把扎起的牆根推倒，重新在退回一步的地方起土挖坑。文成已跑去告訴了慶玉，慶玉走了來，心有些虛，站在不遠處朝這邊看。大紅的回頭照著，大家都戴著草帽，夏天義光著頭，後脖項上的壅壅肉黑紅油亮。他說：「文成，咋不給你爺拿個草帽哩？」夏天義直戳戳地說：「我讓把牆根子往裏扎啦！」慶玉說：「往裏扎就往裏扎，我得把爹的話擱住！」夏天義臉上立時活泛起來，說：「磚備齊整了？」慶玉說：「齊整了。」夏天義說：「木料呢？」慶玉說：「還欠三根柱子，已經靠實了，只是沒拉回來。」夏天義背著手就要走了，卻又問：「你在家蓋房哩，學校裏的課誰上著？」

慶玉說：「就那十幾個學生，我布置了作業讓自學著。」夏天義說：「你說啥？學生上課的事你敢耽擱?!」慶玉說：「你聽我說……」夏天義說：「聽你說啥？你現在就往學校走，尋下代課老師了你再回來，尋不下代課老師了就別回來！」慶玉說：「行麼行麼。」看著夏天義走了。

夏天義一走，來順就說：「慶玉你怕你爹嗎？」慶玉說：「逢上這號爹是個咬透鐵，我還能怎樣？別人蓋房誰不多占幾分，咱就不行麼，權當我爹是毛主席吧！」來順說：「你慶玉別給我說這話，要是真虧了你，你能這麼乖？這片地那邊是個澗，你這三間房一蓋，旁邊地雖空著，別人再蓋房蓋不了，種地吧雞狗又糟蹋，終究還不是你的？」慶玉就笑了，說：「看樣我得請你喝酒，先把你的嘴封住！」來順說：「你是教師，說話得算話，現在就拿酒去！」慶玉卻說：「你饞著，我現在要去學校呀！」

但慶玉並沒有去白毛溝學校，直腳到西街張八家。張八土改時分住了地主的房，兩年前房塌了，又住到西街早年的飼養室裏，倒塌的舊房椽是不能用了，有三根柱子和四個菱花格子窗還好。慶玉早訂購了三根柱子，就又討價還錢硬是便宜著買了窗子，用背籠揹了回來。回來見廚房裏白雪在幫著洗菜，他娘也拄了枴杖來了，他說：「菊娃，娘來了！」菊娃說：「她來幹啥呀，幹不了活還礙手礙腳的！」二嬸聽了也不惱，坐在一旁翻白眼，一雙耳朵逮著每個人說話，逮聽到白雪在洗菜，就說：「白雪，你歇了，讓他們幹吧。」白雪見她衣服上有土，過來拍打了，二嬸卻抓住白雪，又摸白雪的臉，說：「喲，臉光得像玻璃片子麼，二嬸把你臉弄髒了沒？」然後自說自唸：「夏風有福，人醜醜的倒娶了個好媳婦！」竹青說：「夏家的媳婦都是花朵插在牛糞上了！」二嬸說：「你幾個算啥花朵？狗尾巴花！夏風醜是醜，多有本事，上的是大學，讀的是磚頭厚的書！白雪你高中畢業？」白雪說：「沒畢業。我不配你夏風了！」二嬸說：「女人念那麼多的學幹啥，出門能拿出手，在屋會過日子，再生幾個娃娃就是了。」白雪笑了笑，問二嬸的眼睛幾時看不見的？二嬸說：「七年了，看啥都是黑的。」白雪翻著二嬸的眼皮看了看，認得是白內障，說這樣的病是能治的，做個手術就好了。二嬸便喊：「慶堂慶堂！」慶堂燒了火棍兒烙一顆豬頭上的毛，說：「啥事？」二嬸說：「白雪說我這眼睛能治的，你們給我治治！」慶堂不吱聲了。慶滿的媳婦幫慶堂拽豬耳朵，豬眼閉著，豬額上淨是皺紋，說：「你那是老病，哪裏會治得好！」白雪說：「真的能治！」慶滿的媳婦說：「白雪你幾時進省城呀？去時把你二嬸帶上，一定得給她做個手術！」白雪說：「行麼。」慶滿的媳婦給瞎瞎的媳婦撇了撇嘴，瞎瞎的媳婦說：「人老了總得有個病，沒了病那人不就都不死啦?!」

天擦黑，家家屋裏的門檻下都往出冒白煙。煙是燻蚊子燒了濕柴草起的，從門檻下湧出來，在院子裏翻疙瘩，再到巷裏，巷裏的煙就濃得像霧。我就是在這個傍晚回到了清風街。我在煙霧裏走，飄飄的，鬼抬了轎，一下子覺得街巷的房子全矮了下去，能看見了各家門窗裏的男人女人，老人和小孩，還有雞豬貓狗。煙霧很嗆，吸進喉嚨裏有酸菜味，發酵了的屎尿味，汗味和土腥味。魁星閣上的綠字清清楚楚。大清堂門口新點了紅燈籠。鐵匠家的一家大小在吃飯，老碗比腦袋大。水生的娘老了，已不顧羞醜，光著膀子揹了孫子，胸前的兩個奶像兩個空袋子吊著，孫子仍從婆的肩頭上抓過來把奶頭噙住。白恩傑坐在草蓆上，突然喊老婆，說行了行了，老婆扎煞著一雙和麵團的手，就解懷脫褲，但是，老婆白光光的擺在那裏了，像一扇子豬肉，白恩傑卻又不行了。院門是關著的，門道處站著兩隻麻雀，麻雀知道白恩傑的悲慘事，嘰嘰喳喳說是非。清風街沒有一人來歡迎我，給我招手的只有樹，我見著每一棵樹都說：「我回來啦，我回來啦！」冷丁霧稀了，一大片黑色的瓦往下落，原來是從房上飛過來一群烏鴉，我就站在了我家的門樓前，門樓前還是那一根電線杆和電線杆下的半截子碌碡。中星的爹說過我之所以打光棍，是門口栽了根電線杆，可我找君亭，要求能把電線杆移動，君亭他不理我。院牆上掉下來一大片牆皮，沒有人幫我修理，我想我那責任田裏地翻了一半，恐怕也是沒人幫我翻的。下水道口鑽出了一隻老鼠，牠拿眼睛瞅我，我認出牠是我家的老鼠，我說：「你也瘦了？」院門口堆著三個麻袋，裏邊裝著糠，老鼠不往糠裏鑽，又從下水道口縮回去了。這是誰的麻袋，我大聲說：「哪個豬的糠？」隔壁的來順出來了，他的禿頭上瘡生得更嚴重，如同火燒的柿子揭了皮，他說：「是我的，我用你門口的地方給豬碎了些糠。你家門口光堂。」我說：「你家鍋裏的飯稠，我去盛一碗行不行?!」來順搬動著麻袋，說：「這，這……才幾天你就回來啦？」我說：「你讓我啥時回來？」他說：「治好了？」來順沒發火，我的火也熄了，我說：「好了。」但他卻說：「毬還在的？」我齜牙咧嘴地恨了一聲，開了門進屋拉燈，燈竟亮了。

燈是死的，通了電就像有了魂。但燈亮著，我睡在炕上，琢磨來順的話，就喪了許多志氣：東西只剩下少半截，我成殘廢，以後要遭人恥笑嗎？我拿手摸著，總操心著燈背影的黑處一定有老鼠在看我，有蜘蛛和爬牆的蝸牛在看我。我拉滅了燈，黑暗中腦子裏卻有了一團光亮，光亮裏嘈嘈的有了雞有了貓，有豬狗牛羊，雞在對牛說，人讓我多生蛋哩，自己卻計畫生育，太不公平了，牛說，你那點委屈算什麼呀，那麼多人吃我的奶，誰管我叫娘了？我腦子裏咋淨是這些亂七八糟的事？我就把燈又拉開了，我又想起白雪。只要白雪一來到腦子裏，我就像螞蟻鑽進了麻團裏，怎麼也找不著頭緒，便拿被單蒙了頭，估摸還能不能見到白雪，見到白雪了她還能不能與我說話，就發願：如果還能見到還能和我說話，那讓我今夜夢到她吧！果然做了一夜的夢，夢裏都有白雪。天亮起來，發現桌子上有一朵花。怎麼會有一朵花呢？但確確實實是有了一朵花。

白雪都能夠理我，我怕誰？誰也不怕！武林碰著了我，他往地上唾一口，我把痰唾到了他臉上。一群孩子看見了我，就全拉下褲子尿尿，比試著誰能尿得高，我罵道：「滾！」拿腳把他們踢散了，就自己把褲帶勒了勒，空出褲帶頭吊在腰前，感覺它在腰裏已纏了三匝，地上能拖丈八，還想在空中攆打烏鴉哩！這就遇著俊奇啦，俊奇什麼話也不說，給我了個蒸饃。我感激俊奇給了我個蒸饃，我願意陪他去挨家挨戶檢查誰還在偷電。

清風街更換了變壓器，用電已經正常，但天還是旱著，稻田裏開始揚花，水庫又不給放水了。這一個晚上，慶玉把電拉到了蓋房處，亮了三四個燈泡要加班砌牆，才幹了一會兒，三個泥水匠就被家人叫回去稻田守著，防備夜裏水能來。砌牆的僅剩下慶滿一個大工，慶滿的媳婦也跑來要他到地裏去，慶滿說：「別人能走，我不能走呀！」媳婦罵慶滿：「你潑命哩，誰唸叨你的好處啦，地裏收不了稻子，你哥會給你一顆米的？」慶滿說：「你吱哇啥呀！」偏在腳手架上不下來。媳婦就拿了慶滿掛在樹上的衣服翻口袋，翻出了三元錢捏走了。慶滿說：「這是明日要給霸槽他娘過三年的禮錢！」從腳手架上下來奪，兩口子便叮里哪啷廝打起來，結果三元錢被扯爛了三片。慶玉就生氣了，說：「今黑不幹了！」倒給慶滿了個更難看。

是誰說夜裏水庫要來水，人們相互詢問，相互摸不著頭腦，反正缺水缺急了，就像三更半夜一個小孩喊一聲地震了，任何人都會從屋裏跑出來一樣。那個夜裏差不多的人家都守在地頭，水仍是始終沒來，當然就罵天要滅絕人呀，又罵村幹部辦事不力，沒能使水庫放來水。這時候，他們就懷念夏天義，問文成：「你爺呢？咋不見你爺呢?!」

夏天義年紀大了，入夏以來脊背老是癢，趴在炕沿上讓二嬸給他用指甲撓，文成跑來說今黑來水庫還是沒放下水，他說：「往上，再往上，左邊，左邊！」二嬸撓不到地方，他就火了：「你能幹了個啥?!」翻起身從門裏出去了。夏天義直腳到君亭家，君亭在炕上睡覺著，連叫了三聲君亭連動都沒動，麻巧說：「他幾天幾夜沒合眼了，早晨一躺下就像死了一樣，一整天都沒吃飯哩！」夏天義又尋著了秦安問水的事，秦安說他去過水庫，人家說水庫水少，放不出來，他說西山灣放了一次水，雷家莊也放了一次水，為啥就不給清風街放？人家說清風街是下濕地，比別的村還強些，就是不肯放。夏天義罵道：「這是放屁的話！清風街是水田，沒水比別的村更要命！人家不肯放你就回來了？」秦安說：「就回來了。」夏天義說：「你就坐在那裏，不放水就不走！」秦安媳婦做的是綠豆米湯，端了一碗讓夏天義吃，夏天義不吃。秦安媳婦說：「綠豆米湯敗火哩。」夏天義說：「我沒火！」秦安媳婦說：「你嘴角起了燎泡，能沒火？」夏天義說：「沒火！」秦安媳婦說：「二叔你就是犟。」夏天義不言語了，悶了一會兒，說：「明日一早，我跟你們一塊上水庫！」

君亭昏睡了一天又一夜，起來了，頭還疼著，麻巧從慶玉家回來，他問：「房根子扎好了？」麻巧說：「牆都砌一人高了。慶玉都蓋房哩，咱講究是村幹部，還住的舊房。」君亭說：「咱住得寬寬展展的蓋什麼房?這幾日我不在，村裏有些啥事？」麻巧說了白雪要給二娘看眼病，惹得二叔的幾個兒媳不悅意。君亭說：「二叔啥都氣強，家窩事就氣強不了，看看娶的幾個兒媳，除了竹青，還有誰能提上串?前年瞎瞎一結了婚，鬧騰著分家，為老人後事的分攤爭來吵去，外人問起我，我臉都沒處擱。趙宏聲說二叔是龍，生下的都是些蛇蛋，一點沒說錯！還有啥事？」麻巧說：「為電的事安寧了，澆地為水卻打了幾場架……」君亭說：「讓秦安跑水庫，他沒去？」麻巧說：「去是去了，沒頂用。二叔訓秦安，說他在任時，田裏啥時候缺過水?」君亭說：「他在任又什麼時候旱過?!」正說著，夏天義和秦安進了門，麻巧說：「說龜就來蛇，正說二叔的，二叔就來了！」夏天義說：「說我啥的，睡好了沒有？」君亭說：「頭疼。」夏天義說：「頭疼也得起來！」要一塊去水庫。君亭就讓麻巧給他擠眉心，眉心擠出了一條紅，他說：「走吧！」從櫃裏取了一瓶酒，揣在了懷裏。

跟著俊奇又去收了一家電費，我和俊奇就坐在東街牌樓下的碌碡上賣眼。街上的人稀稀拉拉，丁霸槽騎著摩托車呼嘯著駛過去了。白恩傑又牽出了那頭叫驢來蹓躂，在不遠處的土場子上驢就地打滾，塵土撲了過來。岔道上去的三一二國道上，也有了一頭驢，是小毛驢，拉動著一輛架子車，趕車人頭枕在車幫上睡著了，任著小毛驢走。三踅就在路邊，捉住了小毛驢韁繩，轉了個方向，小毛驢拉著車又從來路上往回走去。俊奇就哧哧地笑，說：「三踅狗日的造孽。」我說：「俊奇，人是不是土變的?牛羊豬雞是不是草變的？」我看著來往的人都是一疙瘩一疙瘩土，那打滾的叫驢和拉車的小毛驢都是草堆裏動。俊奇打了我一下頭，說：「你又胡說！」他這一打，遠處的人又成了人，驢又成了驢。這就像是夏天智的收音機，不響，拍一下又響了，是不是我的腦子裏也有無數條線路，哪一條接觸不良啦?我搖晃著頭，卻看到白雪和白雪的娘並排地走過來了。我就自己拍自己頭，以為我又看錯了，可就是白雪和她娘麼。哎喲，白雪穿了件黃衫子，亮得像個燈籠！我知道我的眼痴了，因為俊奇叫了我兩聲我沒聽見，但白雪娘猛地看到了我，她怔了怔，便拉著白雪一轉身，拐進了另一條小巷。我還在發痴著，俊奇彎過頭來看我的眼，又伸手在我眼前晃，我說：「幹啥嗎?!」俊奇說：「人家早都進小巷了！」我說：「老妖精！」罵白雪她娘。俊奇說：「你真的愛白雪？」我沒有理他，給他說愛不愛的有什麼用?俊奇卻說：「兄弟，聽哥的話，這不是你愛的事！」俊奇竟然說出這話，我感到驚奇，我說：「為啥?」俊奇說：「人以類分哩。貴人吃貴物，崽娃子泡餄餎。」這話我不愛聽，我說：「去去去！」一揮手，趴在腳下一口痰邊的蒼蠅轟地飛了。俊奇說：「你要聽我的話哩，引生，哥不日弄你，不該你吃的飯，人家就是白倒了，也不讓你吃的。」我站起來，不跟他去收電費了。

我和俊奇就為這事惱了的，從此不再搭理他。我瓜呆呆地順著街朝東走，我想哭，眼淚就一股子流出來。這時候，君亭、秦安和夏天義正好要往水庫去，當然我不知道他們是要往水庫去，夏天義就說：「引生引生，咋啦？」我說：「沒咋。」夏天義說：「沒咋了頭揚得高高的走！」君亭說：「你有事沒？」我說：「沒事。」君亭說：「沒事了跟我們到水庫去！」秦安說：「要他去幹啥？」君亭說：「爛套子也能塞牆窟窿。」對我說，「你去不去？」我說：「去。」君亭說：「要去，把這隻公雞逮了提上！」路邊是慶金家，一隻大吊冠子公雞領了兩隻母雞在刨食，大吊冠子公雞驕傲得很，繞著左邊的母雞轉一圈，再繞著右邊的母雞轉一圈，然後拉長了脖子唱歌。我脫下鞋一下子砸過去，牠趹趴在地上，就把牠逮住了。屋裏的淑貞跑出來，尖錐錐地叫：「土匪呀？土匪呀！」君亭說：「甭喊啦，過後我給你雞錢！」

我們就這樣到的水庫。水庫在清風街北十里地，一九七六年修建的時候，他們三人都曾在工地上幹過，君亭的爹就是在排除啞炮時啞炮突然又爆炸了被炸死的。到了水庫管理站，我才知道是來要求放水的，但君亭沒讓我和夏天義進站，說他和秦安能擺平事的。我說：「我還以為叫我來能打架哩。」君亭說：「你好好陪你二叔，就在這兒等消息。」他給我撂了一盒紙菸，把公雞和酒拿走了。我明白，兩軍談判的時候要布下重兵才談判的。我也明白，最大的武者是不動武。毛主席活著的時候，有錢沒？誰敢說沒錢?!但毛主席身上從來不帶一分錢！這是夏天智在去年給我說過的話。

我和夏天義坐在管理站外的土塄下，夏天義一根黑捲菸接一根黑捲菸吸，可能是吸得嘴唇發燙，撕了一片核桃樹葉又嚼起來。他突然說：「引生，早上見你時，你哭啥麼，眼淚吊得那麼長？」夏天義是白雪的二伯，他肯定知道我對白雪的事，肯定在現在沒事時要狗血淋頭地罵我一頓了。但他沒有，一句關於我自殘和住院的話都沒有，他竟然在問：「你爹的三週年是不是快到啦？」我說：

「二叔還記得我爹？」夏天義說：「人一死就有了日子，怎麼都三年了。你爹要是活著，清風街不會這麼沒水的。」我的眼淚就嘩嘩地流下來。夏天義說：「天不下雨，你這眼淚咋這多?!君亭叫你來，我還以為你記恨他，不肯來呢。」我說：「你和君亭也吵過，你也來了麼。」夏天義說：「你行，你像你爹！這天旱得怎麼得了，麥季已經減產，若再旱下去，秋裏就沒指望了。」我說：「大家都懷念你哩。」夏天義說：「是嗎？都咋說的？」我說：「說你在任的時候，沒大年饉。」夏天義說：「那是天沒旱過。」我說：「為啥天沒旱過？還不是你福大命大，福大命大才能壓得住陣哩！」夏天義說：「不管別人怎麼說，這話你不要說。」我偏要說，我說：「二叔，我給你說句實話，現在的幹部不如你們以前的幹部了，天氣也不是以前的天氣，這叫天怨人怒！」夏天義又開始吸他的黑捲菸，他的黑捲菸嗆人，加上他一直把吸過的菸頭保存在脫下來的鞋殼裏，脫了鞋的腳散臭，熏得我都要閉了氣。他說：「天是不是在怨我不敢說，人的確怒了。清風街是多好的地方，現在能窮成這樣……」夏天義開始嘟囔，不知是在對我說，還是說給他自己，算起了一筆帳：一畝地水稻產六百公斤，每公斤售價八角六分錢，小麥產一百五十公斤，一公斤售價一元六角錢，如果四口之家，一人三畝地，全年收入是七千元。種子三百元，化肥五百元，農藥一百元，各種稅費和攤派二千五百元。自留口糧一千五百公斤，全以稻價算是一千二百九十元，食油二百五十公斤，油價按每公斤一元六角又是四百元，共計二千五百元。七千元減去二千五百元，再減去二千五百元，剩下二千元。二千元得管電費，生活必需品，子女上學費用，紅白事人情往來花銷，還不敢誰有個病病災災！這樣算仍還是逢著風調雨順的年景，今年以來，一切收入都在下滑，而上邊提留攤派，如村幹部的補貼，民辦教師的工資都提升了，化肥、農藥、地膜和種子又漲了價，農民的日子就難過了。夏天義憂愁上來，額顱上湧了一個包。我說：「二叔，你算得我頭疼哩，不算了，不算了，糊里糊塗往前走，不餓死就行了。」

夏天義說：「你咋和你爹一個德性呢！」

我和夏天義坐到了日頭偏西，肚子餓得咕轆轆響，君亭和秦安還不來叫我們。我說：「他們喝酒哩，把咱給忘了?」夏天義說：「你吃蘿蔔不?想吃了你給你拔去。」土塄下一片地裏種有蘿蔔。我站起來去拔蘿蔔，秦安拿著一個熟雞頭一個熟雞爪過來了。他把雞頭給了夏天義，把雞爪子給我，我說：「你們才煮了雞吃呀?!」秦安說：「雞也吃了，酒也喝了，還是不行。」夏天義一扔雞頭就往管理站走。管理站是三間木房，不遠處還有一排房子，幾個工人在核桃樹下玩棋，老遠就聽到君亭在吵。夏天義一站在管理站門口，裏邊什麼也看不清，他就咚咚地拿腳踢門檻，站長就跑出來，說：「天，你老咋來了?」夏天義說：「我來了大半天了，等著你吃肉喝酒哩！」站長說：「君亭，這你就不對了，你要用你二叔來壓我，也得給我說一聲啊！」夏天義說：「還帶了個打手哩！」我立即提了拳頭，身子往上聳，並且朝地上的一塊石頭踢了一腳，但石頭沒踢動，腳疼得很，我就忍了。站長說：「要是這水庫是我私人的，剩一瓢水我也給你拿去。庫是國家的，我只是守庫的，放水有規畫地放，我亂了規畫犯錯誤呀?」夏天義說：「修水庫的時候我是清風街民工大隊長，君亭他爹也就死在這裏，我們現在倒用不上水了?你放就放，不放也得放!你不開閘，我這就開閘去！」站長被嚇住了，說：「老主任，你可不能亂來！」夏天義說：「你甭叫我老主任，你知道我現在貓不逼鼠了，就把我沒擱在眼裏！」說完就往庫壩上走。站長要攔夏天義，君亭和秦安卻把他拉住，站長是個瘦子，脖子抽動，身子掙不脫。遠處下棋的工人跑過來，似乎要打架，我從窗台拿了一把鐮，秦安說：「引生，引生，你別來你的瘋勁！」我不傷人，鐮刀嚯嚯地在空裏揮了幾下，我把刀刃兒在我胳膊上割，割出了一個口子，血就往下滴，滴得像風中的桃花。那些工人就釘在那裏不動了。夏天義回頭說：「不要拉，讓站長和我一搭去！」站長說：「水利是農業的命脈，你要破壞，後果自負，你讓我去我才不去了呢！」夏天義說：「你也知道水利是農業的命脈?!清風街快沒命了，我還怕啥？君亭秦安，你們讓站長來，就得讓他親手開閘！」君亭秦安便架起了站長，一路小跑到了庫壩。

閘門終究是站長親手開啟的，水流進了通往清風街的渠道。君亭長長地出了一口氣，說：「讓我尿尿，讓我尿尿！」他從褲襠掏出了東西，美美地尿了一泡。這一泡尿是君亭入夏以來尿得最受活的一次，臉上的肉一點一點鬆下來，眼睛也閉上了。我也閉了眼睛，聽見了大壩下的河谷裏有人在說話，說著什麼聽不清，只是嗡嗡一片，聽見了水庫裏的魚撲喇喇跳出了水面，聽見了一隻螞蚱從草叢裏跳上了腳面。我睜開了眼，看見君亭雙手還端著他那東西，我說：「你尿尿也搖啊？」君亭罵道：「你狗日的！我沒說你，你倒說我了，你搖搖，你也搖搖麼！」我這才意識到我是搖不成了，但他高興，他作踐了我我也高興。

這個時候，誰也沒想到夏天義把我們嚇壞了。君亭正罵了我，夏天義撲通一聲，連鞋帶衣服撲到了水渠裏，在水渠裏他沒有站，手腳朝下趴在渠底，水流得很急，頭久久不出水面，頭髮就像草一樣在水上漂，接著是擦汗的手巾順水漂走了，一包捲菸順水漂走了。突然發生了這樣的事，我們都呆了，連站長也臉色煞白，我大聲喊：「二叔！二叔！」但夏天義還是身子不動彈，頭不出來，我看見他是一條魚，這魚有著很大的吸盤，就伏在渠底。秦安已經跳進渠了，他才要拽夏天義，夏天義忽地頭擫出水面，口鼻在吹著，水花四濺。站長說：「天！你把我嚇死了！」夏天義站起來，說：「我喝了八口，喝了八口，你狗日的一定在庫裏放了糖了，水咋這麼甜麼?!」站長說：「我可告訴你呀，老傢伙，這水一放，規畫全亂了，別的村再來鬧事，你這責任就大啦！」夏天義說：「你小子親自放的水，怪我老漢？我是下台幹部我怕啥的，你如果還想吃公家飯，你自己會給自己下台階的，你精著哩！」他走上壩，很響地擤鼻子，擤鼻子的手卻拍起站長的背，我是看著他把鼻涕就勢抹在了站長的背上，然後嘀嘀咕咕給站長說悄悄話，站長惱著的臉硬硬地笑了一下。

事後，我問夏天義：「你說什麼悄悄話了，站長就笑了？」夏天義說：「我說，清風街要給你送一面錦旗呀！」錦旗是不是在過後送了，我不知道，知道的是我們分批離開的水庫。夏天義讓君亭仍留在庫上，監督著放水，必須放夠十二個小時，他和秦安從原路急趕回去組織澆地，而安排我順著渠道走，以防水渠被堵或者半道上被別人截流。我順著水渠幾乎是走了多半夜，我發現了水渠裏始終有一條魚，這種魚頭很大，長有牙齒，鰭直立著，又黑又硬，從來沒有見過。我在渠沿上走，魚在渠水裏游，水渠在半山腰彎來拐去，月亮在空中，這一個坡灣是白的，那一個坡灣是黑的，我就有些害怕，我在問：「魚，魚，你是誰？」魚說：「呀，呀，呀！」我又問：「你是二叔嗎？」魚說：「呀，呀，呀！」中星的爹說過，你遇著一個人了，一個動物，明明是陌生的，但你覺得面熟，好像在哪兒見過，覺得親近，人們一般說這是緣，其實這人前世一定是你的親戚或熟悉的人。這條魚難道真是夏天義嗎，或者說，夏天義前世做過魚嗎？我和魚就這麼一路招呼著出了山，經過了土塬，終於在後半夜來到了清風街的河灣地。我站在田埂上大聲喊：「水來了！水來了！」河灣地頭的人差不多也都睡著了，聽見了喊聲，迷迷瞪瞪地說：水呢，水呢，竟然不知了方向，在原地打轉轉。站在河灣南頭的武林聽見我喊，他也喊，他喊起來不結巴。河灣裏的人全醒了，一個接一個往下喊，就像一隻狗咬起來，所有的狗都在咬。喊聲傳遞著一直到了東街、中街、西街，回家走到半路的人折了身，已經在家的人急忙呼兒喚女，高一腳低一腳往地裏跑。但是，當我一灘稀泥一樣坐在了渠沿上，看渠水中的那條魚時，魚不見了。

關於這條魚的故事，我只能說到這裏，因為清風街所有的人都沒有見過這條魚。我問過第一個澆地的狗剩，狗剩說他沒見，說如果是那麼大一條魚他能看不見嗎，他讓我聞他的手，看他的口，手上口裏確實沒有魚腥味。最後輪到澆地的是慶滿和武林，慶滿告訴我，水還未到的時候，丁霸槽來給他捎了個壞消息，說三一二國道在西五里處要建一個過水涵洞，公路局將活兒指定給清風街，上善就安排了英民，英民開始組織人哩。他一聽，就去找上善了，連地都沒澆上，哪兒見什麼魚了！

那就說慶滿尋上善吧。慶滿尋著了上善，上善火結，幾天屙不出屎，脾氣躁躁的，說：「公路局來人點名要英民的，我管不著呀！再說，什麼好事總不能都是你們夏家呀?!」慶滿說：「你是會計，幾任的村幹部了，你怎麼說這話，夏家在東街是人多，可也沒有什麼好事都是夏家的呀！」上善說：「你扳指頭數數，東街這些年誰蓋房了，是不是姓夏的？」慶滿說：「只要能蓋誰都可以蓋麼，又不是不准別人蓋？」上善說：「為啥夏家都能蓋起房？從七十年代起，凡是當兵的，招工的，走的都是夏家人，夏家吃公家飯的人多，越富的就越富，越窮的就越窮。」慶滿說：「當兵招工要成分好的，政策你又不是不知道，你怪誰，怪共產黨？你也是小姓，你怎麼就是會計了？」兩人吵得紅脖子脹臉，旁人拉了半天才拉開。

慶玉把三根木柱從張八家拉了回來，撿了個大便宜，得意地坐在木樁前喝茶哩，瞎瞎跑來說：「二哥二哥，你得去呢！」慶玉說：「啥事？」瞎瞎說：「三哥和上善吵開了，打虎離不開親弟兄，你不去？」慶玉說：「吵就吵唄，村裏哪一天沒個吵架的，又不是要出人命？就是出人命，他媳婦不是厲害得很嗎，讓他媳婦去！」也不請瞎瞎喝茶，披了褂子往磚場去。

三踅在磚場的葦棚裏睡著，他冬夏睡覺都不穿褲頭，見慶玉走來，睡著不起來，那個東西像一截死長蟲趴在腿上。慶玉說：「不怕貓當作老鼠給吃了？」三踅說：「我估摸你快來了！」慶玉說：「我不是來買瓦的。告訴你，見不見白娥？」三踅說：「誰是白娥？」慶玉說：「黑娥的妹子麼。」

三踅一下子坐起來，眼裏放了光。慶玉說：「把話可說到前頭，只能認識，不能動手動腳！」三踅說：「人呢？」慶玉說：「到她姊家去。」

武林家是獨院，院門沒關，裏面是三間堂屋，兩間廈房，堂屋的屋簷塌了一角，壓著一張塑料紙，風吹著響，像鬼拍手。白娥黑娥在堂屋裏打了一盆涼水擦澡，聽到院門外有一聲：「人在不？」立即吹滅了燈。黑娥問：「誰？」慶玉也不說話，把門環搖了三下，堂屋門就開了，黑娥裹了件床單出來，見有三踅，擰身又閃進屋。慶玉和三踅坐在簷下台階上，那裏晾著做豆腐的布包和木箱，三踅說：「武林呢？」黑娥出來，衣服已經穿好，端了兩碗綠豆湯，說：「他到地裏等水去了。你們沒去？」慶玉說：「你託我給白娥尋個事幹，我給三踅說了，他要來看看能不能幹了磚場上的活。」黑娥說：「白娥白娥，你快出來！」白娥出來端著一盞煤油燈，燈照著臉，臉粉嘟嘟的，眼睛撲閃著亮。三踅就站起來要朝白娥跟前走了，慶玉咳嗽一聲，三踅伸出的手便把燈拿住，慌口慌心地說：「家裏沒拉電？」白娥說：「我姊家窮麼。就是窮了，我姊夫嫌我吃白飯，我得尋個事幹呀！」三踅說：「到我的磚場去！我只擔心著磚場灰多，把你這白臉弄黑了呢！」白娥說：「黑了也是黑牡丹麼！」黑娥說：「你不知羞！」白娥說：「難道我說的不是事實？」三踅說：「就是的！」慶玉見兩人乾柴烈火，就給黑娥示眼神，黑娥招呼了到堂屋說話，一進了堂屋便嚷道燒水煮荷包蛋呀，桶裏怎麼就沒水了？黑娥說：「你都坐，我去泉裏舀些水。」慶玉說：「我和你一塊去！」出來就把堂屋門拉閉了。

慶玉和黑娥並沒有去舀水，兩人一進了廈房，慶玉就把黑娥按在鍋台上。月亮光從窗子進來，鍋台上安著做豆腐的桶子鍋，鍋裏有一碗冷豆腐，黑娥說：「你吃呀不？」慶玉不吭聲，就拉褲子。黑娥抓了一塊豆腐塞在嘴裏吃，褲子便被拉了下來，說：「三踅在堂屋，急急草草地能幹個啥？」慶玉說：「你扶住鍋台，我隔山掏火。」黑娥還在吃，說：「我那個了。」果然從腿間拉出一卷麻紙來。慶玉恨了一聲，說：「那你給我弄出來！」兩人抱在一起，黑娥用手在下邊給慶玉逗弄，一股子稀東西射在了黑娥的鞋面上，擦沒擦淨，黑娥說：「你給我賠鞋！」慶玉說：「明日集上我給你買。」黑娥說：「我還要買件衣服哩！」慶玉說：「買鞋了還買什麼衣服，正蓋房著哪兒還有錢？」黑娥說：「嗇皮！」兩人整好了衣服，黑娥要到堂屋去，慶玉拉住了，說：「讓人家多瞭解瞭解。」黑娥說：「三踅是個凶神惡煞，讓白娥去，不會受欺負吧。」慶玉說：「誰欺負誰呀?!」黑娥說：「那你給三踅說，白娥一定得去磚場幹活，吃了喝了還要錢多！」

堂屋裏一陣哧哧地笑，緊接著是白娥「啊」了一聲。夜靜了，這「啊」聲特別大，黑娥在廈房門口問：「白娥，咋啦？」堂屋卻沒了響動，隔了一會兒，白娥說：「姊，屋裏有老鼠啦，啦，啦啦！」慶玉把黑娥拉回廈房，說：「燈呢，給廈房也點個燈麼，不吃荷包蛋了，你調些辣子醋水咱吃豆腐麼。」兩人點燈調辣子醋水，把豆腐端出來，慶玉說：「吃豆腐了，到院子裏吃著涼快。」白娥先出來了，卻急急火火跑向堂屋後的廁所，三踅出門檻時，腿軟了一下，差點絆倒，說：「熱死啦，你家也沒個電扇？」黑娥說：「指望著你呢！」三踅說：「明日讓白娥從我那兒抱一個過來！」黑娥說：「甭說我家沒電，就是有電，白娥可不白拿你的東西，她去不去磚場，我還得問她哩！」白娥就在廁所裏說：「我去的！」

慶玉三踅吃了豆腐，離開了武林家，那時候武林的地裏還沒輪到澆，他幫別人先澆，一腳踏進泥裏，腳抽出來了，鞋還在泥裏陷著。慶玉說：「你得手啦？」三踅說：「水大得很！」慶玉悶了一會兒，說：「給我一根紙菸！」三踅遞過了一包紙菸，慶玉點了一根，把整包紙菸卻裝到自己口袋，說：「讓你認識，你就……」三踅說：「貓見了魚不吃，哪是貓？」慶玉說：「我謀算了幾年才和黑娥好上，你第一回就跟白娥硬下了手……」三踅說：「你是知識分子麼！」慶玉氣得咬牙子。

君亭守在了水庫三天四夜，不打不成交，倒最後和站長成了朋友，離開時還從水庫裏抓幾隻鱉帶了回來。進門已是中午，讓麻巧叫了夏風和趙宏聲來吃飯。趙宏聲來得早，給君亭說話，逗得君亭直笑，夏風一進門，倒不說了，夏風說：「什麼話不讓我聽！」趙宏聲說：「你聽聽這話有道理沒？『鬼混這事，如果做得好，就叫戀愛；霸占這事，如果做得好，就叫結婚；性冷淡這事，如果做得好，就叫貞操；陽痿這事，如果做得好，就叫坐懷不亂。』」夏風說：「誰說的，能說了這話？」趙宏聲說：「引生麼，這沒毬貨文化不高，腦子裏淨想得和人不一樣！」趙宏聲提到了我，突然覺得不妥，就不說了，拿眼睛看夏風，夏風也是沒接話茬，瞧案上幾隻鱉，說：「噢，叫我來吃鱉的，這麼好的東西，咋捨得讓我和宏聲來吃啊！」我告訴你，趙宏聲提到了我趕忙收口，他是意識到夏風不喜歡聽到我的名字，但夏風避了話題說吃鱉的事，那是他一定讓我的話擊中軟肋。他就是霸占麼，霸占了白雪！當時趙宏聲見夏風說到了吃鱉，便說：「我知道叫我來是要下廚房的，你嫂子覺得你這一陣出力哩，給你補身子的！」麻巧說：「宏聲你這張嘴要是瓦片做的，早呱呱爛啦！」趙宏聲說：「這又咋了，嫂子關心兄弟應該呀，常言說：嫂子勾蛋子，兄弟一半子！」麻巧正剖一隻鱉，將一顆鱉蛋塞到趙宏聲的嘴裏。夏風說：「君亭哥，這次去水庫你辛苦啦！」君亭說：「你可惜沒去，要不真該寫一篇好文章哩！唱白臉的唱白臉，唱紅臉的唱紅臉，簡直逼宮一樣！後來我留下，水放了一半他又不放了，我真恨不得把他脖子扭下來，可我扭不成呀，就又給人家說好話。我說，我要是個女的，我願意讓你把我糟蹋了，要不，我在我腿上拿刀割開一個口子?!」麻巧正剁鱉爪子，把一個爪子擲在君亭的額顱上，說：「就恁下賤?!」君亭把額顱上的瘀血擦了，說：「朱元璋打江山，啥事沒幹過，咱給他當孫子，目的是要當他的爺麼！那站長不是個色狼倒是個酒鬼，又買了酒陪他喝呀，他為了整我，說你能一口氣把一瓶酒喝了就給你放水，我說，咱說話算話，拿起酒瓶我就喝了，當時就醉得趴在椅子下。夏風，你寫寫這，保證是一個好作品哩！」趙宏聲說：「文學作品咋能那樣寫，嗨，你這君亭，你不懂！」夏風就只管笑。君亭說：「我是不懂，可我也看過夏風寫的書。夏風，哥給你說，你那書寫得沒勁，我能欣賞的是扉頁上那一首詩。」趙宏聲說：「什麼詩？」君亭說：「是寫給牛頓的：自然和自然規律在黑暗中隱藏著，上帝說，讓牛頓去搞吧，於是，一切都光明了！」趙宏聲說：「咦，還知道牛頓，君亭你行呀！」君亭說：「你以為你會編個對聯，看別人都是大老粗啦?!我上中學的時候就喜歡詩，畢業後回到農村，那時候夏風愛寫作，我也愛寫作，你問問夏風？」夏風說：「這是真的，君亭哥愛普希金的詩，還常常學著普通話給我朗誦哩。我知道我君亭哥，從來就不是地上爬的。」趙宏聲說：「這我相信，他要當科長絕對幹的是縣長的事，要當了縣長絕對幹的是省長的事，就是成了林彪，也要害毛主席的！」君亭說：「你這是誇我麼還是罵我？」趙宏聲說：「我敢罵你，我想當秦安呀?!」君亭說：「宏聲，我知道你那一張嘴有煽惑性哩，也知道清風街許多人同情秦安哩！我給你說，支書也罷，村主任也罷，說是幹部，屁幹部，整天和人絆了磚頭，上邊的壓你，下邊的頂你，兩扇石磨你就是中間的豆子要磨出個粉漿來！當鄉長、縣長的還可以貪污，村支書和主任你貪污什麼去？前幾天鄉政府開會，我在會上說，我們這些人可憐不可憐，大不了就是在誰家吃一頓飯，喝一壺酒，別人還日娘搗老子地罵你！」趙宏聲說：「不至於吧，民謠裏可是說你們這一級幹部『村村都有丈母娘』麼！」君亭說：「說句實話哩，我現在把那事都快忘了。隔一月兩月，你嫂子給我發脾氣，好好的發什麼脾氣，一想，噢，兩個月沒交公糧了！」麻巧紅了臉，罵道：「你還有臉說這話！宏聲，鱉剖好了，你看怎麼個做法。」先自個去了廚房。君亭說：「你嫂子是人來瘋，一會兒她上菜要問香不香，你就說香，你越說香她越給你炒菜哩！」

果然，第一盤菜端上來，麻巧問：「菜行不行？」夏風說：「香！」麻巧說：「你天南海北好的吃遍了，你笑話我手藝哩。」夏風說：「真的是香！」麻巧說：「那就好，嫂子多給你弄幾個菜！」等鱉肉端了上來，三人喝過一瓶酒，君亭臉上的那條疤就紅了，說：「夏風現在是把事鬧大了，我也想，夏風都能把事幹大，我君亭在清風街也該幹幾件事呀！毛主席治一國呢，咱還弄不好一個村？」趙宏聲說：「讓我先唸一首詩。」趙宏聲就唸了：「啊大海，你全是水，啊駿馬，你四條腿，啊愛情，你嘴對嘴，久走夜路的人呀，你要撞鬼！」夏風拍桌大笑。君亭說：「你這是啥意思？」趙宏聲說：「我看清風街是沒指望，要工業沒工業，要資源沒資源，又人多地少，唯一的出路就是讀書，可讀書又有幾個出息得像夏風？」君亭說：「正因為沒工業沒資源地又少，我才想辦別的事呀，每一任村幹部總得留些東西吧。」趙宏聲說：「王德合手裏是建了一座橋，西京是擴建了學校，引生他爹修了街道路，你二叔幹得最多，築河堤，改造河灣灘地，在北塬修梯田，挖乾渠，還留下一片果園。要是興修廟，應該給你二叔修個廟哩！」君亭說：「你說的都是過五關斬六將，沒說走麥城。修橋死了三個人。修下的街道現在又成了馬蜂窩。二叔留下一個果園是是非非的不說了，還留下淤了一半的七里溝，人把力出盡了，錢花了一堆，地沒淤成，他也就下來了。我接手的時候，鄉上還說上輩人給你把工作擺順了，貧困村成了致富村，好像是個盛世，可誰知道，村裏的資產是空的，帳是亂的。二叔是在他手裏把清風街的貧困帽子摘了，可一摘了帽子，國家沒了救濟，稅費上去了，又逢著天旱，這日子又難過了。我上任要說做了什麼事，一個是穩定，清風街自古民風強悍，連鄉政府的人都說在這裏工作最費勁的是幹部，我畢竟是穩住了，譬如退耕還林那麼難辦的工作，沒讓出亂子，而且伏牛梁還是示範點。二個是我爭取把貧困帽子又要了回來，名聲是不好聽，可實惠呀，他縣上鄉上就不能多攤派呀，向他們要錢還能要些呀，這次買變壓器就是鄉上撥的款。我下來準備再搞個農貿市場，也可以誇口，要建就建個縣東地區的農貿中心！」君亭站了起來，眼睛紅紅的。夏風說：「你是不是哭呀？」君亭說：「我對農貿市場的期望很高，一想起來，自己都激動得要哭！」趙宏聲低了頭只是笑。君亭說；「你覺得不可行？」就拿了紙畫起來，畫的是在街道通往了三一二國道的那一片三角地蓋大集市，有六間兩層樓的旅社，有三萬平方米的攤位，有大牌樓門，有三排小開間門面屋。趙宏聲說：「設想不錯，可這麼大的工程有精力完成嗎？我聽秦安說還要繼續淤七里溝，那……」君亭說：「淤什麼七里溝，淤了三年，淤成了沒?就是淤成，能收多少莊稼?現在不是糧的問題，清風街就是兩年顆粒不收也不會餓死人；沒錢，要解決村民沒錢的問題。我是支書，清風街的紅旗得支書來扛呀！」趙宏聲說：「瞧，瞧，橫勁來了吧?秦安當支書時，你說秦安只能代表支部，不能代表村委會；你現在是支書了，就強調支部扛旗，話都由你說了！」君亭說：「你回答我，秦安是能做大事的人嗎？」趙宏聲就不言語了。

院門外喊：「麻巧！麻巧！」麻巧說：「四娘喊哩！」出去了一會兒又回來，說：「四娘尋夏風哩。」君亭說：「讓四娘也來吃飯麼。」麻巧說：「四娘說家裏有客，四叔嫌夏風不沾家，都生氣了。」就問夏風：「和四叔鬧彆扭了?」夏風說：「縣劇團來了人，嫌我待人家不熱情。」君亭說：「白雪在沒?」夏風說：「在的。有她在，偏叫我回去幹啥?!」君亭說：「我還有一個事，白雪在縣上認不認識商業局的人?」夏風說：「啥事?」麻巧說：「四叔在家生氣了，你還有啥事?!」夏風出了門，一摸口袋沒了紙菸，偏不急著回去，直腳又去了中街。

在中街上，武林和陳亮打了起來。這是清風街最有意思的一次打架，而搧風點火的就是我。

武林是一大早起來拾過糞後，又要磨黃豆做豆腐，喊叫黑娥給他幫個下手，黑娥蓬頭垢面地坐在台階上發蔫。武林說：「你，啊你，咋啦？」黑娥說：「我不舒服。」一口一口唾唾沫，唾沫把腳旁的捶布石都唾濕了。武林說：「你唾，唾這多的唾沫，沫，是有，啊有啦嗎？」黑娥也不言語。武林就興奮了，說：「爺！你可可，可能是有，啊有了！」武林一直想要個孩子，但黑娥幾年內不開懷。武林就讓黑娥再睡去，說豆腐他一個人做，他能做的。黑娥卻說她口寡。武林便不再做豆腐了，滿院裏逮那隻黃母雞，要給黑娥殺了燉湯喝。黑娥罵武林是豬腦子，黃母雞正下蛋哩，殺了拿骨殖去買化肥農藥呀?!武林又問吃涼粉不，黑娥不吃。黑娥說：「我要吃蘋果。」武林向黑娥要錢去買蘋果，黑娥說你給過我錢啦?武林到屋角的牆縫掏出一隻破襪子，取了裏邊私藏的兩元錢去劉新生的果園裏去買。劉新生卻不在，而旁邊陳星的園子裏，陳星和翠翠在草庵子裏親嘴，被他撞見，陳星和翠翠不羞，他倒羞了，跑回街上，偏偏陳亮在他們店門口補鞋，他呸了一口。陳亮說：「你呸呸著幹啥，我得得罪你你了?!」又呸了武林一口。武林能守住祕密，他說：「這，這，這下咱都拉平，平了。」還坐了下來歇腳。鞋店裏坐了許多閒人，有我，還有白恩傑，劉柱子和供銷社的張順，我悄聲說：「武林是慢結巴，陳亮是快結巴，讓他們吵架不知是個啥狀況？」我就遞給了武林一根紙菸。武林吸了一會兒紙菸，把草帽掛在門閂上去了廁所。其實武林去廁所並不是要拉屎掏尿，他在藏他的兩元錢。別在褲帶上，不行，裝在口袋裏還不行，就藏在了鞋殼裏。出來，見草帽上沾了一大片黑鞋油，問誰弄的，我指指陳亮，武林就衝著陳亮說：「你，啊你，把我的帽子，弄，弄，弄髒了？」陳亮說：「我沒，我我弄你那草帽我還還捨不得鞋鞋油的，你那爛帽子爛爛爛帽子！」武林說：「你，你弄啊弄，弄了！」陳亮說：「我沒沒沒就沒！」武林說：「你還，還，啊還嘴，嘴硬，硬哩，你一個外，外鄉，鄉人，還欺負本，本，啊本地人，咹！」陳亮說：「外鄉人人咋咋啦，我我有暫住證證證的！我們還承包了果果林，我們吃吃了你的還是喝喝了你，你們的?!」武林說：「你，你碎㞞！小雞給老，老雞踏，踏蛋，蛋呀?!」陳亮沒聽懂這句話。武林就說：「我，啊我，日，日，日你，娘！」陳亮說：「我日你奶日日你娘娘日你老婆！」氣得武林瞪了眼，手指著陳亮了半天，說：「一，啊一，一樣，啊一樣！」我們都看著他們吵，輪到誰吵了，就也張著嘴，跟著他的節奏，把他娘的，這結巴學不得，我們也都話說不連貫了。我說：「吵熊哩，該打的事吵熊哩?!」他們真的就打開了。陳亮動作快，先打了武林一拳，武林踢過去一腳，把鞋踢掉了，陳亮再把鞋踢出了一丈遠。眾人這才過來拉架，武林不服氣，說：「我，啊我，就就是不，如他，他，會換氣麼！」突然想起鞋裏有錢，跑去撿，鞋殼裏的錢卻不見了，哇哇地哭。

這當兒，夏風到了中街要買紙菸。夏風一來，我順門就走，我不願意見到他。說實話，可能是心虛，我恨夏風更有些怕夏風。我走到了竹青開的理髮店裏，讓雇用的那個小夥給我理髮。理髮店的後門開著，後院子裏栽著一叢芍藥，那個小夥用小竹棍兒扶一根花莖，我讓他給我理起髮了他還不停地拿眼看芍藥，說：「花開得豔不豔？」我說：「豔。」他又說：「花咋麼就開得這般豔呢？」我說：「你好好理髮，不許看花！」不許他看，我可以看，這花就是長得豔，花長得豔了吸引蜂蝶來授粉，那麼花就是芍藥的生殖器，它是把生殖器頂在頭上的?那小夥說：「武林和陳亮打架啦？」我說：「嗯。」他說：「夏風一來就不打啦，他們也怕夏風？」我說：「誰怕誰啦?!」小夥給我剪頭髮，頭髮梢一剪我就覺得疼，他說：「這就怪了，誰剪頭髮都不疼，你剪頭髮疼?給你理個夏風那樣的分頭吧。」我說：「我要一邊倒！」他再說：「活人就要活夏風哩，娶的白雪多漂亮，像一朵花似的。」我生了氣，說：「你屁話這多！他娶了白雪咋?咋?!」他恨了我，把頭髮給我剪短了，我索性讓剃了個光頭，沒有給他錢。

夏風見武林在那裏哭，問是怎麼啦，武林說錢丟了，丟的有兩元錢哩！夏風就掏了五元錢給武林，武林不接，他說他要他的錢。就那麼大個地方，就那麼幾個人，兩元錢卻沒蹤影，誰都懷疑誰是賊，事情就嚴重了，大家都分頭找，沒有找到，白恩傑說：「是一張兩元票的還是兩張一元的？」武林說：「一一張。」白恩傑就掏自己口袋，他口袋裏有二十元錢，卻沒一張兩元票，說：「我沒撿到的，這你看清了！」劉柱子和張順也掏口袋，口袋裏沒有兩元票。陳亮說：「你你搜搜我身，你搜出一分錢了都算算我撿了！喊引生，引生走了，是不是引生撿撿去了？」劉柱子跑來理髮店喊我，夏風卻說撿到了。其實夏風是把自己的兩元錢丟在了地上，故意說撿到了，交給了武林。武林把錢放在鼻子上聞了聞，又拿起來對著太陽耀，然後把錢捏在手裏，齜了牙笑。

夏風買了紙菸回來，白雪已經在門外候他，問他到哪兒去了，怎麼是個大屁股，出了門就不曉得回來，飯做好了，讓一家人都等著。夏風說：「你們吃你們的麼。」白雪說：「你得陪陪邱老師呀！」夏風說：「他還沒有走?!」白雪說：「你這是啥話！人家也想和你認識認識麼，你看你不理不睬的樣子，是給人家難看還是給我難看？」夏風說：「他想認識我，我不想認識他麼。他那副模樣我看著都彆扭！」白雪說：「你欣賞人家的藝術，管人長得怎樣？」夏風說：「他那藝術我欣賞不來。」白雪說：「你小看邱老師了，團裏要說權威，除了你見過的那個王老師就數邱老師了，他不光戲演得好，秦腔理論也懂得的多，縣志上的戲劇卷就是他執筆的哩！」夏風說：「是嗎，這麼權威的還張羅什麼草台班子？」白雪說：「什麼草台班子！團要一分為二了，他有威信才組織了演出隊，特意來邀我入夥的。」夏風說：「咋不一分為四為五呢，全爛攤了，你就清淨地跟我進省城了。」白雪說：「我到省城幹啥呀，辛辛苦苦練了十多年功，不演戲我才不去哩！」夏風說：「又犟開了不是！戲劇已經沒落成啥樣了，還指望什麼名堂嗎？本身成了泥牛，你能入江過海？我給你邱老師說去，就說你不到他的演出隊了，你準備著調工作呀。」白雪就急了，說：「你敢！」白雪一急，眉額上就顯出一道紅印。夏風看著白雪，突然一仰頭笑了。白雪說：「你笑啥的？」夏風說：「我想起書上寫的一個故事了。說是有兩個女人都說她是公主，可公主只有一個，誰是真公主誰是假公主，就在十八床被褥下放一顆豌豆讓她們去睡，能睡著的就是假公主，真公主她睡不著，嫌豌豆硌哩。」白雪說：「我知道我是賤命，狗吃肉哩狗不下蛋，雞吃草吃石子偏下蛋，你不讓牠下蛋牠還憋得慌哩！」兩人還搗嘴，四嬸就出來了，夏風忙住了口就進院往堂屋去，白雪攆上去拍了拍他後襟上的土。

飯桌上，夏天智和邱老師說話。邱老師已經很老，光著頭，鼻子大得能占半個臉，拿了大杯子喝酒。夏天智說：「你說你那搶背要轉三百六十度？」邱老師說：「必須轉夠三百六十度才能仰面倒地，落下來時掌握臀和肩先著地，這得有童子功！」夏天智說：「頂燈是不是靠皺眉頭？」邱老師說：「頭皮要會動！」說著就示範，頭頂上的皮果然就動起來，把一個菜碗放在額上，然後往後移，碗裏的菜紋絲不動。夏天智就拍掌，他一拍掌，四嬸和白雪都拍掌。夏風拿眼睛看中堂上新掛出的一排馬勺上的臉譜，那是張飛的臉。白雪在桌下踩夏風的腳，夏風拿眼瞪張飛，張飛拿眼也瞪夏風。夏天智說：「去年我在縣上看過你演噴火，別人是一次噴一口，你連續噴十六口，那嘴裏得裝多少松香，又怎麼控制呀？」邱老師呷了一口酒。夏風看見那張嘴，上下全是皺紋，一隻蒼蠅就落在邱老師身後的牆上像一枚釘子。邱老師說：「這得拜神了！」夏天智說：「拜神？」邱老師說：「團裏的小六沒拜神，火噴出來，一下子燒了嘴！拜神就能神附體，幹什麼要幹好就得神附體。你就說陰陽先生吧，哪一個有文化？沒有。可他從事了陰陽職業，神就附體了，他的話你聽了就安全，你不聽就來災禍。夏風，你們寫文章是不是這個理兒？我見過縣文化館一個作家，他每晚讓曹雪芹給他寫書哩。」夏風說：「不至於吧。」用筷子去夾一顆花生豆，豆子蹦了，在桌子上打轉轉。邱老師把花生豆捉住了，塞到自己嘴裏，說：「夏風你見過文化館那個作家？姓陳，一口黑牙。」夏風說：「我看過他的文章，臭得像狗屎！」夏天智就瞪夏風，夏風便起身給邱老師敬酒。邱老師說：「老校長這麼愛戲，夏風肯定有遺傳基因。」夏風說：「你也知道基因？」看見邱老師身後探出一個狗頭，來運什麼時候進來的呢？邱老師說：「基因是現代詞，其實古人早都說了，《三滴血》中就以滴血黏連不黏連認定父子關係的，現在說基因是把貓叫成了個咪！你給咱寫個戲吧，憑你的水平，你來寫，我和白雪演，一定會轟動，說不定能拿個獎的。」夏風給來運招手，來運從桌下鑽過來，他把一口煙噴在狗臉上，說：「我不懂戲。」白雪說：「夏風，你把米飯給咱端上來！」夏風起身去廚房，白雪也到了廚房，說：「你咋樣對人家說話的？」夏風說：「你叫我怎麼說話？他說燈泡是黑的我就說是黑的？」回到堂屋，見邱老師自個給自己倒酒，酒灑在桌上了，竟低了頭去吸，說：「世上啥東西都可以浪費，酒不能浪費！」夏風說：「你真是酒仙，不怕壞嗓子？」邱老師說：「這就是秦腔風格！咱秦人是吃辣子喝燒酒了才唱秦腔的，我打死都看不上南方的戲，軟綿綿的沒勁！為啥當年的秦國就滅了六國，你知道不？」夏風說：「不知道。」邱老師說：「秦人喝的是燒酒吃的是鍋盔夾辣子，一是不冷二是耐飢，說走就走，兵貴神速，而南方的國家一紮下營了才洗菜呀，淘米呀，飯還沒熟，秦國兵馬已經殺到了。你寫一齣戲，就寫秦人這種習性，怎麼樣？」夏風說：「我給你老倒茶！」茶沒了，去廚房續開水，便再沒把茶端上來。

白雪從堂屋出來，瞧見夏風和啞巴在院門外逗弄著來運，氣得臉都煞白。夏風卻嘻皮笑臉地說：「我問你個事哩。」白雪說：「你有啥事看得上問我?!」夏風說：「你和縣商業局的人熟不熟？」白雪說：「啥事？」夏風說：「君亭哥想辦農貿市場，要我問問你，如果有熟人，得求人家支持哩。」白雪說：「哼！」夏風說：「咋啦？」白雪說：「你去求邱老師吧，他兒子就是局長！」夏風呀了一聲。

邱老師是喝醉了，躺在炕上呼呼地睡了一覺。夏風去把君亭叫來，君亭就坐在炕邊等著邱老師醒過來，又請了去他家喝二次酒。請去的還有夏天智和白雪，當然是淨說著秦腔的好話。話頭轉到了辦農貿市場的事，邱老師拍了腔子，說：「這有啥問題嗎，他就是在外做了當朝的宰相，回家還得叫我爹哩！我給他說。」君亭一高興，說：「憑邱老師這麼豪氣，我得給你唱個戲哩，我不會唱戲，但我一定要給你唱！」就唱《石榴娃燒火》，「把風箱我拉一拉，想起了我娘家媽，我家媽媽，你咋不來看你娃？」君亭是爛鑼嗓子，又跑調，大家就說：「媽呀，沒惡你麼，咋讓人受這份罪哩！」君亭說：「白雪你唱，往下唱。」白雪接著唱：「石榴我生來命不強，逢下個女婿是二架梁。石榴我生來命恓瞎，逢下個女婿是肉疙瘩。乃逢下呀女婿，實實是肉疙瘩。」

第二天早上，君亭跟了邱老師要去縣上，白雪也要去劇團，希望夏風陪她，夏風黑青著臉，說他得回省城呀。

還記得從水眼道裏鑽出來的那隻老鼠吧，那是我養的，牠經常在屋梁上給我跳舞，跳累了就拿眼睛看我，牠的眼睛沒有眼白，黑珠子幽幽的發射賊光。貓是不敢到我家來的。我家自爹死後沒人肯再來，我在家卻幹了些啥沒人知道，但老鼠牠知道。早起，我給我爹的遺像燒了三根香，就坐下來開始寫日記。清風街裏，能寫日記的可以說只有我。香爐裏的香燃成了一股青煙，端端往上長，老鼠以為那是一根繩子，從梁上要順著青煙往下溜。叭，就掉到香爐裏了。人都說老鼠聰明，其實也笨。但這隻老鼠不嫌棄我，這麼久呆在我家，證明著我家還有糧食，聽說東街的毛蛋去年害病，為看醫生賣光了家裏的糧食，大小老鼠都離開了他家。我要說的是，我家的老鼠乃是一隻有文化的老鼠。我在日記裏寫到關於白雪的部分，牠曾經咬嚼過，我很驚奇，說：老鼠，你知道我想白雪了？你有本事你就給白雪說去！我家的老鼠果然便去了夏天智家，牠整夜在白雪的蚊帳頂上跑來跑去，白雪說：「這賊老鼠！」用空粉盒子擲牠，粉盒子裏還是有一點粉塗在牠的耳朵上。牠是搽過白雪香粉的老鼠，可惜的是牠當時吱吱地叫：「引生想你！引生想你！」白雪聽不懂。我家的老鼠後來是把夏天智的字畫咬吃了。夏天智家的字畫是常換著掛，而掛在中堂上的字畫一定是有德性的人寫的或畫的，夏天智在櫃子裏尋那副縣文史館長寫的對聯，發現了被老鼠咬得窟里窟窿，就關了門窗在家剿鼠，結果捉住了讓啞巴去弄死。啞巴把煤油澆在老鼠身上，在戲樓前的廣場上點著讓老鼠跑，老鼠大聲叫著，鑽進了那座麥秸堆，麥秸堆就起火了。

啞巴在點燃老鼠的時候，寺院裏正開兩委會。新上任的君亭和秦安第一回為決策發生了矛盾。以君亭的設想，在中街和往東街拐彎處，也就是去鄉政府的那一塊三角地建立農貿市場，集散方圓六個鄉的農特產品。君亭非常激動，把褂子都剝脫了，說這是一項讓鄉政府和縣商業局都吃一驚的舉措，完全有希望拯救清風街的衰敗，甚至會從此拉動全鄉的經濟。他講他如何溝通了鄉政府和縣商業局，獲得了支持，又怎樣請人畫好了市場藍圖。然後，他就展示了藍圖：豎一個能在三一二國道上就看得見的石牌樓；建一個三層樓做旅社，三層樓蓋成縣城關的「福臨酒家」的樣式；攤位一律做水泥台，有藍色的防雨棚。君亭說得口乾了，說：「茶，沏茶麼，我辦公桌有好茶！」金蓮把茶沏了，君亭一一給大家倒滿茶杯，說要成立個市場管理委員會，他考慮過了，秦安可以來當主任，上善和金蓮當副主任。他不看大家反應，拿了樹棍在牆上畫著算式給大家講：以前清風街七天一集，以後日日開市，一個攤位收多少費，承包了攤位一天有多少營業額，收取多少稅金和管理費，二百個攤位是多少，一年又是多少？說畢了，他坐回自己的位子，拿眼睛看大家。君亭本以為大家會鼓掌，會說：好！至少，也是每個臉都在笑著。但是，會議室裏竟一時安安靜靜，安靜得像死了人。秦安在那裏低著頭吸紙菸，吸得狠，煙縷一絲不露全吸進肚裏，又從口裏噴出一疙瘩在桌子上，發散了，遮住他的臉。金蓮一直看著煙霧中的一隻蚊子，蚊子飛動，想著那是雲裏的鶴。上善的眼睛發了炎，用袖子黏一次，又黏一次，似乎眼裏有個肛門，屙不盡的屎。但上善始終坐得穩，不像別的人一會兒出去上廁所，一會兒起來倒茶水，再是大聲地擤鼻子，將一口濃痰從窗子唾出去。君亭的指頭在桌面上敲，他說：「大家談談吧，重大決策就要發揮集體的作用嘛！」大家仍是都不說話，連交頭接耳都沒有，坐了一圈悶葫蘆。秦安終於要發言了，他依然是他的習慣，嘴裏有個大舌頭，支支吾吾，含糊不清，而且聲音低。上善說：「你談了半天，我還沒聽出你要說的是什麼意思？」秦安說：「是不是，那我說高點。」這當兒院外有了尖銳銳的叫喊聲：「著火了，麥秸堆著火了！」金蓮往外一看，一股子黑煙像龍一樣騰在空中，接著是火，火苗子高出院牆，一閃一閃地舔，說：「真的著火了！」大家嘩的就往出跑。

麥秸堆的一角已經燒紅，一群孩子變臉失色地胡叫，啞巴在那裏滅火，他把褂子脫下來使勁撲打，火燒著了褂子，連他的頭髮都燒沒了。君亭撲過去將啞巴推開，脫了衣服也撲打，急喊：「提水，提水！」一桶水提來，不起效果，又拿了鍁鐘土蓋，而火還燒得劈里啪啦響。秦安一看控制不了火勢，忙招呼扒開沒燒著的一半麥秸。緊張了半個時辰，一半麥秸被扒開，另一半也就不救了。人人都成了黑鬼，只有眼睛是白的。君亭問：「怎麼失的火？」孩子們一聲喊：「是啞巴點了老鼠，老鼠鑽進去著的火！」君亭一腳踢在啞巴的屁股上，罵道：「把你咋不燒死了哩?!」啞巴像是從炭窯裏出來，頭髮沒有了，褂子也燒剩下一半，哇哇地叫，就哭了。啞巴如果發起怒來，清風街是沒人能打過他的，但啞巴理虧，他只是哭。我呢，我在哪裏？麥秸堆著火的時候，我從巷子裏出來才路過戲樓前，先為麥秸堆上那個鳥巢被燒著了痛心，後來知道是啞巴給老鼠澆了煤油點火導致的，我立即知道我家的老鼠牠犧牲了，咬牙切齒地恨啞巴。但是，啞巴被君亭踢了一腳，我已經不再計較啞巴謀殺了我家的老鼠，去把啞巴拉開，勸他快去趙宏聲那兒給頭上塗紫藥水。君亭還在罵：「塗啥紫藥水?!快回去給你爹說去，燒了誰家的麥秸堆趕緊給人家賠償！」

兩委會的幹部又回到了大清寺裏開會。忙亂了一場，人心還收不下來，繼續在說這麥秸堆是賣醪糟的王老九家的，王老九的老婆是個黏蛋，看他慶滿怎麼收場。君亭說：「著火的事不說了，開會開會！」上善說：「火燒財門開，或許是好事，火又燒在村部門口，是不是預兆著咱們要紅紅火火呀?!」君亭說：「你這一陣話就多了？你說吧！」上善說：「剛才不是秦安正說著嗎，秦安你把話往完裏說。」秦安說：「我剛才說到哪兒了？」上善說：「剛才你嘴裏像噙了個核桃，誰聽得明白？你從頭說。」秦安就說：「從頭說？咋說呀？君亭是辛苦了，是吧？想了許多問題，跑了許多地方。村幹部麼，就不是人當的。咱跑路出力那都沒啥，求人說話看人臉卻難哩。君亭麼，是好支書，真正為清風街費了神，出了力，這一點，我秦安不如君亭。我比君亭大，白吃了幾年鹽。在座的大家，都不如君亭吧。」君亭說：「不說這些了。」秦安說：「我總得說說我的心裏話呀，君亭是有魄力的，但是我想，我說的不一定正確，不對了大家再討論麼。這事肯定是好事，對於清風街是不是卻有些超前了？一是清風街雖然是一星期一次集，可東邊的黑龍潭鄉是五天一集，北邊的西山灣鄉是三天一集，西邊茶坊鄉是七天一集，這是上百年來自然形成的，那麼，咱這山區能有多少物資流通？如果咱們辦集散地，除了靠近三一二國道這個有利條件外，還有什麼優勢？我是一時還沒看出來。二是咱們這兒企業沒基礎，商業底子薄，你看咱的果園，現在劉新生只能承包了一半，磚場多年來也不見效益，鄉政府的那個魚塘，聽說也是寡婦尿尿只出不入，還有咱的河堤，水磨坊，凡是村辦的沒一宗紅火。染坊小打小鬧還行，建設隊也在外有名，那又是私人的。農民只有土地，也只會在土地上扒吃喝，而清風街人多地少，不解決土地就沒轍。這幾年蓋房用地多，三一二國道又占了咱那麼多地，如果辦市場，不但解決不了土地問題，而再占去那幾十畝……那幾十畝可都是好地，天義叔他們曾經在那幾十畝地上畝產過千斤，拿過全縣的紅旗的……」君亭哼了一下，秦安就不說了。君亭也沒說，把一根紙菸在桌上墩菸頭，墩了又墩，再將過濾嘴兒往茶水裏蘸蘸，用力從紙菸頭吹，茶水從過濾嘴兒滴出來，咕出咕出響。上善說：「你說呀！」秦安說：「說完了。」君亭眼皮撲忽撲忽閃，說：「咱這一屆班子，總得幹些事情，如果僅僅『收糧收款，刮宮流產』，維持個攤子，那我夏君亭就不願意到村部來的。」他伸手在空中一抓，抓住了那隻蚊子，捉下來拽掉了一隻翅膀，又拽掉了一隻翅膀，後來把蚊子拍死，聞聞手，臭臭的，把手在桌腳上揩。秦安說：「我的意思，咱既要幹大事，不如把上一屆的事繼承下來，上一屆也幹的是大事。天義叔的手裏沒有把七里溝淤成，主要是天旱的原因，我就不信天會一直旱下去？」君亭說：「我知道你會提淤地的事，前幾天我在水庫，回來也特意拐到七里溝又看了看，那裏確實也能淤幾百畝地。可你想了沒有，就是淤地，淤到啥時候見效？就是淤成了，多了幾百畝地，人要只靠土地，你能收多少糧，糧又能賣多少錢？現在不是十年二十年前的社會了，光有糧食就是好日子？清風街以前在縣上屬富裕地方吧，如今能排全縣老幾？糧食價往下跌，化肥、農藥、種子等所有農產資料都漲價，你就是多了那麼多地，能給農民實惠多少？東街出外打工的有四人，中街有七人，西街是五人，他們家分到的地都荒了啊！我是支持出外打工的，可是也總不能清風街的農民都走了！農民為什麼出外，他們離鄉背井，在外看人臉，替人幹人家不幹的活，常常又討不來工錢，工傷事故還那麼多，我聽說有的出去還在乞討，還在賣淫，誰愛低聲下氣地乞討，誰愛自己的老婆女兒去賣淫，他們缺錢啊！」君亭說得很激動，一揮手，竟然把茶杯撞倒了，茶水像蛇一樣在桌面上竄，茶杯掉到地上破碎了。巨大的破碎聲使大家都驚了一下，金蓮去撿玻璃碎片，君亭說：「不用不用。」拿腳將玻璃碎片踢到桌底下，說：「你再說。」秦安說：「這是我的意見。」君亭說：「沒了？」秦安說：「沒了。」君亭說：「那大家都說說。」大家都不說。

清風街兩委會歷來開會都是大多數人不發言，主持會的頭兒卻都能講話。算起來，夏天義講得最好。夏天義沒有夏君亭有文化，但他的記性好，鬼曉得他竟會運用排比句，所以慷慨激昂很有煽惑性，而且不斷地夾雜些罵人的話，既有殺氣又親切有趣。我爹活著的時候他把我爹當反面典型，我爹也生過氣，曾經在夏天義過生日的那天偏不去喝酒，夏天義在河堤上看見我爹在河灘地，破口大罵：「我過生日哩你狗日的為啥不來？你就那麼恨我?!我告訴你，今黑兒你必須來跟我喝酒，酒還得你提，看我怎麼灌醉你，狗日的！」我爹被罵了，卻樂得顛兒顛兒地晚上提了酒到他家去。這一點，他夏君亭學不會，他只是急，說不到幾分鐘臉上的疤就紅，嘴角就起白沫，而且愛拿手拽額角上的頭髮，那一撮頭髮都讓他這麼拽光了。

現在，君亭見大家都不說，他又急了，手再在額角上拽頭髮。治保委員說：「上善你說話呀，你再不說君亭的頭髮就要拽完啦！」金蓮噗地笑了一下，見大家都沒有笑，她也忍住，看對面牆上的裂縫，裂縫像長了一棵小樹。上善還是擦著眼睛，乾脆閉了眼皮，說：「君亭說的時候我覺得有道理，後來聽秦安說，也覺得有道理，待君亭再一說，也有道理啊！這就難了……都是為群眾謀福利的，這得好好考慮，再實際考察考察。」君亭說：「你說的等於沒說！」上善說：「我不是和稀泥呀，因為這是大事，不管辦市場或是淤地，一動彈就得花錢。我是會計，我知道清風街的家底，這些起動資金到哪兒弄去?天義叔為什麼下台，好心沒辦成好事，教訓得汲取麼。」君亭站起來，站了一會兒，就走出房子。金蓮說：「你頂得他心疼哩，他是熱臉撞上了冷屁股。」上善說：「他是上廁所去了。」金蓮說：「氣得尿黑水吧。」秦安說：「大家都說說麼，在下邊說得那麼堅定，會上就都撮口了?!」君亭又走回來，他是太熱，在院裏用水洗了個頭，水淋淋的也不擦，說：「是到吃飯的時候了，但會不能散，幾時說出個眉目了幾時吃飯。」有幾個人就說：「人是鐵飯是鋼，不吃飯咋行?瞌睡要從眼裏過呢，那我就說吧。」依次發言，卻有說辦市場的好處，也有說淤地的長久利益，意見不統一。君亭說：「分歧這麼大呀?聽說北邊的山門縣開始試驗村幹部海選，真想不來那是怎麼個選法?」金蓮說：「十個人十張嘴，說到明天也說不到一塊兒，民主集中制，要民主還要集中，你們領導定奪吧!」君亭將一口痰吐在地上，說：「那就散會!」

村幹部在大清寺裏會開了個亂咚咚，王老九的老婆不管這些，她跑到慶滿家要慶滿賠償麥秸堆。慶滿不瞭解情況，一定要找著啞巴問個清楚。王老九老婆說：「他是個啞巴，你怎麼問他?」慶滿說：「啞巴也知道個點頭搖頭吧?」慶滿到處找，找不著。其實啞巴是藏在我家的。慶滿沒有找著啞巴，二返身回到家，王老九的老婆還坐在家裏哭鬧，口口聲聲說啞巴是反革命，反革命故意放火，而慶滿找啞巴找不著也是故意包庇，包庇了反革命，反革命放了火還要殺人呀!慶滿就和她吵，嘴笨又吵不過，說：「男不跟女鬥!」王老九老婆氣壞了，就尋繩往門框上搭，說：「我給你掛肉簾子!」慶滿便把自家的麥秸堆賠給了她。

啞巴是半後晌悄悄回家的，慶滿一見就把他用麻繩捆了打。文成趕緊去給夏天義報信，夏天義才從稻田裏回來，兩腿的青泥，用竹片兒刮著，說：「打著好!」文成去了，一會兒再來說啞巴被吊在門框上，他爹把頂門杠子都打折了。夏天義熬茶，茶熬得糊糊的，說：「打著好!」文成又去了，又跑了來說啞巴被打得尿了一褲子。夏天義吃黑捲菸，說：「打著好!」文成一走，他把院門關了。隔了一會兒，門環搖得哐啷啷響，夏天義吼道：「不要給我說了！」門外卻是竹青，竹青說：「是我。」竹青來說的是兩委會的內容，夏天義一聽就笑了。竹青說：「爹笑哩？」夏天義說：「秦安長進了麼！」竹青說：「秦安敢說話倒敢說話，恐怕君亭不會聽了他的。」夏天義說：「你去吧。」竹青一走，他就披了褂子，叼著黑捲菸出門了。經過了慶滿家，院子裏還響著啞巴的嘶叫，夏天義只咳嗽了一聲，慶滿住了手，啞巴嘶叫得更厲害。但啞巴失算了，他爺沒進院，一陣腳步從院牆外又響過去了。

夏天義在東街、中街、西街只走了一圈，許多人就知道了兩委會上的意見不統一，而老主任是不同意君亭的主張的。夏天義當年淤地沒有成功，村民的意見大，但夏天義一下台，村民又都覺得有些對不起了夏天義。夏天義絕對不會給自己謀私，他走過的橋比君亭走過的路多，夏天義現在不同意君亭的主張，他們也就指責君亭是不是頭腦發熱啦？再者，安裝了新變壓器，君亭讓俊奇專門看管，還增加了看管費，君亭把好事都給了對他好的人，那麼辦市場要建牌樓要建樓要建攤位台，不知又好過誰呀？他們說：我們也不同意辦市場，與其讓一部分人富，不如要窮都窮！

我也是反對建什麼農特產貿易市場的。我跟在夏天義的屁股後，他到染坊我到染坊，他到大清堂和趙宏聲說話，我也到大清堂和趙宏聲說話。我見人說：「知道不，君亭要建農貿市場呀，這不是胡鬧嗎，那幾十畝地是插根筷子都開花的肥地，說糟蹋就糟蹋呀?!」旁人說：「老主任你咋看？」夏天義說：「土農民，土農民，沒土算什麼農民？」旁人說：「那我聽老主任！」夏天義並不回應，背抄了手繼續往前走，他後脖子上壅著肉褶褶，隨著腳步顛兒顛兒顫。我小跑步攆他，我說：「天義叔，天義叔，你後脖子冒油哩！」夏天義不理睬我。我又說：「襖領子都油了！」夏天義還是不理睬我。我說：「那怕把衣服油完哩！」但是，丁霸槽在一旁說我：「引生和來運是一樣啦！」這話我不愛聽了。和來運一樣又怎麼著？來運跟著夏天義走，只要賽虎一出現，牠就愛情去了，我張引生比來運忠誠！我們最後走到書正媳婦在中街開的飯店門口，夏天義回過了頭，說：「你吃不吃涼粉？叔請你！」我說：「你去年打過書正，他媳婦肯賣給咱涼粉？」夏天義說：「我打過書正？」我說：「伏牛梁上退耕還林的時候，書正為兌換地耍死狗，你去搧過他一巴掌。」夏天義說：「這事我都忘了，你狗日的還記著?!」就站在飯店門口，噗噗地吸黑捲菸。書正的媳婦大聲地說：「是老主任呀！」夏天義說：「叫二叔！」書正的媳婦就說：「二叔你吃呀不？快坐快坐！」用袖子擦板凳。夏天義說：「引生說我打過書正，你就不肯賣給我涼粉了？」書正媳婦說：「他瘋子說瘋話！書正是你看著長大的，你咋打不得？打著親罵著愛，不打不罵是皮兒外！」夏天義說：「那好，你把碗洗乾淨，來兩碗涼粉！」我和夏天義就蹴在飯店門口吃涼粉。

夏天義喝酒不行，只是愛吸黑捲菸，再就是好一碗涼粉。「文化大革命」中批鬥他，才戴高帽子遊街結束，他就在街上小吃攤上吃涼粉。從村主任位上被免職的當天，他又坐在街上的飯店裏吃涼粉。他是有了重要事情的時候就吃涼粉，醋要重，辣子要汪，我想，他渾身上下最重要的器官不是頭腦，應該是胃。現在，夏天義吸一口黑捲菸吃一口涼粉，涼粉中的辣子把嘴都染紅了，腦袋上流著汗水。君亭騎著摩托車從西街牌樓下騎過來，他沒有看到夏天義，夏天義看見了卻低頭還在吃他的涼粉。我說：「君亭騎得這快的！」夏天義說：「他急著哩。」

君亭確實是急著哩，他在清風街摸了摸底，支持建農特產貿易市場的人並沒有預想的那麼多，就騎了摩托車到磚場找三踅。君亭平日裏是不搭理三踅的，但三踅是清風街上的惹不起，好多人怕他又巴結他，君亭就想借三踅的邪勁去影響一批人。君亭到了磚場，三踅光著大肚皮在三間磚場辦公室裏的炕上躺著，靠窗邊的大案上一個女子叮叮咣咣剁餃子餡兒。君亭說：「日子過得好麼，怪不得好多人對你三踅有意見！」三踅從炕上爬下來，一背的竹蓆八角紋印兒，說：「風再大，你君亭的樹根不動，它樹梢搖著頂個屁哩！」君亭說：「你咋知道我君亭的樹根就不會動？」三踅說：「我是農民，我最看不慣的就是農民的瞎風氣，你日子過不前去他笑話你，你日子過好了他又嫉恨你！這磚場我是管了多年，是沒給清風街掙多少錢，可也沒有把它搞砸呀，都嚷嚷著要承包，別人不曉得你君亭心裏該明白，從東街數到西街，從西街數到中街，還有誰能把這磚場搞得轉？沒人麼！」君亭說：「你倒對清風街瞭解得透！」三踅說：「墳地裏就那幾個鬼麼，誰不知道誰？拿你君亭來說，黑天白日為清風街謀畫哩，落誰好了？辦個市場還在撂涼話！」君亭說：「你啥都知道呀！你說說撂了啥涼話？」三踅一下子親熱起來，遞紙菸端涼茶讓君亭坐下，又對那女子說：「餡兒剁好了，你拿到屋外去包吧，多包些，支書要在咱這兒吃飯哩！」女子一出去，君亭問：「這是誰，我怎麼沒見過？」三踅說：「臉白吧？身上才白哩！」君亭說：「你別給我鬧亂子啊?!」三踅說：「哪咋敢？這是白娥，武林的小姨子，在咱磚場臨時幹些活。」接著就說些村民對辦市場的不同看法，竟有一說成二，有二說成五，說得君亭垂頭喪氣。三踅說：「我這臭嘴，是不是說得多了？」君亭說：「你繼續說。」三踅說：「你不敢沒了勁呀？」君亭說：「我夏君亭是長大的不是嚇大的。」白娥在屋外包餃子，門擋著看不見，只看見斜伸的一條長腿，腳上是涼鞋，大拇指比別的指頭長了許多。君亭挪了挪凳子，看不見那隻腳了，說：「沒有個主見我就不當這個支書！」三踅說：「這才是你君亭！那我給你說，現在人是窮怕了，也集資怕了，群眾之所以反感辦市場，害怕把工程又讓個別人承包了，事後只是富了個別人。而設攤位呢，攤位給誰？」君亭說：「總得一部分先富麼，一部分人先富了才可能帶動全體富起來，我不是我二叔，也不是秦安！」三踅說：「對，誰集資誰有攤位，把政策定死，肯定支持的人多。」君亭說：「你估計支持率有多少？」三踅就從東街往西街一家一戶來分析，認定西街支持的人多，因為西街村幹部少而做小買賣的人家多。中街支持的人也會不少。至於東街，可能有你二叔，支持率不會太高。君亭說：「別的我不管，我只給你說，你不能壞我的事！」三踅說：「爺呀，三踅的飯碗子你說踢就踢了，我不曉得個利害？」君亭說：「你還要多宣傳哩。」三踅說：「多宣傳？那沒問題，你只要看得上我……」君亭卻說：「你把磚場的帳這幾天得弄出個清單，該交的款都交上，村裏是急需用錢的。還有，修牌樓蓋旅舍的磚你得備齊，這筆磚錢等市場賺錢後再結帳還你。」三踅眼睜得多大，說：「君亭呀，你這是來徵詢建議的還是來收拾我的？」君亭說：「兩方面都有吧。」三踅說：「要知道這樣，你一來我就躲開了！」君亭說：「你躲不了，我還要吃你的餃子哩！」

吃畢了餃子，三踅送君亭出來，君亭低聲說：「你把武林的小姨子留在這裏，將來你媳婦來哭哭啼啼尋我了，我可沒好話替你說啊！」三踅說：「你君亭我是服了，你不會只是個村支書，你還會往上走，能當縣長哩！」君亭說：「那我先給你許願，我當縣長了就安排你當個局長！」就摟了三踅的肩，再說，「三踅，咱兄弟說哩罵哩，可我還真喜歡你這個壞人！」

君亭心裏朗然了許多，就騎了摩托車到三角地那兒兜了一圈，又停下車，背著手用步子丈量了地的寬窄長短，然後從褲襠裏掏尿，邊走邊搖在地上寫字，他寫的是他的名字。天完全的黑下來，君亭推了摩托車進了東街巷子，路過夏天智家，院門開著，夏雨在院中撓癢癢樹，他一撓，樹渾身就抖，葉子嘩嘩嘩的像笑。夏雨說：「才回家呀，進來坐麼。」君亭說：「你哥走啦？」夏雨說：「早走啦！」君亭說：「噢。四叔沒在？」夏雨說：「我爹和二伯三伯在堂屋裏，你也來麼。」君亭說：

「他們老弟兄們說話哩，我就不去啦。」

白雪從縣上回來，捎了一瓶好酒，夏天智就叫了兩個哥哥來家，一個小盅兒，我給你倒了你喝，你給我倒了我喝，喝得滋滋有味。夏家老弟兄四個的友好在清風街是出了名的，但凡誰有個好吃好喝，譬如一碗紅燒肉，一罐罐茶，春季裏新摘了一捆香椿芽子，絕對忘不了另外三個。夏天智說聲：「好酒！」聽見院子裏響動，問夏雨誰來了？夏雨說君亭來了又走了。夏天智說：「他知道我們喝酒，來了怎麼又走了？」夏天義說：「他不願意見我。」夏天智說：「這是為啥？」夏天義說：「不說這些了，喝酒喝酒。」突然隔壁吵聲頓起。夏天智說：「慶玉這兩口子是一對冤家，三天兩頭地吵！趕快把新房蓋起了搬過去，我也清靜了。」就對四嬸說，「過去看看，又咋啦？」

四嬸過去，沒有回來，吵聲更大，聽得出不是慶玉和他媳婦吵，是慶金的媳婦和瞎瞎在罵，罵得入不了耳。夏天禮就出去，又回來，說：「天智天智，你去。」夏天義就躁火了，說：「狗日的是一群雞，在窩子裏啄哩！越窮越吵，越吵越窮！」要撲出去，夏天禮和夏天智就攔著不讓，夏天智說：「我去看看。」端了水煙袋去了隔壁院子。夏天義臉上還是掛不住顏色，對夏天禮說：「丟人呀，兄弟，我咋生下這一窩貨色！」夏天禮說：「誰家不吵鬧，你管毬它哩！老四去了，他誰還能吵起來！」果然吵聲就降下來。

清風街的故事從來沒有茄子一行豇豆一行，它老是黏糊到一起的。你收過核桃樹上的核桃嗎，用長竹竿打核桃，明明已經打淨了，可換個地方一看，樹梢上怎麼還有一顆？再去打了，再換個地方，又有一顆。核桃永遠是打不淨的。清風街傳開君亭和秦安一個要建市場一個主張淤地，好些人就再不安分，他們熱衷這個，都覺得自己有責任發表意見，而自己的意見又是重要得不得了，走東家，串西家說黑道白。來了勁頭的，拍桌子踢板凳地辯論，你不讓他聲高，他偏聲高，一些人就膽小了，回到家去，四門不出，不敢有任何觀點。君亭曾找過慶滿，說到時讓他組織一個施工隊負責修旅社樓房和牌樓，條件是東街的人得支持他，尤其夏姓的族人。慶滿當然高興，但後來卻知道爹支持淤地，而且秦安也來動員過他，說淤地是長久利益，又利於爹以前的政績和聲譽，兄弟五人便拿不定了主意。吃過晚飯，由慶玉牽頭，叫了各戶在他家商量。慶金沒在，去單位辦理退休和兒子頂班的事，淑貞就來了，一邊坐在炕沿上納鞋底一邊聽，麻繩子拉得哧溜哧溜響。商量的結果是達成一個意見：兩種主張都不表態，看事態發展。如果村裏決定了建市場，慶滿一定要承包工程，還要爭取幾個攤位。如果淤地，那就要考慮遷墳的事。三年前七里溝淤地不成，爹下了台，爹心大，當天還在街上吃涼粉哩，娘卻氣得害了病，幾乎都不行了。兄弟們當然準備後事，就具體分了工：慶金為長子，負責兩位老人日後的喪事；慶玉和慶堂各負責一位老人的壽衣和棺木；慶滿和瞎瞎各負責一位老人的墳墓。當時，慶滿和瞎瞎就合夥拱墓，拱的是雙合墓。拱墓時選了許多地方，都不理想，爹提出就在七里溝的坡根，說：「讓我埋在那裏好，我一生過五關斬六將，就是在七里溝走了麥城，我死了再守著那條溝。」墓拱好了，娘的病卻好了，只落下雙目失明。現在如果真的要淤地，原先的墓地就太低了，需要遷移。說到遷移，瞎瞎就提出：「我和三哥合夥拱的墓，花去了一千二百元，如果遷移的話，拆下來的舊磚還能用，但肯定要耗去不少，還得再請工匠，再買水泥白灰，我粗粗合計了一下，得六七百元。遷移可以，受累也可以，可六七百元錢讓我們再掏就不公平了，這六七百元錢是不是五家分攤？」瞎瞎話一出口，淑貞就不同意，她把針往鞋底上一扎，說：「這是以前定好了的事，咋能變化？譬如我們家負責老人喪事，原定待五十席客，可到時客來了八十席，我待不待？一般是人倒頭了三天入土，如果倒頭的日子不好，陰陽師說得停放六天七天，那多出四天所耗的糧錢我能不能讓你們分攤？」慶玉和慶堂說：「嫂子的話在理，遷移墓的費用我們不承擔。」瞎瞎說：「你們不承擔，那就重分工，大嫂說你吃了虧，我來負責喪事，你拱墓。」淑貞說：「屙下的屎能吃嗎？你是最小，爹娘什麼都護你，你還不知足？」瞎瞎說：「我是小，我沾誰的光了？」淑貞說：「你找媳婦的時候，好的看不上你，不好的也要出重聘禮，爹一句話：當哥的要幫忙！我們雖分了家，誰沒出了錢？你現在為老人的事還這樣不孝順?!」瞎瞎說：「我不孝順，你孝順啦？你家的地都是爹替你家做的活，可你一年到頭給爹扯過一寸布的衣裳嗎？大哥吃公家飯，月月拿工資，你們穿的啥，爹娘又穿的啥？娘為啥病了，就是看不慣你們在家吃肉哩，爹在院門口問你們地裏的麥收了沒有，你嚇得不開門，娘才氣得害了病！」淑貞說：「呀，你給栽這麼大個贓?!」拿了鞋底就梆地拍在瞎瞎的頭上。瞎瞎嘴上壞，卻是個膽小鬼，當時抓起笤帚打了嫂子一下，順門就跑，慶玉慶滿慶堂趕緊把淑貞擋了。淑貞撲沓坐在地上，呼天搶地哭。四嬸去勸說勸說不了，夏天禮更是不行，夏天智一去，淑貞不敢哭了，瞎瞎也站在門外停止了罵。

夏天智說：「把椅子拿來！」慶堂忙搬了椅子。夏天智坐了，說：「哭麼，罵麼，咋不哭不罵了？贏人得很呀，我想聽哩，咋不哭不罵了?!」慶玉慶滿慶堂忙給四叔賠不是，慶滿就說：「瞎瞎，你給大嫂認個錯！」瞎瞎說：「那得說清，六七百元誰掏？」夏天智噎住了，氣得手抖，四嬸忙給他丟眼色，夏天智就冷笑，說：「都不願掏錢了，你爹你娘一死就讓他們臭在炕上算了麼！」慶玉一看不對，踢了瞎瞎一腳，說：「咱這會不開了！以後要議咱家窩裏的事，兄弟幾個都要到齊，婆娘們少攙和！散了吧，都回你們家去，我給四叔消氣。」來給夏天智的水煙袋點火，夏天智倒坐著不動，慶玉又倒了一杯茶遞過來，夏天智仍是不喝，也不動。四嬸說：「讓他回，讓他回。」慶玉和慶滿就把椅子抬起來，一直抬到四叔的院門口。

夏天智把幾個姪子和姪媳婦給鎮住了，回家來再喝酒，但夏天義的情緒仍是一直緩不過來，一瓶酒沒喝完，他就醉了。夏雨扶了二伯往蠍子尾走，夏天義一路緊緊拉著夏雨的手臂，腳下像絆了蒜，口裏還嘟嘟囔囔說：「你三伯身體不好，我得照顧著他回去才好。」到了自家門前，突然大喊：「開門！開門！」二嬸沒應聲，嘣地一腳踢出，聲大得很，門被裏邊閂著，竟然踹開了，自己卻躺在夏雨的懷裏。進了院子，堂屋門也關著，夏雨小聲說：「二伯二伯，這是格子門。」夏天義說：「好！格子門咱，咱不踢了吧。」

　　這件事發生以後，其實清風街知道的人並不多。此後的三天，白天還都大紅著日頭，一到晚上天便黑著沒星光，又颳著風。中星的爹已經後跑很長時間了，後跑你懂不懂，這是土話，就是拉肚子。這個晚上他又去大清堂抓了中藥回來，碰著慶玉推了架子車去磚場拉磚，慶玉便問起病的狀況，說：「你整天給人掐算哩，禳治哩，咋還吃藥？」中星的爹說：「醫都不自治麼！」卻又問：「是不是要建個市場呀？」慶玉說：「你也關心這事？」中星的爹說：「要建市場，讓君亭去尋中星，他在縣政府麼！」說完覺得肚子不對勁，提了褲子就找僻靜處。慶玉說：「尋中星？」中星復員了分在縣政府都沒個具體事，尋中星有屁用？他在黑暗裏笑了笑，就去了磚場。

　　慶玉在裝磚的時候是把家裏吵鬧的事說給了三踅。三踅等慶玉一走，就去給君亭彙報，分析說夏天義家這麼一鬧，肯定會導致反對淤地，那麼，東街的問題就不大了。又提供消息，說中街西街那些支持秦安的人活動頻繁哩，他是來前的路上就看到西街的連義、軍生，還有劉新生、李上善和秦安去了文化活動站，十有八成是一邊搓麻將一邊攛掇那事了。君亭聽了，問：「你喝酒不？」三踅說：「不喝啦。」君亭拿了一瓶酒硬塞給了他。

　　送三踅出來，看見白娥在巷口的碾盤上坐著嗑瓜籽，君亭裝作沒看見。返回屋，麻巧說：「三踅把武林的小姨子帶來帶去算啥事麼！」君亭說：「算啥事？」就撥起櫃檯上的電話。

就是這一個電話，從此改變了清風街。這話一點兒不假。君亭是在給鄉公安派出所撥的電話，他並沒有說他是清風街的支書夏君亭，只是有個情況反映：一批人在魁星閣樓底的文化活動站賭博哩！君亭撥完電話就睡了，睡得死氣沉沉，不遠處的土塄上，王老九在伐他家的一棵椿樹，斧頭砍得很重，他沒有聽見，直到椿樹咔嚓倒下來，驚動得雞飛狗咬，他也沒有醒來。

事情說出來，誰也不肯相信，但相信不相信，事情卻確實是真的。王老九伐倒了樹後，拿手電往椿茬上一照，他就嚇了一跳，椿茬布滿了血，再看倒下的樹的截面，血水流了一灘，還在流。王老九就驚慌了，急急忙忙拿了斧頭跑回家去。

那時候，我和啞巴就藏在一堵矮牆後，我們還要製造一個惡作劇。在天落黑前，啞巴來到我家，給我比畫了半天，意思是王老九的老婆在他家鬧，害得他挨了他爹一頓毒打，他就要報復呀。啞巴蠻力大，做事莽撞，我擔心他會打傷人家的兒子，或者毀了人家的莊稼，就給他出主意。我的主意是在一個點心盒子裏拉上一泡屎，然後封好，就放在王老九家門前的路上，讓王老九或他的老婆撿了去，當然最好是挑著㗭糟擔子。當時我倆是藏在矮牆後瞧動靜的，但王家大小都沒有出來，倒是上善急急地從旁邊過來，看見了點心盒，愣了愣，看著四下無人就一下子把點心盒拎起來，然後快快走了幾步才打開來看，立即就扔了出去。我和啞巴又遺憾又覺得可笑，但不敢笑出來，要等著上善走遠了再離開，偏這當兒王老九提了斧頭要回家去。王老九告訴了上善，說伐下了椿樹，椿樹咋流血哩？上善說：「你不是引生麼，你咋也說天話?!」王老九說：「真的流血哩！」王老九就領了上善，還有我和啞巴，一起去看那椿樹。血水是流了一灘，我說：「這是棵女樹，來月經的吧！」上善蘸了蘸血水嚐了嚐，說：「都胡說八道，椿樹汁本來發紅，只是它紅得顏色重了些！」拍了拍手，笑話我們是少見多怪。我是不同意上善的說法，要和他頂牛，秦安、劉新生、連義和軍生就走過來，嚷道著去文化活動站搓幾把呀。我和啞巴就也跟著他們走，說：「你們去耍，我們也去！」上善說：「我們還商量事的，你倆去幹啥？」我說：「商量啥大事呀還避人？我耳朵背聽不見，啞巴聽見了又說不出來。」秦安說：「走走走，又不是外人。」上善就說：「我要是輸了，你引生得掏錢呀！」我心裏說：「你手臭了，肯定要輸！」

在文化活動站，他們果然是一邊搓麻將一邊說淤地的事，只指派我和啞巴為他們服務，可以在身後看牌，但不准胡說。麻將剛剛搓了一圈，派出所的三個警察就悄悄來了。站在門口的啞巴才拿了上善的一根紙菸偷著抽，抬頭看見有人過來，鬼鬼祟祟的，還好像是電影裏的鬼子進了村，待到那三人經過了魁星閣，猛地又轉回了身，一人守在了後窗，兩人直撲到門口，知道壞事了，扔了紙菸，哇哇地叫。啞巴是不會說話的，情急了就堵在門口。警察拉他，拉不動，用力一推，門被撞開了，啞巴仰面跌了進去。上善運氣好，他是前三分鐘出去上廁所，秦安、新生、連義和軍生被逮了個正著，他們全呆傻了，竟都站著不動。我是一急就跳，我是跳出後窗就掉了下去，後窗外的警察就抓住了我的頭髮，說：「你還能行！」把我帶回屋裏。劉新生的臉是綠的，把桌上的錢往地上刨，一個警察說：「你刨？把錢都到這裏放！」他把一個布口袋丟在桌上，又將一副手銬也丟在桌上。連義說：「誰不搓麻將？你們不搓麻將?!」警察說：「誰說我們不搓麻將？搓的。但你們搓就得抓！」新生說：「你們是哪兒的，我怎麼不認識？」警察說：「不認識我們，我們所長你能認識，但不至於讓所長親自來吧？小王小吳你可能也認識，前五天調到茶坊了，我們是新來的，一回生二回就熟了。」秦安說：「同志，是這樣的，我們來這裏說說話，隨便娛樂了一下，不帶點彩玩著沒意思……哎，不是平日派出所不管這三元五元的事嗎？」警察說：「以前是不管，現在有任務呀，一人一年得上繳治安罰款五元，不來怎麼完成任務呢？」警察完全是嘻皮笑臉逗我們，就像是貓逮住了老鼠在戲弄，這我就受不了。啞巴瞪著一雙眼，眼裏在噴氣，突然撲上來抱住了門口的警察說：「跑！跑！」兩個警察一下子抓了啞巴的胳膊扭起來，吼道：「你敢動彈？先把你銬了！」我們都不敢動彈了，我卻說：「啞巴，你會說話啦?!」但啞巴一輩子就只說了那兩個字，就再也不會說了。劉新生忙從地上撿錢，撿了放到布口袋裏，又從身上掏，把口袋底都掏了出來，說：「就這些。」軍生也從懷裏掏，放錢時，卻還在手中捏了一卷，警察一打胳膊，手伸開了，錢掉下來。秦安身上並沒有錢，他說他沒帶錢，借他們的錢玩的，又輸光了。連義就滿臉堆了笑，說：「怎麼罰我們都行，他是秦主任，清風街的主任，讓他走吧。」警察說：「是主任呀，村幹部帶頭賭博呀，那我們更不敢放他走了，這得所長發落！」就把桌布一提，連麻將一塊提了，帶了我們去派出所。魁星閣後的黑影地裏驀地響了一下，是一陣跑步聲，我知道那是上善，他撿了裝屎的點心盒還這麼幸運，我簡直不可理解！秦安說：「啞巴和引生沒搓麻將，把他們放了吧。」警察看了看啞巴，沒有言語，就不管啞巴了。他們搜我的身，上衣口袋裏沒錢，袖口裏沒錢，就盯著褲子，說：「下邊呢？」我說：「下邊的沒了。」我說的是我下邊的那根東西沒了，他們以為說下邊的口袋裏沒錢了，也就把我推到了一邊。哼，我鬼著哩，錢就裝在襯褲的口袋裏，有一百二十二元。秦安、連義、新生先走出屋，軍生還站著不動，警察說：「快走！」軍生說：「走就走。」桌下一隻腳將什麼東西踢給了我，他跟著出去了。我低頭一看，是一沓百元票子，趕忙撿了捏在手中。

在派出所裏，所長都認識，自然沒拘留，也沒再罰款和寫書面檢討，但現場弄到的錢卻以警察已沒收了不好再返還為理由而沒有退。秦安覺得很楣氣，心想自己平日並不多搓麻將，而清風街很多人搓麻將又從來沒被派出所抓過，也就覺得蹊蹺。他是在所長上廁所時查看桌上的電話，電話機上顯示出的竟是君亭家的號碼，眼前突然一哇黑，頭磕在了桌角上。

消息是在第二天傳了出來，派出所抓賭抓的還有誰，大家記不住，但都知道了有秦安。有人就恥笑秦安，也有人對君亭不滿。上善原本對君亭有意見，他又是最愛搓麻將的人，就在村部對金蓮說：「要是幹得了就幹，幹不了就不幹，別採用這種手段！」沒想君亭正好進來，當下惱羞成怒，說：「就是我舉報的！從今往後，清風街誰再賭博，我就舉報！」氣得上善吵了幾句，但上善畢竟理缺，又是軟性人，被金蓮打開，也就沒再說什麼。

秦安卻一氣就病倒了，數天裏不理了村上的事。君亭來到辦公室，上善也不肯和他多說話。君亭活成個獨人。但建市場的事總得還要開個會的，君亭就在這天提了酒要和上善喝幾盅。到了大清寺，辦公室沒一個人，上善的會計室門卻關著，叫了幾聲，沒有反應，便坐到前殿的台階上發悶，思想和解的法兒，就死等著上善。約摸了半個小時，會計室的門開了，出來的竟是金蓮。金蓮小心小心地往外走，猛地見著君亭坐在台階上，一下子傻了。君亭腦袋轟的一下，站起來了，但又坐了下去。金蓮說：「支書你沒走？」君亭說：「忙完啦？」金蓮說：「我幫上善對一些帳。」上善聞聲出來，說：「你找我嗎？」君亭說：「看把你熱的，去擦擦臉吧。」上善趁機到水盆子裏洗臉，連頭都洗了，洗了好久，慢慢走過來。君亭說：「你洗臉哩，也該把褲子那兒擦乾淨麼。」上善低頭一看，褲子拉鏈處有著白色的垢甲，腿就軟了，坐在台階上說：「君亭，我們就這一次……你千萬要給保個密。」君亭長長地吁了一口氣，卻微微笑了，說：「什麼事給你保密，做什麼事了？金蓮，你去飯店買幾個涼菜來，我和上善喝幾盅。」金蓮忙不迭就出了寺院門，一邊走一邊用小鏡照著理頭髮。

秦安的病一天兩天沒見好，反倒是越發的沉重，他給鄉政府遞了辭職報告，也再不去大清寺。鄉政府並沒有批准，卻也同意了君亭建農貿市場的方案，甚至鄉長一激動，還用毛筆題寫了石牌樓上的刻字：清風街大市。此後的幾天，夏天義就黑了臉，窩在家裏四門不出，也不許來運出去。他說他要打草鞋呀！夏天義十多年都沒打過草鞋了，從樓上取下鞋耙子和龍鬚草，鞋耙子勾在門檻上，一頭繩子纏在腰裏，把草搓得嗦嗦地響。二嬸給他說什麼話，他都不吭聲。手藝實在是生疏了，打出的草鞋不是太大就是太小，他拆了又重打，整晌整晌，打不出一雙鞋來。這期間，四嬸摘了些南瓜花在家攤煎餅，夏天智去叫了他二哥來吃，夏天義是吃過兩張就不吃了，瓷瓷地坐著發呆。夏天智說：「二哥你聽秦腔呀不？」在收音機上擰來擰去尋不到戲劇頻道，夏天義說：「不尋了，我不愛聽秦腔。」兩人都坐下，沒了話，拿眼看院裏花壇上的月季和芍藥。月季和芍藥不知怎麼生出了黑蚊子，密密麻麻爬滿了花莖和葉子，而且螞蟻也特別多。夏天智說：「這花是咋啦？」夏天義說：「我給你看看。」夏天義有了事去幹，夏天智也不攔他，自個坐在桌上畫起秦腔臉譜。夏天義用鏟子刨花根，刨出一隻死貓，這死貓就是夏風埋下做肥料的死貓，貓腐爛了一半，生了蛆，招來的黑蚊子和螞蟻。夏天義說：「誰埋這死貓?!」但夏天智沒聽見。夏天智一畫起秦腔臉譜就成了聾子。夏天義刨出了死貓扔到了廁所，見夏天智畫臉譜，立了一會兒，就又悄悄回蠍子尾了。四嬸去慶玉家說了一陣話，回來沒見了夏天義，卻見夏天智嘴上五顏六色，他是不停地把畫筆在嘴上蘸唾沫，髒得像娃娃的屁股。四嬸說：「二哥呢？」夏天智說：「侍候花哩。」才發現夏天義人不在了，說：「這二哥！」夏天智可憐起二哥沒文化，也沒個嗜好來洩悶，就去找了一趟上善。

上善便立馬到蠍子尾去，站在夏天義的院門前，見賽虎在那裏轉圈圈。賽虎已經好多天沒見上來運，尾巴都脫在地上，蹺了腿在牆根尿尿，上善才發現賽虎是條亮鞭。他敲了很久的門，門才開了，夏天義劈頭蓋臉就埋怨上善不堅持原則。上善脾氣好，把臉上的唾沫星子擦了，說：「秦安不在，我有多大的斤兩？」夏天義說：「不說了，不說了！」不說了卻又問起秦安的病。上善說：「這幾天忙，我還沒來得及去看他，聽金蓮說，他女兒到趙宏聲藥舖抓了幾次藥。」夏天義說：「是不是避嫌都不敢去啦？」上善說：「怕什麼呀，我不就是個會計麼，我是憑技術吃飯，誰要有本事來換了我，我還落得輕省哩！」夏天義說：「秦安有你這樣皮實就好了，他真是沒出息，打麻將不是個時候，害病也不會害。」上善說：「二叔，一朝天子一朝臣，世事到了君亭這一層，是瞎是好讓他弄去，是非曲直自有公道，即便一時沒公道，時間會考驗一切的。你當年淤地，那麼多人反對，這才過了幾年，大家不又都唸叨你的好處嗎？人活到你這分上，也就夠了。現在退下來了，你別生那些閒氣，站在岸上看水高浪低，你越是德望老者！」夏天義說：「不管了，不管了，我也管不了了。」上善就拉著夏天義去劉新生的果園，要新生給敲敲鑼鼓聽。

夏天義沒想到上善變化得這麼快，原本鼓凸凸的一個皮球還要跳呀蹦呀，被錐子一扎，氣嗤地就癟了。他張著一嘴的黑牙往天上看，天上飛過一隻鳥，鳥尾巴一點，一粒糞不偏不倚地掉在他的嘴裏。這真是晦氣，夏天義沒有聲張，也沒有淨口，默默地望著那隻鳥，心裏說：「我記著你！」到了果園，原先他搭建的那個庵子，新生承包了幾年已改成了磚屋，去年又在磚屋上續蓋了兩層。一層是會客的，二層盤了炕，三層頂上有個亭子可以瞭望，他家蓋成炮樓了。天很熱，新生的老婆到果園南頭地堰上摘花椒葉，新生和他的兒子都是光著上身和腿，僅穿著大花褲頭在門前的草薦上睡覺，睡覺著還給兒子教鼓點。兒子總記不住，新生說：「你笨得是豬！」以腹為鼓做起示範。夏天義和上善一閃過那一堵土牆，一隻狼狗呼地就兩條後腿站立起來。新生一扭頭，就往起爬，叫道：「爺！爺！二叔咋到這兒來了?!」便急喊兒子沏茶，又拉著長嗓子喊老婆快回來，你瞧是誰來啦！

上善說：「二叔這威信，一來天搖地動的！」夏天義說：「我要活得連新生都待我不理不睬了，那我早就一頭碰死在廁所牆上了！」新生說：「我新生沒啥能耐，但我不敢昧了良心。國是大村，村是小國，二叔什麼時候都是清風街的毛主席麼！」夏天義說：「你這是啥意思？」新生說：「你在任上的時候，我給你說過這話？前幾天，鐵蛋他娘還說把三樓收拾出一間屋子，如果二叔願意來，就孝敬你來住，這裏清靜，眼界也寬。這話真的是鐵蛋他娘說的。」就又長聲喊：「哎——你死到哪兒去了？」新生老婆是駝背，駝得頭都抬不起來，好像一年四季都被磨扇壓著似的，當下應了聲：「來了來了！」夏天義精神頭又起了，脖子挺著，點了黑捲菸吸，對上善說：「上善呀，有兩種人我可是應付不了，一是喝醉了酒的，一是給你說好話的，他們給你說好話，你拒絕著不是，接受著也不是，你就得聽著，還得認真地聽，還得笑。」上善見夏天義高興了，就偏說：「二叔，你知道不知道，這都是我事先給新生交代過的！」夏天義說：「交代得好，我不怕你交代就怕你不交代！」果園裏一陣樹枝響，新生的老婆鑽了出來，腰彎得眼睛幾乎只能看著膝蓋，手裏握了一把花椒葉，說：「二叔來啦！中午誰都不能走，我烙椒葉饃吃！」新生說：「做啥椒葉饃？二叔愛吃涼粉，你收拾一下豌豆麵，做涼粉！」夏天義說：「吃涼粉吃涼粉！」當下坐下來喝茶。

喝起茶，上善對新生說：「嫂子的病你沒再給看過醫生？」新生說：「看啥哩，哪能看好？引生給我出過主意，說用兩個門扇一夾駝背就直了，我說那駝背直了人卻沒命了，這狗東西引生！」上善說：「他咋能說這話?!」新生說：「他也是說著取樂麼。」上善說：「這是取樂的事？」新生說：「該取樂還得取樂呀！我給鐵蛋他娘說了：咱命裏有這個難，咱就要安安心心受這個難哩，如果愁，那把人愁死啦！」新生說完，對夏天義說：「二叔你說是不是？」夏天義抓了新生的肩膀，按了按，沒有說什麼，端起茶杯喝茶，茶水的熱氣哈得眼鏡片子上一片白，又把眼鏡摘下了。上善說：「新生是個快樂人，那就敲一陣鼓給二叔聽！」新生說：「好得很！」

三人就上到樓的三層。三層上一半搭了間小屋，一半空著，建了一個亭子，站在亭子上可以看到果園的四邊，那一面牛皮大鼓就掛在亭子裏。夏天義一看見那鼓，想起年輕時的荒唐事來，身上起了一層雞皮疙瘩，都拿了鼓槌，在鼓面上咚咚咚敲了三下，一唾唾沫，說：「你這個老牛，是我把你剝了！」這話誰也聽不懂。新生就誇這張牛皮好，槌打了幾十年還不破，問夏天義和上善要聽什麼譜。上善說：「還有什麼譜，社火譜麼。」新生說：「那是老一套了，來段新的吧。清風街流傳有秦王十八鼓樂，我改造了一下，你們聽聽。」卻把兒子喊上來，讓兒子敲。

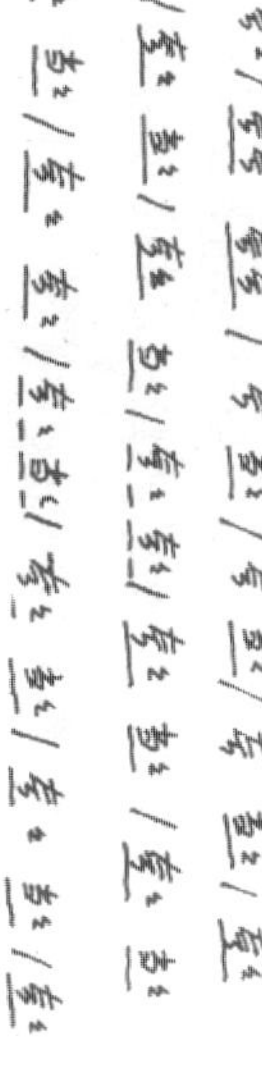

鼓聲一起，我就聽到了。我是和啞巴，夏風，丁霸槽在西街牌樓旁的大槐樹下乘涼說閒話時聽到的。稻田裏又澆了一遍水，撒了化肥，便沒再有活兒幹了，我們就光了膀子，四處遊逛，哪兒涼快就坐到哪兒。先是和丁霸槽在地上畫了方格兒鬥「狼吃娃」，丁霸槽會算計，走一步能想到後三步，我鬥不過他，我便不和他鬥了，拿眼睛看大槐樹。我看出了大槐樹的每一個枝股不是隨便地或粗或細，彎來拐去，而是都有感情的。這一個枝股是在對那一個枝股表示親熱，那一個枝股又是討厭另一個枝股，誰和誰是夫妻，誰和誰在說話，這些我都能看得出來。我看得津津有味，突然聽到了鼓聲。我說：「哪兒敲鼓？」啞巴聽了聽，搖搖手。我說：「啞巴的耳朵應該靈呀，你聽不到？」啞巴還是擺擺手。但我分明聽出是鼓響，就朝天上看，以為風在敲太陽。天上沒太陽，陰著厚雲。我說：「多大的鼓聲！」丁霸槽就罵我說瘋話，說：「來吧來吧，我和你再鬥一盤！」我和丁霸槽又鬥起「狼吃娃」，鼓的響聲越發好聽，我就知道我的靈魂又出竅了，我就一個我坐著鬥「狼吃娃」，另一個我則攆著鼓聲跑去，竟然是跑到了果園，坐在新生家的三層樓頂了。夏天義、上善和新生看不見我，我卻能看見他們，他們才是了一群瘋子，忘記了悲傷，忘記了年齡，鼓在夯夯地響，夏天義在「美，美」地喊。我瞧見了鼓在響的時候，鼓變成了一頭牛，而夏天義在喊著，他的腔子上少了一根肋骨。天上有飛機在過，飛機像一隻棒槌。果園邊拴著的一隻羊在刨蹄子，羊肚子裏還有著一隻羊。

要說起來，夏天義在年輕時也是清風街鼓樂隊的，中街的趙家義老漢，也就是趙宏聲的三叔是頭把鼓手，夏天義就在隊裏打小銅鑼。趙家義過世後，趙家義的徒弟新生成了領銜人物，清風街逢年過節鬧社火，都是他起頭操辦。新生說過，他最愛好兩件事，一件是搓麻將，一件是敲鼓樂，搓起麻將了就把鼓樂忘了，敲起鼓樂了就把搓麻將忘了。村裏人說他，正是他好麻將和鼓樂才使他老婆像隻麻蝦，守著個麻蝦老婆了，他也只能迷上麻將和鼓樂。現在，新生的兒子敲過了第一段，第二段，進入第三段，新生就站在旁邊不時地喊：「三閃！」兒子雙槌齊下打出二拍「夯，夯」，又雙槌在空中閃出一拍「夯夯」，又有槌在鼓正中擊出一拍「夯」。新生又喊：「十不冷燈彩！」兒子右槌在鼓面右邊輕擊「十」，後左槌在鼓面左邊輕擊「不」，再右槌在鼓面右邊略閃擊「冷」，再左槌在鼓面左邊略閃擊「燈」，最後用右槌在鼓正中擊出「彩」。新生再喊：「八拍十三當！」兒子在鼓的一邊面上按拍，雙槌分工，一字一擊，擊出十三個「當」來。新生和兒子都已經一身的水了，頭髮貼在了頭上，大褲衩子濕了一片，汗流得眼睛睜不開，汗滴在地上濺水星。鼓點剛一落，夏天義又要拍掌，遠處一聲銳喊：「敲得好！」

夏天義抬頭看去，東頭果園裏有一個庵子，庵子裏一男一女朝這邊吶喊。夏天義說：「那庵子是陳星的？」新生說是，招手要陳星過來，但陳星沒過來，那女子也沒過來。夏天義說：「那是不是翠翠?!」鐵蛋說：「咋不是翠翠，她常在那兒哩！」新生就瞪兒子。夏天義有些納悶，說：「嗯？」上善就說：「新生有這手藝，真不該是個農民！」駝背老婆從一樓爬到三樓來了，她竟然能爬了上來，叫喊著涼粉好了，下去吃涼粉，聽了上善的話，說：「農民就是農民麼，敲的這鼓能吃能喝？硬是耍了這鼓，果園經營不好，才惹得一堆的是非！」新生說：「你不懂！鼓敲好了，說不定還會敲到省城去！」老婆說：「到省城？你是夏風呀?!」這話我又不愛聽了，夏風咋，他不就是能寫幾篇文章麼，一白遮百醜，他會揚場嗎，能打胡基嗎，他要還在農村，他連個媳婦都娶不下，就是娶下了恐怕還被別人霸占著！夏天義說：「鼓要敲哩，果園更要管好，如今陳星和你有了競爭，你要不如了他，我可就不依了！」新生點頭哈腰給夏天義保證，他們就下樓吃涼粉了。

他們在樓下吃涼粉，我就離開了。我已經是一連四盤輸給了丁霸槽，丁霸槽很得意，非讓我請他吃酸湯麵。我們在書正媳婦的飯店裏吃的酸湯麵，正吃著，一群孩子用棍追打著來運，來運卻和賽虎連著蛋，來運在前邊跑，賽虎在後邊倒著退。啞巴轟走了孩子，讓來運和賽虎安靜了一會兒，牠們才分開，我就把賽虎用腳踢跑了。

我們的酸湯麵還吃著，夏天義在新生家卻把涼粉吃醉了。酒是能醉人的，吃涼粉也能醉人？但夏天義確確實實是吃醉了。他是先吃了一碗，說：香！呼呼嚕嚕送下肚。又吃了一碗，還是沒咬。再吃了一碗，臉上的氣色就不對了，腿發顫，額上冒汗，說：「你這涼粉裏調了大煙殼子油？」新生說：「芥末調得重了些。」夏天義還要吃，新生又盛了一碗，調辣子醋和芥末都調不及，夏天義就拿筷子來夾，一條涼粉掉在鍋台上，他捏起塞在了嘴裏。夏天義從來沒有過這種吃相，新生高興了，說：「二叔愛吃，證明這涼粉做好了！」上善過來奪了碗，說：「不敢吃了，二叔吃醉了！」新生說：

「涼粉咋能醉人？」上善說：「飯常能把人吃醉的，他才聽了鼓樂，又吃這麼多，肯定要醉了。」新生說：「二叔能吃涼粉的。」上善說：「能吃也不能吃了三碗了還要吃？他喝醉酒了就是這副樣子，別一醉了就哭哩。」夏天義說：「胡說，我什麼時候哭過？」說著就開始流眼淚。夏天義的眼淚是渾黃色的，從眼邊出來就順著皺紋一道一道往兩邊橫流。上善說：「還說不醉，瞧流淚了不是？」夏天義說：「我高興啊，我已經好長時間沒這麼高興了！人高興了也流眼淚，你上善知道不知道？民國三十五年，咱清風街鬧土匪，動不動土匪就在村裏丟票。」新生說：「你咋說到鬧土匪了，啥是丟票？」夏天義說：「票上寫著戶主姓名，寫了財產數目，寫了期限，說要會票了就找馬團長，馬團長是劉家坡的馬大壯，不會票了就『威武燒殺』呀！」上善說：「醉了，說開陳年舊事了！」夏天義繼續說：「趙宏聲他爺家裏寬裕，丟票丟在他家，他爺變賣了家產，提了兩筐子銀元，還有一口袋鴉片給人家送去，從此家敗了下來才學的郎中。」夏天義又從鍋台上端涼粉碗，上善說：「你說古今！」要擋他端碗，夏天義還是吃了一口，說：「你狗日的像你伯！我告訴你，我家也被丟了票，票面要價太高，七天限期一到，我家拿不出來就躲到屹甲嶺去。我是藏在屋後的大樹上，夜一深，土匪點了火把在屋裏搜，拿了值錢的東西，又放火燒了三間房，我看見二三十個揹槍的土匪是外地人，只認得其中有你伯。土匪一走，我爺邀了夏家人就尋你伯的事，你伯在茶坊鄉上的鴉片舖裏抽煙哩，進去就捆了。本來準備點天燈，你們李家人求饒逼得緊，才將你伯勒死了。那年夏家人喝包穀酒，你猜喝了多少，喝了十八罈！我那時小，也喝了三碗，我沒有醉。喝了三碗酒都不醉，三碗涼粉就醉了？我就愛吃涼粉！當了幾十年村幹部了，我吃過的涼粉比你吃過的糧多！」上善說：「好好，我那伯他該死，但你是不能吃了，你真的醉了。」新生說：「你伯是土匪的內線？」上善說：「本家子伯與我屁不相干！」夏天義說：「與上善沒事，是英民他爺。」新生說：「英民那麼實誠的，他爺會是土匪的內線？」夏天義說：「人這肉疙瘩難認哩！不是有共產黨，世道到現在還不知是啥樣子？我一輩子是共產黨的人，黨讓我站著我就站著，黨讓我蹴下我就蹴下。現在的幹部不知道日子是咋過來的，自以為是，披了被單就想上天，貓拉車會把車拉到床下去啦！」上善和新生一時噎住，不好再說什麼，見夏天義眼淚流著流著就哭出聲了。新生趕忙勸，越勸越哭聲不止，又開始講他當村主任的事，說他當了半輩子村幹部，他心裏不虧，他最大的不幸最大的羞辱，一是淤地沒淤成，白白花了大家的集資，二是他年輕著，不該……卻不說了。新生從來沒見過夏天義這麼哭過，就害怕了，趕緊收拾涼粉碗。上善說：「讓他吃，徹底吃醉就不哭了。」把涼粉碗遞給了夏天義，夏天義才扒了一口，就趴在桌上睡著了。上善說：「這下安生了，可怎麼回家呀？」新生說：「你揹回去。」上善說：「這樣回去，二嬸肯定得罵我。」新生就要夏天義在他家睡，上善想了想還是揹了夏天義回去。

我和啞巴拿了一根排骨引逗著來運來到夏天義家門前的水塘邊，上善揹著夏天義在水塘邊的碾盤上歇氣，上善喊啞巴，啞巴見他爺泥一樣癱在碾盤上，就哇哇地給上善發凶。上善說：「這不怪我，是你爺自己吃醉了。」啞巴才抱了夏天義進的院子。

我沒有到夏天義家去，因為就在這個時候，我看見白雪從水塘南頭的菜地裏出來了。菜是綠芹菜，衫子是紅的，白雪從菜地裏站起來，顏色豔得直耀眼，我就端端地戳在那裏了。中星的爹給我說過，世上是有神的，也有鬼和狐狸精，它們常常以人的模樣就混在人群裏。所以，白雪突然地從菜地裏站起來，我以為那不是白雪。但她怎能不是白雪呢，她先並沒有看見我，懷裏抱了三個新摘的南瓜，還在輕輕地唱《桃花庵》：「去年今日此門中，人面桃花相映紅；人面不知何處去，桃花依舊笑春風。」上一次，我是碰著白雪了，她和她娘一拐彎從小巷裏避著走了，現在，菜地到水塘只有一條小路，我盼小路更窄更窄，窄到是一根木頭，她白雪就避不開我了。我一眼一眼看著白雪走過來，她終於抬頭了，我趕緊就笑，她愣了一下，臉卻沉下來，說：「笑啥的，還有臉笑?!」我一下子渾身起了火，燒得像塊出爐的鋼錠，鋼錠又被水澆了，凝成了一疙瘩鐵。我那時不知道說什麼，嘴唇在哆嗦，卻沒有聲，雙腳便不敢站在路中，側身挪到了路邊給她讓道。她從我身邊走過去了，有一股子香，是熱呼呼的香氣，三隻黃色的蛾子還有一隻紅底黑點的瓢蟲黏在她的褲管上。又有一隻蜻蜓向她飛，我拿手去趕，我撲通一聲就跌進了水塘裏。水塘裏水不深，我很快就站起來，但是白雪站住了，嚇得呆在那裏。我說：「我沒事，我沒事。」白雪說：「快出來，快出來！」瞧著她著急的樣子，我慶幸我掉到了塘裏，為了讓她更可憐我，又一次倒在水裏。這一次我是故意的，而且倒下去把頭埋在水裏，還喝了一口髒水。但是，或許是我的陰謀讓白雪看穿了，等我再次從水裏站起來，白雪已走過了水塘，而路上竟放著一顆南瓜。這南瓜一定是白雪要送給我的，我說：「白雪，白雪！」她上了夏天義家旁的斜坡上，碎步跑去了。白雪為什麼肯給我一個南瓜呢?我只說白雪恨死我了，要拿手指甲抓我的臉皮，要一口唾沫吐在我的身上，她卻給了我個南瓜！我站在水塘裏，突然想到很多的話，我後悔在她給我沉了臉的時候，為什麼嘴只哆嗦，不說出這些話呢?我搧我的耳光，啪，啪，我搧得我在那裏哭。

我的哭聲驚動了從夏天義家裏出來的啞巴，他站在院門口朝我說：「哇?哇哇?!」我不哭了，我在他的面前我覺得我幸福，就從水塘裏出來，緊緊地抱了南瓜，撒腳就往我家跑。我的腿越跑越長，長到有兩米三米高，腳也像簸箕，跨著清風街的街房跑。我聽到有人在喊：「引生又瘋圓了！」我不屑招理，跑回家將南瓜放在了中堂的櫃蓋上，對爹的遺像說：「爹，我把南瓜抱回來了！」我想，我爹一定會聽到的是：「我把媳婦娶回來了！」這南瓜放在櫃蓋上，我開始坐在櫃前唱，唱啥呀，唱秦腔，白雪是唱秦腔的我也唱秦腔，唱了一句：「哎呀，來了呀——」後邊的詞卻怎麼也記不起來了。

整整三天吧，日子過得很快活。染坊的白恩傑一邊晾印花布一邊唱〈朱錦山〉：「開門倚杖移時立，我是人間富貴人。」呸，白恩傑你算什麼富貴人?!我覺得好笑，急步就走過染坊門口，每晌去到東街水塘邊的小路上等白雪。天上的太陽紅得像燒著的油盆，又一把一把抓著針往我身上扔，我頂了個蓖麻葉，不想讓夏天義出來看見，也不想白雪再到菜地來首先看到我。但白雪沒再到菜地來。我在小路上來回走，還走到芹菜地裏，心想，會不會拾到白雪的影子?沒有拾到，拾到了一條蛇蛻的皮。我拿了蛇蛻的皮去大清堂，要賣給趙宏聲，趙宏聲能把蛇蛻的皮搗碎和冰片一起配製治中耳炎的藥，但趙宏聲不給我錢，還待理不理地翻看一本雜誌，雜誌上有一頁是個電影演員的頭像，他說：「人家是吃啥長的，這麼美!」我看了一眼，哪兒有白雪美?趙宏聲卻將那頭像剪下來，貼在他的床頭牆上，還給我笑了笑，說：「我愛寫對聯，是不是藝術家?」我說：「我不知道。」他說：「愛美人才有藝術靈感哩!」趙宏聲啥都好，就是嘴碎，又有點酸，總以為他和夏風是一類人，下眼看我。我就不和他多說了，唱唱喝喝地往回走。

白天沒有見到白雪，晚上我在家裏就輕輕地叫著白雪的名字。我一直覺得，我叫著白雪，白雪的耳朵就會發熱。叫著叫著，我聲音就發顫，可著嗓子高叫了一下，恐怕是鄰居也聽得到的，他往我的院裏扔了一個破瓦片，我不管它。我對著院中樹上的一隻知了說：「你替我叫!到他院子去叫!」知了果然飛到了鄰居家的院裏，爬在樹上使勁地叫：白雪白雪——雪——

農村的晚上沒有娛樂，娛樂就是點燈熬油地喝酒，搓麻將，再就是黑燈瞎火地抱著老婆做起那事。我在巷道裏轉了幾個來回，想和人說說話，差不多的門都關了，窗子裏傳來貓舔糍糊的聲音。我回到家裏，躺在炕上，想起趙宏聲把電影演員的頭像貼在床頭上的事，就遺憾著我沒有張白雪的照片。黑暗裏我看著炕頭牆，看著看著，還真看出那裏有了白雪的臉，我的手不知什麼時候就到了腿根。我是個苦人，小時候沒有玩過玩具，連皮球也沒有過，我玩慣了我的小雞雞。所以我現在手又摸到了下邊，下邊是沒了，僅僅剩了個短茬茬。短茬茬還是流出來了一灘東西。這事我給誰都沒說過，流出一灘東西後我也後悔，或許我真是一個流氓了吧。但趙宏聲說藝術家愛美人能來靈感的，我是這麼想：流氓就是和女人睡了覺嗎？藝術家就是睡不了覺而煎熬嗎？那麼我寫不了對聯不是藝術家，我也不是流氓，何況我是在我家裏，門和窗都關了，除了屋角的蚊子和螞蟻，沒有人能看見的。

但是我說實話，我常常晚上玩我的那東西，它發炎了，害得我比犯了痔瘡還難受得走不了路，我就去了縣醫院又治了一次。在縣醫院，悄悄尋找埋著我那一節東西的地方，那裏長出了一株樹苗來，長著三片葉瓣。我知道，這樹苗會見風就長的。

樹苗見風就長的日子裏，清風街的農貿市場就動工啦。君亭汲取了前任村幹部的教訓，不敢再集資，在信用社貸了款。全部的工程交給了慶滿，慶滿的實力比不得李英民，但慶滿一攬到了工程就誘惑了李英民建築隊的人心，結果將幾個骨幹匠人撬了過來。李英民傷了心，帶了殘缺不全的一批人去三一二國道上修一座涵洞，而他的弟弟李生民氣憤不過，借了酒勁將東街牌樓下的石獅子頭敲掉。君亭需要在他建市場前殺雞給猴看，讓派出所警察把李生民抓起來，在黑房子關了一夜，又折價賠償了石獅子。李生民從派出所出來，雙拳砸著地，說了句：「我就是死在外邊，也再不回清風街了！」去了省城，從此沒了音信。

從縣城回來後，我就再沒見到白雪。聽夏雨講，劇團原本要一分為二了，可在分配戲箱時爭執吵鬧，甚至打了群架，戲箱就封了，暫時誰也不能動。而夏風還是不斷地來電話，催白雪能盡快去省城，白雪是眼看著劇團亂成了一鍋粥，心也灰暗，可能呆不到多久就該遠走高飛了。我聽了這話差點沒暈過去，娘耶，我是苦膽煮過的命這麼苦呀，好好的白雪她嫁了夏風，嫁就嫁吧，我只說她畢竟還在縣上，十天半月要回清風街，我還能見到她，如果她一去省城，連水中的月都沒有了，連鏡中的花都沒有了！那幾天裏，我緩不過氣，走路能踩死螞蟻，去泉裏提水，半桶水只提到李生民家的山牆外就要歇下，李生民的媳婦在她家門口哭。李生民一走，活不見人，死不見屍，那媳婦度日如年，一些老太太就勸說她，又出主意讓把李生民的舊鞋用繩子繫了吊在紅苕地窖裏，李生民就能回來的。這辦法給了我啟示，我就想著也把白雪的舊鞋吊在我家的紅苕地窖裏，應該是白雪就遠走不成了吧。但白雪的鞋從哪兒去找呢？我心虛，不能給夏雨說，更不敢去夏家。正熬煎著，夏中星回了一次清風街，事情就又發生了變化。

在夏氏族裏，中星家和慶金、君亭、夏風他們是出了五服。中星自小沒了娘，是他爹拉扯大的。他爹一生神神道道的，不吃肉不喝酒不動辛辣，平日裏早起拾糞，十天半月了就到虎頭崖廟裏燒香，但他年輕時是窮人，活到老了仍還是窮人。一個地方得有一個懂風水和陰陽的，不知怎麼，中星爹就充了這個角色，清風街上紅白喜喪都是他選定的日子，蓋房、拱墓、修灶、安床，也都是他定的方位。幹這份活一般是不給錢的，只帶四色禮。中星的爹早就放出風，甚至還在家裏貼了個紙條，上面寫了：「選日子一次五元，定方位一次七元。」但來人還是把四色禮往他家的櫃蓋上一放，再不掏錢，他生氣是生氣，嘴上說「我今日身上不美」，最後還是拿了個布口袋跟人家走了。要說四色禮，就是一包糖，一斤掛麵，一瓶酒和一條紙菸。他吃用不完，也捨不得吃用，全拿了給書正媳婦在飯店裏賣，書正媳婦當然不肯原價收購，為折價一半還是折價三分之一，他們常常爭吵。上善就曾經勸過書正媳婦：「他能陰陽，得罪他了會給你使怪的！」書正媳婦說：「讓他使麼，他算卦啥時候準過?!」他是給人算卦和禳治的，禳治行不行我不敢說，但他的卦不準。我爹病重的時候腳腫，腫得指頭一按一個坑兒，我讓他算一算我爹危險不?他說：「算卦是收錢哩！」我給了他十元錢，他算了半天，說：「沒事。」我說：「男怕穿靴女怕戴帽，我爹腳腫得厲害。」他說：「我替神說的，沒事！」我說：「你不是神麼。」他說：「我幹這工作幹得久了，神就附體了。」我說：「神咋附體了?」他說：「領導當的時間長了有沒有官氣?警察當的時間長了有沒有殺氣?」他這話說得有道理，我信了他，可我爹不出十天就死了。

不說中星爹了，咱說中星，中星因為小小沒娘，夏氏族裏人都可憐他，待他稍大，夏天義就報名讓他去參軍，但體檢中中星的血壓高，怎麼也過不了關。年輕輕的就患著高血壓，夏天義罵他不爭氣，給徵兵幹部說了許多情允許再次體檢，趙宏聲就出主意讓多喝醋，他提前喝了一葫蘆瓢的醋才把血壓降了下來。復員後按規定他是返回清風街的，他爹哭哭啼啼求夏天智，又是夏天智去了一趟縣城，動用了自己的關係，終於把他留用在了縣政府。中星爹就是從那以後，鑲了一顆金門牙，見人就笑，早起拾糞時腳下跳躍，走的是雀步。

但是，中星在縣政府沒有分配具體工作，哪裏有事，他就到哪裏忙活：去縣長的扶貧村裏蹲過點，做過全縣「退耕還林」工作檢查，還在縣葡萄酒廠搞了半年整頓工作。劇團裏亂成一鍋粥了，縣上將團長調去了文化館，一會兒傳出某某來任團長了，一會兒又說某某堅決不來又讓另外誰來了，但最後誰也沒來，來的是中星。人都說：要生氣，領一班戲。中星說：「我不怕！」他當然不怕，讓他當團長是把他提了科級。他去的那天，精心地梳理他的頭髮，其實他的頭頂全禿了，只有左耳後的一綹頭髮留得特長，把它拉過來，用髮膠水固定住。演員們都嗤嗤地笑，那個唱淨的胖子甚至說：「我一看見他那頭就來氣，恨不得壓住他把那一綹頭髮給拔了！」中星好的是不計較這些，他有他的雄心大志，一到劇團便先整頓風氣，又將分開的兩個演出隊再次合二為一，開始排新戲，把新戲排好了就要到全縣各鄉鎮巡迴演出，雄心勃勃，也信誓旦旦，要在他手裏振興秦腔呀！也就是中星當了團長喊叫著要振興秦腔，白雪的心是風裏的草，搖著搖著又長直了，決了意不去省城。

我是多麼喜歡夏中星啊！也多麼希望秦腔能振興啊！說結實的，在這以前我並不愛秦腔，陳星曾經嘲笑過清風街愛唱秦腔的人都是粗脖子，都是大嘴，那不是在唱，是在吼，在吵架，他一聽到，就得用棉球塞耳朵，甚至他讓陳亮去跟縣農技公司的人學果樹剪枝，陳亮不去，他說你不去就讓你聽秦腔呀！陳星這麼辱沒秦腔，我沒反對過。可現在，中星要振興秦腔，振興了秦腔就能把白雪留下來，我就覺得秦腔咋這麼好聽呢！我雖然不知道秦腔有多少齣戲，也記不住幾段唱詞，一有閒空，我也手裏拿著一個蒸饃，一個青椒辣子，咬一口饃咬一口辣子了，也吼那麼一句兩句。

中星當團長的消息最早是供銷社的張順從縣上帶回來的，清風街的人都覺得不可能，也全不在意，但我不知道怎麼就相信一定是真的，就感到了高興。我在街東頭的小河石橋下碰見了中星他爹，他坐在橋墩根又算卦了。他拾著糞身上也斜揹著那個小布袋，布袋裏裝有一盒「九品蓮花香」，一沓黃裱紙，一塊雷擊棗木刻著符的印章，還有一支鋼筆和一個紙本兒。糞籠子就在面前他不嫌臭，專心地在紙本兒上列卦式。我說：「榮叔！」他名字裏有個榮字，我們叫他叔的時候前面都加個榮字。他說：「是不是你介紹誰來請我出門呀？」他說出門就是去選日子或定方位。又說：「我把話說在前面，得四色禮還得出錢，選日子是六元，定方位是八元，都漲了一元。」我說：「沒人請你出門。我問你一句話。」他說：「那你就不要問，我這陣忙著算卦哩！」我說：「給誰算卦？」他說：「給我算哩，看明日有沒有財運。」我說：「明日肯定有人給你送禮呀，我中星哥在劇團……」我還沒說完，他就認真地說：「我糾正你，引生，中星不在劇團，他是縣政府幹部！」我一聽，知道他壓根兒不曉得中星當了團長，而張順是在造謠了，頓時沒了勁，起身就走了。但是在下午，中星爹親自跑到我家告訴我，他一個小時前接到中星的電話，中星現在是劇團團長了！他說：「這麼大的縣就一個劇團，一個劇團就一個團長！你是不是上午知道消息了去問的我，我後悔還訓撻了你！」我說：「上午我備了一份賀禮的，你才後悔了吧?!」他就給我笑，但我沒給他還個笑，我跑動著去把好消息告訴了丁霸槽，告訴了俊奇和慶堂。去大清堂告訴趙宏聲時，趙宏聲坐在裏面和一堆人說話，我沒有進去，卻故意唱著一板秦腔，慢慢經過門前。我唱的是《周仁回府》：「若不是杜公子他身遭魔障，我周仁焉得官器宇軒昂！」趙宏聲就高聲說：「引生引生，你也能唱秦腔？」我沒有立即應他，繼續唱，但我只會唱這兩句，記不住下面的詞了，就哼曲調：

一收腔，我說：「咋的？」趙宏聲說：「你『器宇軒昂』個屁哩?!」我說：「知道不知道，夏中星當了縣劇團團長啦！」趙宏聲說：「夏中星當團長，你高興著啥的？」我說：「你想想！」趙宏聲說：「我想想。」我說：「想起來了吧？」趙宏聲說：「想不起來。」我說：「豬腦子！」又接著唱最後的拖腔：

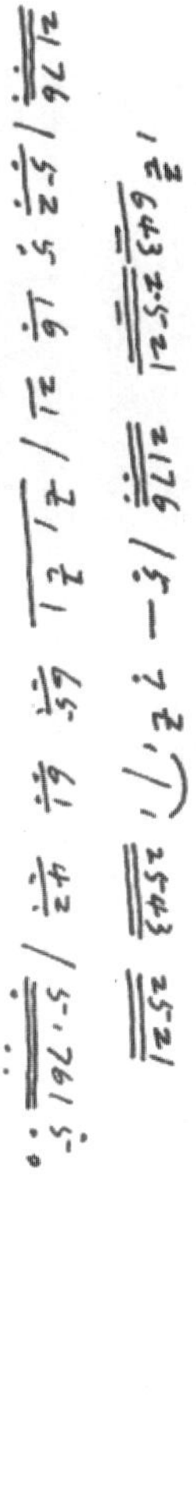

到了第五天，中星是回來了。那已經黃昏，他在鄉政府門口的停車點一下班車，揹了軍用包低頭往家去，夏天禮剛好從商店買了一袋化肥，放在地堰上歇息，說：「這不是中星嗎？」中星抬頭說：「是三叔呀，買化肥啦！」夏天禮說：「我就說麼，仰臉婆娘低頭漢，誰走路頭低著，果然是中星！

清風街都嚷嚷你是團長了，中午在巷口大夥還向你爹討酒喝哩！」中星說：「哪有啥呀，不就是一個團長嘛！」夏天禮說：「哎，聽你這話，你還有大出息哩！現在從政，由科員到科長這一步難得很，但只要一進入科長這軌道，就算搭上車了，說不定還會往高處去呀！」中星笑了笑，說：「三叔你沒地，咋還買化肥？」夏天禮說：「雷慶操心他地裏的事？還不是我替他忙活！」中星說：「他還種地呀？地裏即便不長一顆糧食，還能餓了他？」夏天禮說：「都說雷慶的日子好，好什麼呀，吃的公家飯能好到哪去？現在的國營單位，說好還好，說不好，一兩年就不行了，我擔心他的難過還在後頭哩。哪裏像你，沒結婚，將來在縣上找一個媳婦，也把你爹接到縣城去住。我倒是當了一輩子鄉幹部，老了卻回來種地了。」中星將一支紙菸給了夏天禮，夏天禮說：「這麼好的菸！」但是沒有吸，裝在了口袋裏。夏中星幫夏天禮扛了化肥袋，兩人一到東街村巷，許多人就問候，中星一一散紙菸，說：「到家喝酒去！」呼啦啦去了一群。夏天禮立在那裏，發了半晌呆。竹青手裏夾著菸走過來說：「三叔！」夏天禮才緩過神來，說：「中星回來了，你知道不？」竹青說：「回來就回來了唄。」夏天禮說：「狗日的有出息！我到退休還是科員，他年輕輕的就當科長了！」從口袋裏掏出了那顆紙菸給竹青，竹青說：「他真的當了團長？四叔知道不？」

夏天智在堂屋的八仙桌上畫他的馬勺，先畫出了個秦腔中的關公臉譜，又畫出了個曹操臉譜，夏雨一陣風跑進來，喊哩哐啷在櫃子裏翻東西，夏天智戴著花鏡看了他一會兒，就惱了，一摘眼鏡說：「土匪攆你哩?!」夏雨說：「咱家的鉗子放到哪兒去了?」夏天智說：「找一個鉗子你都慌亂成這樣，要是讓你處理個大事，你都不知道胳膊腿在哪兒長著?!」夏雨終於在櫃底的一個盒子裏尋到了鉗子，出門又要跑，夏天智說：「來給我撓撓背。」夏雨說：「桌上不是有竹撓手嗎？」夏天智說：「我要你撓撓背！」夏雨就在夏天智的背上撓。夏天智說：「往上。再往上。往左。叫你往左你不知道哪兒是左？」夏雨說：「爹難伺候得很！」夏天智也笑了，卻說：「我給你說過幾遍了，你就是不聽，走路腳步一定要沉，腳步沉的人才可能成大事，甭像你榮叔，一輩子走路都是個雀步。」夏雨說：「雀步咋？」夏天智說：「賤麼。」夏雨說：「榮叔賤？中星卻當劇團團長啦！」夏天智說：「誰說的？」坐在那裏倒愣了。夏雨趁機不撓了，拿著鉗子就往出走。夏天智說：「當團長？腳步沉！」夏雨剛走到院裏，步子緩下了。卻不會了走路，一步一步，一到院門外，撒腳就又跑起來。四嬸進來說：「你窮講究多得很，你讓他掮個磨扇腳步肯定就沉了？」夏天智說：「從小看大，我算看透了，他日後沒氣候！他尋鉗子幹啥呀？」四嬸說：「他在市場那兒幹活哩，中午回來只吃了一碗包穀糝麵，躁躁的，我問他咋啦他也不說；我想起來了，和你一個脾性，一頓飯沒吃好，就犯瞎脾氣！」夏天智說：「你瞧你中午擀的麵？麵條要厚，一指寬，四指長，總得潑些油蔥花吧。」四嬸說：「好啦好啦，我也給夏雨說晚上吃米飯，你出去買些豆腐去。」夏天智說：「這個時候了到哪兒買豆腐去；就是能買，你兒子要吃豆腐，就讓做老子的去買？」院門口有了腳步聲。四嬸說：「你聲往小點！」夏天智不吭聲了。

四嬸從堂屋出來，是中星來了，就說：「是中星呀！」讓中星到堂屋坐，又喊夏天智說中星來了。中星穿了件有稜有角的褲子，褲帶上吊著一大串鑰匙，他說：「不驚動四叔，我先給你幾句話。」四嬸進了廚房燒火，他就拉了個矮凳坐在旁邊。

中星反覆地解釋，說他真不知道夏風結了婚，否則他就是再忙，也會回來祝賀的。又說他現在調到縣劇團工作了，到了團裏才曉得夏風的媳婦就是白雪。白雪真是萬人裏挑不出的，人好戲好，色藝雙全！四嬸把火燒旺，臉上紅彤彤的，就誇說中星熬出頭了，給你爹長臉了，卻又問起縣城裏天氣熱不熱，白雪在家時脖子上出了痱子，不知道痱子褪了沒有？中星便大發感慨，甚至不惜誇張，說你這婆婆這麼疼兒媳的，也活該好婆婆才能得到個好兒媳！然後他才說這次回來，一是探望他爹的病，二是白雪讓他捎帶一件棉毯，因為團裏正排著戲，排好了就要下鄉巡迴演出呀。四嬸說：「她準備著去省城呀，咋去下鄉？」中星說：「團裏正整頓哩，誰也不得請假。」四嬸說：「夏風要把她調進省城的，再不演戲了，也不能走？」中星說：「我才當團長，她就要調走，那不行。」四嬸說：「你是團長了？」中星說：「是團長。」四嬸說：「這就好麼，你能照顧上白雪了麼！他們一個省城一個縣城哪是個長法？」中星說：「團有團的規定，四嬸！」四嬸說：「現在幹啥事都興後門，你留在縣政府還是你四叔走的後門，你就不會給白雪個後門？」中星說：「我才去，我不敢開這個後門，要是走上一個人，那人走得就多了！」四嬸就不高興了，拿燒火棍在灶口捅，三捅兩捅，火捅滅了。低頭去吹，起了黑煙，四嬸在咳嗽，中星也在咳嗽。

夏天智聽說是中星來了，趕忙放下畫筆，卻又聽到中星說「不驚動四叔」的話，心裏有些空落，就坐在椅子上吸水煙。竹青悄然沒聲地進來，倒嚇了他一跳。竹青說：「我來才給你說中星的事呀，沒想他倒先來了！」夏天智說：「他有什麼事？」竹青說：「中星現在是縣劇團的團長了！」夏天智臉靜得平平的，吹紙煤吸菸，說：「你就來說這事？」竹青說：「就這事。」夏天智說：「我知道了，你回去吧。」夏天智在外人眼裏是一副好脾氣，但在本家的晚輩面前，卻從來威嚴。竹青轉身要走了，他卻說：「把這個拿上。」桌子上是一盒紙菸，夏天智沒有動，竹青自己去拿了，說道：「這還像個叔！」就出了門。夏天智又坐了一會兒，起身出了堂屋，站在台階上伸懶腰，然後故意咳嗽了一聲。

中星趕忙從廚房出來問候，夏天智說：「是中星啊！咋沒給中星沏茶？」四嬸說：「我問他喝不喝漿水，他說不喝。」夏天智說：「中星是團長了，喝什麼漿水！那茶呢，把茶沏上！」中星說：

「四叔你知道啦？」夏天智說：「這麼大的事我能不知道？當了團長好，你在劇團，咱白雪也在劇團，一個劇團出了夏家兩個人！」四嬸說：「好什麼呀好，白雪原本要走的，現在倒走不成了！」夏天智說：「中星才上任，白雪應該支持他的工作，咋能給脖子下支磚？她往哪兒走，到省城去幹啥，年輕輕的把專業丟了，你以為學戲容易哩?!」中星說：「四叔到底是四叔！白雪不敢走的，她一走，我的秦腔振興計畫就塌火了！」夏天智說：「你有秦腔振興計畫？你來你來，中星，讓你四娘給做飯，咱到堂屋來談！」

夏天智的興趣陡然高漲，中星也就誇誇其談。但是，夏中星談著談著就沒詞了，因為他畢竟對秦腔不懂，夏天智推薦讓排演《趙氏孤兒》，夏中星不知道《趙氏孤兒》，夏天智又推薦讓排演《奪錦樓》，夏中星也不知道《奪錦樓》。夏天智說：「那你聽說過《滾樓》、《青風亭》、《淤泥河》、《拿王通》、《將相和》、《洗衾記》嗎？」夏中星說：「這還沒聽說過。」夏天智說：「你是團長，肚裏起碼要裝幾十本子戲哩！」就翻箱倒櫃取了他畫的臉譜馬勺，一件一件講這是哪齣戲裏的角色，為什麼要畫出白臉，為什麼又畫出紅臉？夏中星目瞪口呆，說：「四叔，四叔，你咋恁能行呢！」夏天智一仰身子靠在椅背上，喊：「飯熟了沒，熟了端上來！」

四嬸在廚房就是不吭聲。飯已經做熟了，一鍋米飯，沒有豆腐，原本要炒一碟雞蛋和一盤土豆片，偏不再炒，只熗了一碗漿水菜。夏天智喊得急了，她說：「夏雨還沒回來麼！」夏天智說：「他不回來我們就不吃啦？中星，你嚐嚐你四嬸炒的菜！」四嬸說：「哪兒有菜？沒菜！」中星就往起站身，一定要走，說飯就不吃了，如果四叔能給他一個馬勺，讓他掛在他的辦公室，那就高興得很！夏天智給了一個，又給了一個，最後竟然給了五個，說：「只要你喜歡，叔以後還給你！」

送走了中星，夏天智就關了院門，變臉訓斥四嬸：「你今日咋啦？」四嬸在花壇上潑泔水，說

「咋啦！」泔水裏的菜葉黏在牡丹蓬上。夏天智說：「中星來了你看你吶態度！」四嬸說：「你今日咋啦？留吃飯呀又送馬勺呀，他不就是當了個團長麼！」夏天智被噎住，恨了恨，說：「我這一輩子啥事都耽擱在了你這婆娘的手裏！」

夏天智怎樣和四嬸在家嘔氣，這我不說了，誰家不嘔氣呢，反正他老兩口從來也沒鬧出個響動來。隨便吧！我要說我，我在中星到夏天智家看臉譜的那段時間裏去他家找他的。他當然不在，他爹在，趴在院裏石桌上往紙本本上寫東西，石桌上有三枚銅錢。我說：「榮叔，又給誰占卦哩？」他把紙本本合了，說：「找你中星哥來的？他忙得很，一回來這個叫那個叫，出去了！」又問我：「你會殺雞不？」我說：「是不是我中星哥當了團長你招待我呀？」他說：「糟糕得很，張順剛才送來了一隻雞，送雞也不說把雞殺了給人送！」他真燒包！我說：「我不會殺！」他看著我笑，笑著笑著，肚子又不對勁了，提了褲子往廁所裏跑。我趁機翻看他的紙本本，這紙本本平日是不准人看的，原來歪歪扭扭地記著他給人看風水、掐日子、占卜算卦的事。翻到新寫的那一頁，寫著「占自己病」，然後是各種符號的卦象，我看不懂。下面卻有一段解語：「體用雖好，但爻辭瞎得很，有陰陽兩派俱傷之意。後跑前十天一天三次，這幾天一晌兩次，病是不是還要轉重？消息卦還好，代表九月。利君子不利小人。我自負可以算君子。」我心裏咯噔一下，他平日代表神靈行事的，只說他把生死離別看得淡，沒想自己對自己的病這樣驚慌?!又往前翻了一頁，上面寫著「三日內有大收入乎」，解語是：「初：體生用，沒大收入。中：巽克體，沒大收入。末：體生用，無有。看來所來人均平平，無大收入，還要出去些符。」而在旁邊又豎著寫了一行：「大驗！三日內只有四色禮二件，三元錢。」我笑了一聲，院門口咚咚地有了響動，中星就把五個臉譜馬勺抱進來了。

中星拿了夏天智五個馬勺，他爹非常不滿意，說夏天智家好東西多得很，你要這些馬勺幹啥呀，用又不能用，還落人情。中星卻不迭聲地誇這馬勺好，說他是團長了，凡是有關秦腔的東西他都要熱愛哩，振興秦腔，四叔是個難得的典型，下鄉巡迴演出時他就帶上馬勺，走到哪兒就宣傳到哪兒。鬼知道我在這時候又想出了個好主意來，我說：「你還可以把他家的馬勺全弄出來辦個展覽麼！」中星聽了，就看著我，說：「你行呀，引生，你腦瓜子恁靈呢？」我說：「爹娘給的麼！」他爹說：「靈個屁！靈人不頂重髮，瞧你這頭髮粗得像豬鬃！」中星手又理了一下頭頂上的那綹頭髮，說：「哥給你發根好紙菸！你這點子絕，巡迴演出時，就在各地辦展覽，把四叔也請上，現身說法！」他爹說：「他肯定不去！」中星說：「這說不定，他好秦腔哩。」他爹說：「他就是肯去，你能伺候得了？他窮講究，這我知道，睡覺冬夏枕頭要高，要涼蓆枕套，吵鬧了又睡不著。吃飯得坐桌子，得四個碟子，即便吃一碗撈麵，麵要多寬多窄，醋只是柿子醋，辣子要汪，吃畢要喝湯，喝二鍋麵湯。你四嬸伺候了他一輩子還伺候不到向上，你咋待他？」我說：「他不去了最好，我去！」中星說：「你能去？」我說：「你要出力，我有力氣，心細我比誰都心細。你給我吃啥都行，我不彈嫌。睡覺麼，給我個草鋪就行。我不要你的工錢！」中星是真興奮了，就擰身要去夏天智家說這件事。他爹說：「你急啥呀，吃了晚飯再去麼！」但中星還是出了門。我趕緊跑出來，叮嚀他和夏天智商談時，千千萬萬不要說我去負責展覽的事。中星說：「那為啥？」我說：「你想事辦成，就不要提說我，你提說我了事情就砸了！」

返回來，他爹說：「當團長不容易呀，他營心得很！你中星哥之所以把事情弄大，他不二流子！」我說：「那你說誰是二流子了？」他爹就笑，說：「你吃點心呀不？」我說：「你收的四色禮多，吃哩！」他領我進了堂屋，開了板式立櫃，櫃裏放著一包一包禮品，一個盒子裏放著咬過一口的一個點心，給了我，他三個指頭捏了一撮點心皮渣放在口裏，說：「好吃吧！」

這一夜，我在得意著，夏天智也在得意著，我們都沒有睡好。天亮起來，我去送中星帶著兩大麻袋的臉譜馬勺坐班車去縣城，他告訴我一旦開始巡迴下鄉，就會立即通知我。他一走，我突然想吃魚。人一高興，這胃口也好，但我沒去三踅管著的魚塘去買魚，憑我現在的運氣，我相信能到河裏捉到魚。河邊的堤壩頭有一潭深水，石頭縫裏常常有鯰，那種長鬍子的鯰光滑得很，一般人是捉不住的，我能捉住，果然手伸進去一會兒，一條鯰就抓了出來。提著魚走上街，迎面的陳星走著唱流行歌：「這就是愛哎，說也說不清楚，這就是愛哎，糊里又糊塗。」我在心裏說：我能說清楚，我不給你狗東西說！就看著他，提著魚晃。他立即不唱了，說：「魚?!」我說：「嘴饞了，跟我到書正媳婦的店裏清蒸去！」

但是，夏天智清早起來卻害了病，頭炸著炸著地疼。四嬸說：「你不是精神頭兒好麼，人家拿走了馬勺，你得能成夜不睡覺麼?!」卻叫喊夏雨去地裏拔些蔥，要給夏天智熬些發汗的湯。夏天智嫌麻煩，就到趙宏聲的藥鋪裏買西藥片兒。出來在巷頭碰著夏天禮和李生民的老婆說話，看見了他，李生民的老婆慌里慌張就走了。夏天智說：「三哥吃了？」夏天禮說：「吃了。」又說，「書正家的飯店裏新賣油條豆漿哩，你沒讓夏雨去買些？」夏天智說：「我才不去那店裏，瞧瞧他們家，大白天尿桶都在屋裏放著，她能賣出什麼乾淨吃喝？」夏天禮說：「你趕西山灣集呀不？」夏天智說：「沒啥要買的，那麼遠的路！」夏天禮說：「幾時咱這兒把市場建好了就天天都是了集。」夏天智說：「這幾天我沒去，不知樓房地基起來了沒？」夏天禮說：「還沒吧。慶滿兩頭調人的，這邊要給慶玉蓋，那邊要修樓。」夏天智說：「噢。」抬頭看天，天上是一疙瘩一疙瘩旋渦雲。今日又是個紅天。

夏天智和夏天禮廝跟著出了巷子，夏天禮撇著八字腳往北走了，夏天智朝中街來，碰著梅花，說：「你是沒有錢還是故意要虐待你爹哩？」梅花說：「啥事嗎，四叔說這話！」夏天智說：「你爹去趕集呀，腳上穿的難受不難受，後跟一半快磨出洞了！」梅花說：「我爹那八字腳，穿皮鞋都拐哩！」夏天智說：「你一次買三雙五雙放在那兒，看它能拐個啥樣?!」我是把魚讓店裏剖著清蒸，就和陳星蹴在店門口喝豆漿，看見夏天智一路走來都有人問候，他也不停地點頭，我便對狗剩的連瘡腿兒子說：「你想不想喝豆漿？」那小兒一直看著我，喉兒骨上下動了半天。連瘡腿說：「想麼。」我就叭地打了他個耳光，他要過來打我，我說：「你哭，你哭麼。」連瘡腿便嗚嗚地哭。夏天智果然走過來，說：「娃你哭啥的？」我說：「他想喝豆漿又沒錢，他說先記個帳，書正媳婦說你碎熊以為你是誰呀，是鄉政府幹部？把娃罵哭了。」書正媳婦聽我這麼說，還沒回過神來，夏天智說：「一碗豆漿值得罵人？給娃盛一碗，再給兩根油條！」他把一元錢扔在案板上。書正媳婦說：「四叔，給你來一碗！」夏天智說：「我不吃。你也把油條拿竹網子蓋上麼，蒼蠅轟轟成啥啦？」書正媳婦說：「四叔，那是飯蒼蠅，沒事的！」

這時候，斜對面的巷口立了一群人，劈劈啪啪放了一陣鞭炮。鞭炮一響，這便是另一宗事，我必須有個交代。在三角地修建市場，地的北頭有一棵苦楝樹，本該砍掉這棵苦楝樹就是了，但君亭說砍掉苦楝樹可惜，讓連根刨了移栽到他家後院。結果刨樹根就刨出了兩塊大石頭，竟然是人像，而且一男一女。先是人們覺得奇怪，覺得奇怪卻也沒認作是多貴重，慶滿拿了钁頭就咣地敲了一下，把一塊石人的肩敲下一塊，偏偏李三娃的娘來工地上看熱鬧，說：「這不是土地廟裏的土地公土地婆嗎？」她這一說，人們再看那石像，石像頭戴方巾帽，身穿著長袍，長面扁鼻，眼球突出沒鑿眼仁，滿臉都是深刻的皺紋，年紀大些的都說是土地公和土地婆。真是了土地公和土地婆，那就是神，雖然是小神，小神也是神呀，有人就把石像要放進土地廟去。清風街自我爺的爺手裏，就有一寺一廟。寺是大清寺，廟是土地廟。土地廟在中街北巷口，我記事起廟就磨坊那麼大，廟裏空著，廟門前有兩棵松樹，我們常在樹下撿松籽嗑。後來兩邊的門面房蓋得連了起來，把土地廟夾在中間，堆放著誰家蓋房苫院剩下的破磚爛瓦，松樹被伐了，做的是大清寺裏會議室的桌面，廟門也沒了，門框裏織了一張蛛絲網，中間趴著一隻大肚子蜘蛛。我在書正媳婦的店裏喝豆漿，正是一群人打掃了土地廟，把土地公土地婆安放在了裏邊。對於出土了土地公土地婆，又將土地公土地婆安放進土地廟，我事先不知道，夏天智事先也不知道。清風街發生的大小事竟然有我和夏天智不知道的，我覺得很奇怪。所以，我端著碗過去蹴在廟前的台階上看別人放鞭炮，對石像沒興趣，對放鞭炮的人也瞧不起。他提著鞭炮轉圈，鞭炮還有一大截就緊張得丟了手，那一截鞭炮就飛到我面前，我沒驚慌，連身也不起，筷子在空裏一夾，輕而易舉便夾住了，讓它在我面前開花。夏天智走過來，人全給他讓路，他是目瞪口呆地看著石像，半天半天了才說：「神歸其位，神歸其位啊！」人群裏立即有七張嘴八條舌爭著要給他說，說怎樣在三角地北頭的苦楝樹下挖出來的，為什麼他會埋在了那裏呢，是街道擴建時移的還是「文化大革命」中扔的，為什麼埋在那裏了上邊長著棵苦楝樹？他們搞不明白，夏天智也覺得是個謎。但是，他們說，不管怎樣，修建市場而土地公土地婆顯出這絕對是一種好兆頭，預示著市場會一定成功，而慶幸著沒有支持秦安去淤地，秦安哪裏有君亭的吉人天相，瞧他小鼻子小嘴，幹啥都不成的！聽著他們這樣說，我就不服了，我說：「哼！」氣管炎張八哥說：「你說啥？」我說：「說不定是君亭事先埋在那裏的！」我這一說，大家倒都不吱聲了。夏天智就說：「誰在說這話？咹?!」剛才合起來的人群又閃開來，夏天智就站在五米遠的地方盯著我。我不敢看他的臉，他臉長，法令很深，我面前起了土霧，那是他的話一顆一顆像石頭一樣砸在地上起的土霧。站在我身後的書正媳婦立即奪了我手上的碗，用抹布打我的頭，說：「你這個瘋子！」我說：「我說瘋話啦，四叔！」夏天智卻高聲地說：「你不是瘋子，你說的不是瘋話，你是沒原則！我告訴你，君亭還沒懂事的時候這石像就丟了！」我灰不沓沓地坐在台階上，許多人在看我的笑話，我對書正媳婦發了火，說：「男人的頭女人的腳，只能看不能摸，你在我頭上打啥的？再來一碗豆漿，聽見了沒有，再來一碗！」

夏天智後來是到了大清堂，趙宏聲在裏面正寫對聯，猛抬頭見夏天智臉色黑青，才要問話，夏天智說：「讓我洗個臉！」趙宏聲忙在臉盆倒了水，夏天智把臉洗了，臉上亮堂多了，說：「狗日的引生，水不混他往混裏攪哩！」趙宏聲說：「引生氣著你了？」夏天智說：「他這一氣，我頭倒疼得輕了！你幹啥哩，當郎中的沒見過你看藥書，就只會寫對聯！」趙宏聲就說：「以我的本事呀，說一句不謙虛的話，應該去大學當教授，可就是沒夏風的那個命，只好當郎中吃飯了。唉，世上只有讀書好，人間唯獨吃飯難啊！」夏天智說：「瞧你這貧嘴，教授硬讓這嘴貧成個郎中了！誰家又給兒子結婚呀？怎麼沒聽說！」趙宏聲說：「誰家紅白事能不提前請你？這是給土地廟寫的。」夏天智近去看了，上聯是「這一街許多笑話」，下聯是「我二老全不作聲」。夏天智說：「寫得好。可清風街的土地公土地婆不作聲了，總得有人說話呀！」趙宏聲一拍掌，說：「有橫額了！」立馬寫了：「全靠夏家。」夏天智說：「你對夏家有意見啦？」趙宏聲說：「對誰家有意見對夏家沒意見，對夏家有意見對四叔沒意見！」夏天智就笑了，說：「世上的事真是說不清，有的人對你好，但他沒趣，你就是不願和他多呆，有的人明明來損你，但他有趣，你就是愛惦記他麼！」趙宏聲說：「四叔不是在罵我吧？」樂哉哉地給夏天智沏了茶。

夏天智先喝了一包清熱止痛散，額頭微微有了汗，才慢慢品茶，問起趙宏聲一共能寫多少對聯，趙宏聲扳起指頭數，數出二百條，別的就記不起來了。夏天智建議寫了這麼多，怎不讓夏風幫著聯繫省上的出版社出一本書，趙宏聲說：「咦，夏風出書，影響得你也知道要出書？我是農民，誰給我出書？」夏天智說：「夏風說能賣的書出版社會給稿費的，你這號書肯定有人買，不像我的書。」趙宏聲說：「你也出書？」夏天智說：「我那些秦腔臉譜，劇團裏人老鼓動著出一本書，可我那書只有研究秦腔的人買，那就得自己出錢。」趙宏聲說：「出多少錢對你來說算什麼事？」夏天智說：「從古到今你見過哪個文人富了？世上是有富而不貴，有貴而不富，除非你是皇帝爺，富貴雙全！我真的到出書那一天了，我可事先給你說好，你得借給我些錢哩。」趙宏聲說：「少借可以，多借我可拿不出。你該向一個人借。」夏天智說：「誰？」趙宏聲說：「你三哥。」夏天智說：「雷慶有錢，他沒錢。」趙宏聲說：「你不知道，最有錢的應該是他。」

趙宏聲是個碎嘴，什麼事讓他知道了，門前的豬狗也就知道了。他當下告訴夏天智，說去年八月，是八月初八，一個人來問他有沒有銀元，他知道碰上個銀元販子了，就沒和那人多說話。那人臨走時卻問清風街有沒有一個叫夏天禮的，他說有，那人又問住在哪兒，他給指點後那人就走了。到了今春，他還瞧見過夏天禮在布兜裏裝有十個銀元哩。現在銀元是一個七八十元，夏天禮倒販了幾年了，手裏肯定能落上幾萬元的。趙宏聲說著，眼皮子嘩嘩嘩地眨，夏天智就回想夏天禮是周圍幾個集市場場不拉地去趕，卻從不見拿什麼東西去賣和買什麼東西，剛才和李生民的媳婦正說話著見了他就不說了，李生民家在舊社會是富戶，他爹又當過土匪，說不定那媳婦要把藏在家裏的銀元賣給夏天禮的。當下心沉了沉，又黑青了臉，說：「你對你的話能負責任？」趙宏聲見夏天智嚴肅了，就慌了，說：「這，這……」夏天智說：「這可是違法的事，沒有證據，不敢胡說！」趙宏聲說：「這我知道，要不是你是三叔的弟弟，你四叔要不是夏天智，這話就爛在我肚裏了。」突然夏天智連打兩個噴嚏。趙宏聲說：「這下病就好了！」夏天智說：「打一個噴嚏是有人唸叨，打兩個噴嚏是有人罵。狗日的，誰在罵我?!」

是我在罵夏天智的。他當著那麼多人訓斥我，比君亭打了我還要難受，當然罵他。但罵過了心裏卻又感激他，別人都以為我是瘋子，他卻說我不是瘋子，說的不是瘋話，夏天智到底是夏天智，他讓你恨他又不得不尊重他。我在飯店裏吃了清蒸鯰魚，又去了土地廟門口，幾個人還在說：「瘋子滋潤，買魚吃哩！」我就罵道：「誰再說我是瘋子，我日她娘！」大家卻哈哈大笑，說：「你拿啥日呀，拿你的頭呀？」中星的爹說：「都不要戲逗引生啦，不嫌人家可憐！」我一下子更火了，說：「誰可憐啦?我讓你可憐?!」大家便說：「好了，都不准說引生沒×的事，清風街數引生最樂哉，咱讓引生給咱說說話！」竟然有人給我鼓掌。我那時一是有氣，二是也想糟賤糟賤君亭，我就提高了聲音，說：「鄉親們，雖然我們日子是艱難的，勞作是辛苦的，但理想卻是遠大的，等咱有了錢，咱去吃油條，想蘸白糖是白糖，想蘸紅糖是紅糖，豆漿麼，買兩碗，喝一碗，倒一碗！」大家啪啪地給我鼓掌。我說：「這是村支書夏君亭給我們的遠大理想，我們要跟著夏君亭發財啊！」三踅卻站出來，說：「引生你說得不好，那算什麼理想，聽不聽兩個屎扒牛怎麼說的？」我見不得我在說話的時候三踅來插嘴，我說：「你聽得懂屎扒牛的話，你說！」三踅說：「兩個屎扒牛在談理想，一個屎扒牛說，等咱有了錢，方圓十里的糞便我全包了，誰也扒不成，只有我扒！一個屎扒牛說，沒品位，我要是有了錢，雇兩個小姐來屙，咱吃新鮮熱乎的！」三踅才是沒品位，他這麼一說，噁心，把我講話的意義也沖淡了。我一甩手，就要離開，趙宏聲拿著大紅的對聯過來了，他說：「引生引生你不要走！」我說：「這是給誰送對聯呀？」他說：「給土地廟呀！」就把對聯真的貼在廟門口。我看了，說：「宏聲你文化多，你說土地神是多大個神？」趙宏聲說：「是神中最小的神吧。」我說：「他管著土地，怎麼會是最小的神?相當於現在的哪一級幹部？」趙宏聲說：「就像君亭吧。」我說：「君亭如果是土地神，他能不淤地？」趙宏聲說：「你現在事咋這麼多?!」我就是事多！我一揭對聯就跑。趙宏聲來攆，我說：「你要再攆，我就撕呀！」趙宏聲停了腳，但日娘搗老子地罵我。

罵就罵吧，反正罵著不疼，我把對聯拿走了，貼在了夏天義的院門上。我到現在也搞不明白那時為什麼會把對聯貼在夏天義的院門上，確實腦子裏沒有多想，像得了誰的命令似的。我是用牙垢黏上去的，牙垢原本是黏不上去的，但黏了對聯上沿，一股小風呼地吹來，將對聯平展展地貼在門框上，接著是水塘裏無數的蜻蜓飛來。蜻蜓的翅膀都是紅的，越飛越多，越飛越多，天哪，在院門前翻騰著紅雲。這是怎麼一回事？我都吃驚了，離開了院門已經走過水塘，那院子上空還是一片紅，像有了火光。事後我將這現象說給了趙宏聲，趙宏聲不信，說我裝神弄鬼，我發誓：誰說謊是豬！趙宏聲說：「難道夏天義還要成什麼事?!」

我一生從沒服氣過趙宏聲，但他這一句話，過後真的應驗了。

夏天義發現院門上貼了對聯，卻已經是第二天的事。

頭一天晚上，慶金從單位回來，終於辦妥兒子光利頂班的事，心裏高興，回來提了幾瓶好酒，三斤羊肉和一串滷製了豆腐干。進門後，淑貞給他訴說和瞎瞎的吵鬧，覺得自己身為長子，沒能替爹擔沉反倒惹爹生氣，就責備淑貞幾句。但慶金在家裏沒掌權，他一責備，摸了老虎的屁股，淑貞在案上擀著麵，不擀了，罵慶金軟蛋，你啥都軟，別的男人把婆娘伺候得到到的，你就是不伺候也該遮風擋雨，不是一棵大樹吧，也該是一把傘，你這傘爛得一條一條的！慶金見麵條吃不成了，提了一瓶酒去他爹的屋裏，走到巷口的碾盤邊，對著石滾子罵：「誰都有老人的，你也會老，你這樣待我父母?!你把我氣死啦！哎，你把我氣死啦！」俊奇挎著電工包往過走，站著看了一陣慶金，說：「你罵誰的？」慶金說：「我沒罵你，我罵我那媳婦哩！」俊奇說：「嫂子沒在跟前，你罵著給石滾子聽呀？」

慶金抬了腳就踢石滾子，石滾子沒動，把他的鞋踢掉了。

夏天義是在慶玉家的稻田裏撒化肥，二嬸整個下午都坐在門檻上刮土豆皮，刮了半盆子，就煮了土豆做拌麵疙瘩湯。啞巴在院子裏劈柴火，柴火是兩塊大樹根，啞巴掄了斧頭劈了半天，才劈開了一塊。二嬸說：「你緩緩來，緩緩來，掙出毛病了又害我呀！」啞巴不住手，掄一斧頭吼一聲，天搖地動。自從瞎瞎成了親後，夏天義就和最後一個兒子也分房另住了，老兩口自個過活。五個兒子曾經提議他們讓老人每週輪流到各家吃飯，夏天義不同意，覺得兒子兒媳們都忙，尤其麥秋兩季或有了什麼要事，吃飯都是湊合的，如果管了飯，是忙呀還是先做飯呀，都不方便。更何況夏天義心性強，才不願意每天拉著瞎眼老婆去上門吃飯，那算什麼呀，要飯呀?!夏天義就說：「地我們是不種了，全分給你們，一年兩料每家給我拿小麥五十斤，稻子一百斤，各類豆子雜糧五斤，蔬菜隨便在誰家地裏拔。而飯是我們做我們吃，想吃稠就吃稠，想吃稀就吃稀，想什麼時候吃就什麼時候吃。」夏天義還有一句話沒有說出口，那就是五個兒媳都不是省油的燈，常言久病無孝子，如果分配到各家吃飯，時間長了免不得生閒氣。這樣的日子實行了幾年，夏天義沒有一天不在兒子們的田地裏勞作，但勞作並沒落下多少好，幾個兒媳們倒埋怨公公給這家幹活多了，給那家幹活少了。這些話夏天義沒往心上擱，他勞作是他願意，不在地裏幹活反覺得心慌，身上沒勁，只是從此對兒子兒媳心淡了許多，愛惦著啞巴，讓啞巴常年就吃住在他那兒。啞巴忠實，又捨得出蠻力，把一塊樹根劈開，正劈第二塊，書正來了家裏，要啞巴在家把來運管制好，說來運每天都往鄉政府跑著勾引賽虎，鄉政府的劉幹事意見很大，一是嫌壞了賽虎的純性，賽虎是外國洋狗種雜交的，來運是土狗，二是來運一到鄉政府院裏就狂叫，影響領導辦公。啞巴說不了話卻能聽見聲，當下就哇哇叫喊。書正說：「你不罵我，我只是來傳達劉幹事的意見的！」啞巴還是哇哇叫喊。書正說：「清風街這麼多狗，來運偏偏就只和賽虎好！」

坐在門檻上刮土豆皮的二嬸一直聽書正說話，這會兒說：「是我家來運賤麼，巴結鄉政府麼！書正，我可給你說，不是來運要給賽虎好，是賽虎一早一晚都往我家跑！」說罷放下刮刀，拉了枴杖要去廁所。啞巴看見忙去把尿桶提出屋，但二嬸還是要去廁所，書正說：「嬸子，那有啥哩，你那麼大年紀了，我和啞巴又都是你的娃麼，你出去幹啥呀？」二嬸說：「我再老，我還是個女人麼！」書正說：「那是這吧，我的話也傳達完了，我該走啦，你就在尿桶裏方便。」起身就出了門。門口便撞著賽虎，汪地向書正叫了一下。二嬸說：「你要走呀？你看看，你前腳走，狗後腳就來了！」

夏天義進門的時候，光著雙腿，手裏提著兩隻鞋，人累得腰都彎下。他沒有感覺腿肚子上還趴了一條馬虎蟲，啞巴看見了，就一個巴掌拍去，使夏天義冷不防受了一驚，罵道：「你咋啦，咋啦?!」低頭看，被拍打的馬虎蟲從腿上掉下來。馬虎蟲黏在腿上就吸血，但是不疼。馬虎蟲從夏天義的腿上掉下來了，腿上卻出了血，一股子順腿流，像是個蚯蚓。啞巴將馬虎蟲從地上撿起來，拿手一節一節地掐，掐成四節，夏天義就罵：「你咋這狠的！你把牠弄死就行了，誰叫你這麼掐的，你噁心不噁心？你滾！」就把啞巴罵跑了。二嬸說：「要吃飯呀，你把他罵走了？」夏天義說：「讓他回他家吃去，咱兩個人的飯抵不住他一個吃！」便問，「啥飯？」二嬸說：「拌湯煮土豆。」夏天義去鍋裏盛了一碗給了二嬸，自己也盛了一碗，卻見碗裏漂了一層白蟲子，忙起身將二嬸的碗奪了，說：「麵裏生了蟲，你也不用籮兒隔一下！不吃了，我重做些別的吃。」二嬸說：「有蟲啦？倒了多可惜，把蟲子撿出去就是了，全當咱吃沒骨頭的肉哩。」夏天義也覺得把一鍋飯倒了可惜，就把蟲子一個一個往外撿。慶金提著酒進了門。

夏天義一見慶金，一肚子的火就冒上來，咚地把碗筷往鍋台上一放，也不吃了。父子倆一句話都沒說。二嬸從腳步聲中分辨出是慶金來了，就叫慶金的名字。慶金見爹不高興，有些為難，也不敢說喝酒的事，把酒瓶往櫃蓋上放。二嬸說：「聽你吶出氣聲！那是淑貞和瞎瞎吵嘴，與慶金啥事?!」慶金坐到娘身邊了，說：「吃的啥飯，我也來一碗。」故意氣強，去盛飯時就叫著這麼多蟲子怎個吃呀，一時心裏酸酸的，端鍋把飯倒了，自己給老人重做。夏天義氣也消了，看著慶金在水瓢裏淘米，說：「光利的事妥了？」慶金說：「妥了。」夏天義說：「啥時候去上班？」慶金說：「得半個月吧。」夏天義說：「你給光利提個醒，幹公家事不像在家裏，要把事當個事幹。你看你把光利慣成啥樣了，年輕輕的身子沉，地裏草都上來了，也不見他去拔一把！」慶金說：「噢。」淘了米，下到鍋裏煮著了，才把酒又拿給夏天義。夏天義用牙咬酒瓶蓋，咬不開，起身將瓶嘴伸在門環裏一扳，自己先喝了一口，說：「這不是假的！」二嬸說：「這陣高興啦？」夏天義就對慶金說：「我來燒火，你去把你三叔四叔叫來，就說請他們喝酒的。」

在清風街，天天都有致氣打架的，常常是父子們翻了臉，兄弟間成了仇人，唯獨夏天義夏天禮夏天智一輩子沒吵鬧過，誰有一口好的吃喝，肯定是你忘不了我，我也記得你。當下慶金出去先到了四叔家，夏天智端了白銅水煙袋就走，四嬸說：「你感冒著敢去喝酒？」夏天智說：「二哥叫哩，我能不去？給我個饃，夾根蔥，我先墊墊底！」慶金又去叫三叔，夏天禮正和泥補炕頭的一個窟窿，弄得滿臉的汗和泥，說：「大熱天，喝什麼酒?!」不肯去。慶金拉他出門了，他又返回去把後窗關了，再出來鎖門，將鑰匙放在門框腦上，已經走出百十步了，又折身從門框腦上取了鑰匙裝在口袋裏。在院子裏乘涼的翠翠說：「爺，沒人開你的門！」夏天禮說：「不開我的門？我放在吊籠裏的那副石頭鏡咋沒見了？」翠翠說：「誰動你石頭鏡了？」夏天禮說：「前日我看見陳星戴著我的鏡，他咋能戴了我的鏡?!」翠翠說：「你真嗇，人家害火眼，借戴幾天又不是不還你，你補鞋人家怎麼不收你錢？」夏天禮再不說話，撇拉著八字腳走了。

弟兄三人和慶金吃了米粥，將一瓶酒喝了。還沒有過足酒癮，夏天義從櫃裏又取了一瓶再喝，慶金就退下，到炕上陪娘說話。這期間，竹青也來了，將炕頭上放著的紙菸抽出一根吸了，又點上第二根。慶金說：「你菸癮倒比我大。」竹青說：「心煩麼。」慶金說：「你啥事有我心煩？」竹青說：「你還煩呀，光利有你這個當爹的，早早就有工作了，我那兒子靠誰去，自個又不好好念書，一輩子就只有戳牛勾子了！」慶金說：「供銷社當售貨員能比農民高出多少？他要是身體好，我倒還同意他也出去打工，或許還能闖出個名堂。」竹青說：「不知這是咋回事，咱夏家到光利他們這一輩，出不了一個像樣的人才！」二嬸忽地打了個噓聲，兩人停了話，二嬸說：「誰在院門口的？」慶金聽了聽，並沒有動靜。竹青說：「娘耳朵靈，又聽到什麼呀？」二嬸說：「有人在門口。」竹青出去看了看，沒有人影。回來說：「沒人。」就又說：「這四家，別的都好，就咱一門子五個兒子頂不住個雷慶，更不要說夏風。」慶金說：「上善就說過，清風街出個夏風，把上百年的精華吸走了，咱夏家也就沒了脈氣。」竹青說：「出人才就像掙錢，越有錢的越能掙錢，越是沒錢，掙個錢比吃屎都難，夏風將來不知還要生個龍呀麼鳳呀！四叔，白雪懷上了沒？」慶金說：「這事不問四叔，白雪要懷上了，四嬸早嚷嚷開了。」二嬸又噓了一聲，說：「院門外誰又來了？」竹青說：「誰來了，風來了。」還繼續說光利這一茬人，來運就跑進來，接著啞巴跑了進來，哇哇地叫。竹青聽不懂，慶金也聽不懂，二嬸說：「是你五叔的娃燙傷啦？」啞巴又哇哇地說。二嬸說：「你五叔呢？」啞巴手比畫著。二嬸說：「竹青你快去瞎瞎家，那賊媳婦把娃燙傷了！」竹青說：「娃咋能燙傷，瞎瞎人呢？」二嬸說：「打麻將去了。」竹青就往外走，二嬸已哭起來，又喊叫：「拿上老醋，拿上老醋給娃抹！」夏天義夏天禮夏天智一直喝酒，這邊的說話能逮一句是一句，全不在意，待二嬸一哭，都知道出了事，夏天義就訓二嬸哭啥哩，有啥哭的，又大罵瞎瞎整天打麻將，又沒錢只是站在旁邊看，那有啥看的

?!夏天禮又勸夏天義，說慶金這一輩九個就瞎瞎的日子過不前去，越是日子過不前去越是沒心情做事的，既然他看人家打麻將去了不在家，讓竹青過去看看娃娃燙傷的怎樣就是了。夏天義說：「把他娘的，連一個娃都養不好，不是今日咳嗽，就是明日鬧肚子，娃兩歲了像個病老鼠！」夏天禮說：「逢上這號兒媳婦了，你生氣有啥用？喝酒喝酒！」夏天義說：「兄弟，這教訓深啦，生下個沒本事的兒子，千萬再不給娶個肉饢子媳婦！」二嬸說：「不給娶媳婦，你讓他打光棍啊?!」夏天義說：「你還說啥呀？我咋就遇上你這婆娘，生一窩豬狗！」二嬸哭聲更高，竹青從廚房裏拿了老醋，又來勸二嬸，說：「爹，你就少說我娘兩句！」慶金卻讓竹青快拿了老醋去瞎瞎家，把娘揹到廚房裏坐了，又來酒桌上添酒，就拿眼睛看夏天智。夏天智喝他的酒，把杯子裏的酒喝完了，放下，然後說：「慶金你應該去，淑貞和瞎瞎致了氣，你去著好！如果是燙得不重，到我家拿些獾油給娃塗上，如果燙得重了，就到宏聲那兒去看看，你給宏聲說，帳記在我名下。」慶金和竹青起身就走了。待到一個時辰後，慶金回來，說是瞎瞎媳婦端飯時不小心飯倒了娃娃胳膊上，燙了一片，已經塗了獾油。問竹青呢，慶金說回去了。大家都鬆了一口氣，說：「就喝到這裏吧。」各自回家去睡。

夏天智有些醉，耷拉著腦袋從巷子裏往回走，想著酒桌上的話，心裏悶著，實騰騰的難受，經風一吹，一股子東西就吐了出來。才扶著一棵樹歇氣，驀地看見斜對面中星家的院內怪兮兮的，所有的樹上都點著一支蠟，又設有香案，中星爹一直是跪在案旁，一聲不吭，而俊奇卻從每一棵樹上折一小枝編成草帽戴在頭上，然後在香案前上供品，上香，上酒，跪下來唸一頁紙上的話：「奉請北斗星君歸坊安座，我本院大小樹木十二棵持香禱告，主人夏生榮生於戊寅年正月十一日未時，現年六十六歲，一生勤勞儉樸，一心向善，深得村里鄉鄰愛戴，尤其教子有方，培養其兒出息有為，又待我眾木親近，今身染重病，痛苦難耐，我兄妹十二，長樹榆，次樹桃，三樹楊，四樹梅，柿，棗，丁香，櫻桃，香椿，梨，柳和花椒，發自本心，甘願各減陽壽一年添給主人。等主人病好之後，我等以所開之花，所結之果，全部敬獻，主人也以電影一場，大小炮，滿斗香以還重願。人樹誠心，神必感應。專呈此文為證。」求壽文唸畢，夏天智卻渾身哆嗦了一下，感覺有一股冷氣上身。他向來不重視中星的爹，但中星現在才當了團長他卻害了病，也理解他的可憐。關於求壽，夏天智倒想起一樁往事，母親在晚年身體一直不好，大哥夏天仁每晚夜深也在院中設香案祈禱：願減自身壽命十年，以增母壽。母親終轉危為安，但大哥五十五歲就死了，母親也常說：你大哥生壽應該是六十五歲，今早死十年，是將十歲增給我了。求壽或許是頂用的，但夏天智不明白的是為夏生榮求壽的不是夏中星，而是俊奇，俊奇又代表著院中十二棵樹木？他站在那兒呆了半天，待俊奇出來，輕輕叫了一聲，俊奇嚇了一跳，說：「是四叔呀，這麼晚了還沒歇著？」夏天智說：「你給中星他爹求壽啦？」俊奇說：「你知道啦？他病了，本來要中星來添壽的，他又不願意讓中星添壽，就讓院中的樹木各減一歲，但樹木不會說話，才要我去以樹木的名義唸他寫好的禱文哩。四叔，你說這求壽能不能求到？」夏天智卻說：「噢。」轉身就走了，走了還自言自語著：「能求到吧，能求到吧。」

夏天智回到家裏，四嬸已經睡下了，他坐在中堂的椅子上吸水煙，堂屋裏沒有拉燈，黑幽幽的，堂屋門半天，跌進來的是片三角白光。夏雨終於回來了，推了一下院門，院門很響，他就掏出尿澆在門軸裏，門再沒了聲，關了走進堂屋，躡手躡腳才要閃進來，夏天智說：「回來啦？」夏雨嚇了一跳，說：「我說早早得回去，丁霸槽說再打十圈，他又是輸了……」夏天智說：「你贏了？」夏雨說：「這，這……我以後再不打麻將啦，我給你保證。」夏天智說：「贏了好。」夏雨說：「爹，爹……」夏天智說：「你既然沒瞌睡，你拿上你贏來的錢，現在去宏聲那兒買『固本補氣大力丸』，買十二包！」夏雨說：「買藥，現在去買藥，誰咋啦？」夏天智說：「你問那麼多幹啥？讓你去你就去，宏聲就是睡了，也得把他叫起來。」夏雨迷迷瞪瞪就出了門，一出門，慶幸爹竟然沒一句罵他，撒了腿就往中街跑。

「固本補氣大力丸」是買回來了十二包，夏天智在籃子裏提了，要夏雨拿了一把钁頭跟他走。夏天智說：「我叫你幹啥你幹啥，不得說話！」父子倆先到了院後東北角，夏天智讓挖個坑，埋下一包藥，又到院後西北角，挖下一個坑埋下一包藥，再到院前東南角挖坑埋了藥，院前西南角挖坑埋了藥。夏雨到底不明白，抬起頭看爹，夏天智沒吭聲，他也不敢說了。夏天智又往夏天禮的家走去，夏雨仍是跟著，在房子的四角挖坑埋藥，埋畢了，最後到了夏天義家。又是房子的四角挖坑埋藥，挖到東北角的坑時，二嬸睡夢中聽到了響動，敲著窗子說：「誰，誰做啥的？」夏天智不吭聲，也示意夏雨不吭聲，輕輕地把藥包放進坑，用手刨著土埋。二嬸用腳把夏天義蹬醒了，說：「你聽到了沒，有啥響動！」夏天義聽了聽，說：「有啥響動？你睡不著了別害擾我！」鼾聲又起了。

夏雨到底不明白他爹深更半夜埋「固本補氣大力丸」是為了什麼？事後過了好多天，他在丁霸槽家喝茶，我也去了，他給丁霸槽說起這事，丁霸槽也不知為了什麼，我在一旁微笑，他說：「你笑啥，你知道？」我當然知道，吃啥補啥，趙宏聲就曾經讓我爹吃豬肚片補胃，吃核桃仁補肺，夏家的後人除了夏風和雷慶再沒成器的，夏天智這不是要給夏家壯陽氣嗎？但這話我不給他夏雨說。世上是有許多事情不能說的，說了就洩了天機。夏雨就不理我，拿眼看門外碌碡上坐著的白娥。白娥穿了件花短裙子，腿白胖胖的，像兩個大蘿蔔，她才坐到碌碡上，一眼一眼往街西頭瞅。丁霸槽說：「一會兒三踅就要來了！」夏雨說：「你猜她穿了褲頭沒有？」丁霸槽說：「穿裙子能不穿褲頭？」夏雨說：「沒穿！」他們就嗤嗤地笑。白娥回過頭，竟朝我們走過來，說：「笑我啥哩?!」夏雨說：「是引生笑你哩！」白娥就看我，說：「你就是引生呀？三踅常說起你的。」三踅說我能說什麼好話，我說：「他說我啥的，誰背後說我誰斷了舌頭！」白娥說：「是嗎，還斷了啥呀?!」便嘿嘿地笑。我明白她笑我什麼，才要起身走開，她卻拿手捏了一下我的臉，說：「人倒長得白白淨淨的麼！」三踅騎著摩托就過來了，讓白娥坐到後座，呼嘯一聲又開走，但一股風吹開了白娥的裙子，她果真沒穿褲頭。白娥慌忙中拉裙子往身子下壓，她的屁股還是讓我們看見了。他倆樂得嘎嘎大笑，夏雨卻衝著我說：「白娥捏你的臉，對你有意思啦！」我呸地唾了夏雨一口。

清風街別的人戲耍我，連丁霸槽夏雨也戲耍我，這讓我非常生氣！我呸了夏雨一口，從此就和他生疏，有事沒事都去找啞巴，啞巴是好人。說到哪兒了，全扯遠了，還是再說夏天義。

夏天義直到第二天起來，要將尿桶裏的生尿提到瞎瞎家的地裏去澆蔥，蔥澆上生尿長得快，才一出院門，發現了門框上貼著的對聯。他說：「咦，誰給我送對聯了？」坐在堂屋台階上梳頭的二嬸說：「半夜裏我聽見響動……該不是給你貼大字報吧！」夏天義唸了一遍，說：「嚇，我是土地爺啦?!」二嬸說：「你再唸唸。」夏天義又唸了一遍，二嬸說：「是土地爺你就少作聲的。」夏天義悶了半天，說：「毬！」提著尿桶走了。

東街的土地，除了三分之一的河灘稻田外，三分之一集中在東頭小河兩岸，還有三分之一就是三一二國道盡北的伏牛梁。伏牛梁上是「退耕還林」示範點。瞎瞎家的一塊地就在伏牛梁的坡根，栽種著茄子、豆角和蔥。夏天義到了蔥地邊，一邊澆尿，一邊罵瞎瞎。瞎瞎自小人沒人樣，偏愛惹事生非，又偏偏是罵不過人也打不過人，時常額上一個血包地回家，夏天義沒有庇護他，反倒拿套牛的皮繩抽他。但是，夏天義最討厭這個兒子，又最丟心不下的是這個兒子，分家另住後，瞎瞎日子不如人，他免不了在各方面勒搭著別的兒子而周濟瞎瞎。夏天義澆完了尿，看見緊挨著的那一塊只有二畝大左右的地裏長滿了鐵杆蒿、爬地龍和麻黃草，知道是俊奇的堂哥俊德家的，眉頭上就皺了個肉疙瘩。提起俊德，那是個沒名堂的人，生了三個女兒卻一定要生個男娃，拚死拚活是生下了，被罰款了三千元，家境原本不好，這下弄得連鹽都吃不起，就去了省城拾破爛。出去拾破爛，村裏人搗住嘴拿屁眼笑哩。可他半年後回來，衣著鮮亮，手腕子上還戴了一塊錶。丁霸槽硬說那錶是假的，時針秒針根本不走，但俊德再走時把老婆和娃娃們都帶走了，村人便推測他是真掙了錢，有人倒後悔沒有跟他一塊去。夏天義看著二畝地荒成了這樣，不罵瞎瞎了，罵俊德，就過去拔鐵杆蒿，拔一棵罵一聲。

拔開了蓆大一片，俊奇揹著電工包從三一二國道上過，說：「二叔，沒柴燒了嗎？我家有劈柴，我給你揹些去。」夏天義說：「我來拔柴火？我看著這蒿草就來氣！多好的地荒著，這就不種啦?!他最近回來了沒？」俊奇一下子臉沉下來，說：「過年回來了一次再沒回來過。」夏天義說：「清明也沒回來上墳？」俊奇說：「沒。」夏天義說：「那他是不想再回來了？」俊奇說：「省城是他的？不回來最後往哪兒埋去？」夏天義說：「埋他娘的腳！他就這樣糟蹋土地?!他不種了，你也不種了？」俊奇說：「他說過要我種，卻要我每年給他二百斤糧食，還得繳土地稅。我種地他白收糧呀？再說我一天忙得不沾家，我家的地都種不過來哩。」夏天義說：「你給他打電話，就說我來種！」

又一個故事就從這裏開始了。當夏天義說出他來種俊德家的地，俊奇回來就給他娘說了這事，老太太有些暈，頭彎在炕沿上了半天，說：「這使不得。」俊奇覺得奇怪，問為啥使不得，老太太卻要俊奇倒一碗水，她該吃藥呀。水還沒有倒，夏天義就在門外喊俊奇。夏天義是個急性子，一整天沒見俊奇回話，摸黑來問情況，俊奇忙出去，說他還沒給俊德打電話的，要夏天義進屋去，夏天義遲疑了一會兒，到底還是進去，一邊走一邊故意咳嗽。老太太躲不及，也就不躲了，手心唾了口唾沫，抹了抹頭髮，站在門口。俊奇見娘的眼睛發亮，才要問娘的頭還暈不暈，娘卻說她去給燒開水。夏天義說：「喝些漿水倒好！」老太太親自去舀了碗漿水，還在漿水裏放了一把糖，退身坐到燈影下的炕沿上。俊奇撥通了俊德的電話，俊德同意代耕，俊奇就代表了堂兄和夏天義寫了個協定：土地稅由夏天義承擔外，每年給俊德一百斤小麥和一百斤稻子。寫了協定，夏天義突然說：「咳，解放前我給你們家種過地，六十年過去了，我又來種你們家的地了！」老太太挪了挪身子，要起來，但還是沒有起來，說：「他二叔，你不說這話我還不敢說哩，你種了一輩子地，老了老了，還種這二畝地幹啥呀，你還缺吃少穿的？」夏天義說：「地不能荒著麼，好的一碗飯，倒在地上了，能不心疼？我還不至於太老吧?!」老太太說：「……你一輩子使強！」老太太卻笑了。老太太一笑，夏天義就不吭聲了，在口袋裏摸捲菸，但口袋裏沒有裝捲菸。俊奇說：「娘，娘！」老太太說：「我睡呀，你們說吧。」搖搖晃晃地就往廈屋去。

老太太一走，夏天義也說他走呀，俊奇就送他出來。天上滿是星星，一顆一顆都在擠眉弄眼。夏天義的情緒特別好，順口唱了：「老了老了實老了，十八年老了我王寶釧。」俊奇說：「二叔也能唱《五典坡》？」夏天義忙把唱止住，臉上一陣燒燙，說：「俊奇，你現在一頓吃幾個饃？」俊奇說：「吃饃？一頓吃兩個。」夏天義說：「我吃三個！」俊奇說：「你還能吃三個？」夏天義說：「我像你這麼大的時候……」他不說了，跨了一個大步。巷道拐過彎是段斜坡，夏天義明明看著兩個石階，要一步跨上去，但腳步沒踩住，咚地窩在了地上。俊奇忙去扶他，他說沒事沒事，不讓扶，也不讓再送，獨自從巷道裏往過走，肩膀抬得高高的。俊奇在黑暗裏笑著，返回家來，娘卻坐在廈屋門前的捶布石上，屋簷上吊著兩隻蝙蝠。

夏天義要種俊德家的地，這事除了夏天義的五個兒子知道外，誰都不曉得底細。俊奇到夏天智家收繳電費，說給了四嬸，四嬸告訴了夏天智，夏天智不畫臉譜馬勺了，立馬去找慶金。

慶金在家裏和四個弟弟、弟媳們也正商量著這事，聽見夏天智在院門外喊他，一出來，夏天智劈頭蓋臉就說：「你們是不是不養活你爹啦？」慶金一頭霧水，說：「四叔咋說這話？」夏天智說：「我就說了，你們不養活你爹了，我就讓你爹住到我那兒去！」慶金趕緊端了凳子讓夏天智坐下，要給夏天智點菸，但夏天智沒有拿水煙袋，慶金就喊光利快給你爺回去取水煙袋。光利跑著去了。慶金說：「四叔你有啥慢慢說，我聽著的！」夏天智說：「養兒防老，養的你們幹啥？你爹給你們各家幫著種地，我都有些看不下去，現在竟然讓你爹去種別人的地?!」慶金就給夏天智解釋，說這事他們事先都不知道，這陣也正在屋裏商量著咋辦呀。夏天智站起來就走，說：「那好，你們商量吧，商量出結果了，給我彙報！」慶金拉他沒拉住。

慶金一臉灰，回到屋裏。慶玉說：「四叔倚老賣老！」竹青說：「話不敢這樣說，四叔還不是為了咱？」慶玉說：「他是長輩我尊重，但我咋都不愛惦他，事情也怪啦，老弟兄三個，原本爹管事的，倒是他把誰家的事都攬了！」竹青說：「不說這些了。咱想一想，為啥爹要種人家的地？」慶堂說：「是不是咱給爹的糧食不夠吃？」瞎瞎的媳婦抱著胳膊上還纏著紗布的兒子，說：「咋不夠吃，老兩口的茶飯比我家好，我兒子每頓拿了碗只往他爺家跑。」慶滿說：「是你一到飯辰了就唆著娃去麼，讓老人替你照看娃又管了娃吃的。」瞎瞎說：「我兒子能吃他爺多少飯，一小木碗也就夠了，你把啞巴常年放在爹那兒，啞巴是啥飯量，吃誰誰窮！咱給的是兩個老人的糧，倒成了三個人吃飯，當然不夠吃了。」慶滿說：「你只看啞巴吃哩，咋不看啞巴給老人幹的啥活？一年四季，吃水是誰擔的，柴是誰劈的，黑漆半夜老人頭疼腦熱了是誰揹著去看醫生的？」聲音都高起來，慶金說：「吵啥呀?! 咱把爹的地分著種了，是想讓爹歇著，可爹身子骨還硬朗，這些年還不是看誰家活忙就幫誰幹？爹一定在想，與其這樣，還不如自己弄一塊地種。」慶玉慶滿說：「是這個想法。爹當了一輩子村幹部，現在不當了，他還是看啥不順眼就要說，可說了君亭又不聽，他得有個事幹呀！爹既然種人家的地，就讓他去種吧。」竹青說：「外人可不知內情，會不會恥笑咱做兒女的？」慶玉說：「爹雖說當過村幹部，那畢竟還是農民，農民種地有啥呀？四叔一輩子吃公家飯，如果他現在去種別人的地，那才招人笑話夏風夏雨的！」說到這兒，光利空著手回來。慶金說：「你取的水煙袋呢？」光利說半路碰著四爺；四爺拿走了。慶金說：「你四爺臉色咋樣？」慶玉說：「管他臉色不臉色的，咱家窩裏的咱不能處理啦?!」

夏天智一直在等待著慶金來彙報，慶金卻沒有來，幾天裏連個面都不閃。經夏雨瞭解，慶金他們做兒子的意見竟然和夏天義一致，這讓夏天智十分尷尬，在家罵慶金，又埋怨二哥是勞苦命，預言他現在還能動彈，等到動彈不得了，受罪的日子就在後頭！夏雨不敢多勸說爹，去街上買了二斤肉，要給爹做紅燒肉吃。夏天智就說：「吃肉，吃肉，咱吃咱的！」紅燒肉還沒做好，君亭來了。四嬸留君亭吃肉，君亭說：「紅燒肉有啥吃的，我請四叔吃熊掌！」夏天智說：「說天話，現在哪兒能吃到熊掌?!」君亭說：「熊掌是真熊掌。」這才告訴有人前幾天給劉家飯店送來了一隻熊掌，劉老吉叫他去買了吃，他嫌貴沒有去，今日縣商業局長要來參觀市場建設情況，這可是個機會，為了爭取商業局能撥一些款，就得好好接待人家。夏天智說：「這哪兒是請我吃熊掌，讓我作陪麼！」君亭說：「你一作陪，這規格就高了麼！」夏天智說：「我戶口又不在清風街，要陪，你請你二叔麼！」君亭說：「非你莫屬！」夏天智愛聽這話，肚子裏的氣也消了許多。君亭說：「如果你和二叔不拆伴，就把二叔也請上？」夏天智說：「那就不叫他了。」

夏天智決定去作陪，就收拾起來，換了一件新褲子，又要穿件西服。西服是夏風工作後給他買的，平日很少穿，現在從箱子底取出來，四嬸說：「大熱天的，恨不得剝了皮的，你穿得這厚要搗蛆呀？」夏天智說：「你不懂！」又蹬了皮鞋。說：「要給清風街撐面子，就把面子撐圓！」

兩人到了大清寺，商業局長還沒有來，金蓮在院子裏訓練幾十個小學生。金蓮說：「聽著，我到時候一喊：熱烈歡迎，你們就揮手喊：歡迎歡迎！我喊四個字，你們只喊後兩個字，記住了沒有？」孩子們說：「記住了！」金蓮說：「咱排演一下，醜醜你站好！」醜醜是鐵匠的孫子，就站直了。金蓮說：「熱烈歡迎！」孩子們全是揮手，喊：「歡迎！歡迎！」金蓮喊：「領導辛苦！」孩子們喊：「辛苦！辛苦！」金蓮一抬頭見夏天智進了院，說：「四叔來了！」孩子們仍在喊：「來了！來了！」氣得金蓮說：「我問候四叔哩，誰叫你們喊的?!」

夏天智坐到會議室裏，身上就出了一層汗，問：「局長沒到？」君亭說：「說好到的，估計十二點左右吧。」上善就拿了一份材料，讓君亭簽字。君亭唸道：「熊掌一隻，鹽二斤，醋一斤，麵粉五十斤，菜油五斤，雞十斤，大肉十斤，雞蛋十斤，土豆五十斤，蘿蔔三十斤，魚十斤，排骨十斤，木耳一斤，蕨菜三斤，豆腐十斤，味粉一斤，大小茴一斤，花椒一斤，白菜五十斤，米五十斤。」他說，「一頓飯吃這麼多？」上善說：「帳單上是接待商業局長一行人。」君亭說：「一行人也吃不了這麼多，鹽都二斤，是駱駝呀?!」上善說：「兩委會欠劉家飯店幾萬元了，帳不好走，趁機會就可以沖帳麼。」君亭為難了半天，又揪額角的頭髮，說：「這咋回事麼?!」把字還是簽了。

農村的午飯吃得遲，一般都在兩三點鐘，眼看著到了十二點，金蓮就領了孩子去了三一二國道到清風街的路口，隨後君亭和夏天智以及一幫村幹部也趕了去。太陽正毒，人站在路口，天上像一把一把往下撒麥芒，扎得人難受。夏天智穿得又厚，裏邊的襯衣早已濕透，只覺得頭暈。但他在孩子們面前要做表率，就一直站著，不肯坐到樹蔭下，也不戴草帽。君亭說：「四叔，害擾你了！」夏天智說：「啥叫害擾！為了集體的事，這晒一下有啥？」村裏一些人見村幹部集中在路口，知道是要迎接領導了，卻不知道迎接的是什麼人，遠遠地站著往這邊看。三踅卻端著一碗長麵過來了，嘴唇上一圈辣子油。金蓮先勸他走開，因為村幹部正正經經迎接領導的，你端著一碗麵在這裏吃，影響不好麼。三踅生了氣，將飯碗摔在金蓮的面前。君亭是看到了，但他沒言語。這陳三踅抱著肩就站在路口對面，說：「我媳婦讓我洗褲頭，我不洗，我媳婦說，讓你洗是看得起你，別人想洗還不讓洗哩！」夏天智懶得理他。君亭說：「三踅，咋啦，臉吊得那麼長？」三踅說：「要告人呀！」君亭說：「又告誰呀？」三踅說：「才想哩！」夏天智悄聲給君亭說：「領導就要來了，你趕快把他支走，他如果攔住領導告狀，那就難堪了！」君亭走過去給三踅一陣耳語，三踅就走了。金蓮問君亭：「你說什麼了，他乖乖走了？」君亭說：「我只問了一句白娥的事，他就走了。」夏天智聽不明白，才要問白娥是不是武林的小姨子？突然覺得心慌，接著腿顫手顫，額上的汗就滾豆子。君亭說：「四叔，你不舒服？」夏天智說：「沒事。」身子顫得更厲害，臉上沒了血色。金蓮說：「是不是中暑啦，我這兒有風油精。」夏天智說：「可能低血糖犯了。」往君亭身上靠。君亭忙把四叔扶住，著人揹了先到劉家飯店去歇，在這裏迎接不了不要勉強，吃飯時陪陪也行。夏天智不讓人揹，被攙著去了飯店。

　　低血糖犯了人就害肚子飢，夏天智一到飯店，飯店裏正賣扯麵，他說：「給我來一碗！」但買扯麵的人多，下出了一鍋，被別人買走了，又下了一鍋，眼看著輪到自己了，卻偏偏又沒有了。夏天智已經難受得厲害，沒力氣去看別人在吃扯麵，也沒力氣看劉老吉的媳婦在鍋台前一遍一遍地點水，笊籬在鍋裏攪來攪去，他趴在了桌上。

　　扯麵終於端了上來。夏天智頭不抬地吃，肚裏好像有個掏食蟲，吃下了半碗還急著扒拉，將一大碗麵全吃了，臉上的顏色才好轉過來。他有些不好意思，說：「這病犯了能吃得很！」劉老吉媳婦說：「再給你來一碗。」他說：「紙呢？來一張紙！」他拿紙擦著嘴，說：「你拿麵打發你四叔呀？得留下肚子吃熊掌啊！菜做著沒有？」劉老吉媳婦說：「後邊灶上正蒸著哩。」他說：「做好，一定要做好！」

但是，商業局長到了三點還沒有來。君亭給縣商業局打電話，局辦公室說縣政府有個緊急會議，局長來不了了。君亭氣得罵了一聲：「官僚！」讓金蓮給孩子們每人買一支冰棍打發了去，招呼村幹部到劉家飯店，說：「現在這官僚，就得再來一場『文化大革命』！他不來了，拉倒，咱吃飯去！」飯菜當然豐盛，味道也不錯，遺憾的是熊掌沒有蒸爛，根本咬不動，金蓮嚼了半天，還是吐了。君亭說：「再難吃也得吃，吃一口頂三個蒸饃哩！」夏天智吃了四塊，都是嚼來嚼去咬不爛，強忍著嚥了。這個晚上肚子就脹得睡不成覺，讓四嬸揉肚子，還不行，就爬起來用指頭摳喉嚨眼，一噁心，把吃的東西全吐了出來。

第二天，夏天智起得很晚，才到花壇上看月季又開了三朵，聽見有鞭炮聲，問四嬸：「誰沒來請我吧？」四嬸說：「誰來請你？」夏天智說：「那誰家放鞭炮做啥？」四嬸說：「夏雨一露明就走了，說慶玉今日立木。」夏天智沒有言語，給花澆水，水把鞋濺濕了。他放下水瓢，進了臥屋，說：「一會兒誰要來叫我，你就說我身子不美，還睡著。」四嬸說：「鬼叫你！」才捉住帽疙瘩母雞，指頭塞進雞屁眼裏試蛋，慶玉來了，問：「我四叔呢？」四嬸說：「說你要來的就真來了！今日立木啦？」慶玉說：「立木啦！來請四叔過去。」四嬸朝臥屋窗子努努嘴。慶玉就立在窗外叫：「四叔，四叔，我是慶玉，我新房今日立木，來請你呀！」夏天智在炕上說：「我去幹啥呀，我給你又幹不了活！」慶玉說：「哪敢讓你幹活？你端上水煙袋去現場轉一圈，然後吃飯時你坐上席。」夏天智說：「我去不了，身上不美氣。」慶玉說：「昨日那麼熱的天，村上的事你都去了，你姪兒一輩子能蓋幾回房，你能不去？你去了能壓住陣哩！」夏天智說：「我能壓住陣就好了。」慶玉瓷在那裏，說：「四叔不給我個臉了！」夏天智說：「我有臉也不至於說話像放了屁！」他在土炕上擺弄收音機，嘶里哇啦的，尋找秦腔頻道。慶玉不高興地走了。在新房那邊劈劈啪啪又一陣鞭炮聲中，收音機裏播放著《鑽煙洞》：

慶玉新房立木的鞭炮是我和啞巴放的，我們先在新房的門口放了三串，又爬上大梁放了五串。啞巴笨，他一手提著一串鞭炮一手握著一盒火柴，鞭炮快燃到手邊了，我說：「撂！撂麼！」他一急，把火柴撂出去了，鞭炮還在手裏，叭的就響了，差點把他從大梁上跌下去。放完了，我問啞巴：「咋不見你爺呢？」啞巴給我比畫著，意思是夏天義去挖地了。我說：「這麼大的事你爺不來，他挖什麼地？」啞巴窩一眼瞪一眼地恨我。吃飯的時候，啞巴拿著大海碗吃兩碗米飯，見我也已經吃罷了，就滿滿再盛了一碗，讓我端到房後去。我不明白他是什麼意思，把飯端到房後，他又端了一碗菜過來，拉著我就往巷外走。他一邊走一邊往後看，後邊沒人跟著，跟著的是來運。原來他是偷著飯菜要給夏天義送的。

夏天義真的是在俊德的二畝地裏。地挖出了一大片，他熱得脫了褂子，正靠在地塄上吸黑捲菸。地塄上歪歪扭扭地長著一排酸棗刺，沒有葉子，枝幹像一堆蛇體龍爪。有一處塌陷，一棵酸棗刺的根鬚露了出來，飄飄蕩蕩的，而枝頭上仍有一顆酸棗，夏天義手伸過去將棗摘了噙在嘴裏，瞇著眼看起遠處的清風街。他看得十分專注，連我們到來都不曉得。啞巴要叫，我制止了，蹴下身也往清風街看，街前街後紅著天黃著地，街道是白的，街房是黑的。我說：「這有啥看的？」夏天義回過頭來，吃驚地看著我們，叫道：「哈，給我送飯來了，這麼好的飯！」他把黑捲菸塞在我的嘴裏，端過碗就吃起來，黑捲菸太嗆，我就扔了。夏天義人老了，吃飯仍然狼吞虎嚥，一碗飯一碗菜很快就吃完了，脊背上的汗道一股一股往下流。碗裏還剩下那麼一疙瘩米飯了，他站起來，走到地堎上吹淨了一小塊硬地皮，把米飯放了上去，然後他退過來，對我們說：「你們都吃了？」一群麻雀飛了來，還飛來了一隻土鴿，牠們好像一直就在附近等待著，立即在硬地皮上叫著吃著。我說：「二叔，二叔，這是你養的鳥？」夏天義卻靠在那裏睡著了，鼾聲在拉風箱。

夏天義睡著了，我和啞巴離開了二畝地，狗剩卻在喊他。他這一喊，酣睡中的夏天義聽到了，躲在不遠處的一叢墳墓上的鬼也聽到了。可憐的狗剩只剩下了幾天的壽命，但他不知道，還滿懷希望地補栽十二棵核桃樹。從二畝地往上，經過一段土路，伏牛梁上的「退耕還林」有他一塊地，栽種的核桃樹死去了十二棵，當他領取「退耕還林」的補貼時，上善責令他一定得把死去的樹補栽齊，他就去補栽了。他三年前去潼關的金礦上打工，今春回來錢沒掙下多少卻患上了矽肺病，手腳無力，幾乎成了廢人，所以補栽樹後又擔著水去澆灌就很艱難，爬坡幾十步，便停下歇歇。狗剩是歇著的時候，看見了夏天義，他高了聲說：「老主任，老主任，你種起俊德的地了？」夏天義醒來，說：「你幹啥哩？瞧你的臉，土布袋摔過一樣！」狗剩說：「我補栽些樹苗。」夏天義說：「這個季節你栽樹能活？」狗剩說：「缺了十二棵，原本想冬裏補上，可上善須讓我補上麼。」夏天義說：「補上也是死的。」狗剩說：「能活就活，就是不活從遠處看數兒是整齊的。你咋樣種俊德的地？」夏天義說：

「除了繳土地稅，一年給他二百斤毛糧。」狗剩說：「那有些划不來。」夏天義說：「總不能讓地荒著啊！」狗剩說：「地荒著是讓人心疼。這『退耕還林』國家是給補貼的，可頭兩三年樹苗子小，行距又這麼寬，地這麼閒著多可惜！」夏天義說：「是可惜！」狗剩說：「那你說，這行距間能種吧。」夏天義說：「不影響樹苗麼。」狗剩就喜歡了，說：「咋能影響？不影響！種不成莊稼了也能種些菜麼。」

這一邊說話，狗剩真的就在樹苗的行距間翻地鬆土。清風街的人是南山的猴，一個在陽坡裏撓癢癢，一群都在陽坡裏撓癢癢。看了狗剩的樣，七家八家也去翻地鬆土，翻鬆開了就等著天下雨。

天旱得太久了，肯定是要有雨的，許多人家剛剛翻鬆過了伏牛梁上的坡地，天就陰了。那天天陰得很奇怪，先是屹甲嶺上起了蘑菇霧，蘑菇雲越長越大，半個天就暗下來，戲樓南的埔畔上，一疙瘩一疙瘩的黑雲往下掉。掉下來又飛走了，那不是雲，是烏鴉。哪兒來的這麼多烏鴉？大清寺的白果樹也成了黑的，落住了一隻貓頭鷹嗚嗚地叫。貓頭鷹一叫，是貓頭鷹聞見了人將要死去的氣息，狗剩的老婆聽到了，心裏陡然地發慌，想到：是不是狗剩要死了？這念頭剛一閃過，她就罵自己想到哪兒去了，啪，啪，打嘴巴。從家裏出來要到伏牛梁上找狗剩，才到街上，便見狗剩從伏牛梁往回跑。狗剩是跑得一雙鞋都掉了，提在手裏還是跑，後來氣就不得上來，窩蹴在路邊歇著。

正好夏天智過來，說：「狗剩，娃娃學習咋樣？」狗剩哎喲一聲趴下來磕頭，說：「多虧你出錢讓娃娃上了學，我還沒謝你老哩！」夏天智說：「起來起來，我是稀罕你謝呀？幹啥麼，累成這樣？」狗剩要回答，氣又噎得說不出來，舉了手指天。夏天智說：「天要下雨呀。」狗剩說：「是天意！」夏天智說：「也該下雨了。」腳步未停就回去了。

回到家裏，滿院子還掛著新畫的臉譜馬勺，四嬸卻在院角用禾稈苫蓋一棵榆樹苗，夏天智就說還苫禾稈怕樹苗晒嗎，天要下雨了。四嬸卻說就是要下雨了才苫蓋的，雨要是大了會把樹苗拍死的。夏天智拿了個竹簍去蓋，才發現榆樹苗小得只有四指高，葉子嫩得像水珠。苫蓋了榆樹苗，收拾了臉譜馬勺，狗剩卻又來了，狗剩手裏提著一隻雞。夏天智說：「我說過我不稀罕你謝的，你拿了雞幹啥呀？」狗剩說：「這是個母雞，但入夏來就不下蛋了。」夏天智說：「我說不收就不收！」把狗剩往院門外推。狗剩抱住門框說：「四叔，我還有一句話給你說的。我不會說話，說好了你老聽著，說不好了全當我沒說。」夏天智說：「你咋這麼囉嗦！你說。」狗剩說：「你要不收就不收，我把雞押在你這兒，你看行不？」夏天智說：「你咋連一句完整話都說不清，平白無故地把雞押在我這兒？」狗剩說：「我實在不知道咋開口的。」夏天智簡直有些躁了，說：「說話！」狗剩說：「這雨要下呀，我想在地裏種些菜，可沒錢買菜籽，我把這雞賣給書正媳婦，她說要買就買一隻下蛋的雞。雞下蛋哩誰能賣？我氣得就來尋你了，我想把雞送給你，你借我些錢，等菜收成了，賣了錢我就還你。」夏天智聽了，口氣就軟了，說「你坐下你坐下」，讓四嬸倒了一碗水遞給了狗剩，問：「你種菜呀，在哪兒種？」狗剩說：「伏牛梁上我那一塊地種了樹啦，可樹還小，間距大，我把它翻鬆了。」夏天智說：「那能種呀？」狗剩說：「能種，好多人都翻鬆開了。真是天意，地荒著時就是沒雨，才翻鬆開雨就要來了。」夏天智看看天，天上的黑雲變成了兩股粗道，粗道交叉成一個錯號，一個石頭掉下來，四嬸嚇了一跳，過去看時，不是石頭，是一個麻雀，小腦袋已經碎了，她尖叫著：「麻雀能飛著飛著就死了？」夏天智說：「這雞你帶回去，錢我也不借你，但我給你菜籽，我家裏正好有五六斤白菜籽的。」狗剩興奮得搓手，說：「我要不了那麼多，幾兩就夠了。」夏天智說：「都拿上，看誰家要就給誰，真長出菜了，給我提一籠子就是了。」狗剩拿了菜籽袋，放下雞就走。夏天智拉住他，讓把雞帶上，狗剩就手揑了雞脖子，雞被揑了脖子，雞冠子發紅變紫，兩隻眼睛亮晶看著狗剩，狗剩也就看著雞。人雞對視了十幾分鐘，狗剩突然揚起掌，啪啪搧了雞頭兩下，雞頭就垂下來，眼睛閉上了。狗剩說：「四叔不要活的，我把牠弄死了你該要吧！」放下雞就走了。四嬸看得目瞪口呆，狗剩已經走到巷子裏了，她才說：「這狗剩多可憐的，心咋恁狠的?!」

可憐人肯定有他的可恨處，狗剩是這樣，武林和瞎瞎是這樣，即便是秦安，也這樣。秦安的病原本不重，可他不願意出門，一看見人多就發慌出虛汗，病竟然就一天比一天沉了。秦安的老婆老想不通，秦安當領導的時候，家裏啥時人斷過，她煩得理都不理，待一出事，全都躲開了，她想尋一個人給秦安說說寬心話，又不好意思給人下話，終日只在家偷偷抹眼淚。這期間君亭是來過，秦安的老婆從門道裏看見君亭在院門外停摩托車，一陣高興，就進屋告訴秦安：是君亭來了。秦安問：「他來幹啥，看我笑話呀？」老婆說：「他能來就好。」秦安說：「還有誰？」老婆說：「就他一個。」秦安拉被單蓋了自己，說：「那我服了藥瞌睡了！」老婆在院子裏招呼了君亭，君亭放下一竹籃雞蛋，問秦安病怎麼樣了！老婆說：「還能怎樣，這一睡倒怕是不得起來了。他給鄉上打了辭職書，你沒見到嗎？」君亭說：「清風街怎麼能沒有他?讓他安心養病，養好了，我們這個班子還有許多事要幹呀！」秦安在裏屋炕上聽著，一時覺得喉嚨癢，忙吞嚥了唾沫。秦安老婆說：「你兩個調換了位子時，你不知道他多高興，還對我說君亭的能力強，這一屆肯定能給清風街辦大事哩。沒承想就有人害他！清風街上誰不玩個麻將，偏偏派出所就來抓攤子！他是個沒嘴兒的葫蘆，生了氣愛窩在肚裏，我對他說你被人捉弄了窩在家裏幹啥，你就不能出去喊一喊，罵罵那些報案的人?!」君亭一直等秦安老婆把話說完了，他看著秦安老婆，說：「嫂子，你恨那個報案的人，那我就給你說，那個報案的人就是我。」秦安老婆本要指桑罵槐，給君亭個下馬威，沒想君亭說出這話，她一時慌了，張了嘴不知還要說什麼。案板上有了老鼠在偷竹籃裏的雞蛋，一個老鼠把雞蛋抱著仰躺在案上，另一個老鼠咬著抱雞蛋的老鼠的尾巴，一下一下往前拖。秦安的老婆看見了老鼠偷雞蛋，沒理會，她說：「是你？」君亭說：「是我。我哪裏知道秦安在那裏打牌？也是怪，那天派出所偏偏換了新人手！等我知道已經晚了，我就給所長說情，讓不要再追究也不要再提說，可秦安心眼小，竟自己先嚇住了自己。」秦安老婆這才吆喝老鼠，老鼠逃跑了，雞蛋滾下案板，一灘蛋清蛋黃。秦安老婆說：「你這麼說了，我倒不生你的氣。我就想麼，你們兄弟倆搭班就像你二叔和引生他爹當年一樣，一個是籠沿一個是籠攀，不應該誰離了誰！」君亭說：「就是的！他這一病，我倒沒處挖抓了！」說著就往裏屋走。秦安老婆說：「他吃了藥剛剛瞌睡。」但君亭已經進了裏屋門，秦安立即將臉轉向牆去。秦安老婆說：「秦安，秦安，君亭看你來了，還給你拿了一籃子雞蛋！」秦安沒有動。秦安老婆說：「藥一吃人就迷糊，是睡實了。」君亭說：「那我就不等了，你好生服伺他，有什麼事只管來找我。」搧了搧被單上的蒼蠅，竟手裏抓到了一隻，握了握，甩在地上。秦安老婆就送君亭出了院門。

君亭一走，秦安倒訓斥老婆，嫌老婆懇求了君亭。老婆說她之所以那樣一是把話挑明了，讓君亭心明肚知秦安的病與他有干係，二是秦安心眼小，讓君亭多來看看或許秦安的病好得快些。秦安卻說君亭並不像夏天義，夏天義把引生的爹做了一輩子反面典型但也把引生的爹認作是最好的知己朋友，而君亭學會了夏天義作怪，卻沒夏天義的耿直。秦安說：「你給我把人丟盡了！你以為君亭盼我病很快好起來嗎，以為君亭就會常來看我嗎？」果真，君亭來過了一次，就再沒閃過面。秦安的老婆曾經到市場工地上去，君亭在那裏指調這個吆喝那個，看見了她也沒有和她搭話，覺得秦安說得對，傷心地又哭了一場。

君亭提來的那一籃雞蛋，提來時怕破碎，上下鋪了麥糠，秦安不願意吃，老婆也就沒敢給秦安煮，一直放在廚房。天氣熱，雞蛋就臭了。市場工地上挖出了土地公土地婆石像，秦安的老婆回來給秦安說：「人都說這是吉兆，或許是你錯了。」秦安說：「我錯啥了？我還沒死哩你就向著別人啦？」秦安老婆一肚子委屈坐到廚房台階上，想：別人家田裏都拔過二遍草了，自己忙不到地裏去，而市場工地上那麼多人熱鬧著，秦安就這麼呆在家裏，服伺又服伺得惹氣，就可憐了秦安，又恨秦安。一隻斑鳩從村外的槐樹上飛來，站在她家院門樓上叫：咕，咕！她聽著是：苦，苦！揚了掃帚打，斑鳩噗哧拉下一股稀糞，白花花留在瓦楞上，頓覺晦氣，對天呸呸地吐唾沫。秦安在裏屋呆得心煩，聽見老婆在院中呸呸吐唾沫，罵道：「你吃了死娃子肉了，吐?!」老婆說：「唉，秦安，我看我得死到你前頭！」秦安聽了，不再言語，坐了一會兒，挪著步走出來，竟彎腰把掉在地上的衣服晾到竹竿上。身子虛弱，一彎腰已是一身汗，他說：「土地爺石像現在放到哪兒了？」老婆沒理他。他又說：「天義叔知道不？」老婆還是沒理他。秦安自言自語說：「好多天沒見天義叔過來了。你去把枕頭底下那個小本本拿來。」老婆去拿了小本本，秦安記著他病後誰都來看望過他，數來數去，是八個人。老婆不忍心看，說：「你記這些幹啥，記著生氣呀！」奪了小本本，把那一頁撕了。秦安說：「別人不來也罷，他上善也不來了?!」用腳踢面前的捶布石，鞋卻飛到了院門口，正巧夏天智進來。夏天智提著宰殺過的雞。

夏天智陪著秦安吃雞的那個下午，雨是下起來了。清風街裏裏外外的蹚土很厚，雨落下來一聲價響，蹚土就飛起來像是煙霧，一時籠罩得什麼都看不清。跑著的人，雞，狗，被嗆得全打噴嚏。土霧足足罩了半個多小時，天地才清亮了，能看見雨一根一根從高空中直著下來栽在地上，地上在好長時間卻沒有水，到處是嗞嗞的聲。大多的人都沒避雨，站在雨地讓雨淋，染坊後院的叫驢在叫，人也在叫，叫聲亂了一片。瞎瞎頭一天在屹甲嶺上割草，砍了漆樹，出了一臉的紅疙瘩，眼睛也腫得一條線，他在雨地裏見誰抱誰，還把自己的臉和別人的臉磨蹭。他是想讓所有的人都染成漆毒，人們罵著他，但並不記恨，就同他一塊又叫又跳，故意跌倒，弄得渾身的泥。也有人擔心這雨不會太長久，將桶、盆子，罐子都放在屋台階下接簷水，也扒開了尿窖子邊的土堰，讓巷道裏的水流進去。但雨下到了天黑仍還在下，家家院子裏的水滿了，從水眼道裏流不及，翻過了門道。巷裏水流不動，尿窖子溢了，尿橛子就漂。

我是有一雙雨筒子鞋的，清風街只有這一雙，是爹活著的時候冬季裏下荷塘挖藕穿的。那天我就穿著到處跑。我看見一隻雞張著嘴向空中接雨，喝了一口又喝了一口，最後就喝死了，倒在泥窩裏。小爐匠家的後院牆坍了，正好壓住了躺在院牆下淋雨的母豬，母豬當場流產。無數的老鼠從街面上通過，爬上了戲樓，而戲樓前的柳樹上，纏繞著七條蛇。伏牛梁上跑下來一群種了菜籽的人，狗剩是跑在最後的，他張著嘴，喘不上氣來，見了我卻說：「兄弟，兄弟，你要吃菜了，你來尋哥！」我穿著雨筒子鞋呱呱呱地還是往前跑，路上的人都赤著腳，我經過他們身邊故意踩著積水，濺他們一臉一身，要惹他們罵我。但是，一道電閃，我看見了半空裏突然出現一棵倒栽的樹，是紅樹，霎間就不見了，然後是一個火球，有糞籠那麼大，極快地在前邊的麥場上轉，碰著碌碡了起一團火星，碰著麥秸堆了，麥秸堆燒起來，火又被雨澆滅了。我還要看，嗡的一聲，就被什麼打著了，昏倒在地上。

我昏迷了，但我沒有死，很快睜開了眼睛，我聽見遠處有人在叫：「引生讓龍抓了！」清風街把雷擊叫「龍抓了」，七年前西街白茂盛被龍抓過，一米八的大個，燒成了一截黑炭。我看了看我自己，身上好好的，褲子口袋裏掉出一枚鋼幣，我把鋼幣裝進去，可我沒有起來，癱得像被抽了筋。好多人都跑了過來，以為我死了，但他們沒有痛苦，卻說我是造了孽了，才被龍抓了的。我憤怒著就站了起來，而同時耳朵裏充滿了聲音，聲音沙沙的，就像是你拿著麥克風又在麥克風上用指頭撓。接著是有了人話，周圍的人卻並未開口，我才知道這些人的話來自他們的心裏，他們想的是：「引生沒有死？狗日的命還大！瞧呀，他穿的雨筒子鞋，這是他爹拿村裏錢買的。」放你娘的屁！我大聲地吼著，回到了家裏倒頭就睡。下雨天是農民最能睡覺的日子，毬朝上地睡，能睡得頭疼。但我那個晚上卻睡不著，我的耳朵裏全是聲音，我聽見了清風街差不多的人家都在幹那事，下雨了，地裏不乾了，心裏不躁了，幹起那事就來勁，男人像是打胡基，成百下的吭哧，女人就殺豬似的喊。我甚至還聽到了狗剩的喘息聲，他在說：「我要死呀，我要死呀！」就沒音了，他的老婆說：「你咋不死麼?!」一連串的恨聲。這時候我想起了白雪。這時候是不應該想起白雪的，這時候想起白雪是對白雪不恭，清風街所有的女人怎麼能同白雪相提並論呢？我問我：哪兒想白雪？我說：渾身都想。我問：到底是哪兒想？我說：下邊一想了，心裏就想。我搧了我一個耳光。卻又想：白雪今夜裏在幹些啥呢，是排練著戲還是戲排練好了已下了鄉巡迴演出，而巡迴演出夏中星怎麼沒通知我？我一生最遺憾的是這一夜我剛剛想到了白雪我的耳朵再也聽不到遠處的和旁邊人心裏要說的聲音，我最終不知道白雪那時間裏在幹啥事。這已經到後半夜，雨漸漸地稀了，只有屋簷上還滴答著水，再後就一片寂靜。

等一覺醒來，已經是第二天晌午，太陽又白生生照著。院子的地磚縫兒都長上了草，三四十年的土院牆浸濕了一半，幾處牆皮剝脫了，而牆頭上的裂縫被幾片粗瓷甕片蓋著，並沒有塌崩，卻在甕片旁生長的苔絨由黑變綠，綠中開了一朵菸頭大的小花！清風街的土真是好土，只要一有水，就生綠開花！這花開在我家牆頭一定會有原因的，我想了好多它的預兆，我不願意說出來，怕洩了天機。一高興，從炕蓆下取了幾十元，我尋丁霸槽打牌去。丁霸槽家裏早已擺了兩張桌子在搓麻將，人人都是大泥腳，一進門就在地上蹭，門檻裏鼓起了一個大土包。我說：「你也不鏟鏟土包，不怕崴了腳！」丁霸槽說：「這是福包哩！你家的地平，可誰到你那兒去？」我要坐上去打牌，丁霸槽不願意退下來，讓我到另一張桌子上去，另一張桌子是四個婦女，我說：「淨是些女的？」丁霸槽說：「女人上了四十還算女人呀?!」我就在另一張桌子上搓起了麻將。丁霸槽的院子裏有一棵核桃樹，往年的穗花像毛毛蟲，掛滿了一樹，也落得滿院都是，現在樹枯了，沒一片葉子，枝條就像無數的手在空裏抓什麼。抓什麼呢，能抓住些什麼呢？我的牌一直沒搓好就是我操心著樹的手想抓什麼。麻將一直搓到半下午，我已經欠下了百十元，在身後的牆上畫了十多道，那些女人果然不像女人，凶得像三趄，非要我回家取錢不可。離開丁霸槽家的時候，我說：「霸槽，你應該砍掉這棵樹！」丁霸槽嘲笑我是輸了，看啥都不順眼。

輸了百十元錢算什麼呀，狗剩才是可憐，他就是在這一天死了。

事後我聽供銷社的張順說，狗剩在黃昏時來到他那兒要買一瓶農藥，但沒有錢，要賒帳，他就替狗剩寫了個欠條又讓狗剩按指印，狗剩用大拇指蘸的油泥，一連按了三次。

頭一天的雨下起來，鄉長坐著鄉政府那輛吉普車從縣上回來，雨在車玻璃上撒一把水點又撒一把水點，然後流成一股一股，鄉長很高興，說：「下得美！下得美！」把頭還從車窗裏伸出來。他這一伸，糟了，瞧見伏牛梁上有許多人在撒種子，心裏就起了疑惑。縣長把「退耕還林」示範點定在了伏牛梁，鄉長確實是賣了力，也因此進入了鄉級幹部提拔上調的大名單。鄉長一個晚上沒睡好，天露明他去了伏牛梁，發現了「退耕還林」地裏又有了耕種，氣急敗壞地就找君亭，下令這是有人在破壞國家政策，要嚴肅查處。君亭立馬做了調查，最先搞破壞的就是狗剩，而且別的七戶人家是各種了兩溜菜，狗剩竟然翻鬆了那塊地的所有空處。君亭就把狗剩和另外七戶人家召集到鄉政府，雨還是嘩啦嘩啦下，鄉長日娘搗老子地罵，當下宣布撤銷每畝地補貼的五十元苗木費和每年每畝撥發的二百斤糧食二十元錢，還要重罰七戶人家各五十元，狗剩二百元。狗剩一回到家就倒在院子的泥水窩裏哭。他老婆把他從院子裏拖進屋，聽了緣故，自己也傻了，說：「這不是要咱的命嗎？啥補貼都沒了還罰那麼多，到哪兒弄錢去，把這房上的瓦溜了也不值二百元啊！你去尋老校長，他人大臉大，又是他給你的菜籽，他會幫你說話！」狗剩上去就搗了他老婆的嘴，說老婆你放屁哩，四叔給的菜籽咱能說是四叔給的？這個時候去尋四叔那不明著要連累四叔？狗剩的老婆沒了主意，就埋怨狗剩為什麼要種那些地，是豬腦子，真個是狗吃剩下的！狗剩理虧，任著老婆罵，老婆拿指甲把他的臉抓出血印了也不還手，後來就一個人出去了。狗剩是從供銷社賒了一瓶農藥，一到西街牌樓底下見沒人就喝了的，一路往家走，藥性發作，眼睛發直，腳底下絆蒜。碰著了中星的爹，狗剩說：「我爹呢？大拿呢？」中星的爹說：「都死了你到哪兒去尋?!」狗剩的爹死得早，大拿是領他去挖礦的，三年前患矽肺病就死了。狗剩說：「那咋不見他們的鬼？」中星的爹說：「你是喝？……」狗剩說：「喝啦！我喝了一瓶！」狗剩想著他得死在家裏的，他得吃一碗撈麵，辣子調得紅紅的，還要拌一筷子豬油，然後換上新衣，睡在炕上，但是，他離院門還有三丈遠就跌倒了沒起來。中星的爹沒有去扶他，朝院子喊：「狗剩家的，狗剩家的！你咋不管人呢，狗剩喝醉了你也不管？」狗剩的老婆在院子裏說：「他還喝酒呀？喝死了才好！」中星的爹沒當一回事就走了，狗剩的老婆也沒當一回事沒有出去。過了半天，雞都要上架了，狗剩還沒有回來，狗剩老婆出來看時，狗剩臉青得像茄子，一堆白沫把整個下巴都蓋了。

狗剩被老婆揹到了趙宏聲的大清堂，趙宏聲說狗剩還有一絲氣，就給狗剩灌綠豆湯，扎針，讓上吐下瀉。但狗剩就是不吐不瀉，急得趙宏聲喊：牽一頭牛來！清風街自分田承包到戶後家家沒有了牛，犁地靠人拉，只有染坊那頭叫驢。叫驢拉來，就把狗剩放在驢背上，狗剩老婆一邊哭一邊拉著叫驢轉，要把狗剩肚裏的髒東西顛簸出來。狗剩還是吐不出來。

夏天智頭一夜睡得早，不知道消息，第二天一早起來去河堤上蹓躂了一圈，才坐下喝茶，夏雨說了狗剩喝了農藥的事。夏天智說：「這不是逼著狗剩喝農藥嗎?!」又問：「人沒事吧？」他以為人沒事。夏雨說：「昨天夜裏聽說還有一口氣，讓趙宏聲去治了，現在情況不明。」夏天智說：「出了這麼大的事你不給我說？你也不去看看？咹?!」夏雨就去了狗剩家。夏天智坐下來喝二遍茶，喝不下去了，抬腳直奔鄉政府。

在鄉政府，鄉長正在會議室開著會。鄉長習慣於開會前要唸有關文件和報紙上的社論，正唸著，夏天智拿手在窗外敲玻璃，別人都看見了，鄉長沒看見，鄉長說：「都用心聽！吃透了政策，我們的工作才有靈魂！」夏天智一推門就進去了，撥了鄉長面前的報紙，鄉長有些生氣，但見是夏天智，說：「正開會哩！」夏天智說：「狗剩喝了農藥你知道不？」鄉長說：「他喝農藥我不知道，農村尋死覓活的事多，全鄉上萬戶人家，我咋能知道誰生呀誰死呀？」夏天智說：「那我告訴你，狗剩喝農藥了！狗剩為啥喝農藥你該明白吧？」鄉長說：「我不明白。」夏天智就火了，說：「你不明白？」鄉長說：「這是在開會！」夏天智說：「好，你開你的會，我在院子裏等你。」

鄉長繼續唸報紙，唸過一段，不唸了，說：「散會吧。」出來見夏天智蹴在室外台階上，忙把夏天智叫回會議室，而讓別人都出去了，說：「你剛才說啥？狗剩喝農藥我咋不明白？」夏天智說：「他在『退耕還林』地裏種了些菜，你要取消補貼，還要罰二百元，有沒有這回事？」鄉長說：「我明白你的意思了！老校長，我可是一向敬重你的，你要我辦什麼事都行，但關聯了違犯國家政策，我就不敢睜一隻眼閉一隻眼！你也知道，伏牛梁是縣長的示範點，又在三一二國道邊上，什麼人都拿眼睛看著，怎麼能又去耕種呢？這一耕種，水土又流失不說，毀了示範點我怎麼向上級交代?!」夏天智說：「不是不好交代，怕是影響你的提拔吧？」鄉長說：「老校長你怎麼說這話？既然你這樣說，咱就公事公辦，凡是誰破壞國家『退耕還林』政策，我就要嚴懲重罰！」夏天智說：「那你就嚴懲重罰我，狗剩種的菜籽，菜籽是我給狗剩的。狗剩犯了法，我也是牽連罪，我來向你鄉長投案自首！」

鄉長一下子眼睛睜得多大，說：「老校長你這就叫我沒法工作了麼！茶呢，沒給老校長倒茶？倒一杯茶來！」有人就端了茶過來。夏天智卻高了聲對站在門外的書正說：「書正，你到我家去，給我把籐椅和水煙袋拿來！」書正說：「對對，四叔是坐籐椅吸水煙的！」轉身要走了，夏天智又說：「你給夏雨說，我恐怕要拘留在這會議室了，一天兩天不能回去，讓他拿幾張字畫來，我得掛著！」

鄉長和夏天智在爭辯著，但心裏已經發毛了，他讓手下人趕緊去打聽狗剩的情況，自己一邊苦笑著，一邊噗噗地吸紙菸，然後去廁所裏尿尿。他尿的時間很久，尿股子沖散了一窩白花花的蛆，還站在那裏不提褲子。去打聽狗剩情況的人很快就回來，跑進廁所彙報說狗剩已經死了，他一個趔趄，一腳踩在了屎上，頭上的汗就滾豆子。他走出廁所，口氣軟和了，主動要和夏天智商量這事該怎麼處理？夏天智說：「你這種口氣我就愛聽，你是鄉長，我怎麼不知道維護你的權威？可你得知道，給共產黨幹事，端公家的飯碗，什麼事都可以有失誤，關乎人命的事不敢有絲毫馬虎！」鄉長說：「我年輕，經的事還是少，你多指教。」夏天智說：「你要肯聽我的，那我就說：種了的地，不能再種了，補貼也不取消，款也不罰，全鄉通報批評，下不為例。」鄉長說：「行。」夏天智說：「這事我也有責任，我弄些白灰在清風街和三一二國道兩旁刷些標語。」鄉長說：「這不能為難你。」夏天智說：「我主動要求幹的麼，但你得去狗剩家看看，狗剩是可憐人，能給補助些就給補助些。」鄉長說：「行行行，我負責取消鄉政府的處罰決定，這事咱一筆抹了！至於給狗剩補助的事，我來安排，你也放心。但狗剩喝藥的事，清風街肯定有話說，你就擔當些，能捏滅的就捏滅，千萬不要把風聲傳出去。」

夏天智從鄉政府出來，半路上碰著了書正和夏雨，他們果然拿著籐椅、水煙袋和一捆字畫。夏天智得意地說：「我真想坐幾天牢哩，可鄉長不讓坐麼！」夏雨卻告訴了夏天智，狗剩救了一晚上，到底沒能救過來。

夏天智折身就去了狗剩家。狗剩就躺在靈堂後的門板床上，臉上蓋著一頁麻紙。夏天義揭了麻紙，看著一張青裏透黑的臉，他突然用手左右拍打了兩下，說：「你死啥哩？你狗日的也該死，啥事麼你就喝農藥哩?!」然後直直地出了門，頭也不回地去了大清寺的村部，讓金蓮在高音喇叭上給狗剩播一段秦腔。狗剩是第一個享受村部高音喇叭播秦腔的人，那天播的是《紡線曲》，連播了五遍：

狗剩的棺材是他家的那個板櫃，鋸掉了四個櫃腿兒，裏邊多墊了些灰包和柏朵，將就著，土埋

了。三天裏清風街颳北風，風不大卻旋轉，街巷裏時不時攪得爛草樹葉騰起一股，誰碰著誰就害頭疼。中星的爹說狗剩是凶死的，變成了鬼，好多人天一黑就不再出門。我不怕。我在巷裏碰到了供銷社的張順，我問張順最近需要不需要吸酒精導流管，張順還未說話，一股子旋風忽地在他身邊騰了二丈高，張順的臉色都變了。我說：「狗剩欠你的農藥錢你向他老婆要過？」張順說：「那是公家的款，總得走帳呀！」我說：「明明你承包了，你敢哄鬼？他人都死了，你還要農藥錢?!」張順說：「國家槍斃人也得讓家屬出子彈費麼！」旋風越旋越歡，竟能把張順的褂子像有人解一樣每個扣子都鬆開，褂子從身上脫下來吹在巷頭碾盤上。我說：「你快把欠條撕了，狗剩就不尋你！」張順忙解褲子後邊口袋的扣子，掏出一張紙條撕了，旋風嘩地軟下來，撲沓了一地的爛草樹葉。這件事張順給鄉長說過，鄉長在狗剩七日那天去了狗剩家，以鄉政府訪貧問苦的名義拿去了三百元，從此再沒颳過旋風。夏天智是說話算話的，他同趙宏聲用白灰水在清風街刷了很多宣傳「退耕還林」的標語，又讓趙宏聲代狗剩老婆寫了感謝信貼在了鄉政府門外牆上，一切事情都安安妥妥地過去了。鄉長極快地按程序提拔上調到了縣城，又一位更年輕的新鄉長到來。新鄉長當然又來拜訪夏天智，夏天智絕口未提上屆鄉政府的不是，只建議新的鄉長要關注清風街的貧富不均現象，扳著指頭數了家庭困難的二十三戶，這其中有痴呆瓜傻的，有出外打工致殘的，有遭了房火的，生大病臥炕不起的，還有娃娃多的……他還說了現在村幹部和群眾的關係緊張，其實村幹部很辛苦，自個並沒撈取個人好處，催糧催款得罪了人，一是國家的政策這麼要求的，二是村部沒有資金還得負擔民辦教師的工資和幹部的補貼，如果鄉政府能給上邊講講，讓上邊承擔了民辦教師的工資和幹部的補貼，村部肯定會把應收的稅費都一併繳給上邊，不再有提留款，那麼群眾就少了意見，幹部的工作作風也能改變。現在是窮，人一窮就急了，幹部和群眾啥事都可能幹得出來。夏天智像給學生講課一樣，抑揚頓挫，聲情並茂；鄉長很乖順地坐著，並不停地在筆記本上寫動。夏雨給他們續茶的時候，順便往那筆記本上看了一眼，字寫得挺秀氣，但寫的卻是中堂上掛的書法條幅上的內容。夏雨在院子裏喊爹，夏天智出來了，夏雨說：「人家是禮節性地來看你，你咋說那麼多？」夏天智說：「為了他不犯前任的錯誤呀！」夏雨說：「我娘要我問你，鄉長在咱這兒吃飯不，她得有個準備呀。」夏天智「嗯」了一聲回到堂屋，見鄉長已經在欣賞中堂上的字畫了，他說：「鄉長，你今年多大年紀？」鄉長說：「三十了。」夏天智說：「和夏風同歲麼！」鄉長說：「同歲是同歲，夏風幹多大的事，我沒出息。」夏天智說：「能當鄉長不錯啦，好好幹，前途大著哩！這字畫還好吧？」鄉長說：「真是好！聽說你還畫了一大批秦腔臉譜？」夏天智說：「你咋知道的？」鄉長說：「我聽夏中星說的。」夏天智說：「中星是我個姪！他拿去了一大批，說要巡迴演出時辦展覽呀。其實畫得一般，咱是愛好，隨便畫畫。」進臥室搬出一個木箱，木箱裏又取出八件馬勺，取一件就講這是哪一齣戲裏的哪一個角色的臉譜。講著講著，突然記起了吃飯的事，說：「鄉長，今日不要走啦，就在我這兒吃飯，你嬸子大菜做不了，炒幾個小菜還滿香的。」鄉長說：「不啦不啦，我們中午還有一個飯局的。」夏天智也就對院中的四嬸喊：「鄉長不吃飯了，那就燒些開水吧！」

在清風街，說燒開水就是打荷包蛋。四嬸開始添水動火，卻發現糖罐裏沒了白糖，就讓夏雨到雷慶家借，夏雨去了雷慶家，才知道了雷慶要過四十九歲的生日。

這就要我騰開手說雷慶呀。他夏雨講究是雷慶的堂弟，雷慶要過四十九歲的生日的事梅花沒給他說，卻邀請我啦。自從三十六歲那年起，雷慶每年都要給自己過生日，家裏擺上幾桌，親戚朋友吃喝一天一夜。四十九歲是人一生的大門檻，梅花前幾天就四處張揚著要給雷慶大鬧呀。先去扯了綢子，拿到染坊染成大紅，做了褲衩和小兜肚，再去武林家預定了一筐豆腐，油坊裏買了一簍菜油，又給屠戶交了錢，讓頭一天來家殺了她家那頭豬。我在中星他爹那兒打問劇團巡迴演出的事，梅花來借中星家的一口大鐵盆，她就邀請了我。我幫她把大鐵盆拿回她家，陳星正在院子裏掄著斧頭劈柴，劈了好大一堆，也不肯歇下。我對陳星說：「好好幹！」夏雨就來借白糖了，知道要給雷慶過生日，問今年待幾席客？梅花說：「也就是十席左右吧。」夏雨說：「我可沒錢，但有力氣，需要幹啥你招呼一聲。」梅花說：「你是沒錢，夏風倒有錢，他明明知道你雷慶哥要過生日呀，他卻走了！」夏雨說：「這怪不得他，他是名人事情多，婚假還沒休完單位就催他。」梅花說：「名人給夏家有什麼實惠呀？反正我是沒看到！他上大學到現在，去省城和從省城回來，哪一回不是你雷慶哥接來送去的，若計票價，不說上萬也七八千元了吧，可你雷慶哥沒吃過他一口飯！」夏雨說：「雷慶哥的好處，我哥他哪裏敢忘，就是我嫂子也常說你們好！是這樣吧，我哥我嫂不在，今年我替他們行情，鞭炮你們就不用買了，我來買！」梅花說：「夏雨說了一回大話！你要買鞭炮呀，四娘怕心疼得睡不著覺了，四娘仔細！」

可憐的夏雨，說了一回大話，梅花竟真的把買鞭炮的事靠住了他。我悄悄問夏雨：「她是愛排場的，放的鞭炮肯定要多，你哪兒有錢？」夏雨說：「你聽她說的話多難聽，我不買行嗎？你借我二百元。」我哪兒有錢，我就給他出主意，於是我們把陳星叫出來，就在巷外的槐樹底下，我們說：「你是不是要和翠翠相好？」陳星說：「相好。」我們說：「相好可以，但你怎麼能傷風敗俗？」陳星說：「我沒傷風敗俗呀？」夏雨踢了他一腳說：「沒傷風敗俗？你勾引翠翠幹啥了，你以為我們不知道？狗日的膽大得很，你還來劈柴，你以為你是我雷慶哥的女婿嗎？我告訴你，你做的那些事要是抖出來，不但和翠翠相好不了，你還得被棍棒打出清風街！」陳星臉色煞白，說：「你們威脅我呀?!」我說：「說得對，是威脅，你有把柄能威脅麼！」如果陳星再不妥協，我和夏雨就沒辦法了，但陳星是個沒牙口的人，一嚇唬他就軟了。他說：「那你們說咋辦？」我說：「你拿三百元錢封我們的口！」陳星乖乖掏了三百元。我一生沒幹過壞事，這一回幹了，夏雨說：「咱們是不是太那個了？」我說：「這叫羊毛出在羊身上麼。」

到了晚上，雷慶出車回來，梅花說了過生日的鞭炮夏雨要買的，雷慶說：「咱過生日讓人家買什麼？」梅花說：「他是替夏風買的，夏風是他弟，你又把他接來送去的，他還不應該買啦?過生日花銷大，就算夏雨買了鞭炮，要花的錢也得幾千元的。」雷慶說：「這麼多錢?!」梅花說：「你不當家，你哪知柴米貴！」就扳指頭計算：豬是咱家養的，肉是有了，大油是有了，可你使用菜油吧，菜油十斤。豆腐一座。木耳五斤。菜花十斤。蕨菜要熱條子肉，又要做湯，得五斤。雞十隻。鴨十隻。魚再少也得三十斤。現在講究海鮮，我讓家富從市裏捎十斤蝦，六斤魷魚。如果待十桌，得十隻王八。水果還不得五十斤?還有紙菸，紙菸是花錢的坑，緊控制慢控制也得十條吧。蘿蔔呢，白菜韭菜芹菜蓮菜茄子南瓜洋蔥土豆，再少也得各有一筐啊！吃的米麵不算，也不算做甜飯的醪糟，紅棗，白果，葡萄乾，僅大魁小魁花椒胡椒辣麵芥末就花三十元。酒呢，酒呢，酒還不得三箱子?!雷慶揮揮手，說：「我不聽這些，聽得我腦子疼！」梅花說：「你是貴人麼！」當下就把雷慶的上衣抓了來，就在口袋裏掏錢。雷慶來奪，梅花已跑到院子，一邊掏一邊說：「你裝這麼多錢幹啥呀，錢多了害人的，只給你裝二百五十元。」雷慶說：「我二百五啦?!」梅花說：「那再給你十元！」夏天禮坐在廈房裏一直朝院子裏看，看不下去了，說：「你把他身上掏得光光的，讓他出門在外寒磣呀！」梅花說：「爹，要過生日呀，錢不摳緊些，這生日一過就該喝風屙屁呀！」夏天禮說：「生日待客誰不行情，行情錢花不了還賺哩！」梅花說：「爹知道這個理兒，我說最少待十席，你還說兩席三席就夠了?再說，他身上裝那麼多錢幹啥呀，你讓他犯錯誤呀?就是不能給三百元！」雷慶說：「你淨聽上善唆唆哩，他只知道一個妓女三百元，他哪裏又知道好男人玩女人不但不掏錢，還賺錢哩！」夏天禮恨了一聲，把廈屋門掩了。梅花說：「那好，只要你能賺錢，倒省下我了。」雷慶說：「你這不要臉的老婆，就愛個錢！」梅花說：「我愛錢是給我花了還是牽掛了我娘家？咱這麼大個家，你屁事不管，哪一樣不是我操持著？淑貞嫂子見了我，都說這個家就是把我一個人虧了！」雷慶說：「聽她說哩，她穿的啥，你穿的啥？」梅花說：「我這一身衣服還不是為了你，你說好看，讓你看了起那個事麼！」雷慶忙努嘴廈屋，怕她的話讓父母孩子聽著了。梅花就把衣服給了雷慶，問最近怎麼安排的，雷慶說他休假啦，這十天讓趙家富替他的班。梅花說：「咱正是花錢的時候，你讓家富替什麼班，你腦子進水啦？你給家富說不用他頂替了，上次我在車上幫你賣票，這幾天我再跟了你去，辛苦上幾天就給你過生日！」雷慶說：「你這老婆是要把男人累死！」梅花說：「那我就讓你死一回！」拉了雷慶往堂屋去。廈屋裏，夏天禮出門要上廁所，見兒子兒媳拉扯著，就又返回屋，故意大聲地咳嗽。

第二天的上午，雷慶給公司的趙家富掛了電話，讓他從省城返車回來後直接將車開到鄉政府門口，說不讓替班了。黃昏時車一到，幾個人就來雷慶家約定明日去省城，雷慶還沒開口，梅花就說：「那可得買票呀，現在公司制度嚴得很，不准捎客的！」來人說：「那當然，只想提前訂個座位。」梅花說：「那就六點準時在鄉政府門口等著。」來人一走，雷慶說：「鄉里鄉親的，你真的讓買票呀？」梅花說：「為什麼不買票？以前是白搭順車，現在還有那好事？他們都在中街開了商店，是去省城進貨呀，咱到他們店裏買個針都得掏錢，他坐幾百里路的車能不買票?!」雷慶說：「人不敢應承太多。」梅花說：「就你膽小，家富哪一次不帶七八個人？」

前半夜雷慶和趙家富喝了一瓶燒酒，後半夜雷慶睡了一覺起來就去開車，梅花便廝跟了當售票員。早在鄉政府門口等候的五個人都交了票錢，梅花卻沒給扯票。等車進了縣車站載客，站長問那五個人是誰，雷慶說：「是我的親戚。」站長說：「下不為例，要不，我就負不起責任了。」車一路到省城，沿途都拾零散客，梅花仍是收票錢不扯票。從省城再回縣上，一路還是拾零散客，收票錢不扯票，梅花就賺得了四百元。一連跑了四天，人已累得兮兮的了。再出車一趟，就該過生日了，雷慶不讓梅花再跟車，正勸說著，秦安的老婆來了。秦安的老婆運氣晦著，做啥啥不順，她真不該來找雷慶，惹得梅花生氣，她自己也生氣，至後來使秦安也出了大事。

原因是秦安一病，嫁到了省城的姊姊來看望妹夫，呆過一天了也得趕回省城去，秦安的老婆便來找雷慶讓搭個順車。梅花拉了秦安老婆的手問秦安的病，說：「引生把毬割了都治得好，秦安這麼好的人咋還不見康復？」秦安老婆說：「話說不成啦，要麼我姊能來看他？」梅花說：「我和雷慶一直說要去看看的，只是忙得分不開身。你姊要走，雷慶能不送嗎，可怎麼給你說呀，先前秦安到什麼地方去，哪一回不是坐雷慶的車，現在公司整頓紀律，司機不准帶任何不買票的人，要是發現一個，就扣司機的工資，發現兩個，吊銷執照，你看這事……」梅花這麼一說，秦安的老婆臉上就暗了色氣，說：「我姊是工人，本身沒多少錢，來時又買了些東西，錢都花完了，你也知道我家，秦安一病，只有出的沒有入的。」梅花說：「這咋辦呀！車如果是私人車，雷慶少掙三百四百也就算了，可車是公家的，這如同秦安當主任，村上的錢有十萬八萬，他也不敢動一分一釐啊！」秦安的老婆說：「那倒是。」悶了一會兒，從懷裏掏出一卷錢來，紮著紅頭繩，綻開來淨是零票子。梅花說：「你帶錢著麼。」秦安老婆說：「只有四十元，還欠二十六元呀。」雷慶說：「是這樣吧，明早你讓她在鄉政府門口等著，二十六元錢我替她掏了。」梅花說：「你掏？你跑一天，工資也就二十元！」雷慶說：「全當咱看望了秦安一回。」秦安老婆忙千謝萬謝，又說了一陣雷慶的好話方才走了。人一走，梅花說：「你不該免那二十六元，說不定她在別的口袋還裝有錢的。」雷慶沒再理梅花。

秦安老婆一早送走了姊姊，回到家裏，秦安已經起來，她說了一陣雷慶為人友善的話，就給秦安燒開水打荷包蛋端去，自個在院裏脫了鞋，用針挑腳上的雞眼。秦安端了碗，筷子攪來攪去，把荷包蛋全搗得一塊一塊的，但夾起了一塊蛋白，掉下去，再夾起來卻餵到了鼻子上。秦安說：「我咋吃不到嘴裏去了呢？」秦安老婆說：「你是娃娃麼，要人餵呀?!」把腳上的雞眼挑了，回到堂屋，見秦安一臉一鼻子蛋白蛋黃，心裏就犯疑了，說：「你是咋啦？」秦安說：「我手不聽使喚了。」秦安老婆忙讓他再來，再來還是夾不起來，就變臉失聲地叫喊。鄰居來了人，忙去找趙宏聲，趙宏聲一看，二話沒說，就著人用架子車往縣醫院送。

在縣醫院，一檢查，是秦安腦子裏長了東西。陪同的趙宏聲不敢把結果告訴秦安，叫出秦安老婆到一旁，說了實情，那老婆當下就哭出了聲。兩人詢問了如果住院治療得多少錢，醫生說：這就說不定了，隔壁病房昨天死了人，已經花了十二萬吧。秦安老婆從醫辦室出來，扶著牆走，還沒走到走廊頭，一堆泥癱在地上。女人家關鍵時刻全沒了主意，一切都聽了趙宏聲的。趙宏聲說：「這算是黑了天！你就是一捆一捆的錢往裏扔，世上也沒個治處，你得做好思想準備。但你若能信我，咱就回去，我給他配些膏藥貼，好人天保佑著，或許有奇蹟出現。」秦安老婆趴在地上給趙宏聲磕響頭，說：「你給治吧，咱死馬當活馬治，真要治得好，我和秦安下輩子就在你門前長成樹，讓你掛驢繫狗，給你蔭涼！」把秦安又用架子車拉回清風街。

現在我給你說雷慶過生日的事。那一天夏雨買了三盤萬字頭鞭炮，從院門外一直響到巷口。三嬸的耳朵聾，放了這次鞭炮，越發啥也聽不見。原本預備了十桌，人來了十五桌，院子裏安滿了席，雷慶的堂屋和夏天禮的廈房裏也都安了席，還是坐不下，就在院外巷道裏又支了幾桌。若在以往，廚房裏是最忙的，為擔水和洗菜吵吵嚷嚷，今年是雷慶的親家來了，一切都顯得輕省。雷慶的大女兒盈盈和西街姓王的一家訂了婚，王家貧寒，夫婦倆又都是老實疙瘩，兒子卻白白淨淨的，一直跟著李英民的建築隊當小工。這門親事雷慶和梅花先不同意，但盈盈熱火，再加上王家又是三嬸娘家的拐巴子親，三嬸極力說好，雷慶和梅花也糊糊塗塗就那麼認同了。訂婚後，王家夫婦三天兩頭來，手從未空過，不是拿些雞蛋，就是揹些土豆紅薯，一來便幫著在豬圈裏起糞，在磨道裏推磨，任勞任怨。三嬸有些看不過去，數說梅花：「你也把你親家往眼裏拾一拾，把人家當長工使呀！」梅花說：「我可沒支配他們，他們下苦慣了，你讓歇著也歇不下。」親家在頭一天來幫著殺了豬，剁下了八斤板油三斤花油，三嬸主張把三斤花油送給王家，王家死活不收。他們帶著小兒子，小兒子尿床，只肯讓屠戶割下豬的尾巴時在小兒子的嘴上蹭幾蹭，說是蹭了豬尾巴油就不再尿床了；再是在大木梢裏燙過了豬，王家的女人將燙豬水給夏天禮盛了一盆，給三嬸盛了一盆，燙豬水能治乾裂腳的，王家女人給自己也盛了一盆。三嬸還是小腳，一邊洗一邊擠捏著襪子上的蝨子，看著王家女人的腳，說：「你腳上裂子像娃嘴，你不疼呀?!」王家女人說：「咋不疼呢！」三嬸說：「燙了腳你快回去歇著，明日坐席時再來。」第二天王家夫婦還是天露明趕來，洗了一筐蘿蔔，又去專門擔水。三嬸就罵孫子和孫女，孫子擔了一次水，翠翠跑得沒蹤沒影。

中午開席以後，有人說了秦安從縣醫院回來的話，大家很快知道了秦安得的是腦瘤病，一時七嘴八舌，長吁短嘆。坐在堂屋桌上的夏天義聽說後，放下了筷子，嘴窩著嚼一口菜，嚼過來嚼過去，嘣，牙硌了，從嘴裏掏出個硬東西，原來是半個扣子。趙家富說：「這誰洗的菜？」旁邊的慶堂拿了半個扣子要到廚房去，夏天義卻擺擺手，吩咐慶堂去請趙宏聲，說是本該請趙宏聲來的，既然他回來了，快請了過來吃飯，也問問秦安的病到底怎麼樣。慶堂卻支使啞巴去大清堂。

趙宏聲是幫著把秦安拉了回來，要經過市場那兒，秦安不願意，又不明說，堅持要從三一二國道上另一條小路進清風街。小路上坑坑窪窪，顛得秦安從架子車上溜下來幾次，就聽到遠處鞭炮聲。秦安問：「誰家過事？」趙宏聲說：「是雷慶過生日吧。」秦安說：「噢。」不再說話。送到了家，趙宏聲要走，秦安老婆攆上來說：「你是去雷慶家吃席是不？」趙宏聲說：「既然從縣上回來了，不去不好。」秦安老婆說：「是不是我也去，或者上些禮？」趙宏聲說：「你算了，我給你把話捎到。」

趙宏聲回大清堂換身衣服，門口三踅領著白娥往過走，三踅說：「宏聲，秦安得了腦瘤了？」趙宏聲說：「消息這麼快的？」三踅說：「那秋季的新米他吃不上了！」趙宏聲惱得不理他。白娥穿了雙新皮鞋，鞋把腳後跟磨了泡，進來買了個「創可貼」。三踅幫著脫了鞋，貼了「創可貼」。趙宏聲說：「你也給人家把鞋買大些！」三踅說：「我這鞋可是買得早啦，誰要能穿上就是誰的，我見不得咻大腳！」白娥一出藥店，三踅趴在櫃檯上說：「女人真是能變，她才來的時候木木的，現在多靈光，只要開一竅，所有竅都開了！」趙宏聲看著他走了，腦子裏琢磨：惡有惡報，善有善報，可怎麼總是好人的命不長久而壞人活得精神？突然琢磨通了：壞人沒羞恥，幹了壞事不受良心譴責；好人是規矩多，遇事愛思慮，思慮過度就成疾了。便提筆在紙上寫了一聯：「一生正派愛村愛民心裝群眾愁苦樂於助人篤實謙讓可憐英年早逝村民捶胸頓足皆流淚；半世艱辛任勞任怨胸懷集體興衰廉潔奉公敬業勤奮痛惜壯志未酬父老呼天搶地共悲傷。」寫畢，嚇了一跳，說：「我這是咋啦，秦安還沒死，就寫輓聯了？」一把揉了，就見啞巴和來運到了店前。啞巴哇哇直叫，手比畫了半天，趙宏聲明白了，從抽屜裏取了五十元揣在懷裏，跟著走了。

兩人走過中街，書正媳婦也從飯店裏出來，問幹啥呀，應聲是到雷慶家吃宴席去，趙宏聲說：「你也該把身上弄得乾淨些！」書正媳婦使勁跺腳，腳上的鞋還是一層灰塵，說：「我這一身又咋啦，梅花還能不讓我入席？書正上了禮，他忙得去不了，我是去吃我自己的呀！」狗走得比人快，來運已經走到前邊了，卻一拐身趴在了一家窗前搖尾巴。啞巴認得那是陳星的住處，走近去從窗縫往裏一望，裏邊是高舉起來的一對大腿，便莫名其妙，再望，炕上躺著的是翠翠，炕下站著的是陳星，兩人都一絲不掛。啞巴腳一閃，跳了開來，也把來運的耳朵提起來往後拉。趙宏聲說：「啥事？」啞巴呸呸直唾唾沫。趙宏聲說：「看見啥了，你唾唾沫？」啞巴攤了他，伸了個小拇指，在小拇指上又呸了一口。

趙宏聲那天在雷慶家證實了秦安的病情，使所有的人都沒再多喝酒，三箱子瓶裝的燒酒只喝了一箱。飯後夏天義和君亭去看望秦安，梅花將剩菜剩飯盛了一小圓籠讓給秦安帶上。夏天義和君亭在秦安家呆的時間並不長，回來的路上，夏天義對君亭說：「你得過三四天了就去看看他，人到了這一步，什麼矛盾隔閡都不要記了。」君亭說：「我和秦安沒有矛盾隔閡呀！」夏天義說：「沒有了就好。」就又說：「一個活生生的人，說不行咋就不行啦！秦安家境不好，治了這麼久的病，已經是錢匣子底朝天了，又添上這腦病，這……」君亭說：「如果宏聲配膏藥，我給他說說，讓能免費。」夏天義說：「就是膏藥不要錢，也總不能只貼膏藥呀。」君亭說：「村上是應該補助的，可現在建市場，帳上已經騰空了。咱是不是動員三個村民組的人給秦安捐款？」夏天義想了想，說：「捐款可以，但這事萬萬不能讓秦安知道，知道了他不會收的。再說，以兩委會名義號召捐款，有的捐，有的不一定就捐，村裏有天災人禍的人家也不少，給秦安捐了，那些人家不捐也影響不好。我想，今天雷慶過生日，那秦安也是有生日的，咱張羅著給他過個生日，趁機讓村民送人情，說不定能收到一筆可觀的禮錢。」君亭說：「這就好，這就好！」二返身，夏天義就又到了秦安家，秦安已經睡了，秦安的老婆說：「二叔，你要多來看秦安的。」夏天義說：「我會的。」秦安老婆說：「你要再來，不要叫上君亭。」夏天義說：「這我還要批評你和秦安的，有多大的矛盾弄到誰都不見誰了？當幹部就是惡水桶，秦安這病都是他氣量小得下的。現在你不能說這話，也要勸勸秦安才是，記住了沒？」秦安老婆說：「記住啦。」夏天義就問秦安的生日在啥時候，秦安老婆說：「他生日小，在臘月十三。」夏天義就說了他和君亭的意見，要求把秦安的生日提前，當下說定在三天後。

清風街人都知道了秦安得的不治之症，唯獨秦安還以為是大腦供血不足，當老婆說提前過生日或許能沖沖病的，秦安也勉強同意了。過了三天，秦安家擺了酒席，一共五席，夏天義主持，清風街的人一溜帶串都趕了來。秦安原是不願見人，這回見村人差不多都來了，便硬了頭皮出來招呼大家，然後就又上了炕歇下。來人都不拿菸酒和掛麵蒸饃，一律是現錢，君亭在旁邊收錢，上善一一落帳，然後將一萬三千四百二十元交給了秦安。秦安說：「上善，你是不是搞錯了，咋能收這麼多錢？」上善說：「你當了多年村幹部，誰家你沒關心過？你病了，人家也是補個心思，這有啥的，前幾日雷慶過生日也是收了上萬元的禮。」秦安說：「我比不得雷慶，收這麼多錢，我心裏不安！」夏天義說：「有啥不安的？要不安，就好好養病，養好了多給村民辦些事就是了。」秦安滿臉淚水，又從炕上下來，一一拱拳還禮，說沒什麼好招待的，飯菜吃飽。但來人都是一家之主坐下來吃喝，別的人藉故就走了，秦安老婆把要走的人一一送到巷口。

我是上了二十元的禮，慶滿說我的禮太少，不少了，要按我的本意，我還不肯上這二十元哩。我翻看禮單，發現還有十多家壓根兒就沒來，當然這些都是掌櫃子出外打工了，不在家，也有與秦安有冤仇瓜葛的。秦安向來待我不好，我還上了二十元的禮，而秦安對中星關心，中星他爹竟然沒有來，這讓我想不通。我要去查看中星他爹是什麼原因沒來，丁霸槽罵我好事，我就是好事，蜜蜂好事才使花與花能授上粉哩。到了中星他爹家，榮叔人是瘦多了，坐在石桌子前熬中藥，石桌子對面坐的是翠翠，臉苦愁著。我說：「榮叔，秦安過生日你咋沒去？」中星他爹說：「我身子不受活，去虎頭崖廟裏要神藥了。」我說：「你吃宏聲的藥還要啥神藥，要了神藥咋還熬中草藥的？」中星他爹說：「各是各的作用麼，你不懂！」翠翠說：「你別干擾，我讓榮爺給我算卦哩！」我說：「你算啥？算幾時結婚呀！」翠翠說：「你滾！」中星的爹說：「從你搖的卦上看，還看不明白，去也行，不去也行。」翠翠說：「這是什麼話！到底去好還是不去好？」我說：「去哪兒呀？」翠翠說：「你知道不知道，俊德的女兒回來了，裹絡著幾個人去省城，小芹想去，我也想去。」我說：「小芹可以去，你去不成。」翠翠說：「為啥？」我說：「陳星不會讓你去。」翠翠竟火了，說：「引生你就是給我造謠！他陳星是陳星，我翠翠是翠翠，你明白不？先前威脅敲詐陳星，現在又說這話，你是啥意思？」她來了脾氣，我也懶得理她，說：「那你們算吧。」拿起了中星他爹的那個紙本本翻著看。

紙本本上比我以前翻看時多記載了十多頁，其中一頁上寫著「三十九頁『占謁見及乞物』大驗案：此卦乃十五日早所占。欲知十六日去縣文化館事。我因病情加重，買藥已花去四〇〇元。當繼續花。心想去縣文化館找畫家高世千畫張馬賣錢看病，才有三十九頁之卦占。大驗！奇驗！特驗！以前我曾向高世千要過畫，一次成功，兩次未成功。高的老婆瞧不起我，到他家熱諷冷嘲，不讓坐也不倒茶。可恨的是還用笤帚掃地，以示趕我。高世千待我還好。我以前給他算過卦。中星現在當了團長，他老婆不至於還不理睬吧。即便不理睬，高世千會給我畫的。高世千往常不上班，多在家。而十六日他無意到文化館，其剛進內，門衛尚未看見。我向內問人，一人說根本不來。又向內問之，一人說好像來了。我到二道院，兩人就遇見。大喜過望，真天助也。後在無人處說明想叫畫張馬賣之看病。意料中又意外地慨然答應，且說畫三馬四尺宣。我高興無比。二人言明十七日下午去他家取畫，我便去袁老青家住之。十七日在袁家吃過早飯，走到縣林業局門口時遇到西山灣韓兆林。求我預測，隨到牆根詳測之，送我三元錢。錢是少，但天下了大雨，韓給了把傘，又去小巷吃過湯麵。下午去高世千家，大雨不止，在剛下雨時就憂心萬分，若高之老婆因雨不出門，如何是好?!帶著極為憂愁之心到高家，高之老婆不在家，謝天謝地。高世千早將四尺宣三馬畫成，貼在牆上。我真高興，知心知己的高世千！高世千還說：你培養了中星這個人才，上天會增加你的壽命的。又說了有貴人（指他）保你，病絕對能好之話，百般勸慰於我。高世千可算得上義氣乾坤之文人英雄了，夏榮再補於此！天已漸亮了，我之病或許可好?!」

我看著記文，再沒留意中星他爹還和翠翠說了些什麼，反正是翠翠一直陰沉個臉，後來就走了。中星他爹說：「這娃不中人勸！」把紙本本收了回去。我說：「她不給你一文錢，給她算什麼呀！」中星他爹卻問我：「秦安過生日去了多少人？」我說：「都去了。」中星他爹又問：「君亭去了沒？」我說：「去了。」中星他爹還問：「收了多少錢？」我說了錢數，他說：「這麼多！那咋花呀?!」我說：「行情上禮都是換的，你從不給別人行情上禮，你過生日也就沒人來。」他說：「誰家我沒去看過莊基?!」中星他爹不高興起來了，低頭熬他的中藥，不再理我。我就說：「你前日去縣城了？」他還是不理我。我說：「見到我中星哥了？不知劇團裏戲排好了沒有？」他便抬頭看我，說：「得了病就得花錢，以病斂財病能好嗎？他秦安給村裏做過幾件好事算什麼，我培養了你中星哥那是對咱全縣有功！」我趕緊說：「是這樣！」他高興了，說：「戲快排好了，有一個照片你看不？」領我進了堂屋。堂屋中堂上放著一張照片，照片小，是劇團彩排留影，我看見了照片中有白雪。我一看見白雪就笑。中星他爹說：「你瞧中星在前排中間坐著，他那件西服是五百元買的，一件衣服麼，咋那麼貴！」白雪在所有的演員中最漂亮。我給她笑，她也在笑，她的左腮上應該笑起來有一個酒窩，但看不出來。

中星的爹聞見了什麼，急跑了出去，在院子裏罵我，說藥熬乾了。我趁機把照片揣在了懷裏。我就是那樣偷走了照片的。這張照片現在還放在我家炕頭前。我每每看著照片，都盼望白雪能從照片上走下來。但是，她總是在那一堆演員中活活地動，卻始終沒有走下來。我上中學的時候讀過一篇課文，說一個人買了一張仙女畫，他每次出了門，仙女就從畫中走下來給他洗衣服，掃地做飯。所以，我一回到家，便直奔廚房，但廚房裏冰鍋冷灶。這不怪白雪，白雪演戲，是藝術家，白雪怎麼能幹洗衣做飯這一檔子事呢？我焦急地等待著夏中星通知去巡迴演出的事，過了一天又是一天，通知還不見來，而我什麼都準備好了，還找著上善學會了一段戲。上善是樂於助人的，可他並不會幾段唱詞，就教我《背娃進府》中的一段說詞。

這一段說詞太適合我了，我把它背誦得滾瓜爛熟，不信我給你說說：哎，人家娃叫，人家娃大頭小頭的個叫，揹的格頭往包穀地裏跑哩——你尋牛哩，還是撞桿哩？紅蘿蔔纓子換炸彈——著了一個滿天飛；屎巴牛掉在尿壺裏——生裝你的醋泡酸梅子；屎巴牛落在秤桿上——受罪哩，你當高鵮子觀星哩；屎巴牛鑽竹竿——受罪哩，你當過節哩；長蟲把頭割了——死淋蟲一個；長蟲纏在轆轤把上——把不纏你，你還纏把哩；哈巴狗立在供桌上——你和爺爺鬥起嘴來了；廟後邊的南瓜——你還想給爺爺結蛋蛋哩；你是裝下的不像，磨下的不亮，升子丟在地裏——八稜子沒相；鍋刷子寫字——筆畫太壯；耙刺睡覺——屁股朝上；打你兩個五分——你吶×嘴胡聾；朝屁股上蹬上一腳——稀屎拉了一炕；吃的冷饃，睡的冷炕，點的琉璃燈，你還嫌不亮；你是羊皮一張搭在板凳上，生裝的四腿沒毛，死狗一條，爬下不跑，尾巴也不搖——你是個啥玩意；你真是鬼頭肉，毛蓋兒長在後頭，見了你爹，你叫舅舅；花盆裏栽娃，墳地沒人看——你還當你務人哩；你是吃的石灰，唱的靛花——放你娘的月蘭屁；把你爹死了——放你娘的寡婦屁；屎巴牛落在糞堆上了——生裝你的夯貨。

我逢人說起這一段說詞，他們說：再不要羞你的先人了，洗臉的胰子當點心吃，你能唱秦腔，看你吶挨戳的模樣！清風街的人從來是不重視我的，不重視就不重視，隨便吧。我看著他們頭上的光焰，笑他們的光焰都是那麼微弱，哼，還是自己把自己管好吧！

我正經告訴你，我是能看見人頭上的光焰的。一個人的身體好的時候頭上的光焰就大，一個人的身體不好了，光焰就小，像是一豆油燈芯，撲忽撲忽，風一吹隨時就滅了。氣管炎張八哥的光焰就小。王嬸的光焰幾乎都沒有了。中星他爹的還行。還年輕的陳亮光焰昏黃，我問他怎麼啦，他說他感冒了三天，大熱天的一犯病渾身篩糠，還要搗兩床棉被子。最奇怪的是秦安，他去醫院那天，光焰柔弱得像是螢火蟲，從醫院回來，趙宏聲三天給他換一帖膏藥，沒想到光焰又起來，他已能下炕，又開始在村裏轉悠，頭上的光焰如長了個雞冠子。

這一天，秦安的老婆用豌豆麵做了涼粉，秦安說老主任愛吃涼粉，拿了一塊，讓我攙扶了他去夏天義家。在二叔家裏說了一會兒話，啞巴進來了，他的褲襠開裂，匆匆地換了條新褲子又要出門，我問啥事這麼急的，夏天義說慶玉的新房今日抹綻上瓦哩。抹綻上瓦是蓋房的最後一道工序，我是應該去幫工的，便丟下秦安和啞巴一塊去了。

幫工的人很多，也很熱鬧。果然是俊德的女兒回來了，也在幫著搬瓦。她見了我就說：「引生哥你好？」清風街人見面都是說：「你吃了？」或者是「老人硬朗？娃娃還乖？」從來不說「你好」的。俊德的女兒問我「你好」，而且是普通話，我就措手不及了。慶玉的女兒臘八和俊德的女兒是同學，臘八說：「人家問候你哩，你咋不吭聲？」我說：「你把舌頭在嘴裏放好，你重說！」俊德的女兒說：「問你吃啦沒？」大家都笑起來。我說：「這就對啦，咱是去省城裏拾了幾天破爛，又不是從天堂上下來的，不會說人話了?!」俊德的女兒罵我狗肉上不了席面，便不再理我。屋頂上的幾個小夥卻說：「不要理引生，他對女人沒興趣，你到架子上來遞瓦！」但俊德的女兒沒有去架子上，也不在地面上搬瓦，只拿了茶壺給口渴的人添茶。她穿著非常少，原來不知道她這麼細的腰，又是一件短窄上衣，腰細得一把能握得住了。添了茶後，她和臘八坐在一邊的凳子上，臘八問省城的風光，她就大肆地吹噓，說省城的高樓和馬路，說省城裏的酒吧和網吧。屋架上的一個小夥也在聽她說，聽得把一摞瓦沒接住，嘩里嘩啦掉下來。我說：「舊報紙一斤是多少錢？酒瓶子一個是幾分錢？」俊德的女兒掏出了口紅給自己的嘴唇上塗，又給臘八塗，臘八的嘴立刻像腫了許多。臘八說：「引生，你沒去過省城你少說話！人家她爹是收破爛的，人家才不收破爛呢！你能行，你穿的啥，人家這褲子你在哪兒見過?!」我承認俊德的女兒活得比我強，尤其是我看見了她頭上光焰很高，像蓬著的一團火，但我心裏總有些不服：俊德，種莊稼都種不好麼，憑什麼一家人倒光堂了?!臘八還在噎我，她娘說：「臘八，你兩個回老屋去說吧，坐在這兒說話還讓別人幹活不幹活？」屋架上的小夥說：「不能走，男女搭配幹活不累！」菊娃說：「人家在村裏的時候你不理不睬，去了省城幾年你就眼饞啦？」轉過身倒罵臘八嘴塗得是不是吃了死娃子肉了？這一罵，俊德的女兒沒了臉面，起身走了。屋架上的小夥說：「嫂子你這就不對了，人家也是好心好意來幫工的，攆了去！」菊娃說：「她能給我幹啥呀，還不把你們勾引得光說了話！」臉上一惱，雀斑就黑了一層。

菊娃收拾了一堆做木架時的刨花兒到老屋廚房去了，屋架上的人都歇下來吸紙菸，說：「這臭婆娘，怪不得慶玉見不得她！」我趁機攪和，說：「慶玉見不得她，慶玉見得誰了？」有人說：「誰白胖慶玉就見得誰，慶玉愛吃肥肉。」大家就說黑娥又白又胖，那兩個奶子像豬尿泡。真是清風街地方邪，說鱉就來蛇。正說哩，黑娥穿著一雙黃膠鞋來了。我忙打口哨，說：「不敢說啦，說多了惹事呀！」屋架上的人說：「是黑娥來了才說的！黑娥黑娥，你咋這個時候才來？」黑娥說：「來得早不一定活幹得多！」挽了褲腿就去提泥包。這女人真的賣力，提著泥包來回小跑，胸脯上兩個肥乳咕咕湧湧地抖。將一包泥漿提到屋架前了，舉著往上遞，架上的人在她用力舉上來的時候手沒抓住，泥包就又落下來。黑娥說：「你賣啥眼哩，你一下子不抓住，要日弄死我呀！」架上的人說：「誰日弄死你了，我媳婦在那邊的，你可不敢陷害我！」黑娥抓了一把泥摔上去，罵道：「你碎㞞倒調戲我?!」泥巴甩了架上人一臉，屋上屋下一片哄笑。菊娃又提了一大壺開水來到新屋場上，瞧見了，臉上又是一層雀斑，問我：「誰讓那騷貨來的？」我偏故意說：「是慶玉叫的吧。」菊娃說：「村裏人都死了，偏要叫她來?!」話說得聲高，一直負責擔水和泥漿的武林剛好過來，就承了頭，說：「誰，誰，誰也沒，沒叫，啊是我們賤，賤了，手，手，手癢了麼！」菊娃說：「這話倒說得好，就是發賤，手癢哩，恐怕還不僅是手癢，還有癢的地方呢！」武林說：「啊你，你，你把話說乾，乾淨，淨些！」菊娃說：「做了不乾淨的事還嫌我說的不乾淨？」武林一時氣得越發說不出話來。這邊一吵，那些上瓦的都停了手，黑娥就過來說：「誰做什麼不乾淨事了？」菊娃說：「呀，倒有個愛武林的人了，這麼熱的天你給他戴綠帽子，這陣兒這麼愛男人喲！」黑娥力氣大，上來給了菊娃一個巴掌。她手上有泥，五道泥印留在菊娃的腮幫上。女人家打架像螳螂，只顯得腿長胳膊長，亂抓亂踢，後來就抱住了，你揪我的頭髮，我也揪你的頭髮，尖叫聲如殺了豬。眾人見她們廝打，並不勸解，還說：「不敢抓臉，不敢抓臉！」臉相互都抓破了。眾人又喊：「快把茶壺拿開，小心被摔了！」黑娥搶了茶壺往石頭上一摔，茶壺成了一堆瓷片。趙宏聲黑水汗流地跑了來，將她們拉開，趙宏聲的衣服上就沾上了泥土，頭上也亂了髮型。被拉開的黑娥當然占了上風，對著菊娃罵道：「我就是慶玉請來的，他要是不請我來，你個潑婦就是上吊了直嘸氣兒，我看見了摘一片樹葉擋了我的眼也是個看不見，讓你死個硬硬的！」罵過了，卻又要去提泥包。武林說：「不，不，不幹了！咱這是落，落，落個，啊啥？舔勾子倒是把子，子蛋咬，咬了，回！啊回！」黑娥卻說：「咱這麼回去算什麼?!」架子上的人起鬨說：「不回去就不回去，這房蓋好了還要住哩！」黑娥說：「住了又怎樣？」趙宏聲生了氣，說：「你們不勸架，倒搧風趕焰的！」就給我招手。

　　我過去說：「事情都怪菊娃。」趙宏聲說：「你別摻和，趕快回去！」我說：「回去不熱鬧。」趙宏聲才對我說，他剛才在大清堂，夏中星從縣上打電話讓他通知我，說劇團要巡迴演出呀，要我大後天務必趕到縣劇團。這真是個好消息！我大聲叫了一聲：「哇！」我一叫，黑娥和菊娃又撲到一起廝打開了。打吧，往死裏打吧，我張引生現在是不管你們了，撒了腳就往回跑。跑過慶玉老屋前，來運從廚房裏叼出了一根骨頭，後邊又跑上來賽虎，牠們就在我面前，你啃一啃骨頭放下了，牠叼起來又啃一啃，骨頭上沒有丁點肉，牠們好的就是那點肉味。我在心裏說：這下能天天見白雪了，見到了白雪，白雪能不能讓我待她好呢?抬頭就看天，希望天上能出現星星。我已經很長時間裏，每晚回家，一想到白雪就默默祈禱：我還能見到白雪嗎，如果能見上，那屋頂上就出現一顆星星吧。然後猛地抬頭看天。遺憾的是夜裏總陰天，沒有星星，或許有星星了，偏都不在我家屋頂上空。現在我仰頭，才意識到還在白天，空中當然沒有星星，而巷口立著夏天智。

　　夏天智又從街上買回了幾把馬勺，一邊走過來，一邊唱:「人得瑰寶精神爽，月到中秋分外光。」我立即停住了腳，想逃走，但巷子裏沒岔口。我心裏說：「不怕，怕啥哩！」便側身站在巷道根，拿眼看著夏天智。夏天智也看見我了，說：「嗯？」我說：「四叔買馬勺了？」他卻哼了一下，走過去了。他走過了，輪到我唱了，我也唱：「人得瑰寶精神爽，月到中秋分外光。」

我一回到家就開始洗衣服，我把所有的好衣服都洗了，還拆洗了被子。天氣熱，被單乾得快，黃昏裏我就將被子鋪在門前的碾盤上縫，白恩傑來了，說：「真可憐，男人家縫被子！」我說：「我還自己吃飯哩！」他說：「我來給你說個好事的，但你怎麼謝我？」我說：「好事你肯給我？」他說：「我給你尋了個媳婦。」我拿眼看著他，白恩傑能有這個好心，還真讓我感動。他說：「村裏來了個要飯的，才二十多一點，人醜是醜些，但身體好。我給你領來了，你看看。」我抬頭一看，大苦楝樹後露出一個女人的半個側臉，撅撅的黃瓜嘴，還嚼著什麼，一撮頭髮乾得像枯草，上邊纏著條紅頭繩，也黏著麥糠。我當下就生氣了，白恩傑，狗日的，你怎麼能給我介紹一個要飯的醜女人，我張引生難道就只配這號女人嗎？我說：「你是不是來羞辱我的？」白恩傑說：「我說你很窮，她說老鴉不嫌豬黑。我說你沒有那個，人家還是不嫌，說只要能有碗飯吃就行。」我說：「吃屎去！」

我轟走了白恩傑，被子也不縫了，在家生氣，氣得一夜都沒合眼。天明慶玉卻來找我，求我去給他幫工，說是再幹一天瓦就上齊了。我們在他的新屋場正忙活，君亭騎了摩托車從巷子裏衝過來，猛地兜了個圈，剎住，粗聲喊慶滿。慶滿說：「哎！」君亭說：「市場明天就開業典禮，石牌樓上的活兒還沒幹完，你倒走得沒蹤沒影！」慶滿說：「就剩下那幾塊雕花磚沒貼，我安排人在幹呀！」君亭說：「他們會貼個屁！你趕快下來！」慶玉說：「他怎麼能走，他是大工，他一走我這瓦還上不上？」君亭說：「我管你上不上的?!」慶玉說：「人都說你做事狠，你真個六親不認！村裏的匠人都讓你弄到市場，我這房稀稀拉拉拖了這麼長日子，今日上瓦呀，連我的親兄弟都不能幫忙?!」君亭說：「我和我的合同人說話，不和你說。慶滿，你要是想拿到承建費，就立馬三刻往那兒去，保證開業典禮前完工，否則有我說的沒你說的！」慶滿從屋頂上下來，在地上抓了一把草，搓著手上的泥，說：「二哥，你們先幹著，實在幹不完，我晚上回來再幹。」慶玉說：「晚上上瓦，我在蓋雞圈呀？你走吧，你去掙人家的錢吧！」發了怒，將浸過水的一摞瓦一腳踹倒。君亭說：「你給誰發歪哩？」慶玉說：「我敢給誰發歪，我不能踹我的瓦嗎？我還要踹！」對著已經倒地的破瓦又跺了腳跺，有一片沒踩動，撿起來摔在石頭上，碎片四濺。

一吵嚷，幫工的全停下來。啞巴從屋架上往下跳，又把褲襠綳扯了，一邊用手捂著一邊去喊夏天義。夏天義趕來，揚手先給了慶滿一巴掌。慶滿捂了臉說：「他們兩個吵架的，你打我？」夏天義說：「集體的事大還是個人的事大，你吃了秤錘了，掂不來輕重？」慶玉說：「建市場那是胡成精哩，那麼好的耕地建市場，建了市場賣啥呀，賣骨殖呀?!」夏天義說：「放你娘的屁哩！你以為你老子反對過建市場，我就支持你把建市場的人叫來給你蓋房?你聽著，建市場是兩委會決定，決定了誰都得服從！」就高聲對所有人說：「誰是從那邊過來的？」慶滿說：「就我一個。」夏天義便對君亭說：「你把人帶走，在這兒吵啥呢?唵！」君亭發動了摩托車把慶滿馱走了。

慶玉蹲在地上不起來。臘八不看場面，站在遠處喊：「爹！爹！」慶玉說：「你叫魂哩？」臘八說：「我娘讓我向你要錢，說沒菜了，米兒麵鍋裏沒菜了，要趕快買菜。」慶玉說：「買你娘的腳去，沒菜下了不下了！」夏天義說：「這個時候才說沒菜了，提早幹啥去了?去地裏摘些南瓜葉去！」我說：「南瓜葉能當菜吃呀?」夏天義說：「咋不能當菜吃，涼調了不好吃，下到鍋裏還不能吃?!」他招呼眾人該幹啥的都幹啥，自個竟從木架攀上了屋頂，親自在那裏抹漿上瓦。

夏天義是個催命鬼，老老的人了，在屋頂上逞能得比年輕人幹得還猛，更害氣的是他還要督促地上幹活的人。他戴著大橢子眼鏡，嘴角叼著黑捲菸，總是叫喊我，嫌我提著泥包跑得慢。我的鞋上濺滿了泥，滑了一跤，他又在罵，我索性脫了鞋，赤著腳來回小跑。大紅日頭下，我跑著跑著，腦子就亂了，看見滿地的腳丫子在跑，大腳丫的，小腳丫的，長得秀溜的腳丫子和大腳趾根凸著一個大包的腳丫子排起了隊，從地上經過，又上了牆，在屋頂的大梁上跑。我害怕這腳丫子隊伍，因為那一年從桑椹樹上跌下來後，滿世界的腳丫子就這麼跑過。我說：「我尿呀！我尿呀！」撿起掛在一根椽上的草帽，我不知道這是誰的草帽，戴在頭上把我隱蔽了起來，然後趕緊逃離屋場。

天上出了魚鱗雲，鱗一片一片的。天上有一條大魚哩，我簡直都聞見了一股腥味。這時候一隻飛機飛過，飛機後拖了條白帶，經久不散，天就被割開了，或者是天裂了，漏了水，魚也不見了。半個下午我就一直看著天，沒再回屋場幹活，吃晚飯的時候啞巴才把我從碾盤上拉回去吃飯。飯是米兒麵，下著南瓜葉，顏色好看，做得也稠，但吃起來苦。我說：「飯這苦哇！」大家都說苦，是南瓜葉把飯弄苦的，就放下了碗。匠人和幫工的都不吃了，菊娃就在廚房裏埋怨，訓斥著臘八提一口袋麵粉去重新軋麵條。夏天義累得躺在堂屋的條凳上，讓啞巴給他捶背，捶了背又用木槌子敲腳心，聽見院子裏吵嚷，說：「南瓜葉有啥苦的？」起來盛了一碗來吃。我看見他第一口飯進嘴，眉頭分明是皺了一下，我說：「苦吧？」他說：「不苦麼，這哪兒苦？」就把一碗飯吃了。我說：「二叔嘴裏不苦心裏苦。」他拿眼睛瞪我，低聲說：「一鍋飯哩……你就不起個好作用！」他去盛第二碗，菊娃已經把鍋裏飯往一個木桶裏舀，木勺在桶沿上磕得刮刮響，說：「咱富裕得很麼，一鍋飯就這樣著糟蹋?!」夏天義沒有吭聲，盛了第二碗坐到堂屋門檻上。菊娃對慶堂說：「你把桶提回去，餵豬去。」夏天義說：「你們不吃了都給我留下，我明日吃，看把我毒得死！」

這是我看到夏天義理兒虧最忍氣吞聲的一次。他吃完了第二碗，還去盛第三碗，竟然沒有人勸他不要再吃了，似乎大家都在看他的笑話，看他自作自受。這我就生氣了，我過去奪了他的碗，說：「這何必呀，一鍋飯能值幾個錢?!」他說：「那你替我把這半碗吃了。」為了夏天義的臉面，我把剩下的半碗飯端起來吃，那個苦呀，像吃黃連。半碗飯還沒吃完，君亭扶著慶滿醉醺醺地經過院門前，我聽見有人說：「咋醉成這模樣了！」慶滿舌根子硬著，說石牌樓收拾停當了，君亭請客吃飯，在書正媳婦的飯店裏殺了三隻公雞，喝了五瓶子燒酒，還有一筐白蒸饃。君亭也在說：「吃肉吃肉！喝酒喝酒！」兩人便撲沓在地上。

再說第二天的晌午，農貿市場就舉辦了開業典禮。典禮儀式由君亭主持，十分的體面和熱鬧，這就不用說了，而成百個貨台上全有人擺了貨，惹得三一二國道上來往的車輛都停了下來，乘客買了這樣又買了那樣，大包小包的，像是來了一群蝗蟲和土匪。陳星在市場上也有一個攤位，雖然沒有蘋果出售，卻事先到南北二山收購了木耳、黃花和蕨菜，還有三十六隻土雞，十二隻兔子。幫他照料攤位的是翠翠。陳星鬼機靈，拿著他的吉他，一邊彈撥一邊唱歌，顧客就招攬得多，竟把所有的山貨全賣了。喜歡得坐在貨台上數錢，錢是一大堆零票子，蘸一口唾沫數一張，就把一卷子要給翠翠，翠翠不要，陳星便拉了領口將錢塞到了她的胸罩裏。君亭看著了，並沒惱，領著參加典禮的各位嘉賓偏偏走了過來，誇陳星帶了好頭。林副縣長是嘉賓中官職最高的，拍著陳星的頭說：「小夥子，好好幹！」陳星倒會順竿爬，說：「縣長縣長，你聽啥歌我給你唱！」縣長說：「你這吉他能不能彈秦腔？」陳星說：「我不會秦腔。」君亭說：「林縣長也是秦腔迷？」縣長說：「愛好吧。聽說清風街有個退休教師對秦腔痴得很，還畫了秦腔臉譜？」陳星推著翠翠說：「那是她四爺！」縣長說：「能不能讓我見見你四爺？」君亭說：「也是我四叔，我讓我四叔來吧。」林縣長說：「那不行，我得去看望。」君亭就讓翠翠給夏天智捎口信，讓準備準備，飯後他帶縣長到家裏去。翠翠一溜煙先跑回去了。

翠翠把消息告訴了夏天智，夏天智在院子裏讓人理髮著，不肯信。翠翠說：「信不信由你，我把話捎到了。」賭氣便走。夏天智又喊她回來，說：「你沒哄爺？」翠翠說：「我哄你，讓我死了！」梅花進了院，拿起院門後的掃帚就打翠翠，叫道：「你死了好了，就不給我丟人了！」理髮人趕忙擋了翠翠，說：「這不怪女子，是她四爺不信翠翠的話，逼她那麼說的麼。」梅花說：「幾個人都給我說了，這不要臉的一天到黑不沾家，竟然在市場上幫陳星招呼攤子哩！」夏天智和理髮人才知道話說岔了。翠翠嗚嗚地哭，說：「那又咋啦？我幫人家賣貨哩，又不是住到人家屋裏啦，丟你啥人啦?!」梅花說：「你咋不住到人家屋裏呢？夏家人經幾輩，還沒出過你這號不要臉的！」舉了掃帚又要打，翠翠從門口逃開，梅花攆出去，二返身回來放下掃帚，撿了一根樹條子再攆了出去。夏天智說：「平常把娃慣得沒樣兒，這會兒倒凶成這樣！娃娃長大了，箍了盆子能箍住人？是不是縣長要來？」理髮人說：「翠翠說是縣長來。」夏天智說：「那你還愣啥，快些理！」理畢了，拿鏡子一看，埋怨前邊理得太小，說：「人老了頭髮稀，你理得這麼小，禿頂上用什麼遮蓋呀！」理髮人說：「四叔你這頭型前大後小，前邊理得大了後邊就顯得更小。你看不見你後邊。」夏天智對著鏡子撥了撥頭髮，還是不滿意，說：「理成這樣，瓜不瓜?!」理髮人說：「才理過髮都是瓜瓜的，過三天就順眼了。」夏天智說：「過三天？一會兒縣長就來呀！」掏了兩元錢打發理髮人走，還說：「竹青說理髮店不賺錢，憑你這手藝，到哪兒賺錢呀?!」

夏天智等理髮人一走，就喊在廚房做飯的四嬸出來，看他髮型行不行？四嬸說：「你嘟嘟囔囔訓人家理得不好，我在廚房裏聽著了，也惱得不想理你，你現在是農民了又不是教師！」夏天智說：「就是農民了咋，縣長還要來看我哩！」當下又洗了一下頭，使頭髮更蓬鬆些，就讓四嬸把院子掃掃，把夏風的小房內整理好，讓縣長來了到夏風的新屋坐，那裏家具新，顯得光亮。他自己卻把新畫的馬勺全擺出來，又把顏料和畫筆也擺好，然後坐在了籐椅上等候。

等候了兩個小時，君亭並沒有領了縣長來。四嬸要夏天智吃飯，夏天智不吃，說正吃著客人來了多難看，再者，縣長既然能來看臉譜馬勺，肯定是個秦腔迷，秦腔迷遇到秦腔迷能不唱幾句，吃飽了飯就唱不成了。又說：「白雪不在，秦安又病了，那就把上善找來，上善還能唱一段《下河東》的。」四嬸說：「你平日架子端著，縣長一來就輕狂成啥了？」老兩口致了氣，不再說話。夏天智坐在椅上看著太陽從屋簷上跌下來，又從台階上落在院子，君亭還沒有領縣長來，就懷疑是翠翠說謊了。四嬸說：「翠翠這娃口裏沒個實話，幾次給梅花說她去同學家呀，有人卻看見她是去了陳星的果園裏。她肯定哄了你！吃飯吃飯，再不吃前腔貼到後腔了。」把飯端出來，正要吃，院門外摩托車嘟嘟地響，聽見有人在說：「君亭，今日給你過事哩！」君亭說：「不是給我過事，是清風街過事哩！」那人說：「那還不是把貓叫個咪！今日高興，喝高了？」君亭說：「不高，不高。」夸的一聲，院門被撞開，君亭和摩托車就倒在門口。夏天智忙放下碗，說：「來了！」跑到門口，抬頭望巷中，巷中沒人，一隻雞昂頭斜身走過。倒在地上往起爬的君亭說：「四叔，快把摩托掀開，壓住我腿了！」夏天智說：「縣長呢，不是說縣長要來嗎？」君亭說：「縣長來不了啦，正吃飯著，縣政府來了電話，說東鄉鎮有人去縣政府大門口鬧事，催他快趕回去，我是來給你說一聲的。」夏天智唏噓了半天。

這天下午，君亭就睡在了夏天智家。他是心鬆了下來又多喝了酒，一進夏天智家就醉睡不蘇醒。老兩口拖他到炕上，蓋了被單，出去到地裏轉了一圈，回來君亭還在睡著，而炕下吐了一堆東西。四嬸一邊清除，一邊罵君亭，但君亭還是沒醒，直睡了兩天兩夜。

你有沒有這樣的經驗：當你在山上，再高的山，山上什麼也沒有，可你只要一屙屎，蒼蠅就出現了。你挖一個水塘，什麼也不放，只放水，水在塘裏只有半年水裏就生出魚了。我終於揹著行李要去縣劇團，恰走時想見見君亭，因為我覺得我這一去，說不準就從此脫下了農民這張皮，不受君亭領導了。但君亭在夏天智家醉睡不起，我在夏天智家的院牆外轉了轉，沒敢進去。夏天智家的西隔壁是水牛家，水牛他奶八十歲了坐在牆根梳頭，白頭髮掉下來她繞成一個小團往牆縫裏塞，我突然產生了一個怪念頭，就脫下褂子捉蝨子，夏季裏蝨子少，畢竟還捉住了一隻，便也塞進了牆縫裏，還用土糊了糊縫口兒。蝨子是最古老的蟲子，我想把我的蟲子留下來。

我到了縣劇團，夏中星他沒有失信，就讓我跟隨他們去巡迴下鄉，負責保管和展覽秦腔臉譜馬勺。但他對我的要求十分嚴格：下鄉期間，我不離馬勺，馬勺不離我，保證馬勺不得損壞和丟失。我說：「馬勺是我爺，我是它孫子，行了吧！」中星梳他的頭髮，就那稀稀幾根，在頭頂上抹過來黏過去，說：「頭髮少了。」我說：「靈人不頂重髮。」他快樂起來了，唱：「王朝馬漢一聲叫，你把老爺×咬了?」唱完了，想起我是沒那個的，就抱歉地笑笑。我不在乎這些，我關心的是另一件事，我說：「我跟劇團下鄉，白雪知道不?」中星說：「知道。」我說：「她沒說啥吧?」中星說：「沒說啥呀!」我說：「哇!」夏中星說：「你咋啦?」我說：「沒啥，沒啥。」

第一站我們去的是竹林關鎮，出發時，我看見白雪上了那輛大卡車，我也往大卡車上爬，中星卻把我拉下來，讓我坐到一輛拖拉機上。拖拉機上裝著戲箱和那些臉譜馬勺。拖拉機在山路上搖搖晃晃走了大半天，我突然想到我塞在牆縫裏的那隻蝨子，蝨一定是飢癟了，但癟了的蝨即便成麥麩子一樣，見風就飄，飄到人的身上就咬住吸人血，飄到豬的身上就咬住吸豬血。我一路都在指揮著我的蝨，先去咬了丁霸槽，這是要向他顯示，再去咬了白恩傑，還是向他顯示，最後去咬夏天智，夏天智覺得脖子上癢，手一摸，捉住了，說：「蝨子?我身上生了蝨子?!」他用兩個指甲要擠死蝨子，一股風把蝨子卻吹跑了。

到了竹林關鎮，鎮上有個騾馬會館，是清朝年間這一帶騾馬商隊修的祭祀神靈的地方，也是來往歇腳點。騾馬會館現在是破爛不堪了，只剩下一個戲樓和一個後殿。戲就在戲樓上演，馬勺的展覽布置在後殿。我和白雪見面不多，他們排戲和休息在鎮上的一個大倉庫裏，我要看管馬勺，就只能一個人睡在後殿。

劇團是白天演一場，晚上演一場。每次演出前，中星都要上台，都要講秦腔是國粹，是優秀的民族文化傳統，我們就要熱愛它，擁護它，都來看秦腔；秦腔振興了，我們的精氣神就雄起了。再要講這次演出是在縣委、縣政府的正確領導和無微不至的關懷下，劇團全體人員經過精心排練，推出的最有代表性的秦腔戲，是把最好的藝術奉獻給大家。當然，他還講了為配合這次秦腔巡迴演出，專門組織了一個秦腔臉譜展覽，也希望大家能踴躍去參觀。他的這些話，像君亭在大清寺裏唸報紙和文件一樣，唸者慷慨激昂，聽者卻無動於衷，戲台下人來得並不多，來的人又都不喝采，不鼓掌。中星最後說「謝謝」，自己就走下台了。

看戲的人不多，參觀臉譜馬勺的人就更少，原本我也該講講秦腔的歷史以及這些臉譜的含義和特點，但這些我卻說不出來。我能介紹的只是這些臉譜是清風街一位退休老校長畫的，夏天智是誰，是劇團裏白雪的公公。來人聽到白雪，他們就來興趣了，說白雪的戲唱得好，一聽她唱戲把人聽得骨骨節節都酥了，說白雪吃什麼喝什麼了，咋就長得那麼親，是不是乾淨得不屙不尿連屁都沒有？我可以這麼說，他們不能這樣說，他們好比是從花園子邊路過，看見一朵玫瑰花，稱讚過這花好，就要用手去摘它，或者突然怨恨了，向花撒一把土，吐一口痰。我當然就發怒了，把他們往出趕，幾次差點兒打起來。這麼著，參觀的人就更少了。但一連三次來過一個人，人長得怪難看的，說話都咬文嚼字，口袋上插了個鋼筆，他是每次看完戲又來參觀，聽說臉譜馬勺是白雪的公公畫的，而我又同白雪是一個村的，就不停地打問白雪的事。我警惕了，問：「你幹啥的？」他說：「我是白雪的戲迷。」他這號人竟然也是白雪的戲迷，我就得考察他是迷了戲還是迷了人？沒想他竟說他看過白雪所有的戲，還為白雪寫了詩讚。我說：「你寫詩讚？你唸唸！」他真的張口就唸了，他唸得的確好，從此我就把這詩讚永遠記住，沒人時就自己吟誦了。

這詩讚是這麼說的：州河岸縣劇團，近十年間一名旦。白雪著美名，年紀未弱冠。態驚鴻，貌落雁，月作眉，雪呈靨，楊柳腰，芙蓉面，顏色賽過桃花瓣。笑容兒可掬，愁容兒堪羨，背影兒難描，側身兒好看，似牡丹帶雨開，似芍藥迎風綻。似水仙凌清波，似梨花籠月淡。似嫦娥降下蕊珠宮，似楊妃醉倒沉香畔。兩淚嬌啼，似薛女哭開紅杜鵑。雙蹺緩步，似潘妃踏碎金蓮瓣。看妙舞翩翩，似春風搖綠線。聽清音裊裊，似黃鶯鳴歌院。玉樹曲愧煞張麗華，掌中影羞卻趙飛燕。任你有描鸞刺鳳手，畫不出傾國傾城面。任你是鐵打鋼鑄心，也要成多愁多病漢。得手戲先說一遍：《梅絳雪》笑得好看，《黃逼宮》死得可憐。《串龍珠》的公主，《玉虎墜》的王娟。《飛彥彪》的忽生忽旦，《雙合印》的裹腳一綻。更有那出神處，《二返安》一齣把魂鉤散，見狄青愁容兒一盼——怨；戽寶刀輕手兒一按——慢；繫羅帕情眼兒微倦——乾；抱孩子笑龐兒忽換——豔。看得人神也昏，望得人目也眩，掙出一身風流汗。把這喜怒哀樂，七情畢現且莫算，武蘭兒熟且練。《姬家山》把夫換，《撮合山》把詩看。穆桂英《破洪州》，孫二娘《打店》。纖手兒接槍，能幹；一指兒攬刀，罕見。回風的一條鞭，撥月的兩根劍。一騎桃花如掣電，腳步兒不亂；三尺青鋒如匹練，眼睛兒不眩。筋斗雲凌空現，心兒裏不跳，口兒裏不顫。鵓鴿窠當場旋，兩腳兒不停，一色兒不變。聽說白雪把戲扮，人心慌了一大半，作文的先生拋了筆硯，老闆的顧不得把帳看。擔水的遺桶擔，縫衣的擱針線，老道士懶回八仙庵，小和尚離了七寶殿。還有那吃菸的把菸捲兒叼反，患病的忘了喝水，藥片乾嚥。真個是不分貴賤，不論回漢，看得人廢寢忘食，這才是樂而忘倦，勞而不怨，人人說好真可讚。

有了這長篇詩讚，我就在後殿裏反覆朗誦，來參觀臉譜的人都疑惑惑地看我，他們看我，我也看他們，繼續朗誦，他們就說：「這人腦子有病！」趔趄著腳往出走。中星來批評我，說：「叫你展覽臉譜的，你來這兒練嘴皮啦？」我說：「我宣傳白雪麼！」中星說：「白雪用得著你宣傳？你的職責是展出臉譜，你就得給人多講臉譜的事！」我說：「這我不懂。」中星說：「你鼻子下的嘴呢，不會請教演員？」請教誰呀？我當然第一個想到去請教白雪，但我不敢，只好去請教演《拾玉鐲》的王老師。我也知道還有個邱老師比王老師知識更多，邱老師卻是男的，請教王老師其實還是為了容易接觸白雪。但是，每次我去找王老師，旁邊的白雪就走開了。一次吃飯，我明明看見白雪和幾個演員拿著碗去伙房，我就鼓了勇氣迎面朝她走，而白雪看見了我，卻折身又回到倉庫的宿舍去。演員們喊：「白雪，你還吃不？」白雪說：「你們先去吧，我過會兒來。」我知道她又在避我，只好打了一碗菜，筷子插了兩個蒸饃回到後殿去。後殿裏沒有一個人，聽得見老鼠在什麼地方跑動和啃東西。頓頓腳，響聲停了，腳一停，響聲又起。我放下碗坐在那裏吸紙菸，聽起遠處隱隱的人笑。

我只有在晚上演出時才能睜大了眼睛看白雪。她在台上演《藏舟》，唱道：「耳聽得樵樓上三更四點，小舟內難壞了胡氏鳳蓮，哭了聲老爹爹兒難得見，要相逢除非是南柯夢間。」台上演的是更深靜夜，台下正好也是彎月當空，我想，一隻小船兒浮漂在江心，船上一個女人唱著歌訴她的哀傷，我的眼淚就下來了。這時候，有人在拍我的肩，回過頭來是王老師。她說：「你哭啦？」我說：「白雪在船上一唱我眼淚就止不住了。」她說：「是胡鳳蓮在船上唱。」我說：「噢，是胡鳳蓮。」她說：「你不知道吧，這段唱腔是我設計的，胡鳳蓮因爹死後十分悲痛，但她是在船上，又處在複雜的心理狀態下，再加上夏公子還在身邊，所以設計的唱腔節奏平穩，旋律和緩，才符合她身分。你這一哭，正是我想要的效果！」她是在誇耀她哩，我就不哭了，擦眼淚，可眼淚越擦越多，最後竟哭出了聲。戲台子上，白雪還在划船，她走起了碎步，像水上漂，漂過來漂過去，我覺得滿台上都是水，水從台子上溢下來，戲台子下面就全是水了。突然，白雪是身子一個趔趄，她捂住了嘴，幾乎要倒下去呀，最後還是站住，鑼鼓點子就亂了。這是嚴重的失場，別人看不出來，王老師看得出來，她「啊」了一下。我說：「鑼鼓咋敲的?」她說：「白雪懷了孕，她犯噁心了。」我說：「咹?白雪懷孕了?!」王老師踢了我一腳，說：「喊啥哩!」

白雪真的是懷孕了。這消息其實在劇團裏不是祕密，原本彩排時她就給中星說過，但白雪是台柱子，中星要求她繼續上戲，到了實在堅持不下去了再說。這次失場後，白雪就再沒出演A角，只在別的戲裏跑跑龍套。對於白雪懷孕，我心裏怪怪的，說高興我高興不起來，說難過也算不上是難過。已經有幾次，我遠遠地留神過她，她蹲在那裏嘔吐，嘔吐又嘔吐不出來什麼東西，然後就坐在那裏不停地唾唾沫。她離開了，我走過去，那塊地方被她唾得像落了一層雨，我就可憐起了她。但我能給她做些什麼呢?第二天的晚上戲演完後，我瞧見她和另一個女演員去鎮街口買燒雞，另一個女演員買了一塊醬雞肉，她卻要買辣雞肉，說：「口寡得很，啥都不想吃，就饞辣雞肉。」另一個女演員說：「酸男辣女，你要生個女娃呀!」她說：「那就來個『貴妃』!」我還糊塗她怎麼說「貴妃」?她買了一個雞腿一個雞翅高高興興走了，我才明白雞腿是「跪」，雞翅是「飛」。我就過去對賣燒雞的小販交代，叫他每晚戲畢後提了盒子到倉庫宿舍那兒去賣。

白雪不出演A角了，看戲的人越發少，急得中星嘴上起了火泡，要求晚上演出前兩個小時就得「吵台」。來參觀臉譜的就更少，我雖然從王老師那兒學到了一些秦腔的知識，但仍是不夠，我說：「王老師，你給我寫個什麼東西，我把它抄了貼在牆上，可能來參觀的人就會多的。」王老師說：「你想了個美!我怎麼給你寫這些，就是我給你寫，我有時間嗎?!」她傷了我，我就再不願提說了。可是到了午飯前，她卻主動來給我說，她同意給我寫的，我就買了一個燒雞腿謝她。午飯後，演員們都休息了，我睡不著，到村邊的小河裏去洗澡，我沒有想到小河邊的樹蔭下坐著白雪，白雪趴在石頭上寫什麼。我幾次都要走近去，抬了腳又收回了腳，我怕我過去了白雪肯定要走的，不如她就坐在那裏能讓我好好地看著她。她低了頭寫，頭髮撲撒在面前，頭髮是那麼黑，襯得臉是那麼的白，寫著寫著寫不下去了，抬了頭，太陽從烏雲裏露出來了，嘴角咬起筆桿。筆桿前世是啥變的呀，這樣有福！她又開始唾唾沫了，一口一口往河裏唾，河裏的魚都是紅魚，向那裏游，河裏就紅了一片。我就這麼一眼一眼看她，她怎麼抬手，怎麼擰身，我說不出來，但我全裝在眼裏，等她已經離開走了，我眼前還是她坐著寫字的神情模樣！到了下午，王老師交給了我一份關於秦腔的介紹材料，字寫得並不好，但清晰整潔。我說：「我給你買雞腿！」王老師說：「得買一隻整雞！」可我把材料拿到後殿，在一張大紅紙上抄寫的時候我聞見了材料上的氣味，這氣味和先前我偷白雪的胸罩上的氣味一樣，我明白了這材料是白雪寫的。王老師，你哄我，你哪兒肯寫材料，你哪兒又能寫了材料，你有這氣味嗎，一個老太婆了有這麼香的氣味嗎？

材料上是這樣介紹著秦腔：秦腔，又名秦聲，是我國最早形成於秦地的一種梆子聲腔劇種，它發端於明代，是明清以來廣泛流行的南崑、北弋、東柳、西梆四大聲腔之一。唱腔以梆子腔板腔體為主，除有「慢板」、「二六板」、「帶板」、「滾板」、「箭板」、「二倒板」等基本板式，還有「麻鞋底」等彩腔腔調十餘種。板路和彩腔均有歡音、苦音之分，苦音腔最能代表特色，深沉哀婉，歡音腔剛健有力。凡屬板式唱腔，均用真嗓，凡屬彩腔，均用假嗓。伴奏曲牌分絲弦曲牌和管樂曲牌，數目甚豐，常用也有一百餘首，如「小開門」、「紫南風」、「朝天子」、「雁兒落」、「柳生芽」、「步步高」等。鑼鼓經名目繁多，有慢、中、快、散四種類型，依其作用又有開場、動作、板頭、曲牌鑼鼓四種之別。樂隊分文、武場，文場以胡琴為主奏，武場以鼓板為主奏。表演均以我國傳統的戲曲虛實結合、且以寫意為主，並採用虛擬的表現手法，有四功五法和一整套的程式，再加上世代的藝人的智慧運作和多方創造，形成眾多「絕活」。角色有三大行十三小行，三大行為生、旦和花臉。十三小行是鬍子生、老生、小生、武生、正旦、花旦、小旦、老旦、彩旦、武旦、大花臉、二花臉和三花臉。現存傳統劇目三千多種，多為歷史故事戲，劇中主要人物也多係帝王將相、忠臣義士、英雄豪傑和才子佳人。最擅長搬演袍帶戲、紮靠戲和「光棍戲」。組班制統「四梁四柱」，「四梁」為頭道鬍子生、大花臉、正旦和小旦。「四柱」為二道鬍子生、二花臉、小生和丑。這些行當要求唱唸做打俱精，且有各自的絕招和拿手好戲。臉譜旦角多用墨綢紗包頭、貼片子。丑角有梅花、蝙蝠、銅錢和全白臉等，淨臉譜色塊大，起竅高，面窄額寬，圖紋多變，可分為花臉、白臉、黑臉、紅臉和淨臉。勾黑臉表示人物鐵面無私，剛正不阿，如《鍘美案》中的包拯。曹操、潘仁美因其驕橫、霸道和奸詐，則勾白臉。勾紅臉則表示人物有忠貞英武的性格特徵，如關羽。還有特殊的臉譜勾法如旦角淨扮，淨角俊扮，生角淨扮。

我感動著白雪為我寫這麼長的文字，也感嘆她知道的這麼多，明白她不離開劇團去省城，實在是她為了演戲而生的，我說：白雪，白雪，你真偉大！卻就擔心起她的身體了。她妊娠反應是越來越厲害，不出演了A角，看戲的人越發地少，少到有些寒磣。劇團又演了一個晚上，又演了一個晚上，戲畢吃宵夜，是一人一碗白菜豆腐湯和一個大蒸饃，大家就地坐了一圈吃喝，中星便喊我也坐過去吃。中星問：「今日到你那兒看的人多少？」我說：「四個人。兩個老漢，一個婆娘，婆娘懷裏抱了個娃。」一個演員就對我說：「引生，你現在看見了吧，我們像不像個要飯的，揹個鋪蓋四處流浪！」中星就訓道：「你怎麼說這話！」那個演員說：「好，好，為了振興秦腔我們光屁股攆娘哩，不怕死也不知羞！這樣說行吧？」我笑了笑，趕忙岔話，說：「在竹林關鎮還要演幾天？」中星說：「再演兩場，就轉到過雲樓鄉去，那裏條件好哩。」另一個演員說：「我佩服咱團長的革命樂觀主義精神！

來這兒前你說條件多好多好，可一場戲，咱掙死掙活地演哩，能有幾個人看？」中星說：「正因為人少，我才讓鎮上包場哩。」那演員說：「一場包四五百元，還不夠咱的枉累錢！即便吃虧賠本也行，你總得有人來看呀，中午加演的那一場，我現在臉還紅哩。」我說：「你們做演員的還有臉紅的？」那演員說：「演員總該長了臉吧？中午演到最後，我往台下一看，只剩下一個觀眾了！可那個觀眾卻叫喊他把錢丟了，說是我拿了他的錢，我說我在台上演戲哩，你在台下看戲哩，我怎麼會拿了你的錢？他竟然說我在台下看戲哩，你在台上演戲哩，一共咱兩個人，我的錢不見了不是你拿走的還能是誰拿走的？」中星黑了臉，說：「我告訴你，你再這麼編段子作踐劇團，我就開除了你！」他站起來，對我說：「走，不聽他胡說八道了，我跟你到後殿說話去！」

到了後殿，中星說：「演員裏邊有些人文化低，素質差，只算經濟帳不算政治帳！」我說：「這兒沒人，你給我說實話，你也是當了一段時間的團長了，你說說這秦腔還有沒有前途？」中星說：「這話怎麼說呢？」我說：「恐怕有一天，劇團就散夥了。」中星說：「劇團畢竟是一批人吃飯的地方麼。」還要說什麼，忽然聽到一陣吵鬧，就有人跑來找中星，說劇團收拾舞台的那些人和村人吵起來了，村人說戲台上是他們三戶人家放麥草的地方，為演戲才騰了出來，應該給他們三戶人家付騰場費。中星說：「鎮上包了場，還給他們什麼錢？讓後勤科老王去處理吧。」那人走了，中星說：「咱整天說傳承民族文化，秦腔就是民族文化的精粹啊，振興秦腔應該是文藝工作者的責任。再說，如果沒有了秦腔，群眾文化生活就只有喝酒搓麻將？」我說：「問題是沒人看秦腔麼，真不如演歌舞，你知道不，清風街有個陳星，歌兒唱得好。」又有人跑來說：「團長，老王處理不了，雙方打起來啦！」中星說：「好好說，打啥哩？別見風就是雨，讓劇務科老張去，他能鎮住！」那人走了，中星說：「你說唱流行歌，把劇團變成卡拉ＯＫ廳?!」我說：「陳星一唱歌，清風街的年輕人都去了，翠翠就是因為他能唱歌才和他好的。」又有人跑來了，說：「團長，老張毬不頂，打出血來了，你再不去就出人命啊！」中星說：「那快去叫派出所呀！」那人跑去了，中星說：「翠翠？是雷慶的小女兒……真要出人命呀？我得看看去！」

這個晚上，人命是沒出，但事情鬧大了，它牽連了我，不但失去了繼續跟著劇團巡迴演出的機會，更讓我在白雪面前丟盡了臉面！事情是這樣的：中星走後，我先一直在後殿裏，而中星去了戲樓，劇團裏的一些演員已經和竹林關鎮的村人打成了一鍋灰，當然是中星把演員們都撤回了倉庫宿舍，宣布關上倉庫大門，一律不准出外，要大便的先憋著，要小便的，男演員從北邊牆角的那個窗口往外尿，女演員在隔開的那邊門下往出尿。但村人的怒氣並沒有消，他們又攆來在倉庫外叫罵，罵得很難聽，甚至有了石頭和瓦塊打在了鐵門上。我本來乖乖地呆在後殿，可我那時卻操心起了白雪，我想雙方打鬧起來，白雪會不會也去現場了呢？即便她不會參與打架，但別人會不會撞了她呢？她可是有身孕的人，提著雞蛋籃子過街，不怕咱擠人就怕人擠咱啊！還又一想，如果誰撞一下白雪也好，不要撞得太重，最好讓我看見，我就會豁出命去撲上去和那人打，我打壞了他，我英雄，他打壞了我，白雪就會心痛我。這麼一想，我就往倉庫那邊跑，竟沒有關後殿的燈，門也沒鎖。等我跑到倉庫，倉庫大門前黑黝黝站了一夥人，石頭瓦塊往大門上砸，我偷偷溜到倉庫背後的窗下，輕聲喊：「喂，喂！」倉庫裏靜悄悄的，沒人回答。前門的打砸聲、叫罵聲漸漸平息了，我又輕聲喊：「團長，團長！」沒人時我叫中星是中星哥，當著演員面我叫他夏團長。中星應了聲，說：「誰？」我說：「走了走了。」中星趴在窗口說：「走了？」我說：「你們沒事吧？」中星在倉庫裏說：「走了，走了。」話剛落點，電燈卻滅了。倉庫裏一陣騷動，中星在說：「不許出去！電線鉸斷了就鉸斷吧，閉上眼睛都是個黑麼！」倉庫裏又靜下來，我聽見有人放了一個很大的屁。這時候，遠遠的地方傳來賣燒雞的聲音，說：「燒雞——誰買燒雞——」我對窗縫又叫：「夏團長，團長！」中星說：「你快回去睡去！」我說：「沒事吧？」中星說：「沒事。」我問的是白雪有事沒事，但我不能提說白雪的名，又說：「真的沒事？有賣燒雞的。」中星就躁了，罵道：「你回去！」

我回到了後殿，打老遠看見後殿的門敞開著，覺得奇怪：剛才我沒鎖門？心裏就緊了！一進殿果然，殿裏亂七八糟，有三個臉譜馬勺被砸成了碎片，有四個斷了勺把，我的被子上被澆了水，那一隻碗在門口，是三瓣。狗日的，他們沒有砸開倉庫鐵門，來我這裏發洩怨恨了！我清理了一下臉譜馬勺，一百二十個臉譜馬勺，毀了七隻，丟失八隻。我一下子火冒了三丈，提了個條凳就衝出了後殿，跑到戲樓前，戲樓前沒人，又跑到街口，街口沒人，我狼一樣地喊：「人呢，狗日的人呢？我日你娘了你打砸搶臉譜馬勺?!」沒人回應我，我掄起條凳往一個碌碡上砸，條凳的四個腿兒就全飛了。我撲沓在黑地上嚎啕大哭。

到了天明，劇團裏有兩個演員收拾了鋪蓋離團回縣了，他們是早已聯繫了南方的一個演出班，因中星沒允許才留下來，現在一走，大家心就亂了。中星挽留那兩個演員沒挽留住，卻當著所有演員的面開始罵我，罵我沒有保護好臉譜馬勺：「你咋不死呢？你被打死了我給你申報個烈士，可你好好的你把馬勺讓打砸搶啦，你讓我怎麼給四叔交代?!」我說：「我給四叔賠！」中星說：「你拿啥賠？你拿毬賠呀，你還沒毬哩！」罵我可以，他中星揭我的短我就生氣了，何況當場還有白雪，而劇團人壓根不知道我是自殘過的。我說：「你當團長哩你這麼粗野？」中星說：「你惹下亂子了我再給你笑？你滾！你給我滾！」我就這麼離開了劇團。我在劇團裏的失敗，完全是一種天意，我是真不該保管和展覽夏天智的秦腔臉譜的。在我走出了十米遠，我回過頭來，中星以為我要報復他，他說：「你要幹啥？」我拿眼在人群裏尋白雪，白雪就站在女演員中間，她頭上別著一枚髮卡，太陽把髮卡照得像一顆星星，光芒乍長乍短。我深深地彎下了腰，鞠了一躬，頭上的草帽就掉下去，我沒有拾，我覺得整個腦袋都掉下去了。他們被我的舉動驚呆了，全都鴉雀無聲。但我終於再次扭轉了身，迅速地跑開，眼淚就雨一樣地灑了一地。

我回到了清風街。清風街是我的清風街，清風街裏的日子是我的日子。我路過州河，從橋上跳下去美美洗了一個澡。太陽很晒，遠處的啞巴在泥灘上用鐵叉插鱉。啞巴空有力氣，就是插不著鱉，嗷嗷地罵著走過來，對著我喊。我不理他，伸手在石堤的洞隙裏摸魚，人倒楣了喝水都會噎住，摸出來的卻是一條蛇。我把蛇扔到岸上，啞巴卻把蛇頭踩了，塞在嘴裏就吸血，蛇沒有了頭蛇還活著，尾巴在他的胸前打得啪啪響。我不願意和凶殘的人呆在一起，從州河裏出來進了清風街，啞巴卻還跟著我。我說：「你滾！你給我滾！」我是有些過分，可不招惹啞巴，我還能再招惹誰呢？我和啞巴就坐在東街的二道巷裏玩起「跳方」。你一定曉得圍棋而不知道「跳方」的，清風街人的「跳方」大致和圍棋是一樣兒的規則。啞巴笨是笨，「跳方」卻跳得好，我一直跳不過他，但我手快，能在落子的時候偷子或把子移位。啞巴今天警覺著我的小動作，雙眼盯著我的手，來運被夾在他的兩腿間，使勁地要掙脫，他的兩腿卻越夾越緊，狗尾巴就像風中的旗子一樣地搖。我說：「來運來運，你搖得心慌不慌？」捏起了啞巴的一顆子。啞巴似乎沒留意，待又重新將子落在另一個方格上，他知道自己是敗了，撓著頭，一臉的疑惑。我嘎嘎地笑起來，用很壞的笑聲羞辱了他。啞巴一下子將方格上的子兒全抹了，一口痰吐在我的臉上。我也不避，吐他一口。我們吐來吐去，來運趁機汪汪大叫跑了出去，原來是中星的爹從巷口過來，已經站在了我們身後。

我一抬頭，驀地看見中星他爹站在跟前，激動得要訴說我的勝利，但立即想起了往事，掉頭就走。中星他爹說：「引生，你從竹林關鎮回來啦？」我腳不停。中星他爹說：「中星沒讓你給我捎東西？竹林關鎮上的木耳好。」我說：「我恨你哩！」中星他爹說：「你恨我？」我說：「恨你生了個壞兒子！」中星他爹愣在那裏，好久了，我才聽到他在問啞巴：「引生咋啦？」

啞巴哇啦哇啦地說，中星他爹聽不懂，走過了三家，去推夏天智家的院門。沒有推開。啞巴又哇啦哇啦。中星他爹說：「你四叔四嬸不在？這院門關著呀！」又搖門環，院子裏有了腳步，開門的卻是夏雨。中星他爹說：「你娘呢？」夏雨說：「和我爹出去了。」中星他爹說：「那你在哩，關什麼門呀？」夏雨伸頭看了一下啞巴和已走到巷口的我，說：「我嫌他們進來干擾。」

中星他爹走進來，廈房門口站著的是丁霸槽，黑小的臉上給他笑，中星他爹覺得那臉像一隻受凍的洋芋。夏雨說：「我和霸槽商量大事哩！」中星他爹說：「你兩個鬼鬼祟祟的，有什麼大事？」夏雨說：「榮叔，你小看霸槽了，霸槽不顯山不露水，我敢說霸槽是清風街最有錢的人啦！」丁霸槽說：「你別誇張呀！」中星他爹說：「大事還不讓我給算算？」夏雨說：「讓你算得花錢麼。」中星他爹說：「辦大事還怕花小錢，那就不是什麼大事！」夏雨說：「霸槽你給榮叔說說。」丁霸槽立即莊重起來，開始講他的設想。丁霸槽的口才好得很，語氣又不緊不慢，兩隻小眼睛像點了漆，黑溜溜發光，他首先誇獎君亭，說君亭也是農民，卻能想到在三角地那兒修建農特產品貿易市場，真是個人物！市場才開張，每天來往的人擠了疙瘩。過去清風街七天一集，如今天天是集，西山灣鄉，茶坊鄉，留仙鎮的集全淡了，更了不得的是吸引了三一二國道上的車輛，幾乎每一輛車都要停下，熱鬧得清風街像是個縣城了。丁霸槽就又提到了書正，說書正兩口子人都說他們窩囊吧，但其實光靈得很，已經在三一二國道邊他家的地裏要修個公共廁所！中星他爹就笑了。丁霸槽沒有笑，他說，我算了一下，修一個廁所投資不到三百元，一坑糞尿要省去多少化肥，一斤化肥又值多少錢？他書正就是出售糞尿，一擔又是多少錢？我還沒給書正說哩，先不給他點這個竅，你想，如果修廁所能把廁所修得高檔一點，衛生保持得好一點，在廁所門口是可以收票麼。省城裏進一回廁所是三角錢，咱這兒只收五分，三一二國道上車流量有多大，一天收多少？任何事情你不敢算細帳，算起來不得了！中星他爹說：「霸槽真是做生意的料！說了這麼多，還沒說到你們的大事呀！」丁霸槽說：「榮叔笑話我了。」便又分析這市場開辦後清風街將來會有多少流動人員，他說他做過調查，市場上有三分之一的人來自四周鄉鎮，這個數目當然還少，但清風街肯定會逐漸形成縣東地區最大的農特產品集散地，因為國家政策優惠，君亭又不是個平地臥的，而且開業典禮林副縣長親自出席，可見縣上會重點扶持，所以說市場還可能擴大。現在是農貿市場，將來會不會擴大有中藥材市場、小商品市場和農耕生產資料市場也說不定。做任何事情不能看一步，看一步你如果沒踏住那就失塌了，要看三步四步。我早些年販服裝的時候，染坊的白恩傑就嘲笑過我，說鄉裏人誰穿你那些衣服呀，可我的生意好啊！我的生意一好，一下子多少人都去販服裝，咱這兒人是南山猴，一個搓毬都搓毬，等他們都販開了，我就不販了。夏雨說：「別說這麼多，你說咱辦酒樓的事。」丁霸槽說：「不說這些說不清麼。榮叔，我和夏雨想辦個酒樓，你說行不行？」中星他爹說：「辦酒樓啊？」丁霸槽說：「清風街飯店不少，可沒一家上檔次，如果僅僅辦個小飯店，打死我也不辦，要辦就辦高檔的。咱可以上雞鴨魚肉，上魷魚海參，也上野味麼。我家你知道，臨街大院子，後邊是四間瓦房，我想把院牆拆了，就在院子那兒蓋兩層小樓，下邊開餐廳，上邊做旅館。你聽我說，君亭在市場那兒建的樓供人住宿，但房間設備簡陋，又沒個吃飯地方，咱們再開個卡拉ＯＫ廳，吃住玩一條龍。說客源吧，大致有三宗：一宗是外地收購土特產的人，周圍四村八鄉趕市場的人；二宗是三一二國道上的司機和乘客，只要給十幾個客車司機有抽成，不愁他不把乘客拉來吃飯；三宗是鄉上的單位，鄉上的單位雖然不多，也各有各的食堂，但縣上市上下來的幹部多，這幾年他們接待都是住在鄉政府，吃在街上的小飯店，那都是些什麼條件呀，可東頭劉家的飯店，僅僅是鄉政府去年就吃了四萬元！」丁霸槽說著拿出一張紙，上面密密麻麻是酒樓的設計圖案，然後是一條一條數據，說全年如果弄得好，可以淨利十五萬到二十萬。中星爹看不懂那圖案，也不想仔細看那些數據，說：「開辦這麼個酒樓得花多少？」丁霸槽說：「就為這事我和夏雨在這兒商量哩！」中星他爹說：「那你們商量。」丁霸槽說：「榮叔我服你了，我才要談到錢呀，你就起身走了！這酒樓我和夏雨一起弄，先貸款，如果貸款不夠，你還得讓中星哥幫夏雨的。」中星他爹說：「你中星哥可拿不出一個子兒來的！」夏雨說：「那你給算算，看能不能辦成？」中星他爹卻站起來說他要上廁所。

中星他爹去了廁所，蹲了好久，肚子才舒服了些。廁所在堂屋後側，旁邊長著一棵紅椿樹，有一摟粗。中星他爹估摸這樹伐下來可以解棺板，能解兩副棺板，一副棺板兩千元，兩副棺板四千元，就想，錢這東西賤，愛聚堆兒，夏天智家有錢，連廁所裏都長這麼大的樹！夏雨和丁霸槽還在廈屋裏嘰嘰咕咕說話。中星他爹低聲說：「我才不給你算卦哩，你辦酒樓吧，把錢全砸進去了就好了！」過了一會兒，院門在響，聽見夏雨娘說：「我們一回來你又往哪兒去？」夏雨說：「我和霸槽有正經事哩。」夏雨娘說：「啥正經事，別人家都開始收豆子呀，你地裏的活不上心，一天到黑也不沾家?!」夏雨說：「地裏就那點莊稼你急啥?我就是有正經事麼，給你說你也不懂。你給我五元錢！」他娘說：「我哪有錢？」夏雨說：「我是借哩，借五元錢將來給你還五萬元！」夏天智突然說：「你偷呀搶呀有五萬元?!我氣得都不願理你！你瞧瞧你這一身打扮，上身光個膀子，褲子黑不黑白不白像張老鼠皮，你那條黑褲子呢？」他娘說：「你管他穿什麼褲子哩。」夏天智說：「咋不管，從穿著就可以看一個人的德性哩！黑衣服多好，黑為青，青為水，水為德哩！」他娘說：「你要他穿成個黑老鴉呀?!」夏雨說：「那爹給我錢，我從頭到腳買一身黑去。」夏天智罵道：「給你個腳！牆高的人了，倒還有臉向我要錢？」

中星他爹咳嗽了一聲，從廁所裏出來。夏天智說：「你來啦？」四嬸直努嘴兒，就把夏雨推出了院門。中星他爹說：「我來借個熬藥罐兒，我那罐破了。」夏天智說：「你那病咋樣了，還沒好？」中星他爹說：「總不見回頭麼。」四嬸去堂屋櫃底下取了熬藥罐兒，用抹布擦塵土，說：「丁霸槽是不是來說那女的事了？」中星他爹說：「這我不曉得。我聽著是要開一個酒樓哩。」夏天智氣又上來了，說：「酒樓，他們要開酒樓？你瞧瞧他那腳步，什麼時候走路腳步沿沿地走過，憑他那走勢，我就把他娃小量了！」中星他爹聽了，拿了熬藥罐就走，他走得一躍一躍的，真的像個麻雀。

夏天智說了聲：「那你不坐了？」就喊，「夏雨，夏雨！」夏雨在院門外送走了丁霸槽，忙返身回來，說：「爹在哪兒不敞快了，回來給我撒氣？」夏天智卻說：「你嫂子的姪兒死了，你知道不？」夏雨吃了一驚，說：「白路死了？他不是在英民的建築隊裏當小工嗎，怎麼死了?!」夏天智說：「建築隊在縣城給人蓋樓，腳手架突然坍了，架子上的兩個人掉下來當場死了，白路本來在樓下搬磚，偏不偏腳手架坍下來把他壓在下面，後來也就死了。」夏雨一時說不出話來。夏天智說：「人已經拉回來了，我和你娘去西街看了看。白路爹去世早，你嫂子又不在，再逢上個秋忙，他家全亂了套，你過去幫幫忙。」夏雨說：「人幾時埋哩？」夏天智說：「事故還沒處理完哩，我讓上善去了，你去別的幹不了，也就幫著把地裏的活給幹幹。」夏雨拔腳就往西街跑。

西街白家，一片哭聲。夏雨進去看了看靈堂後停放的白路，頭腫得像個斗，人不像個人樣，他站著流了幾股眼淚。白雪她娘已經氣病了，睡在東廂房的炕上，許多人圍著說話寬心，給她餵水。院子的台階上堆了一堆才收割回來的豆稈，豆稈沒有摘豆莢，也沒攤晒，豬在那裏拱，白雪的嫂子就坐在一邊拉長著聲哭，旁人咋拉也拉不起。夏雨走到西廂房，上善和白雪的二哥在說話，看樣子話說得時間不短了，兩人臉色都難看，上善就低了頭吃紙菸。夏雨進去，白雪的二哥說了聲：「你來啦？」就又說，「上善，你是代表村委會的，你說這事情行不行？五千元他英民就撂過手啦?!」上善說：「兄弟，你這讓我為難哩麼。四叔讓我來，我也是請示了君亭的，以村委會的名義來解決賠償問題，我就得兩頭跑著，這頭低了我提一提，那頭高了我壓一壓，大致差不多就可以了。」白雪的二哥說：「我把人都沒了，他捨些錢算是啥事？他沒辦法？他青堂瓦舍的蓋了一院子，這幾年還掙得少了？他不肯多出錢那也好，我還要告他呀，我聽說了，架子坍下來白路只是砸成重傷，如果及時送醫院，人還能救，他偏偏就不往醫院送，他說救過來也是殘廢，那以後就是個坑，多少錢都填不滿，死了倒省事，給一筆錢後就刀割水洗了。」上善說：「你這有證據？」白雪的二哥說：「我聽人說的。」上善說：「沒證據你可不敢胡說！白路是最後死在醫院裏的，從架子上掉下來的兩人是西山灣的，掉下來就沒氣了，英民還是送了醫院，白路是清風街的，他英民能不給及時送醫院？」白雪的二哥說：「那五千元就了啦？一條人命就只有五千元?!」上善說：「英民說他和另外兩家基本上談妥了，都是五千元。」白雪的二哥說：「別人的事我不管，他給我五千元我不行，我說一萬就是一萬，他要不給，我就不埋人，把屍首抬到他家去！」夏雨終於聽明白了情況，說：「我插一句，賠五千元是太少，你們村委會應該給他施加壓力。」上善說：「就是像你這樣的人，只圖說落好的話，才把事情越煽越放不下了。那你給英民說去！」夏雨只插了一句話，一句話就被上善噎住，心上不高興，出了西廂房，把拱豆稈的豬轟走了。他在院子裏立了一會兒，知道自己人微言輕，就拿了院門口的背簍和鐮刀去白雪二哥的地裏去收割豆稈。

夏雨收割了一陣豆稈，滿腦子都是上善訓他的樣子，就不幹了，徑直往李英民家走去。他一路上想好了和李英民論理的言辭，但一到李英民家卻一句話都說不出來了。英民的頭髮全白了，彎著腰把一大兩小的沙發往院子裏抬，又開始搬床，床怎麼從堂屋門裏都搬不出來，他就罵他的老婆，老婆也不吭聲，把頭塞在床下往上頂，他一肘子將老婆掀開，用力把床一推，自己的手就夾在門框上，當下撕了一片皮，血流出來。他娘還在屋裏騰一面立櫃，一邊騰一邊流淚，騰完了就在中堂前的桌上燒香，人一撲沓癱在蒲團上不得起來。三踅叼著一根紙菸，在院子裏繞著沙發和床轉，不停地拍沙發背，塵土把他的眼睛迷了，英民說：「那台電視機你也拿上，你就給個兩萬吧。」三踅說：「就那個破電視？我不要！沙發、床和立櫃我給一萬。」英民說：「一萬？我買時掏了三萬哩！」三踅說：「舊東西麼！」英民說：「我才用了一年。」三踅說：「媳婦娶過門一天，分了手就是離婚。二婚的女人還值錢？」英民的娘身子戳在那裏，半天沒有動，說：「你再給加加，給一萬五吧。」三踅說：「你也在事頭上，不說啦，加兩千。」英民說：「兩千就兩千，你拉走吧！」三踅著人把沙發和床往院門外的架子車上裝，英民的老婆哇地哭起來。英民說：「你哭啥呀，哭啥呀，唉，我真……」他發著恨聲，手背上的血已流了一片，在地上撿雞毛黏。夏雨給他招手，說：「你過來，我給你說個話。」

夏雨把英民叫到了雞圈旁邊，夏雨說：「你把這些家具賣給了三踅？」英民說：「我急著用錢呀。」夏雨說：「你這是不是要給人看的？」英民說：「給人看能把三萬元的東西一萬二賣出？」夏雨說：「人都說你有錢，那你這些年掙的錢呢？」英民說：「不就是蓋了一院子房，又添了這幾件家具麼。外頭倒是還欠著幾萬元施工款，可已經兩年了要不回來。」夏雨說：「我剛從白家過來，那邊天都坍了，你能給人家拿多少？」英民說：「五千。」夏雨說：「五千元太少。出了這等事，誰也不願意，既然出了，趕快讓人入土為安，五千元是少了，你給上一萬，我代表我爹平這場事。」英民說：「你和白家是親戚，四叔讓你能來給我說這話，我感激四叔和你哩！可我確實再拿不出來，如果給白路一萬，那兩家肯定也要一萬，那我也就只有死了！」英民扭過頭對老婆說：「你倒還哭個啥麼，唵，把紙菸拿來，夏雨代表四叔來的，把紙菸給夏雨！」夏雨說：「我不吸。」英民拿了凳子讓夏雨坐下。

英民的女兒從院門外跑進來，連聲著喊爹，說：「來啦！來啦！」英民說：「誰來啦？」女兒說：「西山灣人來啦！」英民說：「來了就把人家請進來，誰也不能惡聲惡氣。」女兒說：「來了兩撥人，十幾個哩，在街口就罵，說要賠兩萬，一個子兒都不能少！」英民臉當下煞白，就對三踅說：「兄弟，你幫幫哥，你快去巷口把人擋住！」三踅說：「要鬧事呀？我去看看！」三踅就出去了。英民說：「你看，你看，他們倒要兩萬！」遠處已傳來了吵鬧聲。英民突然說：「夏雨，不怕你笑話，我現在得了稀屎癆了，一急就夾不住屎啦。你坐，我上個廁所。」

英民去了山牆後的廁所再沒出來，一夥人就進了院，粗聲喊：「李英民。」夏雨跑到廁所，英民沒在廁所，廁所牆上搭著一架木梯，木梯下掉著英民的一隻布鞋。進來的人全都戴著孝，見英民逃跑了，就跳著蹦著罵，越罵氣越大，有人把小板凳踢飛了，小板凳偏巧砸在中堂桌上的插屏上。插屏的玻璃就裂成條，插屏裏裝著英民爹的照片，老漢的臉成了麻臉。英民的女兒說：「土匪打砸呀！」他們說：「誰是土匪，你家才是土匪！當老子的害了一輩子人，到兒子手裏了，還是害人?!」竟真的砸起來，把條櫃上的一個鹽罐抱起來摔了，鹽白花花撒了一地，把銅臉盆用腳踩，踩出一個坑。又要抱電視機，英民的娘身子撲在電視機上。夏雨喊了一聲，說：「誰也不能亂來！一亂來你們什麼也得不到了。咱都是來解決問題的，他李英民跑了，跑了和尚跑不了廟，還有清風街村委會哩，村委會解決不了還有鄉政府，咱找政府麼！」他們說：「你是誰？」夏雨說：「我是夏天智的兒子夏雨，白路是我的親戚！」他們就不鬧了。

夏雨鎮住了西山灣的來人，等到他們一窩蜂又去大清寺找君亭了，夏雨也出了門，碰著三踅。三踅說：「夏雨夏雨，你有四叔的派頭哩，哥佩服你！」夏雨走得很急，眼淚卻下來了。

整個下午，夏雨沒有說話，他收割完了白雪二哥家的豆稈，背回去攤晾在院裏，他也沒再問李英民到底是賠償了五千元還是一萬元，他一概不問。從白家出來，也是悶著，也是累著，他的腳步沉重，世上最沉的是什麼，他知道了，不是金子，也不是石頭，是腿。書正擔著兩桶泔水從鄉政府回來，老遠就說：「夏雨夏雨，給我發什麼紙菸呀？」夏雨說：「啥紙菸都沒有，你要是癮犯了，我給你捲個樹葉子！」書正說：「你咋和你三伯一樣了？來，哥給你發一根。」從耳朵後取下一根紙菸給夏雨。夏雨看了看，是「紅中華」，說：「你不是向我要紙菸，你是要成心給我顯派麼！」書正說：「這一根紙菸抵一袋子麥價哩，我能吸得起？今日縣上來了領導，領導說我做的飯香，給了我一根。兄弟，哥是伙伕，沒啥光彩的，要說這工作好，好在離國家政策近，能常見到領導，你瞧，領導吃什麼，我就能吃什麼，我家的豬也能吃什麼，這泔水裏一半是剩飯剩菜！」夏雨說：「家裏現在還有幾頭豬？」書正說：「一頭母豬，十二個豬娃。你去看不看？」夏雨竟然就跟著書正走。

書正家和武林家原是五間老瓦房，一個大院子。十年前，書正掏了錢分住了一半，堂屋和院子就一分為二，中間磚蓋壘了界牆。書正家沒有什麼像樣的家具，什麼東西都就地擺，裝菜的竹筐子、爛網套，和麵鋁盆，臭鞋破襪子，亂七八糟攪在一起。那隻母豬並沒有關在圈裏，領著十二個小豬，哼哼唧唧在院子裏用黃瓜嘴拱地，然後一個進屋去，都進了屋去，擠到炕洞前的麥草窩裏。夏雨才站了一會兒，覺得褲子裏有什麼東西在跑，把褲管綰了綰，蹦出兩隻虼蚤。書正說：「虼蚤咬你啦？你到底肉細，一來蛇蚤就咬上了！」取了一包「六六六」藥粉要給夏雨的褲子裏撒。夏雨不要，他解開懷給自已撒了些，說：「你看這些豬娃咋樣？」夏雨說：「肥麼。」書正說：「你看牠們是啥？」夏雨說：「豬娃麼。」書正說：「我看是一疙瘩一疙瘩的錢在跑哩！」抓住了一隻，提著後腿，要夏雨掂分量，夏雨不掂，隔壁屋裏有了什麼動靜。書正喊：「武林，武林！」不見有回應。書正說：「明明聽著有響動，咋沒人呢？」又喊，「武林，武林，你耳朵塞狗毛啦？」夏雨說：「人沒在你喊啥呀。武林日子恓惶，今夏看上去老多了。」書正說：「人有可憐處又有可恨處，瓷腳笨手麼，這幾天我讓他幫我在三一二國道邊挖個廁所坑，說好坑挖好給他二十元，你猜他挖了幾天？三天了還沒挖好！昨日我給黑娥說了，黑娥罵了他半夜。」書正在一隻大柳條筐裏撮糠，撮出一大盆，將桶裏的泔水倒進去，果然泔水裏米呀麵呀菜頭肉片的都有，老母豬就先過來吧唧吧唧了一陣。書正也從櫃上拿了一塊饃，還拿了根青辣子，一邊往青辣子上撒鹽末，一邊說：「豬一動嘴，我就口也寡了！你吃不？」夏雨搖搖手，書正就一口辣子一口饃，嘴咂吧得比豬還響。又說：「你聽戲呀不？」從堂屋取了收音機，一擰開關，正好裏面播了秦腔，唱了大花臉。夏雨一時感覺那唱者在滿臉漲紅，脖子上的青筋暴起，而大嘴叫喊出的聲音和唾沫星子似乎都要從收音機裏潑出來了。夏雨說：「你快把它關了，你要人命呀?!」書正說：「你不愛聽?我跟著四叔學哩，你不愛聽?」夏雨一時無聊，起身要走，書正突然說：「你聽見什麼了?」夏雨說：「唱得像吵架！」書正說：「你坐坐。」自己進了屋，一會兒又出來，給夏雨招手。夏雨莫名其妙，走過去後，書正又讓他爬上靠在隔牆上的梯子，夏雨是看見了隔牆那邊的炕上，黑娥光著身子趴著，慶玉像個狗在後邊做動作，兩人都像從水中撈出來一樣，但勁頭不減，黑娥還時不時回過頭來，嘴裏咬著枕巾。夏雨趕忙從梯子上下來，小聲罵道：「啥事麼叫我看哩?!」書正說：「我只說你沒見過……」夏雨噓了一聲：「小聲點。」書正說：「我讓他們喊起來你聽！」就把收音機聲放大，滿屋子都是嗡嗡聲，約摸兩分鐘，猛地一關，秦腔沒有了，隔壁屋裏傳來噢噢的淫聲，叫過三下也停止了。

清風街的人偷什麼的都有，有偷別人家的莊稼，偷蘿蔔，偷雞，偷拿了大清寺院牆頭上的長瓦，但偷人家女人的事，夏雨第一回看到了，從此反感了慶玉，更可憐了武林。那是個黃昏，我和武林正站在大清寺院子裏，看君亭處理李英民賠償的糾紛。大清寺的人很多，一是來看咋處理，二是防備著西山灣的人若要再撒野，我們好給君亭壯勢。武林呆了一會兒，說他頭暈要回去，我不讓他走，我就看見他臉上發綠，頭髮突然地全奓了起來，像個栗子色，也像個刺蝟。他那樣子非常可怕，西山灣的來人也看見了，互相示眼色，他們的口氣就軟了，終於同意給賠償費再加一千，五千加一千，六千。

解決了糾紛，白雪的二哥就連夜派人去伏牛梁上掘墓，這勞力活自然還是少不了武林。上善讓我也去，我說：「人家讓不讓我去？」因為白雪的二哥恨過我，也踢過我一腳。上善說：「你該去，給你個立功贖罪的機會。」我們整整忙了一夜，天亮時把墓全部拱好。但是就在這一天，清風街氾濫了地蝨婆。地蝨婆你肯定知道，小小的蟲子，有翅膀能飛，卻飛不遠，以前在夏季裏能見到。而這天早晨不知怎麼就滿空中飛，像下雨一樣，從樹上，房頂上叭叭地往下掉。到了飯辰，地蝨婆更多，家家屋裏屋外，地裏，打麥場，牆根，灶台，甚至水裏都能看到一堆堆在蠕動，到處一股腥味。人都說這是咋啦，是白路那三個死鬼作祟？你三個死鬼算什麼呀，償命錢已經給了你爹娘，還陰魂不散嗎?!供銷社的張順把所有的農藥粉都賣光了，地蝨婆還殺不死，全部的雞放出來吃，吃撐了臥在地上，雞身上的地蝨婆爬的還是一層。我原本要回家美美睡一覺的，但家裏的地蝨婆太多，睡不成，只好到地裏去幹活。地裏全是人，收割豆稈和穀子。白家就把白路埋了，去送葬的人不多，放了一串鞭炮，隆了個不大的土堆。說來也怪，白路的娘在墓堆上哭得人拉不起來，就颳了一陣風，地蝨婆竟然全隨著風起飛，遮天蔽日的一片黑雲在清風街上空兜了三個來回，就朝西消逝了。

白路畢竟是白路，他如果不牽涉賠償的糾紛，死了也就死了，村人會說「白路死了」，或者再說，「娃可惜，花骨朵沒開哩」。有了賠償的糾紛，清風街折騰了一下，他一入土為安，清風街也安靜了。太陽還是那麼紅，繼續晒得包穀黃，稻子也黃。白雪的二哥買了一把大錘，和三個人去了州城為人家拆一座舊樓打工走了，只有白雪的娘還在病著，白雪就從巡迴演出的鄉鎮回了清風街，而且帶回了夏天智的那些臉譜馬勺。

馬勺缺了七個，不知道夏天智是如何接受了的，反正他沒有尋過我的事。而白雪在西街陪伴她娘，每天我總能見到她的身影，我高興地笑，看見誰就給誰笑。陳亮瞧著我給他笑，忙著擦自己的臉，這快結巴以為他臉上有了鍋灰，說：「你你笑你娘娘的×，×哩！」我還是笑，又唱唱歌歌著往市場上去。我唱的是秦腔的《十三鉸子》：

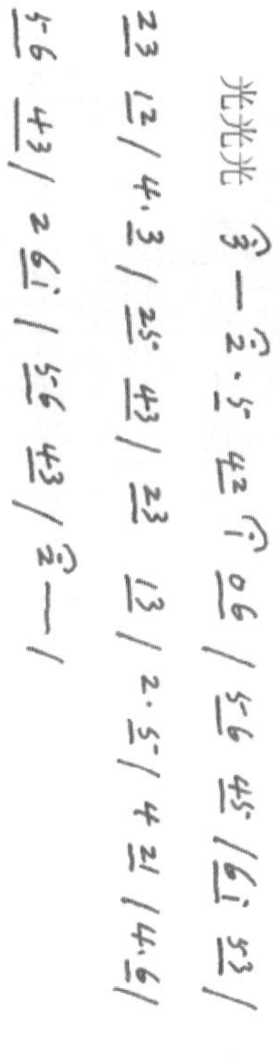

我才要轉唱到《水龍吟》，屹甲嶺上過來了一片雲，我還以為又來了地蝨婆，仔細看了看，不是地蝨婆，是真雲像一個白蒲團，浮在中街的上空。我說：「雲，雲，你下來！」雲就下來了，落在土地廟的台階上。土地公和土地婆是現在的清風街最大的神，清風街所有的故事它們知道，就該曉得我的心事，我就不唱了，雙手合掌在廟前作揖。君亭嘟嘟嘟騎著摩托過來，輪子輾著一灘髒水濺了我一身，我沒有惱，還給他笑，他竟然也笑，說：「你笑啥的？」我說：「你笑啥的？」他把摩托靠在了廟前，雲繞了他，他以為是煙，揮了揮，說：「引生，笑！高興了就笑！」然後披著褂子，他穿的是府綢褂子，無風而扶了風，從街上往過走。

市場建成後，為了爭攤位和繳攤位費，發生過許多爭執和吵鬧，甚至王嬸和狗剩家的寡婦還廝打在一起抓破了臉，但清風街開始繁榮，村裏所收的租金和管理費也多起來卻是事實，君亭就得意了。他從街上走，開小飯館的就說：「支書支書，你吃了沒有？」君亭說：「有沒有紅燒肉？給我留一碗！」書正的媳婦將淘米水往街上潑，猛地看見了君亭，一時收不住，自己先在門檻上跌倒了，水濕了一懷。君亭說：「街面就你這門前壞了，你要再潑，這段路你家得鋪了！」書正媳婦說：「我哪兒要潑！你吃啦？」君亭說：「沒吃哩，有啥好吃的？」書正媳婦說：「現在了你還沒吃？當幹部的就是辛苦！君亭，我沒叫你支書你不會不高興吧？嫂子給你說，身子骨是本錢哩，你的身子骨可不是你君亭的！」君亭說：「你也會說了這種話！書正呢，廁所還沒修好？」書正媳婦說：「開始用啦，你去啊，給咱多拉些！」但君亭已經走過去了，和染坊裏的年輕女人開玩笑。染坊不再是誰把土布送進來，染了色澤花紋再交給誰，只收個染錢，而是從方圓村鎮收土布，染過了在市場上擺攤子賣。三一二國道上每天有車停下來購買了回去做床單和桌布，賣得最好的一次竟然出手了四十八件。君亭就說每件布為什麼不做個塑料袋呢，塑料袋上還可以寫上染坊的歷史和各種產品的介紹呀。白恩傑的媳婦噢噢地叫：「你把我點醒了，你把我點醒了！」君亭就說：「那怎麼個謝我？」女人說：「謝麼，你說咋謝？」君亭說：「今黑兒把門留上。」女人笑喘著，攆出來拿著挑布竿兒打君亭。君亭一跳，雙腳跳到南邊的台階上，卻見一家門過道裏是四個人在玩麻將，見了君亭也不避。坐在桌東邊的是三踅的老婆，穿著裙子，黑瘦腿上爬著一條蚯蚓。君亭說：「瞧你那腿！」三踅老婆看了，呀的一聲，掏了紙就擦，原來是來了例假，說：「你眼睛往哪兒看哩?!」君亭說：「整天都見你玩麻將哩，人都成乾螞蚱了，還只是玩哩！」三踅老婆說：「我沒事麼，地裏就那麼點活，做生意不會，人又這麼大歲數了，沒人親，沒人愛，沒人弄了，不打個麻將幹啥呀！文書，我們玩的可是甜麻將，沒賭的！」君亭臉燒了一下，去供銷社買了一條紙菸，往大清堂去了。

大清堂裏坐著趙宏聲和中星他爹，兩人趕緊起身。君亭說：「宏聲，你沒去市場？」趙宏聲說：「我咋沒去?你這一回為清風街幹了好事了，現在沒人說你的不是了。」君亭說：「是嗎?那你怎麼不給牌樓上寫個聯呢？」趙宏聲說：「我早就寫了，不知你願意不願意？」當下拿出兩副，一副是：「我若賣奸腦塗地；爾敢欺心頭有天。」君亭說：「這不行，黑貓白貓逮住老鼠就是好貓，你管人家怎麼賣的?!」看第二副，是：「少管窩裏閒事；多賺外人銀錢。」君亭說：「還行。市場上攤位多人多，就像天天在開老碗會似的，我最煩有些人說是非！這聯如果能加些政治話就更好了。」趙宏聲說：「我沒當過幹部，我不會說政治話。」君亭想了想，說：「『要開放就得少管窩子裏閒事；奔小康看誰能多賺外來的銀錢』，怎麼樣？」趙宏聲說：「好！」君亭說：「我路過丁霸槽家，門上貼了聯，一邊是『交通基本靠走，治安基本靠狗』，一邊是『通訊基本靠吼，娛樂基本靠手』，這是你給他寫的吧？」趙宏聲說：「他的意思我編的句，調子有點灰，是不是損害了咱清風街的形象？」君亭說：「他這是有野心了麼！」趙宏聲說：「你知道不，他現在正鬧騰著要蓋酒樓呀！」君亭說：「好麼，村兩委會支持哩，這個小雉子還真沒看出！」趙宏聲說：「人不可貌相，海不可斗量。三踅是歪人吧，昨日他就和三踅打了一架，敢給三踅頭上撂磚！」君亭就急了：「打架了，為了啥？」趙宏聲說：「三踅瞧不起丁霸槽，他在街上看見了丁霸槽，故意撵上去蜷了腿和丁霸槽並排走，街上人一笑，丁霸槽就生氣了，兩人一吵就打起來。我看是三踅尋事的，他其實心裏怕丁霸槽起身哩。」君亭「嗯嗯」了幾句，就不問趙宏聲了，卻對中星他爹說：「榮叔，我還要求你個事的。」中星他爹立即挺了身子：「是託中星在縣上找什麼領導？」君亭說：「你就得意你家出了個中星！」中星他爹有些不好意思了，說：「那我給你算一卦？」君亭說：「那就不必了。算什麼卦呀，不想幹事了總能有藉口，但要想幹事了就一定會想出辦法！」說完，拍拍手出門而去。

如果佩服君亭，我就佩服君亭自以為是的氣質。我多次站在遠處看他，他頭頂上的火苗子躥得高。他騎摩托的速度越來越快，前後輪搧起的塵土像一朵雲，我甚至想過，憑他現在的運勢，披上一件麻片都能浮上天的。收麥天揚場，講究有風了就多揚幾鍁，君亭在市場建成後剛剛取得成效，就謀畫起了又一個決策。他的謀畫，一般人是看不懂的，但他瞞不了我，當我看見他見了三踅是那樣的熱乎，說說笑笑，拍拍打打，轉過了身臉立即恢復平靜，我就知道他三踅沒好果子吃了。我說這話是有原因的。二十年前水庫建成後，水庫上除了澆溉就又飼養了魚，但水庫離清風街太遠，養下的魚難以賣出，後來便在清風街的灘地上修了四個魚塘，這些魚塘平日供縣上的幹部星期天來垂釣，逢年過節了，捕魚又作為年節貨給各級領導上禮。魚塘先由鄉政府代管，同時代管的還有磚場，鄉政府代管是今日換人明日換人，經營不上心，結果是獲不了利反倒虧損了還得補貼，鄉政府就把磚場交給了清風街而只管了魚塘。三踅當了磚場負責人後，鄉政府不知怎麼將魚塘也讓三踅替管。三踅是堅硬人，他手裏有磚場和魚塘，在清風街就更橫了，吆三喝四，可以和兩委會抗衡，以至於誰家娃娃夜裏哭，哄不住，當娘的就說：「再哭，三踅來了！」三踅簡直和舊社會的土匪一樣，嚇得娃娃都不敢哭了。君亭當了村幹部，為了打開工作局面，常常是依靠三踅，而局面剛一穩住，他就曾提出過收回磚場，或者讓三踅乾脆承包磚場。他的提議大家一哇聲地支持，可三踅就是不交讓也不承包，一面向鄉政府送東西賣好，一面向鄉政府告狀兩委會中的經濟腐敗。結果，三蜇的問題不但按下未動，反倒查起我爹在河堤賣樹和修街道工程中的帳。當然這查不出個什麼，但尿泡打人，不疼，卻臊哩，壞了我爹名聲。待到君亭當了支書，再次提出讓三蜇承包磚場的事，兩委會裏卻有人說：「不惹他了，村裏還需要一個惡人，有許多事情咱們辦不了，利用他倒能辦的，鬼是越打越有，打鬼不如敬鬼！」君亭覺得一時難以扳倒三蜇，就琢磨著慢慢削弱三蜇的勢力。君亭要扳倒三蜇，我是支持的，但他幹著幹著，我就看不慣了。他是第一步想收回魚塘，考慮到水庫管理站肯定不同意，就以對換七里溝作為條件和水庫管理站溝通。水庫管理站是同意了，他們想將七里溝統歸於水庫周圍的綠化帶中，將來創辦水庫綠化風景區，發展旅遊事業。君亭把協商的結果提交了兩委會討論，一半人竟然反對，說用七里溝換四個魚塘不划算，把七里溝賣了自己就能修十個魚塘的。君亭當然在會上不能說出他最根本的心思，只強調七里溝是個荒溝，除了水庫外誰還肯要？反對派說不過君亭，卻堅持七里溝就是沒用，也不能和魚塘交換，因為清風街人在那裏投過錢，出過力，說不定以後，還可以再次淤地。一提到淤地，君亭就火了，發了一通脾氣，會議再沒開下去。君亭權衡了幾天，拿不定主意，見了中星爹原本想讓老漢給這事算一卦，預測一下得失利害，可中星爹的神氣讓他不舒服，也就不肯再說一個字來。又是過了數日，秋收全面鋪開，此事暫放下，而丁霸槽的舊院牆就推倒了，開始挖坑夯基，夏雨也雇車從縣上運回了鋼材和水泥，在戲樓前的場子上做水泥預製板。君亭去看了，問：「你有多少錢就辦酒樓呀？」丁霸槽說：「辦酒樓才掙錢呀！」他把丁霸槽抱起來，打了一拳，說：「你雉子是濃縮的精華啊！」心裏卻堅定了七里溝換魚塘的決心：毬，換了就換了！有啥反對的？過沼澤地能沒蛤蟆叫?!這如同幹部任用一樣，任用前意見大得很，一旦任用了，所有的人還不都是狗，尾巴給你往歡著搖哩！當天就帶了上善和金蓮去了水庫，和站長簽了合約。

一天下午，劉新生請了夏天義到他的果園裏察看樹木病情，因為許多樹葉子莫名其妙地都枯黃了。夏天義去了，發現是一種蟲子隱身在樹根的土裏，白天你看不見，晚上順著樹根上來咬噬樹皮，就建議用石灰漿塗抹樹身。新生和陳星是互不往來的，夏天義又怕新生不會將治蟲的辦法傳授給陳星，就離開了新生的果園又到了陳星那兒。果然陳星的果園裏也枯死了好些樹，正愁得撓頭，見夏天義這麼關心他，又感激夏天義從未干涉過他和翠翠的事，便一定要留夏天義喝酒。夏天義喝酒喝到了八成，吼著秦腔往家走：「將八台平落在背街岐上，包文公下轎來細觀端詳。」沒想用力過猛，一吼門牙就掉了一顆，拾起來包著，詞兒是不唱了哼哼曲調：

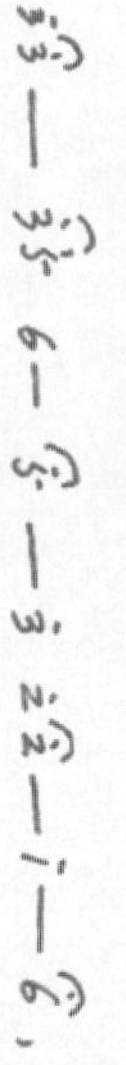

才走到鐵匠舖門口，卻見土地廟那兒擁了一些人。

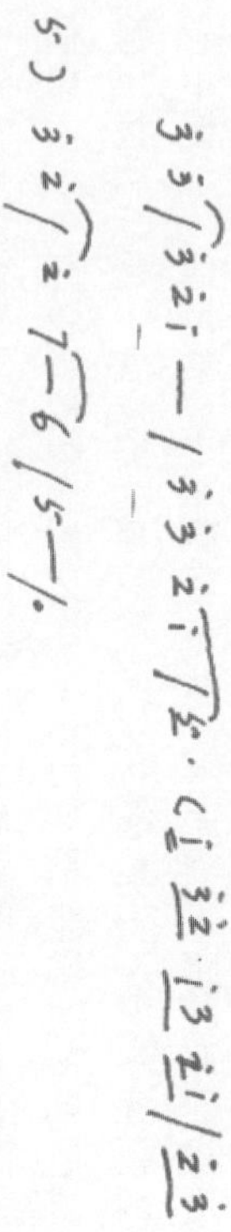

有人喊：「老主任來了！」夏天義不唱了，傾著腰走過去，臃在後脖子上的醬紅色肉褶子嘟兒嘟兒地抖。

夏天義站到土地廟前，廟牆上貼著一張紙，紙上寫著黑字，一激靈，酒醒了，說：「誰貼的？唵，『文化大革命』過去多少年了，誰還在貼大字報?!」旁邊人說：「不是大字報，這字寫得小。」夏天義說：「字大字小還不是一樣？」伸了手就要撕。旁邊人按住，說：「老主任你看看是啥內容麼！」夏天義眼睛花了，又是傍晚，看不清，摸摸懷裏也沒有帶眼鏡，便有人小跑去了鐵匠鋪把鐵匠額顱上的鏡子取來，夏天義一邊看一邊唸出聲。夏天義當村主任的時候從來看報紙或者看鄉政府的什麼通知都要唸出聲的，當下唸道：「村裏的毛主席，老子是第一；池塘裏的青蛙，不開口，哪個蟲兒敢出聲。不要民主，只為權；為了將來成大款。不淤七里溝，還換七里溝，吃瓦片，屙磚頭，李鴻章是你祖；養魚送領導，還想往上走；老百姓，皮包肉，生活夠苦，麥糠裏榨油；某些人，掙一分；某些人，花一角；有些人想承包，幹得男女事；小人反而更吃香；問：究竟怎樣才是共產黨？不改名和姓，張引生寫的，不怕毬咬了腿。」唸完了，說，「這是引生寫的？」旁人說：「引生沒了毬，當然不怕咬了腿。」大家就笑。夏天義說：「把殘廢當笑話呀?!他寫的這是啥意思？」旁人說：「寫著要換七里溝，你不知道呀？君亭用七里溝換水庫的四個魚塘哩。」夏天義說：「胡說啥的，水庫是水庫，清風街是清風街，清風街的地方誰有多大牛皮就換呀？」旁人說：「不在朝裏了，你不知朝裏事。」夏天義說：「我還是不是村民啦？」說著把小字報揭了下來。眾人都以為夏天義要把小字報撕碎呀，夏天義卻把小字報疊起來裝在了懷裏，說：「散夥！都散夥去！」

現在我交代，小字報就是我張引生寫的。那天我給丁霸槽和夏雨幫工，拿八磅錘砸一塊石頭稜角，聽丁霸槽說：「穿得恁漂亮！」我以為是白雪來了，扭頭一看，是金蓮，她穿了件短袖，胸部挺得高高的。丁霸槽說：「只准我看，你不要看，好好掄錘！」我又掄錘，心裏說：「臭美！」金蓮卻蹦著蹦著過來，說：「漂亮吧?!」和丁霸槽說話。我原本不願聽他們說什麼，偏偏金蓮說起君亭和水庫簽了合約的事，我就忍不住了，說：「拿七里溝換魚塘呀，這是李鴻章割地賣國麼！」金蓮說：「你嘴裏吃屎啦，恁臭呀，你聽誰說的？」我說：「你說的呀！」金蓮就翻白眼，說：「我什麼時候說的？」我說：「霸槽，你作證，是不是她說的？」丁霸槽說：「說什麼了，我咋沒聽見？」哇，世上咋有這種人！我說：「霸槽，這工我不給你幫了！」丁霸槽說：「不幫了好，我省下一頓飯了！」我拿了炭在牆上寫：「君亭太霸道！」丁霸槽拿鍁把字鏟了，說：「要寫到你家牆上寫去！」我說：「丁霸槽，我以為你是個泰山石，你才是個土圪墶！你怕啦？」丁霸槽說：「我怕。」我說：「我不怕！」丁霸槽說：「你是瘋子你當然不怕。」我離開了丁霸槽家往回走，走過了大清堂，趙宏聲在門口換對聯，新對聯上寫著：「只要囊有錢，但願身無病。」我小聲說：「虛偽，虛偽，都沒病了，你囊裏哪有錢？」趙宏聲就說：「引生你說啥？」我沒回答他，心裏卻萌生了寫小字報的念頭。我就進去給趙宏聲說了七里溝換魚塘的事。趙宏聲眼睛睜得銅鈴大，說：「你不會是在說瘋話吧？」我說：「宏聲，是不是我又犯病了？」趙宏聲說：「你看屋裏那個炮泡，是圓的還是方的？」屋裏吊著一個炮泡，從屋後門看過去，後院廈房根一排牽牛花蘿整整齊齊地順著牆皮往上爬，已經爬上了牆頭，一隻雞在那裏啄蔓上的花，往上一蹦，啄一口，再往上一蹦，還啄一口。我說：「圓的。」趙宏聲說：「你沒瘋。」說完了，還看著我，又說：「可憐了你引生還這麼激動！」我說：「不光我激動哩，好多人聽了都會激動哩，那咱們給君亭寫小字報！」趙宏聲說：「寫小字報？你寫！」我說：「我文墨沒你深。」趙宏聲說：「你寫，我給你改。」他把筆墨紙硯給我。我就寫了。我本該詳詳細細說七里溝換魚塘划不來，這划不來的事情後頭肯定有黑幕，但我還是寫成了四六句兒，我是要盡量寫得有文采而不至於讓趙宏聲笑話。我讓趙宏聲改，趙宏聲說：「好著哩！」他卻不改了。我讓趙宏聲和我一塊把小字報貼到土地廟牆上去，趙宏聲走到半路說要上廁所，竟從廁所後牆上翻過去跑了。

趙宏聲講究他最有文化，文化人咋這麼軟蛋？

現在看來，我的四六句寫得不好，太想有文采反倒沒展開，但我是寫了，清風街這麼多人獨獨我是寫了，我一想起來，我都為我的勇敢感動得哭呀！當大家圍近去看了小字報議論紛紛，尤其夏天義也發了大火，我是一直藏在鐵匠舖的山牆後偷偷看的。自爹死後，我張引生什麼時候受人關注又被尊重過，這一回長臉了！我興奮得將一隻貓摜進鐵匠家的煙囪中去了，過了一會兒貓鑽出來，白貓變成了黑貓。

夏天義反背著手往東街走，披著的褂子張了風，呼啦呼啦地響。他是在東街第一道巷口碰著了竹青，劈頭就問：「你們決定用七里溝換魚塘啦？」竹青紙菸還叼在嘴上，來不及取，說：「上次開兩委會，意見不統一，不是擱下了嗎？」夏天義說：「那怎麼現在又換啦？」竹青說：「這我不知道。」夏天義說：「你是東街村民組組長你不知道，那你怎樣代表東街組村民利益的？你就會吸紙菸，你咋不吸大煙呢?!」不等竹青再說什麼，氣咻咻地就走了。竹青愣了愣，說：「是不是又喝多了？」跑回家告訴慶堂。慶堂在院子裏把收割回來的稻子一捆一捆在碌碡上摔。手也沒停，說：「喝多了。你過去看看，娘眼睛不好，照顧不了他。」竹青去了公公家，奇怪的是夏天義並沒有回家。過了一會兒，來運跑進來汪汪地叫，又往出跑，竹青跟了出來，穿過巷子，來到的卻是君亭家，打老遠就聽見夏天義和君亭喊叫著。

夏天義氣得紅脖子脹臉，他把小字報攤在桌上，拍得啪啪響，說：「看看群眾的意見，幾十年了，清風街還沒出現過手大一片傳單哩，你君亭倒攤上了，大字報上牆了！」君亭說：「是小字報，不是大字報。」夏天義說：「小字報就光榮啦？」君亭說：「林子大了，什麼鳥兒沒有？他引生是瘋子，瘋子的話你能聽得？」夏天義說：「引生的話你不聽，兩委會上那麼多人的話你聽不聽？」君亭說：「民主還有個集中哩，都民主了什麼事還能幹成？你當年淤地是不是人人都同意啦，可你為什麼最後還是淤地？話說白了，你是老主任，又是我叔，你說什麼都應該，但你上次反對辦市場，這次發這麼大的火，你純粹是耿耿於懷淤地的事麼！」夏天義說：「我就是耿耿於懷！但我告訴你，我不是為了我的聲譽，我捨不得那七里溝，七里溝當年沒有淤成功，不等於以後就再也淤不成功，那是能淤百多十畝的地方，你當幹部了，說一聲不要就不要啦？人口越來越多，土地面積越來越少，你只顧眼前，不計長遠，糟蹋了十八畝地又要扔掉一百畝地，到你死了，埋都沒個地方！」麻巧一直勸君亭，聽夏天義這麼說，不愛聽了，說：「二叔，你這是咒你姪兒麼，你白髮人咒黑髮人！」夏天義也火了，說：「我就咒了，我不能罵他嗎？你插什麼嘴？你避遠！」麻巧就嗚嗚地哭，說：「你咒君亭死哩，還不見得誰先死?!」站在院門口拉著來運的啞巴一下子衝進去，面對面地朝麻巧吼。君亭便搧了媳婦一個巴掌，罵道：「你倒說你娘的×話！這兒有你說的啥？我死了咋，沒地方埋了，我埋到狗肚子裏去！」麻巧卻說：「你有本事就只會打我麼，你把我打死麼！」偏過去讓君亭打，君亭哐哐又打了幾拳，竹青就撲過來把麻巧往開拉，麻巧仍是不走，竹青一把將君亭推坐在地上，而夏天義扭身出了院門。

夏天義同君亭吵架著，他的五個兒子聞訊趕來，全站在君亭家門外榆樹下。他們像狼虎一樣，護著父親，一旦君亭和他媳婦言語過分或敢動手打夏天義，他們就會承頭出面。東街所有外姓人家都站在遠處看。這些人家不肯近前一步，嘁嘁啾啾又都不出高聲，心裏明白這雖事關集體大事，卻也是夏家人自己的爭吵，誰是誰非，無法幫這個損那個，事情一過，夏家畢竟還是夏家。夏天智知道得最晚，趕來時夏天義已經走了，見慶金慶玉慶滿慶堂和瞎瞎還在君亭家院外，就訓道：「你們還呆著幹啥，要進去打架呀？回去，都回去！」兄弟五個一走，夏天智說「不像話」，外姓人家聽夏天智說

「不像話」，嘩地也都散了。

這時候，天上起了火燒雲，雲像潮水一樣湧過來，水又像燒滾了，都能聽見呼呼的翻騰聲。

第二天，夏天義起得老早，順著巷道往北，誰將燒酒瓶子摔碎在路上，用腳才把玻璃碴子往旁邊踢，就聽到麻巧在拽著長聲叫罵。罵哪個日他娘的把她家的葫蘆蔓鏟斷了，是遭刀殺呀，挨槍子呀，上山滾了長江，睡覺得了瞌症。中星他爹拾了糞回來，夏天義問：「她罵啥哩？」中星他爹說君亭家門外的照壁下種了一蓬葫蘆，枝蔓茂旺，結了十幾個葫蘆了，今早麻巧出來給葫蘆蔓澆水，發現葫蘆葉蔫了，提了提蔓子，蔓子竟然斷了，看斷的茬口是齊的，分明是用刀子割了，鬼就鬼在有人用刀在蔓根的土中把蔓根割斷了。話還沒說完，麻巧又罵了：「誰割了我的葫蘆蘿我日你娘！你有本事你來把我脖子割了，把君亭的脖子割了！」巷道裏零零散散有了人，都不說話，只有來運和賽虎一前一後跑著叫。麻巧又罵了：「君亭，君亭，你羞了你先人，當的啥村幹部，你為集體的事而害我呀！」夏天義就喘粗氣，順著巷子往前走。中星他爹說：「天義，你不要過去，你碰著她生氣啊？」夏天義倔倔地往前走。來運和賽虎就逃竄了，螞蟻在跑，榆樹上的麻雀全在飛。一塊土坷垃緊避慢避，夏天義腳到就踩碎了。一直走到君亭家門前，麻巧看見了他，一下子啞了口，進院把院門關了。夏天義在心裏說：「你罵麼，你紅口白牙的咋不罵了?!」他經過院外，腳步像打胡基，直接去了鄉政府。

鄉長正端了洗臉水給門前的花盆裏澆，看見了夏天義，叫聲：「老主任來了！」就進屋沏茶。夏天義黑著張臉在水泥石桌前坐下來。石桌上刻著棋盤，一堆棋子堆在那裏，他刨了刨，一歪頭卻見來運和賽虎一起後腿蹺起在院牆角撒尿，就叫：「來運！來運！」來運往夏天義面前跑，卻又停下來，拿眼睛看夏天義，突然掉頭從大門口跑走了。鄉長端了茶壺出來，笑著說：「噢，老主任是來『掃黃』來了！你家來運可是每天早晨都來約會的。」夏天義說：「鄉長，我來給你反映一件事情！」鄉長說：「我就說麼，老主任沒事是不來鄉政府了！」夏天義說：「我不是主任了，我再來怕別人說我干擾新班子工作。」鄉長說：「這話誰敢說！我可是從君亭口裏沒聽說過。君亭是你的繼任，又是你姪兒，他哪裏不需要你支持？」夏天義說：「在工作上我們沒有叔姪關係。我今日來就為他來的。」鄉長說：「還是市場的事吧，市場不是現在挺好嗎？既是清風街經濟增長點，又是清風街的形象工程啊！」夏天義說：「我問一下鄉長，國家有沒有政策，一個鄉與另一個鄉，一個部門與另一個部門有沒有權利將土地和財產交換的？」鄉長說：「你說說，具體是什麼事情？」夏天義就把君亭獨斷專行與水庫交換七里溝的事說了一遍，舉了兩委會上意見不統一的事實，又把小字報作為村民反對的證據一併交給了鄉長。鄉長就傻眼了。夏天義說：「我以一個老黨員的責任，以一個村民的身分向上級領導反映這事，希望鄉政府阻止這種交易，以免清風街的土地面積流失。」鄉長看了看小字報，扭頭喊：「小李子，劉書記幾時能回來？」在院角廁所牆頭，冒出一個腦袋，說：「書記說他到南溝村呆兩天了還到東堡川去的。」鄉長說：「君亭和水庫用七里溝換魚塘的事你知道不？」小李說：「聽君亭說過一次。」鄉長說：「那你怎麼沒給我說?!」小李走出來，一邊扣褲子前開口，一邊說：「我覺得這是清風街自己的事麼。」夏天義說：「清風街若把所有的土地都賣了，也是清風街的事?!」小李說：「你老不要稜我麼，領導在這兒，你給領導說。」夏天義就自個端了茶壺給自己倒了一杯，茶很燙，但還是嚥了，肚子裏燒了一道火。鄉長就笑道：「老主任責任心很強，實在夠我們年輕人學習啊！給老主任添茶！」小李來端茶壺。鄉長說：「你把手洗洗。」小李去洗手。夏天義說：「鄉長，你說這事咋辦？」鄉長說：「這事我知道了。我把事情再調查一下，如果真是那樣，一得翻翻有關文件，看有沒有這樣的政策，二得要和劉書記交換一下意見。但不管怎樣，你老的這種精神感人，你老也多保重身體。小李，你去給書正說一聲，今日中午多炒幾個菜，留老主任吃頓飯，我來請客！」夏天義知道這是在送客了，就站起來，說：「不了不了，我還得回去呢。」他往起一站，突然頭忽地暈了，頓時天旋地轉，立了一時，又清亮了，就走出了大門。

夏天義過了三一二國道往街上來，頭好像又暈了一次，他拍著腦門罵：「狗日的咋暈成這樣?!」回頭看看，自己的身影掛著了路邊一棵酸棗棘。迎面就走來了夏天禮。夏天禮還是揹著個包兒，問夏天義是不是去鄉政府告君亭了?夏天義糾正說不是告，反映了一下情況。夏天禮就埋怨這何必呢，君亭是村支書，他怎麼幹就讓他幹去麼，如果是君亭貪污了，蓋了金碧輝煌的房子，在家花天酒地，那怎麼告他都行，可君亭不是這樣呀，他都是為了集體麼！夏天義說君亭要真是貪污腐化，夏家的家法都把他收拾了，正因為是為了集體的事，才要給鄉政府反映的。話不投機，兩人就不說村上的事了，夏天義問夏天禮到哪兒去，夏天禮說去趙家樓鎮趕集，夏天義不明白清風街現在天天是集，去趙家樓鎮有啥買的和賣的，夏天禮說他在家坐不住，走一走倒好。

夏天禮去三一二國道上等班車去了，慶玉拉著一架子車石灰又過來。風一吹，石灰車冒了煙，慶玉的眼睛就瞇了，讓夏天義給他吹吹。夏天義給慶玉吹了眼睛，說：「是不是要搪牆呀，土牆要過個夏才能乾透，你急得搪了幹啥?」慶玉說：「我先把料備著。」夏天義說：「我看你好幾天都在家裏，你得把學校裏的事當心哩！」慶玉說：「指望那裏能出個夏風呀?!」夏天義說：「你放屁的話！」不給慶玉吹眼睛了。慶玉自己揉，說：「剛才我見到三踅，他說他還要尋你哩。你留點神，你和君亭吵是吵，別讓他鑽空子。」夏天義說：「他鑽什麼空子?」慶玉說：「他和君亭也鬧翻了，這換魚塘的事還不是君亭要限制他?」夏天義說：「我不會見他的！」

夏天義一回到家，就把鞋脫了，褂子也脫了，穿著個大褲頭坐著吸捲菸。二嬸在炕上高一聲低一聲地自己給自己說話，夏天義就琢磨鄉長的話，覺得現在鄉政府的幹部是太年輕了，掂不來事情的輕重，要出面阻止那得等到幾時，可能等他們開會研究了，七里溝換魚塘已生米成了熟飯。一時心裏發燒，去菜甕裏舀了一勺漿水喝了，又訓二嬸：「你鬼念經哩，煩不煩人！」二嬸就不出聲了，從炕上下來摸著牆往院子去。夏天義訓過了，又覺得有些那個，將地上絆腳的盆子挪了挪。這一挪，想到了可以利用三踅麼。怎麼能不利用三踅呢，利用三踅並不等於不厭惡三踅啊！夏天義重新穿好了衣服，他把一把扇子拿給已經坐在院門口的二嬸，就去找俊奇，要讓俊奇查一查磚場的用電。俊奇說用不著查，磚場已經欠電費萬把元了。夏天義就給俊奇出招，俊奇果然沒再向三踅催要電費，而是直接掐斷了磚場的專線，回來和夏天義在他家沏了一壺茶喝起來。喝過了一壺，門外沒有動靜，雞都臥在門墩上打盹。俊奇說：「二叔，你說三踅能來？」夏天義說：「喝茶！」俊奇還往門口看看，說：「三踅可是從未到過我家的。」夏天義說：「讓你喝茶你就喝茶麼！」俊奇把身子坐端，開始喝第二壺茶。院門外雞突然飛起來，又有了摩托車聲，俊奇說：「三踅果真來了！」就往起站。夏天義瞪了他一眼，低聲說：「喝茶！」

三踅的顴骨很高，這是俊奇知道的，但俊奇終於曉得了三踅是滿臉的皺紋，皺紋以鼻子為中心向四邊放射，因為三踅一直在給他笑。三踅求俊奇送電，俊奇向三踅討帳，一會兒你硬起來他軟下去，一會兒他硬起來你又軟了，人話鬼話，黑臉紅臉。夏天義坐在一邊，不說話只喝茶，茶是好茶，入口苦，後味發甜，他幾次看見俊奇娘在院子裏出現，那女人沒有進堂屋來，夏天義也沒有出去，壺裏沒水了，添上，繼續喝。三踅的嘴角起了白沫，說：「俊奇兄弟，你哥還從來沒給誰下過話的，我求你啦行不行？」俊奇說：「我打不過你，我也挨不住你打，你甭求我。君亭給我的指示，收不上電費的就停電，你又不是不知道以前停過電？你去找君亭麼，我算什麼，我只是個電工麼。」三踅說：「我才不去找他，我找他就是告他！天義叔在這兒，天義叔你去鄉政府告得怎麼樣？」夏天義將碗裏的剩茶潑出去，說：「你的事我不管，我的事你也別管！」三踅說：「天義叔你這就不對了，大家都知道你是為了集體的利益，我三踅就得支持你哩。」俊奇說：「我停電也是為了集體利益吧。」三踅說：「把七里溝沒有了事大還是欠一萬元的電費事大？欠一萬元並不是要你抹了，七里溝說沒了就永輩永世沒有了！天義叔，你給鄉政府告狀頂屁用，現在的鄉長文謅謅的，他能鎮住君亭那條狼？咬狼的只有狗，我三踅就是咬狼的狗，我到縣上告他呀！」夏天義說：「得啦得啦，你一生告了多少狀，可你哪一次贏過？人把名聲活倒了，你就是有理也是沒理！」三踅不言語了，坐下來自己給自己倒了一碗茶，咕咚咕咚喝了，說：「俊奇，你譜擺得大，我來你家也不說給我茶喝。」俊奇說：「你現在不是喝了?!」三踅說：「天義叔，我要是寫狀子了，你能不能簽名？」夏天義說：「只要你有理，我怕什麼？」三踅又說：「那好！俊奇我也寫上你的名。」窗子被噹噹敲著，窗紙上映著俊奇娘的頭影。俊奇就說：「放屁添不了多少風，沒了我，秤盤上也不減一錢一兩。」三踅說：「俊奇堂口清白得很麼！」俊奇說：「我給你說了，我是個電工。」三踅說：「你是君亭的槍！」俊奇說：「你抬舉我了，你要說我是君亭的狗你就說。」三踅說：「這話我可沒說！俊奇，哥再給你求一聲，電得送上。磚場虧損那麼大，再停十天八天電，那我就喝老鼠藥呀！」夏天義就說：「俊奇，我不是村幹部了，本不該管村裏的事，可三踅把話說到這一步了，你就先送上電，欠帳是磚場沒錢，停了電也就等於說村裏再不想收回那欠帳啦。」三踅說：「對呀！還是天義叔顧全大局！我到處給人說了，天義叔在台上的時候，我三踅的眼睛是瞎的，覺得這不對那不對，等天義叔下台了又懷念天義叔，這就像咱做兒女的總和父母頂嘴，等咱有了兒女，才知道父母是最疼咱的人。」夏天義說：「你別給我灌黃酒，我醉不了的。」俊奇說：「那好吧，我聽天義叔的，但我有話說明白，君亭要力主停電，那我還得把電停了。」三踅說：「你瞧著吧，我們告了他，他那支書當得成當不成還說不定哩！」

三踅真的寫告狀信。他是在磚場寫的，寫好了讓三個人簽名按手印，又讓白娥把信的最後一頁拿回去要武林也按個手印。白娥正洗腳著，說：「啥東西呀，唸給我聽聽。」三踅很得意，竟學著用普通話，舌頭硬硬的。白娥說：「你諞起來翻江倒海的，一寫咋就一鍋的蘿蔔粉條，搗鼓不清？」三踅說：「我要是有夏風那筆頭子，我的女人就是白雪了，哪裏還輪得到你？你有個啥，不就是一對大奶麼！」白娥撩洗腳水，三踅跳開來。白娥把襪子甩過來，偏不偏甩在三踅的頭上。三踅說：「你給我帶晦氣呀！」撲過來一腳踢在白娥懷裏。水流了一地，白娥又倒在水地上，白娥就哭了。白娥回了黑娥家，直到天黑也不肯去磚場。

磚場裏沒了白娥，空盪盪的，三踅就耐不住了，到武林家來。武林在磨黃豆，小石磨呼嚕呼嚕的響，豆漿白花花往下流，白娥黑娥將一口袋黃豆倒在笸籃裏揀裏邊的小石子。武林看見三踅把草帽掛在門閂上，說了一聲：「是，啊是三踅！三踅你，你是吃了沒，啊沒？」白娥起身就鑽到臥屋去。黑娥也跟進去。白娥說：「他是為我來的！」黑娥說：「你收拾漂漂亮亮了再出來，出來了不要理他！」三踅在門檻上坐下來。武林喊：「白娥，啊白娥，娥，三踅他來，來，來了！」三踅就看見白娥一挑門簾，花枝招展地出來，忙給白娥笑。白娥沒理，坐在笸籃前揀石子兒。武林說：「三三踅，你有，啊有，啥事的？」三踅覺得沒趣，說：「我來買豆腐。」買了二斤豆腐提走了。

這一夜，三踅在磚場的床上手腳沒處放，把枕頭壓在腿下。候到天明，又去了武林家。武林在鍋上過濾豆漿，屋子裏煙霧騰騰，還是說：「三踅啊你，吃吃，吃了，啊沒？」三踅說：「白娥在不？」武林朝著臥屋喊：「白，白，白娥！」白娥聽聲知道是三踅又來了，偏不吭聲，坐在臥屋鏡子前換新衣服。過了一會兒出來了，穿了件短袖褂，白脖子白胳膊的，還是不理三踅，坐到灶前燒火。三踅拿了柴棍戳白娥的腰，武林一回頭，柴棍不戳了。武林說：「三踅你，你，沒啥事，事麼？」三踅說：

「我買些豆腐。」提了二斤豆腐走了。

到了晚上，三踅又來了，武林說：「三踅，啊三踅，又又又買豆腐呀，呀嗎?你咋恁恁愛吃豆，豆腐的？」三踅說：「我就只吃豆腐!買了幾次豆腐了，都招待了人，這豆腐錢得入帳，我寫了個收據，你得按個手印哩！」武林說：「還要手，手據，據呀？」武林不識字，三踅讓他在一張紙上按手印，他在三踅拿來的印泥盒裏蘸了紅，狠狠地按了一下，又按了一下。三踅一撩臥屋門簾，白娥光著腳在炕上坐著吃瓜籽，兩條腿一夾，說：「你讓按手印了？」三踅說：「你再不到磚場去了？」白娥說：「我又不是白雪，我去幹啥？」三踅嘴皺著，做了個要親嘴樣，白娥輕輕說：「呸！」瓜籽皮飛到三踅的臉上。三踅就按捺不了走進來，身子靠住了臥屋門，一把將白娥拉進懷，急得在臉上啃。武林在外邊說：「三，啊三踅，你看這印按，按，按得行不？」三踅只好出來，說：「行了。」把紙和印泥盒收了。三踅又提了二斤豆腐，說：「那我走呀！」拿眼睛又瞅門簾，門簾閃了閃，露出白娥一隻腳，三踅再說：「我走呀！」終於走了。三踅一走，白娥出來，腮幫上一個圓形紫印，武林說：「你臉咋啦？」白娥說：「沒咋。」武林說：「你是在磚，磚場做活，活哩，三踅來了你不招，招，招呼人家？」白娥說：「我的事你甭管，你知道你剛才按的啥手印？」武林說：「啊啥手印，印？」白娥說：「他三踅要上告夏君亭，你按了手印你也告呀?!」武林一聽傻眼了，說：「啊，啊你咋不早說，說?!」臉色蒼白，也不過濾豆漿，趕忙去了君亭家。

君亭知道了事情的嚴重性，當下倒安慰武林不要哭，說他夏君亭不會怪罪你武林的，也讓武林再不要給任何人提說這事就是了。打發武林一走，君亭就找上善和金蓮商量對策。這一夜安安靜靜地過去了，到了天亮，上善通知武林和陳亮隨他去縣上的林場採購水杉樹苗。武林第一次受村委會重視有了差幹，雖然高興，卻不願意同陳亮一搭去，嫌陳亮說話快，老欺負他。黑娥就罵他沒出息，說讓你出差又給補助，何況有會計在，你就怕了一個外鄉人？就又問上善：「晚上回得來？」上善說：「恐怕回不來。」黑娥說：「還要在外過夜呀？」上善說：「喲，一晚上都離不開我兄弟啦？」黑娥說：「看你兄弟的本事！」武林說：「那號事，啊，啊我都，都快忘了呢！」三人就搭班車走了。

武林一走，黑娥在中午就把一件條格子床單搭在院門前的鐵絲上晾。慶玉看到了，便拉了架子車去磚場，要裝運一車磚。三踅說：「錢拿了沒？」慶玉說：「先賒上。」三踅說：「磚場欠了電費，俊奇把電都停了半天，我賒不起帳了！」慶玉說：「咱兄弟倆說那話就生分了。」三踅說：「你姓夏，我姓李，咱不是兄弟。」慶玉說：「不是兄弟也是姊夫和妹夫吧。」三踅看看四周，說：「你這壞熊！我是不怕的，你可是為人師表的教師！」慶玉說：「武林今日去出差，你去不去？」三踅說：「武林不在？」慶玉說：「黑娥把條格單子晾出來啦！」三踅說：「狗日的老手，還有這暗號？」當下給慶玉裝了一車磚，罵道：「你要是再這樣，磚場讓你拉完了！」慶玉說：「可我成了啥人了麼，皮條客死了閻王爺抽舌頭哩！」

天黑前，三踅提了酒去約慶玉，在門外大聲喊。慶玉對媳婦說他喝酒去，媳婦說地裏的包穀稈還沒拉回來，喝什麼酒？慶玉說咱運了磚場多少磚瓦了，人家讓喝酒能不去？出門就走了，媳婦自個去了地裏。

慶玉和三踅揣了酒先看看武林家隔壁的書正在不在，卻偏偏書正從鄉政府早早回來，書正說：「呀，你兩個這是幹啥呀？」慶玉說：「口寡得很，想吃喝哩！」書正說：「我家有柿子燒酒，要不嫌棄，到我家喝吧。」二人就進去，書正並沒有舀柿子酒，喝的還是三踅帶來的，只調了一碗酸菜。三踅說：「雞蛋哩，不會炒些雞蛋？」書正說：「真是巧，早晨來要吃多少能炒多少，中午才把雞蛋賣了。這酸菜好呀，能解酒的。」三踅說：「吃辣子圖辣哩，喝酒圖醉哩，今日就往醉著喝！白娥，黑娥！」隔壁的白娥沒應聲，黑娥卻回道：「是三踅呀，有啥事？」三踅說：「我和慶玉在這兒喝酒哩，書正嗇得只給吃酸菜，你家有沒有雞蛋？」黑娥說：「沒雞蛋，有豆腐哩！」一會兒煎了一碗豆腐端了過來。三個男人坐在院子裏喝酒，書正媳婦和黑娥坐在旁邊說東家長西家短，一陣笑哩一陣哭哩。書正酒量不行，但貪酒，一會兒他就舌根子硬了，但三踅還是要讓他喝，喝不了就讓他媳婦替。一瓶酒還未完，書正兩口趴在那裏便不動了，慶玉和三踅立即到了隔壁。白娥在堂屋不肯給三踅開門，三踅一推窗子，窗子卻掩著，白娥赤條條地躺在炕上，身子下鋪著一塊手帕。

但是，半夜裏上善卻領著武林和陳亮回到了清風街。因為在縣城上善同林場通了電話，嫌林場的樹苗要價太高，三人就在飯館吃了飯，連夜又回來了。他們先到村部，君亭和金蓮還在看電視，聽了上善的彙報，君亭說事情沒辦成，補助就免了。武林卻急了，說他回去說沒補助，黑娥肯定是不信的。君亭就說我們陪你回去做證明行吧。一行人往東街走，路過磚場喊三踅沒人應，到了慶玉家喊慶玉，菊娃才從田裏回來，說慶玉被三踅叫去喝酒。君亭就給上善使眼色，直接到了武林家。推院門，院門關著，武林翻了院牆進去把院門開了，卻見廈屋窗上還亮著燈，忽地燈又滅了。武林說：「聽到我回，回，回來了，吹，啊吹燈哩？起，起來，起來！」去推廈屋門，門也關著，怎麼敲怎麼喊都不開。跑到窗下隔縫兒一看，過來對君亭說：「慶玉在，在，在屋裏哩。」君亭說：「慶玉怎麼能在你家？」陳亮就嚷起來，說：「你這個軟軟軟頭，你說是慶慶慶玉在屋裏搞搞，搞了你老婆哩?!好好呀，我和武林才才才走了半天，姦夫淫婦就日日日到一搭裏了！」這邊一喊，隔壁的書正兩口子就酒醒了，跑了過來。廈屋門已經開了，慶玉和黑娥胡亂地穿著衣服，立在那裏不敢吭聲。書正的媳婦說：「還有三踅哩！三踅人呢？我現在明白了，他們兩個來日這姊妹的，怕我們聽到，才請了我們喝酒！」金蓮就敲堂屋門，門開了，三踅走出來說：「喝多了，糊里糊塗以為在自己家裏。事情既然有了，你們說咋辦呀？」武林氣得渾身發抖，撲過去打了黑娥一個耳光，耳光並不重，渾身抖得再打不下去，竟拿自己頭往牆上碰。陳亮說：「你羞羞你先先人哩，你碰碰你的頭是幹啥啥呀！」君亭說：「陳亮你喊啥的，多榮光的事你喊得東街人都起來看熱鬧呀？算了算了，家醜不可外揚，慶玉和三踅你們還不快滾？武林就是不打你們，村人起吼聲了，兩委會還處理不處理？」慶玉三踅抱頭就走。上善說：「這是公了還是私了？」君亭說：「你倆先站住！」慶玉三踅就站住了。君亭說：「事情碰在我們面前，算是公了也算私了，你們帶錢了沒帶？每人掏一百元算是給武林的傷害費吧。」慶玉和三踅說：「沒帶錢。」君亭說：「明日你倆把錢來交給我，我給武林。今夜這事就這幾個人，誰也不要外傳！走吧，都走吧！」

第二天，慶玉來把一百元交給了君亭。三踅也把一百元送了來，三踅說：「君亭，還有啥事？」君亭說：「把錢交了還有啥事?!」三踅說：「這樣處理，我咋謝你呀，三踅是個野路人，只有你能籠住！人敬我一尺，我敬人一丈，兄弟也有對不住你的事，你知道不？」君亭說：「你有啥對不住我的事？」三踅說：「我告你呢。」君亭說：「這我不信，我得罪了引生，我沒得罪你麼。」三踅說：「我告的也是七里溝換魚塘的事。」君亭說：「換魚塘你還不高興啊？你專管還不如代管嗎？」三踅說：「那我咋聽說你要讓金蓮承包魚塘呀？」君亭說：「這誰說的？你腦子進水呀，要換你我能不與你商量，我找你商量了沒有？」三踅掏出了告狀信，說：「我再告你君亭，我就是嫖客×下的！你看不看？」君亭說：「我看那幹啥？」三踅當下撕了告狀信，撕成指甲蓋大的碎片片。

武林家的姦情到底還是傳了出來，白娥再沒敢去磚場幹活，老實地呆在姊姊家。但呆在家裏，要吃要喝，武林不願意，白娥就挑了擔子出去賣豆腐。許多人背地裏罵白娥是騷貨，見了白娥卻又瞅白娥的奶子，問豆腐瓷不瓷，極快地用手擰了一下她的屁股，白娥沒言語，用秤鉤勾了豆腐來秤，買者便說一句：瓷！把豆腐買走了。白娥賣豆腐賣得比武林快，武林就不挑擔子出來走街串巷，只在家做豆腐。這一天，我在染坊裏看白恩傑給叫驢刷毛，驢突然昂拉昂拉叫，驢鞭也忽忽地伸了出來。這時候，白娥挑著豆腐擔子站在染坊門口。白恩傑說：「原來是白娥來了！」白娥招呼買豆腐不買？白恩傑是買了二斤。白恩傑拿了豆腐，卻問白娥怎麼賣起豆腐了？白娥說不賣豆腐嘴就吊起來了，如果染坊裏需要個下苦的，她就不看她姊夫的臉了，姊夫的臉難看。白恩傑說：「你能下什麼苦？這料水池子的水眼堵了，你能把它捅開你就來染坊幹活！」白娥竟然進來。料水池子很大，水眼堵住了，藍哇哇半池子鹼水。白娥挽了袖子，伸胳膊在水眼裏掏，還是掏不通，就身子趴在池沿上，一用力，差點栽到池子裏去。白恩傑老婆從布房裏出來，一直站在房門口看，說：「白娥這屁股圓啊！」白娥沒吱聲，還在掏，終於掏通了，池水流乾了，站起身來，臉已憋得通紅，扭過頭給白恩傑老婆笑。白恩傑老婆說：「你過來，我問你一句話。」白娥走過去，還在笑。白恩傑老婆說：「白娥，你實話給我說，你和三踅有沒有那事？」白娥臉就變了，低聲說：「……他強姦了我。」白恩傑老婆說：「強姦？強姦了幾回？」白娥說：「五六回。」白恩傑老婆說：「那我問你，他強姦時你眼睛睜著還是閉著？」白娥說：「閉著。」白恩傑老婆說：「強姦哪有五六回的，你受活得眼睛都閉上了還算強姦，你給我滾，再不要到染坊來！」白娥愣在了那裏，拿眼睛看著白恩傑老婆，眼淚刷刷刷地流下來，然後從染坊出來了。

白娥即便有千差萬錯，白恩傑老婆也不能這樣待她的，這婆娘我以前還以為她寬善，原來這麼凶惡！我從此不再進染坊，路上碰見了她，也不招呼。白娥就是這一次被羞辱後，離開了清風街，回到山裏老家去了。但三踅還是三踅，凡有人在一邊喊喊啾啾說話，他一來又都不說了，三踅就說：「是不是說我啦，大聲說麼！」說：「三踅，是你把人家白娥×啦？」三踅說：「×啦，咋？我媳婦生不了娃娃，我借地種糧哩！」眾人見他這麼說，倒覺得這賊是條漢子，比慶玉強。

慶玉是死都不承認的。捉姦的第二天早晨，風聲抖開後，菊娃追問他，他平靜著臉，說有人陷害他。菊娃說清風街這麼多人，不陷害別人陷害你？他說我從農民當上民辦教師再轉成公辦教師，又蓋了一院子房，好事都讓我占了能不招人嫉恨？菊娃說你是教師能耍嘴皮子，我說不過你，你要是沒和那黑娥×了一夜，你現在就給我繳公糧！當下和慶玉上炕，慶玉卻怎麼也雄不起，勉強起來了，又不堅強。菊娃罵你沒幹瞎事才怪的，捏著那東西問：你慶玉就是這樣子?!兩口子便打了仗。菊娃受慶玉打得多了，學會了一套，就是一打開仗便貓身往慶玉胯下鑽，用手握卵子。這回慶玉揪了她的頭髮，她握了慶玉的卵子，疼得慶玉在炕上打滾，等慶玉緩過了勁，將她壓在炕頭上用鞋底搧臉，半個臉立馬腫成豬尿泡。

菊娃殺豬般地叫，隔壁的四嬸就趕過來，見院門還關著，就大聲說：「慶玉慶玉你男人家手重你要滅絕她呀?!」慶玉說：「這日子沒法過了，離婚離婚！」菊娃趁機跑脫，裹了被單開了門，兩個奶子鬆乎乎吊著，也不掩，說：「離婚就離婚，再不離婚我就死在你手裏了！」四嬸訓道：「都胡說啥的，這號話也能說，一旦說出了就說順了嘴！」雙方才住了聲。

真的是離婚這話一說出口，口就順了，以後的幾天裏，慶玉和菊娃還在搗嘴，一搗嘴便說離婚。家裏沒麵粉了，菊娃從櫃裏舀出一斗麥子，三升綠豆，水淘了在蓆上晾，一邊晾一邊罵。先還罵得激烈，後就不緊不慢，像是小學生朗讀課文，蓆旁邊放著一碗漿水，罵得渴了喝一口，喝過了又罵。慶玉在院門外打胡基，打著打著就躁了，提了石磴子進來說：「你再罵？」菊娃罵：「黑娥我日了你娘，你娘賣×哩你也賣×！噓，噓！你吃你娘的×呀！」她揚手趕跑進蓆上吃麥子的雞。雞不走，脫了鞋向雞擲去，雞走了，就又罵：「你就恁愛日×，你咋不把毬在石頭縫裏蹭哩，咋不在老鼠窟窿裏磨哩?!」慶玉說：「你再罵，你敢再罵！」菊娃喝了一口漿水，又罵一句：「黑娥，你難道×上長著花，你……」慶玉舉起了石礎，菊娃不罵了，說：「你砸呀！姓夏的家大勢大，我娘家沒人，砸死我還不像砸死一隻小雞，你砸呀！」慶玉把石礎砸在小板凳上，小板凳咔嚓成了堆木片。慶玉說：「離婚離婚！」進了屋去寫離婚申請書，出來自個咬破中指按了血印。慶玉要菊娃跟他一塊去鄉政府辦手續，菊娃說：「走就走！」也不示弱。兩人走過夏天智家院門口了，菊娃卻喊：「四娘，四娘，你給我照看著蓆上的麥，我和你姪子去離婚呀！」四嬸跑出來，把慶玉手中的申請書奪了，撕成碎片，罵道：「你們給我成什麼精?!」菊娃就抱住了四嬸嗚嗚地哭。

一次沒離成，二次再去離，竹青從半路上把他們又截了回來。但他們從此再無寧日，不是吵架，就是打仗，把離婚的話吊在嘴上，夏家的人就不再勸了，東街的人也不再勸，說：「小娃的牛牛，越逗它越硬的！都不理，看他們還真的就離婚呀?!」兩人再打打鬧鬧地去了鄉政府，誰也沒有阻攔，四嬸在院門環上擰麻繩，看見了，手中的拐子並沒有停，一夥人在巷口看公雞給母雞踏蛋，聽到了消息，目不旁視，等到下午，菊娃在老屋裏放了悲聲，慶玉搬著舖蓋，提了鍋住到了新房，人們才知道慶玉和菊娃真的把婚離了。

慶玉在新房僅僅獨住了兩天，淑貞就看見黑娥從地裏拔了青菜蔥蒜給慶玉包素餃哩。淑貞把這事告訴慶金。慶金在小河畔的沙窩子裏拾地，已經刨出了席大的兩塊，趁歇息，和慶堂、瞎瞎在地邊賭起撲克。賭注是二元四元的，慶金輸了，不肯掏錢，慶堂和瞎瞎就不依，說：「哥是掙工資的，還賴呀！」淑貞正好去，當下不高興了，說：「你哥有啥錢的，前天給娘買了件衣裳，又買了三斤鹽，他還有啥錢！」慶金說：「說這幹啥？」淑貞說：「咋不說，爹娘生了五個兒子又不是你一個?!你講究是有工資的，兄弟五個中除了你，誰沒蓋了新屋院！」慶堂和瞎瞎見嫂子話不中聽，起身走了，說：「哥，你可是欠我們帳哩！我們走呀，你好好拾地，工作了一輩子，退休了就當農民，這地肥得很，種豆子收豆子，種土豆長土豆，再種些錢給我嫂子長出個金銀樹！」兩個弟弟一走，慶金說：「我們在一塊玩哩，能賭多少錢，你就攪和了。」淑貞說：「我在屋裏給你煎餅哩，怕你肚子飢，沒想你倒在這兒賭錢，這糞籠大一塊地你弄了幾天了還是這樣？」慶金說：「我還害氣哩，工作了一輩子，拾掇這些地還不夠旁人恥笑哩，不弄了，不弄了！」淑貞見慶金上了氣，就蹴下身，說：「你在家閒著，是爹讓你尋個事幹的，又不是我逼的。今天累了，不幹了，明日再說。你知道不知道黑娥和慶玉過日子啦？」慶金說：「他的事你少管。」淑貞說：「我看這離婚是預謀了的，這不，晌午黑娥就在慶玉那裏雙雙對對包著餃子吃哩！」慶金說：「別是非啊！一堆屎嫌不臭，你還要攪騰?!」

淑貞憋住了一天沒再說，第二天就憋不住了，說給四嬸，又說給竹青。夏天義就把慶玉叫去，問：「你是不是想娶黑娥？」慶玉說：「想哩。」夏天義一抬腳就把蹴在對面的慶玉踢倒在地，罵道：「我以為你們鬧一陣子就和呀，你卻是早把心瞎啦！」慶玉的嘴撞在地上破了，血也不擦，說：「離就離了還有啥合的，我們三天兩頭吵嘴打仗你又不是不知道?她娘家舊社會經幾輩都是土匪，有什麼家教，嫁過來給我家做過一次針線，還是給你洗過一件衣裳？」夏天義說：「那黑娥就孝順啦，她是給武林他娘洗過衣服還是做過飯，他娘臨死的時候，吃到炕上屙到炕上，她做兒媳的收拾過？武林是老實人，啥事不聽她的，她還和你糾纏不清，她在武林家和你好，她嫁了你就不會和別人好？」慶玉說：「一物降一物，我不是武林。」夏天義看著慶玉，長長地吁氣，就掏出了捲菸。慶玉忙擦火柴來點。夏天義把捲菸又放下了，說：「你也是有兒有女的人了，文成是男娃不說了，臘八來我這裏哭哭啼啼幾場了，她給我說她走呀，出去打工呀！把孩子傷害成那樣，你知道不知道？我再給你說，你不合婚了也行，婚姻也不是兒戲，說離就離說合就合的，可黑娥娶不得，你一口否定和黑娥沒那事，你卻要和她結婚，那又怎麼說？清風街人又該怎麼看夏家？」慶玉說：「我是和黑娥沒那事。就是有那事，我們一結婚也證明我們真有感情，外人還有啥說的？」夏天義說：「你給她應允過，要一定娶她？」慶玉不言語。夏天義說：「是她現在黏上你啦？黏上了的話，我讓你幾個兄弟去嚇唬她，熱蘿蔔還黏在狗牙上抖不離了？從這一點看，她就不是個好女人？」慶玉說：「是我要娶她。」夏天義說：「真的是你許了願！」氣又堵上喉嚨，掏捲菸叼在嘴上，手抖得擦不著火柴。慶玉說：「爹，爹……」夏天義強忍著，說：「你四十多歲的人了，我原本不管你的事，可我沒死，你不要臉了，我還有臉啊！你給武林戴綠帽子了，他沒尋你魚死網破就算燒了高香，你再把人家的媳婦弄來做你屋裏人，娃呀，那武林還怎麼過？一個村子，抬頭不見低頭見，他又不是階級敵人……」夏天義不說了，一會兒又問：「黑娥和武林能離婚？」慶玉說：「他願意不願意都得離。」夏天義說：「你放屁，你是土匪呀！我苦口婆心給你講道理，你就一點也聽不進去?!」又是一腳，把慶玉再次踢倒在地上。慶玉這回很快爬了起來，扭頭就走。夏天義吼道：「你滾！」自己卻從凳子上跌下來，窩在那裏半天不得起來。

後來的事情就熱鬧了：是夏天義再也見不得慶玉；是黑娥和武林開始鬧離婚，武林死都不離；是慶玉三天兩頭在河堤上或伏牛梁的背窪地約會黑娥。我那時全當是在看戲哩，碰著了慶玉，就高聲唱：「沒有你的天不藍，沒有你的日子煩，沒有你的夜裏失眠，沒有你的生活真難……」我用秦腔的曲調唱。慶玉拾了塊土疙瘩要擲我，我繼續唱：「什麼時候才能擁有你啊，我心愛的錢！」我說：「我說錢哩！你擲？你擲?!」慶玉笑道：「你狗日的讓錢想瘋啦！」遇見武林，我給武林出主意：

「你沒好日子過，你也要讓慶玉過不上好日子！」武林說：「就是，是。婆娘再不好，畢畢，啊畢竟還有一個婆，婆娘。離，離，離了婚，我就，啊就，光毬打著炕，炕沿子了，響了。」我讓武林對黑娥殷勤些，武林果然殷勤，從田裏勞動回來，又做飯，又洗衣，掃地抹桌子，但是黑娥仍是不正眼看他，睡覺不脫褲子，還只給他個脊背。黑娥用香皂洗脖子，說這香皂是慶玉給她的，換上一雙新鞋，又說這新鞋是慶玉從縣城買的。黑娥說：「你不離婚，我就住到慶玉家不回來！」武林來尋我，問咋辦呀？我說找他慶玉，吃屎的還把屙屎的雇住啦？找他夏慶玉！武林卻要我陪他去。我陪他走到慶玉新房前的土場邊，我說你去吧。武林吸了一口氣，走到新房門口，看見慶玉坐在門檻上，武林不敢走了，繞到了屋後。那裏有新修的水尿窖，慶玉在牆裏蹲坑了，武林搬了塊大石頭丟進尿窖，髒水從尿槽口沖上去，濺了慶玉一身。慶玉還沒出來，武林先跑開了。我氣得再不理了武林，武林就去找夏天義。夏天義關著院門，武林說：「天義叔，天義叔，我有話給你說呀！」夏天義在家裏不吭聲，等武林走了，就捶胸頓足，罵慶玉要遭孽。

夏天義哪能想到，自己正熱心為七里溝換魚塘的事抗爭著，慶玉卻出了醜，待到再不理了慶玉，又操心起三踅告狀的事怎麼沒個動靜？院門外的水塘裏漂了一層浮萍，原本是綠色的，卻一夜間都成了鐵紅。文成和啞巴將青柿子埋在塘中的黑泥裏暖了三天，刨出來了，在那裏啃著吃。給了夏天義一個，夏天義說：「柿子還沒熟哩，能暖甜？」咬了一口，柿子上卻沾著了一點紅，忙唾了幾口唾沫，發現是牙齦出血。竹青匆匆忙忙地從塘邊小路上過來，說：「爹，你吃啦？」夏天義說：「河灘地都收完啦？」竹青說：「最北頭還有幾家沒收。爹牙齦出血了？」夏天義說：「沒事。你要到後巷去，就讓栓勞他娘快把栓勞叫回來，出去打工總不能誤了收莊稼麼！」竹青說：「晚上了我去他家，現在君亭通知開會哩。」夏天義說：「組長也參加……研究啥事呀？」竹青說：「不知道。」夏天義突然覺得一定是鄉政府干預了七里溝換魚塘的事，他說：「那你快去吧。」便進了院裏拿了菸葉搓菸捲，然後叼著蹴在院門口，看文成和啞巴在水塘游泳。啞巴只會狗刨式，腳手打著水花，把夏天義的菸頭都濺滅了。

兩委會的確是召開了會，研究的卻是魚塘的管理。管理條例一共有五條，又明確了在農貿市場專設一個鮮魚攤位。但是，誰來管理，意見不統一，有的說讓三踅繼續經管，有的說水庫之所以能以魚塘換七里溝，也有三踅在幾年裏不繳代管費的原因，而他管的磚場還欠村上兩萬元，還有一萬元的電費也收不回來，如果再讓他管魚塘，那等於用七里溝給三踅換了個私人魚塘。君亭見意見分歧，提出大家投票，誰的票多就讓誰幹。當下提了五個候選人，投票結果是金蓮票最多，金蓮也便簽了承包合同。開完會，竹青並沒有將會上的事說知夏天義，但三踅在丁霸槽家門口當著眾多的人大罵金蓮。

我不同情三踅。但我知道金蓮承包了魚塘，就是說七里溝換魚塘板上釘釘的事了，就可憐起了夏天義。我本該立即去看望夏天義的，而很快又把這事遺忘了，因為我看見了白雪和四嬸往供銷社去。我承認我對不住夏天義，可我管不住我。我當時哇地叫了一聲，驚得站在旁邊的吃蒸饃的王嬸嚇了一跳，牙就把舌頭咬了。我說：「回來啦！」丁霸槽說：「你咋啦，嚓？」我說：「我給你幫忙搬石頭！」丁霸槽的酒樓已蓋到第二層。我沒有從梯子上去到二樓，而是抱著腳手架的那根木杆子往上爬，我爬杆有兩下子，手腳並用，不挨肚皮，像蜘蛛一樣，刷刷刷地就爬上去了，上到杆頂還做了個「金猴探海」。我「金猴探海」是趁機往供銷社門口看，下邊的人喊：「引生，來個『倒掛金鉤』！」四嬸和白雪在供銷社門口說話，四嬸手裏拿著買來的兩袋奶粉。這奶粉一定是買給白雪喝的。但白雪的身子看不出是懷了孕，腰翹翹的。她們從供銷社往回走了，走過了丁霸槽的屋前，白雪抬了頭往正蓋的酒樓上看了一眼。我突然地嘿了一聲，雙腳倒勾在杆上，身子吊在了空中。眾人一哇聲叫好。傻樣！我哪裏是為他們表演的呢？

我在丁霸槽那兒幹了兩個鐘頭，沒吃飯，沒喝一口水，天麻麻黑了往回走，卻遠遠看見夏天義戴著石頭鏡坐在書正媳婦的飯店裏吃涼粉。夏天義一吃涼粉，肯定是他已經知道了金蓮承包魚塘的事，我現在再過去見他，就有些不好意思。我躲開了他。夏天義是吃完了一盤，又吃一盤，大清寺裏白果樹上的高音喇叭就播放了秦腔。夏天義說：「這個時候播的啥秦腔？」書正媳婦說：「金蓮管著喇叭的，她高興吧。」夏天義粗聲說：「再給我來一盤！」高音喇叭上開始播起了《鑽煙洞》：

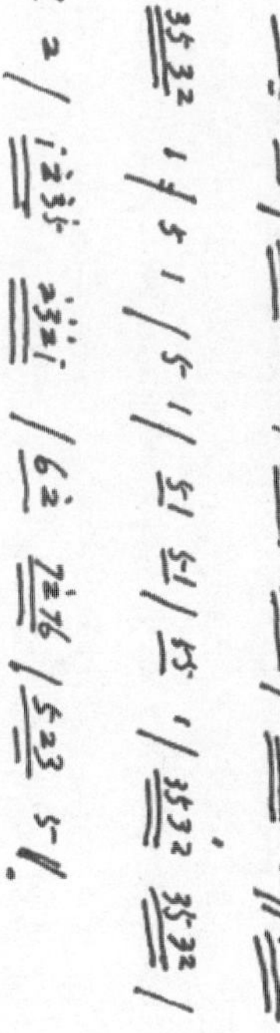

三踅從鐵匠鋪裏出來，看見了夏天義，把草帽按了按，卻隨著屋簷下的台階往西走。夏天義把他叫住了。夏天義就罵三踅：「狗日的，你見了我趔呀？」三踅說：「心情不好，我誰都不想理。」夏天義把他的草帽子揭了，低聲問：「這麼長時間了，你告的狀呢？」三踅說：「我就沒再告。」夏天義生了氣：「你當兒戲啦？你就是不再告了也得給我說一聲，你屁夾得緊緊的?!」三踅說：「你知道我和慶玉吶事……」夏天義哼了一下，卻覺得事情蹊蹺，問起那天出醜事的情況。三踅說：「不說了，說那事幹啥？」夏天義說：「你說說，讓我聽麼。」三踅就說了武林和上善、陳亮去縣上買樹苗的過程。夏天義說：「村裏什麼時候讓武林出過差？再說買樹苗肯定是事先就聯繫好了才能去的，他上善咋就又嫌樹苗價貴？就算是沒買成回來，武林是什麼角色，竟那麼多人能送他回家？」三踅一拍腦門，說：「二叔你是說他們知道了我要告狀，先下手為強，設了圈套讓我鑽？」夏天義說：「我可沒這麼說。」三踅說：「肯定是設了圈套讓我鑽的！現在他們得逞了！二叔，你說說，不讓我承包有啥理由，我三踅有男女作風，她金蓮就沒有啦？這口氣我嚥不下，我再告呀，咱們一定要再告！」夏天義說：「告不告那是你的事，你不要寫我的名字。」夏天義再不理了三踅，低頭吃他的涼粉。

三踅到底還告君亭了沒有，這我就不知道了。我要說的，就在當天晚上發生了一場哄搶魚的事件。清風街哄搶事件這是第二次了，三年前一輛油罐卡車在三一二國道上翻了，車毀得很厲害，司機的腿斷了，被卡在駕駛室裏，所幸的是油罐裏的油流了一地，卻沒有燃燒爆炸。清風街的人聞訊趕了去，先還有人把司機從駕駛室往出弄，更多的人竟用盆子罐子舀地上的油，舀了就拿回家去。舀油的人越來越多，以至於救司機的人也再不管了司機，也去舀油。地上的油舀完了，三踅竟然去擰開了油罐的出油閥，直接用桶去接剩餘的油。整整一卡車油就那樣被一搶而空了。這回哄搶魚是在深夜，差不多雞叫了二遍，鐵匠舖的老張因去南溝村親戚家回來得晚，才走到西街南頭魚塘的土畔前，突然咚的一聲爆炸，他膽小，當下趴在地上。接著又是咚咚兩聲，魚塘裏的水濺了他一身，才看清有三個人在水塘裏炸魚。他們是把炸藥裝在酒瓶子裏，再塞上雷管，點燃了丟在塘裏，魚就白花花地在水面漂了一層，然後撈著往麻袋裏裝。老張先以為是三踅在撈魚，心想三踅真個不是好東西，魚塘不讓他經管了，他就要把魚撈走，可定眼一看，撈魚的並不是三踅，估摸那便是偷魚賊了。他就叫了一句：「誰個？」偷魚賊慌忙扛了兩麻袋就跑，跑得急，跌了一跤，就把一麻袋丟下了。老張便大聲喊：「有賊了！賊偷魚了！」西街的人有晚上搓麻將的，有喝酒的，聽見喊聲過來，瞧見塘邊有許多魚，水面上還漂了一層，說：「惡人有惡報，又不是咱的魚，管毬哩！」老張說：「魚塘不讓三踅管了，金蓮還沒接手哩。」眾人說：「狗日的偷得是時候！」轉身又要回去，走了幾步了，說：「誰經管只好過誰，有賊能偷，咱也撿一條。」返過身來，從塘邊撿了一條兩條提著。一個人這麼撿幾條，十個八個也就各撿了幾條。後邊再來的人見別人都撿了魚，就爭開了，塘邊已經沒有，跳進塘裏去撈，一時塘裏響聲一片，水花亂濺，有人回家拿了籠筐，一下子就撈起了半筐。我在那個夜裏失眠著，聽到響動後也跑去搶魚，其實我壓根兒不愛吃魚，魚有刺吃著麻煩，我是一見那熱鬧場面就來勁，再是我恨三踅，也恨金蓮，恨不得把魚塘裏的魚全撈淨！我跳進了塘裏，將褲子脫下來，紮了褲管，把魚一條一條裝進去，然後架在脖子上。這時候有人喊三踅來了，我架著裝了魚的褲子就跑，一邊跑一邊掏著魚隔院牆往各家院子裏扔。跑過了白雪她娘的院子，扔進去了三條，又扔進去了三條，我想白雪懷孕了，應該有滋補的魚湯喝，就把剩下的四條全扔了進去。但是，那天晚上三踅並沒有來，得到消息跑來的是金蓮，金蓮跑來的時候魚塘裏已經沒有了魚，搶魚的人也全散了，她立在魚塘邊氣得眼淚都流了出來。

這次哄搶起因是偷魚賊，派出所來破案，沒查出個任何頭緒。金蓮懷疑是三踅所為，但三踅矢口否認，說他那晚上在丁霸槽家搓麻將，丁霸槽可以作證。是不是三踅故意指使了別的什麼人故意偷魚?又拿不出證據。君亭讓上善調查哄搶的到底是誰，上善到西街各家去看，各家幾乎都有魚，法不治眾，事情就不了了之。君亭要求這事再不要外傳，嫌傳出去太丟清風街的人，但清風街大多數人卻不這樣看，說上次哄搶油是丟了體面，這一回有什麼呀，魚塘本來是集體的，好過了三踅又要好過金蓮，哪裏有公平，哄搶是群眾不滿麼！那幾天裏，西街人家家剖魚，清風街人歷來吃魚不吃魚頭和魚泡，魚頭魚泡和魚鱗甲拋得到處都是，太陽下魚鱗甲閃閃發光，而腥氣熏人，所有的綠頭蒼蠅都到了西街。

白雪的娘因為院子裏突然有了十條魚，自然也高興，留下了四條，把六條提到東街給女兒吃。白雪不知道這魚的來歷，去剖，正好碰著夏天義和慶金擔土墊新拾出的那一小塊地，白雪要把三條魚送給二伯，夏天義說：「哪兒來的？」白雪說：「我娘拿來的。」夏天義說：「你娘也參與了？」白雪聽不明白，還要把魚送二伯，夏天義說：「這魚我不吃！」慶金就說了哄搶魚塘的事，白雪噢了一聲，自己臉倒紅了。慶金說：「這有啥不該吃的?!你不要，我要！」把三條魚收了。再不說魚的事。白雪見夏天義身上的褂子泛著汗印，就要夏天義脫下來她給洗洗。夏天義倒沒推辭，把褂子脫下來讓白雪洗著，自己靠了一棵樹蹭癢癢。在夏天義的記憶中，他的五個兒媳從未主動要求給他洗衣服的，眼前的白雪這樣乖順，就感慨很多，喉嚨裏呃呃地打著嗝兒。白雪問二伯你是不是氣管不好，夏天義說好著哩，只是風一吹就打起了嗝，趴在河裏喝了一口水，嗝兒也就停止了。夏天義問白雪好久沒見回來是不是去過了省城，白雪說她是下鄉巡迴演出了，還沒時間去省城哩，夏天義問起夏風最近怎麼樣，是不是又寫書了，白雪說正寫一本書的，估摸明年春上就能出版，夏天義又是一番感慨，喉嚨裏呃呃地打起了嗝。夏天義當然想到了很久很久以前的事，夏風還小，穿著個開襠褲，頭上梳著個蒜苗似的髮辮，卻每天放學回來，就拿了炭塊在寫字，家裏的牆上，櫃上、桌上到處都是他寫的。夏天義說起了往事，白雪一邊拿棒槌捶著衣服，一邊說了一句：「是不是有道士說夏家要出個人物呢？」夏天義說：「你聽誰說的？」白雪說：「夏風說的，我估摸他是胡說的。」夏天義說：「這可是真的。那天我端著碗坐在門口吃飯著，一個道士正好路過，指著門前的榆樹說樹冠長得好，這家以後要出個人物哩！你二嬸說：是不是出個當村長的？我那時當著村長。道士說：比村長大。我還以為說的是你爹，你爹在學校教書哩，卻還不是你爹。你爹愛唱秦腔，暑假裏組織老師演《三滴血》，他扮的是縣官晉信書，可能他是在戲裏當了縣官了，今生只當了幾年小學校長，校長還不如我在村裏的官大。後來夏風到了省城，那道士的話才算應驗了。」白雪就嗤嗤地笑，說：「夏風什麼官都不是呢！」夏天義說：「他可是見官大一級，你瞧他一回來，縣上的領導鄉上的領導誰不來看他？」白雪說：「二伯也這麼看他？咱夏家都寵他，才使他脾氣越來越怪哩！」驀地看見棒槌沉在水裏，去撿時，卻是一條蛇，嚇得跳了起來。河裏突然出現了蛇，夏天義也愣了，他從樹下跑過來，拿樹枝逗弄蛇頭，另一隻手趁機捉住了蛇的尾巴，猛地提起，使勁在空中抖，蛇就軟得像一根麵條，頭再彎不上來，被扔到亂石窩裏去了。白雪受了一驚，回頭尋棒槌，棒槌卻再沒蹤影，心裏倒納悶，卻說：「我爹還演過戲呀，他要不演戲或許就真當了官的，要不夏風總瞧不起唱戲的。」夏天義說：「夏風不愛秦腔？」白雪說：「他說秦腔過時了，只能給農民演。」夏天義說：「給農民演就過時了?!胡說麼，他才脫了幾天農民皮?!」慶金說：「爹！爹！」夏天義說：「不說夏風啦，他是給咱夏家和清風街長了臉的，他也沒忘他這個伯，每次回來還給我捎二斤四川捲菸哩！」白雪又是嗤嗤地笑，接著揚起頭來，因為前面的小石橋有人在大聲說話。

小石橋上，竹青遇到了西山灣的一個熟人，熱火地說：「多時都不見到你了！咱嬸子的身體還好？」那人說：「好，好。」竹青又說：「娃娃乖著哩？」那人說：「乖，乖。」竹青送著那人走過橋了，看見河灘裏是夏天義和慶金、白雪，就跑下來，先問白雪你回來了，洗這麼多衣服呀！又嘲笑慶金是個雞，這兒刨個窩那兒刨個窩！慶金說：「愛土地有啥笑話的，笑話的是不孝順的！你們誰給爹洗過衣服，五個媳婦不如一個白雪麼！」白雪說：「我給二伯洗一回褂子算什麼呀?!」竹青說：「洗一回褂子就是給我們做了榜樣啦，我明日先動員大嫂，她給老人洗一件，我給老人就洗八件！」然後就問夏天義：「爹，是不是你告了狀啦？」夏天義瞇著眼聽他們說話，突然眼睜成杏核，說：

「咋啦？」竹青說：「我才開兩委會回來，七里溝換魚塘的事黃啦。」夏天義說：「好事麼，早該黃啦！」竹青說：「果然是你告的！」夏天義說：「是我告的！」竹青說：「你糊塗啦爹！沒訂合同前你有意見可以告，可合同都訂了，方案要實施呀，你這麼一告，君亭發火，連大家也都反感了！」夏天義說：「你說我告得有沒有理？」竹青說：「犯了眾怒哪有什麼理，你當年淤地還不是沒弄成嗎？」夏天義說：「這回不是就弄成了麼？」竹青說：「爹！會上有人說咱胳膊扭不過大腿，鄉政府明令不讓換那就不換了，反正現在魚塘裏連魚都沒有了，可中街組長說誰告的狀那就讓誰死到七里溝去！這不是指罵你嗎？我當時要承頭回罵他，金蓮把我擋了……」夏天義說：「罵就把我罵死啦？誰不死，我的墳在那裏，死肯定就在那裏，他說的也沒錯麼。」笑了笑，掏一支捲菸來吸，把另一支遞給慶金。慶金從來沒見過爹給他遞菸，一時愣住。夏天義說：「吸吧，這菸香哩！」慶金趕緊把捲菸點了吸。夏天義說：「你要修地，你跟我一塊到七里溝修去！」慶金說：「在這兒刨出個坑兒種一把是一把，跑到七里溝餵狼呀？農村麼，咋比我們單位還複雜！爹你歲數大了，還英武著幹啥呀，以後你啥事都不要管，你也去和那些老婆老漢們碼花花牌，零錢我給你供上。」夏天義說：「我現在才知道你們單位為啥讓你提前就退休了！」從石頭上取了晾著的衣服，衣服還沒乾，披著走了。慶金的臉像豬肝的顏色，對著白雪說：「我哪兒是單位讓提前退休的，為了光利頂班，我要求退休的呀！」

白雪洗完了衣服往回走，天上有了三道紅雲又有了三道黑雲，像抹上的油彩，才覺得奇，腳上的高跟鞋竟把一個鞋跟掉了，一時想到棒槌變成了蛇，慌慌地就往家跑。四嬸在院子裏為那叢牡丹繫撐架，夏天智畫臉譜畫累了，又折騰著換中堂上的對聯，換上的是「花為女侍者，書是古先生」，然後沏了茶，在桌前唱。白雪把魚交給四嬸，說了魚的來歷，四嬸說：「我能不知道這魚是從哪兒來的？咱離魚塘遠，離得近了我也會去撿幾條哩！」白雪心坦然了許多，說：「我爹也知道？」四嬸說：

「他說他不吃，嫌有賊腥氣。他不吃了好，他就是想吃還不給他吃哩！」婆媳倆笑了笑。白雪又提起竹青給夏天義說的話，四嬸卻忙喊夏天智。夏天智聽見廚房裏又說又笑，心裏高興，從堂屋到了院子，美美的放了個響屁。四嬸就走出來，拿眼睛瞪他，說：「你……」夏天智說：「我總不能憋死吧！」白雪就在廚房裏偷著笑，把魚一段段切開，又切蔥蒜和生薑。四嬸說：「二哥告狀的事你知道不？」夏天智說：「他告啥了？」四嬸說：「他把七里溝換魚塘的事給告黃了，兩委會上有人罵得難聽哩！」夏天智噢了一聲，臉上的笑僵住。四嬸說：「你得空給二哥勸說勸說，咱何必呢，老老的人了，讓人罵著。」夏天智說：「他閒著讓他害病呀？」兩人當下無話。白雪忙在廚房裏喊：「娘，娘，咱燉湯的砂鍋在哪兒放著？」四嬸說：「不說啦！長圓毛的只在地上跑，長扁毛的就能飛，讓他信意兒去吧。可他管這樣管那樣的，兒子兒媳倒管得住誰了？夏家娶了這麼多媳婦，我看就白雪好！」夏天智說：「鳳凰往梧桐樹上落麼！」四嬸說：「你栽了梧桐樹？你畫你的馬勺去吧！」夏天智說：「就是畫了秦腔臉譜，才把個秦腔名角招進屋的。趕明日夏雨的媳婦，不會秦腔的就不要！」門外一聲應道：「那我娶一個唱黑頭的！」夏雨就進了院。夏雨一身臭汗，一邊進屋一邊脫衫子，又把吹風扇對著肚子吹。四嬸忙把風扇移了個方向，說：「你不要小命啦，熱身子敢那樣吹！」夏天智立即莊嚴起來，說：「你看你這樣子！」夏雨說：「我幹大事哩麼！」夏天智說：「你能幹了大事？披被子就上天呀?!」白雪舀了半瓢漿水出來，夏雨嗤啦笑了一下，算是打過了招呼，就把漿水咕嘟咕嘟喝下去。白雪說：「聽說你在辦酒樓呀？」夏雨說：「辦起來了嫂子你常去吃呀！」四嬸說：「別聽他攝火，貓拉車能把車拉到炕洞去！」夏雨說：「不是吹哩，就咱夏家這些人，我還沒服氣過誰的，二伯弄了一輩子事，哪一回不是把樓房蓋成了雞窩？君亭哥是能幹，我還真瞧不上，他最多是把雞窩當樓房蓋哩，那雞窩能蓋成樓房？我們酒樓是兩層，樓頂快封呀，今日拉回來了裝飾材料，明日就去訂餐具呢。你們只關心我哥成事，從來把我就沒在眼裏擱麼！」白雪笑著說：「我以後得巴結你了，咱家要出個大款呀！」夏天智撇了撇嘴，不屑地到他的臥屋畫馬勺了。夏雨說：「嫂子，你不巴結我，我還得求你啊！我們開業的時候，你們能不能來演幾天大戲，我們可是給發紅包的！」白雪說：「要演大戲就難了，你知道不知道，團長又換人了。」四嬸說：「中星不是才去嗎？」白雪說：「他一去真是燒了幾把火，只說劇團要振興呀，可巡迴演出了一圈，縣上是獎了我們一面錦旗，卻把他調到縣委當宣傳部長了。他一走，劇團又塌火了，原先合起來的隊又分開，而且分成了三攤子，這大戲還怎麼個演？」夏雨說：「演不了大戲，就來幾個人唱堂會麼。上一次劇團來是村上包場，只演一場，我們要演三場，每個演員給三百元……」四嬸說：「一個人三百元呀，憑你這大手大腳，那酒樓就是無底洞了！」夏雨說：「能掙就要能花。」四嬸說：「還沒掙哩拿啥花？」夏雨說：「娘你不懂！」白雪就說：「我給你聯繫聯繫。」四嬸說：「你不要理他，他哪兒能拿出三百元，把演員請來了，發不出錢，讓你夾在中間難做人呀？」白雪還要說什麼，突然一陣噁心，捂著嘴跑到廁所去了。

吃飯時，四嬸在灶口前坐著，看見白雪盛了飯，把醋和辣子往碗裏調了很多，然後就端到小房子裏去吃，已經好長時間了還不見來盛第二碗。心下犯了疑，就去叫白雪，一推門，白雪在床上趴著，地上唾了一攤唾沫。四嬸嚇了一跳，說：「你病啦？」白雪說：「沒。」四嬸說：「我看見你噁心了幾次，是不是有啦？」白雪趕忙把小房門掩了，悄聲說：「嗯。」四嬸說：「我的天！」就高聲喊：「他爹！他爹！」夏天智過來了問啥事？四嬸卻又把夏天智推了出去，說：「沒事，你出去！」就過來擁住白雪，問反應多時了？白雪說：「快兩個月啦。」四嬸說：「夏風知道？」白雪說：「沒給他說。」四嬸說：「給你娘說了？」白雪說：「前日才給我娘說的。」四嬸說：「那你咋不給我說?!」

白雪說：「我想走的時候再給你說。」四嬸說：「你是不讓我高興啊?!」白雪說：「那倒不是，我想……」四嬸說：「這麼長日子了，你不吭聲?你這娃大膽得很！還擔水哩，洗衣裳哩，你給我惹爛子呀?!」白雪說：「我就估計你會這樣的……我沒事。」四嬸說：「你給我好好坐著，從今往後，你啥事都不要幹，只用嘴。」白雪說：「我當領導呀?」四嬸說：「你以為哩！」拿了白雪的碗去廚房盛了飯，又端進小房。

夏天智見四嬸為白雪端了飯，在院子裏對四嬸說：「你真輕狂，你給她端什麼飯?你再慣著她，以後吃飯還得給她餵了不行?!」四嬸說：「你知道個啥，她身上有了！」夏天智說：「真的?」四嬸說：「我可告訴你，你再別在家和我吵架，也別板個臉，連雞連狗都不得攆，小心惹得她情緒不好。」夏天智說：「你給我取瓶酒來！」四嬸說：「你要喝到外邊喝去！我再告訴你，再不要吆三喝五地叫人來家抽菸喝酒！」夏天智說：「在家裏不喝酒了行，可我總得吸菸呀。」四嬸說：「癮發了，拿菸袋到廚房裏去抽！」白雪在小房裏聽見了，只是嗤嗤地笑。

白雪原準備趁劇團混亂著要去趟省城，四嬸是堅決不同意了，她認為懷有身孕的兒媳不可以坐長途汽車，這樣會累及白雪和白雪肚子中的孩子。她還有一條沒有說出來的理由，就是白雪若去了省城，小兩口見面哪裏會沒有房事，而這個時候有房事對胎兒不好。白雪聽從了婆婆的意見，沒有去省城，只給夏風打了電話，告訴了她懷孕的事。在白雪的想像裏，夏風聽到消息會大聲地叫喊起來，要不停地在電話裏做著親吻的啵啵聲，但白雪沒有想到的是夏風竟然說讓她打掉孩子。要打掉孩子?白雪簡直不敢相信自己的耳朵，她連著說：「什麼，你說什麼?」夏風說：「打掉，一定要打掉！」夏風的意思是怎麼就懷上孩子了?!白雪生了氣，質問：「怎麼就懷不上孩子?你懷疑不是你的孩子嗎?」夏風的語氣才軟下來，說他不是那個意思，他是嫌在這個時候懷上孩子是多麼糟糕，因為他已經為白雪聯繫了工作單位，如果人家知道新調的人是個孕婦，那怎麼工作，生了孩子又是二三年哺乳，人家不是白白要養活三四年，那還肯調嗎？白雪說：「我啥時候同意調了?!」夏風說：「難道說我結婚就是為了兩地分居嗎？」兩人在電話裏吵起來，夏風就把電話掐斷了，氣得白雪流眼淚。四嬸問了情況，給夏風重撥電話，說白雪不能打胎，也不能去省城，她口氣強硬：「你回來，你給我回來！」但是夏風就是沒回來。

我又是兩天沒瞌睡了，因為我見到了白雪。每一次見到白雪我都極其興奮，口裏要汪很多的口水，得不停地下嚥，而且有一股熱東西從腳心發生，呼呼地湧到小腹，小腹鼓一樣地脹起來，再沖上手掌和腦門。陳星曾經驚呼我的臉像豬肝，說他看見過一次槍斃人，行刑前一個罪犯的臉就是這個顏色，結果一聲槍響後，別的罪犯一下子就不動了，那個罪犯倒下去，血還在咕嘟咕嘟冒，只得再補一槍。我罵陳星拿我開涮，但我也知道我渾身的血流轉得比平常快了十倍。人的大腦會不會像打開了後蓋的鐘錶，是一個齒輪套著一個齒輪的，那麼，我的齒輪轉得像蜂的翅膀。這一次白雪回清風街，我最早看見是在丁霸槽家門口，然後又在小河邊，記得白雪把棒槌丟失嗎？那就是我使的壞。她在小河邊洗衣裳的時候，我就在河下游的柳樹下，我說：來一場大暴雨吧，讓河水猛漲，把白雪沖下來，沖不下白雪就沖下一件衣裳。這麼唸叨著，想起了那次偷胸罩的事，我害怕了，改口說：「把棒槌沖下來吧！」河水沒有漲，棒槌竟然真的就沖了下來。我撿起了棒槌，尋思哪一片水照過白雪的臉，河水裏到處都有了白雪的臉。我掬了一捧，手掌裏也有了白雪的臉。我那時是喝了一捧水，又喝了一捧水，直到白雪離開了小河，我才把棒槌別在褲腰裏回的家。從那以後，我兩天兩夜沒有睡。

說老實話，我在炕上抱著棒槌是睡不著的。我把棒槌塞在褲襠裏，褲子撐得那麼高，那該是長在了我身上的東西。我開始唱秦腔，秦腔是你在苦的時候越唱越苦，你在樂的時候越唱越樂的傢伙。我先是唱《祭燈》：「為江山我也曾南征北戰。為江山我也曾六出祁山。為江山我也曾西域弄險。為江山把亮的心血勞乾。」唱過了，還覺得不過癮，後來就一邊唱一邊使勁地擊打炕沿板。我擊打「慢四捶」：

又擊打「軟四捶」：巴

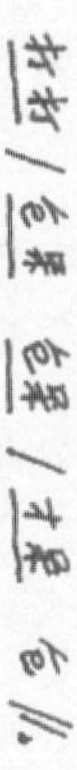

再擊打「硬四捶」：打

還擊打「倒四錘」和「四擊頭」、「大菜碟」、「垛頭子」，一遍比一遍擊打得有力，而口裏也隨著節奏狼一樣地吼叫。在我擊打了「慢一串鈴」：

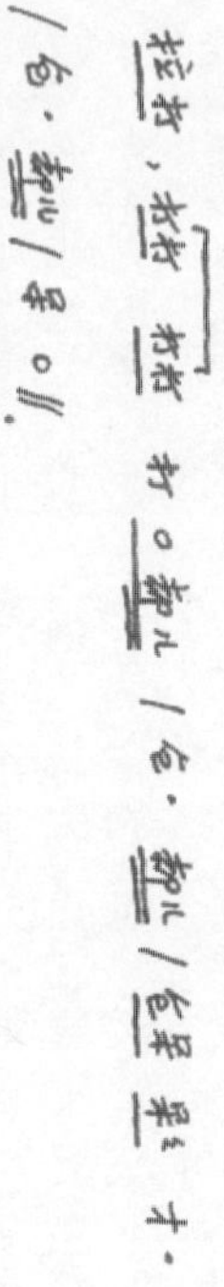

左鄰的楊雙旦使勁地敲我的院門，喊：「引生！引生！你還讓我們睡覺不?!」楊雙旦一直下眼瞧

我，我不理他，還是擊打。楊雙旦把院門能踢爛，喊：「你要再煩人，我燒了你！」我只說他是嚇唬我哩，他狗日的真的把我家門外的一堆麥草點著了。一時間濃煙滾滾，火光沖天，幾條巷子裏的人都跑來救火。火是救下了，有人喊：「差點把引生燒死了！」但我還在炕上躺著，擊打是不擊打了，棒槌還撐在褲襠裏。楊雙旦首先翻院牆跑進來，他是在點著火後害怕了。我不害怕，我知道那些麥草不會引燃我的房子，麥草燃起來也肯定有人會撲救的。楊雙旦一見我好好的，就又開始罵我，我說：「楊雙旦你放了火！」楊雙旦說：「誰放的？我來救你，你還說我放了火？」大家都不相信楊雙旦放火，因為他在救火時最積極，頭髮被火燒焦了，眉毛也沒有了。但楊雙旦看見了我的褲襠頂得老高，出去對人說：「引生沒有殘廢呀，他的×把褲子頂得那麼高！」這真是以禍得福，許多人問我是不是還有×，我沒有回答說有，也沒有回答說沒有，他們就驚訝地看著我。

這時期，中街發生了一樁血案。清風街有史以來從沒有發生過血案，你想想，即使發生，應該是蠻橫不馴的三踅或者是受欺負的武林吧，但偏偏是屈明泉。我本不願提起他，和狗剩一樣，他丟了我們的臉面，可不提起他，後面的故事又無法串聯。故事都是一個環扣套著一個環扣的。一棵大樹突然枯萎了，原因可能是一片葉子有了問題。屈明泉是和金蓮的本家叔金江義住了鄰居，金江義的老婆因為嫌屈明泉家的貓叫春難聽而罵過屈明泉，兩家就有了矛盾，三天兩頭地吵架。他們雙方都尋過君亭和上善，君亭上善也去解決過糾紛，但總是和稀泥，事情不了了之。屈明泉後來蓋了新屋搬到戲樓東邊去住了，老宅子旁的牛圈和一塊菜地還屬於他，牛圈不養牛了，閒著，而菜地還種些蔥蒜。金江義想在牛圈前蓋豬圈，屈明泉不同意，兩家又吵了一次，金江義抓一把石灰撒在屈明泉眼裏。再往後，菜地裏的蔥蒜常被拔掉，兩家就打起仗，屈明泉的老婆便被打傷了，屈明泉用架子車拉了老婆到趙宏聲那兒掛吊針。金江義到趙宏聲那兒去鬧，說屈明泉的老婆故意來治病是給他栽贓，不讓掛吊針，還把屈明泉的老婆帶來的被褥奪過來扔到街上。屈明泉去村部找幹部，偏偏君亭沒在，上善也不在，金蓮在村部裏用煤油爐子炒雞蛋吃。正吃著，屈明泉進去，給金蓮告狀，金蓮說：「你們那事我沒法處理。」屈明泉說：「那是你叔你就不處理，讓他打我呀?!」金蓮也生了氣，說：「打得好！」屈明泉哭著走了，去趙宏聲那兒把老婆用架子車又拉回去，在家養了一個月的病。屈明泉的老婆病好後，不願再在村裏呆，跟李英民出去給建築隊做飯，要屈明泉也出去打工，屈明泉說「咱都走了，人家就把豬圈蓋了」，偏不走。到了三天前，屈明泉又發現菜地裏的蔥蒜被拔掉了十來棵，立在金江義門口罵，兩家就又吵。這一回是夏天智出面去調解，大家只說有夏天智調解兩家的糾紛該結了，事情也真的是夏天智一去罵聲沒了，夏天智回來也得意地給人說：「這麼點小事，村幹部幾年裏解決不了，太不像話了！」但是，第二天就發生了血案。

　　那天早上，我起來得早，剛剛走到金江義家門口，就聽見有人哭，金江義的老娘坐在門口，見了我就喊：「趕快找江義，他老婆被人給害了！」而不遠處的菜地邊站著屈明泉，提著一把斧頭，斧頭上滴著血。我一下子呆了，對金江義的老娘說：「你兒呢？」老娘說：「江義去河灘地裏去了，你快叫江義！」我忙從地上撿了根木棍，說：「明泉，你放下斧頭！」屈明泉身子像喝醉了酒一樣搖擺不定，但眼裏射著凶光，說：「引生，你不要過來，過來我就砍死你！」連說了三遍。我趕緊就跑，去了派出所，派出所立馬來了警察，現場已沒見了屈明泉，而金江義的老婆倒在堂屋地上，滿臉是血，我用手摸了一下她的脖子，人已經嚥了氣。這時候四鄰八舍也起來好多人，我們一塊去抓屈明泉。到了屈明泉新屋，屈明泉不在，門板上用炭寫了一句話：「你給四叔保證不找我的茬了，為啥你又砍我家的樹?你不讓我活了，咱都不活！」門板下丟著個空瓶子，是裝「三九一一農藥」的空瓶子。在屈明泉家沒有見屈明泉，就在村裏找，村裏也沒屈明泉，二返身到了金江義家，才在旁邊的空牛圈裏尋到了屈明泉。牛圈旁有一棵榆樹，榆樹是屈明泉的，樹有兩股枝長過了屈明泉老宅地界，兩股枝被齊茬砍了，屈明泉就死在樹根下。他的死相比金江義老婆更難看，是喝了農藥後並沒有斃命，拿斧頭割自己脖子，地上有一灘嘔吐的髒東西。

這起凶殺雖然破案沒費派出所多少精力，而且凶手已死，只在縣公安局備案就完結了，但鄉政府畢竟批評了清風街兩委會工作不力，兩委會就決定給金江義的老婆買口棺材。但是，給金江義的老婆買了棺材，而屈明泉的屍體在家停著，他的老婆在外地無法聯繫，他家裏又一貧如洗，中街村民就要求兩委會也要給屈明泉買口棺材。兩委會又開會，最後還是買了棺材，棺材質量當然是差點，縫兒合得不嚴，也沒油漆。君亭說：「這仁盡義至了吧?!」和上善、金蓮去了過風樓鎮，參觀學習人家的小商品一條街的經驗去了。而夏天智的情緒緩不過來，他沒調解好兩家關係還出了兩條人命，自己失了體面，在家裏四門不出。中街組的組長負責著金江義老婆和屈明泉的喪事，來和夏天智商量下葬的日期，夏天智關了院門，任憑十聲八聲地喊，也不回應。

埋葬屈明泉的那天，十個人抬著白木棺材，沒有哭聲，沒有人披麻帶孝，十幾分鐘後，伏牛梁坡根就起了一個新墳。村人都站在街上往坡根看，他們還在疑惑著屈明泉平日連雞都不敢殺的人怎麼就敢殺人?三踅就說：「他老實嗎，他才不老實哩！」就說起他和屈明泉曾經一塊去過縣城，他們去吃了兩頓飯，第一頓他要掏錢，屈明泉也要掏飯錢，屈明泉是用右手按住他的左手，用自己的左手到右褲子口袋裏掏錢，這不明明要他掏錢嗎?第二頓吃飯時他也不掏錢了，兩人想到飯館裏要兩碗麵湯泡著自帶的黑饃吃，是屈明泉告訴說用別人用過的碗去要麵湯，用淨碗人家會不給麵湯的，這屈明泉夠有心眼的。三踅說著的時候，眉飛色舞，我就看不慣了，我說：「人都死了，你還這麼高興?」三踅說：「咋不高興，死了才好！」我說：「三踅，你沒良心，明泉可沒得罪過你。」三踅說：「他不死，金蓮她孀子咋能死?!」他是在恨金蓮著。我挪了個地方，站到了人群邊上，三踅卻也跟過來，又說：「引生，你那大字報寫得好！」我說：「是小字報。」他說：「寫得好，清風街人感謝你！」我說：「只好過了你！」他說：「好過了我，你不高興呀?我請你喝酒！」我不再理他。三踅突然笑起來，笑得嘎嘎響。我拿眼睛瞪他，他說：「你瞧瞧咱的四叔，他今日不端他那個白銅水煙袋啦！」我扭頭往東街口望去，東街口牌樓下是站著夏天智，他孤零零地，一動不動地看著伏牛梁下抬棺材的人。三踅說：「屈明泉的陰魂得尋咱四叔了，他要不調解，還出不了人命哩！」就這時，東街的巷道裏出來了四嬸和白雪，她們經過牌樓下似乎在和夏天智說話，但夏天智揮了揮手，還在原地不動，後來就蹴下去，雙手抱住個頭。四嬸和白雪是一直朝我們走過來，我當然不能去招呼，倒是三踅卻首先問她們幹啥呀?四嬸回答，說白雪要去縣劇團呀。白雪又要走呀?我的頭嗡地響了一下，眼前的路就豎立起來，所有的人全都在我頭上的空中活動，接著一切旋轉，我就撲通倒地了。在我倒地的一剎那，我的靈魂跳了出來，就坐在了路邊的電線杆上。我看見我倒在地上像一頭被捅了刀子的死豬，眼睛翻著，口裏吐了白沫。三踅叫道：「引生撞上明泉的鬼了！」他狗日的胡說。立即有人在拍打我的臉，掐我的人中，然後被揹著往趙宏聲的大清堂跑，一隻鞋就遺在地上。我在大清堂裏睜開了眼，眼前沒有四嬸也沒有白雪，就哇哇地哭。揹我來的人還在說屈明泉的鬼仍在纏我，拿桃木條抽打我，叫喊：「明泉你走，冤有頭債有主，你纏引生幹啥，你去纏金蓮麼，纏君亭麼！」桃木條抽打得我身上疼，我爬起來反抽他們，趙宏聲卻說我是瘋子，又犯瘋了，壓住我注射了一針鎮靜藥。

過後的一整天，我在我家的炕上躺著，第二天和第三天，渾身還是無力。我渾身抽了筋似的沒力氣，夏天智也是在他家吃不好，睡不好。許多人都在探望夏天智，讓他不要把屈明泉的事放在心上，丁霸槽也讓我和他去看看夏天智，我沒去。我關心的倒是丁霸槽的酒樓幾時開業，酒樓開業了，白雪肯定要回清風街的。

酒樓開業的日子終於定了，夏雨也專門去了一趟縣劇團。他從縣劇團回來時，我正好也在酒樓，他給丁霸槽講他去劇團的經過，聽得我心裏也亂糟糟的。劇團的大門樓在縣城的那條街上算是最氣派的，但緊挨著大門口卻新搭了幾間牛毛氈小棚，開著門面，一家賣水餃，一家賣雜貨，一家竟賣花圈、壽衣和冥紙。夏雨認得坐在這些小門面裏的老闆都是在哥嫂結婚待客的那天見過的演員，見面了便招呼了一下，賣水餃的老闆就說：「是白雪的小叔子吧，酒樓要開張啦？」夏雨說：「你怎麼知道我開了酒樓？」老闆說：「你嫂子早已給說了，讓準備著去給你唱堂會的。」夏雨倒有些不好意思，說：「這是你開的店？」老闆說：「要不要來一碗？」夏雨說：「你們不是演戲嗎？」老闆說：「你在鄉裏開酒樓哩，我在縣上辦個小鋪，瞧不起啦?!」夏雨說：「你說話真幽默！」趕緊進了大院。大院裏三排平房，前面兩排都是職工宿舍，後一排左邊幾間是劇團辦公室，右邊七間打通了是排練廳。旁邊是兩棵柏樹，樹幹又粗又高，樹冠卻只有笸籃大。太陽火辣辣的，風絲不透，前院裏一個人都沒有，地上長著亂七八糟的草。每戶宿舍都是一間平房，而平房前卻各自搭蓋了磚牆房，土牆房，木板房，或者牛毛氈房。偶爾有女演員洗過了頭，散髮披肩，趿著拖鞋往廁所去，有的則將一鍁爐灰倒到院牆角，那裏已堆了一大堆垃圾，無數的西瓜皮上趴著蒼蠅，爐灰一倒，嗡的一聲。夏雨沒想到劇團裏的人出門來個個衣著鮮亮，講究衛生，而劇團大院的環境卻這般骯髒，他就不緊張了，甚至有些瞧不起這些人。夏雨是從未來過劇團的，不知道白雪住哪一排哪一戶，從一家家門口經過，也不問，只拿目光斜視著往前走。走到第三排了，排練廳門口幾個男女在說話，似乎在說什麼葷段子，有女的就站起身來擰那個男的嘴。夏雨看了一眼，男的黑瘦，女的卻漂亮，穿件短裙，一對長腿。那男的卻也看見了他，突然不笑了，說：「喂，喂，你是幹啥的？」夏雨說：「我找白雪。」男的說：

「你找白雪？」夏雨說：「她是我嫂子。」男的說：「噢，白雪的小叔子長得比他哥俊麼！白雪，白雪，你小叔子找哩！」原來白雪住在第二排的最西邊。白雪正在屋裏洗衣服，讓夏雨坐了，出去到大門口買了一包紙菸，又燒水沏茶。夏雨說：「劇團房子緊張呀！」白雪說：「結了婚的才能分到這一間的。酒樓要開業呀？」夏雨說：「你組織好了沒？」白雪說：「聯絡了十幾個人，可三個又去不成，演折子戲就難了，你說咋辦？」夏雨頭大了，說：「折子戲都演不起呀？」白雪說：「也不知縣上領導咋想的，把中星調來又調走了，劇團存在的困難沒人管，倒成了一些人升官的橋板。原本大家的工資就低，現在又只發百分之六十，許多人就組成樂班去走穴了。走穴也只是哪裏有了紅白事，去吹吹打打一場，掙個四五十元。這樣吧，演不起折子戲，就單唱吧，只要樂隊好，也怪熱鬧的。樂隊的幾個人我硬讓留著，敲板鼓的楊虎雖然賣餃子，攤子可以交給他媳婦，他也能出去兩三天。」夏雨說：「就是大門口賣餃子的那個？」白雪說：「他板鼓敲得好。」

夏雨把落實的情況一介紹，丁霸槽眉毛皺得像兩條蠶，說：「與其這樣，還不如讓陳星給咱唱流行歌，他唱得和收音機裏一模一樣的。」夏雨說：「劇團人畢竟是專業演員，還是請他們來著好，咱要的是名分麼，演不成折子戲了可以少發紅包就是了。」我也趕緊附和，說：「那陳星唱的是什麼呀，他跑腔走調的，你還說和收音機裏一模一樣?!」丁霸槽也便同意了，對我說：「到時候，你還得維持秩序啊！」這我沒問題。

開業的那天，我洗了頭，換上一件新衫子，一大早就拿了鑼東街西街中街跑著敲，吆喝著劇團要給丁霸槽夏雨的酒樓哄場呀！劇團裏來了十二個演員，戲沒有在戲樓上演，而在酒樓前搭了個小平台。趙宏聲騷情，給小平台兩邊的柱子上送了副對聯，丁霸槽沒看上，要他寫個能發財的聯，趙宏聲也真能寫，寫了個上聯是「窮鬼哥快出去再莫糾纏老弟」，下聯是「財神爺請進來何妨照看晚生」。從中午十點開始，看熱鬧的人群都湧在街道上，八個火銃子一放，演出就開始了。白雪有身孕，沒有演，擔當了節目報幕員，哪一個演員要出場了，她就詳細做以介紹。先是一連推出了三個「秦腔名角」一個唱《三娘教子》，哭哭啼啼了一番，一個唱《放飯》，又是哭天搶地，另一個唱《斬黃袍》，才起個頭「進朝來為王怎樣對你表」，聲就啞了，勉強唱完，像聽了一陣敲破鑼。白雪在台角鼓動著大家鼓掌，但啪啪地只有幾片響。清風街愛秦腔的人多，能唱上一段兩段的也不少，那是糊弄不了的，當時台下就亂起來。我看見白雪很尷尬，臉上一陣紅一陣白，後來她就走到台中，給大家躬禮，說：「下面，讓我們以熱烈的掌聲請著名秦腔演員王牛給大家唱一段《下河東》！」眾人哄地笑起來。這一笑，白雪不知所措，我就急了，揚著柳條子喊：「笑啥哩，笑你娘的×呀！」三踅也在人群裏，說：「引生，我也笑哩，你罵誰？」我說：「誰笑我就罵誰！」三踅唾了我一口，我也就唾了他一口，我倆就撲在一塊廝打了，染坊裏的白恩傑趕忙把我們拉開，三踅才罵罵咧咧地走了。我說：「三踅見不得別人發財，他故意搗亂哩！」重新拿了柳條子，站在台邊的碌碡上維持秩序，喊：「誰也不能搗亂！」那個叫王牛的演員便走上台，先讓我也站到碌碡下面，然後故意扭曲了臉，他的臉皮鬆，往右一拉，鼻子眼睛都往右邊去了，說：「大家不要笑，我叫王牛，又不是王牛牛兒麼！」牛牛兒是指小孩的生殖器，大家就笑得更厲害了，還鼓掌叫好，王牛就吼著嗓子唱起來。上善也是來看戲的，丁霸槽過來給他遞了一顆紙菸，說：「你瞧他那個嘴，能塞進個拳頭！」上善說：「他剛才說那段話不得體。咱是開業演出，鄉政府有人來看，過路的也有人來看，你得注意點精神文明，不要讓他們在台上說下流話，要不影響不好。」丁霸槽說：「你這提醒著好。」過去給白雪耳語了一番。白雪等王牛一下台，批評他不該說下流話，王牛說：「取觀眾個高興麼，你正正經經唱，人家給你喝倒采！」白雪說：「村幹部有意見啦。」王牛說：「有啥意見，我作踐我還不行嗎？」白雪說：「咱是縣劇團的。」王牛說：「縣劇團咋啦？你還以為咱是革命文藝工作者呀，不就是來混口飯嗎？」兩人說得不高興起來，第七個節目輪到王牛再上，王牛說他嗓子疼，拒演了。

演到中午飯辰，結束了，到了晚上再演。王牛還是鬧彆扭，不肯出場，但他晚飯吃得比誰都多，吃過了兩碗，還要我再給他盛一碗，我到廚房給他盛了一碗麵條，趁沒人，在他碗裏唾了口唾沫。到了第二天，劇團還要再演一場，但能唱的唱段差不多都唱過了，樂隊就合奏秦腔曲牌。一奏曲牌，台下的人倒安靜了，夏天智遠遠地站在斜對面街房台階上，那家人搬出了椅子讓他坐，他坐了，瞇著眼，手在椅子扶手上拍節奏。趙宏聲已經悄悄站在他的身後，夏天智還是沒理會，手不拍打了，腳指頭還一曲一張地動。趙宏聲說：「四叔，節奏打得美！」夏天智睜開了眼，說：「這些曲牌我熟得很，你聽聽人家拉的這『哭音慢板』，你往心裏聽，腸腸肚肚的都能給你拉了出來！」趙宏聲說：「我聽著像殺豬哩！」夏天智瞪了他一眼，往前挪了挪椅子，又搭瞇了眼睛。趙宏聲討了個沒趣，往人窩裏擠去，就看見夏天義戴著石頭鏡，背著手，遠遠地走了過來。趙宏聲沒有迎過去招呼，而幾個人給夏天義讓了路，也都沒有說什麼。往日的夏天義到哪兒，哪兒都有人殷勤，怎地現在沒人招呼？這我有些想不通。

夏天義明顯是受到了冷落，他自己也覺得臉面擱不住，站在那裏乾咳了幾聲。瞎瞎的媳婦也牽著兒子看戲，兒子只是哭，哭得旁邊人說：「你把娃抱出去麼，吵得人還看不看戲？」瞎瞎媳婦把兒子拉出人窩，看見了夏天義，說：「爹，你也來啦？你孫子哭著要吃霸槽家桌子上的瓜籽，我不好進去，你把你孫子帶進去。」夏天義看了一眼丁霸槽的酒樓大廳，說：「吃什麼瓜籽！誰在那裏？」瞎瞎媳婦說：「君亭他們村幹部在裏邊喝茶哩！他沒叫你進去坐？」夏天義說：「我嫌屋裏熱！」擰身就走，一直走到旁邊的一家小飯店去，到飯店門口了，手又反背著，揚了頭，太陽在眼鏡上照成了兩片白光。趙宏聲迎過去了，說：「天義叔！」夏天義哼了一下。趙宏聲說：「叔還好？」夏天義說：「咋不好?!」再問：「我嬸好？」夏天義說：「好。」臉上的肌肉才活泛了，說：「這唱的是啥嘛，不穿行頭，不化妝！喝茶去！」趙宏聲說：「就是，就是。」兩人進了飯店，店裏沒有了茶葉，說全讓丁霸槽買走了，夏天義就要了一壺酒，又要了一碟油炸乾辣角。趙宏聲說：「今日是個好日子，天義叔這麼待我？」夏天義說：「不就是一壺酒麼！有魚沒，燒一條魚來！」掌櫃說：「清風街沒魚塘哪兒有魚？」夏天義翻了眼盯住掌櫃，說：「嗆?!」掌櫃忙說：「老主任要吃魚，我這就找三踅去。」夏天義揮了一下手，將一杯酒底兒朝天地倒在了口裏。

這壺酒喝得不美氣，兩人也沒多少話，聽得不遠處咿咿呀呀演奏了一陣秦腔曲牌，竟然唱起了流行歌。夏天義說：「你瞧瞧現在這演員，秦腔沒唱幾個段子，倒唱這些軟沓沓歌了！」趙宏聲說：「年輕人愛聽麼。」夏天義說：「這世事，唉！都是胡成精哩，你說丁霸槽蓋那麼大個酒樓，清風街有幾個人去吃呀?!自己地裏荒著，他倒辦酒樓?!辦酒樓供一些幹部去腐敗呀?!」趙宏聲說：「天義叔！」就大聲咳嗽起來，站起身到門口朝街上吐痰，也趁勢掃了一眼。但他還沒返回桌前，夏天義卻也出了店往外走。趙宏聲說：「天義叔，酒還沒喝完麼……」夏天義說：「不喝啦，我不連累你宏聲啦！」趙宏聲趕忙說：「你想到哪兒去了，天義叔，我不是那個意思，天義叔！」夏天義頭也不回地順街往西走了。

夏天義梗著脖子把整條街道走到了西頭，就犯起愁來，不曉得再往哪兒走。太陽白花花的，地上的熱氣像長出的草，能看見一根一根在搖晃。三百米處就是那幾口大魚塘，水晒著發燙，漂了幾條翻了肚皮的死魚。金江義的老婆沒有埋在伏牛梁梁根，是埋在了街頭後的土崖下，墳上的花圈還完整著，黑乎乎的紙灰也沒被風吹散。夏天義走到了墳前，額上的汗就流下來鑽進眼角，他齜著牙在墳前停了一會兒，卻一拐腳順著土崖的斜道走上了塬，看見了塬西北邊的那一片蘋果園。此時，高音喇叭上傳來白雪的聲音：「下面，我們請清風街的歌手陳星給大家唱幾首歌！」夏天義就聽見了：「走吧，走吧，讓悲傷的心找一個家。也曾傷心落淚，也曾黯然心碎，這是愛的代價。」

蘋果園裏，新生在砍伐著樹。這是一棵高大的白楊，高高的枝頭上有著一個鵲巢，幾乎比大清寺白果樹上的那個鵲巢還大一倍。前三天，新生用手扶拖拉機拉土，手扶拖拉機失了控，一頭撞在了楊樹上，樹身被撞了一個坑，當晚樹葉就開始響，啪啪啪地響，聽著讓人害怕。第二天，天上並沒風，樹葉子還響，而且是所有葉子互相拍打，響得更厲害。喜鵲也便飛走了。新生砍伐著這棵楊樹，樹嘎啦啦從空中倒下來，壓翻了放在園子邊的一對水桶。塬上暢快，夏天義敞開懷晾著褂子上的汗漬，嘎啦啦的響聲像打雷，他看見了一棵樹倒下去，就憤怒地叫喊著為什麼砍伐樹，這棵樹是在修蘋果園時就保留下來的，而樹上的鵲巢也是他栽蘋果苗時就開始有了的。新生瞧著夏天義像個獅子一樣奔跑過來，忙放下斧頭，賠了笑臉，解釋白楊樹發生過的事，夏天義還在叫喊：「你說什麼天話！你也敢誆我?!」新生的媳婦趕緊過來給夏天義證明，她說：「是真的，天義叔，昨兒夜裏嚇得我沒合眼哩！」新生誆夏天義，新生的駝子誆不了夏天義，夏天義就傻眼了，說：「有這事？咋有這事?!」新生說：「我問過榮叔，他說這是鬼拍手，鬼拍手沒好事哩。」夏天義說：「聽他胡說！你開拖拉機撞了它，你虧了這樹，它痛苦哩。你狗日的新生，這麼大的樹，你把拖拉機往它身上撞？」新生說：「真是有邪了，拖拉機突然就不聽了使喚！我咋能不知道樹在痛苦，我是不忍心看見它痛苦才砍伐了它。」夏天義不再說話，蹴下身撫摸了半天樹的茬口，成群的烏鴉在果園的護牆頭上聒聒地叫，他斜著臉看了看，蘋果樹枝把天分割成一片一片，嘟囔著：「今天這是咋啦，唵，這是咋啦?!」新生的媳婦說：「天義叔，該不會我家有不好的事吧？」新生說：「你這臭嘴！有什麼不好的事？今年蘋果樹開花時受了凍，可現在果子的長勢還不錯，再說，只要天義叔一來就是好事！」夏天義站了起來，原本是眼睛瞪著新生，嘴裏卻說：「砍伐了就砍伐了吧。」但他心裏畢竟也寬展了些，望起這一大片果園，當年竟然是乾涸的峁梁塬，現在變成了一大片果園，就有了一種得意。新生趕緊說：「天義叔，你得常到我這兒來，不光我新生盼你來，這些蘋果樹也都盼你來哩！」他把夏天義往園子裏領，擲了土塊轟走了烏鴉，又大聲地對蘋果樹說：「都站好站好，一起鼓掌，歡迎天義叔！」一句尋開心的話，卻真的颳來一陣風，所有的蘋果樹葉都搖擺起來，嘩嘩嘩地響。夏天義陡然來了精神，像將軍檢閱兵陣一樣往園子深處走，說：「新生呀，叔現在走動得少了，但叔就愛去河灘地和這片園子！我可給你說，你得把園子經營好！人是土命，土地是不虧人的，只要你下了工夫肯定會回報的，當年分地時誰都不肯要這片峁梁塬，我承包了種蘋果，多少人還在嘲笑哩，可現在呢，誰能想到會有現在這麼大的園子？」新生說：「叔的話我記著哩！」夏天義說：「你沒記！你目光短淺，春上一受凍你就把一半園子不承包了，你瞧，如果陳星沒那一半，你坐在樓上看這一片子果林，你心裏就受活了！」新生說：「世上沒有後悔藥麼，叔。」新生的媳婦一直跟著，趁勢插嘴：「你玩鼓麼，玩到明年，這園子再退一半去。」新生說：「又嘟囔啦?!」媳婦說：「我就要當著叔的面嘟囔哩！今日要不是我讓砍伐那樹，你揹了鼓又去丁霸槽那兒熱鬧去了！」新生卻說：「天義叔，你沒去看戲？」夏天義說：「看什麼戲？哪兒有啥戲?!」新生一臉的糊塗，夏天義掏出了黑捲菸，向新生要火柴，捲菸點著了，說：「哎，那楊樹股枝你準備幹啥呀？」新生說：「燒柴麼。」夏天義說：「如果做燒柴，那我求你一宗事了。」新生媳婦說：「你還求他？你有啥事你說話，他敢蹭擰？」夏天義說：「如果願意，我讓啞巴過來拉些去七里溝搭個棚子，要不願意那也算了，我也是看到樹股枝臨時拿的主意。」新生說：「在那裏搭棚子?!」夏天義說：「你沒聽說七里溝不換魚塘了嗎？」新生說：

「啥事？」夏天義說：「你給我裝傻？」新生的臉上就硬笑，說：「天義叔，這話咋說呀……別人怎麼議論，你相信，我新生會維護你哩！」夏天義說：「我不用你維護。君亭現在故意在晾我，他晾我，我就該堅持的不堅持啦？」新生說：「他晾你？他敢晾你?!」新生的媳婦說：「你給我打馬虎，也給叔打馬虎？他君亭是狼麼，這清風街一攤子是你開創的，他坐你的江山，還敢這樣待你！你在七里溝搭棚子，是住到七里溝嗎？他逼你，你就鑽他的套子呀?!」夏天義說：「倒也不全是為他。」新生說：「那何必呢！」夏天義說：「你不願意了也罷。」新生說：「天義叔你啥都好，就是一根筋！」夏天義突然嘎嘎地笑起來，說：「你二嬸嘟囔了我一輩子就是這一句話，今日你也這麼說，你也算這一句話說了個實話。人一生能幹幾件事？幹不了幾件事，但沒這一根筋，一件事你都幹不了。」新生說：「那就讓啞巴來拉吧。」新生媳婦說：「要啞巴幹啥，新生你去把棚子搭了就是了！」夏天義說：「你前世肯定是個男人！」新生媳婦說：「可能還是個村幹部哩！」三個人笑了一通，新生說：「叔這陣心情好，咱是喝酒呀還是敲鼓呀？」夏天義說：「敲鼓敲鼓！」三人出了園子，上到樓頂，鼓在樓頂上用油布苫著，搬過來了，夏天義狠狠地掄了一槌，鼓面卻噗的一聲破了。

陳星的演唱，使劇團的演員驚喜不已，那一個下午和晚上，他們幾乎都唱起了流行歌曲。清風街的年輕人都跑了來，酒樓前的街道上人擠得水泄不通。演出結束後，劇團拉二胡的演員誇獎陳星音樂感覺這麼好，問是在哪兒學的，現在做什麼？陳星說他是外來客，在清風街承包著一片果園，還為人做鞋，修理自行車和架子車。那個演員就遺憾不已。翠翠說：「他還會作曲哩！」演員說：「是不是，你給我唱一曲你的歌。」陳星張嘴就唱。陳星一唱歌就投入，頭搖著，眼睛不睜。一唱畢，演員說：「你會識譜？」陳星說：「我只是愛哼哼，心裏高興的時候和不高興的時候就哼，翠翠說好聽，我就反覆將那一句記著，又往下哼，十遍八遍的，我就能哼出一首來了。」演員問翠翠：「你是誰？」翠翠說：「我是他的歌迷。」演員說：「陳星你有追星族了！」翠翠說：「你覺得他能不能到縣上的歌廳去唱歌，能不能成為一個歌手？」演員說：「很有天賦，當然他還只是純自然狀態的，若能學學音樂知識，我想該不會再在清風街做鞋修車務弄果園吧。」陳星興奮得當場要拜那演員為師傅，周圍人說拜師要給師傅送禮的，陳星就給師傅磕了一個頭，說：「以後我供師傅蘋果！」就又喊丁霸槽。丁霸槽過來說：「誰稀罕你的爛蘋果呀，給師傅買酒喝！」陳星說：「沒問題，今晚飯的酒算我的，我請師傅和全體演員的客！」果然晚飯時陳星從供銷社提來了四瓶燒酒和兩箱啤酒，喝得滿院都是空酒瓶子。

吃過飯，白雪招呼演員們到婆家去坐坐，夏天智自然高興得不得了，原本大家才吃過了飯，卻要叫四嬸下掛麵煮荷包蛋。演員們都阻止，連白雪都說算了，夏天智說：「吃不吃也得做呀，咱鄉下還有啥招呼人的？」就又對白雪說：「秦腔唱得好好的，咋就唱開歌了呢？」白雪說：「有人嫌都是那一板戲，幾十年遲早聽厭煩了！」夏天智說：「他懂不懂秦腔？就講究老唱段差不多的人熟悉，唱起了台上台下能交流。聽秦腔就是聽味兒麼！陳星唱的啥呀，軟不沓沓的，吊死鬼尋繩哩?!」白雪說：「我也吃驚，那麼多人愛聽陳星唱的下午街上人都擠實啦！」夏天智說：「你要耍猴也是那麼多人！秦人不唱秦腔，咱夏家的娃娃起別人家的姓？」說完，覺得話說得不妥，不說了。

一人一碗荷包蛋掛麵，演員們都吃得坐在那裏不動了。中星爹在院門外叫白雪，白雪出來，中星爹說：「劇團人在你家裏？」白雪說：「都在，你進麼。」中星爹說：「演員到咱村上了，中星不在，我該來招呼一下。」白雪領他進來，向演員們說：「這是咱夏團長的爹！」演員們身子都沒有動，說聲「噢」，也就沒話了。中星爹就笑著說：「大家辛苦啦？」王牛說：「夏團長辛苦！」中星爹說：「大家都晒黑啦！」王牛說：「夏團長更黑！」演員們倒哄地全笑了。演員們一哄笑，中星爹就難堪了，一隻雞躡著步兒走過來啄他鞋上沾著的一粒米，他說：「這雞，這雞。」趕著雞到了廚房門口，就一步跨進去和四嬸去寒暄了。

院子裏，白雪和演員們商量起了明日演出的內容，說著說著，意見發生了分歧，一部分主張唱秦腔，一部分主張還是唱流行歌，雙方爭起來，紅脖子脹臉。偏偏一個家住西山灣的演員晚上沒吃飯，回家看望老娘，這時趕來說了一件事，兩派徹底分開。事情是西山灣一戶人家死了老爹，希望劇團能去，條件是每人給六十元。當下有演員說：六十元不少，比這兒多十元錢，咋不去呢？去！有的說：咱是「龜孫」，吹喪去呀？頭搖得像撥浪鼓。主張唱秦腔的就說：「既然清風街熱乎起流行歌，那我們去西山灣。」主張唱流行歌的說：「不嫌丟人！」要走的人說：「丟啥人了，死了人去唱是丟人，人家開了個酒樓就來唱是贏人啦？」白雪傻了眼，拉這個，留那個，但最後那些要唱秦腔的沒留住。白雪也惱了，說：「不就是多了十元錢麼，你們不給我面子，要走就走吧，留下來的，我讓丁老闆每人每天再補二十元！」

兩撥人當下分開，一撥直接就去了西山灣，一撥去了酒樓睡覺，院子裏一下子冷清了。中星爹一直在廚房裏和四嬸有一句沒一句地閒岄，這陣走出廚房，見夏天智獨自在院裏的捶布石上坐著，便說：「都走啦？」夏天智沒理睬他。中星爹又說：「中星離開劇團是明智的，人常說，要生氣，領一班戲……」夏天智說：「你回去歇著吧。」中星爹說：「啊，是不早啦，都歇著。」出了院門。

酒樓的演唱又延續了一天，給劇團的演員每人多發了二十元，陳星卻一文未付。翠翠去尋丁霸槽，丁霸槽說：「給陳星啥錢？給他尋了師傅了，他還得謝我們哩！」氣得翠翠說：「還沒做生意哩就學會坑蒙拐騙了！」

翠翠回到家，家裏已經吃過了晚飯。雷慶早就出車回來了，和家富在堂屋裏下棋，梅花用濕毛巾拌攪笸籃裏的麥子，說：「這個時候才回來？吃飯，推磨子呀！」翠翠在廚房裏見是蒸了屜軟包子，吃了兩個，又拿了兩個揣在兜裏要給陳星送去，說：「又推磨子呀？」梅花說：「吃飯咋不說又吃飯呀？」翠翠說：「我睏得很，明日推吧。」梅花說：「吃的時候都是嘴，幹活就沒人啦？你睏啥哩，你去找陳星就不睏啦？你給我把包子放下！」翠翠從兜裏掏出包子，一下子就扔到笸籃裏。母女倆又要吵架了，三嬸正在燈下用刀片割腳底的雞眼，忙丟下刀片過來把翠翠拉到廈屋，說：「你娘和你爹剛吵了嘴，你再犟，你爹肯定就上火了！你乖乖的，跟你娘推磨子去。」原先的東街是每家每戶都有一盤石磨的，也都是牛拉磨，現在沒牛了，石磨也只有夏天智家那條巷道口有一座。梅花收拾了笸籃，圓籠，磨繩磨棍，把麥子倒在磨頂上，她沒有再讓雷慶來推，雷慶是從來不幹家務活的，剛才提到推磨子還吵了一架，翠翠又一直耷拉個臉，兩人推不動，就嘟嘟囔囔地罵，罵了一會兒，只得去了慶滿家。月亮光光，地上是一片白，慶滿家的院門關了，旁邊的窗子還透著燈，梅花說：「三嫂子三嫂子，你沒睡吧？」窗裏的慶滿媳婦說：「才黑了，就睡呀？」梅花說：「你來幫我推推磨子。你幾時要推了，我再幫你，咱換工。」慶滿媳婦說：「你別說換工的話，我能指望你換呀？我後晌去看戲崴了腳，我叫你三哥給你推去。」就叫：「慶滿，慶滿，梅花推磨子沒人，你去吧。」慶滿說：「喝酒不叫我，幹活就尋到我啦？」梅花在窗外聽了，說：「雷慶啥事都給人幫忙哩，輪到自己了，求人倒這麼難！」慶滿說：「我可沒坐過一回雷慶的車！」我開了門出來，梅花可憐兮兮地倚在牆上，我說：「沒人去了，我給你推去！」梅花說：「自家人不如旁人世人！引生，你幾時要用車了，你就來給我說。」

那天晚上，我碰巧是在慶滿家。看戲的時候，慶滿在人窩裏向我提說要借鋼釺子給他們建築隊，我說這鋼釺子是我爹留的遺產，借是不借的，可以賣，便宜著賣。吃罷晚飯我就把三根鋼釺子掮到了慶滿家。我說我要幫梅花推磨子，慶滿的媳婦還嘲笑我會巴結有錢的人，其實我有我的主意，因為石磨子在夏天智家的那巷道口，在那裏我能看著白雪夜裏從酒樓那兒回家來。說實話，我也是最煩推磨子的，我幫著梅花和翠翠只推了一會兒，頭就暈起來。翠翠一直是閉著眼睛推了磨棍走，一句話也不說，梅花卻不停地罵慶滿兩口子。我沒有應她的聲，眼睛一直盯著夏天智家的門口。夜已經深了，白雪從酒樓那邊還不見回來。翠翠突然在低聲地唱，她故意唱得含糊不清，但我還是聽明白了，她唱的是：「愛你愛你我真的愛你，請個畫家來畫你，把你畫在吉他上，每天我就抱著你。」我說：「陳星給你唱的？」她瞪了我一眼。我說：「這歌詞真好！」她哼了一下，臉上的神氣在嘲笑我：你懂什麼呀?!麥子第二遍磨過了，梅花開始用籮兒篩麵，我和翠翠歇下來，她還在唱。這碎女子，以為只有她才有愛！我抬起頭看月亮，月亮像個銀盤掛在天上。我想起了今天早晨起來，在炕上坐了半天回憶昨晚的夢，甚至還翻了翻枕巾，看有沒有夢把圖畫印在上面。梅花篩完了麵，把麥麩倒在磨頂上，說：「推。」我沒有聽見，她說：「發什麼呆！」拿掃麵笤帚敲了一下我的頭。她這一敲，天上的月亮立刻發生了月蝕。你見過月蝕嗎？月蝕是月亮從東邊開始，先是黑了一個沿兒，接著黑就往裏滲，月亮白白的像一灘水，旱得往瘦裏縮，最後，咕咚，月亮掉進了深洞裏，一切都是黑的，黑得看不見翠翠的牙，伸手也不見了五指。我們在黑暗裏推磨子，一圈一圈的，走著怎麼也走不到盡頭的路。待到月亮又逐漸地亮起來，麥子磨過了四遍，還要磨，翠翠就不耐煩了，說：「好了！好了！」梅花說：「趁有你引生叔，多磨幾遍。」翠翠說：「引生叔是牛啊?!」我說：「磨吧。」倒擔心既然已半夜了，如果不磨了偏偏白雪回來，那就白出了一場力。梅花又磨了一遍後還要磨，只剩下麥麩子，磨子輕了，她就篩麵，讓我和翠翠繼續推。磨頂上沒有及時往磨眼裏填麥麩，空磨子呼呼響，翠翠又是瞌睡了，雙腿還在機械地走，我腦子裏昏得像一鍋糨子，眼睛還瞅著夏天智家的方向。梅花喊：「不撥眼，推空磨子呀！」翠翠從睡夢中驚醒，生了氣，就把磨棍抽下來，不推了。巷口閃著手電，有人走了過來。我冷丁腦子清了，以為是白雪哩，走近了，原來是四嬸。四嬸說：「成半夜的推磨子呀！」梅花說：「四娘這是從哪兒回來的？」四嬸說：「我在酒樓那兒……」卻往菊娃的院門口去，哐哐地敲門。門開了，菊娃說：「是四娘呀，啥事？」四嬸說：「睡得那麼死，該起來尿啦！」菊娃笑了一下。四嬸說：「劇團人連夜要回去，留了半天，才留下讓明日一早走，白雪也要去，你知道她有了身孕，總得有人照顧著給做飯洗個衣的，我實在是走不開，你四叔一輩子讓人侍候慣了，我走了他把嘴就吊起來了，臘八不是整天嚷著要外出打工呀，就讓她跟了白雪去，我給出工錢，你看行不行？」菊娃說：「你把我嚇死了，三更半夜來敲門，我還以為出了什麼大事！」四嬸說：「要是行了，你連夜給臘八收拾幾件衣裳，明日一早就去縣上。」菊娃說：「這你得給慶玉說！」四嬸說：「我剛才去找過他了，他說他不管。」菊娃說：「他不管我了，他也不管他娃？他現在只和黑娥黑天昏地的日哩，他不管他娃?! 四嬸，你說，她黑娥×上是長著花啦？」四嬸朝我們這邊看了一眼，說：「高啥聲的！他慶玉不管，你就拿個主意。」菊娃說：「哎呀，臘八也離不得呀，丁霸槽已經說了，讓臘八去酒樓當服務員的，每月答應給五百元，這一去縣上，那酒樓就去不成了？」四嬸說：「五百元?你這是吃人呀！」再不和菊娃說，擰身到自家院門口，進去了，呼地關了門。梅花說：「引生，你說現在人心黑不黑？」把篩過的麥麩又倒上了磨頂，還要磨。我說：「黑得很！」扔下磨棍轉身就走了。

也是在這一夜，雞叫的時候，落了雨。可能是我推磨子推累了，在僅有的兩個小時裏，睡得不蘇醒。我夢著劇團裏的演員坐著拖拉機要回縣上了，白雪就坐在車廂沿上，兩條腿擔在空裏，許多人在送他們，有夏天智，也有四嬸和翠翠，我就站在送行的人群裏看著白雪。白雪似乎也看見了我，她很快地又轉了臉和四嬸說話，但那一雙擔在空裏的腿一晃一晃的。嘴能說話，腿也會說話的，白雪的腿在給我說話。我盯著兩條腿，在心裏說：讓鞋掉下來吧，讓鞋掉下來吧！鞋果然就掉下來了一隻，我立即鑽過許多胳膊和腿的縫隙，近去把鞋撿起來，說：「白雪，你的鞋掉了！」夏天智把我撥了一把，說：「好啦好啦，拖拉機要開啦！」那拖拉機怎麼發動都發動不起來。我盼著拖拉機永遠發動不起來！但我卻突然尿憋，想找個僻靜處放水，走到哪兒，哪兒都是人，急著尿了還要送白雪的，就是沒個地方尿。這麼三憋兩憋，憋醒來了，天早已大亮，屋外的雨下得刷刷響。我趕忙跑去酒樓，白雪和劇團的演員已經走了一個小時了。

別人都說我的病又犯了，我沒有，我只是沿著拖拉機的兩道轍印往前跑。雨硬得像射下來的箭，我想我是楊二郎，萬箭穿身。街道上的浮土經雨淋後變成了紅膠泥，沾得兩隻鞋是兩個碗砣，無法再帶動，腳從鞋裏拔出來，還是往前跑，石片子就割破了腳底，血在水裏漂著。麻巧從地裏摘了青辣子，攔我沒有攔住，辣子籃被撞翻在地上，她大聲喊：「引生犯病啦，把引生攔住！」路中間就站上了啞巴。啞巴鐵青個頭，嘴唇上有了一層茸毛，我往路的右邊跑，他攔了右邊，我往路的左邊跑，他攔了左邊，我低了頭向他撞去，他沒有倒，把我的頭抱住了。新生說：「引生，你跑啥哩？」我說：「我攆拖拉機哩！」新生說：「你攆拖拉機幹啥？」我說：「白雪走啦！」我一說到白雪，啞巴是知道我以前的事的，就把我扭了脖子摔倒在地上。新生說：「白雪走了？」我說：「走了！」啞巴把我提起來又摔在地上。我一說白雪，他就提我摔我，我就不敢說了。夏天義穿著雨衣站在一旁，他是一直皺著眉頭，這陣說：「不要打引生啦。」過來拉我，說：「回去吧，快回去！」我不知怎麼就抱著夏天義的腿哭。夏天義說：「哭吧，哭吧，哭一哭心裏就亮了。」他這麼說，我心裏倒真的清白了，倒後悔剛才說到了白雪，蹴在地上只是喘氣。但我不回去，就是不回去。夏天義說：「不回去了，那就跟我走！」

我就是這樣跟著了夏天義，鞍前馬後，給他支桌子，關後門，端吃端喝，還說趣話，一直跟到了他去世。夏天義養了兩隻狗，一隻是來運，一隻就應該是我。中星爹說人的一生幹什麼事都是有定數的，我和我爹，前世裏一定欠著夏天義的孽債，這輩子來補還了。

我永遠地記著這一天，雨在嘩啦嘩啦下，我跟著夏天義，還有新生和啞巴，拿了一卷油毛氈去七里溝苫那個棚子。棚子是他們頭一天搭的，就搭在夏天義的墓前頭，雖然簡陋，卻很結實，矮牆是石頭壘的，塗了泥巴，人字架幾乎是樹股子挨著地，裏邊有床有灶。我們把帶來的油毛氈在棚頂上又苫了一層，雨就下得更大，棚前的泥腳窩裏聚滿了水，來運就跑來了。來運能獨自跑來，牠是認識夏天義的腳印，還是嗅著了夏天義走過的氣味？我以前是見不得來運的，一看見牠和賽虎連蛋，就撿石頭砸牠，這個時候卻一看見來運就感到親切。我說：「來運，你的賽虎呢，你咋捨得離開你的賽虎？」來運嗚的一聲，眼淚都流下來了。狗會流淚你信不信？牠的眼淚渾濁，順著臉頰，在那裏留著發黃的痕道，然後低了頭，嗚哇不停。我是體會到了，人是能聽懂動物話的，當然只是瞬間裏，來運在告訴我，鄉政府的李幹事又把賽虎看管嚴了，不許牠出來，牠一去他們就攆打。我把來運夾在兩腿間，可憐地撫摸著牠的腦袋。新生問我和狗說啥哩，我說了來運的意思，新生說：「和賽虎不成了，清風街還有的是狗！」新生說的屁話！我扭過了頭，對新生怒目而視，這當兒哐啷一聲，一個黑影子突然從天而降。待我們清醒過來，一隻像雞一樣大的鳥撞掉了掛在木樁上的搪瓷缸子，而鳥也撞昏了，掉在地上亂撲翅膀。這是一隻誰也叫不上名的鳥，黑頭紅喙，當然不是錦雞，尾巴短，但翅膀非常大，也非常漂亮。有這樣一隻大鳥能突然飛進了我們的小木棚裏，這是一樁喜事，牠撞落的搪瓷缸子是夏天義的，是六十年代農業學大寨時縣上獎給他的獎品。見大鳥在地上亂搧著翅膀，來運忽地撲了上去，一下子就把牠噙住。我大聲喊：「來運！來運！」把大鳥從來運口裏奪過來。新生踢了來運一腳，說：「這是鳳凰！」我說：「哪兒有鳳凰?!」新生說：「牠像鳳凰就權當牠是鳳凰。這樣的鳥誰在哪兒見過?牠飛進來撞著天義叔的搪瓷缸子，是吉利呀，天義叔是人中龍，這是龍鳳見面呀！」夏天義笑著說：「你狗日的新生會說話！」新生說：「這是事實麼！」夏天義說：「借你的吉言，但願這七里溝的事能弄成！」我就把大鳥抱到棚門口，雨還在下，牠完全地緩醒了過來，雨落在牠身上像油珠一樣滑下去，脖子扭動了一個優美的半圓，張開了口接飲著雨，然後一聲長吟，嘩啦啦展翅飛了。

我卻琢磨夏天義的話，說：「天義伯，你在這裏搭棚弄啥事呀?」夏天義說：「住呀麼。」我說：「騙人，你能住在這兒?」夏天義說：「咋不能，當年栽蘋果的時候，我就搭了棚吃在那兒住在那兒的。你來不來?」我當然來的，就那一點稻田，種完了平日又沒事，而且在村裏浪蕩著沒意思，如果真的跟著夏天義住在這裏那倒好哩。我說：「我來的！」夏天義看著我，突然間不言語了。雨越下越大，棚簷前像掛了瀑布。夏天義說：「當年淤地的時候，我是帶了清風街三百人來的，現在跟我的卻只是你們三個了！」我說：「還有來運哩！」他說：「啊，還有來運。」眼角裏卻有了一顆淚。我說：「天義伯你哭啦?」夏天義頭沒有扭過來，說：「我沒哭。」直直地站到棚簷外，讓雨淋在臉上，臉上分不清了哪是淚哪是雨，喃喃道：「要是四十歲五十歲，我啥事都可以從頭幹的，現在是沒本錢了，沒本錢了……可我夏天義還是來了！」就解開了褲子，也不避我們，面朝著溝裏尿起來。夏天義一尿，新生和啞巴也跑出去尿，尿得很高。我也出去尿了，但我是蹲下的，啞巴向新生做著鬼臉，夏天義踢了他一腳。

七里溝有了人氣，也有了尿味，我那時便忘記了白雪帶給我的痛苦，和村人對我的作踐，快活得在棚子裏蹦躂。後來，我們肚子都飢了，我說，我給咱回村弄些吃喝去，說完就往溝下跑，夏天義緊喊慢喊沒有喊住。

白雨是不過犁溝的，確實不過犁溝，從七里溝下來到了三一二國道，路面上一半是雨，左邊的路溝裏全是水，另一半卻沒了雨，而且路面差不多都要乾了。我沒有在雨地裏跑，也沒有在沒雨的路上跑，雨從天上下來把空中劈開一條線，我就沿著那條線跑。中星爹說，這世上是由陰陽構成的，譬如太陽和月亮，白天和黑夜，男和女，快慢高低輕重緩急，那麼，我是在陰晴線上跑，我覺得我的身子一會兒分開了，一會兒又合起來，我是陰陽人嗎？我是陰陽人，說是男的不是男的，說是女的不是女的，哎呀，我以前總是羞愧我的身體，現在反倒為我的身體得意了！我唱起了《滾豌豆》：「海水豈用升斗量，我比雪山高萬丈，太陽一照化長江。」我想著我應該去書正媳婦的店裏買半個滷豬頭，再買一瓶酒，當然還得買一盤涼粉，夏天義就好一口涼粉。我還想著把酒肉買了拿到七里溝，需要把夏天義喝醉不可，他酒量不行，但酒拳好。於是我一邊跑一邊練拳。我分開的身子都長著一隻手的，兩隻手就划起來：一點梅呀！五魁首呀！四季來財！八抬你坐！到了清風街，雨又是白茫茫一片子往下下，書正的媳婦驚叫著我身上怎麼一半濕一半乾，更不明白我怎麼就買了這麼多的豬頭肉？我沒有告訴她。店門外的屋簷下站著夏天禮，他穿了一身新衣服，鬍子也刮得乾乾淨淨。我說：「天禮伯，下雨天往哪兒去趕集呀？」他說：「盈盈和她女婿要到省城去，一定要孝敬我也去逛逛，在這等你雷慶哥的車哩！」我說：「天禮伯要進省城呀，你應該去省城逛逛！」夏天禮說：「娃們須讓去麼，逛什麼呀，我看在清風街就好得很！」他是給我燒包哩，我就不願意與他多說，提了吃喝就往七里溝去。跑過了東街口牌樓，腦子一轉：夏天義年紀大了，應該身子累了要在棚裏展展腰，就自作主張又去了夏天義家取一床被子。我為我能想到這一點而高興，但偏偏就是我這一想法，聰明反被聰明誤，以致釀成了以後更大的是非。瞎眼的二嬸問我取被子幹啥，我說天義伯在七里溝搭了棚，要在那裏住呀，二嬸是把一床被子交給了我，卻放長聲哭了起來。

這哭聲先是驚動了前來給娘送來一捆鮮蔥的慶金，他雨傘沒來得及放下就問娘你哭啥呢？二嬸說你爹住到七里溝去了，慶金著實吃了一驚，就出來給慶堂說了，又直腳來找夏天智。夏天智卻沒在家。

夏天智被張八哥請去給他的堂兄弟分家，堂兄弟是中街困難戶，分家本不該請夏天智，但中街組長主持分了幾次，兄弟倆都嫌不公平，要求重新分定，中街組長和張八哥就請了夏天智出面。兩個兄弟一個剃了個光頭，一個頭髮長得繡成了氈片，把所有的家當都搬了出來，老二說老大有媳婦而他沒有，就該把那個大板櫃分給他，老大說，不行，家裏他是主事的，憑啥他分不到大板櫃？老大的媳婦叫羞羞，是個弱智，一臉的傻相，只是嘿嘿嘿地笑。老二就主張，要分就把羞羞也當一份家產，要羞羞的不要大板櫃，要大板櫃的不要羞羞。夏天智就罵道：「你說的屁話！舊社會都沒有這種分家法！」夏天智一罵，兩個兄弟都不吭聲了。夏天智說：「房一人一半，老大東，老二西，廁所給老二，屋後的大榆樹給老二，老大拿大板櫃，老二拿三個甕再加一把钁頭一個笸籃，紅薯窖共同用。有啥分的？就這樣弄，今天就刀割水洗，分鍋另灶！」說完坐在中堂吃他的水煙了。中街組長說：「就這樣定。四叔，那些雜七雜八小的零碎呢？」夏天智說：「這還用得著我再給分呀？」中街組長和張八哥就提一個小板凳給了老大，提一個搪瓷盆給了老二，老大老二不時地有異議，夏天智就哼一聲，他們又再不敢爭執。破破爛爛的東西堆成了兩堆，夏天智說：「我該走了！」才要起身，門裏進來了狗剩的老婆和她的兒子，大聲地說：「四叔，聽說你過來了！」狗剩死後，夏天智承包了禿頭兒子的學費，這禿頭兒子在學校期中考試得了九十八分，狗剩的老婆摘了一個南瓜，領著兒子來給夏天智報喜的。夏天智情緒立即高漲了，也不說再走的話，當下把考卷看了，說：「不錯，不錯，我的錢沒打水漂兒！」卻發現考卷上還有一個錯別字老師沒批出來，就拿筆改了，又讓禿頭小兒在地上寫，寫了三遍。狗剩老婆說：「四叔待我們的恩，我們一輩子不敢忘的，他要以後學成了，工作的第一個月工資，一分不少要孝敬你哩！」夏天智哈哈笑著，說：「我怕活不到那個時候吧？來，給爺磕個頭吧！」禿頭小兒趴在地上磕了個響頭。夏天智說：「這瘡沒給娃治過？」狗剩老婆說：「男娃麼，沒個羞醜！」張八哥說：「現在小不知道羞醜，長大了就該埋怨你了！你弄些苦楝籽、石榴皮和柏朵子，熬了湯，每天晚上給娃洗。」夏天智說：「別出瞎主意，明日去找趙宏聲，就說我讓來治的，不得收錢！」有人梆梆地敲門扇，門口站了慶金，給他招手哩。夏天智說：「啥事？」慶金說：「家裏有事，得你回去哩！」夏天智說：「啥事你進來說！」慶金進來卻只給他耳語，夏天智臉就陰沉了，說：「你就從來沒給我說過一句讓我高興的話！」站起來就要走，卻又對中街組長和張八哥交代：「把事情處理好，甭讓我下巴底下又墊了磚！」

回到家，慶滿、慶堂、瞎瞎已經在等著，夏天智在中堂的椅子上坐了，說：「到底是咋回事，你爹就去了七里溝？」慶金說：「他先前讓我和他一塊去，說他慢慢修地呀，我以為他隨口說的，沒想真的就去了。」夏天智說：「一把年紀了，他倒還英武啥哩?!」慶金說：「就是呀！他幹了一輩子，啥時候落個人話，可這一半年不知是咋啦，總不合群，自己糟蹋自己的名聲。四叔你要給我爹說哩！」夏天智說：「我說是我說，你們做兒子的，出了這事，我想聽聽你們的意見。」瞎瞎說：「我覺得丟人！外人已經對他說三道四的，他這一去，唾沫星子還不把人淹死！」慶滿說：「爹只管他逞能，從不為兒子們著想，上次替種俊德家的地，我們就一臉的灰，現在又到七里溝，知道的是他要去給清風街修地呀，不知道的又該咬嚼我們對老人又怎麼著啦。」慶堂說：「他修什麼地，做愚公呀，靠他在那兒就是呆二十年，能修出多少地?!他是咋去的？」慶金說：「娘說是新生給蓋的棚子，啞巴和引生廝跟著的。」慶堂說：「引生是瘋子，那啞巴是幹啥吃的，讓他呆在爹跟前照顧老人，他倒是瞌睡來了就給送枕頭！不說修地，就是住在那裏，得下個風濕病了，是啞巴負責呀還是誰負責？」慶滿說：「誰負責?事情說事情，別胡拉被子亂扯氈！」夏天智說：「又吵開呀?咱還笑話張八哥那兩個堂弟爭哩吵哩，咱也這麼吵呀?要吵就不要來尋我！」夏天智一說畢，慶金就拿眼睛瞪慶堂，慶堂說：「我說的不是實情?怎麼就胡拉被子亂扯氈?!」慶滿說：「自己把自己管好！」慶堂說：「我咋啦，我又咋啦？」慶金氣得發了恨聲。夏天智喊：「把茶給我拿來！」四嬸忙端了茶杯。夏天智見是上午喝剩的陳茶，呼地把茶杯往桌上一放，說：「新茶呢，那新茶呢！」四嬸又沏了新茶，夏天智喝了一口，又放下茶杯了。屋裏一時安靜，屋簷上的水刷刷地響。夏天智說：「說麼。」卻都沒有再說。夏天智說：「全撮口啦？」慶金說：「你說咋辦呀？」夏天智一下子火了，說：「咋辦呀，他的墳不就在那兒嘛，讓他就死在那兒吧，咋辦呀?!」慶金頓時瓷在那裏，嘴裏吐不出個完整的話。瞎瞎起了身就往門外走，一邊走一邊說：「說啥哩，不說了，逢上這號老子，他願意幹啥就讓他幹去！」慶金說：「老五你給我坐下！」夏天智說：「走吧，走吧，既然他要走，你也走，我無能，我二哥也可憐，他還英武啥哩嘛，甭說村人怎麼待他，兒子都是這樣麼！你走，你們都走！」把慶金往門外推，推出了慶金，又把慶滿慶堂推出了門，門隨即哐啷關了。兄弟四個站在院裏讓雨淋著，慶玉就也打了一把傘來了，說：「四叔是啥主意？」瞎瞎說：「毬！」夏天智在門裏聽著了，破口大罵：「日他娘的，我說話都是毬了?!」四嬸說：「你好好給他們說，發的啥火，人家又不是夏風夏雨。」夏天智說：「你瞧瞧這成了啥門風！咱二哥做人失敗不失敗，他講究一生在人面前英武要強哩，倒生了一窩啥東西！」慶金在院裏罵了瞎瞎，瞎瞎不作聲了，五個兒子就商量了先把爹叫回來再說，當下就去了七里溝。

我在木棚裏陪夏天義喝酒，夏天義沒醉，我卻醉了，就昏睡在床鋪上，做了一個夢，夢見我爹也在木棚裏坐著。夢裏我還想，我爹不是已經死了嗎，怎麼又在這裏坐著？我爹始終不和我說話，他是拿了個小本本給夏天義說七里溝的地形，他說七里溝是個好穴位，好穴位都是女人的×，淤地的堤應該建在×的下邊。說這話的時候，木棚角背身坐著的一個人罵了一句，身子一直沒有轉過來，而我知道那是俊奇的娘。我也奇怪，俊奇的娘來幹什麼？似乎我爹和夏天義為著一個什麼方案又吵起來了，夏天義指頭敲著我爹的腦門罵，而我爹一直在笑，還在對俊奇娘說：你怎麼不說話？你怎麼不說話？我正生氣爹的脾氣何必要那麼好，爹卻突然跑出木棚，跑出木棚了竟然是一隻大鳥！我叫著：爹，爹！就被瞎瞎踢醒了。五個兒子跪在木棚裏求夏天義回去，夏天義嘆息著兒子們不理解他，但也念及著兒子們畢竟還關心著他，就同意先回去，瞎瞎便拿腳把我踢醒，說：「回村！回村！」我醒過來極不情願，看見來運已經被慶滿吆進棚來用繩子拴著，而棚外三百米遠的一塊青石上站著那隻大鳥，就是曾經撞進棚裏的那隻大鳥，黑頂紅嘴的鳳。我說：「住在這裏多好，為什麼回去？」瞎瞎說：「你是野的，你不回去了就和那鳥過活去！」我說：「我認得那鳥哩，那是我爹！」慶金說：「這瘋子胡說八道！」我說：「我爹說七里溝是好穴位，好穴位都是女人的×形。天義伯，我爹是不是這麼說的？」瞎瞎又踢了我一腳。夏天義看著我，又朝溝裏看，他是看到七里溝也真的是溝口窄狹，到溝腦也窄狹，沿著兩邊溝崖是兩條踏出來的毛路，而當年淤地所築的還未完工的一堵石堤前是一截暗紅色的土坎，土坎下一片濕地，長著蘆葦。整個溝像一條船，一枚織布的梭，一個女人陰部的模樣。夏天義往溝裏看的時候，我也往溝裏看，我也驚訝我爹說的話咋那樣準確呢？夏天義說：「引生，你懂得風水？你爹給你說的？」我說：「我爹說的！」夏天義說：「你爹啥時給你說的？」我說：「剛才不是給你和俊奇他娘說的嗎?!」夏天義說：「誰，還有誰？」我說：「俊奇他娘麼。」夏天義怔了一下，他還要問我什麼，嘴張開了沒有出聲，就把捲菸叼著，使勁地擦火柴。瞎瞎說：「爹，你和瘋子說啥的，他的話能信？」夏天義默默地吸了幾口捲菸，煙霧沒有升到棚頂，而是平行著浮在棚中，他走過來摸我的頭，說：「引生，要回都回吧，今日下雨，睡這兒要患關節炎的。」我說：「我就睡在這兒。」夏天義說：「還是回去睡吧。」我說：「睡在哪裏還不是都睡在夜裏？」新生說：「回，回！辛辛苦苦倒是給你蓋了棚子?!」我們就是那樣離開了七里溝。溝口外的三一二國道上，雨還是一半路是濕的一半路是乾的，他們都走在乾路上，我讓雨淋著。

夏天義要住到七里溝的計畫被限制了，清風街的人大多已知道夏天義去住七里溝又被兒子們叫了回來，議論著夏天義在清風街活得不展拓，在家裏也不滋潤，有些可憐他，也有些幸災樂禍。夏天智用手巾包了幾塊生薑去看他的二哥，但他並沒有直接進屋去，而是坐在塘邊的柳樹底下，打開了帶著的收音機，放起了秦腔戲。正好唱的是《韓單童》：「我單童秦不道為人之短，這件事處在了無其奈間。徐三哥不得時大街遊轉，在大街占八卦計算流年。弟見你文字好八卦靈驗，命人役搬你在二賢莊前。你言說二賢莊難以立站，修一座三進府只把身安。」柳條原本是直直地垂著，一時間就擺來擺去，亂得像潑婦甩頭髮，雨也亂了方向，坐在樹下的夏天智滿頭滿臉地淋濕了。二嬸坐在雞窩門口抱著雞，用一根指頭在雞屁股裏試有沒有要下的蛋，聽見了秦腔，就朝著窗子說：「天智來啦！」窗子裏的炕上直直地坐著夏天義。二嬸說：「你出來轉轉麼，天智來了你也還窩在炕上！」二嬸說這話的時候，夏天義已經從堂屋出來，又向塘邊走，但有著雨聲，二嬸竟然沒聽見，她放下了雞，拿枴杖篤篤地敲窗欞。

夏天智感覺身後立著了夏天義，卻始終沒有回頭，任收音機裏吹打「苦音雙錘代板」：

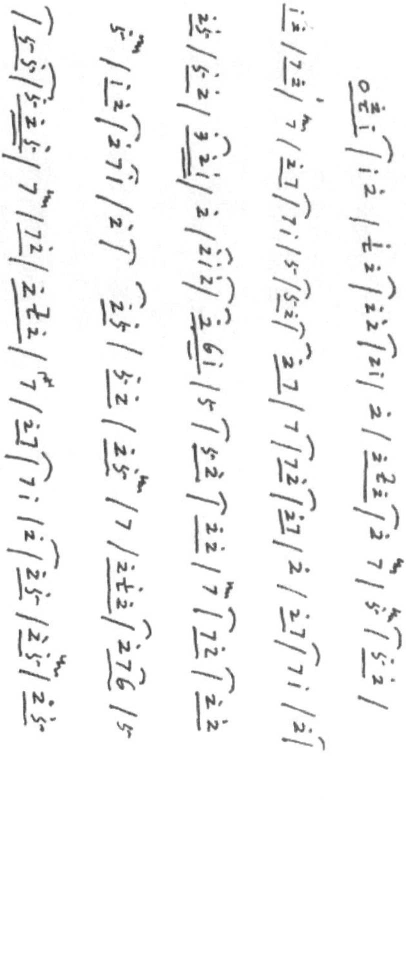

夏天義就也坐在石頭上了。夏天智說：「你聽出來這是誰唱的？」夏天義說：「誰唱的？」夏天智說：「田德年。」夏天義說：「就是那個癩頭田嗎？」夏天智說：「他一死，十幾年了再沒人能唱得出他的味兒了。」夏天義說：「……」沒說出個聲來。一團亂雨突然像盆子潑了過來，兩人都沒了言語，用手抹臉上的水。夏天智回過了頭，看見夏天義眼裏滿是紅絲，下巴上的鬍子也沒有剃，有十根八根灰的和白的。說：「這雨！」夏天智又說的是雨，他沒有提說七里溝的事，絕口不提，好像他壓根兒就不知道這件事。夏天義見夏天智不提，他也不提，說：「天旱得些些了，這一場雨倒下得好！」夏天智說：「只是膝蓋疼。」夏天義說：「我這兒有護膝。光利那娃還行，一上班給他婆買了個枴杖，給我買了個護膝。」夏天智說：「你用麼。」夏天義說：「我用不著。」夏天智說：「我到商店裏買一副去，都上了年紀了，你還是戴著好。昨兒晚上，我倒夢著大哥了，七八年沒夢過他了，昨兒晚上卻夢見了，他說房子漏水哩。大哥給我託夢，是不是他墳上出了事啦？」夏天義說：「他君亭是幹啥的，他做兒子的也不常去護護墳？」夏天智說：「我還有句話要給二哥說的，你咋和君亭老是不鉚？」夏天義說：「我就是看他不順眼！」夏天智說：「咋看不順眼？他是在任上，你和他不一心，一是影響到他的工作，再者，他沒了權威，別人對你也就有了看法。」夏天義說：「我還不是為了清風街，為了不使他犯大錯誤！可你瞧他，一天騎個摩托車，張張狂狂，他當幹部是半路出家，都經過啥事啦，就自己想幹什麼就幹什麼?!」夏天智說：「誰當幹部不是半路出家？他哪兒沒做好，你給他好好說麼。」夏天義說：「要是旁人，或許我會好好說的，但對他我還用得上客客氣氣地求他嗎？你是不是要說我當了一輩子幹部，現在失落啦，心胸窄了要嫉妒他啦，故意和他作對來顯示我大公無私啦？我不是，絕對不是。但我說不清為啥就見不得他！」夏天智說：「這話能理解，人有好多事是說不清道不明的，或許這就是書上說的，人和人交往也是有氣味的，你們氣味不投。」夏天義說：「我是不是有些過分啦？」夏天智說：「你是他叔，你就是打他，他又能怎麼樣？是這樣吧，我把君亭叫來，咱一塊說說話？」夏天義說：「你不要叫他，他來了我就生氣哩。咱到大哥墳上看看去。」兩人到了夏天義家，夏天智把生薑給了二嬸，讓整了薑湯喝了，頭上都冒了汗，沒再說話，拿鍁去了夏天仁的墳上。墳上側果然老鼠打了一個洞，流水鑽了洞裏。夏天義和夏天智忙活了半天，將老鼠洞填了，又把墳上面的流水改了道。回來路過了君亭家院門外，夏天智喊：「君亭！君亭！」夏天義卻沒有停，快快地回家去了。

那天君亭並沒有在家，麻巧在門道剁豬草，聽見叫聲出來見是夏天智，問有啥事，夏天智也就沒再說什麼。第二天晴了雨，夏天智在農貿市場上購買南山人賣的木馬勺，碰著了君亭，說：「你到你爹墳上去過沒有？」君亭說：「好久沒去了，我聽文成說墳上那棵乾枝柏讓誰家孩子砍了，尋思著今冬了再多栽幾棵。」夏天智說：「你爹墳上老鼠打了洞，你不去填填，下雨讓水往裏邊灌呀？」君亭說：「是不是？我今黑了去。」夏天智說：「等你去墳都塌了，昨兒你二叔都去填了。」君亭說：「二叔到我爹墳上啦？」夏天智說：「你不顧及我們兄弟四個了，我們還不自己顧著！」君亭說：「四叔好像這話裏有話？」夏天智說：「你不要逼著你二叔！」君亭說：「你是說我二叔去七里溝的事吧？我聽說了……這與我可是八竿子打不著的事！」夏天智說：「是嗎？」君亭說：「他接二連三地給鄉政府反映，七里溝沒換成，我說什麼了，我沒說什麼呀！是不是二叔覺得把七里溝爭奪回來了，急奪回來就那麼個蒼蠅不拉屎的山溝溝，他於心有愧了？」夏天智說：「他有啥愧，他爭競的是他的莊基還是房產？他為的是集體的利益！你說你沒逼他，僅你這個想法，就是逼他麼！」君亭說：「好，好，我不說也不想啦，行了吧？四叔，你吃過飯了嗎，夏雨他們酒樓上的菜還真的不錯，你先去那裏歇著，過會兒我來請你吃一頓。」說罷去了東頭一家攤位，很快地和攤主為收費的事吵了開來。夏天智沒有去酒樓，擰身往大清堂去，說：「我沒吃過啥?!」

夏天義在家悶了兩天，就上了火，嘴角起了一個燎泡，脾氣也大起來，嘟囔飯沒做好，米裏有砂子硌了牙，再訓斥啞巴沒有把那一串菸葉掛到山牆上去，天已經晴了，還壓在屋角尋著發霉嗎？二嬸說：「你出去吧，你在家裏就都是我們的不是！」夏天義是領狗出了門，狗要往中街去，他不去，狗要往鄉政府門前去，他不去，他大聲罵狗，罵得狗坐在地上嗚嗚地哭。夏天義自己也覺得過分，說：「你走吧，你走到哪兒我跟你到哪兒。」來運順著東街口過了小河石橋，竟一直往七里溝去，夏天義眼睛潮濕了，把狗抱起來，說了一聲：「你到底懂得我！」

就從那天起，夏天義又開始去了七里溝，一連數日，竟然誰也不知道。但我說過，夏天義有兩條狗，一條是來運，一條就是我，來運已經和夏天義去了七里溝，我就有了感應，當然我去七里溝是別的原因去的，這就是我的命，生來是跟隨夏天義的命。

我是極度的無聊，在清風街上閒轉，哪裏有人聚了堆兒就往哪裏去，而人聚了堆都在說是非，我就呆那麼一會兒又走了，他們罵我屁股縫裏有蟲，坐不住。我轉到了東街，把一隻雞滿巷子攆，攆到中星他爹的院門口，中星他爹趴在院牆外捅過水道，他人黑瘦得像一根炭，趴在地上氣喘吁吁。他說：「引生你幹啥呢？」我說：「我攆雞哩！」他說：「快來幫我捅捅。」我說天下雨的時候你不捅，天晴了捅的是啥道理？他說他近來病越發重了，自己算了幾次卦，卦卦都不好，可能今年有死亡的危險。我說：「榮叔，你讓我幹活我就幹活，你別嚇我！」他說：「你差點見不到你叔了。昨兒夜裏，我去大便，真是把吃奶的力氣都鼓完了，就是拉不下來，先前是稀屎勾子，現在又結腸，疼得我大哭大叫，用指頭摳下來核桃大一疙瘩糞。我吃了一片『果導』，不行，用玻璃針管給肛門裏打了五管菜油，又捏了一個『開塞露』，還是拉不下來。勾子撅起頭低下，肚子脹疼得只有疼死人啦，疼得罵東罵西，罵娘，只剩下沒罵神，又拚命暗數一百個數，才拉下了四五個硬糞塊，又拉了兩灘稀糞。今早起來，我想我沒虧過人麼咋就得下這號病，突然醒悟這水道不暢道，而我平常又往這裏潑惡水，怕是水道的事，就算了一卦，果然卦象上和我想到的有暗合之處。」他說得怪害怕的，我就趴下去捅水道，捅出一隻爛草鞋、一把亂草還有一節鐵絲。他把鐵絲拉直，放到了窗台上，說：「引生你是好娃，你要是自己沒傷了自己，叔給你伴個女人哩！」我不愛聽他這話。我說：「你給你伴一個吧，好有人照顧你！」他不言傳了，過一會兒又說：「叔問你一句話，前一向你跟劇團下鄉啦？」下鄉巡迴演出的事我最怕清風街人知道，我說：「你說啥？」他說：「我知道你要保密，可別人不知道，我能不知道？你中星哥……」我說：「我中星哥沒回來看你？」他說：「你中星哥現在才叫忙呀，當領導咋就那麼個忙呀?!」我說：「忙，忙。」抬腳就走。他把我拉住了，說：「你肯不肯幫我一件事？如果肯，我給你一輩子不愁吃喝的祕方。」我說：「啥祕方，你肯給我？」他說：「我要是身體好，我不會給你，你要是富裕，我也不會給你。你得了祕方，對誰都不要露，尤其不能讓趙宏聲掌握。」我說：「啥祕方呀，說得天大地大的?!」他把他那個雜記本翻開一頁，讓我看，上面寫著：「此信封內所裝之方為治婦女乾血癆之仙方。為南劉家村一老婦人掌握極為靈驗。她吃了一輩子鴉片煙從不缺錢花，口頭福不絕，即得益於此方。臨死只傳兒女一人。從清末民初到共和國成立，由小范村乳名孫娃之母所掌。婦女面黃肌瘦，月經一點不行者，將藥碾成細末，分三份以白綾縫小包三個，包上各留長繩子一條，在烈日下曝晒一天。一次一包，從陰道以指放入子宮內，一晌工夫以繩拉出。第一次，多無反應。第二次放入有黃水樣的東西流出。第三次月經行病好。若三次放之無反應者必死。一定要是乾血癆病，否則絕不可施此藥，血會把人流死的。」他說：「信了吧？」我說：「那祕方呢？」他說：「你得給我辦一件事呀！」他要我辦的事是去山上尋找雷擊過的棗木，雷擊過的棗木可以刻製符印。他說：「你找到了，一手交貨，一手給你祕方。」

我就是為了尋找雷擊的棗木，先去了屹甲嶺，又去的七里溝，在七里溝遇見了夏天義。我見著夏天義的時候先見著的是來運，這狗東西身上有一道繩索，兩頭繫著兩塊西瓜大的石頭，我還以為牠犯了什麼錯誤，夏天義在懲罰牠。可一抬頭，百十米遠的那條溝畔的毛毛道上，夏天義像一個肉疙瘩走過來。他竟然也是揹著一塊石頭，雙手在後拉著，石頭大得很，壓得他的腰九十度地彎下去似乎石頭還是一點一點往下墜，已經完全靠尾巴骨那兒在支撐了。我看不見他的臉，但看得見臉上的汗在往下掉豆子。我大聲喊：「天義伯！天義伯！」跑過去要幫他，路面卻窄，他幾乎占滿路面。他說：「快讓開！」我靠住了毛毛道靠裏的崖壁，盡量地吸著肚子，讓他經過。他企圖也靠著崖壁歇歇，但崖壁上沒有可以擔得住的塄坎，就碎步往前小跑起來，他小跑的樣子好笑又讓我緊張，因為稍不留神，石頭帶人就會掉到溝底去。我又急了，喊：「天義伯！天義伯！」他不吭聲，一對瘦腿換得更勤。我又喊：「天義伯！天義伯！」他甕著聲罵了一句：「你喊叫個×哩！」他是在憋著一口氣，任何說話都會洩了他的勁，我就不敢再喊叫，看著他終於小跑到一處可以靠歇的塄坎邊，石頭擔了上邊，人直起身子了，他才說：「你狗日的還不快來幫我！」我跑近去幫著把石頭放在了塄坎上，他一下子坐在了毛毛道，呼哧呼哧喘氣，而兩條腿嘩嘩地顫抖，按都按不住。我說：「你揹啥石頭呀?!」他說：「到溝壩上來，總得揹一塊石頭呀。你咋也來啦？」我說：「我不來，你能把石頭揹上來？」他說：「那好，現在你就揹！」

我把石頭揹上了那截溝壩上，就把尋找雷擊棗木的事忘到腦後去了。人和人交往真是有說不清的地方，中星他爹要給我一輩子不再愁吃愁喝的祕方，我偏偏不愛和他呆在一起，而夏天義總是損我罵我，我卻越覺得他親近。夏天義說：「明日把啞巴也叫上，咱就慢慢搬石頭砌壩。」我說：「家裏都願意啦？」他唬著眼說：「我都由不得我啦?!」他噎著我，我嘟嘟囔囔地說：「你一輩子修河堤呢，修河灘地呢，修水庫水渠呢，咋就沒修煩嗎?!」他說：「你嘟囔個啥的，你吃了幾十年的飯了咋每頓還吃哩?!」他把我說得撲哧笑了，我說：「好，好，那我每天就偷著來。」他又罵了一句：「把他娘的，咱這是做賊啦！」

我們這定的是祕密協約，夏天義仍然哄著二嬸，只是說他到新生那兒搓麻將去了。連續了三天，二嬸一早起來做飯吃了，就說：「今日還去搓麻將呀？」夏天義說：「能贏錢，咋不去？」二嬸說：「你咋老回來說你贏了？」夏天義說：「那沒辦法，技術高麼！」二嬸說：「今日拿一瓶酒去。酒越喝越近，麻將越搓越遠，你再是贏，誰還和你搓呀？」

吃過飯，夏天義領著來運走了，二嬸又是把每個母雞的屁股摸了摸，凡是要下蛋的雞都用筐子反扣了起來，就閂上了院門，拄枴杖到俊奇娘那兒去說話。差不多是前十多天，俊奇來家裏，說二嬸你沒事了到我家跟我娘說說話吧，二嬸是去了一趟，俊奇娘很是熱惦她，留她吃飯，還送她了一件包頭的帕帕。這個地主老婆年輕時二嬸是不願接近的，但人一老，卻覺得親了。兩人脫了鞋坐到炕上，二嬸說：「你眼睛還好？」俊奇娘說：「見風落淚，針是穿不上了。」二嬸說：「那比我瞎子強，世上的景兒我都看不見……你去市場上了嗎？」俊奇娘說：「我走不動了麼！」兩人就木嚅木嚅著沒牙的嘴，像是小兒的屁眼。俊奇娘說：「老姊妹，你說，這塵世上啥最沉壓？」二嬸說：「石頭。」俊奇娘說：「不對。」二嬸說：「糧食是寶，糧食沉。」俊奇娘說：「不對。是腿沉，你拉不動步的時候咋都拉不動！」四嬸就「嗯嗯」點頭，說：「瞧你年輕時走路是水上漂呢，現在倒走不動了！」伸手去捏俊奇娘的腿，一把骨頭和鬆皮。說起了過去的事，已經沒成見了，就說土改，說社教，也說「文化大革命」，不論起那些是是非非，倒哀嘆著當年的人一茬一茬都死了，留下來的已沒了幾個。俊奇娘就說：「天義身子還好？」二嬸說：「好啥呀，白天跑哩，夜裏睡下就喊脊背疼。」俊奇娘說：「他那老胃疼還犯不犯？」二嬸說：「不當幹部了，反倒慢慢好了。」俊奇娘說：「他年輕的時候可是一吐一口酸水哩。」就又想起了過去的事，不再怨恨，倒有些得意，然後不出聲，瞇起眼睛靠在了炕牆上。二嬸說：「你咋不說了？」俊奇娘說：「我作念起一個人了。」二嬸愣了一下，長長出了口氣，說：「你還好，還有個人作念哩，我一天到黑在屋裏，啥都想想，啥都想不出來。」兩個人嘿嘿笑起來，二嬸突然住了笑，歪著頭聽，說：「鬼，咱說的啥話呀，別讓人聽到！院子啥在響？」俊奇娘趴在窗縫往外看，說：「是貓。」就又沒鹽沒醋地說閒話。

這一天，二嬸咿咿咿地點著枴杖到了俊奇娘的廈屋門外，聽見俊奇娘在和人說話，就拿枴杖敲門，俊奇娘一看，忙扶她進去。二嬸說：「和誰說話的？」俊奇娘說：「和俊奇他爹麼。」二嬸說：「和俊奇他爹？」俊奇娘說：「我再不和他爹說了，那死鬼害了我一輩子，再打我我也不說了！」二嬸說：「他還打你？」俊奇娘說：「我沒事了就和他說話哩，可昨兒中午我出門，咣地頭就撞在門上，一定是死鬼打了我。你摸摸，頭上這個包還沒散。我讓俊奇一早起來去他爹墳上燒紙了，讓他拿了錢走遠！他打我哩?!」兩人又說笑了一回，就都不言傳了，差不多默默坐了一個小時，二嬸說：「太陽下台階了沒？」俊奇娘說：「下台階啦。」二嬸說：「才下台階？天咋這麼長的！」俊奇娘說：「又沒要吃飯呀。你說咱活得有啥作用，就等著吃哩，等著死哩麼。」二嬸說：「還死不了呢，我得回去做飯呀，他是個餓死鬼，飯不及時就發脾氣呀！」摸著到家，卻仍不見夏天義回來，罵了一句：「那麻將有個啥搓頭！」自個去籠裏取饃要到鍋裏餾一餾，可籠裏卻沒有了饃。

籠裏的饃是夏天義一早全拿走了。在七里溝裏，我們在溝壩上的一片窪道裏清理了碎石和雜草，挖開席大一塊地，地是石碴子土，就拿钁頭扒溝崖上的土，再把土擔著墊上去。夏天義告訴我們，好好幹，不要嫌墊出的地就那麼席大，積少可以成多，一天墊一點，一個月墊多少，一年又墊多少，十年八年呢，七里溝肯定是一大片莊稼地，你想要啥就有啥！我說：「我想要媳婦！」夏天義說：「行麼！」他指著地，又說：「你在這兒種個東西，也是咱淤地的標誌，要是能長成長大了，不愁娶不下個媳婦！」夏天義肯定是安慰我說的，但我卻認真了，種什麼呢，沒帶任何種子，也不能把崖畔的樹挖下來再栽種在這裏呢？我把木棚頂上的一根木棍抽了下來，插在了地裏。啞巴就格格地笑，他在嘲笑一根木棍能栽種活嗎？我對木棍說：「你一定要活！記住，你要活了，白……」我原本要說出白雪，但我沒敢說出口，啞巴又撇嘴了，手指著我的褲襠，再擺了擺手。他是在羞辱我，我就惱了他。

那個下午，我沒理啞巴，他在東邊搬石頭，我就在西邊搬石頭，他擔一擔土，我也擔一擔土。夏天義說：「賭氣著好，賭氣了能多幹活！」他每一次拿出兩個饃分給我一個啞巴一個，吃完了再拿出兩個饃還是一人一個，他卻不吃。我說：「天義伯，你咋不吃？」夏天義說：「我看著你們吃。」我說：「看著我們吃你不饞呀？」夏天義說：「看著你們吃我心裏滋潤。」啞巴就先放了一個屁，但不響，又努了幾下，起了一串炮。

晚上回來，夏天義脊背癢得難受，讓二嬸給他撓，又喊叫渾身疼，二嬸覺得奇怪，三盤問兩盤問，才知道了夏天義一整天都在了七里溝，就生了氣，和夏天義搗開了嘴。夏天義沒有發火，倒好說好勸，末了叮嚀不要給外人提說，他以後每天都去七里溝，只須早起能給他蒸些饃饃，調一瓦罐酸菜就是了。他說：「不累，我這麼大年紀了還不知道照顧自己嗎？」這樣又去了幾天，二嬸終於把事情告訴了慶滿，慶滿就有些生氣，他知道爹能去七里溝，得仗著力氣像牛一樣的啞巴，就在啞巴晚上回家換褲子時教訓啞巴。啞巴個頭已比慶滿高出半頭，一臉的紅疹疙瘩。他的褲子破了，露出半個黑屁股，脫了讓娘補，慶滿的媳婦忙著擀麵條，說尋你爹去，慶滿就大針腳補，一邊補一邊埋怨啞巴像土匪，新褲子穿了三個月就爛成這樣，是屁股上長了牙了？啞巴只坐在那裏吃饃，一個饃兩口，全塞在嘴裏，腮幫上就鼓了兩個包，將柱子一樣的腿搭在門檻上，腳臭得熏人。慶滿說：「你是不是跟你爺去七里溝了？」啞巴的舌頭撬不過來，來運在旁邊說：「汪！」慶滿又說：「你長心了沒有，你爺要去七里溝你不阻攔還護著他？」來運又說：「汪！」慶滿罵道：「你不願意著你娘的×哩，我是問你了？」來運衝著慶滿汪汪汪了三聲，慶滿把來運轟出去了。再對啞巴說：「明日不准去七里溝，聽見了沒？我再看見你去了，我打斷你的腿！」啞巴忽地站起來就走。慶滿說：「你往哪兒去，我還管不下你了！」過來就拉啞巴，啞巴一下子把慶滿抱住，慶滿的胳膊被抱得死死的不能動，接著被抱得雙腳離了地，然後咚地又被摁坐在椅子上。慶滿驚得目瞪口呆，看著啞巴走出去了。

慶滿把啞巴摁他的事說給了慶金慶堂，慶金慶堂都嘆了氣，說爹一根筋的脾性，又有個二桿子啞巴跟隨他，他們要去七里溝就讓去吧，箍盆箍桶還能箍住人？便安排了瞎瞎的媳婦白日裏幫娘擔水劈柴，照應著。瞎瞎的媳婦個子小，力氣也怯，嘴還能說會道，照應了二嬸一天，第二天心裏卻牽掛起了去南溝的虎頭崖廟裏拜佛的事，而將三歲的孩子用繩縛了腰拴在屋門上，倒託二嬸把孩子經管著。等到夏天義從七里溝都進門了，她還沒回來，孩子尿濕了褲子，又用尿和了泥抹得一身髒。夏天義訓斥了她，她沒脾氣，卻笑著給夏天義說：「爹，我想和你商量個事。」夏天義說：「說麼。」她說：「我今日原本半天就回來的，沒想朝拜昭澄師傅肉身的人很多，我就多呆了些時辰。」夏天義說：「聽說昭澄師傅死了身就是不爛？」她說：「師傅修行得好，沒有爛，看上去真的像睡著了。爹每天去七里溝，我也去七里溝，給爹在那裏做熱飯吃。」夏天義說：「你想把七里溝也變成廟啊！」瞎瞎的媳婦沒再還嘴，起身去淘米做飯。吃飯的時候，卻又說：「爹，你說中星他爹德性夠不夠？」夏天義說：「你得叫叔的！」瞎瞎的媳婦說：「我這個叔的德性夠不夠？」夏天義說：「咋啦？」瞎瞎媳婦說：「他說他死了也會肉身不壞的。」夏天義說：「扯淡！」瞎瞎媳婦說：「他說他準備做個木箱鑽進去，讓人把箱蓋釘死，他就餓死在裏邊，給世人留一個不壞的肉身。」夏天義說：「你讓他死麼，他能尋死？他害怕死得很哩！」就讓瞎瞎媳婦抱了孩子快回自己家去，別再亂跑，好好過好日子。

中星他爹說他死了會肉身不敗，他到底沒有做了箱子鑽進去尋死，而仍是隔三差五就給自己的病情卜卦。哼，他的話不如我的話頂用，我說：你一定要活，一定要活！我的樹，那根從木棚頂上抽下來的木棍，插在地上竟然真的就活了，生起芽，長出了葉。我就快樂地坐在樹下唱秦腔曲牌《巧相逢》：

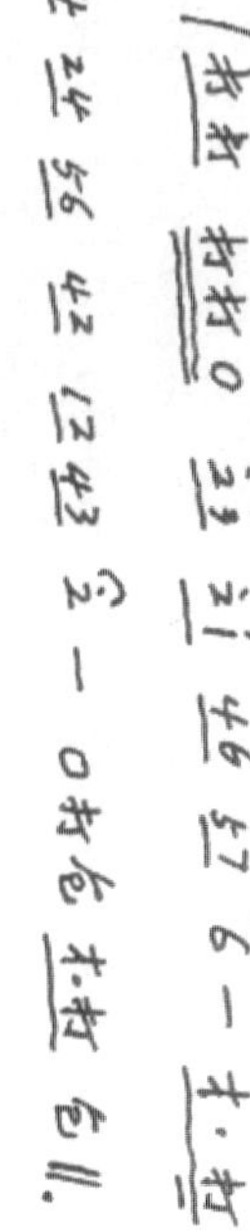

我在七里溝裏唱著秦腔曲牌，天上雲彩飛揚，那隻大鳥翅膀平平地浮在空中。但大清寺裏的白果樹卻在流淚。這流淚是真的。金蓮一個人在村部會議室的大桌上起草計畫生育規畫表，聽見叮噹叮噹雨聲，出來一看，天晴著，白果樹下卻濕了一片，再看是一枝樹股的葉子上在往出流水。金蓮覺得稀罕，呼叫著戲樓前土場上的人都來看，有人就皺了眉頭，說這白果樹和新生果園裏的大白楊一樣害病，一個鬼拍手，一個流淚，今年的清風街流年不利？金蓮就蔫了，不願意把這事說給君亭。但白果樹流淚並沒有停止，一直流了三天。白果樹是數百年的古樹，村人一直視它為清風街的風水樹，白果樹突然流淚，議論必然會對這一屆兩委會班子不利，君亭就和上善、金蓮商量一定要保護好白果樹。民間保護古樹的辦法是在根部澆灌菜油，而要給白果樹澆灌菜油就得五十斤菜油，村部沒菜油，購買又是一筆不少的開支，上善的主意是以保護古樹的名義讓每戶人家捐菜油。上善便去找中星他爹，散布白果樹數百年已經成精，樹有了病，誰捐菜油肯定會對誰好，一兩不嫌少，十斤不嫌多。中星他爹也就第一個捐了半斤菜油，把一條紅線繫在樹身上。中星他爹是多麼吝嗇的人，他能捐，村人也就捐，西街捐了二十一斤，中街捐了二十五斤半，東街人也就積極地捐了起來。頭天夜裏颳了風，天一露明夏天義起來得早，卻看見武林已經在拾糞了，那糞擔一個筐裏是裝了幾疙瘩糞，一個筐裏卻放著一些乾樹枝，樹枝上還有一個老碗大的鳥巢，而擔子頭上吊著一個小油瓶。武林一見他，說：「天義叔，啊你起來得，得早！」夏天義說：「沒你起來得早！」武林說：「起，起來得早，不一定能，能拾，拾，啊拾上糞！」夏天義說：「你到底是拾糞哩還是拾柴火哩？」武林說：「風把鳥巢，巢，吹下來了，我拾呀，啊拾的。夏天義叔，叔，你捐了菜油了，啊沒？」夏天義說：「慶堂替我捐了吧。」武林說：「我一會轉，轉到村，村部了，我也捐呀！」夏天義說：「就瓶子裏那點油呀，那有多少？」武林說：「一，一兩。」夏天義說：「一兩？」武林說：「我向書正借，啊借的，我說借，借半斤，啊他，他嗇皮，只借，借一兩。」夏天義說：「你家沒菜油？」武林說：「我，我幾，幾個月沒，沒見油，油花啦！」夏天義說：「瞧你這日子！」武林說：「年好過，月好，啊好過，日，日子難，難，難過麼！天義叔，國家不，不是老，老有救濟糧救濟款，款的，這幾年咋，咋不給，發，啊發呢？」夏天義說：「你這個老救濟戶，吃慣嘴啦？現在誰還給你救濟呀！前幾年豐收著，你攢的糧油呢？」武林說：「黑娥吶，吶賣×的把，把我的油，油，都轉，轉了麼。這賣，賣×的！」夏天義一下子噎住了，說了句：「你羞你老人哩！」匆匆走過。走過了，又返過身，說：「把這個鳥巢給我。」武林就把鳥巢給了，說：「這燒飯，美，美，得很哩！」

夏天義要了那個鳥巢並不去燒飯用，他想到了我的那棵樹，要把鳥巢繫在樹上招鳥兒來哩。他捧著鳥巢走到小河邊的橋頭，那裏是我和啞巴約等的地方，但那天我去得晚，啞巴也恰巧去得晚，夏天義以為啞巴累了貪懶覺，又以為我忙自家地裏事，他就獨自先往七里溝去了。

進了七里溝，溝裏的霧還罩著，夏天義鼻子嗆嗆的，打了個噴嚏，霧就在身邊水一樣地四處流開，看到了那些黑的白的石頭，和石頭間長著的狼牙刺。夏天義把鳥巢繫在了我的那棵樹上，然後蹴下身去嚶嚶地學著鳥叫，企圖能招引鳥來，但沒有鳥來，也沒有響應的鳥聲，他就拿手抓起像浪一樣在樹邊滾動的霧，抓住了卻留不得，伸開五指什麼都沒有，指頭上只冒熱氣。夏天義就是在這個時候看見了七里溝平平坦坦，好像是淤出了平坦的土地，地裏長滿了包穀，也長滿了水稻，而一畦一畦的地塄上還開了花，大的高的是向日葵，小的矮的是芝麻和黃花菜，有螢火蟲就從花間飛了出來。哎呀，螢火蟲也是這麼大呀！哎，黑了，哎，亮了，亮的是綠光。夏天義猛地怔了一下，看清了那不是螢火蟲，是狼的一對眼睛，一隻狼就四腿直立著站在那裏。夏天義一下子腦子亮清了，對著哩，是狼！足足有二十年沒見過狼了，土改那年，他是在河堤植樹時，中午碰見了狼，狼是張了大口撲過來，他提了拳頭端端就戳到狼嘴裏。他的拳頭大，頂著了狼的喉嚨，狼合不上嘴，氣也出不來，他的另一隻手就伸過去摳狼的眼珠子，狼就掙脫著跑了。他將打狼的事告訴了人，沒人肯相信，他也不相信自己竟能把拳頭塞在狼嘴裏，但他確實是拳頭塞進狼嘴裏了，狼才沒了力氣，而石堤下有狼的蹄印和狼逃跑時拉下的一道稀屎。這件事曾經轟動一時。現在，夏天義又和狼遇到了一起，夏天義過後給我說，這或許是命裏的定數哩，要不咋又面對面了狼呢，這狼是不是當年的那隻狼，或者是那隻狼的後代來復仇呢？但夏天義不是了當年的夏天義，他老了，全身的骨節常常在他勞動或走動中嘎嘎作響，他再也不是狼的對手了。夏天義當時是看了一下周圍，身前身後沒有制高點，即便有一個大石頭，他也再無法跳上去。他沒敢再動，硬撐著，警告自己：既然逃不脫，就不要動，讓狼吃不準你已經老了。夏天義就這麼一動不動地站著，站了許久，隱隱約約聽到了溝口有了啞巴的哇哇聲，他瞧著狼是低下了頭，然後扭轉了身子，鑽進了一片白棉花似的霧裏，那條拖地的尾巴一掃就不見了。

　　這件事，夏天義沒有像幾十年前在河堤上和狼鬥打後立即告訴了人，他是在二十天後才說給了我和啞巴。我是半信半疑，信的是夏天義從來不說誑話，他把這件事當成他一生很羞愧的事，所以在二十天後才說給了我們；疑的是如今哪兒還有狼呢，我和啞巴曾三次半夜裏到七里溝，走遍了每一個崖腳，每一叢梢林，都沒見到過狼。但我現在回想，那一天我和啞巴遲去了七里溝，來運首先叫著跑到了夏天義身邊，夏天義是直戳戳地站著，臉色蒼白，五官僵硬得像是木刻的。我說：「天義伯，你來得早？」他沒有回答，也沒有看我。我說：「你咋啦，伯！」將他一拉，他一下子倒在地上，像是倒了一捆柴。他說：「我的腿呢，腿呢？」我捏著他的腿，他沒感覺。等緩過了一會兒神，夏天義說他頭暈，我們扶他進木棚歇下，我看見了他的褲襠是濕的，而且一股臊味。

我和啞巴都以為夏天義是真病了，也不往別處想，到了中午，夏天義從木棚裏出來，卻變成了另一個模樣。他是突然地吼了三聲，對面崖畔上的岩雞子起飛了三隻，嚇得我打了個哆嗦。我疑惑地看著他，他給我招手，要我和啞巴過去同他扳手腕。我一搭手，他便把我的手按倒了，而且使勁握我，我感覺骨頭都要被握碎了，他還不丟手。啞巴的力氣大，兩人相持了兩分鐘，但最後還是他將啞巴的手按倒了。夏天義說：「你熊了，一個小夥子倒不如你爺！」我說：「天義伯，我爹要是還活著，你年紀大還是我爹年紀大？」夏天義說：「你爹比我小三歲，你爹沒能耐，早早死了。」我說：「憑伯這手勁，你能活一百歲！」我這當然是恭維話，只說他聽了哈哈一笑，但夏天義沒有笑，卻轉了一下身，問：「我這頭上有啥不一樣？」我說：「前邊頭髮白了，後邊頭髮還是黑的。」夏天義說：「是一半白一半黑，那就是我才活了一半。我今年七十五了，我還要活它七十五年哩！我告訴你們，我夏天義二十歲上鬧土改就當了村幹部，我沒虧過人，也沒服過人，清風街大大小小的地主富農都是我給定的成分，清風街的水田旱田塬上坡下是我用尺子量著分給各家各戶的。在我手裏築的河堤，河堤築了又修的灘地，修灘地時你引生還在你爹的大腿上轉筋哩，我膝蓋上結出的厚繭整整三年才蛻的繭皮，這後脖上的肉疙瘩都是扁擔、杠子磨的！我跑的電站項目，後來用了湖北輸過來的電，咱們的電站廢了，但電站的水渠現在還做灌溉用。是我領人修的梯田，是我領人上了水庫工地。改革啦，社會變啦，又是我辦的磚場，種的果園。清風街村部那一面牆上的獎狀和錦旗是在我手裏掙來的，在我的手裏清風街摘了貧困村帽子。你們說，我是能行還是不能行，唵？」我和啞巴老老實實站著聽，好像聽他的訓話。夏天義還在任上的時候，他是好訓話的，披著褂子，手裏拿著黑捲菸，講話是一套一套的。我爹講話不行，我幫我爹分析過夏天義的講話，發現他之所以講話有氣派，能煽惑，是他愛用排比句，但我爹後來也用排比句，卻沒有高低快慢的節奏，我爹的講話就不吸引人。現在，待夏天義追問他能行還是不能行，我說：「天義伯能行得很哩！」夏天義卻說：「能行個屁！」說完了，卻又說：「我夏天義失敗了，我失敗就失敗在這七里溝上。可我不服啊，我相信我是對的，我以一個老黨員的責任，以一個農村幹部的眼光，七里溝絕對能淤成地的！我告訴你們，如果你們信得上我，你們就跟我幹，要信不過，你們隨時都可以走，聽見了沒？」啞巴哇哇叫著，我趕緊說：「聽到了！」夏天義說：「聽見了，走不走？」我說：「你不走，我不走！」夏天義說：「好，那你現在就回去到秦安家把放在他家的火銃拿來！」

我是遵他的命令去了秦安家，他再是安排了啞巴去崖上挖溜土的槽道，自己竟翻過了溝腦去水庫上罵了一通站長，質問為什麼就同意了拿四個魚塘換七里溝，又逼著站長翻箱倒櫃地尋著了當年放水淤地的留在站上的那份方案，然後馬不停蹄地返回到了七里溝。

我在秦安家找火銃，秦安要我扶了他到七里溝看看，我不肯扶他。他去能幹啥呢，只能拖累我！他就把他家的钁頭讓我帶給夏天義，說钁頭去了也權當是他也去了。火銃並不在秦安家，夏風結婚待客的那天，是趙宏聲從秦安家取走了火銃，用過後還在趙宏聲那兒。趙宏聲卻興趣了在七里溝要火銃幹啥？幹啥？我說不清。趙宏聲就跟著我一塊來了。到了溝裏，那隻大鳥站在石頭上用嘴啄腋下的胸毛，趙宏聲就撵著打，我一伸腿，勾他跌了一跤，我說：「牠招你惹你了，你打牠？」趙宏聲就罵我：「野鳥是你爹了，你護牠？」我說：「就是我爹！」趙宏聲說：「是你爹，是你爹，你這瘋子！」我說：「我爹說了，七里溝好就好在像個女人的×。」趙宏聲說：「你見過×？」我拿腳又要踢他，忽聽得什麼地方有了汪汪聲。我看了看四周，並沒來運的影子，也不見啞巴，就喊：「啞巴，啞巴！」啞巴也不回應，而來運從左邊的一大堆石頭間鑽了出來，汪汪大叫。我們跑過去，那裏的大石頭壘著，形成一個石隙，往下一瞧，黑洞洞的。我說：「你叫喚啥的？」來運還是叫，我往石隙裏再看，才看見啞巴就在石隙裏。趙宏聲說：「啞巴，你鑽到那兒死呀？」啞巴還是沒反應，趙宏聲就說：「是啞巴跌下去了！」我倆忙溜下石隙，啞巴果然在裏邊昏著，掐他的人中，醒了，他晃了晃頭，就擦眼睛，眼睛還看得見面前的趙宏聲，他站起來便從嘴裏掏出一個鳥蛋來。啞巴嘴裏噙了顆鳥蛋，我們都覺得奇怪，他比畫著，我們才明白他是在崖上挖溜土槽道，發現了草叢裏有個鳥窩，鳥窩裏有顆鳥蛋，他想把鳥蛋放到我那棵樹上的鳥巢裏，又怕鳥蛋裝在口袋裏弄破了，就噙在嘴裏從崖上下來，一腳沒踏實，竟就跌了下來。我多麼感激啞巴啊，把他抱住，又拿了鳥蛋放進鳥巢。趙宏聲卻說：「不是瘋子就是白痴，為一顆蛋你要丟你的小命啦?!」我說：「七里溝風水好就是好，你瞧啞巴跌下來就沒撞在石頭上！」趙宏聲又看了看七里溝地形，他竟然說：「七里溝是個女陰形，天義叔的墳正好在陰蒂位上，原來他來七里溝是要保護他這墳了麼！」一句話沒說完，啞巴一拳就打在他的額顱上，額顱上立即起了一個包。趙宏聲說：「你狗日的沒良心，我救了你倒打我？」啞巴又撲上來，哇哇吼叫，我趕忙把啞巴攔腰抱住，說：「宏聲你快跑，你還不跑，我可抱不住啦！」趙宏聲拔腿就跑，跑出幾丈遠了，看見夏天義從溝腦下來，喊：「天義叔，天義叔！」夏天義走下來，黑了臉說：「打架了，在這兒打架了？」啞巴就哇哇地說，我聽不懂，趙宏聲更聽不懂，夏天義說：「你說我來七里溝是要保護我的墳的？」趙宏聲說：「我說笑話哩，啞巴聽不來話。」夏天義說：「他打著你啦？」趙宏聲說：「他打了我一拳。」夏天義說：「你欠打！你天義叔還不至於就那麼沒水平！」趙宏聲說：「天義叔，我要是不信你，我還來七里溝幹啥，我尋著腿軟和呀？」夏天義說：「我這墳是慶玉讓武林他丈人來踏勘過，但把墳修在這兒卻是我早決定了的，如果這地方真是好穴，那好得很麼，我死了埋在這兒能給夏家後人享福，七里溝是清風街的七里溝，能淤成地了，也是讓清風街後人享福麼。」趙宏聲說：「是這樣呀，為了保護墳就得淤地，淤了地就自然保護了墳！」夏天義說：「你瞧你這張嘴！說得這麼好。你怎麼今日才來七里溝？」趙宏聲說：「我在家思謀著給七里溝擬聯呀！」夏天義就笑了，說：「你現在就給我擬！」

夏天義沒給趙宏聲發凶，倒還和顏悅色，我就納悶了，說：「天義伯，今日有了好事？」夏天義說：「你怎麼知道？」我說：「你沒有惡宏聲麼。」夏天義從懷裏掏出了那一沓方案材料，說：「我把這個要回來了，你看看，當年我和你爹就不是胡來的吧！」

這份方案報表裏是這樣寫的：

一、基本情況。

清風街位於苗溝水庫西南，北有苗溝水庫主幹渠（設計流量十二立方米／秒）。全村現有土地面積一千畝，其中灘地三〇〇畝，塬地五〇〇畝，坡堒地二〇〇畝。全村四一〇戶，二一二〇人，人均不足〇・五畝。

二、引洪淤地可行性分析。

(一)地勢。

計畫在水庫進水渠半截道處引水，半截道在七里溝西北，一二〇〇米長，渠底高程三八米，七里溝平均高程三〇・五〇米，兩處高差七・五〇米，可順利引水澆地。

(二)進排水。

該工程計畫將水庫進水渠道改線修一攔水庫，渠底寬二〇〇米，比降一五〇〇分之一，在半截道修淤地進水閘一座，經一二〇〇米長進水渠引水淤地，比降I等於一二〇〇分之一。淤地洩水時與水庫洩洪時間錯開進行，不影響水庫洩洪。群眾對淤地工程情緒高，幹部信心足，除能自籌部分資金外，可動員大量義務工。

三、引洪淤地工程建築物設計。

(一)計畫三年完成淤地〇・五千畝，每年淤兩次，每次進水二〇〇小時，洪水含沙量按百分之四十計，三年淤土厚〇・六米，淤地高程達二〇〇米。

(二)水渠改線二〇〇〇米長，底寬二〇〇米，邊坡一比一，比降一五〇〇分之一，斷面為複式斷面，需動土方二〇〇〇〇立方米。

(三)進水閘設計須帶六・五米陡度，水閘孔寬三孔×二米寬。

四、經濟效益分析。

地淤成後以種玉米為主。收穫玉米五〇〇公斤／畝，秸稈五〇〇公斤／畝，玉米價〇・六元／公斤，秸稈價〇・〇二〇元／公斤，每年純收入一三八萬元。

我讀著這份報表，有兩隻紅翅膀小鳥就在頭頂上飛，牠們一定是一對夫妻，一長一短地叫著，時不時就攙在一起，輕輕地往下落，又忽地拔高在空中，然後像是在做一種表演，身子滑著斜道往下墜，一墜就墜到我的那棵樹上的鳥巢裏了。原來這對鳥發現了我的樹上的鳥巢，也尋著了在鳥巢裏靜靜放著的牠們要孵的鳥蛋！我大聲地喊：「天義伯，你看，你看！」夏天義卻就在舊壩址前指揮著啞巴放火銃。火銃響了兩下，巨大的聲浪撞到對面的崖上，又從對面的崖上再回來撞在這邊崖上，我覺得腳底下都晃悠了。我趕緊穩住我的那棵樹，擔心鳥巢裏的鳥夫妻要驚氣了，但是牠們沒有動，靜靜地伏在巢裏。夏天義對我喊：「引生，你來放，你也來放兩銃！」我過去放了，夏天義就靠著木棚的門框蹭後背，或許他的後背癢得厲害，蹭著的時候木棚就嘩嘩地搖，舒服得他擠眉咧嘴。趙宏聲站在那裏，他差不多都看呆了，夏天義說：「你把對聯擬好了沒？」趙宏聲才說：「擬得不怎麼工，寫出來你看看。」用樹棍兒在地上寫了「學會做些吃虧事；為著後人多享福」。夏天義說：「嗯，還行，能寫到我心上！」趙宏聲說：「我是叔肚裏的蛔蟲麼！」夏天義說：「你說我現在想說啥？」趙宏聲說：「叔要說：宏聲，叔請你喝酒！」夏天義笑了，說：「你狗日的真是個人精！但我不請你喝酒，請你吃涼粉！」

下午收工後，夏天義真的請趙宏聲吃涼粉。我不明白夏天義，他還看不透趙宏聲嗎？咳，夏天義啥都好，就是吃軟不吃硬，別人一說他好話他就糊塗了！夏天義給我和啞巴也都買了涼粉，啞巴沒原則，他吃，我不吃，一甩手，我出了飯店門坐到斜對面土地神廟的台階上。秋莊稼徹底地收割畢了，包穀稈和稻草在街街巷巷堆得到處都是，誰家就把芝麻稈堆在廟門口，我拿腳就踹。踹下去了一半，夏天禮從西邊走過來，問我這是誰家的芝麻稈你踹？我說：「誰眼窩瞎了，把芝麻稈堆在廟門口?!」夏天禮說：「你這瘋子，皮癢了，尋著挨打呀？」我說：「讓來打麼，我皮癢了，手也還癢哩！」夏天禮說：「算了算了，咋不嫌可憐嘛！」我聽不懂他說話的意思，看著他走過了，問：「天禮伯，你不是到省城去了嗎，咋又回來啦？」夏天禮說：「省城是咱久呆的地方？」我說：「你咋回來的，坐我雷慶哥的班車?」夏天禮說了一句讓我矬下去了一截的話，他說：「我坐夏風的車回來的。」夏風也回來啦?我不願意見到夏風，抬起身，拍了拍屁股上的土，鑽進小巷回到我的家。那個傍晚天上有火燒雲，染坊裏的叫驢叫了一個時辰。

夏風真的從省城回來了。他是單位的小車送回來的。小車從三一二國道拐進了街道，有幾家在門口晒著割回來的豆稈，拿槤枷在拍打，就擋住小車說：「夏風夏風，讓你的車在豆稈上多碾個來回！」夏風便下了車，讓司機來回在豆稈上碾。夏天禮先回家了，他自個倒進了一戶人家拿了燒好的玉米棒子啃，啃了一個黑嘴。

夏風回來，在清風街呆了兩天，要幫著去翻自家的灘地，夏天智卻不讓他去，說夏雨雇了武林和楊雙旦在翻，每日給五元錢的，只要夏風給他畫的那些秦腔臉譜提意見。他把巡迴展覽的臉譜全擺了出來，又把新畫的木勺也拿出來，擺滿了屋子，夏風就生發了一個建議：把這些臉譜全拍照下來，他可以聯繫出版社，出版一本秦腔臉譜書麼。夏天智被煽惑得雲山霧罩，指頭戳著夏風的額角說：「臭小子，你爹沒白養了你一場!我怎麼沒想到這一點呢?你給爹聯繫出版社，我要真能出那麼一本書，爹死了就拿書當枕頭!」父子倆便拿照相機拍攝起那些馬勺，莊嚴得把院門都關了，叮嚀四嬸不要讓任何閒人進來干擾。吃午飯的時候，武林和楊雙旦從地裏回來，敲院門門不開，連著聲喊四嬸，四嬸從廚房出來，埋怨夏天智咋不開門?夏天智說：「你沒見我忙著嗎?」四嬸說：「下午你和夏風都到地裏去，雇人幫忙，咱家也得去人呀，難道人家真成了長工?!」夏天智說：「夏風能去翻多少地，他把書編出來了，頂翻十畝八畝地哩!」四嬸開了門，武林和楊雙旦一身的泥水和臭汗，見是夏風給那些馬勺拍照片，覺得稀罕，也都過來拿了馬勺說這個畫得好那個畫得不好，泥手就把一個臉譜弄髒了。夏天智趕緊說：「辛苦啦，快都歇下。他娘，他娘，你給洗臉盆倒水麼，把我的水煙袋拿來麼，讓武林雙旦吸著解解乏！」四嬸把洗臉水倒在盆裏，取了水煙袋，還點了火繩，夏天智說：「做的啥飯？」四嬸說：「米兒混麵片。」夏天智說：「咋沒烙饃呢？」四嬸說：「你聲那麼高幹啥？甕裏白麵不多了，烙饃也烙不下個大饃。」夏天智說：「下苦人麼，不吃好能行，饃烙不大了，只給他們吃，我和夏風就吃米兒混麵片。」到了晚上，四嬸問照片拍完了沒，夏天智說拍是拍完了，可編書的事麻煩得很，還得幾天忙哩，問四嬸還有什麼事嗎？四嬸說：「什麼事？還有什麼事?!夏風回來就是給你編書來啦？他和白雪鬧彆扭，你又不是不知道，你也不催促他去劇團?!」夏天智噢噢地拍自己腦門，把夏風叫到跟前，要求他明日一早必須到劇團去，並連夜老兩口碾了新米讓給白雪帶上。第二天夏風走的時候，夏天智問夏風：「書的事我還再幹些啥？」夏風說：「你再寫個前言，介紹秦腔的歷史呀，它的影響呀，還有畫臉譜的一系列知識。」夏天智說：「還有啥？」夏風說：「還有的，就是你得籌錢，這號書肯定賣不動，出版社不做賠本買賣，得自己出錢。」四嬸說：「你寫書不是能掙錢嗎，你爹的書就得出錢？」夏天智說：「你不懂！」四嬸說：「那得多少錢？」夏風說：「估計得兩萬吧。」二嬸說：「兩萬，你沒說錯吧？」夏天智說：「錢的事不說啦，反正我把書稿交給你，你給我把書拿回來就是！」梗著脖子走了，走到臥屋，腦袋咯噔耷拉下來。四嬸卻埋怨夏風：「你給你爹煽惑啥呀，他出什麼書？白雪快到月子了，有個娃娃，那花錢是個沒底洞，你哪兒有兩萬元給他出書，你不給他出！」夏風沒吭聲，提了米袋要走，四嬸又拉住說：「白雪反應大，你得給我照顧好她！」夏風再走，四嬸又攆上說：「啊，還有，白雪已經幾個月了，你得和她分床另住啊！」夏風是聽了他娘的話，在劇團裏和白雪分床另住，給白雪洗衣服，給白雪熬米粥，還給白雪洗腳捶腰，但只有兩天，卻和白雪吵了一仗。

在夏風的想法裏，白雪是應該遵照他的意見打了胎的，回到家知道白雪並沒有打胎，仍還想著到劇團了再動員打胎，而在劇團一見面，白雪的身子明顯的笨了許多，反應又強烈得厲害，他就心裏一直悶著，除了做些該做的活外，一有空就去和縣城裏的一些熟人去聊天喝酒。劇團大院裏已沒有多少人，自從分開了演出隊，財物也都分了，吵吵鬧鬧使一些人結了仇冤。分開的隊也沒錢再排演新戲，又相互關係好的聚在一起搭班子，多則十人，少則五人，不是在縣城的歌舞廳裏跳舞唱歌，就是走鄉串村趕紅場子。白雪身子笨重了，臉上又生出一層蝴蝶斑，暫時就沒跟班子跑動。演過《拾玉鐲》的那個王老師，雖然名氣大，但人老了，脾氣又怪，也在劇團閒呆著，和白雪拉話時給白雪透露她的心事，說是以前她演出時都錄過音，現在想把那些錄音整理一下出個碟盤，但就是費用太高。王老師說著說著就落了淚。白雪說：「老師是表演藝術家，早該出張碟了，中星當團長時說要振興秦腔哩，可他只是耍花架子，現在他一走，連個呼籲的人都沒了，再不搶救這些資料，過幾年……」白雪不願再說下去，拿手帕給王老師擦眼淚。王老師說：「死了就好！等我死了看誰還能給縣上撐面子呀?!」白雪說：「我聯合幾個演員，找縣長給你呼籲去？」王老師說：「這不要去！我為報銷藥費的事找過了縣長，看樣子還有希望解決，你們再去說出碟的事，恐怕一件辦不了兩件都廢了。」白雪無計可施，安慰也再沒詞，就給王老師倒了一杯茶，茶裏放了糖。王老師說：「這麼多演員，我看得上眼的也只有你，你若真要幫老師，你給夏風談談，看他能不能在省城給音像出版社說上話，他的話倒比縣長頂用！」白雪說：「哎喲，這倒是個主意，我怎麼就惦不起來?!」王老師一走，白雪自己興奮，就在房子裏等夏風回來。夏風回來後，白雪把幫助王老師出唱碟的事給他一說，夏風就說：「爹要出版他的秦腔臉譜，你的老師又要出版唱碟，這人老了，咋都營心著這事哩?! 她出多少錢？」白雪說：「她能有錢，找你呀？」夏風說：「找我也得出錢。」白雪說：「她演了一輩子戲，戲真的是好，總得給她自己，也是給團裏、縣上留下個東西吧。」夏風說：「你以為她是誰啦？她在你們團裏是名角，即便在縣上也是名人，可在全省她提得上串嗎?!省上多大的名家出了碟片都賣不出去，音像出版社會給她賠錢？」白雪說：「我把老師叫來，讓她再和你商量商量。」夏風說：「有啥商量的，我不見她！」白雪的情緒就低落了，臉上的蝴蝶斑更明顯。夏風說：「房子悶，咱出去轉轉。」白雪說：「有啥心情轉的？她等著我回話哩，我咋給人家說呀？」夏風說：「誰讓你愛管這些閒事！」白雪說：「我愛管閒事？別人以為你有吃天的本事哩，原來你也是沒處下爪！」兩個人搗了一陣嘴，就不再說話。各自枯坐了好大一會兒，大院外傳來叫賣燒雞的，白雪終於說：「你出去給咱買點。」夏風買回來了一個整雞。白雪說：「誰叫你買整雞呀，平日我都是買一個雞冠、雞爪的，咂個味兒就是了。」夏風說：「你想吃就買麼，我夏風的老婆還吃不起一個雞呀？」白雪說：「你多大方！一隻整雞得多少錢，我一月的工資抵不住買十多隻雞的。」夏風說：「這怪誰了，讓你調你不調麼，你也知道一月的工資買不起十多隻雞?!」白雪一股子酸水又泛上來，吐了，說：「我就是窮演員麼，你能行，卻就找了個我麼！」夏風說：「嗯！」白雪說：「咋啦，後悔啦？」夏風說：「好啦，不說啦，命就是這種命，還有啥說的？你比我犟，我認啦，行吧？」白雪說：「是我犟嗎？我反應那麼大，你讓我去，我能去嗎？叫你回來，我打電話，娘打電話，你回來看一下都不肯！」夏風說：「我讓你打胎你不打麼。」白雪說：「頭胎娃為啥要打？我們團德泉的老婆懷了孕，德泉一天到黑把老婆當爺敬哩，誰見過你聽了我懷孕，不問青紅皂白，就讓打胎，我弄不明白你打的是啥主意？」夏風說：「啥主意？你這樣藉口那樣理由不調動又打的啥主意？」白雪說：「我還不是想演戲哩！」夏風說：「你演麼，現在咋不演呢？」白雪一擰身趴在桌上哭。夏風說：「在縣上工作長了，思維就是小縣城思維，再這樣呆下去，你以為你演戲就是藝術呀，以為藝術就高貴呀，只能是越來越小，越來越俗，難登大雅之堂！」白雪說：「我本來就是小人，就是俗人，雞就住在雞窩裏，我飛不上你的梧桐樹麼！」哭得更厲害，嚶嚶地出了聲。哭聲一起，住在院子裏的女演員都站在自家門口聽，聽出是白雪在哭，就全跑來了，說白雪你哭啥的，你肚裏有娃娃你敢哭？白雪愛面子，團裏人一直把她和夏風當郎才女貌的典型而誇說的，這一鬧來了這麼多人，有關心她的，也有來幸災樂禍的，夏風偏偏不肯替她遮掩，臉仍吊得老長，白雪越發生氣，說：「誰管我和娃呀，死了還好哩！」有演員就說：「夏風呀，你有啥對不住白雪的事了，讓她生這麼大的氣！有了短處讓白雪抓住啦？」夏風說：「素質差得很！」夏風當然是彈嫌那些來說情的演員的，但他沒明說，惱得坐到一邊吃紙菸。那些演員倒勸說白雪了：「算了算了，該饒人時就饒人，老婆懷孕期間，男人家都是那毛病，何況是文人哩，戲上不是說風流才子，是才子就風流麼！」越抹越黑，白雪更生氣了，哭得噎住了聲。夏風說：「沒事的，你們都回吧。」演員們說：「你欺負白雪，偏不回去！」夏風一摔門出了劇團回清風街了。

夏風進了老家門，四嬸沒有接他手中的提包，伸了頭還往門外看。夏風說：「娘看啥的？」四嬸說：「白雪呢，人沒回來？」夏風說：「她回來幹啥?!」氣咻咻到他的小房去。四嬸垂了手呆了半會兒，忙踮著腳到夏天智的小房，一把奪了正畫著的馬勺，說：「你就只會畫馬勺，你前世是擔尿的還是賣水的？」夏天智卸下眼鏡，嘴被畫筆備了各種顏色，問：「哎？哎?!」四嬸說：「夏風獨獨一個人回來了，肯定和白雪又鬧翻了。」夏天智就來了氣：「結婚不到三天兩頭，說鬧翻就鬧翻了，那以後日子咋過呀！」四嬸說：「你倒比我還火？你給我問去！」夏天智說：「要問你去問麼。」四嬸又踮了腳到夏風小房，探頭一看，夏風已經在床上睡了，叫道：「夏風，夏風，你給娘說為了啥嘛，你也是快要做爹的人了，還鬧個啥呀？」夏風不吭聲，再問也不吭聲，老太太就坐到院中的捶布石上抹眼淚。

院門咚地被踢開，是夏雨回來了，四嬸張口大罵：「你要把門扇踢壞呀，你是兵痞還是土匪?!」夏雨說：「娘咋的，一個人哭哩？」四嬸一把拉夏雨坐下，悄聲把剛才的事說了一遍。夏雨說：「娘你偏心，我沒個媳婦，沒見你操心過，我哥有媳婦也快有娃呀，你還為人家落淚！」四嬸搗了他的嘴：「喊叫那麼高聲讓你哥聽著呀？」夏雨說：「你叫不起我哥，我叫他去。」便進了小房，連說帶拉地把夏風弄出來了，要夏風跟他去萬寶酒樓上耍去。四嬸說：「你在那裏賭博，還讓你哥也賭呀？」夏雨說：「一有愛情就會忘了賭博，一賭博也就忘了愛情的！」

兄弟倆來到酒樓，樓下餐廳有兩桌人吃飯，划拳聲很大。上得二樓，將東頭那單間門一推，裏邊一股濃煙先撲了出來，濃煙散去，四個人在那裏搓麻將。夏風認得有丁霸槽，有上善，有西街的順娃，還有一個不認識，黑胖子，一臉的油汗。相互問候了，丁霸槽說：「夏風哥你來替我，我這幾天像是摸了尼姑的×了，手氣臭得很！」夏風就坐下來玩了三圈。三圈竟扣了兩回。夏雨說：「真是說了個準，我哥情場上失意了，賭場上就得意！」上善說：「夏風能情場上失意？」樓下的街面上有人喊：「上善上善！」上善推開窗一看，說：「是團幹呀，上來上來，玩兩把！」樓下的人說：「你下來我說個事兒。」上善下去，過了一會兒上來，頭蔫耷了。丁霸槽說：「說什麼事？」上善說：「團幹要結婚呀，請那日去吃酒，這可怎麼辦？」夏風說：「讓你去吃酒就拿張嘴去吃麼，還怎麼個辦，你是不是給我們顯派呀？」上善說：「你不知道，鄉上幹部結婚，去了能不拿紅包，拿紅包百二八十的能拿得出手？」已無心思再玩，告辭了大夥往村部去了。

上善一進大清寺門，金蓮從院角的廁所裏正好出來，給他做了個手勢。上善一時不明白，近去說：「咦，今日穿得這麼俏扮，誰給買的？」金蓮低聲說：「你跑到哪兒去了，到處尋不著！正開兩委會哩。」上善吐了一下舌頭，說：「天，把這事忘了！」兩人就悄聲走到會議室門口。金蓮進去了。再是上善貓著腰也溜進去，就勢坐在靠門邊的條凳上，拿過條凳上的一張報紙，半遮半掩地看。君亭話沒有停頓，只是咳嗽了一下，繼續說：落實生產責任制以來，村裏的一些集體提留款、牲畜農機具作價款、責任田、機動地、河堤、河灘蘆葦地、果園和磚場等承包費，都沒有做到按時兌現。除此以外，落實生產責任制前的「三角債」，至今也沒有得到徹底的清理。還有尾欠的機耕水費，農業稅收任務，糧差價款，這部分資金還在個人手裏，使一些村的集體事業辦不了，正常業務不能支付，發展下去，將會嚴重地影響清風街集體經濟。造成上述問題的根源：一是人民群眾的集體觀念淡薄了，國家利益、集體利益向個人一面傾斜。自己富了就忘了國家和集體，應負擔的義務不願履行。譬如，集體的財產、資金長期使用不按期兌現，作價分到集體的牲畜、農機具戶，有的已使用了六七年，有的早已賣掉，靠集體經濟發了家，但至今還欠著集體的。二是我們幹部自身對此項工作重視不夠，沒有果斷加強有力的措施，工作流於一般號召，一拖再拖，拖空了集體，拖小了權威，拖大了工作量，拖重了個人負擔，致使集體事業無力辦，民辦教師、現役軍人、五保戶、幹部工資等正常業務不能支付，逐漸出現了集體窮，個人富，集體金碗無飯盛的局面。根據鄉政府的九號文件精神，凡是個人欠款累計在五〇〇元之內的，必須在年內全部還清。五〇〇元至一〇〇〇元之內的，必須在兩年內全部還清。一〇〇〇元以上的必須三年內全部還清。對分期償還戶，村裏要與他簽訂還款協議書，協議書必須以物質抵押或個人財產擔保的形式簽訂。簽了協議的人自簽訂協議之日起，對簽訂金額按銀行貸款最高利益計息，對不履行協議者可加罰百分之三十的預息，或起訴至法院依法解決。對規定數額內應還而不還，或應簽協議而不簽的，村方可以拿其牲畜農具以物頂債，在不影響生活的情況下，也可以拿糧或收回責任田，也可以按以上辦法起訴法院依法解決。對尾欠的機耕費，水費，農業稅，任務糧差價款的，不論其欠款額度大小，必須在年內還清。對牲畜、農機具作價至今分文未還的，這次一定要收回，並按作價額每年收百分之十的使用磨損費。對還了部分但未還完的，這次要令其限定時間還清，限定時間最晚不得超過年底，超過限定期，集體可以無償收回。對轉手賣掉至今還欠集體款的，這次要限其在最短的時間內還清，否則從拿農具之日起，按作價額隨銀行貸款最高利息走，或國債款兌現，或依法解決……君亭的講話遠遠比不上夏天義，夏天義的本事是能將道理用本鄉本土的話講出，再嚴肅的會都能惹起大家的笑聲，好多人就把聽他講話作為享受的。君亭就不行了，他沒有廢話，也沒有趣話，一字一板，聽得大家頭皮發木。會場上一半人都瞇了眼睛。瞇了眼睛是有人還在聽著，有人就徹底地打盹了，叼在嘴上的紙菸便掉下來，或是頭突然撞著了桌沿，一個怔醒來，一邊擦口水，一邊看看周圍。君亭依舊在講話，講著講著，並沒有停歇，也沒有轉換口氣，說：「這麼重要的會議有些人沒有來，是沒通知到還是通知到了不來？俺，上善你是會計，誰不來都可以，你不應該不來吧？」上善正在看報紙，報紙上的文章差不多都看完了，就把報紙提在鼻梁上，眼睛從報沿上看出去，看見了會議室牆上趴著的一個蜘蛛，蜘蛛的背上好像有圖案，他以為君亭還在講收回欠款的事，話聲從這邊耳朵進去了又從那邊耳朵要出去，快要出去了，覺得君亭在說到他上善了，忽兒怔住。他說：「你在說我？」君亭說：「你怎麼就遲到了？」上善說：「啊，我來開會走到半路，鄉政府突然把我叫去了。」君亭說：「又有了啥事？」上善說：「會後我給你彙報。」君亭說：「鄉政府就知道給咱壓活！」又開始他的講話。

上善又看著牆上的蜘蛛，覺得蜘蛛背上怎麼會有圖案呢？他站起來走近了牆，看清了圖案是張人臉相。他說：「蜘蛛背上有人臉！」許多人都近來看了，說：「真個呀！」君亭就停止了講話，也過來看，覺得奇怪。上善說：「蜘蛛蜘蛛，是知道了的蟲，君亭你講的這些事情牠都知道了！」君亭說：「胡扯！」伸手去捉蜘蛛，蜘蛛卻極快地順著牆往上爬，爬到屋頂葦棚處，不見了。
現在我告訴你，這蜘蛛是我。兩委會召開前，我原本去七里溝的，路過文化站時卻發現有人在裏邊下象棋，忍不住進去看，君亭就在門口喊上善。他是以為上善也在這裏下象棋的，發現不在，就要我去找上善來開會。我問開什麼會，君亭說關於清理欠款的事，我就說那欠我爹的補助費可以還呀？君亭沒有理我，就進了大清寺。君亭不理我，對不起，我也不去找上善了。但我人在文化站心卻用在兩委會上。我看見牆上有個蜘蛛在爬動，我就想，蜘蛛蜘蛛你替我到會場上聽聽他們提沒提到還我爹補助費的事，蜘蛛沒有動彈。我又說：「蜘蛛你聽著了沒，聽著了你往上爬！」蜘蛛真的就往上爬了，爬到屋梁上不見了。當時我很高興，雖然還站在一邊看人家走棋，指指點點幫著出主意，腦子裏卻嗡嗡地一片響，結果下棋的雙方都罵我多嘴：真君子觀棋不語，你的×話咋這麼多！但我忍不住還要說，他們就躁了，攆我出了文化站。

我往七里溝去，一邊走一邊罵，臭棋簍子，你攻個兵絕對就贏了，你偏偏走馬?!就感覺到兩委會上君亭不會提到欠我爹補助費的事了。人一走茶就涼，何況我爹已死了。小石橋東頭的柿樹底下，夏天禮在乘涼，眼睛瞇瞇的，看見我了，睜了一下，又瞇上了。我說：「天禮伯，你清閒！」他說：「清閒。」我說：「今日沒去趕集呀？」他說：「沒意思！」我說：「掙錢也沒意思？」他說：「你往哪兒去？」我說：「去七里溝麼。」他給我抬手，我走近去，他說：「你給你天義伯說，讓他好好歇著，修什麼七里溝，咱就修成了，你還能活到省城人的分兒上?!」我說：「天禮伯去了一趟省城，換腦子啦？」他說：「沒到省城去，咱還覺得咱有個奔頭的，去看看人家，我一點心勁都沒有了。」我說：「這才怪了，別人去了省城，回來拚了命掙錢，你去了一趟倒沒心勁了？」他說：「我要是你這般年紀，說不定還撲著幹呀，我現在還想咋，把人家一看，只盼著早早死哩！」我說：「是不是，哪天天禮伯把你那些銀元給我幾枚！」他立即說：「你咋知道我有銀元？我哪兒有銀元?!」我說：「看把天禮伯嚇的！我不會要你的銀元，你涼著，我得走呀！」我就走啦。

我到了七里溝的時候，大清寺裏的會議結束。君亭美美地在廁所裏尿了一泡，回來讓上善留下，問鄉政府叫他去有了什麼事？上善就隨機應變，說是鄉長詢問清風街這一段工作怎麼樣？君亭說：「你怎麼彙報的？」上善說：「我說安寧得很，天義叔在七里溝忙活，三踅也沒生事惹非，雞下蛋橫斜裏出個事！」君亭說：「這個鄉長倒比上一個鄉長好。還說啥了？」上善說：「還有的是團幹要哩，貓叫春哩，生產和治安按部就班！」君亭說：「他咋說的？」上善說：「他說這就好，不出問題就好，現在的事情都難辦，就像趕一群羊，呼呼嚕嚕往前擁著走就是了，走到哪兒是哪兒，千萬不敢結婚呀，特意邀請你和我那日了去吃酒。」君亭說：「可憐這小夥子，結婚不到一年媳婦死了，他現在找的是誰？」上善說：「還是周家的丈人。」君亭說：「咋回事？」上善說：「西街周家的大女子死了，小女子頂缺麼。」君亭說：「姊夫和小姨子呀！也好。你讓宏聲寫個聯咱到時候拿上。」上善說：「這使不得，人家能親自請咱去吃酒，那還不是明擺的事？得拿個紅包的。」君亭說：「是得拿一個，你說包多少？」上善說：「這你得定，少說也有五百元吧。」君亭說：「那就五百元吧！有啥辦法？」上善說：「咱帳上沒錢啦。」君亭說：「這錢不敢讓村部出吧？」上善說：「村部不出誰出得起？人家請咱倆，如果請的是個人，他沒理由請咱倆，不沾親帶故，之所以請咱倆那是咱倆代表清風街麼。」君亭悶了半會兒，說：「帳上沒錢了？市場上不是收了些攤位費嗎？」上善說：「全給民辦教師發了工資。」君亭說：「你先墊上吧。」上善說：「我已經替村部墊有二千元啦。」當場寫了條子，君亭在上邊批了字。上善又去買了紅紙，讓趙宏聲寫聯，趙宏聲寫了：「一顧傾城二顧傾國；大喬同穴小喬同枕。」上善嫌太文氣，鄉裏人看不懂。趙宏聲又寫了一聯：「街上唯獨周家好；鄉裏只有團幹強。」

再說夏風在萬寶酒樓的麻將桌上玩了一夜，與對面坐的黑胖子熟了。黑胖子叫馬大中，河南人，先在市場的旅店裏租屋住著，為他的老闆收購著南北二山的木耳，後見當地沒有香菇，就傳授種香菇的技術，但因順娃在清風街開了個小油坊，看中了順娃在地方上熟，人又實在，兩人就合夥讓南北二山的人種香菇，並定了協約，一旦香菇成熟，一斤四元，有多少收購多少，以致許多人家都開始種植，馬大中也就搬住到了萬寶酒樓上。馬大中長得模樣像個土匪，而且肚子大，他說他肚子大得已經五年沒有看見過他的小弟弟了。但馬大中與人交往從來都是滿臉堆笑，從兩歲娃娃到八十歲老婆婆都能受用他的拍馬術，只要他出現，氣氛總是很活躍。麻將桌上丁霸槽談起種香菇的事，問能不能做成，別騙了別人也害了自己。順娃說：「清風街先頭有四家做小磨香油的，為啥現在只我一家還開著，做件好事或做件壞事就像刻在心裏，自己和別人都清清楚楚。」夏風說：「你這是道德式經濟嘛！」馬大中說：「夏風說得好！我只來萬寶酒樓吃住，但我不會和丁霸槽合作的。」丁霸槽說：「你看我是騙子呀？」馬大中說：「你比順娃聰明，但順娃比你實在，這你承認吧？我們已經協約了十戶投資香菇生產，我是帶著錄影資料給他們看，又從河南請了技術員具體輔導，利潤在那裏放著，現在他們倒不懷疑我們是從中牟利的商人，倒是救苦救難的菩薩了！」丁霸槽說：「你這一張嘴，能把水說得點了燈！」馬大中說：「我是能說，順娃卻是沒嘴葫蘆，不一樣生意做得好嗎？做生意一是要和氣，二是要誠實，不像你丁霸槽逮住我了就硬宰，才住了幾天房價又漲了。」丁霸槽說：「你要小姐給你按摩哩，當然得加按摩費呀！」夏風說：「你們這兒還有小姐？」丁霸槽說：「只會按摩。」夏雨說：「哥問這話，就像問萬寶酒樓上有沒有蒼蠅。現在不是我們去招小姐，是小姐一見清風街上有了萬寶酒樓，她們就跑來了。」馬大中說：「我一般不與人鬥恨，哪怕要我跪在地上叫爹叫娘我都幹，但要真翻臉，我就放他的血！」丁霸槽說：「這說對了，別人都說你和氣，你那個長相就告訴我，你的匪氣被生意人的語言遮掩了。你實情說，香菇成熟了，你是以四元收購，一斤賺多少錢？」馬大中說：「運到福建是四十元。」丁霸槽說：「你狗日的黑！」馬大中說：「黑是黑了些，可別人做不成呀，只有我有銷售網啊！」丁霸槽說：「沒人搶你生意的，你吃肉我和夏雨喝個湯。和了！交錢吧交錢吧，馬老闆你有的是錢，不能掛帳的！」

麻將搓到中午，丁霸槽和夏雨請夏風吃了一頓果子狸肉，然後，丁霸槽就悄聲說：「太累了，讓給你按摩一下吧。」夏風說：「是哪個小姐？」丁霸槽說：「飯間來給咱倒酒的那個，還漂亮吧？」夏風就同意了，被安排開了一個房間，自個先脫了鞋，趴在了床上。一會兒門被推開，進來了那個倒酒的女子，女子順手把房門反鎖了，又去拉窗簾。夏風說：「拉上窗簾太黑。」女子說：「那我不習慣。」就在夏風身上捏弄起來。捏不到穴位，只是像在揉麵團。夏風說：「你這是咋按摩的？」女子說：「我不會按摩。」夏風說：「那你會幹啥？」女子說：「打炮。」夏風一下子坐了起來，明白了，說：「你走吧，你走吧！」女子倒蒙了，說：「你不是清風街上的人？」夏風趿了鞋先下了樓，丁霸槽正在樓梯口的凳子上坐著，笑笑地說：「這麼快的？」夏風說：「不是的，不是的。」丁霸槽說：「我在這兒盯著梢的，沒事麼。是嫌人不行？那娃乾淨著哩。」夏風生氣地說：「要幹咧事我在這兒?!」見夏雨從外邊領了上善進來，他順門走了，丁霸槽咋叫都不再回頭。夏雨說：「我哥怎麼啦？」丁霸槽說：「你哥到底是城裏人，口細。可鄉裏的土雞是土雞的味呀！」夏雨急得直跺腳，責怪丁霸槽怎麼能這樣安排，讓他回去咋面對他哥呀！倒樂得上善嘎嘎嘎地笑。

夏風一夜未睡，又生了一肚子悶氣，搓著臉從萬寶酒樓往家走，不願見到人。街上的人也不多，有的抬頭看見了他，老遠就避進了小巷，有的是滿熟的人，他只說人家要打招呼了，但沒有打招呼，而他問一聲：「忙哩？」回答一句：「回來了！」腳步連停都沒有停，他從口袋裏要掏紙菸，偏偏口袋裏又沒有了紙菸。就聽到身後有人在問那人：「那是不是夏風？」那人說：「不是夏風是誰?!」有人說：「夏風給你說話，你咋待理不理的？」那人說：「咱和人家有啥說的？人家幹人家的大事，與咱啥關係，我也沒吃他一根紙菸！」有人說：「你就只圖個吃！」那人說：「小人謀食麼，我就是小人，咋？」夏風心裏越發不舒服。有人就叫著他的名字跑了來，寒暄著幾時回來的，城裏的生活那麼好怎麼人還瘦了？白雪呢，幾時該坐月子呀，肯定能生個兒子，聰明得像你一樣！夏風的情緒好些了，這人才求夏風辦事，說他的女兒從幼兒師範學校畢業了，就是尋不下就業單位，求夏風給縣上領導寫個信，或者打個電話，把孩子照顧照顧。夏風的頭就大了，說他不在縣上工作，認識人不多，何況縣上領導三四年就換了，這一屆領導他連見過都沒見過。這人哪裏能信夏風，說女兒談了個對象，就是嫌咱女兒沒工作，提出要分手呀，難道做叔的忍心讓孩子的婚姻散夥嗎？夏風只好說你們先聯繫接收單位吧，有接收單位了，在哪裏卡住，我找領導去說說。打發走了一個，又有一個拉住夏風，說夏風你給縣交通局長施點壓力麼！夏風莫名其妙，說我不認識縣交通局長，給人家施什麼壓？那人說交通局長幾次排誇他和你是朋友，你咋會不認識？夏風說，那他在說謊哩。那人說，他說謊著也好，證明他崇拜你，你就讓他提拔提拔我那二兒子麼，在他手下當幹事當了八年了，提拔了，我那二兒子難道還會和他不一心嗎？夏風說這話我怎麼給人家說？那人說，你要說，你說頂事，我要是搬不動你這神了，晚上我讓我娃他爺來求你！夏風含含糊糊地說，行麼行麼，擰身就走。東街牌樓下一聲叫喊：「哎呀，清風街地方邪，我心裏正唸叨你的！」夏風抬頭看了，是白雪的嫂子。夏風說：「嫂子好！」嫂子說：「好啥哩，急得頭髮都白了！」夏風說：「出了啥事？」嫂子說：「聽說你回來了，我還問娘的：夏風過來了沒？娘說沒見麼。」夏風說：「我準備晚上了去看她。」嫂子說：「你得去，一定得去，她就愛你這個女婿，親生的兒倒皮兒外了！」便把夏風拉到一旁，嘰嘰咕咕說了一陣。夏風先還沒聽明白，多問了幾遍，那嫂子才說是以前農村實行責任田的時候，白雪的哥領了村部一輛手扶拖拉機，拖拉機後來壞了，成了一堆爛鐵，但拖拉機錢一直欠著村部，只說這筆錢欠著欠著也就黃了，沒料到現在要清理，限期償還，這到哪兒去挖抓錢去?求夏風能在省城給妻哥尋個事幹。夏風說：「我到哪兒給他尋事幹?他沒技術特長，又是老胃病，去城裏幹啥呀？」嫂子說：「給哪個單位守個大門也行，他是個蔫性子，能坐住。」夏風說：「看門的差事我也找不下。」嫂子說：「那就讓你哥死去！」夏風說：「你說得怕怕，幹啥麼逼人死?!」嫂子說：「你不知道君亭呀，他茬下得狠，睜眼不認人的！」夏風說：「能欠多少錢？」嫂子說：「一千元。一千元對你來說是牛身上一根毛，對你哥可是刮骨哩，抽筋哩！」夏風就從口袋掏錢包，數了一千元給了嫂子。嫂子也沒客氣，一張張數了，說：「你這是救你哥了!我常在家說哩，人這命咋就差別這麼大呀，都是一個娘生的，一個有工作，本來就掙錢了，還嫁了你，一個就窮得乾骨頭敲得炕沿響!夏風，你哥窮是窮，但等將來他有錢了一定要還你。」兩人又說了一陣話，夏風就感到暈眩，要嫂子到他家去坐坐，嫂子卻說她剛才在路上碰見天智叔和嬸子去秦安家了，倒要夏風去西街。夏風說：「我爹我娘去秦安那兒了?那我先回去睡睡，晚上我去西街吧。」說罷回家，家裏果然沒見夏天智和四嬸，倒頭就睡，睡到天黑，卻沒去成西街。

夏天智和四嬸是提了一隻母雞去探望秦安。秦安的媳婦不在，秦安一個人坐在堂屋的小板凳上發呆，蚊子在頭頂上挽了一團，他手裏拿著一把扇子，卻不搧，胳膊上腿面上滿是被叮出的紅疙瘩。秦安見夏天智和四嬸進來，說：「來啦？」要站起來，夏天智按著他又坐下，把自己的水煙袋擦了擦煙袋嘴兒，遞給了秦安。秦安把水煙袋接了，卻沒有吸，緊緊地握著，再沒說話。夏天智說：「你吸麼！」秦安說：「吸。」吸了一口，又不動了。四嬸就把水煙袋取了過來，又拿過扇子給秦安搧蚊子，說：「就你一個，媳婦呢？」秦安說：「到地裏去了。」四嬸說：「飯吃了沒？」秦安說：「不知道。」四嬸說：「吃沒吃你不知道呀？」夏天智看著秦安，頭就搖起來，說：「成瓜蛋了。」四嬸說：「半個月前我來看的時候，人是有些瓜瓜的，可還有話說，臉上也活泛，這……膏藥咋越貼越把腦子貼瓜了！」夏天智說：「還多虧宏聲的膏藥，要不早沒命了。」正說著，院門響，秦安媳婦揹著一背籠柴火到了門口，說：「呀，咋勞得你們來了！」急著進門，柴火架得長，一時不得進來，硬往裏擠，差點跌一跤。四嬸忙過去幫著拽，人和柴火才進來，她把背籠哐地摞在院子，說：「快坐下，我給你們拾掇些飯去！」四嬸說：「這個時候吃的啥飯，你還沒吃中午飯吧？」秦安媳婦說：「你們吃過了那就算了，我也不飢，秦安是不知道飢飽的。」過去摸了摸秦安的頭，把秦安嘴邊的涎水擦了，說：「你瞧這瓜相，叔和嬸來了也不會招呼！」四嬸說：「話好像是少了。」秦安媳婦說：「來人不來人就是瓜坐著。飯量倒好，你給他盛一碗，他就吃一碗，盛兩碗，吃兩碗，你不給他吃，他也不要。」四嬸說：「這就把你害糟了！哪兒弄這麼多柴火？」秦安媳婦說：「水華砍了他院牆外的桐樹，給我了這些柴火。」四嬸說：「他把那棵桐樹砍了？去年雷慶想買那棵樹做家具，水華就是不賣，說留下給他將來做棺板呀，他咋又捨得砍了？」秦安媳婦說：「他把樹賣給西山灣人了，明日一早，他人也就跑啦。」說完了，又小聲說：「這話你知道了就是，不要給誰說。」四嬸說：「跑哪兒去？」秦安媳婦說：「你還不知道清理欠帳的事嗎，兩委會把會都開了，欠帳的還不起，已經跑了三個人了。水華害怕他一跑這樹保不住，把樹就砍了。」夏天智說：「欠錢還債，這是天經地義的事，跑啥的，跑了和尚跑得了廟，能再不回清風街啦？」秦安媳婦說：「理是這個理，可拿啥還呀？反正死豬不怕開水燙，誰要來，誰把秦安領走！」四嬸說：「你家也欠著？」秦安媳婦點了點頭，說：「欠得倒不多，可就是一百元錢我也拿不出呀，秦安是這樣，能吃能喝，天天又離不了藥，錢都得從糧食上變麼，咱又有多少糧？」四嬸眼圈就紅了，她不讓秦安媳婦看見，說：「你還把他收拾得乾乾淨淨的。」秦安媳婦說：「你還說乾淨呀！你不知道，頓頓吃飯像娃娃一樣得給他繫圍裙，拉屎拉尿也把持不住，這前世裏作了什麼孽了？他受罪，我伺候他著受罪。」夏天智沒再說話，坐在台階上吸水煙袋，四嬸和秦安媳婦進廚房裏熱了鍋裏的剩飯，端來遞到秦安手裏，秦安就吃起來。吃完了，也不言傳，頭勾著又坐在那裏。夏天智吸了一陣水煙，忽然說：「秦安，那你還會唱秦腔不？」秦安說：「會。」四嬸說：「你咋有心思讓他唱秦腔麼？」夏天智說：「不唱一唱，把人愁死呀?!秦安，你能唱了就唱一唱。」秦安張了嘴，嘴裏滿是包穀糝子，唱：「朱君他為我衝鋒陷陣，用鐵錘四十斤敗了秦軍。我日後回大梁又添新恨，哎，驅駟馬我怎忍再過夷門。」四嬸說：「這唱的是啥呀，一句都聽不懂。」夏天智說：「是《盜虎符》信陵君的唱段。」秦安媳婦眼睜得多大，說：「他唱起戲倒清楚?!」夏天智說：「那就讓他多唱麼，一天到黑再不說話，人就瓜實啦。」但秦安卻不唱了。夏天智說：「唱麼！」秦安說：「完啦。」夏天智說：「我給你起調，再唱！」自己就唱了：

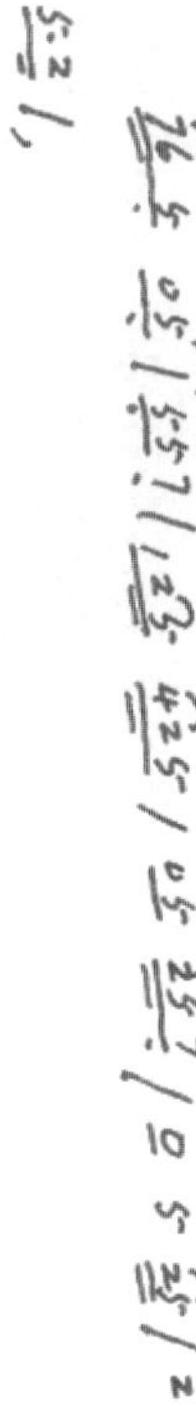

秦安只是傻笑著，就是不唱。夏天智說：「明日我把收音機拿過來，讓他聽聽戲，能唱就讓他多唱。」站起來就走，走到院門口了，秦安媳婦還在和四嬸說話。四嬸說：「啥事都不要在心裏多想，車到了山前肯定會有路哩。一閒下來，你就逼著他走路，逗著他說話。中星他爹也不是病了老長時間，還是一個人，不也熬過來了?前幾天我見了他，他給自己算命哩，我也讓他給秦安算算，他說秦安沒事，這四五年裏都沒事。」秦安媳婦卻嗚嗚哭起來，說：「那我就死呀，他還要活那麼久，我咋受得了罪呀！」

兩人出來，夏天智說：「那媳婦咋能說那話？」四嬸說：「她也可憐，實在是撐持不了了，人常說久病床前無孝子，何況是媳婦哩。」兩人說話著往回走，天就黑了下來，街上雖然沒路燈，家家的門道裏卻透著光。白恩傑又拉著叫驢出來蹓躂，驢聲昂刺昂刺地叫。水華似乎也在前邊的商店裏買什麼東西，夏天智才要叫住水華，水華卻忽然不見了。夏天智說：「秦安也欠村上的帳了？」四嬸說：「我說不清，反正在實行責任田那陣，村上的東西是讓一些人分了或者租用了。」夏天智說：「這世道……」背著手往前只顧走。夏天智和四嬸出門，從來不並排走，他總是大踏步在前，四嬸小步緊跑在後邊。四嬸就說：「你走得恁快是狼攆呢？你不知道我腳疼？」夏天智站在那裏等候，卻見中星他爹和夏風從巷裏過來，中星他爹躬著腰，說：「四哥這是到哪兒去了，才回來？」夏天智說：「你們這是到哪兒呀？」中星他爹說：「中星回來啦，他要見夏風哩。」趕來的四嬸說：「啥緊事？明日讓夏風過去吧。」夏天智說：「中星當了官了，他爹都成了跑腿的，肯定有急事哩。」夏風就跟中星他爹一塊走了。

到了半夜，夏風才敲門，夏天智一直在整理著那些臉譜，等著夏風，開了門就問：「說什麼了，這麼長時間？」夏風說：「他讓我明日跟他去市裏找市長，市裏正調整各縣領導班子，他想能提一提。」夏天智說：「你答應啦？」夏風說：「我不去能行嗎，他不知從哪兒曉得我和市長熟！」夏天智說：「才當了幾天宣傳部長？就又謀著升官呀！我就見不得你榮叔，一天陰陽怪氣的，家裏出了個中星，他以為出了個真命天子哩！」四嬸說：「能幫上忙就幫麼，你當年還不是幫他留在了縣上。明日咋個去法？他是有小車呢。」夏風說：「他不會坐小車去的，還不是搭我雷慶哥的順車？」四嬸說：「那就快睡吧，明日還要起早哩。」一家人洗漱了睡下，雞已經叫二遍了。

夏中星和夏風搭乘了雷慶去省城的班車，車上收費賣票的仍是梅花。到了半路的州城下來，下來的還有兩個乘客，他們索要車票，梅花卻不給扯票，說：「農民要票幹啥？」兩個乘客說：「是農民就不能要票啦?!」梅花將他們推下車，呼地將門關了，罵道：「沒票怎麼著？」車剛一發動，下了車的兩個乘客就撿了磚頭往車上砸，車上的人沒傷著，兩塊玻璃卻嘩啦啦全碎了。雷慶停下車，提了搖把攆過來，兩個乘客一溜煙跑了，雷慶就把氣撒在梅花身上，說：「他們要票就給人家麼，兩塊玻璃值多少錢?!」梅花又埋怨中星和夏風，說：「你兩個是死人呀，白坐了車也不幫忙，眼睜睜讓那兩個土匪跑嘍！」

到了州城，中星問夏風：是不是給市長送上些錢？夏風說不用。中星又要買些禮品提上，夏風還說不用。中星就將五千元塞到夏風衣兜裏，說：「你總得請領導吃頓飯呀，以你的名義好。」夏風生了氣，說：「我從來是空手見他的，你讓我這樣那樣我就覺得怪了！你既然這麼有錢，何必搭順車，落梅花嫂子的話？」中星說：「咱跟她計較啥？」倒把錢收了。到了市府大院，兩人朝一座小樓走去，中星渾身抖起來，夏風說：「你怎麼啦？」中星說：「我有些慌。」就進了樓上廁所。從廁所出來，他是洗了臉的，又把那一綹頭髮用髮膠固定好。市長熱情地接待了他們，又是遞紙菸又是沏茶，問是從省城回來的還是從清風街來的，夏風說了謊，說是從省城回來，路過州城來看望領導的。市長就從辦公桌下提了兩瓶茅台，說：「那你給你爹帶兩瓶酒吧。」夏風倒有些不好意思，推託不要，市長不容分說，讓祕書替夏風拿了，又立即安排吃飯。去了飯店，夏風先往洗手間洗手，中星也廁跟了，悄聲說：「不到外邊真不知道你聲名有多大！」夏風說：「人很和氣，一會兒你把你的情況直接給他說。」中星說：「你是文化名人，見官大一級，他當然對你和氣，可他對他下邊的幹部是日娘搗老子地罵哩，我怎麼說呀？」夏風說：「你這是把我硬往水下拖哩！」飯間，夏風作難了半天，終於介紹了中星的情況，市長說：「當宣傳部長？我怎麼沒見過你？」中星就站起來，說：「你不認識我，我認得你。上次你到縣上開會，我是記錄的，後來你去上廁所，我領你去的，你不記得了。」市長說：「噢，噢。你兩個誰大？」中星說：「我夏風哥比我大半歲，我面老。」市長說：「人家是知識分子麼！」大家都笑了笑。夏風就說：「市長，我這個兄弟面老，人也成熟得早，在我們這一輩裏就數他穩重，他現在縣上，還得你多關照的。」市長說：「你們縣上的工作不錯。」夏風說：「是不是市上調整各縣的班子了？」市長的臉立即嚴肅了。中星趕緊給市長敬酒，額上的汗都流下來。市長卻又笑了，說：「夏風呀，你也學會來要官了？」夏風說：「我這不是要官，是推薦人才麼。我可以保證他的人品和才幹，至於能不能用，那當然得由組織考察來決定了。」市長便問了問中星的情況，說：「我知道了。」就不再多說。夏風也不再說中星的事了，開始說天氣，說身體，說廚師的手藝好。賓館的經理和餐廳的經理來給市長敬酒，又要和市長照相留念，市長說：「你們真是有眼不識金鑲玉，名人在這兒坐著，和我照什麼相?!」就又說：「這是夏風。知道不知道夏風？」兩個經理仍在笑著，說：「啊，夏領導！」市長訓道：「什麼夏領導，你們不知道夏風呀！」夏風一臉的尷尬。市長說：「真是沒文化！」兩個經理說：「噢，噢，聽說過，聽說過。」市長說：「快去拿筆墨紙硯，求名人寫個字掛在這裏，這可是難得的機會啊！」筆墨紙硯立即拿來了，夏風便寫了四個大字「鼓腹而歌」。市長笑著說：「夏風，總還有人不知道你的大名呀！」夏風說：「不知道著好，只要這頓飯吃得飽，拍著肚皮就唱哩！」又說了一陣閒話，市長說他下午有個會，要祕書給他們登記房間住下，夏風謝絕了，市長就派他的小車送他們回清風街。

一到清風街，中星便活躍了，說和市長在一塊吃飯不自在，中午他沒有吃好，夏風肯定也沒吃好，他要好好謝謝夏風，請夏風再吃一頓，多上些酒，往醉著喝。夏風拗不過他，就說到萬寶酒樓吧，中星卻主張在鄉政府，理由是萬寶酒樓雖好，但是私營的，鄉政府的飯菜可能差點，畢竟是政府行為。夏風說：「你是不是要鄉政府出錢呀？」中星說：「錢是小事，它有個規格問題呀！」果然在鄉政府，書記和鄉長恭維話說個不停，中星說：「虧他州城的賓館那麼富麗堂皇，可用的人都沒文化呀，你瞧瞧咱這兒……」書記和鄉長就說清風街出了你們兩個，是清風街的榮光，也是他們在鄉上工作的人的榮光，平日對兩位的家照顧不到，還要多多包涵，就高聲叫喊書正去街上買肉買蛋買蔬菜，還有酒，要二十年的陳釀「西鳳」。夏風在院子裏欣賞花壇裏的月季時，書正在那裏剖魚，說：「我的天，書記、鄉長把你當了爺哩！」夏風說：「人家不是請我，是請中星哩。」書正說：「中星那眉眼，歪瓜裂棗的，倒受得這樣巴結！」夏風說：「人家巴結的是位子，你要是主任，他們會一樣巴結你的。」書正說：「你還從來沒嚐過我做的菜呢，你說你愛吃啥，我只揀你愛吃的做！」

太陽落山的時分，他們在鄉政府的小餐廳吃飯，四冷四熱，四葷四素，菜的形和色都一般，味道還可以。書記和鄉長敬過夏風後，就輪番敬中星，中星的酒量大得驚人，兩瓶酒後，鄉長的臉成了醬肉顏色。鄉長喊：「上湯！上湯！」書正從廚房端了湯進來。湯是雞蛋菠菜湯，盛得很滿，潑灑了一路，放到桌上的時候，他的兩個大拇指一半都伸在湯裏。夏風說：「書正，你看你那手！」書正吮了一下大拇指上的蛋花，說：「手咋啦？」鄉長就訓道：「手咋啦，你把大拇指伸在湯裏，還讓人吃不吃？」書正才知道自己錯，但書正偏要耍笑，說：「我這大拇指風寒過，冷麼。」鄉長便火了，說：

「冷了咋不塞到你屁眼裏去?!端下去，重做一盆來！」夏風見鄉長發火，就說：「書正愛開玩笑。算了算了，我不嫌的。」便先給自己舀了一碗喝了。中星也說：「夏風是省城人，他能喝，我也能喝。」鄉長隨即說：「書正啥都好，就是衛生差，他是你們東街人，我也就不說了。」重新吃飯。飯後，書記和鄉長要陪中星和夏風回東街，中星不讓，兩人就送到院門口。書正在廚房裏洗碗，聽見動靜，也跑到門口來送，高聲說：「那你們慢走呀！」鄉長說：「去去去，哪裏有你的事？」書正說：「我送我同學的。」

夏風是從來沒有喝醉過的，但這一次是喝多了，搖搖晃晃一進家門，一屁股坐在花壇上，把一株月季都壓歪了。四嬸在廚房裏把米甕裏的米往圓籠裏戳，聽見響動跑出來說：「你才回來呀，快到你三伯家去，出事啦！」夏風說：「啥事?」他想嘔吐。四嬸說：「你三伯死了。」夏風拿手在喉嚨裏摳，要摳噁心了，把肚裏的東西吐出來，突然站起來，說：「你說啥?」四嬸說：「你三伯死了。」夏風的酒一下子醒了，說：「三伯死了?死了?!」

夏風的三伯確實是死了。人的壽命真是說不清的事，有時頑強得很，怎麼死也死不了，有時卻脆得像玻璃棒兒。在我的感覺裏，如果要死，應該是秦安，再就是中星他爹，他們是井台上汲水瓦罐，已裂了縫，隨時都有破碎的可能，可他們就是沒死，死的偏偏是夏天禮。夏天禮死得毫無預兆。事後三嬸告訴我，夏天禮晚飯時吃的是麥仁稀飯，還嫌沒有煎餅，她又給煎了三張餅，竟然一張不剩地都吃了。在他家的炕洞裏，三嬸去找那些銀元，沒有找著，拉出了一隻破棉鞋，裏邊塞了一堆鈔票。夏天禮一輩子都喜歡收藏錢，其實錢一直在收藏他，現在他死了，錢還在流通。看見了嗎，這是我的錢，一張軟沓沓的人民幣，我總覺得這張錢經過夏天禮的手，它要告訴我關於夏天禮的故事，但我把錢丟在地上了，又把它撿起來，小心地說：「摔疼了沒?」唉，我說不清錢是個什麼東西，我也不知道錢又要醞釀我的什麼故事。中星的爹說，人是生有時死有地的，夏天禮是死在河堤上，活該又偏偏臨死前我在跟前，我前世是和夏家有什麼關係呀，若我不是夏家的成員，我可能就是夏家門前屋後的一棵樹了。

就是那日的頭一天後半夜，落了一場小雨。天明我本該一起來就去七里溝的，因為夏天義叮嚀中午了咱在木棚裏蒸一鍋包子吃，我便想，做什麼餡的？夜裏落了雨，河堤上的地軟該生發了，何不去撿些拿到七里溝做地軟包子吃，所以我就自作主張去了河堤。我在河堤的沙窩草叢裏撿地軟，撿著撿著，好像聽到哪兒有人呻吟，往前後看看，河堤上還有霧，沒有人，我還以為是哪個樹在說話哩。但過了一會兒，呻吟聲又有了，我才要問樹枝上的一隻鳥，河堤斜坡上的霧就散了，草叢裏有一隻鞋。還想，這鞋還能穿麼，咋就被人撂了？就看見斜坡上躺著一個人，像是夏天禮。我說：「是不是天禮伯？」夏天禮趴著沒有動。我就又說：「天禮伯，你還說你從省城回來沒心勁了，這麼早，你不在家睡覺，到河堤上來拾糞還是來撿柴火呀？你哄誰呀，哄我們都懶得不動彈了，你勤快過好日子哩！」夏天禮還是沒有動，我就覺得不對，跑下去看了，他半個臉烏青，昏迷不醒，我便揹了他往東街跑。夏天禮或許能活過來，可他偏偏是大限到了，雷慶沒有在家，梅花也沒有在家，三嬸哇哇就哭，喊翠翠快去叫你四爺，夏天智就來了。夏天智這一回沒有冷淡我，他讓翠翠又去叫趙宏聲，再就指揮我給夏天禮掐人中，做人工呼吸，還拿手巾替我擦了擦額上的汗。

對於夏天禮的死，夏天智問趙宏聲：是不是因心臟病引起的？趙宏聲說額頭上一塊青，脊背上一塊青，明顯是遭人打了。夏天智說：「我三哥和誰結仇了能遭人打?!」我說：「都是銀元惹的禍！」我的理由是，夏天禮在販銀元，可能是和什麼販子約定了半夜在河堤上交貨，要不，夏天禮為何天黑後去的河堤？而販子見財起了黑心，將夏天禮打了，搶走了銀元。或許販子並沒有成心要把夏天禮打成怎樣，只是夏天禮那身子骨咋能招得住一拳兩腳呢！夏天智厲聲喝道：「你胡說八道！我三哥販銀元啦？」我說：「天禮伯是販銀元。」三嬸說：「以前是做過這生意，可他從省城回來，就不再販了，還親口給我說他不會再販了……」三嬸話沒說完就去廈屋的炕洞去看，炕洞口那塊土坯是啟開了，裏邊是沒有了銀元，再掏，掏出的就是塞滿了鈔票的破棉鞋，三嬸又哭了，把自己的頭往炕洞門上碰。夏天智當下像霜後的瓜苗，撲沓一堆在椅子上，我拿眼睛偷看他，他也看我，說：「引生！」我趕忙往院子走，我說：「我舀些水，給天禮伯擦擦身上的土。」夏天智說：「過來！」我便走過去了，他說：「引生，是你把你三伯揹回來的，我們都得感謝你，雷慶回來了讓雷慶給你磕頭。」我說：「不，不。」他說：「咋不？磕頭，要磕頭！至於你三伯是怎麼遭人打的，我們肯定要報案，得查個水落石出，你不得亂猜測，也不得到處胡說！」我說：「我再不胡說！」他把櫃蓋上的一條紙菸拆開，取出了一包扔給了我。夏天智能把一包紙菸賞給我，我覺得這老頭親切了，在他面前走路，也知道腿怎麼邁，胳膊往哪兒放了。後來是趙宏聲說他治不了夏天禮的傷，得把人往縣醫院送，我就拉著架子車，但只走到茶坊村，夏天禮就斷氣了。當時三嬸在哭，趙宏聲在哭，我也在哭。夏天智不讓我們哭，他在茶坊村口買了一隻白公雞縛在架子車上，要我們往回拉，但我仍是流了一路眼淚。我可憐夏天禮，他兒子是開車的，他死呀死呀坐的卻是硬轂轆架子車。

再說吧，夏風趕到三伯家，靈堂已經設了，夏家的老老少少都穿了孝衣，竹青將夏風叫到一邊，將一塊白布疊成船兒帽戴在他的頭。三嬸在靈床邊哭得啞了聲，張羅著喪事的上善還得不停地問她：燭台在哪兒放著，那酒壺呢，得趕快派人去碾米、磨麵，稻子櫃的鑰匙在什麼地方，錢呀，得有人拿錢呀！三嬸已經昏了頭，說不清個七七八八，上善就叫苦：「這雷慶出車了，梅花咋也不見個蹤影，咱是沒腳的蟹麼！」三嬸說梅花是跟車賣票去了，上善就喊夏雨，讓夏雨去萬寶酒樓給市運輸公司打電話，要雷慶火速回來。夏天智兩眼浮腫，眼袋顯得很大，對上善說：「夏雨早去打電話了，雷慶他們回來恐怕也到明天下午了，你主事的，你就指揮麼，該辦啥就辦啥，箱子櫃鎖著，就當眾撬開也就是了。」上善說：「那好！」真的撬了稻子櫃、麥櫃，撬了炕頭的一個鐵皮小箱，果然裏邊有錢，一一清點了，就列出一個安排表，把夏家的大小叫在一起，指使竹青和瞎瞎的媳婦負責去碾米磨麵；慶玉慶堂去市場買肉買菜；君亭負責給親戚朋友發喪；慶滿在院裏盤灶，準備柴火；文成光利翠翠哪兒都不准去，在家跑腿幫下手；大嬸和四嬸照看三嬸；夏天智、夏天義什麼都不要幹，就坐在屋裏；由慶金招呼前來弔喪的人。一切安排停當。竹青和瞎瞎的媳婦從櫃子裏往出舀稻子，裝了兩麻袋，瞎瞎的媳婦扛了一袋往院外的架子車上放，她個頭小，人就累得一身的汗，正過院門檻，二嬸拄著枴杖往裏走，門檻一時出不去，瞎瞎的媳婦就躁了：「娘，娘，你急著幹啥麼，擋我的路！」言語生倔，上善就說：「你這做兒媳婦的，對你娘就是這口氣？」瞎瞎媳婦說：「你沒看著我扛著麻袋嗎?!」上善說：「我能看見，你娘看不見麼。」瞎瞎的媳婦說：「我說話就是這脾氣。」上善說：「你咋不學學竹青？」瞎瞎的媳婦說：「她呀，就會耍嘴！這麻袋她咋不扛呢？」上善說：「待老人心實是孝順，但孝順裏還有一種是媚孝，愛說笑，言語乖，讓老人高興，可能比你那只有心沒有口還孝順。知道了吧？」瞎瞎的媳婦哼了一聲，拉著架子車走了。院子裏的人都笑了，說：「說得好！」上善說：「你們這些兒媳婦呀，還得我來給上課哩！」俊奇從商店買了燒紙香燭和菸酒回來，給了上善一根紙菸，說：「你話多了，快把嘴占住！」上善接了紙菸才要吸，院門外高一聲低一聲有人哭，就說：「親戚這麼快就來了?!」院門口進來的卻是梅花，梅花身後是夏雨和趙家富。

原來夏雨尋到了在家休假的趙家富，問了運輸公司的電話，給公司打電話時，公司接電話的人態度很惡劣，說：「他出車著！」就掛斷了，氣得夏雨罵了一句娘，和趙家富往三伯家趕來，沒想梅花卻搭乘了別的車進了清風街，一見趙家富就哇哇地哭，說：「家富，家富，你要救救這個家！」趙家富說：「你知道家裏出事啦？」梅花說：「我咋能不知道！你得連夜往公司去呀！你們是好朋友，雷慶出這事就只有靠你了！」趙家富莫名其妙，說：「你爹死了，急得到處尋你和雷慶的，我去公司幹啥？」梅花說：「我爹死了？」哇的一聲邊跑邊哭往家裏來。

梅花一進院，見人都穿著孝衣，就直奔了靈堂，跪在夏天禮的靈床前哭得呼天搶地，誰都拉不起來。麻巧在院子裏說：「活著多給端一碗熱飯，也抵得死了這麼哭！」四嬸趕忙捣她的嘴，說：「你三叔沒個女兒，有媳婦這麼哭也就夠了。」就又對旁邊人說：「不要拉，讓她哭吧，難得今日這般傷心。」大家就不再勸梅花。梅花的哭聲拉得特別長，哭得人人都掉眼淚。哭著哭著，人們聽梅花的哭聲中的話有些不對，她哭的是：「爹呀，你咋這麼早就走啦，你死的不是時候呀，你兒剛剛出了事你就走啦?!啊，啊啊，這個家完了，全完了，害你兒的人你咋不死啊，爹啊！」上善就對夏天義說：「二叔，梅花咋哭得不對啦？」夏天義說：「哭話有啥正經的，派出所那邊有啥消息？」上善說：「現場他們去過了，也找了些人做了瞭解，別的情況我還不知道。梅花剛才哭說誰害雷慶，誰害雷慶了？」夏天義就說：「我也覺怪怪的，她是跟雷慶出車的，她回來了，雷慶咋沒回來？」上善就到靈堂後去拉梅花，說：「甭哭啦，梅花，老人已經死了，再哭也哭不活的，你是唯一的兒媳，啥事還要你管的，你起來，我有話要問你的。」梅花就不哭了。四嬸忙將孝衣幫她穿了，跟上善到了臥屋，夏天義和夏天智在裏邊坐著。梅花說：「二伯四叔，我爹咋就死了？」夏天智說了事情經過，梅花說：「我爹販銀元，一個糖也不見給孩子們買一顆，誰知道竟要了他的命！你們報案了沒，他不能這麼白白就死了？」夏天智說：「案是報了，可要想把凶手尋到，我看是難哩！到底是先等派出所破案呢，還是讓陰陽先生看個日子下葬，我們等你和雷慶的，雷慶咋沒回來？」梅花就又哭起來。夏天義說：

「還哭呀，總不是雷慶那裏出車禍吧，你是跟了車的，你不是好好的嗎？」梅花才說：「不是車禍，是早上拉了客去省城，在州城和人吵了架，被人砸了兩塊玻璃，夏風也知道，這都是小事。就在離開州城一個半小時後，公司路風檢查隊把車攔了檢查；我知道公司有了檢查隊，可跑了幾趟車卻沒遇到過，我只說今日總不該就碰上吧，偏偏繩從細處斷，就碰上了。查出六人沒有車票，問那些人為什麼不買票，他們說買了沒給票，檢查隊就說雷慶頂風違紀，當時就扣了車，讓別人把那輛車開往省城，我和雷慶被帶回了公司。後來人家把我放了，雷慶還在公司等候處理哩。我一回到清風街就找趙家富，他在公司人熟，求他能幫雷慶說說情，沒想家裏又出了這事，真個是禍不單行。」夏天智夏天義和上善都吃了一驚，一時啞口無聲。梅花說：「這個家是完了，這個家是完了。」夏天義粗聲喘氣，猛地在茶几上捶了一拳，茶几上的一隻搪瓷缸子就掉下來，在地上彈了三下，滾到了梅花腳前。梅花把搪瓷缸子拾了起來。夏天智忙拉了拉夏天義的衣襟，夏天義強忍了憤怒，說：「你在車上賣票啦？你憑啥在車上賣票？車是國家的，你收了錢不給人家撕票?!家有賢妻，丈夫在外不遭橫事，像你這樣，雷慶不出事才怪哩！」梅花嗚嗚地又哭。夏天智說：「這陣訓她有什麼用，屎越攪越臭的……那雷慶就不得回來啦？」夏天義說：「這都是些啥事麼！天禮我不知說過多少回，他不聽，落到了這一步，雷慶又是這樣，這咋給人說呀！以我看，案子破不破，也不指望人家破了，即便破了，人是不能生還，事情抖出來還不嫌丟人？雷慶我估計一時也回不來，他回來不回來也罷，咱們幾個拿了主意，選個日子把人埋了，葬事也不必太大，從快從簡。」梅花說：「那雷慶就沒人管了？」夏天義說：「我真想搧你耳光哩，啥時候了還顧及上管他，讓他好好給人家檢討著，等著處分吧！」說畢，撲撲騰騰吸黑捲菸。一根黑捲菸吸完了，夏天義說：「天智你說呢？」夏天智說：「你說得對，派出所能破了案那當然好，但我看，以他們的人力和財力不可能出遠路去調查的，那咱也就不要再去追究，也不要太聲張，盡快安葬，入土為安。雷慶的事除了咱這幾個人和趙家富，不得再給外透口。梅花你記住了麼?」梅花說：「記住了。」夏天智說：「咱現在上上下下把事情做妥，牙掉了往肚裏嚥，有了苦不要對人說！上善你在這兒主管著事，我去找趙家富，給趙家富說個軟話，請他連夜去公司，能給雷慶說上情就說，說不上也可以瞭解公司處理的意見。就是要開除他、法辦他，也得爭取能回來埋葬他爹吧。趙家富去公司要是沒順車，就讓夏雨把君亭的摩托騎上送趙家富。梅花你先拿出五千元交給上善，讓上善統一安排。」梅花說：「五千元呀?!」夏天義又火了，說：「五千元你拿不出來啊?不說雷慶的工資高，光你收那些黑車票錢又有多少?到啥時候了你還是錢，錢，你沒見錢把你這一家害成啥樣了?!」說完，走出了臥屋，對俊奇說：「燒紙燒紙！」俊奇招呼夏家的孝子孝孫和大小媳婦們全跪在靈堂前奠酒燒紙。頓時哭聲一片。哭聲中，夏天義夏天智坐在門檻上一語不發，老淚縱橫。上善過來說：「你倆坐到堂屋吧。」夏天義站起來，卻低頭回他蠍子尾的家去了。

雷慶是第二天中午從運輸公司回來的，聽了上善的敘述，他也主張不提要求破案的事了，便請中星的爹選定下葬的日期。中星是陪著他爹來的，弔唁了一番，因政務在身就去了縣城。中星的爹就推算了凶吉，把入殮和下葬的時辰定好。他在用金粉在綢布上書寫銘錦的時候上了四次廁所，每次跑到廁所了就大聲喊我，要我給他拿些手紙去。農村裏廢紙少，我向俊奇要紙，俊奇長年戴個帽子，帽子裏墊著報紙，要把帽頂隆得高高的，但俊奇不願意把報紙給我，我就撕了一張燒紙拿去，說：「廁所裏這麼多石頭、土坷垃，你那屁股是你兒子的屁股呀！」他說：「後跑時間長了，土坷垃擦著疼。我給天禮掐日子哩，寫銘錦哩，他還捨不得一張紙?」我說：「這紙是天禮伯的冥錢哩！」他說：「我死了我給他還。」我就問：「榮叔，你病咋樣嗎，天禮伯一輩子也病懨懨的，我只說破罐子能耐過好罐子，沒想他就死了。」他說：「你狗日的也盼我早死呀?我告訴你，原本我這病是不行了，可你天禮伯一死，他倒替了我，把今年的指標完成了。」我和中星他爹在廁所裏耍花嘴，雷慶去給夏天義夏天智請安彙報，夏天智是問了問公司那邊的事，雷慶說現在聽天由命，等候人家的處理了。夏天義不等雷慶說完，氣就上來了，說：「咱夏家到你們這一輩弟兄十個，指望的就是夏風和你，你卻給咱夏家人脖子底下支了這麼大一塊磚頭！吃的是國家的鹽放的是私駱駝，你心虧呀不虧？」雷慶說：「這都怪梅花。」夏天義說：「你瞧你平時把婆娘慣成啥啦！讓你回來這就燒了高香了，法辦了你都不屈！」夏天智說：「不說這些了。既然時辰定在明日中午十二點，咱商量商量喪事。壽木壽衣都是齊當的，墓也是拱好了的，目下就是待多少客？」雷慶說：「我爹死得不明不白，他肯定死不瞑目，如果喪事太草率，我心裏永遠是一個疙瘩，對不起他老人家。」夏天智說：「你心裏難過，我和你二伯心裏更難過！事情到這一步，你大操大辦有啥好處，待的客越多，閒話越多，讓你爹死了還遭人恥笑謾罵嗎？我看待東街人就夠了，再加上你爹原單位的人，親戚和一些好友，別的人都擋了，尤其你那些酒肉朋友都不要來。」雷慶說：「那就聽你們的話吧。」夏天智就讓竹青到西街、中街擋了可能要來的人家，讓君亭去擋了鄉政府、派出所、郵局、信用社的人。就在下午，白雪接到夏風的電話，也趕了回來，穿了孝衣，坐在靈堂後的草鋪上哭了一通。

我和慶滿慶堂武林從屋樓上往下抬壽木，屋樓上灰塵大，有蜘蛛網，迷了我的眼睛。正揉著眼睛，猛地從樓上看見了靈堂後的草鋪上坐著白雪。白雪哭聲不高，也沒有拉長著聲調，只是不停地抽泣。但白雪穿著孝衣顯得比往常更俊俏，真正是女要俏一身孝。我多看了她兩眼，抓壽木一角的手鬆了一下，壽木沒抬起，慶滿發了一聲恨，我趕緊低了頭，用力把壽木抬起來往樓沿挪。壽木是純柏木做的，沉得很，樓下的人就接住了一頭，一聲喊：「慢點，慢點！」這個時候，我又看了一下白雪，白雪是揭開了蓋在夏天禮臉上的麻紙，夏天禮的眼睛睜著。多少人都揉過他的眼皮讓能合閉，但夏天禮的眼睛就是合閉不上。在清風街一直有這樣的說法，人正常死亡的時候，二十四小時後靈魂便投胎了，投胎的道口很多，以生前各自的修行，可能投胎成人，可能投胎成豬，可能是飛禽走獸和草木魚蟲，而橫死的靈魂有氣結，它不能進入投胎的道口，遊兵散勇的，那就是孤魂野鬼。有氣結的特徵就是亡人眼睛合閉不了。所以，我看見夏天禮的眼睛還沒有合閉，就覺得夏天禮的鬼還在這屋子裏遊蕩，當白雪也伸了手去揉夏天禮眼皮，屋梁上嘎地響了一下，我驚恐地往屋梁上看，屋梁上並沒有什麼，慶滿又在罵我了，嫌我力沒用上。我說：「壽木太重了，把壽木蓋先取下來分兩次挪吧。」慶滿也同意這種做法，我就把壽木蓋取了下來，但壽木裏竟有了一個小布袋，小布袋裏還裝著十枚銀元。慶滿把十枚銀元交給了梅花，梅花拿牙咬了咬，又吹一口氣把銀元放在耳邊聽，說：「白雪，白雪，你別揉了，你不嫌害怕呀？」白雪說：「我給三伯說說話，他氣結散了，眼睛該合閉的。」我說：「用銀元按按他的眼皮，眼睛就合閉上了。」我說這話的時候，大家都看我，以為我又在說瘋話，但白雪卻從梅花的手裏取了一枚銀元往夏天禮的眼皮上按，眼睛竟然就合閉了。白雪揚頭望了我一下，她的意思是你怎麼就知道這些？哎呀，我也不知道我怎麼就冒出了那樣的念頭，這完全是天意麼，天意要白雪拿正眼瞧我麼！我很得意，回應著白雪的眼神，甚至我皺了一下鼻子，故意擠了一下右眼，白雪就又趴在靈床沿上哭起來了。

四嬸在廚房裏指導著淑貞和麻巧油炸麻葉果子。知道什麼是麻葉果子嗎？就是把麵捏成各種花形在油鍋裏煎炸。古老的習俗裏以這種麵做的花替代鮮花，而現在誰家的院子裏都有月季或者玫瑰，清風街人卻仍然不用鮮花要用這麵花。四嬸埋怨著淑貞手笨，捏就的花不像花，便聽見靈堂上有了白雪的哭聲，她說：「白雪回來啦？」淑貞說：「你只心疼你的白雪，對我就惡聲惡氣！」四嬸在圍裙上擦了面手，到了靈堂，果然見是白雪，就過來說：「白雪，哭一哭就是了，你給你三伯燒炷香奠杯酒吧。」白雪點香敬酒，還再到草舖上去哭，四嬸悄聲說：「你有身孕，不敢再哭的。先回家去歇，這裏人多手雜，顧不得你了，讓夏風在家做些拌湯去吃，這邊有事我會叫你過來的。」白雪就回到前巷自家院裏。

院子裏，大嬸、二嬸和夏天智坐著說話，一個個都眼睛紅紅的，見白雪進了門，夏天智說：「你沒去你三伯家？」白雪說：「去過了。」夏天智說：「你哭沒哭？」白雪說：「哭了。」大嬸說：「白雪還行，身子笨著還趕回來哭你三伯哩，這倒比梅花強，梅花哭了一回就再沒見哭了。唉，這夏家沒女兒，哭不起來，顯得涼哇哇的。」夏天智說：「她哪兒還有時間哭？」大嬸說：「也是的，雷慶在家百事不管，全憑她張羅。」二嬸說：「臘八她娘哭了沒有？」大嬸說：「人家現在不是夏家的媳婦了，去哭什麼呀？」二嬸說：「她和慶玉離了婚，又不是遠在他鄉，還住著夏家的房呀！」夏天智說：「人家去了，早上還從地裏挖了一捆蔥給梅花拿去的，這就夠了。」二嬸就不言語了，卻又說：「黑娥去了？」夏天智說：「讓她去幹啥？」二嬸說：「要給梅花說哩，不能讓她去，那狐狸精不要臉的，她要去了，就想著要讓人承認她呀！」白雪一直立在那裏，聽不懂他們說話，走又不是，說：「院子裏熱，到屋裏說吧，我給你們開電扇。」夏天智說：「你還沒吃飯吧？夏風是不是還在你三伯家那邊，叫他回來給你做飯麼。」白雪說：「我自己做去，你們誰還吃？」夏天智和兩個嬸嬸都說吃過了，大嬸就說：「天智呀，你們兄弟四個，就你有福了！」夏天智說：「有豆腐！」大嬸說：「你是心裏笑著嘴上不說，誰家娶了媳婦不淘氣，有白雪好？」夏天智說：「你們的媳婦也都好麼。」想起了什麼，忙到了廚房，對白雪說：「夏風給你打電話時，有沒有說讓你招些演員來給你三伯唱戲的？」白雪說：「沒說麼。」夏天智說：「這我尋上善去。」一會兒回來，對兩個嫂子說：「我二哥說不讓請，這咋能成麼，就是不大整著唱本戲，也得請個樂班呀！」二嬸說：「你別只聽你二哥的，他怕鬧大了別人嚼舌根，但誰死了都請個樂班的，咱夏家要是太冷清了，別人又該說咱心虛。」夏天智說：「二哥把死因給你說了？」二嬸說：「誰能想到他沒個好死。」白雪從廚房出來，更是聽不明白，說：「三伯是咋死的？」夏天智說：「你去做飯吧，吃畢了，給劇團打個電話，讓來幾個人。」大嬸說：「請樂班按規矩是女婿請的，天禮沒個女兒，這錢誰掏的？」白雪說：「算我請的。」二嬸說：「你瞧白雪多懂事！」

白雪回到清風街，和夏風再沒提致氣的事，但夏風也沒陪白雪多說話，只一直在夏天禮家忙活。夏風到底是文人，文人有文人的想法，他是趁機在觀察喪事的過程，為他的寫作積累素材哩。他問他娘，三伯死後是怎樣換衣的，四嬸告訴了他是三嬸給擦的臉，洗的頭，三嬸患氣管炎，一邊洗著頭一邊哭，氣喘得就洗不成了，換衣服是她和大嬸換的，穿了七件，三件單的三件棉的，還罩了個袍子。衣服是幾年前就準備好的，只有一雙白襪子是臨時用白布縫的。換了衣服把人抬放在門板上，然後用三張白麻紙放在門框上用鐵錘一張一張錘在一起，變成一大張了，蓋在三伯的身上。夏風又極力參與一些事，在上善的指導下他寫靈牌，先用一張白紙寫了貼在牌位上，要等下葬後撕了白紙重新再寫，他問上善：「這是為啥？」上善說：「規矩就這麼定的。」靈堂是俊奇布置的，白紙聯由趙宏聲寫，一副要貼在院門上：直道至今猶可想；舊遊何處不堪悲。一副要貼在堂屋門上：人從土生仍歸土；命由天賦復升天。一副要貼在靈堂：大夢初醒日；乃我長眠去。夏風看了，說：「好是好，都不要貼。」趙宏聲就讓夏風重寫，夏風給靈堂寫了：生不攜一物來；死未帶一錢去。給堂屋門上寫了：忽然有忽然無；何處來何處去。給院門上寫了：一死便成大自在；他生須略減聰明。趙宏聲說：「到底是夏家人！」夏風又隨同慶堂一起去給夏家的親戚報喪，穿著壽衣草鞋，到人家屋中先在「天地布龕」前磕三個頭，由親戚扶起，對親戚說明出殯日期，親戚便要做頓飯，略略動幾下筷就回來。回來又看匠人在巷道裏用碌碡碾竹竿，破成眉兒紮製「金山銀山」，用一沓白紙剪出像蒸籠一樣大的紙簍掛，再和泥捏童男童女，童男身上掛個牌：打狗護院。童女身上掛個牌：洗衣做飯。壽木從樓上抬下來後，是一層一層用白棉紙糊了裏邊，中星他爹寫銘錦，一會兒要喝茶水，一會兒要吃紙菸，拿起筆了，卻說：「夏風你寫。」夏風不懂格式，還是中星他爹寫，寫錯了五個字。夏風說：「『長』字不能寫成『長』。」中星他爹說：「我師傅就這樣教我的。」夏風不再發言，看著中星他爹最後寫了棺聯：別有天地理，再無風月情。夏風嘟囔了一句：「我三伯一輩子只愛個錢，他倒從沒個風月情的。」

出殯的那天，白雪請的劇團五個人來了，在院中的方桌前坐了吃紙菸喝燒酒。五人中有一個竟然就是唱《拾玉鐲》的王老師，她不吃紙菸也不喝燒酒，拉著白雪嘰嘰咕咕說話，後來就和白雪到前巷的老宅院來。夏天智一早起來，心口有些疼，四嬸要他在椅子上坐著不動，沖了一碗紅糖水讓他喝下，說：「那邊亂哄哄的，等入殮時我來叫你。」夏天智坐了一會兒，仍是放心不下，背了手才要往後巷去，白雪領著王老師進了院。夏天智哎喲一聲忙拉了王老師的手讓到屋裏坐一會兒，說：「咋敢把你都請來了！」王老師說：「應該來，應該來，來了也能見見你和夏風麼。」白雪說：「爹，入殮還得一會兒，我老師一定要先來看看你，夏風呢，到處沒見他的影兒。」夏天智說：「剛才我聽他說去你三伯墳上看怎麼啟窯口呀。」王老師說：「夏風不在，那我就先給你拜託個事。」夏天智說：「這個咋受得！你是老一輩秦腔藝術家，誰不敬重啊，還有啥事要拜託我的？」王老師卻突然流下淚來。夏天智一下子不知所措，說：「這，這……」白雪說：「我老師激動啦。老師你坐，坐。」取了凳子，但王老師沒坐。王老師卻那麼笑了一下，說：「有你這話，我心裏高興啊！咱聽黨和毛主席的話，為工農兵演了一輩子戲，計較了什麼，我什麼也沒計較過？舊社會咱是戲子，是黨和毛主席把我們地位提高了，是革命文藝工作者了，咱就只熱愛個秦腔藝術。可老校長啊，你看看，咱只說這秦腔藝術千秋萬代要傳下去，老了老了，世事卻變成這樣！劇團是倒灶了，年輕演員也不好好演戲了，興什麼流行歌，流行歌算什麼藝術，那些歌星有什麼藝術功底，可一晚上就掙那麼多錢，走到哪兒前呼後擁的。你說這世事，這世事是不需要藝術啦？」夏天智說：「秦腔藝術依然是神聖的，老師，你可以吃肉，你可以喝酒，你可以說吃蔬菜吃水果，但米和麵誰離得了。離不了的！清風街的陳星就唱流行歌，我就不愛聽，一聽秦腔我這渾身上下、骨頭縫裏，都是舒坦。我之所以畫秦腔臉譜，就是愛麼，清風街許多人不理解，說畫那幹啥呀，幹啥呀？不懂秦腔你還算秦人！秦人沒了秦腔，那就是羊肉不膻，魚肉不腥！」王老師說：「說得好，老校長！聽白雪說你要把那些臉譜出一本書呀？」夏天智說：「我正整理著，到時候還得請你指正哩。」王老師說：「是夏風給你聯繫的？」夏天智說：「他在省城人熟。」王老師說：「你生了個好兒子，可憐我那兒子是個腦癱，我也就那麼一點工資……唉，唱了一輩子戲，我還能活多長時間，到時候就是一股子風，吹過去就吹過了，無影也就無聲了。」說完又哭起來。夏天智說：「你說這話倒提醒我了，你也該把你的戲錄下來，就是劇團再不演出了，錄下來還能聽到你的聲麼。」王老師說：「誰給錄？劇團倒灶了誰還管這事？我自己錄，到哪兒去錄，我又沒錢。我來見你，就是為這事，這事恐怕只有夏風能幫助我。」夏天智說：「對，給夏風說，這事我給夏風說。」王老師說：「白雪，你瞧，你倒為難哩，你爹多爽快！」夏天智說：「這有啥為難的……」話沒說完，四嬸急急進了院門，說：「要入殮呀，你快過去。」王老師和白雪趕緊就往後巷了。四嬸說：「白雪和她老師給你說啥了？」夏天智說：「你說這老太太可憐不可憐，年輕時候，《拾玉鐲》演紅州裏省裏，現在想錄製一盤帶子都錄製不起，她想讓夏風幫她哩。」四嬸說：「你別給夏風攬事！」夏天智說：「你知道啥呀?!」心裏倒不舒服，出門往後巷去。巷口立著三隻，鐵青個臉，說：「四叔，埋我三叔哩也不通知我？」夏天智說：「雷慶想給他爹喪事從簡，中街西街的人都沒請。」三踅說：「別人不來，我能不來給三叔抬棺材嗎？我還得給三叔說句話的。」夏天智說：「說話？」三踅說：「三叔生前從我那兒拿過三枚銀元，老說還我呀還我呀，他卻死了，這銀元我就不要了，給他唸叨一聲，要不三叔在九泉下還記惦這事。」夏天智一扭頭走了。到了夏天禮家門口，見許多人站在那裏唸門聯，也看了一眼，心裏有些不高興，進去又看了堂屋門上和靈堂上的對聯，就過去問趙宏聲：「你寫的聯？」趙宏聲說：「是夏風寫的。」正好夏風從墳地回來，夏天智就對夏風說：「你跟我來！」轉身往院門外走。夏風跟著出來，一直跟到巷道拐彎處，夏天智說：「對聯是你寫的？」夏風說：「我寫的。」夏天智說：「你有文化了，倒作踐你三伯了？」夏風說：「哪裏是作踐我三伯，只是寫得實在了些，從昨天下午貼到現在，僅你這麼說。」夏天智一時沒話，但氣還憋著，才要數說夏風，巷口矮牆外有說話聲，一個說：「今日埋雷慶他爹哩，你沒去？」一個說：「人家沒請我，去幹啥？」一個說：「不請就不去呀？瞧你這話，品麻得像夏天智?!」矮牆後走過兩個人，一見夏天智，吐著舌頭趕忙跑了。夏天智用鼻孔長長吁了一口氣，說：「好吧，不說了，你去吧。」夏風返回院子，院子裏樂班就吹打開了。

樂班一吹打，眾孝子便開始燒紙。先是雷慶燒，燒了紙，上香奠酒。再是夏家另外八兄弟，以慶金率領燒紙，燒了紙，上香奠酒。再是文成、光利一幫孫子輩燒紙，燒了紙，上香奠酒。每一撥燒紙上香和奠酒，樂班就吹打唸唱一番。其中敲板鼓的謝了頂，頭頂兩邊的頭髮蓬亂得像栽著茅草，他一邊敲一邊唱，聲音乾炸脆亮，臉色就掙成豬肝，尤其每一次起板，他都忽然眼瞪如環，盯住院中的某一個人，表情豐富又生動，被盯著的人就忍不住要笑，又不能笑，說：「老把式！」他就越發來勁，旁邊就有人低聲說：「人來瘋！」開始入殮了，大量的柏朵和草木灰包鋪在棺底，而夏天禮被白布裹了，由上善和俊奇抱進棺內，再四周用草木灰包夾實。上善說：「陪葬的有沒有東西？」雷慶將他爹臥屋裏三個彩陶瓶兒放進去，又放了一瓶酒，一包紙菸。俊奇將櫃檯上一個水煙袋要放進去，竹青說：「這不是三叔的，是四叔放在櫃檯上的。」俊奇就取了出來。三嬸哭著說：「他爹死在銀元上，把那些銀元都給他帶上。」上善說：「銀元呢？」梅花說：「在我這兒。」上善要放時，夏天義一把奪過銀元袋兒，扔到地上，說：「啥銀元不銀元的，放這幹啥?!」三嬸方知自己說錯了嘴。上善忙打圓場，說：「不要放太值錢的東西，去年茶坊村埋人陪葬了一副玉石麻將，惹得讓人盜了墓。」就蓋棺。眾人一下子撲近去，看著夏天禮哭，夏天禮是眼睛合閉了，嘴卻張著，門牙少了一顆，三嬸伸手按他的嘴，說：「他爹他爹，你不明不白就這樣走呀?!」上善說：「快把三嬸拉開！」竹青把三嬸攔腰抱了，棺蓋就合上了。捆繩索，套抬杠，屋裏哭成一片。

接著，村裏同輩人進行孝式，親戚朋友進行孝式，棺木就起駕。慶金一一給抬棺人發了紙菸，有點著叼在嘴上的，有別在耳後的，雷慶端了紙灰盒在棺前摔了，捧著父親的遺像。上善喊：「起樂！」樂班一起吹打，抬棺人一聲大吼，棺木極快地出了院門。後邊是雷慶，再後是文成，再後是慶金君亭慶玉慶滿慶堂瞎瞎夏風夏雨，再後是各個兒媳姪媳，白雪走在最後邊。出殯的隊伍在街上繞行一周，停在戲樓前，一方面讓抬棺人休息，棺木是不能著土的，隨行帶條凳的人忙把條凳支在下面，一方面樂班要停下吹打起秦腔曲牌《五更愁》，吹打了一更愁，吹打了二更愁，三更四更五更吹打完，棺再抬起，圍觀的村民立即散開，紙錢便撒得滿地是白。

到了墓上，上善指揮著雷慶掃墓，然後放鞭炮，孝子孝孫們又是跪下燒紙，燒過了三大捆紙，棺木才安然放在了墓中，封窲口，填墳土，孝子們的哭喪棍合起來用土壅立在墳前，上善近去把棍捆往上提了提，說是怕哭喪棍生根發芽，生根發芽了對後人不好。媳婦們就先回家，再是孝子們回家，四嬸把墳上一把土抓了讓白雪用孝衣襟包了，白雪問：「這有啥講究？」四嬸說：「回去把土放在櫃下，對你好哩。」待到雷慶也回時，上善也將一塊磚讓雷慶拿回去。

我是分配著和一夥人最後隆墳堆的，墳堆隆到半人高，別人都散了，其中兩個人是送葬時就帶著八磅錘的，他們原本要在三一二國道上擋順車去州城裏打工，但卻還是把夏天禮送到墳上了再走。我不明白他倆去打工帶著八磅錘幹啥？他倆說他們沒有手藝，帶上八磅錘了好為人拆作廢的水泥房，是出賣苦力呀。我說：「知道不知道，掙錢的不出力，出力的不掙錢。靠掄八磅錘你能掙幾個錢?!」他倆說：「毬！掙不了錢了，把毬割了當妓女去！」他倆說著或許是無意，但我聽著就火了，抓起一把土摔在他們臉上，他們也撲過來踢了我兩腳，是武林把我們拉開了。這兩個人後來去州城為人拆舊樓真的沒有掙下錢，就在州城裏攔路搶劫，被公安局抓起來坐牢了。十五年裏，清風街受法坐牢的就他們兩個，太丟人，我才不說他們的名字，也不再說他們的事了。在夏天禮的墳上，我挨了那兩個人兩腳，心裏覺得窩囊，待隆墳的人都走了，我還坐在墳頭上流眼淚。我不是挨了踢在哭，我想夏天禮就這樣永遠睡在這裏了?人怎麼說死就死了，死了就這樣一下子再也沒有了?!眼淚就像羊屙糞蛋兒，一顆一顆掉下來。

從墳上回來的路上，白雪告訴夏風，她的老師要和他見見面的。夏風問是不是關於出碟盤的事，如果是，他就不見。白雪說：「老太太真的不容易，能幫就幫麼。」夏風說：「都幼稚得很！」白雪說：「她在劇團沒見上你，能趕來清風街也見不上你，這就過分了，事情辦得成辦不成，你總得見個面，暖暖老太太的心麼。」夏風說：「她就是讓你們這麼煽惑得飛在天上落不下來！辦不了見她，都尷尬呀?!」白雪說：「爹已經答應人家了，我搬不動你，爹會找你的！」夏風乾脆回來就沒進家門，直接去了夏天義家。

夏天義從墳上回來得早，一進門，便搭梯子上到堂屋樓上，揭開那副棺木將包著的一大堆壽衣提了下來，一件一件掛在院中的鐵絲上晒太陽。二嬸說：「你真會翻騰，看見天禮穿了壽衣，你也想穿呀？」夏天義說：「晒一晒。」二嬸說：「又不是六月六，晒啥的絲綢?!」夏天義說：「天禮穿的那件袍子，顏色多難看。哎，哎，我的這件襯衣做得太短了吧？」二嬸說：「哪一件？」過來用手摸了摸，說：「那是貼身的襯衣當然是短。你要嫌短，咱倆換換。話得說清，我那件是粗布，你這件是綢子。」夏天義說：「你要嫌是粗布，你給你兒子們說去，讓他們重製！」夏天義把所有壽衣掛起來，一共也是七件，三身單的三身棉的，再加一件長袍。壽衣在棺木裏裝得時間長了，竟然有了黴點，夏天義揉了揉，黴點並沒有腐蝕到絲綢發硬或一揉就爛。還有一雙鞋，一雙襪子，一頂瓜皮帽，夏天義沒有晒瓜皮帽，說：「這帽子我不要！我可是給你說好了，到時候，你告訴他們，這帽子不要給我戴！啥年代了還是瓜皮帽？要給我戴，就戴我冬天常戴的『火燒頭』翻毛帽，要新的！」二嬸說：「你咋學開天智啦，在穿戴上恁講究?!你不要這瓜皮帽，我給誰說去，你能保證我就不走到你前頭嗎？」夏風進院後，一直在靜靜地看著二伯和二嬸在那裏晒壽衣，他只說兩個老人們會說起三伯的死，哭鼻子流眼淚，但他們對他們的壽衣說三道四，夏風心裏就有很多感慨，要說出來，卻又尋不著個合適的詞。和二伯二嬸打過招呼後，他也就問三伯的壽衣是七件，二伯的壽衣也是七件，七件的數目是啥講究？二嬸告訴他，吃飯穿衣看家當，陽間和陰間一樣，有一件的，三件的，五件的，最多七件，穿七件壽衣鬼門關上狗不咬。夏風又不解了，問怎麼都是單數，不穿雙數？二嬸說：「陽間興雙，陰間興單，你見過誰家老人死了是夫妻雙雙一塊死的？夏風看著那些壽衣，形樣都是清朝財東家人的衣服形式，那襯衣襯褲還罷了，而袍子的樣式笨重又滑稽。他說：「這袍子是不好看，現在興呢子大衣，咋不買個呢子大衣？」夏天義說：「你二伯一輩子農民，穿呢子大衣了裝狼不像狼，裝狗尾巴大，招人笑話呀？你身上插鋼筆好看，我要插個鋼筆像啥？你給你爹得買呢子大衣，他工作過。」夏風說：「去年我給我爹買了呢子大衣，還有一雙皮鞋，我爹要穿，我娘不讓穿，說人老了又在農村穿那麼好幹啥，到將來了做壽衣穿。」二嬸說：「你娘胡說的，呢子大衣可以穿，皮鞋咋能穿？皮鞋是豬皮牛皮做的，到陰間託生豬牛呀，即便託生不了豬牛，穿皮鞋咋能過奈何橋，不扒滑的！」夏風就笑了笑，說：「過什麼奈何橋？」二嬸說：「人一死，過奈何橋就到陰間了麼。奈何橋是兩尺寬，十丈高，橋面上灑著花椒油，大風吹來搖搖擺，小風吹來擺擺搖，亡人走不好，就掉下去了。掉下去就到黑社會了！」夏天義說：「甭聽你二嬸說！」二嬸說：「輩輩人都這麼說的。黑社會黑得很！」夏天義說：「多黑？」二嬸說：「黑得就像我現在的眼睛，啥也看不著！」夏風突然間不言語了。夏天義也發了一陣愣，說：「夏風，你咋問這樣問那樣的？」夏風說：「問清了，以後寫文章有素材。」夏天義說：「哈，寫文章呀，二伯給你說，你寫寫七里溝呀，我們在七里溝幹了一陣時間了，早上去，晚上回，就像你當年到茶坊村初中上學一樣，去時提一個酸菜罐子，拿上些饃，罐罐來罐罐去，回來拿個罐罐繫，瓦罐子是碰碎了三個，木杠子是抬斷了七根，原來的半截堤上又壘了幾十方石頭，挖出了一片地，從崖上溜土墊了幾尺厚……你可以把七里溝寫寫麼！」夏風說：「二伯說的那事是報社的記者可以寫新聞，也能寫報告文學，我搞的是文學創作，那不一樣！」夏天義有些喪氣，說：「都是文章，還有不一樣的？」夏風說：「是不一樣。」夏天義站在太陽底下，張著嘴，他到底搞不懂這怎麼就不一樣?!這時候夏天智站在院門口，說：「二哥，從墳上回來，你咋沒去吃飯呢？」夏天義說：「我沒吃，客都散了吧？」夏天智說：「散了一半。」就對夏風說：「你到你二伯這兒，也不給誰說一聲，到處在找你！」夏風已經猜出他爹的來意了，說：「有事？」夏天智說：「我給你說個事！」兩人就進了廈子屋，進屋還把門掩了。夏天義也沒有打擾，一直在院子裏等著，足足等了有半個小時，兩人才出來，夏天智黑了個臉。夏天義說：「這……」夏天智說：「二哥，你這裏還有沒有雞蛋？」二嬸說：「有的，讓啞巴去賣了買鹽和粉條的，啞巴懶得沒去。有三十顆吧。」夏天智說：「都借給我。」他把三十顆雞蛋一籃子提走了。過了半天，文成跑了來，夏風問演員們走了沒有，文成說走了，問那個王老師走了沒，文成說也走了。夏風說了聲好，就回去了。白雪沒有和那些演員一塊走，在臥屋裏生著氣。夏天智在院子裏吃水煙，也在生著氣。四嬸把夏風拉進廚房，一指頭戳在他的額顱上，說：「你給我惹白雪了？」夏風說：「誰惹啦?!」四嬸又說：「她老師對她說話惡聲敗氣的，白雪怕是心裏不暢，你說，人老老的了，脾氣咋那麼大的？」夏風卻說：「我爹又是咋啦，臉吊得那麼長！」四嬸說：「他要把一籃子雞蛋送給白雪的老師，送過了嫌送少了，自己生自己氣！」夏風想笑，沒敢笑出聲來。

到了這一天，夏天智在他的臥屋裏寫各種臉譜的介紹，夏風在院子的癢癢樹下整理自己的素材筆記，家裏有兩個人在寫文章，四嬸說話不敢高聲，走路像賊一樣，輕手輕腳。她在廚房裏熬雞湯，香氣就飄出來，夏風放下筆，去廚房的鍋上伸了鼻子聞，娘偏不給他盛，將一碗端給白雪了，一碗讓他端給後巷的三嬸。夏風端著進了三嬸家院子，雷慶蹴在屋簷下的台階上吃紙菸，濃重的煙從鼻孔裏出來，順著臉頰鑽進頭髮，頭髮像是點著了一堆草，煙霧再繞上屋簷前葫蘆蔓架上。蔓架上吊著三個葫蘆，差不多葫蘆皮黃硬了。夏風說：「你回來啦？」雷慶是埋葬了夏天禮後第二天又去的運輸公司。雷慶說：「回來啦。」沒有再說話的意思。一隻蒼蠅一直攆夏風，這陣就坐在碗沿上。夏風抬頭看了看葫蘆蔓架，三支蔓在空中搖擺，好如三支蔓在相互說話，但夏風就是尋不出個話題給雷慶說，他端了碗就進了三嬸住的廈屋。

三嬸盤腿坐在炕上流淚。她自夏天禮死後，黑天白日一個人只要坐著就哭，眼都哭爛了，而且得下個毛病，說話是同樣的一句話要說兩次，一次高聲，再一次低聲。見了夏風，說：「不讓你娘給我端飯了，還端啥哩，端啥哩。」夏風說：「這是雞湯，我娘讓你趁溫喝了，過去和她啦呱話。」三嬸說：「我不去，讓你娘跟著生氣呀，生氣呀。」堂屋裏突然火躁躁地有了罵聲，是梅花在罵翠翠：「你滾吧，你滾得遠遠的，你看哪兒有野漢子你就滾吧！」翠翠哭著往出走，眼淚沖髒了畫出的眼影，眼睛像了熊貓的眼睛。雷慶嘩啦站起來，起了一股風，鷹抓小雞一樣揪住了翠翠的頭髮，擂起拳頭就打，翠翠殺她似的叫喚。三嬸才喝下一口湯，喊道：「你還嫌這屋裏人沒死夠嗎？」又低聲說：「死夠嗎？」雷慶手沒有停，打得更狠了。梅花就跑出去把翠翠奪開來，哭著說：「你要打她打死呀，你男人家手重，她招得住這樣打？」翠翠趁機從院門裏跑出去，梅花就倒在地上號啕大哭。夏風出來，雷慶又恢復了原狀，坐在那裏吃紙菸，剛才打翠翠使他也傷了力氣，呼哧呼哧地喘，突然又吼了一聲：「你哭你娘的×哩?!」轉身進了堂屋，嘴啷一響，把一個搪瓷臉盆踢了出來。夏風便把三嬸揹到了自己家來。

三嬸給夏天智訴苦，眼淚流得長長的，說人常說福不雙至禍不單行這禍咋真的就不單行，可她想不通的是這禍就降在她這一家頭上，是老天要來滅絕呀?原來雷慶去了公司，公司沒收了他的駕照，分配他到後勤上，後勤上又不給他安排活，不安排活就沒有補貼，他是昨天一氣之下回來呆在家裏了。而翠翠也是添亂，今早起來突然要去省城，說萬寶酒樓上住著一個城裏人介紹她到省城一家美容美髮廳打工呀，梅花不讓去，她偏要去，就打鬧開了。三嬸說著，喉嚨裏呼嚕響一下，又呼嚕響一下。夏天智倒不知說什麼勸她，端起水煙袋吸，紙煤沒有了，喊夏風把紙煤拿來，四嬸說：「火柴在這兒的，你不會用火柴點?」夏天智說：「我偏要紙煤！」四嬸就不再理他，說：「他三伯人都死了，背運還能背到啥地方去？他們的事你不要管，你管也沒用，白作氣。這幾天白雪也在家裏，你也不要回去了，咱多說說話。」三嬸說：「我咋能害騷你們，害騷你們……白雪坐的是幾時的，幾時的？」白雪臉色通紅，說：「還早哩。」三嬸說：「這回就看白雪給咱生個金疙瘩銀疙瘩呀！不要再去劇團了，農村也能接生的，到時候你娘接不了，有我哩，有我哩，夏風還不是我接到世上來的，到世上來的？」夏風說：「她想回劇團也回不去了，下崗啦！」三嬸說：「下崗啦？」夏風說：「你不懂，就是沒事幹啦，不讓唱秦腔啦！」三嬸說：「嘴是自己的嘴，誰不讓唱？」白雪瞪了夏風一眼，回了她的小房屋去。四嬸說：「不讓你說這話，你就沒記性，人家心亂著，你倒看笑話呀！」又說了一陣話，夏天智到他的臥屋去看臉譜的介紹，夏風也拿了他的筆記本坐到癢癢樹下，四嬸就把三嬸拉到院門外的榆樹下說話，榆樹的陰影在轉，她們跟著陰影移板凳。

夏風在寫作時，常常就叼著筆寫不下去，眼睛吧嗒吧嗒。夏天智可能也是寫累了，輕輕擰開收音機聽秦腔。秦腔的聲音像水一樣漫了屋子和院子，那一蓬牡丹枝葉精神，五朵月季花又紅又豔，兩朵是擠在了一起，又兩朵相向彎著身子，只剩下的一朵面對了牆。那只有著帽疙瘩的母雞，原本在雞窩裏臥著，這陣輕腳輕手地出來，在院子裏搖晃。夏風全然沒有理會這些，腦子裏還是他的文章，眼睛眨得像閃電。院門口榆樹下的四嬸小聲地和三嬸說話，眼睛卻好長時間看著夏風，她覺得夏風可憐，終於忍不住了說：「夏風夏風，不要寫啦，你一坐半天，那字能寫得完呀？」三嬸說：「別人是出力氣掙錢哩，夏風寫字掙錢麼，掙錢麼。」四嬸說：「錢有啥夠數的，掙多少才是完呀?!」夏風就把筆收了，笑著說：「我這哪兒是為了錢，不寫沒事幹，心慌麼。」起身到小房屋去。兩個老人話就高了，四嬸說：「我這一家呀，除了夏雨，都是能坐的，他爹一天到黑鑽在他那屋裏侍弄馬勺，夏風就寫他的字，我也是尋不到個說話的。哎，要不要我去喊麻巧過來，咱仨碼花花牌？」三嬸說：「我心慌得捉不住牌！」卻又說：「我一天到黑心慌著，夏風說他不寫字也心慌，夏風害病啦？害病啦？」四嬸說：「病得深哩！我常說了，他爹害的秦腔病，夏風害的寫字病！」三嬸說：「鬼，那你呢？」四嬸說：「我害的吃飯病。這一天三頓飯，吃了幾十年了也沒見吃厭煩過?!」兩人就都笑了。

夏風進了小房屋裏，卻見白雪一個人坐在床上流眼淚，夏風就說：「不至於吧，生我氣還生這麼長時間呀？」白雪說：「誰生你的氣了？我聽爹放秦腔，聽著聽著就心裏難受了。」夏風說：「咦，咦，你愛秦腔，秦腔咋不愛你呢？到現在了，人都下崗了，你還不恨它！」白雪說：「你說這秦腔再也唱不成了？」夏風說：「你以為還有振興的日子呀?!」白雪說：「我十五歲進的劇團，又出去進修了一年，吃了那麼多苦，不唱秦腔了以後這日子怎麼個過呀？」夏風說：「你錯過了調動的機會，這怪誰呀？」白雪說：「我恨夏中星哩！」夏風說：「你恨著人家幹啥，調動不調動還不在你？」白雪說：「我調動啥的，我哪兒也不調動，現在讓你不寫文章了，永遠不能拿筆了，你願意不願意?!」夏風被嗆住，坐在一邊不言語了。收音機裏的秦腔還在放著，是《三娘教子》，夏天智還哼哼跟著唱。白雪的眼淚又嘩嘩地往下流。這時候，夏風也覺得白雪可憐了，說：「不哭了，三嬸在院門口坐著，讓人家聽見笑話呀？想唱了那還不容易，和爹一樣，可以在家唱麼。」白雪說：「我是專業演員，我拿過市匯演一等獎哩！」竟然就嚶嚶地哭出了聲。

白雪一哭出聲，四嬸就聽到了，喊：「白雪白雪你咋啦？」白雪沒回應，四嬸又喊夏風，夏風一出來，四嬸就說：「你惹白雪啦？給你說她不敢生氣，不敢生氣的，你前幾天惹了她，你現在又惹了？」夏風說：「誰惹她啦?!」拿腳踢了一下榆樹，榆樹的葉子落下來幾片，落下來，光線一下子暗了。三人抬頭往天上看，一大片的黑雲把太陽埋了。天上突然有了這麼大一片黑雲！巷口裏隨即有一股風湧過來，搭在三嬸頭上的帕帕就被吹掉了。三嬸說：「天咋說變就變了？」起了身要回。四嬸不讓走，說晚上咱熬米粥吃，拉了三嬸一塊進廚房淘米。米還沒淘好，天就下起了一場大雨。

這場雨整整下了三天，天氣也隨著涼起來，樹葉發黃，開始脫落，蟬就一聲比一聲叫得短。播種過了麥子的地，結著一層薄蓋，遠看有了綠的顏色，近來卻還是黃土，只有刺蝶草胖乎乎的，被人剜回去做漿水菜。清理欠帳的工作並沒有結束，該交的主動交了，交不了的依然交不了，有的早早跑出去打工了，有的開始尋思出去。在家裏呆著的夏風，終日有人纏著，要求能被介紹到省城去尋個事幹，夏風哪裏有這份能耐，索性關院門，在家裏睡覺。夏天智趁機就嚷嚷編書的事，催督著夏風把秦腔臉譜一一拍成了照片。照片的順序排好了，當然需要在每張照片前寫些介紹文字，夏風就不懂了，夏天智便把白雪叫來，兩人商量著寫了兩天。寫完了，夏天智說：「書前邊是不是還得有個序什麼？」夏風說：「爹還知道序呀？」夏天智說：「沒吃過豬肉還沒見過豬走路呀?!你的書本本有序的，我也得有個序，你來寫吧。」夏風說：「啥書麼，還窮講究！」夏天智說：「啥書？你說啥書?!」夏風說：「好好好，好書，好得很的一本書！我不懂你們的秦腔，只有你寫了。」夏天智就戴了眼鏡在家裏寫。他寫文章呀，真是天搖地動，要把院門關了，不准誰打擾，要四嬸把茶沏上，吃水煙的火繩點上，可他寫一頁了，不行，撕了，再寫一頁，還是不行，撕了，地上揉了一堆紙團兒。四嬸笑話說：「你不是啥都能行嗎，現在咋這難場！」夏天智恨了恨，卻突然笑了，說：「我不會寫文章，我卻能養個能寫文章的兒哩！」他想起了水興的爹活著的時候好秦腔，希望能在水興家找些什麼秦腔方面的資料，去了水興家，水興說他爹記性好但不識字，家裏哪裏有書？灰沓沓地回來，對夏風說：「你能不能在省城尋個高人寫個序？」夏風瞧著爹可笑，但又不敢說明，就說我先聯繫個出版社吧，聽聽人家意見。原本想搪塞過去，沒想夏天智就立逼著夏風打電話聯繫，聯繫的編輯是夏風的一個朋友，竟然也想趁機遊玩，不幾日就來到了清風街。

來的這位編輯姓黑，還有姓黑的？人卻長得白白淨淨，他來到的幾天裏，夏風領著把清風街四周的地方都遊轉過了。那天我在水塘裏摸魚，我是摸了魚用荷葉包了，泥巴裹了，中午在七里溝要吃烤魚的。正舉著一柄荷葉走到小石橋上，遠遠看見夏風、白雪和那位姓黑的走過來，我先是把荷葉往頭上一蓋，我以為荷葉應該立即成為隱身帽的，我能看見他們，而他們看不見我。我就看見白雪的肚子已經隆起來了，走八字步。白雪能懷一個什麼樣的孩子呢？這我看不出來。來運也是懷了孕的，我能久久地盯著來運的肚子看得見肚子裏的狗崽子，但我看不到白雪懷的是什麼樣的孩子。孩子如果模樣像我就好了，我這麼作念著。我這樣作念不道德，很流氓，但我確實這樣作念過。突然，白雪說：「那……」她是在說我，她發現了我後立即又不說了。夏風說：「啥事？」白雪說：「啊，沒，沒事。咱們回去吧，我有些累。」但夏風沒有聽白雪的，仍往小石橋上來。我知道事情要壞了，荷葉並沒有隱住我的身，我一身泥水，我才不願意一個髒兮兮的樣子讓夏風看著了鄙視我。我就舉了荷葉，從橋上往河灘跳，荷葉應該像降落傘，我能輕輕地落下去的，真的，我就落下去了，沒有骨折，只腿上碰了一塊大青色。

我後來是一瘸一跛從河灘上橋那邊土塄，走到七里溝外的三一二國道上才攆上去溝裏的夏天義和啞巴的。夏天義罵我為什麼來得遲，我說去摸魚了，中午可以吃烤魚的，他原諒了我。我那時肚子就疼了，這可能在小石橋上太緊張，腸子蠕動得快，我想拉稀。夏天義說：「要拉拉到溝地裏！」我們以往在路上有屎有尿了，都要一直憋著到溝地裏拉。我就憋著。憋屎憋尿那是艱難的事，我使勁地憋，但終於憋不住了，就在路邊拉了起來。夏天義又罵我沒出息，還幹什麼呀，連個屎尿都憋不住！

他和啞巴生氣地前邊走了。我拉了屎，覺得很懊喪，拉完了立在那裏半天沒動，但我用石頭把那堆糞砸濺飛了，我的屎拉不到溝地裏，誰也別拾了去！

我搬了石頭砸我的糞，砸下一個石頭，再砸下一個石頭，石頭卻嘩啦嘩啦全從空中砸下來，這是天上下起冰雹了。五月六月天上常常下冰雹，但到了秋季了還下冰雹，這是我沒有經過的。冰雹有雲豆顆大，也有的像算盤珠大，落在身上又冷又疼。我急忙往溝裏跑，遠遠地看見夏天義和啞巴仍在那裏搬運石頭，夏天義竟然沒有戴那頂竹皮子編的帽子，帽子放在那塊地上，自己卻光著腦袋。石頭太大，他只能把一個石頭掀起來，翻一個過兒，再掀起來，翻一個過兒，吭哧吭哧的聲傳得很遠，似乎滿山溝都在喘氣。突然間我覺得所有的石頭都長了腿，爭先恐後地往那截壩上跑。夏天義也是一個石頭，就在石頭群裏，天上的冰雹在石頭上蹦濺，發著脆響，而只有在夏天義的頭上發著木聲。我跑過去喊：「你咋不戴帽子呢?你咋不戴帽子呢？」去地上取那帽子，夏天義撲過來護住了帽子。竹帽下邊苫著的是一棵麥苗，獨獨的一棵麥苗，才拱出了地皮，嫩得只是一點綠。他說這是他特意種下的一棵麥，他要看看這顆麥能不能長，能不能長得指頭粗的稈子，結一尺長的穗子?!他這麼給我說的時候，再也沒有在路上訓我的那股凶氣，目光甚至在取悅我，但一顆冰雹就咚地落在他的鼻子上，鼻子便出血了。

凡是冰雹砸過的莊稼苗就不再能長粗長高，夏天義的鼻子遭冰雹砸出血後，好長日子都沒有好，貼著趙宏聲配製的一塊膏藥，我笑他像戲裏的白鼻子縣官。

好像是又過了雨天，天上起了火燒雲，熱倒不熱，但一切都特別的光亮。當火燒雲不是橫著從空中移動，而是一道一道，斜斜地豎著朝清風街栽過來，來運就產下了一窩小狗，而姓黑的編輯也審查完了《秦腔臉譜》所有的照片和介紹文字，準備著明日要離開清風街了。夏天智在家設宴，要歡送黑編輯，也要為自己將要出書慶賀，就邀請了鄉黨委書記和鄉長，也邀請了兩委會一些主要幹部，還有新生。夏天智為了夏風的文章不知請人喝過了多少次酒，這一回是為自己喝酒的，十分興奮。一早起，他把所有的臉譜馬勺全掛在屋裏院裏，中堂上的字畫也更換了，收音機裏播放著秦腔，他就坐在院子裏的椅子上吸水煙，說：「把院門大開！把院門大開！」白雪把院門開得大大的，雞也進來，貓也進來，一隻手掌般大的花蝴蝶也飛進來，在癢癢樹上繞了一圈，停在了牡丹蓬上。夏天智就問白雪能不能在酒席上唱一段秦腔湊興，因為黑編輯懂秦腔，來的新生和上善也會幾句戲文，酒喝到八九成了肯定都要唱的。白雪說：「行！」夏風在廚房裏幫四嬸擇菜，瞧著爹的樣子只是發笑，四嬸就說：「你給你爹出什麼書呀，他多張狂，天上地上都放不下了！」夏風說：「賊老來偷東西，你防是防不住的，把賊叫到家招待一次，賊就再不來了！這書一出，我爹以後畫馬勺就沒勁了。」四嬸說：「打你的嘴，咋這樣說你爹！」來運領著五個小狗在院門口叫，夏天智也笑了，說：「狗都知道賀喜哩！」就吆吆地叫，來運一蹴身子進來了，尾巴亂擺，五個小狗從門檻上往過翻，翻不過，白雪過去幫忙，五個小狗像滾著的五個棉花球兒。夏天智說：「今日來人多，誰要喜歡，就把這狗娃送了去。」白雪就抱起那隻毛最純白的，說這一隻她要給她娘家的。院門外卻有一聲：「要送狗，我得要一隻！」夏天智看時，是上善進來了。

其實我就在上善後邊。我是在路上見到上善提著一嘟嚕排骨，我說：「請我吃排骨呀？」上善說：「你嘴饞了，到石頭上磨磨。我這是給四叔送禮呀！」我說：「夏天智家過什麼事？」上善說：「你沒大沒小，叫四叔名字？四叔要出一本書哩，慶賀呀！」我說：「他兒子出書，他老子也出書，寫什麼書？」上善說：「秦腔臉譜。」我說：「嚇，秦腔臉譜也能出書？」上善說：「聽你這口氣，好像你也會畫秦腔臉譜？」我說：「畫不了，但我懂！」上善說：「呸，呸，到一邊涼去吧！」他抬腳就走，我說：「你信不信，我這兒就有一份關於秦腔的文章哩！」我是把白雪寫的那一份關於秦腔的介紹材料一直揣在懷裏的，就拿出來給他顯誇，上善就停了腳步，把材料拿過去看了，說：「你寫的？」我說：「信了吧?!」上善竟拿了材料就走，我便追著攆，一攆攆到了夏天智家院門口，上善進去了，我不敢進去。

上善進去了，我就坐在院牆外，我後悔自己顯能給上善看了材料，他把材料如果讓白雪看了，白雪肯定就收了回去，我將再也得不到了。就罵上善，石子在地上寫上善名字，然後用腳踩。院子裏一片笑聲，我聽見白雪的笑，隔著一堵院我看不到白雪。我突然有了一種強烈的願望，希望白雪能知道我就在牆外，就大聲朗誦起了那一篇我差不多背誦得滾瓜爛熟的詩讚。

上善會來事，一嘟嚕排骨就讓四嬸喜歡了，四嬸說：「你要一隻就給你一隻！你和金蓮不拆伴的，金蓮呢？」四嬸最希望的是金蓮來，但金蓮沒來。上善說西街江茂的媳婦回來了，金蓮他們要去抓人的。四嬸說：「夏風結婚待客那次她沒到，這一次她還是不來，金蓮的神大，請不動的！」上善說：「這你錯怪她了，她特意要我給你解釋的，只是不湊巧，江茂的媳婦偏偏回來了！」夏天智說：「江茂的媳婦?哎哎，誰在唸啥的？」夏天智對秦腔敏感，他第一個聽到我的朗誦了。院子裏一時靜下來，我故意又放高了聲音，而且用普通話，我的普通話說得不好，有醋溜的味道。上善說：「是引生，他瘋瘋癲癲胡叫哩。」上善就對著牆外說：「引生引生，你要唸就好好唸，說什麼普通話，把舌頭放好著唸！」院子裏的人都聽到了我的朗誦，我很得意，繼續朗誦，但是鄉裏和村裏的一些幹部一溜帶串地到夏天智家來了，我不願意他們看見我在夏天智家院牆外朗誦，就走開了。詩讚沒有朗誦完，但白雪是聽了幾句就知道是怎麼回事了，她沒有吭聲，一轉身去了廚房，幫起四嬸做飯。四嬸卻說：「剛才上善的話你聽到了？」白雪說：「咋？」四嬸說：「是不是你娘家二嬸的兒媳婦要超生呀？」白雪說：「聽我娘說，是我江茂哥的媳婦又懷上了，逃避計畫生育，逃到南山她娘家去了。」四嬸說：「壞了，她回來了，金蓮今日要去抓你嫂子的。」白雪說：「是不是？已經有兩個女娃了，還要生，日子都過成什麼樣了，再生一個咋著活得起？」四嬸說：「農村人麼，沒個男娃咋行？你快去報個信，讓你嫂子躲開。」白雪說：「我不去。」四嬸說：「咱不知道也就罷了，知道了不去說，心裏咋能過去?!」白雪就趁夏天智招呼鄉裏和村裏來的客人的混亂間去了西街。夏天智忙活了半天，突然叫夏風，夏風說：「又有啥事了，五瓶酒還不夠呀？」夏天智說：「我把你二伯忘了，他怎麼也得來呀！你去你二伯家看他在不在，要是不在，就騎上君亭的摩托去七里溝，一定得把他接回來！」

夏風去了夏天義家，路過中星他爹院門口，中星的爹正在門口倒中藥渣子，就問：「榮叔又熬中藥啦？」中星他爹說：「我難過得很。」夏風說：「榮叔一輩子都沒精神過，不是這兒疼就是那兒疼，你沒事的！」中星他爹說：「咋能沒事呢？你給你爹出了書啦？」夏風說：「這你咋知道的？」中星他爹說：「我有啥不知道！你這兒子好，我讓你中星哥把這院房子重修一修，但他不，他說他將來要給清風街的州河裏造一座橋呀！」夏風說：「那好，那是大事哩，他得當了大官才行！」夏風心裏反感了這位榮叔，原本也要請榮叔去他家喝酒，也就沒再請。到了巘子尾，夏天義家的院門口停著一輛手扶拖拉機，李三娃在院子裏和夏天義正說話。夏風進去，兩人倒不說了，夏風說：「二伯今日沒去七里溝呀？」夏天義說：「沒去哩。叫你去七里溝看看，你咋老是不去？」夏風說：「改日我肯定去的。」就說了他爹的那些秦腔臉譜要結集出書呀，省城來的編輯也要走呀，家裏備了些酒，請二伯過去喝幾盅。夏天義說：「哈，好事麼，書厚不厚？」夏風說：「估計將來有二指厚吧。」夏天義說：「你爹給我說過，那麼厚的書，將來我死了枕石頭，你爹拿書做枕頭了！」就對李三娃說：「就這樣吧，吃虧占便宜都不是外人。你說你叔平日對你怎樣？」李三娃說：「天義叔好是好，就是為河堤上的樹搧過我耳光麼，我這耳朵現在還有些聾。」夏天義笑道：「你狗日的還記仇呀?!那一次把你沒打死都是好的，我可給你說，你占我多少便宜都行，集體的事你少淺眼窩！」李三娃說：「這拖拉機可是我個人的，為了這拖拉機的欠款，這回我是賣了三斗麥哩。」夏天義說：「你也瞧瞧它都快是一堆爛鐵了！」李三娃說：「車廂是破了些，可機器好得很，而你這桌子倒成了啥模樣了麼！」夏天義說：「你懂不懂，這是紅木桌子，你在清風街誰家還見過這桌子？白家要不是大地主，甭說你，我也沒見過的！這幾十年了，合的縫你看得出來？你試試這分量，你試試！」李三娃把桌子搬起來，試了試，不吭聲了，又蹴下身搖桌子腿，說：「有茶壺就得有茶碗的，光這一張桌子就能值一個手扶拖拉機？你這是一堆木頭，手扶拖拉機可是一堆鐵！」夏天義說：「狗日的三娃，你咋像你爹生前一樣，過河渠溝子也夾水？你那點鬼心思以為我看不出來，你和我磨來磨去就謀算那兩把椅子?!」李三娃說：「你把羊都賣了還捨不得韁繩?!」二嬸在堂屋說：「這椅子不給，貴賤不給，桌子沒了，又拿椅子，這屋裏還有啥值錢的貨呀？」夏天義說：「你少插嘴！」對李三娃一揮手，說：「好了好了，都給了你！你把手扶拖拉機的搖把留下，桌子椅子天黑了來搬，我還得去夏風那兒喝酒呀！」李三娃說：「又喝酒呀，你們夏家日子都滋潤，原先是雷慶家見天喝酒，現在又是天智叔家啦。」夏天義說：「你說啥，你狗日的是喝不起酒的人？你要是喝不起我請你喝酒，讓你的錢在你家生兒子！」李三娃嘿嘿地笑。夏天義就對夏風說：「你先回去，我讓三娃把手扶拖拉機推到院裏了我就來。」夏風就回來了。

客都到了，白雪沒閃面，夏天義還沒有來。夏天智問白雪呢，四嬸謊說到商店買醬油了，又問夏風：「你二伯呢？」君亭在屋裏說：「二叔也來嗎？」夏天智說：「來的。」君亭說：「那我就得走了。」夏天智說：「胡說！和你二叔鬧啥氣憋的？過會兒他來了，你要好好給他敬酒哩！」君亭說：「我沒問題，只怕二叔給我難看。」夏天智說：「國共兩黨是死敵，毛主席和蔣介石見面還握手哩！你和你二叔都是為了治村，只是方略不同罷了，鬧著讓外人笑話！他為大你為小，他就是唾在你臉上，你都要給他笑哩！」鄉長就說：「君亭，老主任是不是自己去了七里溝？」君亭說：「他要做老愚公故意給我難堪的。」鄉長說：「也難得他是為了集體，必要時你們得支持他麼。」君亭說：「他往七里溝一去，村裏人就議論了我的不是，我那金玉滿堂和瞎瞎五個兄弟也都說是我把二叔逼到那裏的，連我四叔都對我有意見。」夏天智說：「你當了支書是清風街的支書，也是夏家人的支書，該管的要管，該照顧的要照顧，你不要以為夏家是本家人就特別苛刻了給別人看！你二叔是一根筋脾性，你讓他成了孤家寡人，可他又不是為了他自己，你就得尊重他，多行孝道，你三叔一死，你想孝順也孝順不上了。」君亭說：「我哪兒是苛刻了夏家人給別人看我的光明正大呀，我哪兒又把他逼成了孤家寡人？今天兩委會的人差不多都在，我專制獨斷說一句話，既然二叔執意去七里溝，就讓他把七里溝承包了，那蠅子不拉蛋的地方，村裏不收一分一釐的承包費，也算給他個名分！」夏天智說：「這倒也行。」就又讓夏風去叫夏天義。

夏天義還在家裏，家裏除了李三娃外，還有啞巴和慶玉。這一回是夏天義和慶玉吵架哩。夏風一時不知所措，也不知為啥原因，越勸擋父子吵得越凶。夏風就問李三娃這是怎麼回事，李三娃說夏天義在七里溝拉石頭拉土想要他的手扶拖拉機，他就提出用夏天義家的八仙桌換。夏天義同意了，可慶玉得到了消息卻要來拉八仙桌。夏天義當然不讓拉，說你們兄弟五個分房另住了，你憑啥拿這桌子？慶玉說老人總有百年之後的，到時候父母的遺產還不是五個兒子平分，他什麼都不要，就要這桌子椅子，如果這桌子椅子不頂換手扶拖拉機，他可以讓他爹繼續用，如果他爹要頂換手扶拖拉機，那他現在就搬走桌子椅子。夏風對慶玉立即反感，把慶玉拉開，要他不得和二伯紅脖子脹臉地吵，吵什麼來呀?!慶玉說：「夏風你在外邊見的世面多，這桌子怎麼能頂換呢？酒樓上住的馬大中是來這兒見過這桌子的，他給我說這桌子是老古董，在省城值二萬三萬哩。」夏天義一聽，說：「噢，我說你要桌子的，你是黑了心麼！」慶玉說：「我說過了，以後我啥都不分的。我是不是你的一個兒子？」夏天義說：「我還沒死哩，你分啥呀?!」慶玉說：「現在不分也行，但不能就好過了李三娃。」夏天義說：「那你給我買手扶拖拉機？」慶玉說：「修七里溝值得你變賣家產？去散散心也就是了。憑你能修了七里溝！你咋修呀，修十年還是八年，你也不看看自己年紀？」夏天義說：「咋，咒我死呀？我就是明日死了，我今日還要修！三娃，你現在就把桌子搬走！」李三娃過去搬，慶玉壓住不放，乾脆坐在桌子上。夏天義說：「你下來不下來？」拉住慶玉胳膊往下拽。慶玉手一甩，夏天義閃了個趔趄坐在了地上。啞巴一直在旁邊看著，見夏天義跌坐在地，衝過去把慶玉從桌上掀翻了。慶玉說：「你碎熊想咋？」啞巴哇哇地叫，慶玉搧啞巴一耳光，啞巴攔腰把慶玉抱起來了往地上墩，像墩糧食袋，墩了三下，慶玉的眼鏡掉了下來。慶玉沒有了眼鏡，就是瞎子，他在地上摸，啞巴把眼鏡又踢開。夏天義也不勸啞巴，說：「三娃，讓你把桌子搬走，你瓷啦?!」李三娃就先把椅子扛起來。慶玉在地上站不起來，罵：「三娃，你敢把桌子椅子搬走，我就敢把你的娃娃撂到井裏！」李三娃一聽，扔下椅子到了院外，把手扶拖拉機發動了，恨恨地開著走了。夏天義在院子裏突然用手打自己的臉，罵道：「我丟人呀，丟了先人呀，我看我死不在七里溝，死不在崖上、繩上，我就死在你慶玉手裏呀！」夏風忙推了慶玉快走，慶玉不走，啞巴拽起他一條腿往院門外拉，像拉一條狗，一拉出去，轉身回來把院門關了。連夏風也關在了門外。

夏風叫門，叫不開。二嬸已經起了哭聲。夏風才跑回自家，把情況說給了在家等著喝酒的人。夏天智當下和君亭上善趕到蠍子尾。夏天智隔著門縫喊：「二哥，二哥，你把門打開麼！」院子裏沒聲息，哭著的二嬸也止了聲。上善說：「你就說鄉上書記鄉長說事來了。」夏天智又喊：「二哥，二哥，鄉上的書記和鄉長來給你說個事的。」院子裏還是沒反應。君亭說：「讓我喊！」上善說：「你喊更不開門的。」夏風說：「叫啞巴，啞巴在院子裏。」夏天智就喊啞巴，從門縫看，啞巴已經從堂屋出來了，就立在院中，偏不開門，氣得夏天智咚咚地敲，二嬸才出來把門開了，說聲：「天智！」就哭了。

眾人進了堂屋，夏天義直戳戳坐在小條凳上，眼睛閉著，鼻孔張得很大。夏天智說：「有啥大不了的事，生這麼大的氣?!」一句未了，夏天義突然跳起來，從門後抄起了一把斧頭，哐哐地就在院子裏的桌子上砍起來，立時一條桌腿便砍斷了。眾人登時愣了，緩過神忙去奪斧頭，夏天智卻說：「砍得好！要這桌子幹啥?」夏天義越發像頭獅子，又是十上八下地砍，桌子成了一堆木板，然後咣地把斧頭撂了，說：「這是我的桌子，我怎麼砍就怎麼砍！」眾人都呆了像木雞，二嬸號啕大哭。夏天義吼道：「你哭啥呀，咱生下冤孽了有啥哭的?!」臉黑得像鍋底，卻說：「來了，坐。」取了他的黑捲菸一一給大家散，也給了君亭一根。都不知道該說些啥，君亭倒說：「二叔，你這可是很長日子沒給我散過菸啦！」夏天義說：「你不見我，我給鬼散去?」上善趕緊打圓場，說：「哈，這下沒事了，啞巴啞巴，你沒眼色，還不把這些木片子拿開，給你爺搬凳子呀！」啞巴把砍下的木片拾開了，端了凳子給夏天義。夏天義沒坐，讓鄉書記坐了，又拿了另一個凳子讓鄉長坐。君亭忙搬了那把紅木椅子給了夏天義。上善說：「今日天智叔擺了酒席，為的就是要給你和君亭喝化解酒的，這酒還沒喝，隔閡就解決了。我知道了，天義叔不到天智叔家是個陰謀，故意要讓君亭親自上門的。」夏天義說：「我和君亭有啥隔閡?為了集體的事，吵是吵嚷是嚷，心裏沒仇沒恨的，我恨的就是我養了個狼，咱整天說誰是誰的掘墓人，慶玉才真的是我的掘墓人！」鄉長說：「你兒子當然是你的掘墓人呀！」夏天義說：「我就是死了，讓狗叼著死了，也不讓他送終！」夏天智說：「到底是咋回事麼？」夏天義說：「咋說呀，不說啦，你們去吃酒吧，不要為我家裏的事敗了大家的興。」君亭說：「二叔，你不說我們都知道了，慶玉不讓拿桌子換手扶拖拉機，咱就不換了麼……」夏天義說：「不換了他慶玉也休想拿到！」上善說：「這桌子是魔鬼變的，砍了就安然了！」君亭接上說：「兩委會已做了決定，讓你承包七里溝，你願意怎麼幹就怎麼幹去，村上不收你的承包費。沒有手扶拖拉機，把村上的那輛舊手扶拖拉機也就給你！至於這屋子裏的東西，他慶玉要，你不會答應，就是你答應了，村裏也不同意，只要你老在，誰都不能動一針一線，即便你和我二嬸都不在了，分家還得村幹部主持吧，我君亭還得出面吧？」鄉長就拉了夏天義，說：「君亭話都說到這兒了，你還不笑一下？」夏天義不笑。鄉長說：「你不笑？」戳了一下胳肘窩，夏天義說：「我修七里溝是我沒辦法了才去的，靠我能把七里溝修好？鄉上領導都在這兒，你當支書的不是說同意我承包七里溝，你應該實施什麼時候去淤七里溝啊！」鄉長就說：「老主任，你這就得寸進尺了，淤不淤七里溝那是以後的事，今日咱先喝酒，還有省城的人哩，不要晾了人家。」連搡帶扯，把夏天義拉出了門。夏天智讓二嬸也到家去，二嬸不去，說：「你二哥咋活得像娃娃一樣嘍！」把褂子讓夏天智給捎上，還有那副大橢子眼鏡和一包黑捲菸。夏天智就指著啞巴罵：「沒心眼，叫你開門咋不開門?!」啞巴只是笑，然後跑到廁所就不出來了。

事情是解決了，大家卻沒了酒興，原本準備了五瓶酒，只喝過兩瓶就喝不動了。夏天智說：「都喝呀！夏風，給各位都倒滿！來，我再敬大家一杯！」新生說：「四叔，我不敢多喝了，這酒上頭。」夏天智說：「我這是好酒，咋就上頭了?!」新生說：「不是四叔的酒不好，酒是好酒，是我昨夜沒睡好，沾酒頭就昏了。」夏天智說：「你那胖身子，滲都滲半斤酒的。」新生說：「我實在不行了，你瞧我這臉！」新生的臉紅得像猴屁股，他解開褂子，胸膛上也是紅的。夏天智說：「那是這，你要不喝了，你給咱唱一段，黑編輯到咱這兒，老感嘆這麼個小地方還有人能畫秦腔臉譜，他是不知道清風街人還都能唱秦腔的！不是我夏天智多能耐，是清風街秦腔藝術的群眾基礎厚，啥地方產啥東西，咱這兒蔥長一尺高，我聽中星說，他在新疆當兵，那裏的蔥都是兩尺來高！新生你就唱一段，讓黑編輯聽聽！」眾人就說：「好，好，新生來一段！」新生卻說：「唱啥呀？讓上善唱吧，上善你唱了我再唱！」夏天智說：「上善你先唱？」上善就攏了攏撲閃在額前的那撮頭髮，說：「唱就唱，我臉厚。今日高興的事多，初次見到省城裏的黑老師。」黑編輯忙說：「什麼老師，我年輕，就叫小黑。」上善說：「叫老師！初次見到了黑老師，又是四叔要出書，再是君亭和二叔和好，還有鄉上的兩位領導在場。」鄉長說：「你這話多了，咱們又不是不常見面？」上善說：「和領導在一塊吃飯這是第一回呀！這麼多的好事，我就唱一段，大家多喝酒。」大家以為他要唱了，上善卻又說：「唱什麼呀？我在清風街是唱得最不好的，四叔說清風街秦腔藝術的群眾基礎厚，這話是真的，剛才在路上碰著引生，連引生都寫了個文章，說的也是秦腔。」他把那份材料拿出來。黑編輯說：「引生是誰？」夏天智說：「瘋子！」黑編輯說：「瘋子？讓我看看是咋樣個瘋子！」一邊看，一邊說：「哈！」一連說了三個「哈」。夏天智說：「上善，讓你唱的，誰叫你說這些？胡拉被子亂拽氈！」黑編輯說：「寫得好麼，咱書上沒有序，這不是現成的序麼！」夏天智說：「唵？我看看。」夏天智看了，說：「這是引生給你的？」上善說：「是呀。」夏天智說：「他從哪兒弄來的，他怎麼能寫了這些？」上善說：「是不是宏聲寫的？」黑編輯說：「宏聲又是誰？」夏天智說：「清風街上的醫生。」黑編輯說：「真是塊神奇地方！別的書請名人作序的，咱這本書用民間的序，那就太有意思啦！」黑編輯手舞足蹈，夏天智也高興了，說：「人常說天上掉餡餅，真是掉了餡餅，喝酒，喝酒！」鄉長說：「老校長喜糊塗了，你不是讓上善唱一段嗎？」夏天智說：「對對對，上善你唱！」上善還是說唱啥呀，啪啪地拍腦門，只說他又要拿做，嘴裏卻不變聲調地說開戲詞了：「我在學坊當門督，愛吃牛肉喝燒酒，我乃門督，今是大比之年，學裏老師命我給呂師爺送來衣帽藍衫，十兩銀子的盤纏，打發老人家上京求官。來到門前，咋沒人言喘。呂師爺！哎呀是不是餓死咧。呂師娘！得是凍死咧。待我窯背上去叫，呂師爺你睡醒些，財神爺給你送元寶來了！」咣哐，把酒杯往桌上一扔。君亭說：「酒杯？酒杯？」上善說：「那不是酒杯，是扔的金元寶！」開口卻唱：「貧莫憂愁富莫誇，誰是長貧久富家。有朝一日風雲炸，時來了官帽插鮮花。」黑編輯立即鼓掌，說：「唱得好，唱得好！」夏天智說：「你知道他唱的哪齣戲？」黑編輯說：「這我倒說不來。」夏天智說：「是《木南寺》，窮秀才呂蒙正和妻劉瑞蓮受餓於破窯，劉氏之母來接濟女兒，差蒼頭丫鬟送來糧米，剛才那段是門督的說唱。」黑編輯說：「噢，是丑角戲。」夏天智說：「上善不是唱黑頭就是唱丑角。」上善說：「四叔是說我不是個正人君子啊？」夏天智笑著說：「你是個人精，清風街真還離不得你！新生，現在該你了，上善唱的是丑角，你來一段正劇，咋樣？」劉新生說：「唱哪段？」夏天智說：「來段長的，《哭祖廟》，我給你起板。」手就在桌沿上敲打，先敲「漸板」，自己哼唱，再敲「二倒板」，劉新生便唱開了：「先皇爺腰挎著三尺寶劍，滅強秦除霸楚才定河山。自孝平國威衰王莽篡漢，毒藥酒害平帝龍駕歸天。光武帝走南陽復興炎漢，全憑著雲台將二十八員。傳位在桓靈帝宦官作亂，恨黃巾插義旗四下狼煙。我皇祖和關張桃園遇面，殺白馬宰烏牛大謝蒼天……」夏天智離開了堂屋，到了院子，四嬸卻坐在廚房門口打盹兒，夏天智說：「堂屋裏唱得多熱鬧，你倒瞌睡了?!」四嬸說：「這酒喝到啥時候呀，飯菜都放涼啦！」夏天智說：「不急的，大家正喝到興頭。白雪呢？說得好好的她要給大家唱一段的，人呢？」四嬸說：「她身子都笨成那樣了，還讓她唱啥的，唱出毛病了你負責呀?!」夏天智沒脾氣了，立在那裏了半天，堂屋裏新生還在繼續唱：「……當陽橋三聲吼嚇退曹瞞，折柳梢繫馬尾用計一件。馬奔跑塵土萬丈撲滿天，站立在橋梁上三聲喊。直嚇得曹相人踏人死馬踩人亡折一半回營去抱過年冊簿子從頭到尾仔細觀，大將折了整二萬，小卒一概記不全……」

夏天智再到堂屋去，四嬸趕緊叫了夏風在一邊，說了白雪娘家的事，打發去看看。

這肯定是個熱鬧的日子，夏家在東街熱鬧著。白家在西街也熱鬧著。我本來去七里溝，但夏天義說他要找李三娃換手扶拖拉機，讓我也去鐵匠鋪買把鍁，我便去買鍁了。從鐵匠鋪出來正碰著金蓮領人去西街，我就嘿嘿地笑。金蓮說：「你笑啥的？」我說：「兩個蒼蠅在你脊背上搞事哩！」金蓮說：「滾！」但兩個蒼蠅確實在她脊背上壓了摞摞。我說：「滾就滾，哪怕蒼蠅把你脊背搞爛哩！」我站在了鐵匠鋪門口的台階上，金蓮抖了一下身，蒼蠅飛起，牠們飛在空中還是一個摞一個，金蓮就覺得冤枉我了，說：「跟我計畫生育去！」我說：「我為啥跟你去計畫生育？」金蓮說：「你不能生育了麼！」我罵她了一句，卻問要抓誰去?金蓮說是抓江茂的媳婦，我就跟著她去了，因為我恨江茂。那一次我偷白雪的內衣，江茂積極得很，首先撲過來打我。君子報仇十年不晚，終於有機會讓我整他了，最起碼，我可以看他的笑話。但我怎麼也沒有想到，去江茂家就遇上了白雪。

白雪是回到了她的娘家，她娘沒有在，外甥女在院子裏跳繩兒，說我婆在後頭院子裏。後頭院子便是江茂的家，白雪去了，果然見堂嫂改改挺著個肚子坐在屋台階上，娘和嬸嬸說什麼，哧哧地笑個不停。白雪說了消息，改改變臉失色，轉身就往屋裏走。嬸嬸說：「金蓮怎麼就知道改改回來了，誰報的信兒?當存你斷子絕孫呀，你嘴那麼長?!」白雪知道當存是西街牛拴的老婆，兩家以前為地畔吵過仗。白雪娘說：「你罵當存幹啥的，你也是多事！」嬸嬸說：「改改從山裏回來就只碰上過當存，不是她報的信還有誰？改改，你往屋裏鑽頂啥用，屋裏老鼠窟窿他們都會翻到的。」改改就又出來，抱著個包袱，說她到河堤上去；河堤那兒有蘆葦灘，鑽進去了尋不著。孃孃說：「那怎麼行，那裏能過夜？」又說：「白雪，讓你嫂子穿上件衣服把臉蓋住，你領著到你婆婆家去。她金蓮能想到人在你婆婆家？就是知道了，她還到夏家抓人去？」白雪說：「正因為村幹部都在我家，我才知道了消息過來的，哪能去得？」白雪娘說：「就是能躲，躲到人家那裏算個啥？先到我家去吧。」開了院門，瞧瞧四下無人，小偷一樣竄到了前院。孃孃收拾了才吃過飯的碗筷，又把織布機移到院門過道，然後站在巷口往街道方向瞅。

白雪娘將改改安排到西廈子屋的一間小房，讓上炕睡了，又拿了尿桶進去，叮嚀千萬不要出來，不管外邊有啥動靜都不得出聲，要尿了，就順著尿桶邊兒尿，喉嚨再癢，多嚥些唾沫，不准咳嗽。拉閉了門，上鎖子，把院中跳繩的孩子攆趕出去了。白雪說：「娘，那我該走呀！」白雪娘這才問起白雪幾時從縣上回來的，身子怎樣，一定要把自己養好，把胎保好，說：「你也看到了，在農村生個娃娃多不容易！」白雪說：「『計畫生育』這麼嚴啊！」白雪娘說：「這一屆村班子硬得很，你嫂子從一懷上就跑了的。要跑你就跑得遠遠的，把娃娃生下來再回來，可她鬼迷心竅了，你江茂哥打工又不在，你回來幹啥，沒事找事！」白雪說：「生那麼多娃娃幹啥呀，我連我這頭胎都不想要哩。」白雪娘說：「快唾嘴！」呸呸朝空中唾了三下，也讓白雪唾。白雪一唾，唾沫落在臉上。白雪娘又說：「在你家裏，可別說這話！記住啦沒？」白雪笑了笑沒言喘，就聽得後邊院子裏人聲嘈雜。白雪娘說：「我心咋這慌的！」爬上院牆梯子，假裝整理院牆頭上搭晾的玉米棒子，往外一看，金蓮和一夥人從巷子進來。白雪娘說：「這不是金蓮嗎，啊哪噠去呀？」卻不等金蓮回話，就爬下梯子，小聲對白雪說：「來了，真的來了！」白雪說：「那我走呀，那邊正待客的。」白雪娘說：「你先不急，就守在院裏，我到後邊去看看。」

白雪的嬸嬸一聽到白雪娘大聲說話，立即坐上了織布機，腳一踏，手一扳，哐哐地織起了布。我們已經到了院子，她還在織布機上不下來。等白雪娘趕了過來，金蓮已經和白雪的嬸嬸吵了起來，那嬸嬸一口咬定改改沒有回來，指天畫地，發白眼咒。但金蓮壓根不在乎這些，只講了一遍：逃避計畫生育和包庇逃避計畫生育人的行為都是犯了國法！開始在上下屋搜尋。搜尋的人有村幹部劉西傑，有治保員周天倫，有趙宏聲和我。我們查看了每一個小房間，又上到木板樓上，又下到紅苕窖裏，金蓮甚至揭起了那些大小甕蓋後，還彎腰下去檢查了雞棚。沒有個人影。這時白雪她娘進了院，白雪她娘一進來我就慌了，忙拿起一個草帽戴在頭上。白雪的嬸嬸說：「搶東西呀，戴我家帽子！」她把帽子奪了去，我就站在了劉西傑身後。白雪娘看見我了並沒理我，說：「金蓮金蓮，又收什麼稅了嗎？」金蓮說：「姨，你知不知道改改回來了？」白雪娘說：「沒聽說麼。」白雪的嬸嬸還坐在織布機上，吊著臉，說：「金蓮，你把雞棚看了，你再把雞屁眼摸摸，看改改在沒在裏邊藏著！」金蓮說：「你不恨我，我這裏執行國策哩，上一次她回來了，你說沒回來，你騙了我，騙一回兩回，騙不了三回四回的，這次明明有人看見了她，你又把她藏在哪兒啦？」白雪的嬸嬸說：「這是誰在嚼舌根呀，就不怕斷子絕孫，她一輩子不生個娃娃，就這樣嫉恨我呀？她欺負我家沒個男娃，我要有個男娃長得門扇高了，看她還敢多嘴？」就大聲哭，手在織布機上拍得啪啪響。白雪她娘說：「幹部來了，你咋能這樣，也不請幹部喝口水呀！」嬸嬸還在哭，說「你拿電壺倒些水」，又拉長了聲哭。一邊哭一邊看白雪娘在四五個碗裏倒水，她又說：「放些糖，糖在櫃櫃瓷罐裏。」再是哭。金蓮不喝水，我們都沒喝水，但也尋不著大肚子改改。白雪娘說：「改改又不是個螞蟻，家裏尋不著，那真的是沒回來，你們搞計畫生育的也辛苦，到我家去坐坐吧。」白雪娘當然是說客氣話，金蓮卻同意了，她給周天倫耳語了一下，說：「你們就在這兒守著，她一天不露面守一天，十天不露面就守十天，清風街的計畫生育先進稱號不能讓她給咱毀了！」她跟了白雪娘往前邊院子走，偏偏又把我叫上。我說：「我不去了吧？」金蓮說：「咋不去？」我跟金蓮走，剛一走到前邊院門口，我就看見了白雪，一下子身子釘在地上了。我看見白雪也看到了我，她的眼睛閃了一下，然後就避開了。天呀，她一剎那的眼神，是驚慌，是疑惑，是不好意思，又是憤怒，像是給我扔過來一把麥芒，蟄得我渾身起了紅疙瘩，扭頭便跑。金蓮大聲叫我：「引生，引生，你還想要補貼不想?!」我一直往巷子外跑，一隻鞋都跑掉了，還是跑。

我跑得越遠，魂卻離白雪越近，如果白雪能注意的話，一隻螳螂爬在她的肩膀上，那就是我。最可惡的是金蓮，她首先看見了螳螂，說：「這個時候了哪兒來的螳螂?!」把螳螂撥到地上。白雪看見了螳螂就尖叫，她說她害怕這種長胳膊長腿的蟲子，就咕咕地吆呼雞，雞把我叼起來就跑了。雞吃不了我，雞把我才叼到院門外，我一掙扎就飛了。白雪和金蓮是中學的同學，白雪沒和夏風結婚的時候金蓮和白雪好，白雪和夏風結婚後金蓮就恨白雪，但現在金蓮卻顯得熱火，不停地誇說白雪的上衣好，鞋也好，頭上的髮卡在哪兒買的，真好看。金蓮永遠不說白雪漂亮，只說白雪的衣服好。我恨起了金蓮，我的螳螂不再是螳螂了，我變成了綠頭蒼蠅來噁心她，在她頭上嗡嗡地飛，她趕不走，還把一粒屎拉在她臉上。金蓮的臉上有好多雀斑，全是蒼蠅屎的顏色。白雪她娘說：「金蓮你的衣服才漂亮哩！你爹身體還好？」金蓮說：「春天犯了一次病，不行不行了又緩了過來，現在還可以。」白雪她娘說：「你要多照看著哩，你爹就你這個女兒，女兒是爹娘的貼身小襖哩！」金蓮說：「我一天忙的，哪能顧上?!」白雪她娘說：「也是，當幹部要唱紅臉又要唱白臉麼。金蓮啥都好，要是性子不急，說話不衝那就更好了！」金蓮說：「你是嫌我剛才太厲害啦？」白雪她娘說：「那也應該。」金蓮說：「誰願意把自己弄得不男不女呀?可你當幹部，不厲害咋工作?!改改生過兩胎了，又要生三胎，咱不說為國家的長遠利益著想，只說計畫生育指標完不成，縣上訓鄉上，鄉上訓君亭，君亭又訓我，你說我咋辦?我給你透個實情，村部都決定啦，改改她再不回來，村上就得罰她家款呀！」白雪她娘說：「罰那個老婆子呀?她兒子在外邊下煤窯，命是今日有明日沒有的，改改再一跑，家裏地都荒了，她老婆子還有個啥呀?!」金蓮說：「西山灣村裏違犯計畫生育的都抬門揭瓦啦！」白雪她娘說：「你瞧你瞧，狠勁又上來了?!」金蓮就嘎嘎地笑。白雪起身去給金蓮倒茶，悄聲對娘說：「你咋讓她到咱家了?」她娘說：「我隨便說了聲去家坐，誰知她就過來了。」白雪說：「那我怎麼回東街呀?」她娘說：「你不要走了，你在這兒能和她說話，她想不到改改在咱家的。」劉西傑走進來給金蓮招手，金蓮近去，兩人耳語了幾句，金蓮就笑了，接了白雪遞來的茶，喝了一口，說：「好茶！姨呀，咋捨得給我喝這上等茶?改改不會在你家吧?」白雪娘臉一下子變了，忙低頭往廈屋走，走到窗台了，拿了窗台上一把笤帚，說：「你說啥，金蓮，這是我的家，她在我家幹啥?你是嚇你姨哩！」笤帚拿在手裏了，卻放下，說：「白雪你和金蓮坐，我挑些水去。」金蓮說：「你要挑水呀，是這吧，我幫你挑去！」奪了水擔，卻要白雪跟她一塊去，兩個人說說話。白雪她娘心靜下來，給白雪使眼色，白雪無奈地跟了金蓮到西街頭的泉裏去挑水。

白雪一走，劉西傑和周天倫就趴在了廈房的後窗，他們已經搜索了周圍人家，終於從後窗看見屋中的土炕上睡著一個人，看髮型是改改，就拍窗子喊，那人不動彈，越發肯定了是改改，拿棍子從窗格裏伸進去捅。一捅，那人一挪，再一捅，那人再一挪，一直捅得從土炕上掉了下來，果然就是改改。劉西傑和周天倫便進了院子，讓白雪娘開廈屋門，白雪娘不開，他們將門抬開，把改改抓住就往趙宏聲的大清堂去。白雪娘氣得雙腿稀軟，坐在院子裏起不來，白雪的嬸嬸不敢哭也不敢鬧，卻乍拉著手跟著一塊去。

這邊把人一帶走，巷子裏就嚷：改改被抓走了！抓去流產呀！挑了兩桶水過來的金蓮放下擔子，說：「白雪，我得走啦！」轉身跑了。白雪挑不動兩桶水，隻身回來，她娘在院裏雙眼瓷著，一語不發。院裏有一隻貓，臥了一團，頭卻仰著天，兩眼睜得圓圓的，而一隻雞，斜著身子，探了腦袋，步子小心翼翼地往貓跟前走。貓不知怎麼看著天流淚，雞也不知這貓又怎麼啦，這麼可憐？白雪到了這會兒才明白了金蓮是故意要把她引開的，倒埋怨娘不會辦事，弄巧成拙。

在清風街，這樣的事情早已司空見慣了，所以改改被抓去了大清堂，巷子裏人知道了，也只說：「把改改抓走了，這笨改改，跑回來了幹啥?!」就各人過各人的日子了。大清堂裏，所有違犯了計畫生育的婦女刮宮流產都在那裏，趙宏聲就曾說過，後院裏那間治療房裏有三百個娃娃的魂呢，每到半夜，那房裏有小鬼叫喚。所以，這間房子初蓋起時他貼了一聯：「為因此外無妙地；恰好其間起小屋。」後來就又貼上了：「社會不收你，你來幹啥；是可憐兒女，另處投胎。」改改被帶到那間小屋，天差不多要黑了，白雪的嬸嬸跟了去，竟悄悄溜進後院就躲在小屋邊的柴草棚裏。柴草棚裏的蚊子能把白雪的嬸嬸吃了，她不敢拍打，只用手在臉上胳膊上抹，抹得一手腥血。金蓮當然回家去了，劉西傑和周天倫還坐在大清堂門口把守，趙宏聲去做結紮手術時手術已做不成，對劉西傑和周天倫說改改怕是要生呀。劉西傑說：「那你就接生吧，孩子一生下來處理掉！」趙宏聲說：「生下來了咋能捏死?!」劉西傑說：「生下來了你喊我！」劉西傑和周天倫在前邊的藥舖裏喝酒，你一盅我一盅，喝得腳下絆蒜。趙宏聲拿了消毒的器械又進了小屋，半個時辰，改改真的把孩子生了出來。改改是已生過兩胎，再生娃娃沒叫喊一聲，容易得就像拉了一泡屎。但怪事就在這個時候出現了，孩子和羊水撲通一聲噴出來，孩子像一條魚在床上的油紙上滑了過去，竟然掉到了地下，而電燈嘩地滅了。趙宏聲以為是跳了閘，在門後的閘盤上扳閘刀推閘刀，燈還是黑的，罵著：「停電了?!」趕忙又在地上摸孩子，沒摸到。藥舖裏的劉西傑喊：「宏聲宏聲咋沒電了？」趙宏聲滿手的血，跑到藥舖取蠟燭，取了蠟燭又尋不著火柴，等點著了，院子裏又跌一跤，燭又滅了。趙宏聲最後到了小屋，改改虛脫在床上，孩子連同胎衣卻不見了。趙宏聲吃了一驚，說：「娃呢?!」改改說：「我生下娃娃了你們讓我看都不看一眼就扔了?!」趙宏聲便大聲叫喊劉西傑和周天倫。

其實孩子是白雪的嬸嬸抱走了。這老婆子邪得很，她在柴草棚裏隔著棚縫看天上的一顆星星，祈禱說：「我娃生下來就斷電吧！」果然電就斷了。她鬼影一般閃到小屋，從地上把孩子抱起來，先分開孩子的腿，摸著了一個小牛牛，黑暗裏她不出聲地說：「天！」眼淚流下來。她原本有一條風蝕腿，鬼曉得那一晚身手麻利，撩起了衣襟把孩子連同胎衣兜了就跑到院角，又踏著院牆下的雞棚上了院牆，再從院牆上跳下去，順巷道跑向了三一二國道。

再說夏風去西街接白雪，一出門碰著了賽虎，他跺了一下腳，賽虎站住瞅他，尾巴搖搖，又掉頭跑了。夏風想賽虎一定又是來找來運的，叫道：「賽虎，賽虎！」賽虎卻一直順著巷子跑，出了巷子，竟從斜路上往鄉政府那兒去。夏風也是無聊，也攆著到了鄉政府門外，書正拍打著衣服正要回家，說：「夏風，今日請客了?喝的啥好酒呀，書記和鄉長一回來都醉得睡了！」拿腳踢賽虎，又說：「賽虎也去啦？」夏風說：「又不是設狗宴！」書正說：「我不是那意思，夏風。這賽虎怪得很，街上多少狗來找牠，牠都不理，就和來運好，狗找對象也講究門當戶對的！」夏風說：「狗的事，我不理會。」夏風不願意多說，順了公路走，走到磚場那邊的岔路上了折往西街，卻見一個黑影一閃，再看卻什麼也沒有了。夏風嚇了一跳，問：「誰？」前邊的一個土塄下黑影蠕動著，說：「是夏風嗎？」夏風走近一看，是白雪的嬸嬸，衣襟撩著，鼓鼓囊囊，就說：「你拿的什麼呀？我來幫你！」嬸嬸低聲說：「娃叫你姑父哩！」不容分說，拉著夏風從土塄下往北又走了百米遠，蹲下了，讓夏風看。夏風看到一個嬰兒，小得像個老鼠，身上還連著胎衣。嬸嬸說：「改改讓抓走了，沒想不該我家絕後，她就生下來了……快把臍帶弄斷！」夏風不知所措。嬸嬸說：「尋石頭，尋兩塊石頭！」夏風尋了兩個石頭，將臍帶放在一個石頭上，用另一個石頭砸，砸了一下，軟軟的，沒有砸斷，再砸了一下，滑，還是沒斷。嬸嬸說：「真笨，用力砸麼！」夏風又砸了兩下，臍帶斷了。嬸嬸撩起衣服，說：「你快去告訴你丈母娘，讓她到陳星的果園來。」夏風跑了十多步，聽到了孩子的哭，弱得像病貓叫。

夏風一定是沒有想到他會經歷這樣一件事，那一晚他覺得新奇而興奮，等到接回了白雪，已經半夜，夏天智和四嬸都睡下了。兩人在床上睡不著，還說著改改生孩子的事，夏風說：「你嫂子想要個男娃真就生了個男娃，你能給咱生個啥呀？」白雪說：「你想要個啥？」夏風說：「是男是女都行，但我估摸你生個女娃。」白雪說：「為啥？」夏風說：「你發現了沒有，越是日子窮的人家越是生男娃，日子好過的倒是女娃多。」白雪說：「我還是想要個男娃！」夏風突然笑起來。白雪說：「笑啥的？」夏風說：「你說這話讓我想起一個葷段子了。說是一群孕婦到醫院去檢查懷的是男娃還是女娃，醫生問第一個孕婦：做愛時你在上邊還是你丈夫在上邊？」孕婦說：「他在上邊。」醫生說：是男娃。輪到第二個孕婦，醫生還是問：你在上邊還是你丈夫在上邊?說：我在上邊。醫生說：女娃。輪到第三個孕婦了，醫生還沒有問，孕婦卻哭了。醫生說：你哭啥呢?孕婦說：我可能生個狗呀，我丈夫是在後邊的！白雪突然覺得身上一股涼氣，打了個顫，說：「你就講這樣的故事?!」夏風也覺得這時候說這樣的笑話不好，才要自已給自己圓場，西邊房裏有了響動，是四嬸起來去上廁所，四嬸瞧見東邊房裏還亮著燈，說：「白雪白雪，咋還沒睡？」白雪說：「就睡呀，娘！」四嬸說：「快睡，別折騰身子！」白雪悄聲說：「娘擔心咱們有那事哩，白天就暗示過我，說不要順著你的性兒，要不對孩子不好，我還問要流產嗎，她說，生下孩子了，孩子會渾身不乾淨。」夏風說：「你這一說，我倒有感覺了。」白雪說：「有感覺了自己解決去！」夏風說沒事的，再要求，白雪抱了枕頭睡到床另一頭。

那天晚上，夏風和白雪沒有睡好覺，而清風街好多人壓根就沒睡。改改的孩子丟失後，金蓮非常生氣，她和劉西傑、周天倫、趙宏聲，又還把我也叫去，我們在清風街裏到處搜尋，都知道孩子肯定被偷走了，但就是搜尋不出來。金蓮罵過了趙宏聲，又拿我出氣，說我為什麼臨陣逃脫，逃脫了幹啥去了，又說我是倒楣蛋，有我參與了這事，這事就出了問題。我委屈不委屈？你金蓮讓我去的，又不是我要求去的，出了問題就是我的錯?!天亮的時候，我和金蓮在街上吵了一仗，啞巴卻從大清寺的院子裏開出了手扶拖拉機。我說：「金蓮，世上有一個鬼，你知道叫啥名字？」金蓮沒回答，我說：「鬼的名字叫日弄，你就是日弄鬼！」一躍身跳上手扶拖拉機，啞巴把我拉走了。

有了手扶拖拉機，我們是鳥槍換了大砲，威風得很。開到了土地廟前，我給啞巴說：「你下去，給土地公土地婆磕個頭去！」啞巴下去了，我把手扶拖拉機嘟嘟嘟往前開了，路過了李三娃家門口，李三娃才起來開他家的雞棚門，他明顯地吃驚了，說：「引生，引生！」我不理他，唱：「我楊家投案來不要人保，桃花馬梨花槍自掙功勞。」李三娃說：「雞，雞，我的雞！」我看見了他家雞，但我還是開了過去，雞從手扶拖拉機的輪子下飛了起來，嘎嘎地叫著，落了一堆雞毛。這個早晨，二嬸熬了一鍋粥，裏邊放了茴豆、黃豆、豆腐丁、蘿蔔丁、洋芋丁、蓮子，還有紅棗和核桃仁，夏天義說是八寶粥，他把一碗粥先倒在手扶拖拉機頭上，然後才讓我和啞巴吃。我說：「天義叔，見了手扶拖拉機我就覺得親，渾身上下都來勁，咱給它起個名吧。」夏天義說：「那就叫來勁！」我本來是應該開來勁的，夏天義卻擔心我犯病昏厥，不讓我開，啞巴就成了我們的專用司機。

啞巴笨是笨，搗鼓機械卻靈醒，每天早晨他把夏天義和我拉到七里溝，晚上了又把夏天義和我拉回村。來來去去，天就涼了，清風街人開始戴帽子繫腰帶了，田裏沒了多少活，農貿市場上做買賣的倒比夏裏還繁榮。人們見啞巴開來勁開得好，就給啞巴豎大拇指。啞巴是那一陣起得意了的，向他爹要錢買了副茶色片子鏡，還把那個手電筒用繩子繫了掛在褲帶上。有好幾天，我擔了尿在我自家地裏潑尿水，夏天義也在租耕的地裏施肥，啞巴開著來勁卻去幫好多人幹活。中街一戶人家的大兒子跟著茶坊村的一個工頭在省城搞裝飾，幹了半年沒拿到工錢，啞巴開了來勁幫著去工頭家討債。他不說話，坐在人家門口吃討債人給他的蒸饃，一氣兒吃了五個蒸饃，再掏出一個還要吃，工頭害怕了，乖乖把錢給付了，說：「兄弟，你快回去，你別掙死在這裏！」啞巴不是故意掙吃著嚇人，啞巴的飯量就是那麼大。西街老韓頭的女兒在省城混得好，拿錢在村裏蓋了一院房子，也求啞巴能幫她去縣城買些家具，啞巴卻拒絕了，因為啞巴聽村裏人說那女兒在省城錢掙得不乾淨。那女兒就罵啞巴，啞巴還不了口，將身子一晃一晃做下流動作，惹得韓家的人出來撵打，啞巴逃得慌，將手扶拖拉機碰到了丁霸槽萬寶酒樓的牆角上，油箱都碰進去一個坑。啞巴回來給夏天義訴委屈，夏天義倒罵啞巴為啥不給人家幫忙？我說韓家的女兒在省城當妓女哩，當然不能幫忙。夏天義說：「你咋知道人家是妓女？」我說：「她一個女的，做啥事了能掙那麼多錢蓋房哩？」夏天義說：「誰家日子過窮了你們笑話人家，誰家日子富裕了你們就這樣嫉恨呀?!」我說：「她不是妓女才怪的，你沒見她那一身打扮，妖精似的。和萬寶酒樓上那些妓女一樣，都是那麼厚的鞋底！」夏天義說：「萬寶酒樓上有妓女？」我說完就後悔，這話怎麼敢給他說？果然夏天義看著我，看了半會兒，我改口說：「她有做妓女的嫌疑。」他也不言語了，只讓我把他家剩下的陳包穀裝了多半麻袋送去了秦安家。

夏天義把陳包穀送給了秦安，慶玉知道後大為不滿。原定秋後兄弟五個給夏天義老兩口交稻子和包穀，這個慶玉，還講究是民辦教師，插著鋼筆戴著近視鏡，他沒水平，竟然只交了稻子卻再沒交包穀。慶玉不肯交，慶金、慶滿和瞎瞎的三個媳婦也都學樣，不肯交，說：爹能把包穀送給秦安，卻讓咱們交，咱做兒女的倒不如個外姓秦安？竹青最會來事，她是交了，還多給了爹娘一口袋黃豆。再是啞巴回到他家用麻袋裝了包穀給夏天義掮去，然後提了一桿秤到各家去收。瞎瞎見啞巴進了門，拿鎖子鎖了櫃，啞巴用秤錘砸鎖，叔姪兩個就打了起來。瞎瞎沒有啞巴力氣大，卻仗著輩分高，哈巴狗站在了糞堆上，咣地摑了啞巴一個耳光。啞巴頭低下去就牴，牴得瞎瞎靠了牆動彈不得。瞎瞎拳頭在啞巴脊背上捶，脊背寬得像案板，捶也是白捶，他就揭啞巴屁股，一指頭竟然捅進啞巴的肛門裏，用力要把啞巴揭翻。啞巴肛門一收，將指頭夾住，拉著瞎瞎在院子裏轉圈兒。瞎瞎喊媳婦：「你拿棍往他頭上掄！」啞巴肛門一鬆，瞎瞎撲通一聲跌坐在地上，墩得半天不得起來。

啞巴在這邊打架著，村裏好多人站在院牆外聽動靜，卻摀著嘴笑，不去勸解。二嬸和俊奇娘又坐在俊奇家的廈屋裏一邊剝南瓜籽兒吃一邊拉家常，俊奇娘說著說著就對死去的俊奇爹說話。她說：「你把我的鐲子給誰啦？你說，掛麵坊往常一月交二百個銀元，這一月怎麼才收了一百二十個，你把銀元給誰啦？鐲子是我娘陪給我的，你也敢給了那狐狸精？」二嬸說：「你說誰個？」俊奇娘就清亮了，說：「我給俊奇他爹說的。」二嬸說：「你說鬼話呀！」俊奇娘說：「我沒個老漢麼。」二嬸說：「要老漢有啥用！我有老漢和沒個老漢有啥區別？」俊奇娘說：「有饃不吃和沒饃吃是不一樣。」俊奇的媳婦從外邊進來，說：「我爹死了幾十年了，你一天到黑唸叨他，我和俊奇是少了你吃的還是穿的？」俊奇娘說：「誰家裏少了吃的穿的？」俊奇媳婦說：「你問問二嬸，她五個兒子秋裏給她了多少包穀？」二嬸說：「你咋知道這事？」俊奇媳婦說：「誰不知道呀，剛才啞巴去為你們爭包穀，把瞎瞎打了個血頭羊！」二嬸一聽，就往回走，拄了枴杖到了巷口，一疙瘩豬糞滑了腳，跌在地上就哭起來。

夏天智是八字步，穿鞋腳後跟老磨得一半高一半低。他去陳星陳亮的鞋舖裏補了一雙雨鞋往家去，看見了他的二嫂子坐在地上哭，問哭啥的？二嬸說了沒人給他們交包穀的事，又說了啞巴和瞎瞎打了架。夏天智把二嬸攙起來，說：「我知道了！」直腳就去了慶金家。慶金家的院門開著，他把雨鞋掛在門閂上，端端走進去坐在了堂屋中的一把籐椅上。貓跑來抱他的腿，他把貓踢開，雞來啄他的腳，他把雞踢開。慶金聞聲從廈房出來，叫了聲：「四叔！」見四叔的臉陰著，就垂手立在那裏不動了。夏天智從來不像夏天義那樣暴怒過，但他不怒自威，也不看慶金，眼睛一直盯著院門外楊樹上的疤，疤像人眼，問：「咋回事？」慶金說：「四叔，啥咋回事？」夏天智說：「啞巴和瞎瞎打架是咋回事？」慶金說：「這都怪慶玉。」把事情原委說了一遍。夏天智說：「慶玉吃屎你們都吃屎呀？政府都不讓每一個人餓死，鄉上餓死一人罷免鄉長，縣上餓死一人罷免縣長，你們都不給你爹娘糧了，你這長子還坐在屋裏安妥啊？」慶金滿臉通紅，求四叔不要將打架的事告知他爹，說他現在就讓各家把包穀往他爹那兒送。夏天智站起來就走，說：「那我就在你爹的屋裏等著！」慶金已經沏了茶，說：「四叔，四叔。」夏天智走出了院門，他沒有提那雙雨鞋，說：「你送糧時把我的鞋帶上！」

夏天智到了夏天義家，夏天義沒在家，二嬸坐在炕上哭，他的腳有些疼起來，一邊脫了鞋揉著一邊勸二嫂再不要哭，哭啥呀，你把頭髮梳光，盤腿坐在炕上剝你的南瓜籽吃。就走過去把窗子打開，他嫌屋裏有一股酸臭味。門外水塘裏一陣鴨子叫，慶滿的媳婦把包穀用麻袋扛了來，說：「娘，我把糧給你扛來了，這麼多糧看你怎麼個吃呀?!」進門瞧見夏天智坐著，不說了。慶堂是交過了的，又提了一籠子胡蘿蔔。慶玉沒有來。慶堂問慶滿的媳婦：「二哥呢，他還不來交？」慶滿媳婦說：「軟柿子好捏麼！」夏天智說：「唵?!」慶滿媳婦說：「我去問二哥去。」在門口和瞎瞎碰了個滿懷。瞎瞎頭上的血沒有擦，而且還抹了個花臉，提著兩小筐包穀，說：「只要都交，我是地上爬的，我能不交?給國家都納糧哩，何況我爹我娘?我爹我娘要我身上的肉我都剜了給的！他啞巴算什麼東西砸我櫃上的鎖?他把我打死麼，我沒本事，誰都欺負，文成打過我，啞巴也打我，下來該光利打了吧！」說光利，光利扛著麻袋提著雨鞋進來，說：「我以前沒打過你，以後也不會打你。」夏天智說：「你把你臉上的血擦淨！」瞎瞎不言語了，用衣襟擦臉。夏天智懶得再理瞎瞎，問光利幾時回來的，光利說：「剛才四爺去我家，我在廈房裏和我爹致氣，所以沒出來問候你。」夏天智說：「只說你是個乖的，你也跟你爹致氣?你爹為了你頂班自己提前退了，你還跟你爹致氣？」光利說：「我沒頂班反倒好了哩！」夏天智說：「沒良心的東西！」光利說：「我一頂班，鄉商店就承包了，承包費一月是二千元，我頭一月就虧本了！我想回來種香菇呀，我爹又不讓。不讓回來也行，我讓他每月把商店的虧損給我補上。」夏天智說：「你爹哪有錢，就他那點退休金……」光利說：「他沒出息也讓我沒出息一輩子呀?!」夏天智倒心軟下來，覺得剛才罵了慶金，慶金沒說他的苦愁，當下悶了一會兒，說：「你給你爹說，讓他黑了到我那兒去。」待拿來的包穀都裝進櫃裏了，揮手讓瞎瞎慶滿光利都走，瞎瞎卻說：「交了的就交了，不交的就不交了?!」炕上的二嬸說：「慶玉權當不是我兒！」瞎瞎說：「他明明是你兒！四叔家法嚴，我二哥就逍遙法外?!」夏天智說：「安門是給好人安的，小偷哪個走門？」趕著他們走了，拍了拍櫃蓋，對二嬸說：「嫂子，這包穀不是都交上來了嗎，他誰敢不交?!」二嬸說：「天智，這夏家呀多虧有你！」夏天智就回自己家去，顯得氣很盛，把收音機音量開到最大，裏邊正播著《滾樓》。《滾樓》裏有著張殼浪和張金定又說又唱得熱鬧。

張殼浪：爾嘿！

我老漢今年七十歲，

滿口牙關都不對。

豆腐血丸子咬不動，

麻辣胡豆吃起很脆。

我老漢張殼浪，正在下邊打坐，耳聽我的女娃娃在請，不知為著何事，待我上前問個明白。

張金定：爹爹到了，請坐。

張殼浪：我這裏有座。

張殼浪：我的瘻瓜瓜！

張金定：哎，女娃娃！

張殼浪：啊，女娃娃，你把爹爹老子叫出來吃呀嗎，喝呀嗎？

張金定：爹爹，你光知道個吃喝。

張殼浪：不吃不喝，有何大事？

張金定：爹爹，是你不知，我尊師言道，今年今月今日今時，有一天朝大將王子英，那人原來和兒有姻緣之分；請爹爹出堂，以在莊前等候此人到來，與你兒提說姻親大事。

張殼浪：我可莫說你這個女娃子呀，女娃子呀，你師父啥都沒有教導與你，叫你下山找女婿來了！

張金定：爹爹呀，父親，父命為大，師命為尊了！
客廳上和爹爹曾把話講，
你為兒把言語細說端詳。
我尊師在仙山對我細講，
有一個王子英美貌才郎。
勸爹爹去奔往莊門以上，
等他到你與他好好商量。
作別了老爹爹去回樓上，
但願得結成了並頭鴛鴦。

《滾樓》戲一唱，前巷後巷的人家都聽得著。三嬸來大嬸家借用笸籃，大嬸說她近幾日老是頭疼，疼又疼得不厲害，卻渾身的不自在，三嬸就在水碗裏立了筷子驅鬼。一碗水和三根筷子拿上來，大嬸說：「天智又放起戲了！現在就他的日子滋潤。」三嬸說：「好好捉著！捉著。」大嬸就把筷子在碗中立起，三嬸將水往筷子上淋，說：「是你了你就立住！立住！」大嬸說：「你說誰？」三嬸說：「他大伯麼。」又說：「是你了，你就立住！你死了多少年了還不託生呀，你還牽掛她幹啥？要你牽掛的?!陰間和陽間不一樣，你當你的官，大嫂子還要改嫁哩！改嫁哩。」大嬸說：「你胡說啥呀！」三嬸說：「嚇鬼哩！」又一邊淋水，說：「是你了你就站住！站住。」筷子晃了晃，竟然站住了，直戳戳立在碗中，兩個老太太都臉上失了顏色，渾身打了個哆嗦。三嬸說：「你夢見他從門裏進來了？」大嬸說：「他進來了，就坐在蒲團上，說：來一碗綠豆湯！我就醒來了，醒來了頭疼。」三嬸說：「八月十五君亭去墳上燒紙了沒？燒紙了沒？」大嬸說：「他哪兒還記得燒紙！」三嬸說：「那就是他大伯來向你要東西的。要東西的。」嚇得大嬸就搭了梯子往樓上取麻紙。樓上有麻紙的，是過年時買了一些糊了窗子，又用生漆貼著糊了一遍她的壽木，剩下的一沓被塵土蒙著，一翻動，活活的東西就在一柱從瓦樓裏透進來的光中亂飛。兩人一陣咳嗽，忙在櫃前的插屏下燒紙。插瓶裏裝著夏天仁的像，臉長長的，額窄腮大，像個葫蘆。紙燒完了，碗裏的筷子還直直地站著，大嬸說：「他還沒走。」三嬸就拿了菜刀，說：「你走不走？走不走。」一刀砍去，筷子被砍飛了，跳上櫃蓋，又跳到地上。大嬸將碗水從門裏潑出去，說：「滾！」

水正好潑在進門的淑貞身上，把兩個老人嚇了一跳，忙給她擦，瞧著淑貞眼睛爛桃一樣，問是不是和光利沒過門的媳婦搗嘴啦？淑貞一股子眼淚唰地流下來。大嬸說：「你眼淚咋這多的，你要上了年歲和你娘一樣！梅花給光利說媒的時候，我就知道是她看上了你家的日月好，她那外甥女就是個樣子好看，卻不是個順毛撲索的人。怎麼著，還沒過門就吵了幾次啦?!」淑貞說：「她說話是刀子往我心頭剜麼！我去找梅花，梅花倒凶我，說給你家當個媒人好像成了千年的災啦，我那外甥女在娘家像個貓兒似的咋到你家就是了老虎？」三嬸說：「你不說梅花！不說梅花。到底為了啥嗎？為了啥嗎？」淑貞說：「光利在商店天天開門天天是虧，鬧著不幹了，要回來種香菇呀，這不是讓人笑話嗎？端著金飯碗咱不要回來又當農民呀?!」三嬸說：「天天虧著還是啥金飯碗，雷慶的飯碗比光利的飯碗大吧，說一聲爛了不就爛了？不就爛了。」淑貞說：「種香菇就一定能種成嗎？我和慶金不讓他種，他和梅花的外甥女就跟我打氣憋，又要去新疆打工呀！他一個同學在新疆，說油田上要人哩！那啥鬼地方，說是蹴下屙屎蚊子能把勾子叮爛，到那兒去尋死呀！再說他兩個遠走高飛了，我身體不好，慶金又沒力氣，地裏活誰個去呀？」三嬸說：「唉，你三叔一死，咱咋啥都背運了，家家鬧騰得不安寧！不安寧。」淑貞說：「愁得慶金一天到黑地嘆氣，又加上給我爹娘糧的事，讓我四叔罵他！」三嬸說：「你爹鬼迷心竅，一天到黑在七里溝，現在咱夏家就只靠你四叔了。你四叔了。」淑貞說：「四叔罵就罵了，慶金都聽著的，可我家這日子咋得過呀？我來請請你們的主意。」三嬸問大嬸：「頭還疼不疼？疼不疼。」大嬸說：「這一陣倒沒在意。」三嬸說：「那就是不疼了麼。不疼了麼。」淑貞說：「你們在立筷子呀，三娘你給我也立立，我這也是撞著哪一路鬼了？」三嬸說：「你這不是立筷子的事，該去算算卦。如果說光利出去能掙錢，那就讓光利去，若是出去不好，就是梅花她外甥女再鬧，唾到你臉上你也忍著。你現在實際上是當婆婆了，你也知道當婆婆的難了吧？難了吧。」淑貞說：「我對我婆婆可是好的吧。」三嬸說：「好，好，你不頂嘴，只是事情沒利利索索辦過。辦過。」淑貞說：「三娘委屈我呢。你說算卦，讓我找中星他爹？」大嬸說：「叫榮叔！聽說中星又當了陽曲縣的副縣長啦？」三嬸說：「是不？前三天我看見中星爹走路一閃一閃的，這兩天咋就沒見過他了？他了。」大嬸說：「咱這一門我看是衰了，人家那一門子又旺了。」三嬸說：「咱這是氣散了，聚不到一塊麼。一塊麼。」淑貞說：「中星要是升了官，他爹還肯給我算卦？」大嬸說：「尋瞎瞎媳婦麼，她帶你去南溝虎頭崖找神去。」淑貞說：「我不尋她。你信神就信神，可哪裏有她家裏啥事都不管的，瞎瞎為啥成那樣，家無賢妻他能不在外生禍？」大嬸說：「她過她的日子，你過你的日子，與你屁事？依我看，人家倒心大，哪像你樹葉大的事就端在手裏像是個泰山放不下！」淑貞眼淚又流下來，嚶嚶地哭著走了。大嬸說：「咱這一門子該敗呀，除了竹青，哪一個媳婦都是窩裏罩，沒事了尋事，有了事就哭哭啼啼，家就是這麼哭啼敗了！」三嬸說：「頭不疼了吧？吧。」大嬸說：「還有些。」三嬸說：「病來如山倒，病去如抽絲。抽絲。」大嬸說：「要疼就疼死罷了！我活這麼大歲數幹啥呀，活著是別人的累贅，自己也受罪，閻王爺是把我忘了，你說……」話到口邊突然又嗾了。

門道裏麻巧拿著一卷布進來，咚地往桌上一扔，說：「娘，你兒回來了沒？」大嬸說：「他一天到黑在村裏忙哩，沒見回來麼。」麻巧說：「他忙啥哩，忙得在萬寶酒樓上和別的女人睡覺哩！」大嬸說：「你胡說個啥！」麻巧說：「我胡說？人家染坊裏的人與咱沒冤沒仇的，人家是胡說啦?!」三嬸說：「這話給誰說誰信？君亭不是慶玉，何況村上事牛毛一樣，他就是要幹那事也沒個空！村裏現在嫉恨君亭的人多，別人家可以亂，你這兒可亂不得哩！亂不得哩。」麻巧說：「這個家我男不男女不女的顧扯著，他再要和萬寶酒樓上妓女來往，我就碰死在他面前！」收拾了染好的布去了臥屋，兩個老太太你看著我，我看著你，再沒有說出一句話來。

淑貞回到家裏，心慌意亂什麼活兒都捉不到手裏，她就去找中星的爹。摘了幾個茄子給中星的爹拿上，但中星爹的院門上了鎖，幾隻麻雀在門口的塵土上走了一片「个」字，她又把茄子拿到瞎瞎家。瞎瞎不在，瞎瞎的媳婦倒樂意領她去南溝虎頭崖廟裏抽個籤去，但瞎瞎媳婦卻說：「你在村南頭等著，我該洗個臉的。」淑貞在村南頭等了個把鐘頭，卻不見瞎瞎媳婦，返身又來尋，瞎瞎媳婦正站在巷口的碌碡上往遠處看，脖子伸得長長的，半張著嘴。淑貞說：「你賣啥眼哩？」瞎瞎媳婦說：「夏風走呀，我看那麼多人送夏風哩。」淑貞說：「你操閒心！」瞎瞎媳婦說：「白雪身子笨成那樣了，夏風也不多呆？工作著的人有工作著的人的可憐，誰也照顧不了誰。」淑貞說：「你瞎瞎一年四季都在家裏，你懷孕就照顧你啦？」瞎瞎媳婦說：「人和人不一樣麼。」淑貞說：「你關心白雪哩，白雪咋沒說你這褲子爛得屁股蛋子快出來了給你買條褲子？」瞎瞎媳婦忙用手摸自己屁股，說：「褲子是爛啦？」又說，「我裏邊有條襯褲哩！」

兩人去了南溝，一路上嘮叨著夏家代代出人，老一輩兄弟四個一個比一個能行，英英武武了幾十年，到了慶金這一茬，能行的就是夏風和雷慶、君亭。雷慶是馬失了前蹄，臥下不動了；君亭再厲害到底還是農民，得罪的人又多，落腳還說不來哩。實指望在文成這一夥中能看出有出息的是光利，光利卻鬧著要出走，要出走是出走的陽光大道還是獨木橋，她們心裏就像一顆石子丟到井裏，探不到個深淺。到了廟裏，她們先燒了香，就跪在殿中抽籤。抽出的籤是上籤。籤上面有四句話，她們看不懂，其中卻有一句是「在家安然」，瞎瞎的媳婦就說：「不走著好！」淑貞說：「果然是不走著好，這神也真靈！」就將自己的一堆心事一樣一樣都唸叨給神，還要抽籤，給慶金和她的身體抽了籤，給光利的商店還虧不虧本抽了籤，但籤籤都是下籤。淑貞心急起來，一頭的汗，還要再抽，瞎瞎的媳婦說：「再抽就不靈了。」拉了淑貞出來，一香客問瞎瞎媳婦：「你來啦？」瞎瞎媳婦說：「來了。」那人說：「你給捐了多少錢？」瞎瞎媳婦說：「你說是給昭澄師傅修塔的事嗎，我捐了五十元。」那人說：「才五十元呀，中星爹是二百元。」瞎瞎媳婦說：「他捐了二百元？」滿臉的羞慚。

瞎瞎媳婦回到家，瞎瞎在堂屋和一些人搓麻將，滿屋罩了煙，一地的菸蒂和痰。瞎瞎說：「你死到哪兒去了，快給我們燒些水！」媳婦說：「沒柴了，你到場畔的麥草堆上抱麥草去。」瞎瞎說：「叫誰去抱？你日你娘的犟嘴哩?!」眾人見瞎瞎發凶，也不勸他，一個說：「咱那老婆，只要我一回家，開口就是：吃啦沒，我給擀麵去！」一個說：「我遲早一進門，老婆一手端著碗撈麵一手提了褲子，說：先吃呀還是先日呀？」他們這麼一說，瞎瞎就對媳婦吼：「咋還沒動彈?!」從腳上脫了鞋就擲過去，正打在媳婦的頭上。眾人見瞎瞎真動了肝火，忙說：「好啦好啦，別在我們面前逞能啦！」媳婦說：「是不是你又輸啦？」瞎瞎罵道：「你管我輸啦贏啦?!」又要撲起來打，媳婦就出門去抱了麥草，在廚房裏生火燒水。燒著燒著，咬了牙，從櫃子裏往麻袋裝麥子，裝好了，大聲叫道：「武林哥，武林哥，你不坐會兒呀？行，行，我一會兒給你揹過去！」然後把燒開的水端到堂屋。瞎瞎說：「你給誰說話？」媳婦說：「咬舌人武林，他去市場上糶糧食，一趟拿不動，放了一袋讓我幫他揹到市場去。」瞎瞎說：「嚇，啥人都會指派人了?!」就忙著去抓牌。媳婦便走出來，將那一袋麥子揹著，便宜賣給了趙宏聲。她已經賣給趙宏聲幾次糧食了，她對趙宏聲說：「這事你可不要給我那一口子說，一說他就拿錢又去搓麻將了。」趙宏聲說：「我這嘴你還信不過，白雪她娘家嬸把娃娃抱走了，我能不知道，可我吐一個字來沒有？」瞎瞎媳婦說：「聽說生了個男娃？」趙宏聲說：「這話我就不說了。」瞎瞎媳婦笑了笑，將一卷錢塞在懷裏高高興興走了。

回到家，瞎瞎一夥還在搓麻將，媳婦卻想不出把錢放在哪兒安全，先放在櫃中的麥子裏，又取出來，就從穀糠甕背後翻出一個破紙盒，放在盒子裏了，再想想，怕錢潮了，用一片塑料紙包了，還在紙盒上放了些麥草，重新藏在甕背後，謀算著明日下午就可以重到南溝廟裏去了。瞎瞎在堂屋喊：「喂，喂！」媳婦知道在喊她，偏不作理，瞎瞎就罵：「你耳朵塞了驢毛了嗎？」媳婦說：「你吱哇啥的？」瞎瞎說：「你攤些煎餅，去大哥院裏摘些花椒葉墊上，椒葉煎餅好吃！」媳婦說：「我不去，上次摘花椒葉，大嫂滿不高興哩。」瞎瞎說：「摘她個片花椒葉都不行？你去，你偏去摘！」媳婦說：「你能行，你去摘！」瞎瞎逗火了，當下放下牌，就去了慶金家院子摘花椒葉。一會兒回來進門竟吼道：「是你把大嫂領到南溝廟裏去了？」媳婦說：「她說要給光利抽籤的，她要我帶路，我能不去？」瞎瞎搧了媳婦一掌。瞎瞎的個頭低，他是跳了一下搧的媳婦的臉，說：「你抽的屁籤哩！光利已經坐車去新疆了，如果大嫂在，光利還不敢走的，你把大嫂卻偏偏帶到廟裏去了，現在大嫂尋死覓活的，你負責去！」媳婦一聽，說：「爺！」轉身就走。瞎瞎又跳著一個巴掌搧過去，說：「你往哪裏去，你惹下事了，你不乖乖在屋裏還往外跑?!」媳婦挨了打，並沒有哭，在院中的捶布石上坐了一會兒，進廚房攤煎餅。這媳婦做針線活不行，攤餅在五個妯娌中卻是最好的。她娘死得早，四歲上她就在案板上支了小凳站著學攤餅。嫁過來後，瞎瞎不務正事，又惹事生非，她已經習慣了，知道這是她的命，也就不哭，也不在人前唉聲嘆氣，但該怎麼辦就怎麼辦。餅煎了一案，她的奶驚了，孩子還放在婆婆那裏。就在灶火口將衣服撩起，將憋得生疼的奶水擠著灑在柴火上。然後把餅盛在盤子裏，又在四個小碗裏調了辣子醋汁，一切都收拾停當，拉閉了廚房門，在院子喊：「餅子好了！」自顧出門去接兒子。

麻巧的臉青蘿蔔似的，從巷子裏小步跑，一對大奶撲撲閃閃像兩袋子水，咕湧得身子跑不快，瞎瞎的媳婦就忍不住笑了。瞎瞎媳婦說：「嫂子，嫂子，狼攆你哩?!」麻巧沒吭聲，但跑過三步了，卻說：「你有事沒事？」捏了一下鼻子，把一把鼻涕抹在巷牆上。瞎瞎媳婦說：「我去接娃呀，娃在他婆那兒。」麻巧說：「那你跟我走！」瞎瞎媳婦糊糊塗塗就跟了走。走出了巷到了街上，她不知道往哪兒去，說：「嫂子，你知道不知道光利到新疆去了？」麻巧說：「去了好，都窩在咱這兒幹啥呀！」瞎瞎媳婦說：「他一走，他娘尋死覓活的！」麻巧說：「誰的日子都比我好！」瞎瞎媳婦覺得不對，也不敢多說，跟著只管走，瞧見麻巧頭上似乎長了個大紅雞冠。瞎瞎媳婦說：「嫂子你頭上有個雞冠？」麻巧說：「我成了鴿人的雞啦?!」瞎瞎媳婦再看時，那不是雞冠，是一團火焰。揉揉眼睛，火焰又不見了。

這兩個婆娘到了萬寶酒樓前，腳底下騰著一團塵土。丁霸槽在樓前的碌碡上吃撈麵，辣子很汪，滿嘴都是紅，剛一筷子挑了一撮，歪了頭用嘴去接，驀地看見麻巧過來，忙嘸了麵，跳下碌碡把路擋住了。麻巧說：「雉子，君亭在沒在樓上？」丁霸槽說：「啥事？」麻巧說：「他幾天不沾家了，是不是在樓上嫖妓哩？」丁霸槽說：「啥？你是糟賤君亭呢還是糟賤我酒樓呢，我這兒哪有妓？」麻巧說：「誰不知道你那些服務員是妓，三踅帶著到處跑哩！他幾天不回去了，家還是不是家?!」丁霸槽說：「君亭哥是村幹部，你見過哪個大幹部能顧上家？」麻巧說：「他算什麼大幹部，看有沒有指甲蓋大？」丁霸槽說：「你權當他就是大幹部麼！你不認他，我看他就是清風街上的毛主席！」麻巧說：「他人肯定就在樓上，你為啥不讓我上樓去？」丁霸槽突然大聲說：「我君亭哥肯定沒在樓上，你是警察呀，要檢查我呀！」麻巧說：「你喊那麼高你別報信！」就對瞎瞎媳婦說：「你就在樓口守著，我上去尋！」瞎瞎媳婦到這時才明白是來要捉姦的，她才不想沾惹是非，轉身就走。這時刻，酒樓上有聲音在說：「胡鬧啥的，在這兒喊叫啥的？唵！」君亭披著褂子從樓梯上下來。麻巧說：「矬子說你不在樓上，你在樓上幹啥哩？」君亭說：「我的工作得給你彙報呀？往回走，清風街上哪個女人這樣過？你在這兒信口亂說，我還工作不工作?!」一腳朝麻巧屁股上踢，沒踢著，麻巧卻貓腰就上了樓，砰地將一間房門踹開，床上睡著一個女的，拉起來就打。樓上一響動，丁霸槽先跑上來，君亭也上來了，兩個女人已糾纏在一塊，你撕我的頭髮，我抓你的臉皮，丁霸槽忙拉開，各自手裏都攥了一撮頭髮。丁霸槽說：「人家是我這兒的服務員，你不問青紅皂白憑啥打人家？」麻巧說：「大白天的她睡啥？」丁霸槽說：「大白天就不能休息啦？」麻巧說：「她休息就脫得那麼光？」指了那女子罵：「你要清白你把你那×掰開，看有沒有男人的屃在裏邊？」君亭壓住麻巧就打。麻巧叫：「你打死我讓我給她鋪床暖被呀?!」君亭吼道：「你給我叫，你再叫一聲?!」麻巧不叫了。瞎瞎媳婦趕忙拉了麻巧就走，君亭就勢站起來，理他的頭髮，臨下樓了蹬了那女的一腳。

麻巧鬧了萬寶酒樓，消息不免在清風街傳出，可是第二天，麻巧卻再次來到萬寶酒樓，當著眾人的面，說她錯怪了君亭，也錯怪了萬寶酒樓上那個服務員，而且道歉。這絕對是君亭導演的。如果君亭壓根不理會，別人倒認作是麻巧生事，而麻巧不是順毛能撲索的人，她這麼表演，就欲蓋彌彰了。但是，這種表演不管多麼拙劣，你得佩服君亭畢竟是制服了麻巧，清風街又有幾個男人是制服住老婆的主兒呢？我好事，曾經去君亭家和夏天智家的周圍偷偷觀察。我發現了君亭從那以後是每天都按時回家吃飯和夜裏回去睡覺的，而夏天智也在他家院子裏大罵過夏雨，不久，萬寶酒樓上的那個女服務員就再不見了。那個女服務員一走，三踅好久一段不去萬寶酒樓了，丁霸槽從北塬上採購了五條乾驢鞭，用燒開的淘米水泡了，對三踅說：「你不來吃錢錢肉呀，厲害得很，才泡了半個小時，就在盆子裏栽起來了！」三踅說：「我已經上火了，還讓再流鼻血呀?!」倒是坐在萬寶酒樓前讓剃頭匠剃光頭，拿了炭塊在牆上寫：「你可以喝醉，你可以泡妹，但你必須每天回家陪我睡，如果你不陪我睡，哼，老娘就打斷你的第三條腿，讓它永遠萎靡不振！」夏雨知道三踅這話指的誰，用瓦片把字刮了。

清風街好長好長的時間裏再沒有新聞了，這讓我覺得日子過得沒意思。每日從七里溝回來，在街上走過，王嬸還是坐在門道裏的織布機上織布，鐵匠鋪已經關門，染坊裏的叫驢叫喚上幾聲再不叫喚，供銷社的張順竟趴在櫃檯上打起盹。我一拍櫃檯，他醒了，說：「買啥呀？」我說：「沒啥事吧？」張順說：「進了罐酒精，陳亮來吸過導管了。」我罵了句：「誰稀罕喝你酒精呀?!」回去睡覺。枕著的那塊磚，把頭都枕扁了，就是睡不著，便坐起來想白雪。我很想白雪。想得在街巷裏轉，就看見了陳星挑著一擔蘋果從果園裏回來，擔子頭上別著一束月季。我抓起一個蘋果要吃，他說：「你給一角錢吧。」我沒錢，理他的，我把蘋果狠狠地扔回筐裏，卻把那一束月季拿走了，說：「這月季該不要錢吧?!」拿著月季，我突然想，也許是那個人的心意呢，就覺得自己像月季一樣盛開。

那個傍晚，我的心情陡然轉好，而且緊接著又來了好事。我拿了月季唱「清早間直跪到日落西海」：

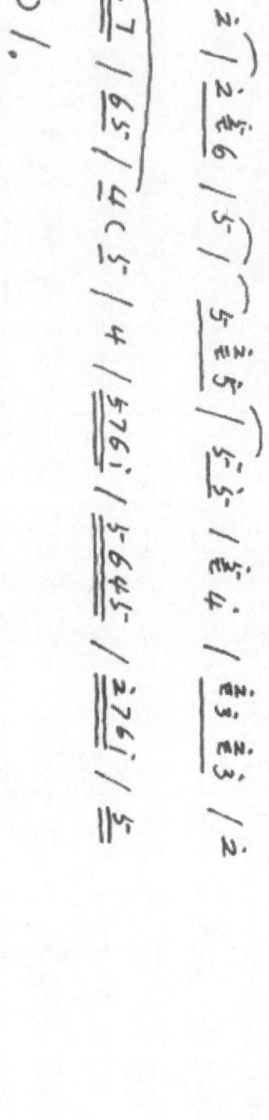

一夏雨便喊住了我，要借用我們的手扶拖拉機，說是明日去劇團把白雪的一些東西拉運回來。這是多好的事！給白雪拉東西，白雪肯定要去的，即便白雪不去，能給白雪拉東西那也幸福呀！我說：「好呀！」眼睛盯著月季，月季嫩閃閃的，好像也要說話。夏雨說：「我二伯不知肯借不？」我說：「我說借就借！」夏雨說：「那好，你把手扶拖拉機收拾好，明日幾時走，我才叫你。」我立即去找啞巴，我沒有告訴他夏雨要借手扶拖拉機的事，只說我要用一下，就把手扶拖拉機從東街開到了西街我家的院子，開始用水清洗車頭和車廂。這已經是雞上架的時候了，我沒有吃飯，還在清洗著，夏雨又跑來了。我興奮地說：「該不是連夜去吧？」夏雨說：「明日一早走，我先把手扶拖拉機開到萬寶酒樓那兒。」我說：「你要開？」夏雨說：「我開呀！」我說：「你不相信我的技術？我開得穩著哩！」夏雨說：「我借車不借人。」這個夏雨，猴羔子，不是在日弄我嗎？我那時真的要反悔，不借給他手扶拖拉機了，可又是答應過了他，氣得哐地一聲扔了手搖把，說：「你開吧，你開吧！」夏雨把手扶拖拉機開出了院門，我卻請求他不要把手扶拖拉機開走，我要手扶拖拉機先留在我這兒一夜，明日一早我再把它送到萬寶酒樓的。我的請求幾乎是哀求，我說：「你聽，來勁在哭哩！」手扶拖拉機的馬達聲確實在哭，在一哽一噎地哭。夏雨放下了手扶拖拉機，疑惑地看著我，說：「是不是又犯病啦？」離開了院子。

在這一個晚上，我做了麵條吃，我吃一口，給手扶拖拉機吃一口，車頭上就掛了三十二條麵。我給手扶拖拉機說了無數的話，我說：來勁呀，你明日去吧，乖乖的，不要耍脾氣，因為車上坐的是白雪，白雪的身子是顛不得的。我說，我感謝你，你安安全全去了再回來，我給你喝最好的柴油。我是常常在感謝著我身體的每一個部位的，譬如，我的眼睛，我的腳腿，心肝肺胃，甚至肛門還有那個。它們一直在辛辛苦苦為我工作著，使我能看到白雪，想到白雪，即便是那個東西沒有了，它仍能讓我排尿，能讓我活著，我得感謝它們。來勁當然要感謝，誰說它僅僅是個鐵疙瘩呢？

就是因為我感謝著手扶拖拉機，在第二天，手扶拖拉機去了縣城，我在七里溝裏腦子裏總是浮現著手扶拖拉機上的事。我知道在手扶拖拉機出發的時候，陳星是搭了順車，還捎上了兩大麻袋的蘋果去縣城賣。陳星一路上都彈他的吉他，他反覆地唱：你說我倆長相依，為何又把我拋棄，你可知道我的心意，心裏早已有了你。陳星唱著，白雪卻紅了眼，趴在車廂上不動彈。夏雨說：「陳星，我要問你，你現在和小翠還好著嗎？」陳星不唱了，拿眼睛看路邊的白楊，白楊一棵一棵向後去，他是不唱也不再說。夏雨又說：「那你知道小翠在省城裏幹啥嗎？」陳星說：「你知道她的情況？」夏雨說：「不知道。」一塊石頭墊了手扶拖拉機的輪子，手扶拖拉機劇烈地跳了下，陳星的頭碰在了車廂上，額上起了一個包。一個麻袋倒了，蘋果在車廂裏亂滾。陳星沒有喊痛，也沒揉額上的包，眼淚快要流出來了。白雪就拿過了吉他，但白雪她不會彈，說：「你最近又寫歌了沒？」陳星說：「寫了。」白雪說：「你唱一段我聽聽。」陳星說：「行。」唱道：「三一二國道上的司機啊，你來自省城，是否看見過一個女孩頭上紮著紅色的頭繩，她就是小翠，曾帶著我的心走過了這條國道，丟失在了遙遠的省城。」陳星這狗東西到底不是清風街人，他竟然用歌聲讓白雪傷感了，眼淚雖然沒有下，卻大聲地吸溜著鼻子，說：「你真可以，陳星，你也給我教教。」夏雨說：「嫂子要跟他學呀?!」白雪說：「你看著路!」陳星說：「你是秦腔名角了，倒要唱民歌?」夏雨說：「陳星，用詞不當，流行歌怎麼是民歌?」白雪說：「你才錯了，過去的民歌就是過去的流行歌，現在的流行歌就是現在的民歌。我演了十幾年秦腔，現在想演也演不成，哪像你什麼時候想唱就唱，有心思了就唱。唱著好，唱著心不慌哩。」夏雨說：「嫂子還有啥心慌的?人常說女愁哭男愁唱，我才要學著唱幾首呢!」白雪說：「你也和對象鬧彆扭啦?」夏雨說：「哪能不鬧?她要走就讓她走!」白雪說：「她要往哪兒去?」夏雨說：「省城麼，清風街拴不住她魂了麼。」車廂裏的蘋果又滾來滾去，最後又都擠在車廂角。白雪不敢再接夏雨的話，拿眼看著蘋果，說：「蘋果在縣城能賣得動嗎?」夏雨說：「誰知道呢，總得出賣呀，不出賣就都爛啦。」白雪再一次趴在了車廂上，自言自語道：「這都是咋回事呀?!」

白雪從劇團的宿舍裏把日常用品全拉了回來，其中就有著一支簫。夏天智對這支簫愛不釋手，可惜他氣息不足，吹奏得斷斷續續不連貫，就每日早晨出外轉遊一趟回來了，立在巷子裏聽白雪在院子裏吹。白雪是每日吹奏上一曲，四嬸說：「聽你吹，就像風裏的竹子在搖哩!」白雪說：「呀，娘懂音樂哩，這曲子就叫《風竹》!」四嬸說：「我是瞎聽的。你吹慣了，你就吹幾聲，千萬不敢吹得多，用氣傷了孩子!」白雪說：「沒事沒事，讓孩子聽聽音樂也是胎教麼。」就又吹起來。夏天智在巷中聽久了，禁不住地進了院子，白雪卻不吹了。白雪總是不願在公公面前唱戲或吹簫，使夏天智很遺憾，他說：「吹得好!」白雪說：「不好。」臉色緋紅地到自己小房間去。她聽見婆婆在低聲發恨，說：「哪有你這樣做公公的?!」夏天智說：「吹得好就吹得好麼。」嘿嘿地笑，坐到堂屋椅子上莊嚴地吸起水煙了。

這一夜間，白雪做了一個夢，夢見掛在牆上的簫嗚嗚在響，然後那響聲裏似乎在說：「我要回去，我要回去！」這夢是白雪說知給夏雨的，夏雨在事後給丁霸槽說時我聽到的。夢醒以後白雪再也睡不著，睜了眼在窗裏透進的冷光中靜靜地看著簫。事情得追溯得很遠，縣劇團的演員中，家住縣城以西的只有白雪和百勝，百勝是西山灣人，吹笛子吹簫。以前的歲月裏，一到禮拜天，百勝騎了摩托，白雪總是搭坐在摩托車後座，他們一塊回家。百勝的挎包裏遲早都裝著簫，他說他最喜歡晚上坐在他家後邊的山梁上吹，能吹得山梁上的蝴蝶亂飛。白雪那時天真，偏偏不信，百勝說不信你跟我到我家去看，但白雪一直沒去過他家。直到白雪訂了婚，白雪是和百勝真的夜裏坐在山梁上吹過一次簫，天上的星星都眨眼，而蝴蝶並沒有飛。白雪說：「你吹牛，哪兒有蝴蝶？」百勝說：「你不是個大蝴蝶嗎？」就在那個晚上，百勝將這支簫送給了她。這支簫白雪一直掛在自己的房中。百勝死去了，這支簫還掛在白雪的房中。夏風並不知道這簫的來歷，白雪也不願告訴他，他還問過她會吹嗎，她說不會吹，夜半裏等著它自鳴哩。這原本是白雪順口說出的一句話，沒想現在，簫真的在白雪的睡夢裏鳴響了！白天過去，白雪似乎也不再多想起什麼，到了晚上，她又夢到了簫在嗚嗚地響，同樣有一種聲音：「我要回去，我要回去！」這樣的夢連續了三個晚上，白雪便害怕了，神色恍惚，不知所措。她想：是不是做了鬼的百勝在給她託夢，是不是百勝的鬼魂已經不滿意了她依然保留著他的遺物而又每日吹奏？於是在第四天的早飯後，白雪給四嬸說了聲她到娘家走走，就把簫拿著走了。四嬸還說：「你拿簫幹啥？」她誆著說：「我外甥說要學吹簫，借的。」白雪就走到西街牌樓下了，折身上了三一二國道，獨自往西北方向的西山灣去。

該說說我在這一天的情況了，因為不說到我，新的故事就無法再繼續下去，好多牛馬風不相關的事情，其實都是相互扭結在一起的。這一天，太陽灰著，黑色的雲一道一道錯落，整個天空像一塊被打砸過裂開紋路的玻璃，又像是一張蛛網，太陽是趴在網上的蜘蛛。我們照例在七里溝勞動，你說怪不怪，那棵麥苗，就是夏天義在下冰雹時用竹帽護著的那棵麥苗，已經長到兩乍高了。按時節，麥苗露出地面後，最多長四指高就不再長了，一直要等到明年的春上才發蘖起身的，但這棵麥竟見風似長，它長到兩乍高了！我沒有見過，夏天義活了七十多歲他也說沒有見過。麥苗離那棵樹不遠，樹上的鳥仍是每日給我們唱著歡樂的歌，這三樣事是七里溝的奇蹟，我們約定著一定要保護好。許多祕密，不能說破，說破了就洩露了天機。我想到這點的時候就看著啞巴，想著啞巴一定在前世裏多言多語，今世才成了啞巴。我剛剛這麼想，啞巴開著的手扶拖拉機突然間就熄火了，怎麼搗鼓都搗鼓不好。夏天義罵了一頓啞巴，就讓我回村找俊奇，因為俊奇以前在農機站做過修理工。我跑回到清風街，怎麼也找不著俊奇，俊奇娘聽說是夏天義讓我來找俊奇的，拉了我的手問七里溝中午還熱不熱，一早一晚是不是冷，又問夏天義身子骨咋樣，囉囉嗦嗦，沒完沒了。我哪裏有時間和她說這些?!又到了中街去找俊奇，才知道俊奇是收過了趙宏聲家的電費後再到新生的果園裏收電費去了。命運是完全在安排著我要再一次見到白雪的，我往果園去，路過萬寶酒樓前，猛地頭上一陣濕，以為是下雨了，抬頭一看，二樓的陽台上立著河南人馬大中，還有小爐匠的兒媳婦，那女人抱著兩歲的男孩，男孩撒了尿了，從空中灑下來。我說：「哎，哎，把娃咋抱的？」那女人忙把孩子移了個方向，馬大中嘎嘎大笑，他牙上滿是菸垢，張著的是黑嘴。我有些生氣了，那女人卻說：「引生，娃娃澆尿，喜事就到。你有好事了哩！」清風街是有這種說法的，也虧她這話吉利，我沒再怪罪，低頭走了，卻尋思：我會有啥好事?!到了三一二國道，路過磚場，看見三踅蹴在窯門口拿著酒瓶子往嘴裏灌，他沒有喊我過去喝，我也沒理他，快步躍上了通往西山灣的岔路，要抄近道往果園去，一舉頭就眺見遠遠的地方有一個人影，立馬感覺那就是白雪了。

白雪在去了西山灣後，她站在村口卻猶豫了，是應該去百勝的墳上將簫埋在那裏，還是去那個石頭砌起的矮牆獨院看望年邁的百勝娘？她徘徊來徘徊去，決定了還是去見百勝娘。便在村口的商店裏買了一袋奶粉和兩包糕點，低頭往獨院敲門。門樓明顯比先前破舊了，瓦槽裏長滿了草，百勝死時貼在門框上的白紙聯依稀還殘留著一些。白雪禁不住一陣心酸，閉目沉思了一會兒，使自己平靜下來，開始拍門上的鐵環。哐啷哐啷。她已經聽見有急促的腳步聲，但腳步聲是從院子裏響進了屋去，就是沒有作應。她繼續拍門，輕聲地叫：「姨！姨！」她又聽到了沙沙的聲，隔著門縫往裏一瞧，門縫裏也正有一雙眼睛往外瞧，然後門吱地開了，老太太一把將白雪拽進去，說：「是白雪哇！」院門又關上了。

老太太頭髮像霜一樣白，鼻子上都爬滿了皺紋，雙手在白雪的臉上摸。摸著摸著，看見了白雪拿著的簫，臉上的皺紋很快一層一層收起來，越收臉越小，小到成一顆大的核桃，一股子灰濁的眼淚就從皺紋裏艱難地流下來。白雪在風裏擁住了老人，她們同時都在顫抖。老太太很快又鬆開了手，她說：「白雪你看我來了？我只說我沒福見到白雪了。白雪你來看我了！」白雪也流了淚，老太太竟替她擦了，兩人上了屋台階。門檻外的竹竿上晾著一塊破布，破布上有一灘像雞蛋花一樣的糞便。白雪沒有多想，推開了堂屋門，迎面的櫃蓋上立著百勝的遺像，百勝在木框子裏微笑著。她咬著嘴唇一眼一眼看著走近去，她感覺她是被拉了近去，將簫輕輕橫放在了相框前。她沒有出聲，心裏卻在說：百勝，我把簫給你拿來了，我知道你離不得簫的。心裏還在說著，門外一隻黑色的蝴蝶就飛進來，落在相框上，翅膀閃了閃，便一動不動地伏著。白雪打了個冷噤，腿發軟，身子靠住了櫃。

老太太並沒有瞧見白雪的搖晃，她挑了東邊小房門的門簾，說：「沒事，是白雪。」白雪回頭看時，門簾裏走出來的竟是娘家的改改，懷裏抱著嬰兒。白雪呀地叫了一下，說：「嫂子你在這兒？」

嫂子說：「姨是我娘的乾姊妹。你不知道吧？百勝在的時候，我還說咱要親上加親了……」嫂子忙搗了嘴說：「你快來瞧瞧，這孩子是你保下來的！」白雪把孩子抱起來，孩子很沉，她說：「你這個超生兒，倒長得這麼胖啦！」

白雪原本是來看看百勝娘，把篇送還的，沒想卻遇見了躲避的嫂子，她就多呆了一會兒，直到老太太做了一碗荷包蛋吃了，才離開了西山灣。白雪送還了篇，心裏似乎輕鬆了許多，從西山灣外小河邊走了一段漫坡，上了塬。塬上的路兩邊都是土塄，土塄上長著柿樹，摘過了柿子又開始了落葉，樹全變成了黑色，枝柯像無數隻手在空中抓。枝柯抓不住空中的雲，也抓不住風，風把雲像拽布一樣拽走了。

我感覺遠處走來的是白雪，果然是白雪。我一見到白雪，不敢燥熱的身子就燥熱了，有說不出的一種急迫。我想端端地迎面走過去，我可以認為我這是要到西山灣辦事去的，無意間碰上的，天地雖然大，偏偏就碰上了。我這樣想當然是在說服我的緊張，以免我先臉紅了，手沒處放，腳步也不知該怎麼邁了。狗東西三踅，他咋見任何女人都那麼勇敢呢？我見別的女人也能勇敢的，但見了白雪就不行。我用手拍著我的臉，說：「不怕，走，把頭揚得高高的！」我走了兩步。走過去怎麼辦呢？和白雪打個照面了，肯定她會猛地一驚的。那就別嚇著了她。我咳嗽了一聲，企圖讓白雪先發現了我有個準備，但白雪並不理會，扭著頭還在看著土塄上的柿樹。我又想，和白雪打個照面了，我該怎麼辦呢，是給她點個頭，是給她笑一下，還是搭訕一句？這麼一想，我真真正正是膽怯了。唉，如果旁邊還有他人，我一定會大大方方的，可現在就我一個人，我不敢。我是一貓腰上了路邊的土塄，就爬在土塄的犁溝壕裏，一眼一眼盯著白雪終於走了過去。她走過去了，我又後悔了，雙拳在地上捶，拿額頭在地上碰。一隻烏鴉在不遠處嘲笑我，牠說：「呱！呱！你是個傻瓜。」但我對烏鴉說：其實暗戀是最好的，安全，就像拿鑰匙開自家屋裏的門，想進哪個房間就進哪個房間！白雪那天穿的是白底碎蘭花小襖，長長的黑顏色褲，褲腿兒挺寬，沒有穿高跟鞋，是一雙帶著帶兒的平底鞋，鞋面卻是皮子做的，顯得腳脖子那樣的白。她從土塄下走過，我能看到她的脖子，她的胸脯和屁股上部微微收回去的後腰，我無法控制我了。我是有壞毛病，我也譴責我思想是不是敗壞了，但我怎麼就不知不覺地手伸到了褲襠。我那東西只有一根茬兒，我只說它是殘廢，沒用的了，卻一股水射了出來，濺落在一叢草上，一隻螞蚱被擊中，趔趄在地，爬起來倉皇而逃。我的身子怎麼會這樣？我沒有流氓，是身子又流氓了，它像僵死的一條蛇癱在了犁溝壕裏，我卻離開了它，已隨白雪遠走了。

白雪她什麼都不知道，她走出了塬，上了三一二國道，她更搞不清的是她的衣服上有了一隻土灰色的蛾子，怎麼趕也趕不走，蛾子就一直跟著她走到了家門口，才飛到門樓上的瓦槽裏不見了。

一天比一天地涼起來，雞在脫毛，脫光了脖頸，也脫光了尾巴。二嬸把摘回來的柿子取了蒂柤，塞在瓷甕裏釀醋，醋十幾天就釀好了，滿屋裏都是酸味，蚊子少起來，卻惹得更多的蒼蠅進來，都趴在電線繩上。夏天義在池塘邊的柳樹上撿著了三十七個蟬殼，也從地硒的撿著了三條蛇的蛻皮。蟬殼和蛇蛻研末了可以治中耳炎的，光利從小耳朵就不好，時常會流出一些發臭的膿水來。但是，當他把蟬殼和蛇蛻要交給二嬸讓保存起來時，他意識到光利已經離開了清風街，就自個把蟬殼和蛇蛻放在了窗台上，而從口袋掏出一把酸棗給了二嬸，說：「你嚐嚐這個。」他坐在門檻上挽上了褲管，狠勁地撓腿，鱗一樣的皮屑就落下來。二嬸把酸棗吃在嘴裏，又吐了，說：「你不知道我牙掉了一半，還能吃酸？」夏天義說：「幾時給你也鑲鑲牙，白恩傑的小舅子鑲牙鑲得好呢。」也就是這一天，光利的信到了清風街，使夏天義例外地沒有去七里溝，而垂著腦袋整整在院子裏悶坐了半天。光利和他的未婚妻遠走了新疆，再也沒有消息。慶金時常跑郵電所，終於等來了一封信，信卻是寫給夏天義的，還寄了一小包裹，裝著一個可以拉長收短的撓手。撓手正面寫著「光利的手」，背面寫著「孝順」。夏天義心裏酸酸的，卻沒有唸叨孫子的好處，倒把撓手丟在了一邊。在夏家的本門後輩中，夏風是榮耀的，除了夏風，再也沒一個是光前裕後的人了。老話裏講：一等人忠臣孝子，兩件事讀書耕田。書讀得好了你就去吃公家的飯，給公家工作，可慶金、慶玉、慶滿，還有雷慶，卻不是沒混出個名堂就是半道裏出了事。書沒有讀好的，那便好好耕田吧，夏雨完全還能成些事體的，可惜跟著丁霸槽浪蕩。而使夏天義感到了極大羞恥的就是這些孫子輩，翠翠已經出外，後來又是光利，他們都是在家吵鬧後出外打工去了。夏天義不明白這些孩子為什麼不踏踏實實在土地上幹活，天底下最不虧人的就是土地啊，土地卻留不住了他們！夏天義垂著腦袋坐在院裏，院門被擠開了一條縫，鑽進來了來運和賽虎，還有那幾個狗崽子也一個一個滾進來了，但這些夏天義都沒有理會，直等到來運把那個撓手叼起來進堂屋門時，撓手碰到了門扇，夏天義才抬起頭來，說：「滾！」這一聲吼使來運害怕了，夏天義也害怕了，自己打了個冷怔。夏天義害怕的是在這一瞬間裏認定夏家的脈氣在衰敗了，翠翠和光利一走，下來學樣兒要出走的還有誰呢，是君亭的那個兒子呢，還是文成？後輩人都不愛了土地，都離開了清風街，而他們又不是國家幹部，農不農，工不工，鄉不鄉，城不城，一生就沒根沒柢地像池塘裏的浮萍嗎？夏天義嘆息著這是君亭當了村幹部的失敗，是清風街的失敗，更是夏家的失敗！他便在傍晚去了書正媳婦的飯店裏吃涼粉，這可能是他第一回涼粉端在手裏了卻沒有吃，因為他看見了斜對面的土地神廟，一群雞在廟門口刨著塵土覓食，他端了涼粉過去，貢獻在了土地公土地婆石像前，一跺腳，把雞群攆得嘎嘎亂飛。

夏天義在土地神廟裏坐到了天黑，書正媳婦操心著她的涼粉碗，趕了過來，問：「天義叔你做啥呢，鑽到這黑屋子裏不出來？」夏天義一語不發，順門就走。走到巷口了，迎面走來夏雨，他突然問：「夏雨，你記不記得原來十八畝地頭的那一塊石板？」夏雨莫名其妙，說：「石板？」夏天義說：「上面寫著『泰山石敢當』五個字。」夏雨說：「記得。」夏天義說：「後來呢，知道不？」夏雨說：「誰知道弄哪兒去了，是不是修街道時棚蓋了水道？」夏天義張著嘴，一嘴黑牙，是一個黑窟窿，說：「可能是棚蓋水道了！」夏雨說：「二伯咋想起那塊石頭？」夏天義說：「我託付你件事，選一塊大青石，上面刻上『泰山石敢當』，就栽在這巷口上。辦得到？」夏雨說：「這簡單得像一個字！栽這幹啥？」夏天義說：「土改時才分了地，那時害怕守不住，我是讓人刻了個石板栽在十八畝地頭上的，從此地主富農再沒有翻過勢。現在你看麼，清風街成了啥了，得鎮一下邪哩！」又說：「你們年輕人怕不信哩。」夏雨說：「信的，咋不信呢，我得找一塊大大的青石！」

夏雨果然從小河裏抬來了一塊大青石，讓人在上邊刻了「泰山石敢當」，但夏雨把刻好的石頭不是栽在清風街口，而是栽在了萬寶酒樓門前。

夏天義對夏雨的做法極其不滿，開始對這個姪兒不抱希望了，尤其聽到了萬寶酒樓上有妓女的傳言，他甚至在夏天智家一看見夏雨進門就起身走了。夏天智一次在家請夏天義吃酒，夏天智提到夏雨在家裏身沉手懶，給金蓮的姪女家挖地窖卻一天一夜不出洞，說：「咱給人家養兒哩！就這，金家那女子還兩天好了，兩天惱了。你說咱的娃賤啊不賤？」夏天義說：「他能不賤嗎？瞧著吧，他會有報應的事哩！」這話四嬸卻不愛聽，她在廚房裏對夏天智說：「他二伯說的是當伯的話嗎？夏雨再不好，他也不該咒呀！」夏天智說：「二哥的脾氣你不知道？」四嬸說：「他現在活得不得人愛！」在為客人盛麵條的時候，給一塊來家的上善麵碗下臥了兩顆荷包蛋，給夏天義臥了一顆。

終於有一天，是個陰天，風颳得呼呼響，柳樹、槐樹和楊樹披頭散髮，巷道裏的雞羽毛翻著，像毛線纏成的球都在滾。夏天義把夏家所有的孫子、孫女們都叫到七里溝；文成在家裏睡覺，不想去，不去不行。夏天義黑著個臉，手裏提著一節麻繩。一路的風吹得孩子們蓬頭垢面，他們在七里溝的石壩前，沒有坐，都站著，聽夏天義講夏家的祖先怎樣從湖北沿漢江逃荒而上，翻過了秦嶺，在這個四面環繞的小盆地裏開墾出第一塊地，又怎樣先有了東街的村子，待到清朝以後外姓不斷進來，才逐漸有了中街和西街。孩子們聽了並不感到震動，卻埋怨祖先逃荒逃的不是地方，為什麼沒去關中大平原呢，沒去省城呢？夏天義說：「放屁！」文成說：「就是沒選中好地方麼！在關中平原上蔥長得二尺高，咱這兒撐死才五寸高。還不讓人說！」夏天義說：「狗東西，倒怪起祖先了？沒祖先哪有你?!」文成說：「生娃都是尋樂的副產品。」文成這話，說得文謅謅的，夏天義一時還沒聽清，等醒悟了，氣得拿眼睛瞪文成，但文成說的也還有點道理，他就忍了忍，又講當年他們這一輩人如何修河灘地，所有的男勞動力，沒有誰的肩上不被杠子磨出一塊死肉的，又如何在坡塬上建大寨田，僅一個冬天，俊奇他娘在坡塬上撿穿爛的草鞋，就撿了三千二百雙，又如何在水庫上乾吃著稻糠子炒麵抬石頭，連水都喝不上。文成又說：「水不是用河裝著嗎？」夏天義說：「你咋啦？你咋啦？嗆?!」文成不敢插話了。夏天義又講修河灘地，傷了多少人，建大寨田又累病了多少人，而他的大哥，也就是孩子們的大爺死在了水庫工地上。孩子們已經知道那一段歷史，但他們也聽說了二爺當村幹部的時候，縣上原準備徵用清風街的地，要把縣煤礦上的煤運來建煉焦炭的基地，而二爺以清風街耕地面積少為由帶頭抵制，結果煉焦廠移到了八十里外的趙川鎮。他們說：「人家趙川鎮已經是座城了！」夏天義說：「是城又怎麼著，那裏到處都是煤，人去了要尿三年黑水的！」他們說：「上海當年被外國人占了，現在又怎麼樣？」夏天義說：「你們這些豬狗王八蛋，帝國主義侵略有理有功啦？誰給你們灌輸的這種思想?!」夏天義發了火，不講話了，他要用勞動來改造他們。他讓趙宏聲把那副對聯用紅油漆寫在了七里溝的崖壁上，然後用紅油漆將溝裏的大小石頭都標上一到二十的數字，讓孩子們去把這些有數字的石頭往壩上抬，而他就在壩址上驗收，必須每人一天抬夠三百份。夏天義說，這種計量法就是當年他們修河灘地修水庫時採用過的，那時吃的啥，喝的啥，一天要抬夠六百份的！

孩子們當然要偷懶了，他們暗中用布頭蘸著還未乾的紅油漆塗改數字，往往將寫有二的石頭改成八或十二。夏天義並未覺察，獎賞著他們，就鑽進草棚裏要給他們生火烤洋芋吃，一人吃三個。

把孩子們趕到七里溝勞動，本家的媳婦們不大願意，但當面不敢說。文成是父母離婚後總逃學，他娘拿掃炕笤帚打著趕不到學校去，在七里溝抬了幾天石頭，回來喊肩疼腿疼，他娘說：「你爺是教育你哩，看你還上學不，再不上學，將來就抬一輩子石頭！」梅花對小兒子去七里溝抬石頭雖不高興，卻也沒多阻止，因為小兒子在家不聽話，讓夏天義管管也好，而且回來還能帶些北瓜。我們在七里溝墊出來的地上種了很多北瓜，北瓜結得很大，夏天義常常回來摘一個就送給了街上碰著的人，誇耀說這是七里溝的北瓜，隨便撂了幾顆籽兒就見風長，瓜蔓都一丈長，瓜結得一個篩籮一個篩籮的。梅花的小兒子每次回來拿一個北瓜，夏天義沒有吭聲，但夏天義沒有想到的是就因了北瓜又生了一肚子的氣。

說起來都是三踅惹的。三踅的媳婦一直不生育，按清風街的風俗，在媳婦生日的那天，若有人能把瓜果偷偷塞在炕上的被窩裏，就預示著能懷上孕的。三踅經過了白娥的風波後，老實地回家過日子，也請中星爹給他算能不能生兒生女的卦，中星爹讓三踅寫一個字來，三踅寫了個「牛」字，中星爹說：「恐怕生不了。」三踅問：「為啥？」中星爹說：「生字缺了下面一橫，就成了牛而不是生了。」三踅說：「唵?!」中星爹說：「牛是有地耕了才有牛的價值，可你這牛沒地，事情不怪你，怪你媳婦。」三踅當下罵媳婦：「把他娘的，她給我凶哩！」又問中星爹有沒有禳治的辦法，中星爹說明日你把你媳婦叫來，這得檢查檢查。三踅回來，並沒有領媳婦去檢查，他在大清堂裏對趙宏聲說：「他是讓我送禮哩，這老東西！我讓媳婦去檢查什麼，讓他在媳婦身上摸呀？老流氓！」趙宏聲便記起了老風俗，讓他在媳婦生日那天叫人往炕上塞瓜果。三踅說：「那你給我家塞麼！」趙宏聲說：「這得娃娃們幹。你肯買條紙菸，記住，要好紙菸，我會讓你滿炕都是瓜果！」三踅就買了一條紙菸，趙宏聲在晚上給了文成一袋核桃，如何如何交代了，文成他們在第二天將八個大北瓜揣在懷裏去了三踅家。三踅當時在家，心下明白，故意不理會，等他們把北瓜塞在炕上的被窩裏了，出來每人發了一小包花生。夏天義發覺北瓜少了許多，問到我，我說了原因，夏天義說：「三踅是個害禍，讓再生個害禍呀！」雖沒罵文成，卻再摘了北瓜叮嚀我給秦安家送去。

我是把北瓜送到秦安家後，又匆匆地往七里溝去，到了東街外的小河邊，瞧見了白雪又在那裏洗衣裳。這條小河肯定與我有緣分的，這是我第二次在這裏碰上她了。秋天裏的水比夏天的水旺，河面上的列石被淹沒得只剩下個石頭尖兒。白雪已經洗好了一籃子衣服，要從列石上過，但白雪的肚大起來了，幾次要過幾次又嚇得不敢過，我就從路上跑了下去。我這一次非常地勇敢，沒有猶豫，一猶豫就膽怯了，我說：「我揹你過！」連鞋帶襪子就蹚在了水裏。我說「我揹你過」這話時，把白雪嚇了一跳，但我連鞋帶襪子蹚在了水裏一定是感動了白雪，她沒有憤怒，說：「啊，不，不用。」掉頭就往河的下流走，想尋個水面窄的地方過去。我愣在那裏，臉火燒火辣的，卻唸叨：河呀河呀，你不要有窄的地方！河水也就眼看著又漲了一些。白雪到底沒尋著窄處，她又走了上來，準備脫了鞋蹚呀。我站在了列石上，可憐地說：「你不要蹚，我拉你過來，行不？」說完了還怕她不肯，在岸上就折了一個樹棍兒，把樹棍兒的一頭伸給她。白雪撩了一下頭髮，往周圍看了看，把樹棍兒的一頭握住了。

這樹棍兒是怎樣的一個樹棍兒呀，一頭是我，一頭是白雪，我們就在列石上走。別人家牽的是紅繩兒紅綢子，我們牽的是樹棍兒。我手不停地抖，通過樹棍兒，白雪的手也抖起來。白雪到底是正面看我了，她一看，我倒害羞了，眼光落在了列石上。這列石實在是太少了，它有一百個一千個，永遠的走不完，多好！但列石卻很快走完了。我聽見她說了聲「謝謝」，抬起頭，她已經走了。她走得急，籃子裏洗過的一件東西掉下來。我說：「……哎，哎！」她沒有回頭，走得更急了，一到了岸上的漫坡，漫坡上一叢毛柳擋住了她，一隻鴨子嘎嘎嘎地從毛柳下跑出來。我走過去，靜靜地看那掉下的東西，它竟然是一件小小的手帕。

等我趕到了七里溝，夏天義卻在拿了麻繩抽打文成。文成犟得很，任憑夏天義的麻繩怎樣在他的屁股上抽打，都挺著身子，硬起脖子，一聲不吭。我說：「你學劉胡蘭呀?!」把麻繩奪下，推了夏天義到草棚。夏天義氣呼呼地說：「他要是回個話，哭一聲，我倒是不打了，狗東西竟這麼犟！」我問怎麼回事，夏天義才告訴我，在我走後，他摘了一個最大的北瓜，想生火熬了給孩子們吃，切開時竟然發現裏邊有了人的糞便。當下追問是誰幹的，孩子們先都不說，後來就檢舉是文成。是文成用小刀將北瓜開出一個口兒，掏了裏邊的瓜籽，將糞便拉進去，然後再把開出的那塊原口子放好，幾天切口就長合了，而且北瓜長得越發大。聽夏天義一說，我也生氣了，出去對文成說：「你咋這壞的?!」文成唬著眼瞪我。我說：「你還能打了我？」文成就提了兩個拳頭。我那時一是有夏天義做靠山，二是我才得了白雪的手帕，我就不怕文成，趁他不注意，一腳踹在他的後腿彎，他撲通跪下了。我說：「給你爺認錯！」文成竟一下子撲起來向我揮了拳。我們在那裏鬥打起來，他打我一拳，我打他一拳，然後像兩隻牴伩的公羊，分別退後，幾乎同一時間伸著腦袋向前衝，砰地一聲，兩人都坐在地上，他頭上一個包，我頭上一個包。孩子們一聲喊：「爺！二爺！」夏天義坐在那裏看著我們打，不說話，也沒有動。直到文成發了狂，他打不過我，卻拿了木杠子使勁在石頭上掄，木杠子斷成了兩截，他從七里溝跑走了。夏天義說：「你打他幹啥呀？你這一打，他就不會再來啦！」

果然，第二天文成不來了，孩子們都不來了，跟隨夏天義的又只剩下我和啞巴。我嘲笑啞巴前世一定是狗變的，就只對夏天義忠誠。啞巴做著動作，意思在說我也是狗，和他一樣是兩條狗。可啞巴哪裏知道我之所以這麼賣力，平日兩人抬的石頭現在一個人掮著就走了，是我得到了白雪的手帕！人有了快樂和悲傷總喜歡訴說的，我的得意不敢對夏天義和啞巴說，我憋得難受，終於在第三天晚上去給趙宏聲說了。我說：「宏聲，我有話要給你說的。」趙宏聲說：「說麼。」我卻猶豫了，說：「還是不給你說的好。」趙宏聲說：「不說了就不說。」不說我又怎麼能行呢？我還是給他說了。趙宏聲聽罷卻沒激動，說：「就這？這有啥的?!」我說：「你不懂！」趙宏聲說：「我是不懂沒×人的想法。」我說：「白雪肯定是把手帕故意遺給我的！」趙宏聲說：「既然是故意遺給你的，你就去和她多親近麼。」我說：「我又怕她不肯。」趙宏聲說：「我倒有個辦法，只是有些損。」我說：「損命嗎？事情是我的事情，要損就損我的命。」趙宏聲說：「但你一得保密，二得孝敬我，我要做個門匾呀，你把你家的桐木板拿一塊來！」成了人精的趙宏聲果然教授了我一個絕法兒，我就把我家的桐木板拿了一塊送給了他，他刻上了「開元濟世」四個字，掛在了藥鋪後的牆上。當天夜裏，我就讓貓在那件小手帕上撒了尿，第二天偷偷又將小手帕鋪在七里溝的一個蛇洞口，果然傍晚要離開七里溝時我去察看小手帕，小手帕上有了蛇排出的精斑。這法兒一定要給我保密，一定不要傳給別人，趙宏聲說這是他在一本古藥書中看到的。我拿了小手帕再次去找趙宏聲，我說：「真的拿了小手帕對著白雪鼻前晃晃，白雪就迷惑了，能跟著我走嗎？」趙宏聲說：「我沒試過，或許能吧。」我說：「這是不是違犯法律和道德呢？」趙宏聲說：「我只給你法兒，至於你怎麼用，給誰用，那是你的事。斧頭可以劈柴也可以殺人，斧頭僅僅是工具麼。男人都身上帶著×，難道能說是有強姦嫌疑嗎？」我興奮得嗷嗷大叫，走出他的藥店門，頭碰著了門上的玻璃，我不疼，玻璃卻爛了，趙宏聲在後邊大聲罵我，要我必須賠他的玻璃。

我突然地就在七里溝口瞧見了白雪。白雪是順著三一二國道中間的那條白線往前走的，她在訓練她的腿，以免成八字步。我就從七里溝跑了出來。我開始實施我的計畫了，沒有在白雪的身後追，那樣會嚇壞她的。我上了國道邊的莊稼地裏拚命地跑，跑過了白雪，然後從莊稼地裏下來，潛伏在國道邊的一叢茅草中。白雪過來了，她還是微笑著，走著貓一樣的步子，屁股一擰一擰的。我忽地跳了出來，像電影裏那些強盜，不，是俠客，跳出來還做了一個威武的動作。白雪呀地一聲嚇著了。白雪受驚的樣子真是叫人心疼，她的嘴張著，手在空中抓了一下，就舉在那裏。我極快地從懷裏掏，掏出來的是一雙破手套，掏錯了，再掏，就掏出了小手帕，在白雪的臉前晃。我聽見白雪說：「你幹啥，幹啥？」我只是晃，白雪臉上的肌肉就僵起來，目光呆滯了。我說：「宏聲，我成功了！」轉身就走。回頭一看，白雪果真也跟著我走，我走多快她走多快，像我的影子，或者像我牽著的木偶。我們走過了整個清風街，清風街的人都注目著我。我拿腳踢了一片樹葉，樹葉踢飛了，再踢一片樹葉，那不是樹葉，是顏色像樹葉的一塊石頭，把我的腳趾甲踢掉了，我不嫌疼，繼續走。人群裏有白恩傑，有丁霸槽，也有張順和三踅，他們都沒有說話。我知道這是他們驚訝得說不出話，也嫉妒得說不出話。我微笑著給人群點頭，皇帝也都是這樣的。我們走到了我家的院子，進了堂屋，上到炕上，白雪平平坦坦地躺著了。等到白雪躺在了我的炕上，我卻不敢去碰她了，就坐在炕沿上一眼一眼看她，擔心她是個香草，我氣一出粗，香草就飛了。我伸出了手去摸了一下她的腳，腳膩膩的，柔得像嬰兒的屁股，但有些涼，像一疙瘩雪，但我從頭到腳卻火燙火燙的，我又擔心再摸她，雪就要化了。我讓白雪靜靜地躺在炕上，她一直昏睡著，我希望她永遠就是個睡美人躺在那裏。我坐在了門口，不讓任何人進屋，連蒼蠅蚊子都不能進去。榆樹上下來了一隻蜜蜂，牠硬要進去，把我的頭螫了，牠在拔屁股上的毒刺時把半個身子拔掉了，牠也死了。我連續三天再沒去七里溝，夏天義以為我患了病，尋到了我家，他看見我好好地在屋門口，說：「你在家幹啥哩？」我拿眼瞧著土炕，沒說話，只是笑。夏天義就走過去揭土炕上的被子，被子揭開了什麼也沒有。我卻是撲過去抱住了夏天義，我不讓揭開被子，甚至不讓他靠近土炕。夏天義說：「你又犯瘋病啦?!」我叫道：「你不要攆她！」夏天義說：「攆誰？」啪啪搧我兩個耳光，我坐在那裏是不動彈了，半天清醒過來，我才明白白雪壓根兒就沒有在我的土炕上。我說：「天義叔！」嗚嗚地哭。

夏天義拉著我再往七里溝去，我像個逃學的小學生，不情願又沒辦法，被他一路扯著。剛走到東街口牌樓下，有人在說：「二伯！」我抬起頭來，路邊站著的正是白雪。這個白雪是不是真的？我用手掐了掐我的腿，疼疼的。夏天義說：「你去你娘那兒了？」白雪說：「我到商店買了一節花布。」我一下子掙脫了夏天義的手，跳在了白雪的面前，將那小白帕按在了她的鼻子上。白雪啊地叫了一聲，跌坐在地上。夏天義立即將我推開，又踢了一腳，罵道：「你，你狗日的！」一邊把白雪拉起來，說：「你快回去，這引生瘋了！」

在我的一生中，這算是第二次最丟人的事了！但我沒有恨白雪，也沒有恨夏天義，我除了恨我外，就罵趙宏聲是個騙子，騙子，大騙子！當天夜裏我就去了大清堂追要那塊桐木板，他乖乖地把桐木板還給了我，我還拚勁地拿腳在他家牆上踹了一腳。現在那個髒腳印還在，離地面一米高。

足足有一個禮拜，我看太陽都是黑的。真的是黑的。白雪是不是也看太陽是黑的，這我不曉得。那個晚上天下大雨，我獨自進了七里溝，連續在七里溝的草棚裏住著不回清風街。那棵麥，還記得吧，它的麥稈差不多指頭粗，三尺高了，誰在哪兒見過這樣粗壯的麥子呢？我坐在桌子下面，和旁邊那樹上的鳥兒說話。鳥兒說：「喳！」我說：「咋？」鳥兒說：「喳喳！」我說：「娃娃？」鳥說：「喳喳喳！」我說：「誰的娃娃？」鳥說：「喳喳——喳喳喳！」我聽不懂了。夏天義來了，他給我提了一瓦罐飯，說：「你狗日的沒回去著好，回去了夏雨便把你打死的！」我說：「他憑啥打我？」夏天義說：「白雪早產了！」我嚇得臉色蒼白，天哪，是我驚嚇得她早產了嗎？孩子是幾個月的，早產是活著還是死了，白雪又會怎麼樣？夏天義說：「還好，她們母女都沒事，只是那孩子瘦小得像個老鼠。」夏天義這麼說，我鬆了一口氣，雙腿就軟得再也撐不起身子，稀泥一樣地癱在地上。

我拚命地掮石頭，我想用超負荷的勞動來懲罰我，但一個大老鼠的模樣總往腦子裏鑽。我想像那孩子瘦胳膊瘦腿的，腦袋挺大，眼睛細瞇，一對招風耳。白雪好看得像一朵花，她的女兒卻長成那麼醜，我也搞不清怎麼會有這種想法？但當時確實是這麼個想法。待到真正見到那孩子的時候，孩子的長相和我的想像幾乎一模一樣，讓我非常驚奇。這當然都是後話了。我要說的是白雪從地上爬起來，小跑到家，心還撲通撲通跳，當時就上床睡下了。四嬸在廚房裏摘菜，聽著臥屋裏夏天智播放秦腔曲牌，先播的是《風入松》，再播的是《凡婆躁》，然後就是怪怪的一段曲子：

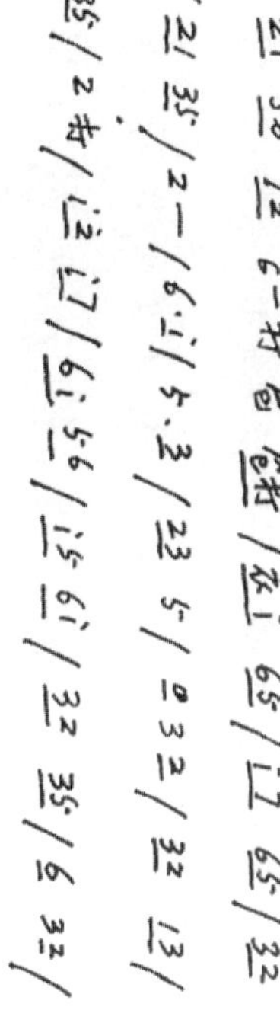

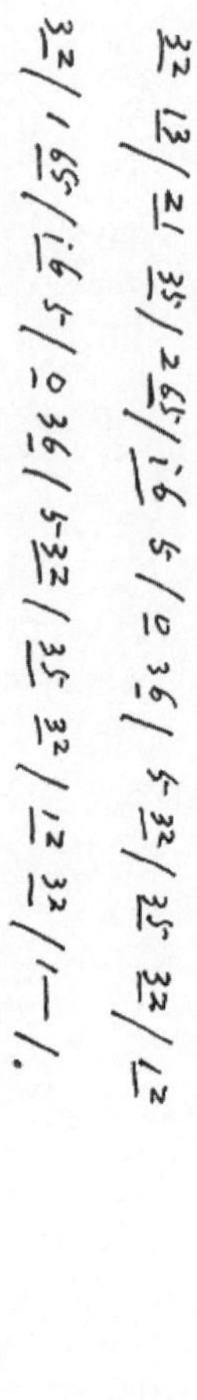

四嬸說：「這是啥曲子，聽著不舒服！」夏天智在臥屋說：「你行呀，還能聽出這曲牌不舒服，這是《甘州歌》，專門是鬼魂上場用的。」四嬸說：「你快把機子關了，你招鬼上門呀?!」夏天智沒關，說：「傻呀你，這是藝術！」還跟著哼起來。四嬸這時候聽見院門口有腳步聲，知道白雪從外邊回來了，可過了一會兒，並不見白雪到廚房來。就喊：「白雪，雪，你把花布買回來啦？」白雪沒言語。四嬸覺得怪怪的，走到白雪的小房間，白雪在床上躺著，手摀著肚子，滿頭的汗。四嬸就說：「你怎麼啦，白雪？」白雪說：「我肚子有些疼。」說著，更疼了，白雪的身子蜷起來，頭頂在了床上。四嬸有些慌，說：「疼得厲害嗎？是不是什麼東西沒吃好？」白雪說：「我在街上碰著金蓮，她讓我吃了一把花生。」四嬸說：「吃她的啥東西？想不想去廁所？」白雪說：「不想。」四嬸說：「咋個疼法，是不是拉扯著疼？」白雪說：「像是誰在拽腸子。」四嬸一下子慌了，說：「爺呀，今日是幾號了，該不會要提前啦?!」就喊道：「別哼啦，別哼啦！」臥屋裏收音機聲戛然而止，夏天智過來了，說：「咋啦，我在家混得沒權沒勢啦？」四嬸說：「白雪肚子疼，你快去把三嫂叫來！」夏天智立即明白了，就彎腰勾鞋，踉踉蹌蹌跑出去。白雪已疼得從床上下來要走，卻走不動了，扶著床沿，一會兒到床這頭，一會兒到床那頭。四嬸說：「甭害怕，白雪，八成是要生了，世上都是人生人的，沒什麼害怕的！」白雪不呻吟了，卻一口一口吸著氣，後來就蹴在床根。

屋外突如其來地就起了風，先是呼地一聲，把揭窗搧了起來，床上的枕巾，紮頭髮的手卷，桌上的紙和那把蒲扇，全在了空中，那張紙竟貼在了穿衣鏡上，久久地不肯落下。四嬸忙把揭窗關了，外邊的風有了吼叫，隨即是嘩啦嘩啦的雨，一股一股潑打著窗子。夏天智在三嫂子的屋裏說起白雪可能要早產的事，三嫂子說：「不可能吧，早產也不該這麼早呀？這麼早呀。」夏天智說：「是呀是呀。」三嫂子說：「可不敢出事！出事。」兩人一腳高一腳低往前巷子趕，風把他們吹得原地轉了一圈，又斜著往前小跑，差點撞在一座廁所的牆上。他們就看見周圍的樹都傾斜了，方向全是朝著夏天智的家。而一朵雲壓得低低的在他們頭上移，移到夏天智家的院子上空不動了，往下降雨。夏天智一推開院門，院子裏的雨像垂了密密麻麻的白線，地上立時有了水潭，他站在癢癢樹下，渾身已經淋濕了。三嬸還在院門外，身上卻乾乾淨淨。三嬸說：「這雨下得怪不怪！怪不怪。」夏天智說：「你進來，你快進來！」三嬸就走進了雨，身子也全濕了，經過院子上了房台階，夏天智停住在台階上，看著三嬸進了白雪的小房間，他說：「需要什麼就喊我！」

　夏天智在台階上踱過來踱過去，急得像熱鍋上的螞蟻，接著就跑廁所。在廁所裏，他又拉不下，聽見小房間裏白雪開始叫喚，叫喚得厲害了。從廁所剛出來，又覺得不對了，再往廁所跑。四嬸就喊：「你去燒些水！哎，聽見了沒，你去燒些開水！」夏天智在廚房裏燒水，火老是點不著，點著了用燒火棍捅捅，黑煙嗆得喘不過氣來。水已經燒開了，白雪還在小房間裏叫喚。夏天智似乎沒有剛才緊張了，但臉色蒼白，他端著白銅水煙袋一口接一口吸煙。三嬸在說：「羊水破了，躺好，躺好，生娃娃容易得很，就像拉一泡屎，夏風就是我接生的，他還是橫著來的，還不是就把他拉下來啦？天智，天智——」夏天智一口接一口吸煙，煙氣都不從口鼻露出一絲一縷，全都吸在了肚裏。三嬸叫過了，他驀地意識到是三嬸叫他，忙應道：「叫我呢？」四嬸說：「你沒在台階上。」夏天智說：「我在哩！」四嬸說：「快燒些水，把剪子在水裏煮煮！」夏天智到處尋不著剪子，但他不能進去問四嬸，還在堂屋櫃子裏翻。四嬸出來，說：「叫你煮剪子，你聽著了沒？」夏天智說：「剪刀在哪？」四嬸說：「還能在哪？」從炕上的針線笸裏取了剪子。夏天智說：「咋樣麼，要不要把宏聲叫來？」四嬸卻轉身進了小房間。夏天智又煮剪子，灶口的火嚯嚯地笑，小房間裏白雪的叫喚聲一聲倒比一聲大。剪子煮好了，放在盤子裏拿到堂屋門口，四嬸在中堂板櫃裏找被單，找淨白布，一臉汗水。夏天智說：「還不行呀？」四嬸說：「你不要進來，不喊你不要進來！」把一卷帶著血的布扔在牆角。夏天智說：「出血啦？」四嬸說：「雞下頭個蛋都帶血的！」夏天智說：「讓白雪堅持住！」四嬸瞪了一眼。夏天智說：「那我給放放秦腔，聽秦腔會緩解疼痛的。」四嬸沒言語，又進小房間去，夏天智果然就打開收音機，卻怎麼也找不著有秦腔的波段，便取了胡琴，坐在台階上拉。

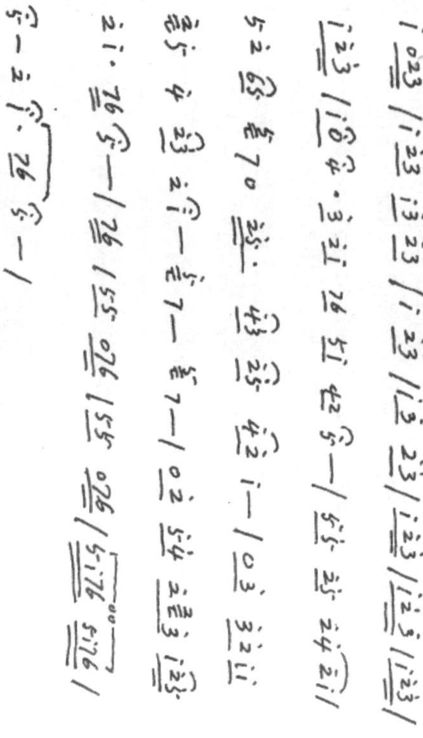

胡琴聲中，風雨在院子裏旋，院牆外的榆樹、楊樹都斜著往院中靠。夏天智拉著拉著，自己倒得意了，竟一時忘掉了他是在給白雪拉胡琴，而白雪正在生孩子。待到孩子一聲啼哭，三嬸在快活地說：「天智，天智，你有了孫女啦！孫女啦。」夏天智一收弓子，還有一聲顫響，他同時看見院子裏的風雨在緩下來，緩下來，突然風停雨住，最後的一滴雨有指頭蛋大，像一顆玻璃球兒，落在癢癢樹上，濺起了無數的水沫。

三年前我說過，我的心臟一跳動，滿清風街都能聽到，現在，到處又都在罵我驚嚇了白雪，使白雪早產了，我就還是不敢回村。早上到崖頭上去挖溜土槽子，一窩蜂不是姓白就是姓夏，追著攆著螫了我一頭疙瘩，多虧我懂得止疼的祕方，把鼻涕塗在頭上，但連啞巴都嫌棄了我的骯髒。我的罪孽深重，夜裏偷偷進村找了一次中星的爹，讓他給白雪和白雪的孩子算算卦，中星爹說白雪早產的時候天上風雨交加，這本身就不好的，但孩子能不能活，活得健康不健康，還要看交合擇子的時辰天體是如何變化的。這些當然我不知道。我問這有什麼說法？他說：「人生在陰陽五行變化之中，各有不同，尊卑貴賤都是父母交合的原因。如果雷電風雨，天空昏暗，震天動地，日月無華，男女交合擇子，生子必狂癲，或者盲，或者聾，或者啞，或者傻得像磚場裏那些紅磚，不夠成色。」我一聽就不高興了，說：「你這是在罵我？」中星爹說：「不是罵你，是怨你爹你娘……我給你說中星吧，我選的是優生日，又在半夜後，雞鳴前，在太陽升起時……」我站起來就走，走過台階，偷偷把放在那裏的熬藥罐拿走了。哼，我是來算卦的，不是來聽交合擇子的，他怨恨我爹我娘哩，他病蔫蔫了一輩子，也該怨恨他爹他娘了！我把中星爹的熬藥罐摔碎在十字巷口，匆匆經過夏天智家前，看見院門環上掛了一塊紅布，便為白雪母女祈禱了平安。

門環上的那塊紅布是孩子的胞衣剛剛埋在癢癢樹下後四嬸就掛上的，一在顯擺她家又有另一輩人了，二在提醒生人不得隨便進來，免得帶了邪氣。夏雨是第二天露明就去西街白家報喜，白雪娘立即烙了一張兩指厚的鍋盔，三尺花布，三斤紅糖，二十斤雞蛋趕了過來。兩親家母相見，有說不完的話，白雪娘當晚沒有回去。又住了一天，買了豬蹄燉著一鍋，讓白雪吃了早早下奶。豬蹄還沒燉好，夏天智給牡丹花蓬澆水，忽然聽得街巷裏人聲嘈雜，就瞭見中街方向一股濃煙沖了半天，像黑龍在空中旋。夏天智出去看了，原來是金蓮家的稻草垛子著了火。金蓮家的稻草是繞著屋後一棵楊樹堆起來的，幸虧撲救及時，沒引燒到後屋牆下的包穀稈，只把楊樹燻成黑樁。夏天智回來，四嬸和白雪娘也站在巷口張望，碰著武林，武林說：「四嬸，白，啊白，雪生啦？」四嬸說：「生啦！」武林說：「生，啊生，生了個，啥娃？」四嬸說：「你猜！」武林說：「男，男娃？」四嬸說：「不對。」武林說：「女，女娃？」四嬸說：「行呀武林，兩下就猜中了！」問夏天智誰家著了火，燒得怎樣，夏天智說：「是金蓮家，只把稻草垛子燒了。」四嬸說：「前幾日不是說她家的雞被人偷了嗎，怎麼稻草垛子又著了，會不會誰故意要害她？」白雪娘說：「真是造孽！」卻不再言語。

到了下午，白雪的外甥女來叫白雪娘回去，白雪娘就起身向親家告辭，眼皮子嘩嘩地跳了一陣，忙撕了片草皮貼在眼皮上。四嬸從櫃裏抓了一把柿皮柿餅給孩子吃，孩子說：「我爹給我買的有。」四嬸說：「你爹回來了？」白雪娘說：「江茂不下礦了，早都回來了，在家種香菇哩。」四嬸對孩子說：「你爹給你買了，這是我給你的呀，這麼爭氣的！」白雪娘說：「你奶給你的，你拿上，給你奶磕個頭！」孩子接了柿皮柿餅，立馬將個柿餅塞在嘴裏，趴在地上磕了個頭，婆孫倆就走了。夏天智說：「白雪，什麼事兒，你娘臉色都變了？」白雪說：「可能是我堂嫂的事吧。」夏天智說：「我聽說是要罰超生款的，罰就罰麼，一個男娃還不抵三四千元？」四嬸說：「你娘也真是，就是罰款，罰的是江茂，她著急回去幹啥？」白雪說：「我那本家就只有我們兩家，平日親近，不像咱這邊。」說罷了，覺得不妥，改口道：「他家什麼事兒都是我娘操持的。」四嬸沒再說話，夏天智也沒再說話。

白雪娘回到西街，直腳去了後巷的妯娌家，白雪的嬸嬸像晾在河灘上的魚，嘴張著，一眼一眼等著嫂子，見面問：「娃娃還乖？」白雪娘說：「還乖。」又問：「白雪精神好？」白雪娘說：「好。」白雪的嬸嬸哭腔就下來了，說：「嫂子，亂子怕要惹下啦！」白雪娘說：「是不是江茂把金蓮家的稻草垛點了？」嬸嬸說：「我估摸八成是他點的，但他死不回話。前幾日偷了人家的雞，我問過他，他不承認，昨日我在後院蘿蔔窖裏看見了一堆雞毛，再問他才說是他偷的。這二桿子，整日在家罵金蓮，稻草垛子能不是他點的？派出所來了人，剛才把他叫去了。」白雪娘說：「罰款就罰款，收沒香菇棚就收沒香菇棚，咱能保住個娃就行了麼！你這麼報復，不是禿子頭上的蝨明擺著嗎?!」嬸嬸說：「這可咋辦呀，會不會把他弄到牢裏去？」身子靠住了牆，腿軟得往下溜，就溜坐在了地上。白雪娘說：「你咋啦，咋啦？」嬸嬸說：「我沒事，我坐下歇歇。」白雪娘說：「越亂越不能急。看江茂去了怎麼給人家回話，再做商量。事急處必有個出奇處，那麼多人守著，你還不是把娃娃抱回來啦?!」嬸嬸點著頭，只是嘆氣。屋子裏嬰兒哇哇地哭，哭得好像要閉住氣。嬸嬸說：「娃咋啦，怎不哄哄？」改改抱了嬰兒出來，敞懷把奶頭塞到嬰兒嘴裏，嬰兒還是哭，嬸嬸就上了氣，說：「你連娃都哄不了嗎？我和你嬸說事的，讓哭得人心焦不心焦？」白雪娘過去抱了嬰兒，才發現是尿布濕了。

人心惶惶到晚飯時辰，江茂還沒回來。白雪娘讓嬸嬸做了湯麵去派出所，藉著送飯打探消息。嬸嬸去了十多分鐘，卻和江茂一塊回來了。江茂說：「我死沒承認，他們沒有任何證據，就把我放了。」白雪娘說：「沒事了就好！你給我說實話，是不是你點的？」江茂說：「是我點的。」白雪娘說：「你說你死不承認，你給我承認啥的?!」江茂說：「你是嬸麼！」白雪娘說：「事情到了這一步，天王老子問你都不要承認！」院門外有腳步響，白雪娘就不說了。進來的是村裏幾個人，撩了江茂的胳膊要看有沒有傷，說前日中街牛娃偷人，拉去銬在窗欞上打了一頓，骨頭都折了。江茂說：「火又不是我點的，他敢打我？」一人說：「就是，我看見天上一顆流星忽地劃落下來，就在金蓮家那方位，不久稻草垛就起火了。」白雪娘說：「你看見了？」那人說：「看見了，我當時還想，天上掉星，是不是金蓮家要死人呀，這倒好，稻草垛一著火，人就死不了了！」白雪娘說：「這你得給派出所去說呀，要麼屈死江茂！」那人說：「我敢作證！你說這流星偏不偏就落在金蓮家的稻草垛上?!」江茂說：「她做事太絕了麼！」白雪娘就打他的腦袋，罵道：「不會說話就不要說，沒人把你當啞巴！」

稻草垛著火的事派出所不追究了，但江茂因超生而被罰的款必須交。四千二百元江茂拿不出，金蓮領了一夥人就收沒了他家的香菇棚，說是五天裏不交齊款，香菇棚就拍賣啦。五天裏江茂沒動靜，按說抗一抗事情或許就過去了，或許能少交一些，可恨的三踅竟趁火打劫，掏了四千元把香菇棚買了。香菇棚價值五千元，四千元讓三踅買了，江茂心中怨恨，去找三踅討要一千元，三踅根本不理。江茂去了三次，第四次三踅說：「我是從村部買的香菇棚，與你沒干係，你要再來，我就把你當賊打呀！」江茂又去，三踅果然拿了門杠子就打，江茂哪裏是三踅的對手，回家哭了一場，只好再次出外打工，到縣城一家建築工地和灰。派出所查不出放火的實證，村人又證明看見過流星落下來。為稻草垛的事，金蓮患了個肚子疼。沒了稻草，就少了燒飯的柴火，金蓮讓上善給她弄些樹枝，上善負責著河堤上的樹木管理，有這個權力，就批准她去堤上砍四千斤的樹枝。金蓮派去的人在堤上當然不敢伐整棵樹，卻專揀粗大的樹上砍那些枝股，有的完全可以做廈房的椽了，便惹得相當多的人有意見。

有了意見給誰提去？提給了村組長，組長也不給君亭說，更不給金蓮上善說，就三人五人地跑來慫恿夏天智。夏天智掏了二百元錢把三嬸手裏的五塊銀元買來去小爐匠那兒給孫女打造項鏈。有人就跑來拉閒話，說伏牛梁下的墳地裏鬧鬼，夜夜貧協主席和我爹吵架哩。這又說到我爹了，我得把陳年舊事提一提。貧協主席是西街的，姓手，論資格比夏天義還老，人是七十年代就死了。貧協主席活著的時候，我爹總是為清風街的事和他鬧矛盾，一開會就吵，吵得紅脖子脹臉。一次修電站水渠，工程進度緩慢，我爹提出給夜裏加班的人每人蒸五斤紅薯，他不同意，主張抓階級鬥爭，階級鬥爭是個綱，綱舉目張，結果把清風街所有的地富反壞右集中起來批鬥，殺了雞給猴看。我爹又和他吵，他說他是貧協主席，以勢壓我爹。我爹說：「你是主席，但如果你那個姓不向左拐向右拐，那我就聽你的！」手字拐個向那是毛字，貧協主席就說我爹這話是不尊重毛主席，是反對毛主席。在那個年月，你反對毛主席你還能活呀？這事就嚴重啦！是夏天義出來為我爹打了圓場，既不同意貧協主席給我爹扣政治帽子，又支持貧協主席批鬥地富反壞右。從那以後，我爹和貧協主席誰看誰都不順眼，貧協主席死的時候，我爹沒參加他的葬禮。但是，不是冤家不聚頭，在清風街的領導班子裏，去世的人就只有貧協主席和我爹，他倆偏偏都埋在伏牛梁下，中間僅隔著一條水渠，三棵柿樹。這些人在說每天晚上了他們聽見伏牛梁下的墳地裏貧協主席的鬼和我爹的鬼仍還在吵，吵的什麼，聽不真，但怪叫聲一來一往，聲調絕對是貧協主席和我爹的聲調。夏天智聽了這話，不信，唏兒唏兒笑。那些人就又說：「咱這清風街的風水不好！」夏天智說：「胡說！風水不好，能出個夏中星?!」夏天智不說夏風，說夏中星。他們說：「當然出了個夏中星，更出了個夏風，可他們都是從清風街出去後成事的，留在清風街的，能人是還能著的，卻只給自己能，能得過頭了！」夏天智說：「你們要說啥話，明著說！」他們立即就數說金蓮在河堤上砍樹股的事。這三四人剛剛給夏天智說畢，又兩三個人進來，還說的是金蓮砍樹股。夏天智說：「有意見尋村幹部麼，給我說幹啥？」眾人說：「我們給村幹部說了頂屁用！」夏天智說：「你們是說我是君亭他四叔？」眾人說：「那不是。古人說：有德言乃立。你老德性好！」夏天智就把他的水煙袋拿出來吸，他的菸絲拌了香油和香料，吸起來滿屋子香，眾人說：「香！」夏天智卻不吸了，說：「我才不讓你們不花錢就聞了香哩！」

夏天智把打造好的一個銀項圈拿回家，就去君亭家找君亭。去了兩次人都不在。文成悄悄告訴他四爺，說君亭其實在家，一聽說夏天智來就從後窗出去了。夏天智便搬了椅子，從早到晚坐在君亭家院外的巷口吸水煙，終於把君亭堵住，責問：河堤上的樹每年砍一些樹枝股給老弱病殘的人家燒柴用，憑什麼就讓金蓮去砍，金蓮如果是砍一些樹枝也還罷了，竟把那麼粗的樹股都砍了！村幹部以權謀私了，在群眾中還有什麼威信?!夏天智責問君亭的時候，夏雨也在場，夏雨說：「爹，這是什麼大不了的事呀！就是有意見，我二伯沒提，三哲沒提，引生沒提，你管著幹啥？你是不是不同意我和人家侄女的事，就看金蓮也不順眼啦？」夏天智說：「這裏有你說的啥?!」夏雨說：「你這樣了，我的事肯定得黃！」夏天智說：「黃就黃麼！」夏雨說：「你對我的事永遠不操心，我就不是你生下的？人家不就是唱不了秦腔麼！」夏天智說：「放你娘的屁！」父子倆搗了嘴，君亭就說：「好了好了，你們家的事我不攙和。至於金蓮砍樹枝嘛，這我要查查。四叔提的意見對著的，不僅是四叔，任何人都可以監督村幹部麼！」夏天智說：「那你為啥老避我，我一去，你就從後窗出去了？」君亭說：「這你咋知道的？」夏天智說：「你先說是不是這樣？」君亭就嘿嘿地笑了，說：「你看我可憐不可憐，當村幹部不敢走大門，從後窗子跑哩！我給四叔說實話，金蓮砍樹枝的事我哪裏能不知道，可我難處理麼！你想想，金蓮為了工作得罪了人，稻草垛子都被人燒了，我還能對她怎麼著？村幹部就不是人當的，上級領導壓，下邊群眾鬧，老鼠鑽進風箱了，兩頭受氣！你不讓他們有私心，不占些便宜，誰還肯熱身子去幹工作？如果說這是腐敗，還得允許腐敗哩，只是有個度，不要過分就是了，這一點我把握得住！」一席話倒說得夏天智沒詞了，他收拾了水煙袋，提了椅子就走。夏雨說：「爹，你沒當過幹部，你不知道當幹部有當幹部的一套，那不是戲台上的一齣戲！」夏天智說：「人生如戲，戲如人生！我沒當過幹部？我當校長的時候，目標明確，措施得力，就為的把升學率排到全縣第五名。你君亭當支書、主任的，你要把清風街弄成個啥？」君亭說：「我給你說不清。」夏天智說：「說不清？」君亭說：「我有我的夢想，就像這州河一樣，我不知道要轉幾個彎，拐幾個灘，但我知道是要往東流，東邊有個大海！」夏天智說：「那我就記著你君亭這一句話！我來找你，也只是給你提個醒，你要幹大事，你得有幹大事的樣子，你手下的幹部也得管好，凡事做過分了，等到群眾起了吼聲，那就啥也收拾不住了！」

君亭到底是聽了夏天智的話，雖沒有收沒金蓮砍的樹枝股，卻把上善對河堤的管理權收回了。為此，金蓮洩氣，工作再不積極，而上善還和他吵了一頓，撂下挑子不幹了。君亭一直嫌上善太鬼，但上善的活騰又使君亭不能沒有了他。上善一撂挑子，清風街又沒合適人來當會議，君亭就以上善和金蓮的不正當關係為把柄要挾上善，上善雖繼續工作，從此卻貌合神離，倒是去七里溝了幾次。

夏天義人在七里溝，清風街上發生的任何事卻都清楚，上善的突然到來，他並不怎麼吃驚。上善說：「天義叔，你這是蘇武北海牧羊麼！」夏天義說：「那都是你們不淤地麼！」上善說：「我可是支持你呀，把手扶拖拉機給你，仍是我首先給君亭建議的。」夏天義說：「村上不是還有一些炸藥和雷管嗎，你給我批些。」上善說：「我沒資格給你批了，你找君亭，君亭學毛主席那一套管理法哩！」夏天義哼了一聲，說：「他怎麼學？」上善說：「他專制，搞一言堂。」夏天義說：「清風街這條船，責任全在船長身上，他說話要不算話了，讓船翻呀?!我告訴你，毛主席是與天鬥，與地鬥，與人鬥，其樂無窮，他那一分為二是讓手下人分成兩派，右一派左一派相互制約。他君亭會？他要是會，就不至於那樣待秦安了，也不會讓你和金蓮攪和在一塊。他嫩著哩！」上善目瞪口呆，說：「生薑還是老的辣，他君亭當領導到底是半路出家！」夏天義說：「屁話，誰當領導不是半路出家？你平日啥事都投其所好，到關鍵時候了，你卻給他撂挑子……」上善說：「天義叔你知道我的事啦？那你說說，能怪我嗎？」夏天義說：「我只問你一句話，你說你有沒有私心？」上善說：「是人，誰沒個私心？」夏天義說：「對著哩，別人占了你的地畔子你肯定不能讓他，你媳婦遭人打了你就得去幫你媳婦，誰欠了你的錢少還一分那不行，一頓飯沒吃好也可以發脾氣，但你要當村幹部，就得沒私心！我夏天義幾十年在任上，我可以拍腔子說，我是有這樣的錯那樣的錯，但我從不沾集體的便宜！私心就是池塘裏的水，人是鴨子，一見水就浮呀?!」上善睜著眼睛，撲忽撲忽閃，不吭聲了。

夏天義在訓斥著上善，我是多麼高興啊！他上善那一張薄嘴，平日挽翻得歡，這一次竟然啞口無聲。我在旁邊哧哧地笑，上善說：「你吃了歡喜他娘的奶啦，笑？」我說：「你不是能說會道嗎，你咋不說了？」上善說：「讓我喝口水！」他把掛在草棚門上的水罐取下來，抱了要喝。夏天義說：「那不是人喝的！」這水罐裏的水確實不是人喝的，是我們每天提來給那棵麥子澆的。夏天義拿過了水罐，把水澆給了麥子，上善這才看見了新墊出的地裏竟然有著一棵粗壯的麥子！上善畢竟是上善，他驚奇著，也更是為自己喝不上水的尬尷找台階下，就大聲呼喊，說這個季節怎麼會長麥子，而這麥子長得這麼粗大應該用柵欄圍起來，讓清風街所有的人都來參觀！我以為夏天義又要訓斥上善的花言巧語了，沒作想他也認真了，蹴在了麥子跟前，一邊慢慢地澆著，一邊說：「聽見了沒，上善都誇你了，你就好好地長，給咱長成個麥王來！」半罐水澆在了麥子根下，麥子頓時精神，在風裏搖著響，發出錚泠泠的聲。上善見夏天義情緒好起來，他也就脫了夾襖，說：「天義叔，村上的事不說啦，今日我來就是想出出汗的，你給我個钁頭，你說挖哪兒我給你挖！」夏天義說：「是不？那你和啞巴把那十幾塊石頭抬過來。」那十幾塊石頭原本是要用手扶拖拉機運的，但夏天義偏要上善去抬，上善抬完了，人累得趴在了地上。夏天義說：「累了吧？現在你知道我來七里溝不是玩哩吧？」上善說：「可惜我不是君亭，要不早決定淤地了！」夏天義說：「你要是君亭，清風街倒比現在還亂了！」上善說：「哎，天義叔，你說清風街亂，確實現在咋那麼亂呀，你知道不知道中星他爹到哪兒去了？」夏天義說：「你說不說村裏的事，咋又說呀？要去巴結人家呀？」上善說：「咋能叫巴結，這話不中聽。中星一當上鄰縣的縣長，鄉長就對我說應該關心關心人家家裏人，我前日昨日去了幾次，他總不在……」夏天義說：「他能到哪兒去，病成那個樣子了，不是去中星那兒，就是上南溝虎頭崖的寺廟了，問問瞎瞎的媳婦，或許她知道。」上善說：「瞎瞎的媳婦也信佛道的？」夏天義說：「鬼成精麼。」上善說：「人真是說不上來，誰能想到中星就當了官了?!」夏天義說：「你不也就當了官?」上善說：「村幹部算哪門子官?」夏天義說：「就那你和君亭還弄不到一塊麼！我可提醒你，我可以和君亭打氣憋，但你不能和君亭鬧不到一塊，你們幫襯著路越走越寬，一個砸打一個了，就都得從獨木橋上跌下來！你把我這話記住，也告訴他君亭！」上善點了頭，耳朵裏卻聽見了一種聲音，隱隱約約，像是唱戲。上善說：「你聽唱戲哩！」夏天義聽了聽，沒聽出來，說：「你吃虧就吃在太精靈了，是個鈴，見風就響哩！」

其實，上善是聽對了，夏天智在他家屋頂上架了高音喇叭，喇叭裏唱了秦腔。夏天智早就建議過君亭，清風街外出的人越來越多，顯得冷清，如果能把村部那個高音喇叭架在白果樹上每天定時播秦腔，就可以使清風街熱火。但君亭嫌村部時常沒人，若定時播放就得有專職人，又就花錢，夏天智也沒好意思說讓他來管，這事就作罷了。這天中午，夏風再一次返回了清風街，捎了一大堆嬰兒的衣服，也捎回了幾大捆印好的《秦腔臉譜集》，夏天智一激動，便把村部的高音喇叭和播放機借了過來，讓俊奇安裝在了他家的屋頂上。夏天智要夏風把《秦腔臉譜集》的序在喇叭上唸唸，夏風不肯，說：「爹你咋啦?」四嬸說：「燒包哩！」夏天智說：「這又咋啦?唸！」夏風還是不唸，轉身到白雪的房間去了。

夏天智就在喇叭上唸起序來，他不停地咳嗽，一咳嗽就停了，停了又從頭唸。唸了一半，白雪是聽到了，吃了一驚，說：「爹唸的啥?」夏風說：「書的序麼。」白雪說：「從哪兒弄來的?」夏風說：「你不知道呀，上次黑編輯來，正愁沒個序的，上善拿了這個文章，說是引生……」夏風不說了。白雪說：「俺?!」臉色通紅。夏風說：「可能是宏聲寫的，寫得還好。」白雪說：「好啥呀，讓爹不要唸啦，丟人哩。」夏風說：「丟人哩?!」白雪卻不言語了，拿眼看起孩子，身下睡著的孩子臉紅撲撲的，忍不住俯下身親了一口。

夏天智唸完了序，問夏風：「播哪齣戲？」夏風說：「有哪些戲？」夏天智說：「二十四大本都有哩！」夏風說：「那麼多？」夏天智說：「二十四本我給串成民歌了。你聽不聽？」夏風說：「我喝茶呀！」白雪卻在裏屋床上說：「爹，你說說，我聽！」夏天智說：「你聽著啊：《麟骨床》上繫《串龍珠》，《春秋筆》下吊《玉虎墜》，《五典坡》降伏《蛟龍駒》，《紫霞宮》收藏《鐵獸圖》，《抱火斗》施計《破天門》，《玉梅絛》捆住《八件衣》，《黑叮本》審理《潘楊訟》，《下河東》託請《狀元媒》，《淮河營》攻破《黃河陣》，《破寧國》得勝《回荊州》，《忠義俠》畫入《八義圖》，《白玉樓》歡慶《漁家樂》。串得好不好？」白雪說：「串得好！你播《白玉樓》中的『掛畫』吧，『掛畫』我演過。」高音喇叭裏立時響起了鑼鼓弦索聲。

夏風反對夏天智播放秦腔，一是嫌太張揚，二是嫌太吵，聒得他睡不好。可白雪卻擁護，說她坐在床上整日沒事，聽聽秦腔倒能岔岔心慌。出奇的是嬰兒一聽秦腔就不哭了，睜著一對小眼睛一動不動。而夏家的貓在屋頂的瓦槽上踱步，立即像一疙瘩雲落到院裏，耳朵聳得直直的。月季花在一層一層綻瓣。最是那來運，只要沒去七里溝，秦腔聲一起，牠就後腿臥著，前腿撐立，瞅著大喇叭，順著秦腔的節奏長聲嘶叫。

夏風是不能不回來的，但夏風和他的孩子似乎就沒有父女的緣。在孩子的哭聲中，夏風提著大包小包的進的院門，而夏風第一眼看到孩子，竟嚇了一跳，瘦小，滿臉的皺紋，像個老頭。他說：「吓，這怎麼養得活呀?!」四嬸把孩子抱起來，塞到夏風懷裏，說：「不哭了，不哭了，睜開眼睛看看你爹，這是你爹！」孩子哭的時候眼睛是緊閉的，這會兒就睜開了一隻眼，突然打了個冷顫，哇哇地哭得更凶了。

應著名兒是回來照顧白雪和孩子的，但一抱孩子，孩子就哭，夏風也就沒再抱過，而尿布是輪不到他洗的，白雪一天五六頓飯，四嬸也不讓他在廚房呆。反倒是白雪一次一次吃飯，四嬸都要給夏風盛一碗。白雪說：「不像是我坐月子，倒是你在坐月子！」拉夏風在床邊坐了，要陪她說話。夏風坐下了，卻沒了話說。白雪說：「你咋不說話？」夏風說：「你說呀！」白雪說：「給孩子起個名。叫個什麼名字好聽？」夏風說：「醜醜。」白雪說：「她叔有個叫瞎瞎的，她再叫醜醜，是尋不到個好詞啦？」夏風說：「她長得醜麼。」白雪說：「她哪兒醜了？我看著就覺得好看！」夏風說：「你說好看就好看吧。」又不說了。白雪說：「你一出去話那麼多，回家就沒話啦？」夏風說：「聯合國又換祕書長啦……」白雪說：「我娘倆真的有那麼煩嗎，你不願多說話？」夏風沒有吭聲，把紙菸點著了，突然覺得在小房間裏吃紙菸會嗆著孩子，就把火掐滅了。夏風說：「你現在咋這囉嗦呢，有話就說沒話就不說，我在家裏也不能自在嗎？」白雪說：「誰做了父親的不歡天喜地的，而整天盼你回來，回來了你就吊個臉，多一句話都懶得說！」夏風說：「我說什麼呀？你一張嘴就是這話，我還怎麼說？」白雪吸了一口氣，用鼻子又長長地吁出去，眼淚也隨之流下來。夏風看了一眼，站起來靠在櫃前，說：「這有啥哭的？坐月子哩，你不要身體了你就哭！」白雪還是哭，夏風就一挑門簾走了出去。

院門裏，書正卻來了。他沒有進小房間來看孩子，抱著一個小石獅子放在了花壇沿上，說這是他從鄉政府劉會計那兒要的。劉會計是關中人，關中的風俗裏生下孩子都雕一個小石獅子，一是用紅繩拴在孩子身上，能防備孩子從床上掉下去，二是獅子是瑞獸，能護佑孩子。書正這麼說，夏天智非常高興，就讓四嬸給書正沏杯茶喝。書正卻說不用了，他受鄉長之託來通知夏風去吃飯的。夏風說：「今日你給做什麼好吃的？」書正說：「現在來了重要人，鄉長都陪著到萬寶酒樓上去吃。萬寶酒樓的廚師做的飯我吃過，不是我說哩，我還瞧不上眼！」夏天智立即取了六七本《秦腔臉譜集》給鄉政府幹部簽名，要夏風去吃請時帶上。夏風先是不肯，說：「人家愛不愛秦腔呀，你送人家?!」夏天智說：「它是一本書，又是你拿給他們的，愛不愛都會放在顯眼地方哩！」他簽了名，喊四嬸一本本放在桌子上，先不要合上封面，以免鋼筆水不乾，黏髒了。自己又拿了一本翻來覆去地看，還舉起來，對著太陽耀，說：「夏風，你出第一本書時是個啥情況？」夏風說：「你只在屋裏欣賞了一天，我是欣賞了三天，給單位所有人都寫了指正的話送去，過了三天，卻在舊書攤上發現了兩本，我買回來又寫上：×××再次指正，又送了去。」夏天智說：「你就好好取笑你爹麼，我這送給他們，看他們誰敢賣給舊書攤?!」

夏風和書正提了書一走，大嬸攙著瞎眼的二嬸就進了院。二嬸行動不便，白雪生孩子後她一直沒來，今日叫大嬸攙了她，一進院門就叫嚷：「我孫娃呢，讓她這瞎眼婆也摸摸！」四嬸忙把兩位嫂子安頓坐下，喊白雪把娃娃抱出來。白雪趕緊擦了眼淚，二嬸卻已進來了，抱過孩子摸來摸去，說娃娃長得親，鼻子大大的，耳朵厚厚的，便撩起衣襟，從裏邊摸摸索索了好大一會兒，掏出一卷錢塞在孩子的裹被裏，說：「我娃的爹娘都是國家幹部，你瞎眼婆是農民，沒有多少錢，我娃不要嫌少！」白雪說：「不用，二嬸，你給的啥錢呀?!」二嬸說：「這是規矩，沒有多的也有個少的，圖個吉祥！」四嬸就說：「白雪你替娃拿上，你二嬸一個心麼，讓娃娃記住，長大了給二婆買點心！」二嬸說：「她二婆享不了我娃的福了，我還能活幾年？等娃長大了，到她二婆墳上燒個紙就是。」大嬸說：「你那墳那麼遠，誰去呀?!」三個老妯娌就呱呱呱地笑了一回。沒想，大嬸才把孩子輪著抱到懷裏，忽聽得噗哧一聲，孩子就屙下了。她忙解開裹被，從孩子的兩腿間取了尿布，尿布上是一灘蛋花一樣的稀屎，白雪要抱過去，說：「別把你弄髒了！」大嬸說：「我還嫌髒呀，娃娃屎有啥髒的？」給孩子擦屁股，卻見屎沾在前邊，擦了，又擦後邊，後邊卻沒屎，再看時，發覺後邊並沒有個肛門，順口說：「沒屁眼！」說過了，突然變臉失色，又說了一句：「娃咋沒屁眼?!」大家彎過頭來看了一下，果然是沒屁眼。四嬸一把抓過孩子，在懷裏翻過身，將兩條小腿使勁掰開，真的沒見有屁眼，就蠍子螫了一般叫喊夏天智。夏天智看了，當場便暈了過去。

誰能想到活活的一個孩子竟然沒有屁眼？而孩子生下來這麼長日子了誰又都沒有發覺屎尿竟然是從前邊出來的?!這樣的事情，清風街幾百年間沒發生過，人和人吵架的時候，咒過，說：你狗日的做虧心事，讓你生娃沒屁眼！可咒語說過就說過了，竟然真的就有沒屁眼的孩子！這個下午，夏天智暈倒了，三個妯娌和白雪慌作了一團，趕緊把他抬回到堂屋的臥屋炕上，又是掐人中，又是給灌漿水，夏天智總算蘇醒了過來，卻長長地嘯了一聲：「啊！」坐在那裏眼睛瓷起來。白雪見夏天智沒事了，披頭散髮地跑到小房間裏去哭，一邊哭一邊雙手拍著床頭，拍得咚咚響。三個老妯娌一直是戰戰兢兢，聽白雪一哭，就都哇哇地哭。哭著哭著，大嬸擦著眼淚一看，夏天智還瓷著神坐著，剛才是個啥姿勢現在還是啥姿勢，就輕聲說：「天智！」夏天智沒理會。又叫了聲：「天智！」夏天智還是沒理會。她爬起身，拿手在夏天智面前晃了晃，以為夏天智又是沒知覺了，夏天智卻兩股子眼淚嘩嘩嘩地流下來，從臉上流到前胸，從前胸濕到衣襟。

夏天智一生中都沒有流過這麼多的淚，他似乎要把身上的水全都從眼窩裏流出去，臉在一時間裏就明顯地削瘦，脖子也細起來，撐不住個腦袋。當四個老少女人還汪汪地哭著，捶胸頓足，他站了起來，先去關了院門，然後站在堂屋門口，叮嚀大嬸和二嬸要為夏家守這個祕密，千千萬萬不能透一絲風出去。大嬸二嬸說：「我們不是吃屎長大的，當然知道這個！」夏天智就讓四嬸去洗洗臉，有了天大的苦不要給人說，見了任何人臉上都不要表現出來。說完了，他轉過身去，拿眼看院子上的天，天上的雲黑白分明，高高低低層層疊疊的卻像是山，而一群蜂結隊從門樓外飛進院子，在癢癢樹下的椅子上嗡嗡一團。冬天裏原本沒蜂的，卻來了這麼多的蜂，夏天智驚了一下，他不是驚訝這蜂，是驚慌著孩子竟然沒人再管了，還放在椅子上！他走過去把孩子抱起來，孩子一聲沒哭。他說：「娃呀娃呀，你前世是個啥麼，咋就投胎到夏家呀?!」狠狠地拍了一下孩子的屁股，孩子還是沒哭，眼睜得亮亮的。

到了天黑，家裏沒有做飯，也不開燈，晚風在瓦槽子上掃過，院中的癢癢樹自個搖著，枝條發出咯啦咯啦聲。院牆外的巷道裏，是文成和一幫孩子在說笑話，用西山灣人咬字很土的話在說：樹上各坐著兩隻巧（雀），一隻美巧（雀），一隻哈（瞎）巧（雀），哈（瞎）巧（雀）對美巧（雀）社（說）你邁（往）過挪一哈（下），美巧（雀）社（說）挪不成，再挪奏（就）非（摔）哈（下）起（去）咧！哈（瞎）巧（雀）社（說）末（沒）四（事），非（摔）哈（下）來餓（我）摟著你！美巧（雀）羞澀地罵道：哈（瞎）松（髏）！孩子就哇哇地哭，哭得幾次要噎住氣了，又哽著緩過了氣。鄉長陪著夏風就回來了，咣噹咣噹敲門。夏天智先從炕上坐起，叮嚀四嬸快起來，要沒事似的招呼鄉長，又去給白雪說：「臉上不要讓鄉長看出破綻。」三人都收拾了一下，將燈拉亮，夏天智去把院門開了。鄉長說：「老校長，我把人給你安全完整地送回來了，稍微上了點頭，不要緊的。」夏風矇矓著眼，說：「我沒事，我沒事。白雪你給鄉長沏茶呀，娃怎麼哭成這樣？」鄉長說：「我來抱抱。」把孩子抱過去，孩子哭聲止了，卻噎著氣像受了天大的委屈。鄉長說：「噢，噢，是不是嫌我把你爹借走了？」坐了一會兒，夏風卻支持不住，頭搭在桌沿上。夏天智有些生氣，說：「沒本事你就少喝些，鄉長還在這兒，你就成了這樣?!」夏風說：「生死有命，我死不了！」夏天智說：「胡說八道！」夏風說：「你叫鄉長說！」鄉長說：「也是的，生死不但有命，也有時間地點。老校長，你知道不知道咱清風街出了怪事啦！」夏天智說：「你說的是金蓮家的稻草垛？」鄉長說：「那都不算個啥，是中星他爹死了！」夏天智說：「你說啥？」鄉長說：「不知道了吧？清風街都沒人知道。」四嬸尖叫起來：「他怎麼死了？」鄉長說：「他已經死了近一個月，誰都不知道的。昨天接到南溝虎頭崖那兒的舉報，派出所去了人，原本死的是中星他爹。誰能想到他就會死了，又死在南溝的寺廟那兒！」夏天智說：「到底是咋回事？他一直病蔫蔫的，在寺廟那兒犯病啦？」鄉長說：「是他殺。」夏天智說：「他殺？又是他殺?!」鄉長說：「所長下午打回電話，說把凶手抓住了，凶手也是寺廟裏的一個信徒。凶手交代，昭澄師傅死後肉身不壞，被安置在寺廟裏供著享受香火，中星他爹也說他一生盡做與人為善的事，他兒子之所以有出息，也是他積德的結果，認為他死後也會肉身不壞的。他便爬到寺廟後的那個崖頂上，釘了一個木箱，自己鑽進去，凶手再用釘子釘死木箱蓋。可虎頭崖那兒雨水多，加上潮悶，他很快就腐爛了，從木箱往外流臭水，臭水都流到崖壁上，就被人發現報了案。」四嬸和白雪聽得毛骨悚然，四嬸就把白雪拉進臥屋去。夏天智說：「這怎麼會是這樣呢，他整天給自己算卦求壽呢，對死害怕得很，怎麼就能自己去結果自己？」鄉長說：「或許是太怕死了吧。」夏天智說：「這事中星還不知道吧？」鄉長說：「還沒通知哩。」夏天智說：「這事在清風街不要聲張。」鄉長說：「這怎麼堵人口，南溝那一帶都搖了鈴了，明日我得去現場，你們夏家是不是也派個人去料理後事？」夏風從桌面上抬起頭，說：「我去，我去看看。」夏天智說：「你去看啥？哪有啥看的?!」就對鄉長說：「你還是去給君亭說一聲，讓村委會人去好一點，將來也好給中星有個交代。」鄉長說：「這倒是。」起身就去君亭家。夏風也要去，夏天智把他拉住了。

鄉長一走，小房間裏白雪又哭起來，夏風有些躁，說：「這哭啥的，煩不煩啊！」夏天智說：「你去洗個臉了，我有話給你說。」夏風疑惑地端了一盆涼水，整個臉埋在水裏，一邊吹著一邊搖，水就全濺了出來。夏天智把孩子沒屁眼的事說了一遍，夏風的頭在水盆裏不動彈了。少半盆子的水嗆住了夏風，他喝了一口，又喝了一口，終於憋不住，腿軟得倒在地上，水盆也跌翻了，哐啷得驚天動地。誰也沒有去拉夏風，誰也沒有再說話，孩子安然地睡在床上，竟然有很大的酣聲。夏風就坐在水灘裏，一個姿勢，坐了很長時間，突然哼了一下，說：「生了個怪胎？那就撂了吧。」一聽說撂，白雪一下子把孩子抱在懷裏，哇地就哭。夏風說：「不撂又怎麼著，你指望能養活嗎？現在是吃奶，能從前邊屙，等能吃飯了咋辦？就是長大了又怎麼生活，怎麼結婚，害咱一輩子也害了娃一輩子？撂了吧。撂了還可以再生麼，全當是她病死了。」夏風拿眼看爹娘，夏天智沒有言語，四嬸也沒有言語。夏風說：「趁孩子和我們還沒有多少感情，要再拖下去就……」四嬸說：「咋能沒感情？養個貓兒狗兒都有感情，何況她也是個人呀！」夏風站起來，說：「你們不撂，我撂去！」從白雪懷裏奪孩子。奪過來奪過去，白雪沒勁了，夏風把奪過來的孩子用小棉被包了。孩子是醒了，沒有哭，眼睛黑溜溜地看夏風。夏風拿手巾蓋了孩子的臉，裝在一個竹籠裏，三個人眼睜睜瞧著他提著竹籠出去了。

白雪呼天搶地地哭起來，四嬸也哭，堂屋桌子上空吊著的燈泡突然叭地爆裂，屋子裏一片漆黑。白雪和四嬸在燈泡爆裂的時候都停止了哭，隨即哭聲更高。夏天智在黑暗裏流眼淚。半個小時後，夏風回來了，他空著手，說：「咋不拉燈？」一家人都沒有言傳，他就到他的床上睡下了。夏風嫌孩子夜裏吵，他又要吸紙菸，他是單獨在後廂屋裏支了張床的，進去後就關了門。夏天智流了一陣眼淚，悄沒聲息地站起來，在櫃裏摸尋新的燈泡，沒有尋到，擦火柴再尋蠟燭，火柴燃盡就滅了。再擦著又一根火柴，說：「蠟在哪兒？」四嬸說：「插屏背後有。」火柴又滅了。櫃蓋上一陣響動，火柴再次擦著，一點光就亮了，有指頭蛋大，忽閃著像跳動的青蛙的心臟。夏天智說：「夏風，夏風。」夏風在他的屋裏不吭聲。四嬸在中堂轉來轉去，說：「我心裏咋這慌的，他把娃撂到哪兒啦？他撂時也不給娃裹一件新布，就撂了？」四嬸又敲夏風的屋門，說：「你撂到哪兒了，她哭了沒哭？」夏風在屋裏說：「我撂在小河畔那塊蓖麻地了。」四嬸說：「風這麼大的。」夏風說：「你還怕她著涼呀？」白雪突然從床上撲下來，她說她聽見娃哭哩，就往外跑。四嬸跟了也跑。婆媳倆跌跌撞撞跑出去，巷道裏沒有碰到一個人，在小河畔也沒碰到一個人，她們就到了蓖麻地裏。但是，蓖麻地找遍了，沒有找著孩子。四嬸說：「沒個哭聲，是不是他把娃埋了？」白雪哇地又哭。四嬸說：「不敢哭，一哭外人就聽見了。」一擰身，孩子卻就在旁邊的一個小土坑裏。冷冷的月光下，孩子還醒著，那件手帕不見了，睜著一對眼睛，而在身邊是無數的黑螞蟻。白雪將孩子抱起了，黑螞蟻呼呼地都散了。進了街口，迎面來的腳步噔噔響，四嬸和白雪避不及，就直直走過去，也不吭聲。武林卻殷勤了，說：「四嬸，啊嬸，這黑了幹啥，啥，去了還抱了娃，啊娃？」四嬸說：「娃從炕上掉下來驚了，出來給娃叫叫魂。」武林說：「啊沒魂，魂了?碎娃的魂容，啊容，容易掉。」四嬸說：「你快回去吧，噢。」但武林偏不走，還在說：「我從伏，伏，啊伏牛梁過來的，你猜，猜我聽到什，什麼了？」四嬸說：「你聽到什麼了？」武林說：「鬼吵架哩！啊，啊老貧協和，和，和引生他爹又吵吵架哩！」四嬸說：「說啥鬼話，你滾！」武林說：「你不讓說，說鬼?滾，滾，啊滾就滾！」腳步重著才走了。武林一走，四嬸呸呸呸了幾口唾沫，說：「真的要給娃叫叫魂哩。」白雪就輕輕地叫：「回來噢——回來！」四嬸抱了孩子一邊從地上撮土往孩子額上點，一邊說：「回來了——回來！」

回到家，孩子卻哇哇地哭起來，給奶不吃，給水不喝，只是尖錐錐地哭。四嬸給夏天智講了蓖麻地裏的狀況，夏天智說：「咱捨不得娃，娃也捨不得咱麼，既然她是衝咱來的，那咱就養著吧。」夏風生氣地說：「這弄的啥事麼，你們要養你們養，那咱一家人就準備著遭罪吧。」四嬸說：「娃不要你管，看我們養得活養不活?!」夏風說：「我是她爹！」夏天智說：「啥話都不說了，咱開個會，商量商量。」三個人坐在一起，商量到雞啼，最後的主意是給孩子到大醫院做手術，現在的科學發達，報上常報導女的能變男的，男的能變女的，難道還不能給孩子重做一個屁眼嗎？但孩子還沒出月，夏風先回省城去醫院諮詢，等滿月了，夏天智就陪白雪抱孩子去手術。

這個晚上，夏天智一家人沒有睡好覺，我也沒睡好覺。晚飯我做的是拌湯煮土豆，土豆煮得多了，吃得肚子發脹。我是吃石頭都能克化的人，偏偏土豆把我吃得肚子發脹，這都是怪事。我肚子脹得睡不下，就到文化站活動室看別人搓麻將。搓麻將的是文成幾個碎鬼，他們搓著搓著，文成就把麻將揉了，吆喝著去三一二國道上掙些零花錢。我已經耳聞三一二國道上發生了兩次半夜攔截過往汽車搶劫的事，但我沒想到竟是這一幫碎鬼。他們不避我，甚至還要我同他們一塊去，是認為我會和他們同夥的，這使我感到羞辱。我當然不去，我說：「文成，你是夏家的後人，你可不敢幹這地痞流氓的事！」文成說：「誰是流氓？你才是流氓！你不去了拉倒，但你要壞我們的事你小心著！」我引生是吃飯長大的，是嚇大的？說這恨話的應該是我！等他們一走，我就去君亭家要舉報。但我還沒走到君亭家就遇見了武林，武林低著頭往前走，嘴裏嘟囔說：「啊讓我滾，我就滾，滾呀，啊咋？」我說：「武林，誰讓你滾呀？」武林說：「是四四嬸，還有白，啊白，白雪。」我趕緊問：「白雪讓你滾？幾時她罵你的？」武林說：「剛，剛才麼。」我朝四下裏看，黑地裏有一個螢火蟲，向我飛過來了又飛走了。我說：「你胡說，白雪坐月子哩，這麼晚了，能出來？」武林說：「她娃娃驚，驚，驚了魂，出來給娃叫，啊叫魂哩！」武林這麼一說，我耳朵裏滿是娃娃的哭聲，我就猜想一定是娃娃把覺睡反了，整夜整夜地哭。娃娃整夜整夜地哭，那白雪能睡好覺嗎？我扔下了武林就走，也不去給君亭舉報了，跑回了我家在紙上寫「天皇皇，地皇皇，我家有個夜哭郎，過路君子唸一遍，一覺睡到天大光」。清風街都是寫這樣的紙條治娃娃夜哭的，我寫了一張又寫一張，一共寫了十二張，連夜張貼在街道的牆上，樹上，電線杆上。至於文成他們在三一二國道上攔截沒攔截汽車，搶劫了什麼東西，我都不管了，白雪的事，事大如天。

第二天露明，我家的院門被咚咚地敲，我開了門，門口站著君亭。君亭說：「眼睛腫著，沒睡好，夜裏幹啥了？」我說：「我本來要去你家，走到半路，遇上武林我又回來了……」君亭說：「你知道了來尋找我？那跟我走！」我說：「去哪兒？」君亭說：「跟我去南溝。」我以為文成的事敗露了，君亭來尋我的不是的，就放下了心跟他走，走到半路才知道我們要去南溝虎頭崖給中星他爹搬屍的，我之所以被他選中，是因為我膽大，又肯出力氣。在南溝的虎頭崖頂上，我看到了那個木箱和中星爹，他全身的肉都腐爛了，就像是紅燒的豬肘子，一挪動，肉是肉，骨頭是骨頭。那分離開的頭顱幾乎是個骷髏，我說：「榮叔，這頭是不是你的？」用樹棍撬嘴巴，尋找金牙，果然有兩顆是包了金的。我就把幾塊白骨和腐肉用布包了，盛在籠子裏從崖頂提下來。中星爹畢竟是君亭的本族長輩，他對著籠子磕了頭，燒了紙錢，就把屍骨分裝在兩個籠子裏，讓我挑著下山。五十年前，中星爹也是我這般年紀，土匪在西山灣殺了人，要把人頭運到清風街戲樓上示眾，就抓了中星爹去運人頭，中星爹也是一副挑擔，挑擔裏盛著人頭，人頭的嘴裏塞著割下來的生殖器。五十年後，中星爹的頭也是盛在籠子裏被挑著了。我說：「榮叔榮叔，我可是給你當了一回孝子！」我說這話的時候，掛在挑擔頭上的那個水罐莫名其妙地就掉下來跌碎了，這水罐是寺廟的人特意給我備的，它一跌碎，我就知道這是榮叔在作祟，他在報復我摔過他的熬藥罐。君亭說：「水罐怎麼就掉了？」我沒敢多說話。從虎頭崖下來，看熱鬧的人非常多，寺廟的台階上我看見了坐著的四嬸和瞎瞎的媳婦。她們也來了？她們能來，白雪會不會來呢？我又看了看，沒有見到白雪。我那時並不知道她們到寺廟來是祈禱神靈的，還以為也是為中星爹的事來的，我向她們招手，瞎瞎的媳婦是過來了，四嬸卻不來，還坐在台階上，呸呸呸地向空中吐唾沫。

一年之後，我知道了白雪孩子的事，回想起這一天，我後悔了沒能自己也去寺廟裏為孩子祈禱神靈。而那時我真傻，看見四嬸呸呸地向空中吐唾沫，倒認為她對我發恨。在那以後的日子裏我數次路過她家門口，希望能見到白雪，白雪沒有見到，四嬸是從院門裏出來去泉裏挑水了。我扭頭便走，走過巷口，也呸呸了幾口，說：「啊，想讓我幫你挑水，沒門！」

埋葬中星爹的時候，中星沒有回來，他遠在北京上中央黨校半年的培訓班，葬禮就很簡單，也沒有吃飯，抬棺的人在墳上就散了。等到十四天，也就是「二七」，中星坐著小車回來，清風街落了一場雪。雪不大，麥粒子狀，落下來風就颳得滿地上跑，但初冬的寒冷倒比三冬還厲害。我最討厭的是冬季，人心裏原本不受活，身上就冷，只好悶了頭，狠著力氣在七里溝抬石頭。夏天義說我越來越表現好了，天義叔傻呀你，該給你怎麼說呢？想著白雪是可以忘掉抬石頭，抬了石頭又可以忘掉白雪。在七里溝抬石頭使身子暖和了，手上卻裂開了無數的血口子。夏天義讓我去商店買手套，清風街的街道上沒有一個人，來運和賽虎在東街牌樓底下挽聯著，我罵一聲：滾！拿石頭把牠們打跑，卻怎麼也打不跑。那當兒，中星和他的司機揹了兩背簍東西往他爹的墳上去，中星在叫我，他說他知道了是我把他爹從虎頭崖擔回來的，要謝我，掏了一卷錢塞過來。我剛要接錢，風把錢吹散了，我就明白這是他爹的陰魂在阻止他給我錢，所以，他的司機把錢撿起來再給我時，我堅決不要，說：「你要是真心，你把手上的皮手套送我！」中星把手套給了我。中星到底比他爹大方。常言說，吃人的嘴軟，拿人的手短，我就幫中星揹了背簍到墳上去，給他爹磕了個頭。中星在墳上並沒有哭，他燒了整整三捆子紙，還有那麼一大堆印製好的冥票，票額都是「一百萬」、「一億」。燒過了紙，他又燒揹來的他爹的舊的衣物，有一堆衣服，枕巾，包袱布，還有那個出門算卦時揹的褡褳。他一件一件往火堆上扔，嘴裏說：「爹，爹，我從北京回來了，你知道不，去北京上黨校那是回來了就有提拔的。」我說：「榮「是嗎，你要提拔到州城了嗎？」中星看了看他的司機，說：「我這是哄鬼哩。」我立即就說：「榮叔榮叔，清風街要說出人，他夏風是小拇指頭，中星是大拇指頭，這下你在九泉下該含笑了吧！」就把褡褳往火堆上扔。褡褳很重，掏了掏，是一卷黃裱紙，是朱砂粉泥，是雷擊棗木印，是那個我翻看過的雜記本。雜記本上記錄著中星爹所有的卦辭，也寫得有意思，我就說：「中星哥，榮叔一輩子算卦，誰家紅白喜喪離得了他？他過世了，得留件東西做個留念吧。」中星說：「那你把這本雜記拿去。」我便把雜記本揣在了懷裏。

當天夜裏，我坐在我家的炕上讀雜記本。讀到第十八頁，有一段他是在罵我，說我在土地神的小廟前正和人說說笑笑，他過去了我卻不說了，是不信任他，更讓他生氣的是我給大家散發紙菸，連武林都給散了，陳亮也給散了，就是沒有給他散。他寫道：「引生不光是個流氓，老惦記夏風的媳婦，而且是個狗眼看人低。我手裏有槍，我就斃了他。」我一下子臉紅起來，害怕這雜記本被別人看到，就把那一頁給撕了，扔到了炕角。一個人在炕上睡，睡不著，又把雜記本拿來看，裏邊再沒有罵我的話了，幾乎有二十多段都是他在為自己的病情算卦，寫著他不得活了，春節前可能陽壽要盡了，而新麥饃饃是絕對吃不上了。他在怨恨他的壽命太短，怨恨他的一生裏，清風街欠他的多，人都是在算計他。就在倒數的第五頁上，他寫著：「今夜肚子疼，疼得在灶火口打滾，鍋裏的飯做不熟，火從灶口溜出來燃著了柴火。死就死吧，柴火燒著了把房燒了，把我也燒了。但房要留給中星的，我忍痛又爬起來撲火，澆了一桶水把火終於澆滅了。」在倒數第四頁上，他又寫著：「我的日子是不多了。清風街有比我年紀大的，偏偏我就要死了?!今早卜卦，看看他們怎樣?新生死於水。秦安能活到六十七。天義埋不到墓裏。三踅死於繩。夏風不再回清風街了。院子裏的蘋果和梨明年碩果累累，後年蘋果樹只結一個蘋果。慶金娘是長壽人，兒子們都死了她還活著。夏天智住的房子又回到了白家。君亭將來在地上爬，俊奇他娘也要埋在七里溝，俊奇當村主任。清風街十二年後有狼。」這段話就是這麼寫的，我說：「可笑！可笑！」害怕得頭髮都豎起來了。我抬頭看屋梁，懷疑是不是中星爹的鬼來了，我使勁地捋頭髮，頭髮上劈劈啪啪冒火星子。我再把那段話看了一遍，尋我的名字，看他怎麼說我，但沒有說我。尋夏天智的名字，也沒有。我最想看看他是怎麼說白雪的，也沒有說。沒有說就好，但夏風是「再也不回清風街了」，那麼，白雪也要走嗎?我就罵起了中星爹：「你死就死吧，你死前還放什麼臭屁！」憤怒著，就下了炕，在尿盆裏把雜記本點著燒了。

第二天，我沒有去七里溝，帶著斧頭去了屹甲嶺，我原本要英雄一回，砍些野桃木要在中星爹的墳上釘橛，以防他對清風街的預言言中，但我把桃木橛釘在中星爹的墳上了，卻沒有對人誇耀過，因為那一天我對不起了白雪，幹了一件現在還令我後悔的事。

我是砍了野棗木回清風街，走著走著天又下起小雪，一見雪我就想到白雪了，就伸了舌頭接落下來的雪。路邊有一大堆包穀稈，可能是秋天裏為了看護甜瓜地搭起的棚子，棚子已經坍了一半，包穀稈就亂七八糟架在那裏。我坐在那裏歇腳，舌頭還是長長地伸出來接雪，說：「我把你吃到肚子去，吃到肚子去！」一個聲音在說：「引生，你要把我吃到肚裏?」我嚇了一跳，定眼看時，路邊站著的是白娥。白娥不是早已離開了清風街嗎，她怎麼又出現了?白娥說：「引生引生，你怎麼在這兒?」我說：「你怎麼在這兒?!」白娥說：「清風街我不能來嗎?」我說：「是三踅把你又叫來了?」白娥說：「不提三踅！世上除了三踅就沒有男人啦?」她竟然在我身邊坐下來。我趕緊起身，她說：

「我要是白雪，你起不起？」她也知道了我和白雪的事，我臉紅了一下，說：「你不是白雪麼。」白娥沒有生氣，反倒笑了，說：「你說的是實話，難得還有你這樣的男人！」說著，她捏了我一下鼻子，說：「瞧你這鼻子凍得像紅蘿蔔！你穿得太單了麼，沒穿毛衣？」我說：「穿著的。」撩起夾襖讓她看毛衣。她卻把我的夾襖又往上撩了撩，說我的毛衣爛了一個洞，如果不嫌棄，她給我補補。就這一句話，我的心軟了。我爹死後，我看慣了人的眉高眼低，誰還問過我的飢呀冷呀？我對白娥就有些好感了。白娥往我身邊挪，我再不好意思起身，但也不再看她，身子縮，縮得小小的。白娥說：「引生，讓我看看你的鼻子，你的鼻子怎麼長得這樣高呀？我就喜歡你這樣的鼻子……」我只說她又要用手捏我的鼻子了，她要敢再捏我的鼻子我就打她的手，但白娥卻低了頭，輕輕地說：「其實我在碑場的時候就一直注意著你，想給你說說話，但你是不會理我的，你只有白雪。一個男人對一個女人那麼痴心，我倒覺得白雪對你太寡情了，她不值你這樣愛她……」我說：「你不能說白雪的不好！」「三踅說你賊膽大得很麼，原來還是個羞臉子？」我說：「……」我不知道說些什麼。白娥說：「她不就是白嗎，一白遮百醜，她那麼瘦的白娥說：「她哪兒好？」我說：「她就是好！」白娥說：「她不就是白嗎，一白遮百醜，她那麼瘦的……」她突然地斜過了身子去抓我頭上方的包穀葉，而把她的胸部壓住我的臉。她的乳房非常的大，隔著衣服我都能感到那麼柔軟。我第一次觸到了女人的身體，腦子裏忽地響了一下，就像是一個電閃，一切都白花花的，立即就全黑了，整個身子往一個深溝裏掉，往一個深溝裏掉，人就驚慌得打顫。白娥卻笑起來了，說：「就你這個樣子，你還愛白雪呀?!」她俯下上身，一對眼睛看著我，眼睛裏火辣辣的。我說：「白雪！」我那時是糊塗了，真以為她是白雪，用臉拱了一下她的乳房，立即用手又去揣了一下，她一下子便撲沓下來，整個身子壓倒了我，我的氣出不來，手還在動著，她竟然是手不敢碰的人，一碰眼睛就翻了白，嘴唇嘩嘩嘩地抖。後來發生的事情我就記不清了，我分不清我們是如何在那裏翻動，哪條腿是我的，哪條胳膊又是她的，而包穀稈棚全倒塌了，如果那時有人看見，一定以為那包穀稈裏有著兩頭拱食的豬。我是不能幹那事的，但我用手摳她，揉她，她有無窮的水出來，我的東西也射了出來，然後都靜下來了，她躺在我的身旁，肚子在一跳一跳。當她撥拉著我頭上的包穀葉，說：「你是個好男人，引生，引生，我現在越發恨白雪了！」我完全是清醒了，往起爬，腿一打彎，跪在了地上，她還在說：「引生，引生。」我再一次爬起來，從包穀稈堆邊走開了。我那時是非常地後悔，我怎麼就和白娥有了這種事呢？白娥，為什麼是白娥，而不是白雪呢？我覺得很羞愧，對不住了白雪。雪還在下著，風颳在身上要掉肉。我是一氣兒跑到了中星爹的墳上，狠著勁地把木橛往土裏釘。

連續的四五天，我都在噁心著我自己，偏不多加件衣服，讓我冷著，在七里溝默默地幹活。回到清風街了，見人不想搭理。張順在供銷社門口叫我去吸酒精導管，我也不吸，張順說：「闊啦？跟夏天義跑腿，你也是夏天義啦?!」我說：「×你娘！」張順說：「你敢罵我？」我就罵了，我還想和誰打一架哩。

受不了凍的武林已穿上了棉襖，棉襖是去年冬天的舊棉襖，到處露了棉花。他在鞋舖裏聽陳星唱歌，門道裏的風往進颳，火盆中的紅炭能熱前懷卻冰著後背。陳亮說：「你聽聽懂了沒沒有？」武林說：「聽，啊聽不懂。唱，唱啊唱，秦腔麼！」陳亮說：「你你要聽秦，秦腔嗎，到慶玉他四四叔家，家去，你不去是是，是不是怕見，見慶玉？」武林說：「我不，啊不怕他，他慶玉，我是怕髒，髒，髒了我，啊我的眼！」陳星沒有理睬他們兩個打嘴的官司，繼續唱：「誰能與我同醉，相知年年歲歲……」他的聲音帶著哭腔，眼裏充滿了淚水。舖子門外就有人踢踢踏踏跑過去。街面雖是水泥鋪了的，仍泥雪多厚，跑過的人腳下哧地一股子髒水濺進了門，落在陳星腿上。陳亮罵道：「急急得上伏牛梁呀?!」清風街死了人都埋在伏牛梁下。路過的人就立住了腳，人並沒影，聲到了門口：「哎，你買不買攤位去?」陳亮說：「你是要，要我跳跳崖呀?!」武林就嘿嘿地笑，說：「君亭他現，現在頭，啊大啦，農貿市場是好吃，吃，啊好吃卻難克化啦！陳星，你唱，唱，唱得像哭，哭哩，是不是想，想起翠，翠翠啦?」陳星看著他，脖子聚得粗粗的，說：「你把鼻涕擦了！」武林就用手擦鼻涕，抹在鞋跟上。

農貿市場的攤位上堆滿了洋蔥，土豆和蓮花白，收購商反覆地說明原定了多少貨就收多少貨；人們不聽他的，只是一股腦兒地把自家的菜全弄了來，還從四周鄰村也倒販了一些，都想一下子賣給收購商。但是，從頭一天後晌就在等候的運貨大卡車，過了一夜和兩個半天仍是沒有蹤影。戲樓前是六七戶人家拉著豬，縣生豬收購站的人收了三頭也停了，人圍著收購員論理，收購員只好再收。順娃的豬排在最後，豬在過秤前卻屙起了糞，氣得順娃一邊踢豬的屁股，一邊罵：「你就憋不住一分鐘?你屙的是我的錢呀，爺！」收購員說：「豬比你覺悟高！分量少了幾斤還算給你收了，那些賣菜的排了兩天隊了誰收呀?收菜的公司倒閉啦！」話被傳到了農貿市場，人們起了吼聲，說：「不來收購菜啦?誰說的，誰說的公司倒閉啦?!」但上善依舊在收取攤位費，好多人就又和上善對上了，高一聲低一聲話越說越難聽。市場上的攤位自建立後，攤主已經倒換了幾次，撤走了一批，立即又有一批進來，退讓的知道那是個水坑，一進去撲通就淹沒了，要進來的卻希望那水裏有著魚，手一摸就能抓上來幾條。書正的媳婦後悔買了攤位，又收了蓮花白太多，聲明誰買她的攤位就連那些蓮花白一塊買去。沒人肯上她的當。書正從鄉政府過來，問出手了沒有，媳婦說：「出你個頭！我辦的飯店好好的，你讓買攤位，這下好了，母豬白下了一窩豬娃子！」書正就揀著蓮花白堆上的那些已腐爛的往遠處的電線杆上砸，砸了一顆又一顆，但他砸不準。媳婦從泥地上又撿起來，她想拿回去餵豬呀，罵書正：「你砸麼，把你那頭咋不砸了呢?!」書正把一疙瘩菜砸在媳婦的背上。

馬大中站在萬寶酒樓門口，他看見了書正和媳婦打打鬧鬧從農貿市場過來，兩個人先在泥地上廝打，再是書正把媳婦壓在路畔的土塄上用鞋底揙，他走近去把兩人拉開了。書正和媳婦給馬大中說委屈，各說各的理。馬大中一直笑著聽他們說，後來說了句什麼，兩人都不言語了，媳婦又去了市場的攤位，書正一邊抖身上的泥雪，一邊就進了陳星的鞋舖裏。

陳亮說：「書正，馬馬老闆給你說說了個啥，火氣一一一下子就沒，沒了？」書正說：「他說有啥矛盾呀，回去摟著睡一覺就好了！」武林又嘿嘿笑，說：「馬老，啊老，老闆，都知道，道你兩個的秉，秉性！」書正說：「我兩個打打鬧鬧，離不了婚就是性生活和諧。」陳星正唱著，撲哧也笑了。書正說：「你笑啥的？你沒結過婚你笑個屁！其實是馬老闆告訴我們這攤位上的生意不好了就去種香菇，種香菇他可以賠前期的投資。」陳星說：「看他大方的！瞧著吧，他在清風街也呆不長了。」書正說：「呆不長的怕是你吧？」陳星說：「我伏低伏小，蘋果又沒賣下幾個錢，舖子裏隔三差四來一個顧客，翠翠也走了，我怎麼呆不長？他馬大中派頭倒比君亭還大了，聽說君亭去求過他，讓他為農貿市場尋些大買主，他是拒絕了。他現在倒不像個老闆，像個村主任，君亭能讓他坐大？」大家都不說話了，覺得陳星說得有理，就拿眼看萬寶酒樓門口。門口是夏雨推了摩托車出來，金蓮的姪女坐上了後座，一陣巨大的發動聲，兩人就風一樣駛過。舖子裏又議論開了，武林說：「吶女子不，不嫌冷，啊，啊冷呀，還穿裙子，腿，啊像兩個大，大，蘿蔔！」陳亮說：「你操閒心！」書正說：「夏雨又帶著去縣城買衣服了吧！金蓮的姪女也在酒樓上班？」陳亮說：「是是領班，管那幾個女服服，務員幹，幹那事哩。」武林說：「幹哪，哪，事？」書正說：「幹你的頭！」一巴掌拍在武林頭上。

夏雨是新買了輛摩托車，經常帶著金蓮的姪女跑來跑去，也讓金蓮的姪女自個兒騎了到處招搖。夏天智籌備著給孫女動手術的資金，手頭扣得很緊，在清風街上買畫臉譜的馬勺，得知茶坊村的商店裏每個馬勺能便宜一角五分錢，就讓夏雨去買。夏雨自己沒去，派了金蓮的姪女，這女子為了討好夏天智，買了馬勺又買了一袋該村的小吃粉蒸羊肉回來。四嬸說：「是你去的茶坊村呀？」女子說：「我去的。」四嬸說：「你跑了一趟，你留下吃麼。」女子說：「不累，騎摩托一會兒就到了，我在茶坊村也吃過一碗。」女子一走，四嬸就對夏天智說：「瞧瞧，你為了省一角五分，你兒倒讓那女子騎了摩托去，又吃又買，沒二十元錢能成？蘿蔔攪成肉價啦！」夏雨再回來，夏天智催他去把後塬上的責任田翻一翻，開春了好栽紅苕。夏雨說：「出的那力幹啥呀，地不種啦！」夏天智睜大了眼睛：「不種了，喝風屙屁呀？」夏雨說：「村裏多少人家都不種地了，你見把誰餓死了？我負責以後每月給家裏買一袋麵粉咋樣？」夏天智說：「你咋不向好的學呢？人家不種地是人家在外打工，你人在村裏你不種？就整天把人家女子用摩托車帶來帶去?!」四嬸說：「你到底和人家女子怎樣嗎，我聽說了，那女子不安穩，和那個姓馬的老闆嘻嘻哈哈的。」夏雨說：「你兒能讓誰給戴了綠帽子？馬老闆幫她辦了個外出勞務介紹所。」四嬸說：「這我也聽說了，是只介紹女的不介紹男的，她把女娃介紹出去幹啥呀？」夏雨說：「你是說她拐賣人口呀，逼良為娼呀？你們一天沒事，就聽別人瞎嚷嚷！你信不過她，也信不過你兒啦？」噎得老兩口一時逮不上話。

夏天智畢竟是不放心的，去找君亭轉彎抹角地問萬寶酒樓上的事，問馬大中的事，君亭只說了一句：「馬大中以為他有錢了麼！」說得夏天智丈二和尚摸不著頭腦。回家一夜沒睡好，起來就覺得頭悶疼，抗了半日，越發沉重，四嬸就去叫了趙宏聲來把脈，又跟趙宏聲去大清堂抓了三服中藥。對吃中藥，夏天智是非常講究的，他讓四嬸一定要付錢，不得讓趙宏聲白給藥，也不得欠帳，中藥抓回來，他要親自從泉裏舀水，親自來熬，說這樣才對得起中藥。喝藥的時候，他洗了手，盤腿打坐了一會兒，才一口一口慢慢地喝下。喝下了卻又想起君亭說過的話，琢磨君亭的話中有話，是不是夏雨在外也有什麼事瞞著他，就又吩咐四嬸去尋君亭，要從君亭口中討個實情。但君亭和慶玉卻已經動身去高巴縣了。

君亭為清風街的土特產賣不出去愁得不行，慶玉又來和他談關於自己與黑娥結婚的事，君亭隨話答話地應酬著，但慶玉說到高巴縣是有著幾個大型國有企業，那裏的土特產需求量很大，君亭靈機一動，倒想起在高巴縣當縣長的中星，中星才上任，肯定要顯示自己為家鄉辦事的能力，何況他爹去世後，村裏替他處理的後事。君亭就決定去一趟高巴縣，又特意請慶玉作陪，因為在夏家族裏，慶玉和中星是最要好。

這就是「君亭走高巴」一事，這件事成為了一宗美談，鄉長在幾個會議上都作為典型表揚過這事。這件事如何使君亭有了好聲譽，在這兒就不多說，只說君亭和慶玉到了高巴縣，中星果然十分熱情，在辦公室裏接待他們，又是散紙菸又是請喝茶，還給沖了兩杯咖啡。君亭喝了一口就不喝了，慶玉把一杯咖啡喝完，面潮心慌，肚裏像鑽了個貓，挖抓得差點沒吐出來。找中星辦事的人一溜帶串，他的祕書對每一位來人都是宣布只有十分鐘時間，而君亭和慶玉就一直在辦公室等待著，要辦的公事都處理完了，中星同他們說不上幾句話就要打個電話，打電話時便給他們做手勢，讓他們不要出聲，打完電話了，說：「是張省長，過一個星期他要來檢查工作了！」接連又是幾個電話，不是市裏的韓書記，就是省農辦的雷主任。君亭看得一震一震的，說：「我整天和村民絆磚頭，你卻都結交了大領導！」中星說：「也煩，也煩，認識的領導越多事情越多。」慶玉說：「我是開了眼了，中星你還能上哩！」中星說：「誰不想進步呀，你問問君亭，他能說不著什麼時候了到鄉政府去？」君亭說：

「這我沒想。」慶玉說：「不想當將軍的士兵就不是好士兵。」君亭說：「我沒出息，真的沒想過。」中星說：「這我信的。科長想的是處長，處長想的是局長，科長才不想省長的，那隔得太遠麼。」慶玉說：「中星想的是市長嘍！應該想，十幾年前咱不是有一句話，人有多大膽，地有多大產麼。」中星說：「圖你話個吉利！我要是什麼時候當上市長了，我給清風街撥一批款，把清風街建成三一二國道線上最大的一個鎮！」君亭說：「你不要說將來給清風街撥多少款，現在舉手之勞就可以給家鄉辦事麼。我們來時，二叔、四叔特意交代，說咱夏家出了個最有實權的人物就是你，要你給家鄉做些貢獻，他們還託我倆給你帶了些蘋果。」中星說：「他們還惦記我呀！好麼，好麼，蘋果在哪？」君亭說：「在旅館裏，怕拿到這兒對你影響不好。」中星說：「那怕啥，父老鄉親給我的東西我怕啥的？」一拍手，祕書立即進來。中星說：「去旅館把那些蘋果拿來！」慶玉就和祕書去了。過了一會兒，祕書來電話，問把蘋果是不是拿到辦公室來。中星說：「多少？」祕書說：「兩箱子。」中星說：「就放在收發室，機關的誰來了就發幾個。」君亭一聽，覺得臉紅，他們思考來思考去從劉新生那兒買了這兩箱蘋果，還怕人看見，中星卻這麼處理了！就說：「實在拿不出手。」中星說：「咱那兒人我知道。你說讓我給家鄉辦些啥事？」君亭就訴苦清風街農貿市場上的東西出手不了，高巴縣大企業多，能不能聯繫一下，給那些土特產和蔬菜尋個出路。中星「嗯，嗯」著，就把辦公室主任叫了來，說：「七〇七廠申報改造費的批件下發了沒？」主任說：「今日就下發。」中星說：「你通知一下七〇七廠張廠長，隨便給他說一下，讓他近日派三個卡車去長鳳縣清風街為職工辦些福利，那裏的木耳、金針、蓮花白菜可是全省有名的。」又問君亭：「還有什麼？」君亭說：「有土豆，全是紫皮土豆。」中星說：「對，還有土豆，都是紫皮的，乾面得像栗子。」主任點頭出去了。君亭看得瞠目結舌，說：「你辦事這麼乾脆利落！」中星說：「威信就是幹出來的麼！我現在正抓企業轉軌的事哩！」君亭說：「啥是企業轉軌？」中星說：「就是有些企業辦不下去了，讓私人來買斷。你知道高巴的葡萄酒廠吧，現在省裏一個老闆提出三千萬買下，他一買下，原廠的職工他也得安排，這就給縣上甩了個大包袱！」君亭說：「還能這樣呀？」中星說：「這其中複雜得很，阻力也大呀！辦這些事，當領導的就得當機立斷，快刀斬亂麻！這不，葡萄酒廠一轉產，省上也總結我們的經驗啦！」君亭又是一愣一愣的。

到了中午，中星在酒店裏擺了酒席，七碟子八碗吃喝過了，就向君亭和慶玉告辭，說他要開幾個會的，就不再陪了，讓他的小車送他們回去。慶玉卻堅決不讓送。中星一走，君亭說：「你怎麼不讓送了？」慶玉說：「咱好不容易來了，不多呆一天兩天？」又說：「黑娥已經來了，她就在車站的旅館裏。」君亭說：「你兩個商量好來逛啊?!這出差費我可不給你報的。」慶玉說：「黑娥不報，為啥不給我報？」君亭說：「那好吧，就多呆半天，明日你就是不回去，我也得回去的。」慶玉說：「我多呆兩天，可話我得給你說清，我為清風街辦了多大的事，這出差費你不能少我一份的。」

去了車站旅館，黑娥果然就在那裏。這一個晚上，君亭和慶玉的房間隔了一層木板，慶玉和黑娥整整折騰了一夜。君亭睡不著，隔著木板縫往過一看，看見一個白團，才明白慶玉將黑娥頂在木隔板上立著幹，黑娥就放了一個屁出來。君亭窩火，又不好說，自個出來到一家小酒館裏吃酒，就想起了一宗事。君亭想的是中星在高巴縣搞企業轉軌，甩掉老大難包袱，清風街現在荒蕪的土地多，何不收起這些地讓外人租種呢？這麼想著，心裏暢快起來，直到後半夜才回到旅館。隔壁是安靜了，君亭卻老操心慶玉又要幹一回，就等著，等慶玉又幹一回了睡去不再受驚動，但直等到了天快亮，隔壁卻再沒有幹，君亭方合眼睡了一會兒。

高巴縣的大卡車來了三輛，收購了農貿市場上差不多的蔬菜和土特產，清風街上人人歡聲笑語。

君亭穿得乾乾淨淨的，偏就和那些來收購的人蹴在市場牌樓下的石條上，他對三踅喊：「去拿幾瓶酒來，和師傅們喝幾口！」三踅從商店買了三瓶，沒有菜，也不用酒盅，端著瓶子你一口我一口。三踅說：「你這一回弄得好，我得去你家掛彩哩！」君亭說：「你不告我狀我就燒了高香啦！」三踅說：「這麼大個村，你唱紅臉，總得有人唱黑臉呀，還都不是為了把日子過好？」君亭說：「這幾天那姓馬的都幹啥的？」三踅說：「還不是吃酒搓牌！金蓮的姪女又介紹了三個出去啦，這女子發了，介紹一個收費二百元哩。」君亭說：「介紹去了哪兒？」三踅說：「這回聽說是青海那邊，馬大中原先在青海幹過事。郵局張老漢說啦，西街李桂花早些日子是去了那裏，大前日給金蓮的姪女來了電報，八個字：人傻，錢多，速再送人。他娘的，什麼人傻錢多，那兒油田上的工人多，常年見不到女人，恐怕也是㞞多！」君亭說：「馬大中把咱這兒是搞亂了。」三踅說：「你的意思我明白。你瞧著吧，他算什麼東西，我早都看不順眼了！」君亭說：「你不要胡來。」三踅說：「我文鬥不武鬥。」君亭站起來就走。

第二天，天比往常還要冷，街上的小飯館裏往外潑泔水，街面上就結了冰。王嬸到染坊裏染布，滑了一跤把胯骨折斷了。許多人照例要去看望王嬸，但沒有去，都湧在土地神廟門口看一張小字報。小字報寫著：「萬寶酒樓沒萬寶，吃喝嫖賭啥都搞。住著一個大馬猴，他想當頭頭，人心都亂了。人民群眾要清醒，孫悟空要打白骨精。」大家都清楚這是說馬大中的，馬大中常年喝酒，臉老是紅的，再有個酒糟鼻。但是，糟糕的事情就發生了，有人猜想小字報是我寫的。我真冤，比竇娥還冤，七里溝裏活路多，夏天義像個閻王，讓我們抬了石頭就挖土，挖了土又抬石頭，悶著頭幹一天，到晚上了我還要聞那小手帕的。說起小手帕，我是臭罵過趙宏聲的，罵他騙了我，讓我在白雪面前丟人現眼。趙宏聲狗日的還給我做工作，問：你真的恁愛白雪？我說：愛！他說：這不是你愛的事。我說：為啥哩，你吃飯我也要吃飯哩！他說：人以類分，來運找的都是鄉政府的賽虎哩！我說：那我今生今世就沒個女人啦？他說：女人多的是，白娥又來清風街啦。他這麼一說，我嚇了一跳，我以為他知道了我和白娥的事，我立即說：你別胡說，我和白娥可沒關係！他說：我知道你沒關係，可這女人身子愛抖，笑著無聲，走路手往後甩，那是個騷娘兒。她有過三査，有過一個男人就能有兩個三個，她又和馬大中黏乎上了，你哪兒不比馬大中？我說：我沒錢。他說：馬大中是有錢，可馬大中那鼻子多噁心！你要敢給她搖尾巴，她肯定就攆你了，說不定她會把馬大中的錢還分你一些哩！我說：呸呸呸！那還不如我自己用手哩！他說：噢，你是手藝人。這趙宏聲就這樣作踐了我。但是，我下定了決心，要為白雪守身如玉呀，我依然在夜裏唸叨著白雪的名字，就自個兒聞著小手帕。小手帕還真的有讓人迷惑的功效，它是把我迷惑了。每每一聞，我就犯迷糊。丁霸槽曾經給我說過抽大煙了想啥就來啥，我沒有抽過大煙，可一迷糊就來幸福，能看到白雪。這一階段，我的生活過得是充實的，勞動一天渾身乏乏的了，回到家看白雪，困乏就解了，第二天再去勞動，回來再解乏，我還有心思去管村裏的毬長毛短的事嗎？我才懶得去管！可是，這一天早上，我往七里溝去，溝道兩邊的樹都硬著，枝條在風裏喀啦喀啦響，一起說：「冷！冷！冷冷冷冷冷！」一夥人卻把我擋住了，他們說：「引生，你行！」我說：「還可以吧。」他們說：「有人把馬大中當財神爺敬哩，可馬大中給我們帶來了什麼，富的越富，窮的越窮了，都是一樣的人，為什麼他吃乾的我就喝稀的?!」我說：「你也吃乾的麼！」他們說：「哪兒有乾的？」我說：「勞動麼，勞動致富麼！」他們說：「小錢靠勤，大錢憑命。」我說：「那就是法兒他娘把法兒死了，沒法兒了！」他們說：「引生你真逗，你是逗著我們支持你哩！我們支持你，你的小字報寫得好！」我說：「原來是說小字報呀？那不是我寫的！」他們說：「是你寫的！」我說：「不是！」他們說：「是！」吃屎的把屙屎的顧住了，是就是吧。白娥頭包了件花頭巾往過走，停下了，立在旁邊咳嗽了一聲，拿眼睛勾我。她拿眼睛勾我，我沒動，一個人就說：「賊來了！」我說：「清風街有賊？」他們低著頭笑，笑得怪怪的，說：「咋沒有賊，賊專門偷男人哩，引生你把褲帶繫好！」我這才明白他們在罵白娥。白娥也聽到了他們的話，臉一下子青了，說：「誰是賊？我偷你了?!」那人說：「你就是把你那東西擺在那兒，我拾一個瓦片給蓋上，我也就走過去了！」白娥就乍拉著手撲過來要抓那人的臉，但她還沒近身，倒被那人一把推了去，一屁股坐在了地上。這就有些過分了，我撥開了那人，說：「王牛，你這就欺負人了，你手那麼重，她挨得起你？」那人說：「你沒看見她要來抓我臉嗎？她不要了臉，我還講究個面子哩！」白娥在地上哭，說：「你還講究面子?! 前日你把我堵在巷子裏說啥來？」那人罵道：「你還嘴硬，你再說，我撕了你的嘴！」他往白娥跟前走，我把他擋住了，我是拉起了白娥，讓她走開。但白娥感激我，卻說：「引生，引生……」我說：「你甭叫我，我和你州河裏宰羊，刀割水洗！」

我討厭了白娥，更討厭了那夥人，我離開他們鑽到了陳星的鞋舖裏，陳星在用楦子楦鞋，問我買不買棉鞋，我說不買，陳亮進來說上善把小字報也看了，揭下來交給了君亭，君亭可能要整治馬大中的，而丁霸槽卻在酒樓門口破口大罵哩。我問罵誰哩，陳亮說：「罵你你沒毬了還×，×，×他的勾子！」我一聽，出門就走。我剛走到萬寶酒樓門口，丁霸槽果然就擋了路，我往右走，他往右擋，我往左走，他往左擋。我說：「好狗不擋路！」丁霸槽說：「小字報是你寫的？」我說：「寫得不對?!」丁霸槽說：「你啥意思，是要攆馬大中呢還是眼紅我們的生意？」我說：「我眼紅你？笑話！」丁霸槽一把將我掀倒。我是不注意而讓他掀倒的，我當然就也去打他。我個頭不高，但丁霸槽比我更低，四隻胳膊撐起來，他用腳絆我的腿，我閃開了，我用腳絆他的腿，他也閃開了，我們是勢均力敵。周圍立即來了人，都不勸架，還笑了起鬨。我終於把丁霸槽絆倒了，他趴在地上像狗吃屎，但他從地上摸了一塊磚，吼著：「我拍死你！」我害怕了跑，丁霸槽提著磚在後邊攆，但圍觀人多，跑不開，兩人就兜圈子。我就喊：「啞巴！啞巴！」我本來是給自己壯膽嚇唬丁霸槽的，沒想啞巴竟真的跑過來了。啞巴在東街口等著我，他並沒有聽見我喊他，而是等不及了開著手扶拖拉機過來，看見了我和丁霸槽打架，就過來抱住了丁霸槽，把磚頭奪了。丁霸槽被抱住，又沒了磚頭，我便咚咚地打了幾拳。丁霸槽反過來要咬啞巴的手，啞巴趁勢一撥，丁霸槽摔在地上。這時候上善來叫丁霸槽和夏雨去村部，丁霸槽一邊走一邊說：「引生，我日你娘！」我說：「我日你娘！」他丁霸槽竟然說：「你拿啥日呀，你脫了褲子讓人看看！你敢脫褲子嗎？脫呀！」周圍的人都哈哈地笑，連上善也在笑。我不嫌丁霸槽罵我，我嫌的是這麼多人都在笑。我說：「笑你娘的×哩?!」周圍人更是笑，我受不了，渾身哆嗦起來，嘴裏就吹著白沫。是啞巴抱住了我，我動彈不了，但我突然覺得我在啞巴的懷裏忽地躥高了，有二丈高，就踩著人群的肩臂和頭，恨恨地踩，再飛了起來，撵上了丁霸槽，叭叭叭地在他的臉上左右開弓。事後，我是躺在了大清堂的台階上，我看見了大門上新換了一副對聯：但願你無病；只要我有錢。趙宏聲在說：「醒過來了！你這個貨，丁霸槽打了你，你拿我屁股蛋出啥氣，想吃屎喝尿呀？」我嚎啕大哭。

我在大清堂門口哭的時候，丁霸槽在村部裏也哭，他說他得罪誰了，連殘廢的引生都欺負他，要求君亭出面主持公道，懲治我。君亭沒有理他，等他哭鬧得沒勁了，才說：「哭完了沒？」丁霸槽說：「完了。」君亭說：「那我現在給你說！」君亭說街上出現小字報那只是個爆發點，其實近來群眾到兩委會反映萬寶酒樓的人多了，而且驚動了鄉政府。並說群眾之所以對萬寶酒樓有意見，不是指萬寶酒樓，是針對馬大中的，馬大中如果只搞香菇，兩委會是支持的，但馬大中把那麼多女子介紹出去從事不良職業，就壞了清風街風氣，而且人心惶惶，都不安心在清風街了。夏雨一直沒言語，聽到這裏，說：「你的意思，是對我的對象有看法了？」君亭說：「群眾是有看法。我說了，再有看法那都是馬大中惹的事，咱的人咱要保護。」夏雨說：「有啥證據說介紹出去的人都是賣淫了？」君亭說：「有啥證據說她們出去不是從事賣淫？」夏雨說：「這話就不說了，說了傷和氣。我要問的是，馬大中可以不在萬寶酒樓長住，但有什麼理由不讓人家住？陳星可以承包果園，又辦鞋舖，馬大中不是特務不是逃犯，咱能拿出哪一條法哪一條律給人家說？」君亭倒生氣了，說：「我是把群眾意見集中起來告訴你們的，你們要是不聽就不聽吧。以後出什麼事了，也不要來找兩委會。現在清風街荒蕪的地不下二十畝，二叔為了地和我鬧得紅脖子脹臉，長年都住在七里溝，一方是為一分一釐地下力出汗，一方卻把幾十畝地荒著不種，再發展下去這責任我就擔不起了！」夏雨說：「責任讓萬寶酒樓擔當？土地收攏不住人了，為啥土地就收攏不住人了，這都是萬寶酒樓的事嗎？如果沒這個酒樓，我和丁霸槽恐怕早也出外了，如果你不搞那個市場，也恐怕清風街走的人更多！我服了你能建個農貿市場，可你卻就不容個萬寶酒樓？」君亭竟然沒了話，停了一會兒，就又笑了，說：「沒看出你夏雨不是混混了！」丁霸槽說：「君亭哥的話我聽明白了，萬寶酒樓你是支持的，你反對的是馬大中。馬大中的事我來處理，清風街是清風街人的，清風街就聽兩委會；他馬大中要在清風街呆，就好好搞他的香菇，他要披了被子就上天，那他就走人，最起碼萬寶酒樓上沒他的地方！至於君亭哥的難處，我能不理解？說一聲不該說的話，君亭哥，你聽不聽？」君亭說：「丁霸槽有頭腦，你說。」丁霸槽說：「村裏荒了那麼多地，可以統收起來麼！」君亭說：「收起來誰種？」丁霸槽說：「你要肯承包給我，我種！」君亭看著丁霸槽，卻說：「你要種？你要種那兩委會得研究研究。」

君亭找丁霸槽和夏雨談話，注定了是談不出個結果的。但君亭已經達到了他的目的，因為馬大中知道自己處境難了，就讓順娃負責經營，他離開清風街回老家去住了一段日子。馬大中在萬寶酒樓的房間沒有退，白娥就住在了那裏。白娥名義上還是給順娃跑小腳路，順娃卻啥事也不讓她插手，她又在酒樓上幹些服務員事體。兩委會召開了三次會，決定把荒蕪的土地收回來，並讓丁霸槽來承包，丁霸槽卻和陳星說好，到時候陳星老家的人來租種，丁霸槽就從中間白吃差價。馬大中離開了清風街，三踅才站出來說那張小字報是他寫的，諷刺我該尿泡尿照照，是能寫出那一段文字的人嗎？但他三踅沒有想到，收回來的土地讓丁霸槽承包了又要轉租給外鄉人，他便爆火燒著了毬了，一蹦三尺高地罵，並第一次到七里溝見夏天義。

三踅來給夏天義拿著一包捲菸的，往夏天義面前一放，我的鼻子裏就哼了一聲，轉身要去抬石頭。夏天義喊我把草棚裏那半瓶燒酒拿出來給三踅喝，我沒吱聲，夏天義就罵我逞什麼能呀，憑你這樣是攪屎棍呀？三踅說：「你是說我哩麼！」夏天義說：「你還知道你是攪屎棍呀！」三踅沒有惱，反倒賴著臉笑，說：「清風街沒了你當主任，沒有個攪屎棍能行嗎？這回我就要叫丁霸槽當不成個地主，天義叔你得支持我！」夏天義說：「你反對丁霸槽承包，我也反對丁霸槽承包，農民麼，弄得窮的窮富的富，差距拉大了，清風街能有安生日子？可我不會支持你去承包的！我這次寫了告狀信，真的是寫了，我想的是一些人把地荒了，一些人卻不夠種，與其收起來不如重新分地，使每一寸地都不閒，使每一個人也都不閒。你要願意了就在我的告狀信上簽名，你要不願意了，你把你的捲菸拿上，另外去告你的狀。」三踅說：「你要重新分地？我第一個就反對，我爹我娘死了，我還種著他們的地，要重新劃分，那我就吃虧了！」夏天義說：「你吃虧了，那些娶了媳婦生了娃娃的人家沒有地種就不吃虧？」三踅站起來就走了。走過了那一片已栽了蔥的地邊，順手拔了一捆。啞巴要去奪，夏天義說：「三踅，那蔥我早晨才噴了些農藥，吃時你得洗乾淨啊！」

天還是冷，冷得滿空裏飛刀刃子。但那棵麥子竟然結出穗了，足足有一乍二寸。天神，這是麥穗子麼！我和啞巴害怕風把它吹倒，就找了三個樹棍兒做支撐。旁邊樹上的鳥巢裏，牠們一家三口，都趴在巢邊朝我們看，嘰嘰喳喳說話。我說：「冬天裏麥子結這麼大長穗，沒見過吧？」鳥說：「沒見過！」我聽得出鳥是這麼說的。我說：「沒見過的事多著哩！」就把牙子钁狠勁挖到岸邊的一個多年前就被砍伐的樹樁上，牙子扎在樹樁上，钁把翹得高高的，我想，明日可能還有奇蹟，這钁把能發出芽的。但這钁把到底沒有發出芽來，惹得一家三口的鳥把白花花的稀糞屙在钁把上。

麥子結了穗子，夏天義他還沒有看到。他已經是連著幾天沒來七里溝了，而是在東街、中街、西街各家的地裏查看，凡是荒了的地，或者在自己分得的地裏起土掏取蓋房用的細沙的，挖了壕打胡基土坯的，或者像書正那樣，在地裏修了公共廁所的，或者老墳地以前平了現在又起隆修了墓碑的，一一丈量了面積。又將誰家在分地後嫁了女，死了老人或出外打工兩年不歸的，和誰家又娶了媳婦，生了孩子的一一統計。然後他拿著這些材料和夏天智交換意見，要夏天智修改他寫成的狀子。夏天智看罷了，竟莊嚴了，認為這不是告狀的事，是了不得的建議，就讓四嬸做飯，當然是四菜一湯，桌上還擺了那盤木雞，說是給二哥補一補身子，也為二哥慶賀。兄弟倆吃畢，擦了桌子，夏天義說：「咱起草個建議吧，你說，我來寫！」寫了一頁，有一句話沒說妥，揉了又寫，又寫還是有兩個字寫錯了，塗了墨疙瘩，撕了再寫。四嬸在旁邊看著，說：「爺呀，紙就這樣糟蹋？」夏天智說：「這可是大事。」四嬸說：「給皇帝寫摺子呀?!」到院子裏用小石磨磨辣子。這一家人都是辣子蟲，一天沒一頓撈乾麵不行，撈了乾麵不調辣子不行。書正的媳婦來借笸籃了，為了能借到笸籃好話就特別多，問四嬸的身子骨可強，問四叔的胃口可旺，問白雪，又問娃娃，再是樹呀花的，貓呀狗的，她都要問個安的。夏天智就寫不下去了，出來訓斥四嬸。四嬸趕緊打發書正的媳婦走，二返身進屋抱了白雪懷裏的孩子，說：「咱都出去轉呀，你爺辦大事哩，你要哭了，你爺就該又罵了！」出了院門，還在門外上了鎖。

建議書上相當一部分內容是說兩委會收回荒地和另作他用的土地的決策是正確的，也是及時的。這話當然是夏天智的意思。但對於如何由人承包，而又由承包人轉租給外鄉人的做法，他們認為不符合村民的利益。為了使每一寸土地都不荒蕪，使每一個農民都有地種，公平合理，貧富相當，所以建議重新分地。建議書寫成後，夏天義在落款處第一個寫了他的名字。夏天智因為是退休幹部，他是不分地的，就替四嬸和夏雨簽名。夏天義在以後的日子裏，逐戶走動，希望每家每戶也能簽名，但他沒有想到的是，他在東街簽名時竟有一半人不肯簽。有的是家庭減員不願簽，有的是家中有人在外打工擔心以後若不再打工了怎麼辦，還有的是自己不耕種讓別人耕種而收取代耕口糧的人家更不願意。東街前邊三個巷子的人家找過了，消息傳到後邊幾個巷子，有人就揹了背簍趕西山灣集市去了，走了親戚家了。到了書正家，書正的媳婦說書正是一家之主這得書正說話，而書正從鄉政府回來往東堳子的地裏壘地堰了。夏天義就去尋書正，來運廝跟著，剛過了小河，賽虎就跑了來。兩個狗鑽進河邊的毛柳樹叢去，再叫不回來。書正在地邊放著收音機，收音機裏播的是《金沙灘》：「君王坐江山是臣啊啊創哎，臣好比牛吃青草蠶吃桑。老牛力盡刀尖死，蠶把絲做成在油鍋裏亡。吃牛肉不知牛受苦，穿綾羅不曉得蠶遭殃。實可惱朝朝代代無道的昏王坐了江山，先殺忠臣和良將，哎哎罵一聲禍國殃民狐群狗黨的奸賊似虎狼，一個個都把良心喪，將功臣當就草上霜。任意放起……」書正看見了夏天義，放下鍁，坐在堳塄上吃旱煙，打老遠就說：「天義叔是不是讓我簽名呀?文化大革命的時候我簽過名，現在什麼社會了，你還搞運動呀！」夏天義說：「誰是搞運動呀?!」書正說：「天義叔，你真個是土地爺麼，一輩子不是收地就是分地，你不嫌潑煩啊？」夏天義說：「農民就靠土麼，誰不是土裏變出的蟲?!」書正把他的旱煙鍋擦了擦，遞給夏天義，夏天義沒接。書正說：「梅花簽了沒？慶玉簽了沒？」夏天義說：「他們敢不簽?!」書正說：「他們不敢不簽，我卻不簽的！」夏天義說：「你咋不簽？」書正說：「我要一簽，公路邊的公共廁所就用不成了，那個廁所比我養頭豬還頂事哩！」夏天義便瓷在了那裏。收音機裏還在唱：「因此上轅門外將兒綁了。綁了怎樣？綁了斬了。當真斬了？當真斬了。兒斬了與國家整一整律條！」兩廂爭吵起來，一個比一個聲高，都是長脖子，脖子上暴了青筋。墹塄上一吵，毛柳樹叢中的來運就跑了來，睜了眼睛看書正。書正只要身子往夏天義面前挪一下，來運就汪一聲，書正的手指頭一指夏天義，來運就又汪一聲。書正說：「你汪啥的？你也要強要了我的手指頭按印不成?!」這話有些罵夏天義，夏天義能聽來，來運也能聽來，來運前爪騰空立起來了，連續地汪汪。書正說：「你要咬我？我是鄉政府的人，你敢把我動一下！」來運呼哧一聲，雙爪搭在書正的肩上，舌頭吐得多長。書正一抖身子就跑，一腳沒踏實，竟從墹塄上跌了下去。

墹塄三米多高，書正一跌下去，夏天義就呆了，趕忙從旁邊的斜路上下去拉書正。書正被拉起來了，夏天義一鬆手，書正又倒下去，說：「我腿呢，我的腿呢？我站不起筒子了！」齜牙咧嘴地喊疼。夏天義汗已經出來，蹴下身揉書正的右腿，書正說是左腿左腿，夏天義又揉左腿，書正卻疼得不敢讓碰。夏天義知道斷了骨頭，不能再揉了，說：「咬住牙，書正，咬住牙！」揹著書正往趙宏聲的大清堂跑。書正在夏天義的背上大聲叫喊，夏天義先是勸他不要喊，書正還在喊，夏天義就生氣了，說：「你再喊，我就不管了！」書正不喊了，說：「鞋，我沒穿鞋！」夏天義才發現書正的一隻腳光著，就對廝跟跑著的來運說：「還不快去取鞋！」來運卻突然上來小咬了一下書正的腳，才一股風似地往墹塄下跑去。

趙宏聲給書正診斷是左腿踝骨斷了，貼了一張膏藥，用一塊木板固定住，開了一包止痛片，三天的中藥。書正說：「我會不會癱瘓呀？」趙宏聲說：「你想得美，讓人伺候一輩子呀?!」夏天義不放心，說：「宏聲，咋不見你捏骨呢？」趙宏聲說：「用不著，只要他好好臥硬板床不動，這三天的中藥吃了，七天後保證能站起來！」書正說：「我是活人不是個木頭，咋能臥在床上不動，拉屎尿尿不起來？」趙宏聲說：「硬木板床上開個洞，拉屎尿尿不就解決了！」書正說：「那骨頭長歪了咋辦？」趙宏聲說：「打斷再接麼！」書正就急了，說：「宏聲宏聲，你可不能整我！」趙宏聲說：「你要這樣說，我就不給你治了！」動手又解木板上的繩子。書正忙回話說：「爺呀爺呀，有手藝的人這牛麼?!」書正肯定和夏天義前世裏結了什麼冤仇，夏天義在以前為養牛的事罵過他，為爭水澆地打過他，現在又使他斷了腿。但這回夏天義倒楣了，他得掏書正的醫療費，更頭疼的是趙宏聲開的中藥裏還缺一種簸箕蟲，得想辦法尋找。夏天義覺得十分喪氣，把尋找簸箕蟲的任務交給了我。

我在許多人家的雞圈裏、土樓上尋找簸箕蟲，就是尋不到。簸箕蟲是小甲蟲，黑醜黑醜的，像屎扒牛，喜歡在潮濕的地方呆。又到幾家的紅苕窖裏尋找，但仍是尋找不到。我對趙宏聲建議：能不能不要簸箕蟲，或者換一種別的蟲？趙宏聲說：「不行。沒有簸箕蟲這藥就沒用。」我說：「你開的中藥裏帶有虎骨，你還不是用狗骨替代嗎？」趙宏聲說：「誰給你說的，你看見啦？我用的是真虎骨！」我說：「國家總共就那幾十個虎，你哪兒弄虎骨，虎在你床下養著的?!」他就笑了，說：「算你贏！但跌打損傷的藥不能沒有簸箕蟲，你在紅苕窖裏找過沒有？」我說：「去過了，找不著。」趙宏聲說：「如果誰家的紅苕窖裏放過草木灰，絕對能生簸箕蟲的。」我把趙宏聲的話說給夏天義，四嬸正好也在夏天義家，四嬸說她家紅苕窖裏草木灰沒放過，但種土豆時剩下了一籠土豆種存放在窖裏，這些土豆種切了塊，曾經用草木灰拌攪過。夏天義說：「你快跟你四嬸到窖裏看看。」我就去了夏天智家。

自白雪嫁給了夏風後，我這是第一次去的夏天智家。我一進院門，那架牡丹就晃悠，一半的月季開著花給我笑。就是在這一天，我突然覺得月季為什麼要開花，花是月季的什麼？我認為花是月季的生殖器官，月季的生殖器官是月季最漂亮的部位，所以月季把它頂在了頭上。院子裏，從西北角到東南角斜著拴了一道鐵絲，晾著三件白被單，白雪抱著孩子就站在白被單前，逗孩子看癢癢樹上的鳥。鳥長尾巴，白著嘴。白雪說：「瞧，瞧見了嗎，花喜鵲！」我說：「不是花喜鵲，是野撲鴿！」白雪掉過頭來，看見了我，抱著孩子就回堂屋，一塊尿布掉下來，她蹲下去撿了，頭沒再回，進了堂屋。堂屋門裏黑洞洞的，一聲咳嗽，堂屋東間的那個揭窗裏坐著夏天智，戴著眼鏡，眼光從鏡片上沿看我。夏天智一看我，我就釘在院子裏了，他從堂屋出來，端著水煙袋，對我說：「你怎麼來了？」我說：「四叔！」他沒有應聲。他的臉板著，我腿就發軟，開始搖。我暗裏說：「甭搖，甭搖。」腿搖得很厲害。夏天智很鄙視地說：「瞧你這站相，搖啥的?!」我說：「是癢癢樹在搖。」野撲鴿飛走後癢癢樹真的也在搖。四嬸就說：「他是去紅苕窖裏給二哥尋簸箕蟲的。」夏天智在屋台階上的椅子裏坐下來，他吸他的水煙袋，包穀鬍鬚擰成的火繩有二尺長。紅苕窖在廚房裏，揭了窖蓋我下去，窖壁濕滑濕滑，一個壁窩子沒蹬住，咚地掉了下去。窖拐洞裏是有一籠拌攪了草木灰的土豆種，我翻翻，果然有幾個簸箕蟲四處爬動，立即捉了往帶著的一個小布袋裏裝。一隻，兩隻，三隻……捉到第八隻，我想，真是怪事，書正從堳塄跌下來怎麼就斷了腿，而需要簸箕蟲竟偏偏夏天智家的紅苕窖裏有，這不是天設地造的要我見白雪嗎？白雪，白雪。我在窖裏輕輕地喚白雪，我希望白雪有感覺。你想誰，誰就會打噴嚏的。我立在窖裏聽地面上的動靜，果然有一聲噴嚏，是白雪在說：「娘，誰想我了？」四嬸說：「是夏風吧，他怕是天天等你們去的。」白雪說：「上善今日去縣上，我已託他買票了。」又是一聲噴嚏，還有一聲噴嚏。四嬸說：「打一個噴嚏是被人想，打兩個噴嚏是遭人罵，連打三個噴嚏就是感冒了。你要感冒了嗎？」白雪說：「是不是？」我在窖裏輕聲說：「白雪你沒事，那是我想你想得厲害了才打了三個噴嚏！」我想白雪而能讓白雪連打噴嚏，使我有些得意，於是我大膽了，從懷裏掏出了那件小手帕，貼在臉上，我就又恍恍惚惚了。我是看見白雪抱著孩子進了廚房，她看見了紅苕窖口往外冒白氣，就把孩子放在灶火口的麥草上，然後順著窖壁的蹬窩子下來了。下來的先是一雙腳，左腳踩在蹬窩裏，右腳在空中懸著，那是一隻紅色的皮鞋。我把皮鞋握住了，腳卻收了上去，皮鞋就在我手裏。這時候我噔地清白了，因為孩子大聲哭，四嬸在說：「你收拾去，我來哄娃！」孩子的哭聲越來越大，是四嬸抱了孩子進了廚房，喊：「引生，尋到了沒有，這麼長時間還不出來？」我看著懷裏的紅皮鞋，紅皮鞋變成了簸箕蟲鑽進小布袋裏。我從紅苕窖裏爬出來，四嬸抱著孩子就在灶台邊，四嬸說：「尋到了沒？」我說：「尋到了。」四嬸說：「書正就會折磨你二叔！」我說：「書正是屬牛的，他就像個牛牴二叔！」四嬸說：「書正是屬牛的?你二叔一輩子和牛不卯，不是他見了牛就打，就是牛見了他便牴！」我說：「這是為啥？」四嬸說：「誰知道為啥！」我看著孩子，孩子也看著我，我就不說夏天義和書正了，孩子是白雪身上的一疙瘩肉，孩子就是小白雪，我說：「乖，乖！」伸過了嘴去親孩子的臉。我親孩子的臉是我想起了巢裏老鳥給小鳥餵食的樣子，而我聽到了撲哧一聲，以為是她在笑，但她是屙下了。四嬸在聽到了響聲立即緊張，說：「你快，娃屙下了，我得給娃收拾呀！」我只好從廚房出來往院門口走。四嬸並沒有端了孩子讓屙屎，院子裏沒有白雪的人。我說：「那我走啦！」白雪還是沒出堂屋。我說：「我走了呀！」我走了。

書正開始熬喝有著簸箕蟲中藥的那天，夏天智和白雪抱著孩子去了省城。清風街沒人知道他們為什麼這個時候去省城，反倒取笑夏天智是千里送兒媳。我夜夜做夢去夏天智家的院子，夏天智家的院子是從東街牌樓下的巷子斜進去再拐三個彎兒才能到的，但夢裏每一次去那個院子卻都是從東街牌樓下進巷子，拐一個彎兒就到了。我不知道這是為什麼。當我再去夏天義家時，路過夏天智家院門口就心裏是說不出的一種滋味，人走院空，白雪還會回來嗎？我在院門口尋找白雪的腳印，終於尋找到了一個，是雨天踩在泥上的，泥乾了，鞋印就硬著，我把我的腳踏上去。書正的媳婦偏巧從巷子裏過，說：「引生，你咋啦，這冷的天你光著腳？」我說：「鞋殼裏鑽了個石子。」書正的媳婦是要去找夏天義的。書正不能去鄉政府做飯，鄉政府物色了新炊事員，也知道了清風街把荒蕪的土地承包給個人又轉租於外鄉人的事。鄉長緊急阻止了轉租外鄉人的做法，但丁霸槽就不願承包了，而君亭又以相當多的人反對擱置了重新分地的建議。夏天義白忙活了一陣，鼓鼓的勁就洩了。可惡的是書正的媳婦又不停地索要誤工賠償，夏天義煩得沒去刮鬍子，下巴上的鬍子亂哄哄的，人也瘦了一截。書正媳婦再去生事，夏天義說：「你說說，你要多少？」書正媳婦說：「書正每月工資四百元，還管一天三頓飯，鄉政府灶上的泔水稠，擔回來餵豬，豬是一頭母豬十頭小豬，得空還種地，再是我在市場上還有個攤位，一日再不賣也是落個五元十元的吧，現在在家伺候人，不賺錢了還得出攤位費和各種稅，你算算，傷筋動骨一百天……」

夏天義說：「你慢慢說，不要急，把眼角屎先擦了。」書正媳婦就擦眼睛。夏天義說：「你說總共多少錢？」書正媳婦說：「你還不給五千元？」夏天義說：「才五千元？應該給五萬！」站起身就走了。

夏天義再不去書正家送好吃好喝，三天一換的膏藥讓啞巴去送，啞巴到了書正家院門口，把院門拍得哐啷啷響，書正的媳婦開了門，只見門外放了膏藥不見人影，就破口大罵。此後，這婆娘上門耍潑，夏天義在七里溝，她便對瞎眼的二嬸說難聽話，見二嬸吃什麼她吃什麼，二嬸喝什麼她也喝什麼，還睡在了炕上不走，哭喊：「我日子過不下去了，我把書正就抬到你家來啊！」二嬸口拙，眼睛又看不見，先是好說好勸，那婆娘越發張狂，一邊哭喊一邊將鼻涕眼淚抹在炕沿上、桌子上，二嬸摸了一手，也趴在炕上只是個哭。左鄰右舍的人都來勸阻，才把書正的媳婦拉走。到了晚上，幾個兒媳才知道了書正媳婦來鬧騰的事，便來找夏天義。夏天義說：「是這樣吧，咱給那潑婦出些錢吧。」淑貞說：「爹有多少錢？」夏天義說：「我哪兒有錢？」淑貞說：「你沒錢那還給她啥錢呀！讓她鬧吧，看她能鬧到什麼樣？」竹青說：「那娘還活不活？捨財圖安寧，咱每家出二百元，打發了算了。」淑貞說：「你有錢出，我可沒錢。再說，起事的還不是啞巴，送膏藥就是送膏藥麼，你放到人家門口像個啥？」慶滿的媳婦說：「你要這樣說話，這錢我也不出啦，就讓人家天天來哭來罵，只要老大不嫌丟人，我們怕什麼了！」屁股一拍走了。慶滿的媳婦一走，淑貞也走了，留下竹青和瞎瞎的媳婦。夏天義一直抱著個頭蹴在凳子上，這下擺了擺手，說：「你們都走吧，都走吧。」夏天義從來沒有說過這麼軟的話，竹青就說：「爹，你不要急，我找書正說去，咱就是有錯也不至於讓她來家鬧呀？該硬的地方還要硬！至於最後怎處理，有你幾個兒哩，你甭生她們的氣。」夏天義苦愁著臉，突然淚流下來，說：「我咋遇到這事麼，唵，這到底是咋啦，弄啥事啥事都瞎?!」他臉上皺紋縱橫，淚就翻著皺紋，豎著流，橫著也流。兩個兒媳忙勸了一番，動手去廚房做飯。

竹青拿了一包紙菸，去書正家和書正談了一次話，紙菸一根接著一根，說你書正是從堋塄上自己跌下來的，給你看病吃藥已經可以了，你還獅子大張口要五千元，又讓你媳婦去鬧，天地良心過得去過不去？書正說，你給我吃根紙菸。竹青說我的紙菸為啥給你吃，吃可以，一根五元。書正不吃紙菸了，說天義叔不來讓我簽字，狗不咬我，我能從堋塄上跌下去？這腿一斷，疼痛我忍了，可做飯的差事沒了，地裏活幹不成了，我為啥不要賠償？竹青說要賠償，當然要賠償，你不要賠償還不行哩。書正說咋個賠償？竹青就把一根紙菸塞到書正的嘴上，說你不胡攪蠻纏了咱就好說。整整一個下午，竹青軟硬兼施，最後說：「做飯的差事，讓君亭去鄉政府爭取，腿一好你就去上班，這我給你保證。地裏有什麼活，夏家五個兒子幫你，這我也給你保證。我說話如果不算數，你要多少我們就給你多少，還可以把唾沫吐在我臉上。但是，我給你保證了，你媳婦再去鬧，那我們就管不了啞巴，他要把你媳婦腿打斷了，你兩口子就睡在一個硬板床上養傷吧。」書正說：「你甭嚇我。」竹青說：「我不嚇你，啞巴現在就在院門外坐著的。啞巴——」啞巴在外邊聽到了，提起一隻豬崽的後腿，豬崽曳了長聲叫。書正蔫了下來，卻說：「五千元不給，兩千元給不給？」竹青說：「兩千元能從天上掉下來呀？」書正說：「那給一千元，少了一千我就不和你說了！」竹青說：「你好歹不知，那你就去索要吧！」竹青把紙菸收起來就走。書正說：「竹青，你是來威脅我麼，我知道你夏家人多勢眾，可我書正也是有三個兒子的，我兒子會長大的！」

竹青把情況反饋給了夏家的五個兒子，只說男人家有主意，沒想慶玉先躁了，罵道：「一個子兒都不給他！」慶金嘟嘟囔囔，一會兒說爹愛管閒事，現在出了事啦兩委會沒一個人來過問，一會兒又怨恨狗，如果不是狗去咬，哪兒會有這事。慶滿和瞎瞎也罵狗，說爹把狗慣得沒個樣了，在爹眼裏，狗倒比兒子強。正恨著狗，來運就進了門，來運是和夏天義去七里溝的，已經走到半路，夏天義發現忘了帶吃捲菸的火柴，讓來運回家去取。來運先跑到夏天義家，院門鎖了，二嬸是害怕書正媳婦再來而到俊奇娘那兒，來運就跑到了慶滿家。來運一進慶滿家，見屋裏坐了夏家五個兒子，尾巴搖了搖，從廚房灶台上叼了一盒火柴要走。慶玉說：「瞧瞧，這狗真是成精了！」瞎瞎就一下子先過去關了院門，逮住了來運就打。可憐來運被夏家的五個兒子按在地上用腳亂踢亂踩。夏天義在路上等了一個時辰，不見來運，擔心來運沒聽懂他的話，就返身自己回家來取火柴，在巷中忽聽得慶滿家有響動，順腳進來，才發現來運被打得趴在地上，口鼻裏往外噴血。夏天義氣得渾身哆嗦，吼道：「這是打狗哩還是打你爹哩?!要打就來打我吧！」五個兒子都鬆了手，呆在那裏。夏天義還在吼：「打呀，來打我呀，你們不打，我自己打！」舉了手打自己的臉。兒子們嚇得一哄散了，來運才嗚嗚嗚地哭起來。

慶金跑出門，趕忙往四叔家去，慶金著實是慌了，他要搬夏天智來勸爹，但到了夏天智家門口，才醒悟夏天智去省城了，沒有在家。那日的天上黑雲密布，秦安的媳婦在伏牛梁上的地堰上割酸棗刺回來當柴火，聽見了老貧協和我爹又在吵鬼架，嚇得跑回來，把鐮刀都丟失了。染坊裏的大叫驢莫名其妙的不吃不喝，腹脹如鼓。而放在劉新生家的樓頂上的牛皮鼓卻自鳴起來。

夏天智是在省城呆過了十天返回清風街的。孫女的手術很成功，割開了封閉的肛門，只等著傷口痊癒後大便就正常了。夏天智滿懷高興，等到白雪娘帶著慶玉的小女兒去照管白雪和孩子，他自己就帶著一大包買來的秦腔磁帶先回來了。清風街發生的事，是他回來後知道的，他就去萬寶酒樓向夏雨要了一千元，謊稱向出版社再購一部分《秦腔臉譜集》，把錢悄悄送去了書正家。書正見夏天智拿了錢來，從炕上下來一瘸一瘸地走著去倒茶水。夏天智說：「你給我走好，直直地走！」書正說：「走不直麼，四叔！狗日的趙宏聲整我哩，現在我走到哪兒路都不平！」端來了茶，茶碗沿一圈黑垢，夏天智不喝，罵道：「這碗噁心人不噁心人?你還講究在鄉政府做過飯哩！」書正說：「清風街上我最服的就是四叔了，四叔做事大方，你就再罵我，我心裏還高興哩！」卻又說：「四叔人大臉大，去鄉政府再做飯的事，還求四叔給說話哩！」夏天智說：「你別給個臉就上鼻子啊!你去鄉政府問過了?」書正說：「我讓我媳婦去過，人家不肯再要了，嫌我是跛子。」夏天智說：「我咋聽說是嫌你不衛生，還慶幸斷了腿是個辭退的機會。」書正說：「那些幹部官不大講究大哩，鄉長要筷子，我好心把筷子在衣襟上擦了擦給他，他倒嫌我不衛生，我衣襟上是有屎呀?!」夏天智當然沒有去鄉政府給書正說情，書正的媳婦倒自個去找鄉長，鄉幹部一見她，先把大門關了，敲了半天敲不開。她說：「當官的這麼怕群眾呀！」門還是不開。她就大聲喊，喊她來取書正的一雙鞋的，難道鄉政府要貪污群眾的鞋嗎？隔了一會兒，門上邊撂出來一雙鞋，是破膠鞋。

書正的媳婦提著破膠鞋往回走，走到磚瓦場旁的土壕邊，一群孩子用棍子抬著連了蛋的來運和賽虎，孩子們哄地散了，這婆娘就拾了棍打來運。來運拖著賽虎跑，又跑不快，被木棍打得嗷嗷叫。鄉政府的團幹從街上過來，奪了棍子，說：「狗也是一條命，你就這樣打?!」婆娘說：「我沒打賽虎，我打來運。」團幹說：「來運是賽虎的媳婦，你打來運是給鄉政府示威嗎？」婆娘說：「噢，狗是夫妻，鄉政府才護著夏天義呀！」團幹說：「你這婆娘難纏，我不跟你說！」拿了棍子回鄉政府了。書正媳婦又用腳踢來運，來運已經和賽虎分開了，立即發威，咬住了她的褲腿，她一跑，褲子嘩啦撕開一半，再不敢踢，捣著腿往家跑。

夏天義卻在這天夜裏添了病，先是頭暈，再是口渴，爬起來從酸菜甕裏舀了一勺漿水喝了，再睡，就開始發燒，關節裏疼。天亮時，二嬸以為人又起身去七里溝了，腿一蹬，人還睡著，說：「今日怎麼啦，不去七里溝？」夏天義說：「我是不是病了？」二嬸從炕那頭爬過來，用手在夏天義額上試，額頭滾燙，說：「燒得要起火呀！你喝呀不？」夏天義說不喝。二嬸說：「是不是我把老五的媳婦叫來，送你去宏聲那兒？」夏天義說：「誰不害頭疼腦熱，我去幹啥？恐怕是頭髮長了，你讓竹青來給我剃個頭。」二嬸摸摸索索去了慶堂家，竹青把理髮店的小夥叫來。夏天義的頭皮鬆，剃頭時割破了三處，都黏著雞毛。夏天義又回來睡在了炕上。到了下午，後脖子上暴出了個大癤子。夏天義想出來活動活動，但走了幾步，天轉地轉，面前的二嬸是一個身子兩個頭，他又回來睡在了炕上。到了下午，後脖子上暴出了個大癤子。

夏天義沒有想到一顆癤子能疼得他兩天兩夜吃不成飯，睡也睡不好！二嬸害怕了，這才告知兒子們，兒子們都過來看了，把趙宏聲請來給貼膏藥。慶金說：「啥病你都是一張膏藥？」趙宏聲說：「我要的就是膏藥麼！」慶金說：「為啥這樣疼的？」趙宏聲說：「癤子沒熟，就是疼。」慶金說：「還有啥藥吃了能叫人不疼？」趙宏聲：「那就得打吊針消炎。」慶金說：「打吊針。」趙宏聲說：「這膏藥我就不收錢了。要打吊針得連續打五天，我就貼不起藥費了。」慶金就去和幾個兄弟商量，得給老人看病，慶滿的媳婦問：「這得多少錢？」慶金說：「現在藥貴，幾百元吧。」慶滿的媳婦說：「不就是個癤子麼，貼上膏藥慢慢就好了，還打什麼吊針？」慶金說：「老人年紀大了，啥病都可能把人撂倒。」淑貞說：「人老了就要服老哩，再說人老了不生個病，那人又怎麼個死呀?!」慶金啪地抽了老婆一個耳光，罵道：「這都是你說的話?」淑貞一把抓在慶金臉上，臉上五道血印兒，說：「你還打我呀，你們人經幾輩就是能打人麼，不打人也不至於落到病成這樣！我不孝順，你孝順，你給你爹去各家要錢治病麼，看你能要出個一元錢來，我都是地上爬的！」慶金不言語了，氣得去河灘轉，肚子鼓鼓的，一邊揉一邊說：「氣死我啦！唉，氣死我啦！」又覺得自己窩囊，傷心落淚。轉了一會兒，心想幾個弟媳婦肯定也是不會掏錢的，他不願再給他們說，可他自己又沒錢，便去了西山灣的血站賣了血。

慶金沒想到給他爹只打了兩天吊針，夏天義是忽閃忽閃著又緩和過來了，而他卻從此面色發黃，見葷就吐，一坐下來便睏得打瞌睡。光利去了新疆後所經營的供銷社關了門，卻一直欠著承包費，人家最後清算，以商品抵債，把他又叫了去。原想著把那些積壓商品拉回去還可以辦個雜貨攤兒，現在全抵了債還不夠，人一急，眼前發黑，就昏倒了。醒來尋思什麼病上了身，趁機在縣醫院做個化驗，結果是肝硬化。慶金問醫生：這病要緊不要緊？醫生說：當然要緊，往後再不得生氣，熬夜，喝酒，好生吃些保肝藥就是。慶金沒有去買藥，回來也沒給任何人說，只是再聚眾喝酒時堅決不動杯子。

眼看著到了臘月十幾，慶金坐在夏天智的院子裏晒太陽，太陽暖暖和和。夏天智吃了一陣水煙，見慶金耷拉個腦袋，來運也臥在那裏不動，就說：「提提神吧！」放起了秦腔。慶金不懂秦腔，問放的是啥調？夏天智說：「你連苦音慢板都聽不來？」順嘴就哼：

慶金說：「人心裏早些不美，這曲子聽著恓惶。」夏天智說：「你不懂就少指責！給你聽個《若耶溪》，只怕戲詞兒太文。」就放了西施唱的一段：「一葉兒舟，一葉兒舟，一葉兒舟自在流。漁女兒，坐在船頭，漁老兒，垂釣鉤。鷗不知人，人不知鷗，世外桃源多自由。勝如我，拘在茅屋，紡織不休，沒爹沒娘，多病多愁，無雪常叫梅花瘦。」慶金果然聽得不明白，卻說：「響鞭炮了！」夏天智側耳聽了，果然有鞭炮響，說：「誰家過事啦？」慶金說：「今日慶玉成親了麼。」夏天智說：

「他成親呀?!是和黑娥?」慶金說:「他沒來給我說,只給慶滿說了,讓慶滿帶話要我過去吃酒。我那麼賤,欠一口酒?我是他大哥,他不來親口給我說,他家離我家千山萬水了?」夏天智說:「我連個口風兒都沒聽到。」慶金說:「他記恨你!連我爹都沒請,我爹今日還是去了七里溝。」夏天智說:「你爹身子虛成那樣了,還往七里溝跑呀?!他慶玉是個橫爬的螃蟹,他都請誰啦?」慶金說:「我剛才到你這兒來,瞧見君亭、上善、金蓮、三踅,還有丁霸槽都去了。聽慶滿說他不大鬧,只待三桌客。虧他待的客少,他就是山珍海味擺一河灘,看清風街能去幾個人?」夏天智說:「他不請我了也好,請我我也不去的。聽戲,咱聽戲!」夏天智這回在高音喇叭上播放磁帶,滿清風街都是了秦腔。來運從地上爬起來,應著曲調也嚎叫,癢癢樹上的葉子就嘩嘩地往下落。夏天智突然把高音喇叭又關了,他說:「咱這麼放秦腔,別人還以為是給他慶賀熱鬧哩!我給你說戲。你知道不知道白雪他們劇團裏退休了的那個癩頭紅?」慶金說:「聽說過,沒看過他演的戲。」夏天智說:「人是一頭的癩瘡,但扮了旦了,走是走樣,唱是唱樣,一笑一顰比女人還女人哩!他演過《走雪》中的曹玉蓮,在戲台上過獨木橋,獨木橋不容易渡過,他是半晌不敢邁步,最後由老曹福給他抓了一枝楊枝,才手握柳枝往前走,走到橋中,無意間眼睛向下一掃,萬丈深淵啊,視線就轉移了,腰腿顫震,變臉失色。他演《送女》,唱到『人人說男子漢心腸太狠』,就把余寬一指,失手太重,把余寬差點推倒在地,又急切地拉回來。好不好?好,惱恨,驚怕,不忍,憐惜,全表現出來了。還有,她給余寬訴苦一段,越說越親,越訴越苦,剛說出『咱夫妻同床共枕』,她爹一聲咳嗽,當下噤口,一臉羞紅……」夏天智說得收攏不住,卻不見慶金反應,說:「你咋不言喘呢?」慶金還是沒吭聲。夏天智回頭一看,慶金卻閉著眼睛睡了。夏天智就上了氣,拿腳踢了踢慶金的椅子,慶金醒過來,說:「我聽著的。」夏天智說:「你聽啥著的,人家沒叫你去吃酒,你就氣成這樣啦?」慶金說:「吃酒的事我早忘了，你還記著！我只是睏。」夏天智說：「你咋啦，有病啦？」慶金說：「可能是這幾天沒睡好。」夏天智說：「說你大，你不大，說你小，你也是退休了的人，你不要跟慶堂、瞎瞎他們打麻將了就沒完沒了，那身子能吃得消嗎？」慶金噢噢地應著，覺得要上廁所，就去了廁所，但怎麼也拉不出來，蹲了半天，才有了指頭蛋大一點乾糞，硬得像石子。

趁空，該交代我了吧。其實慶玉是邀請了我去吃他的喜酒的。頭一天的傍晚，書正一瘸一瘸到商店裏去買鹽，我剛好從七里溝回來，他在前邊走，我就跟著他。他瘸起來是左邊高右邊低，身子走著走著走到了街道的右邊，我也就學著他的樣，一閃一閃地走到了街道的右邊。坐在土地神廟台階上吃旱煙的武林就嘎嘎地笑。武林的笑是傻笑，書正說：「你笑啥的，看見我瘸了你高興？」武林說：「我，啊我沒，沒笑你！」我就跑到台階上，害怕他說我在書正的身後學書正，我說：「武林，坐在這裏幹啥哩？」武林說：「沒幹啥，啊吃，吃煙哩。」他把旱煙袋遞給我，我不吃。我說：「武林，沒事幹的，你買些酒咱倆喝。」武林說：「沒錢，錢麼。」他把口袋亮著，口袋裏有一元錢，買不成酒。我們都是窮光蛋，又都是光棍，我每到晚上就覺得沒意思，我想武林也肯定覺得沒意思才坐在這裏，坐到別人家裏人家不歡迎，土地公土地婆是兩塊石頭，祂們不嫌棄。我就想出了一個壞主意，尋了一條長線把那一元錢拴了，放在街上，我們就拉著線頭蹴在廟門口，要瞧別人來撿錢的笑話。這時候，一男一女從街那邊過來，女的頭上裹著頭巾，男的穿著大衣，還未認清是誰，那女的就看見了錢，彎腰去撿，我趕忙就拉線，一元錢在街面上滑動，女的也就隨著錢小跑，跑到廟門前了，錢又上了台階，她有些奇怪，抬起頭了，我才看清是黑娥。黑娥不好意思了，我也不好意思。穿著大衣的男的就說：「引生，引生，你日弄誰呀?!」他是慶玉。武林一見是慶玉，臉就黑了，不願意見慶玉，背過身去，嘴裏含糊不清地說：「流氓！流氓！」慶玉卻大聲地對我說：「引生，明日邀請你去我家吃酒！」我說：「吃什麼酒，你捨得給我吃酒？」慶玉說：「明日我結婚呀，你來！你來了熱鬧！」慶玉和黑娥走了，武林就哭，拿他的頭在廟門上撞。我說：「撞啥呀？撞破了你白受疼！」武林就不撞了，也不哭，說：「引生，啊引，引，引生，那兩個狗，狗男女，呸，結婚婚呀你，去吃酒？」我說：「我想吃酒。」武林說：「你不，不要去，啊我，請，請你吃酒！」我說：「一元錢能買個啥酒？」武林從頭上卸下帽子，他戴的是火燒頭棉帽，帽殼裏墊著牛皮紙，頭油把牛皮紙蹭得黑乎乎的，牛皮紙下放著一張五十元人民幣。武林說：「你不要去，噢，我請你吃酒！」他去商店裏果然買了一瓶燒酒。

第二天，我沒有去參加慶玉和黑娥的婚事。我才不去哩。武林就是不請我吃酒，我也不會去的，人活得還得有個志氣的。我去了七里溝，只說夏天義和啞巴是不會來了，但啞巴來了，夏天義也來了。我奇怪他們沒說慶玉的婚事，或許他們壓根還不知道，我也就沒提說。這一天，我們在收割麥子。那棵麥子已經成熟了，大拇指頭粗，一乍半長，把它剪下來，我們趴下去給土地磕頭，感謝著七里溝能生長這麼好的麥穗。夏天義是帶了一個小木匣子的，他把麥穗放在木匣子裏，說他要送給縣種子培育站，讓人家做母種，培育出一批新麥種來。夏天義的決定我是反對的，何必送給他們呢，一個麥穗他們會重視嗎，就是重視，憑那些人的技術，能培育新麥種嗎？與其把麥穗給縣上的人，不如讓清風街人都能看看，或許能促進村兩委會下決心淤七里溝的。我的意見得到夏天義的贊同，但把麥穗放在夏天義的家裏還是村部，我們費了腦筋，最後意見一致，就放在土地神廟裏。我們三人當即從七里溝回到街上，就在土地神廟裏的廟梁上拴了一條鐵絲，把麥穗吊在了石像前的供案上。你見過在屋梁下吊著的臘肉嗎，見過吊著的一嘟嚕包穀棒子嗎，因為以免老鼠從繩上溜下去偷吃，那繩上要繫個燈罩。我們也就在麥穗上的繩上繫了個草帽。土地公土地婆是管理土地的神，土地上產生的大麥穗應該敬獻給祂們，而土地神廟是公眾的場合，清風街的人誰都可以看得到。趙宏聲是最會錦上添花的，他當然送了副對聯又貼在廟門上，一邊是「廟小神大」，一邊是「人瘦穗肥」。我說：「我們是瘦了嗎？」果然是瘦了，平日裏卻沒在意，一留神，夏天義是比春天裏幾乎瘦了一圈，他那脖子上的臃臃肉也不見了。啞巴的嘴唇上茸茸的有了鬍子，聲也變得甕里甕氣，但他的腮幫子沒有了兩疙瘩肉，嘴就顯得噘了出來。我看不見我，拍拍肚皮，說：「真的是瘦了，以前肚子凸凸的，現在是一個坑！」夏天義說：「不是瘦了，是肚子飢了，叔今日請你們吃飯！」夏天義請我們吃飯就是吃涼粉，一進小飯館，他喊：「一人兩碗涼粉！醋要酸，辣子要汪！」兩碗涼粉，夏天義就吃醉了。夏天義放下碗，眼睛就瞇著睜不開，往起站時險些跌倒，他扶著桌子，說：「吃呀引生，往飽裏吃，他慶玉待客哩，叔就在這兒招呼你！」我這時才知道，夏天義是曉得慶玉結婚的事。這時候，我聽見了高音喇叭上的秦腔，我說：「天義叔，你聽戲！」但高音喇叭卻停止了。

慶金在廁所裏半天拉不出屎來，夏天智也有些急了，才要過去看看，院子裏進來了臘八。臘八是在省城給白雪照管孩子的，怎麼回來了？夏天智心裏驚的，忙說：「臘八你咋回來了？」臘八撲在夏天智的懷裏就哭。夏天智忙問出了啥事，臘八說：「是我爹把那妖婆娶了？」夏天智鬆了一口氣，說：「你知道了回來的？」臘八說：「我剛一下班車聽說的。」夏天智說：「我臘八也大了，離開他還活不成了？你還有你娘，也還有你伯你叔和爺哩！」臘八就又哭了：「我娘可憐。」四嬸聽見是臘八回來，她在炕上整理針頭線腦，忙下來問臘八吃了沒，就要去做飯，又高聲朝隔壁喊：「菊娃，菊娃，你在沒在，咱臘八回來啦！」菊娃從隔壁院裏過來，穿得新新嶄嶄，頭髮上抹了油，梳得一個大髻，見臘八笑著，便說：「你這娃，好好地哭啥的？」臘八說：「我爹……」菊娃說：「你咋就那麼稀罕個爹?!你爹死了！去把衣服換換，換新衣服，活得旺旺的才是！」夏天智趕緊給四嬸使眼色，四嬸就拉了菊娃母女去廚房。四嬸是早上就蒸了一鍋土豆，大聲嚷道著要做一頓糍粑吃，菊娃就把熟土豆放在了石臼裏用木榫搥。慶金終於從廁所出來，站在院子裏覺得木榫搥得像地震，腳下都在顫動，四嬸對他說：「慶金你也不要走，今日四嬸給咱做最好的，高高興興吃一頓飯！」

吃畢了飯，臘八的情緒好些了，夏天智才問起城裏的事，說：「臘八，你白雪嫂子和娃咋沒同你一塊回來？」臘八說：「還得做一回手術的。」慶金說：「誰咋啦，做手術？」夏天智忙說：「給夏風做痔瘡的。北方人十人九痔，貼貼痔瘡膏就會好的做什麼手術，真是的！」忙起身去臥屋取茶葉，喊：「臘八臘八，你給我幫個手。」臘八進去了，夏天智從糖罐裏捏了一撮紅糖往臘八的嘴上一抹，自己又把指頭舔了一下，說：「我給你叮嚀十遍八遍了，娃娃手術的事給誰都不要說！給你娘也不要說！」臘八說：「我說漏嘴了。」夏天智問：「怎麼還要做第二次手術，不是手術已經很成功了嗎？」臘八說：「你一走，娃娃的肛門又發炎了，醫生說孩子太小，等十二三歲時再做一次人造肛門，而近期只能在肛門插一個管子，讓糞便從管子裏排出來。」夏天智手就抖起來，越不讓抖，越抖，他握住了箱子上的鎖子，說：「那你急著回來幹啥，不等著……」臘八說：「我哥和我嫂子整天吵架的。」夏天智說：「吵架？你西街嬸子也在那兒，他們還吵架？」臘八說：「氣得我那嬸子哭了幾場，也呆不住了，我兩個就回來了。」夏天智嗯了一下，悶了半會兒，說：「回來了也好。一定得保密，別人問起啥都不要說，就說都好著哩。」臘八說：「這我知道。」兩人從臥屋出來，夏天智讓四嬸去沏茶，四嬸放的茶葉少，又給各人的杯子裏倒的水滿，夏天智發了火，說：「就放這點茶？酒滿茶半，你把杯子倒得這麼滿是飲牛呀？倒了，重沏！」四嬸說：「你吃炸藥啦?!」慶金忙拿了茶壺說：「我來我來。」

待臘八母女和慶金一走，夏天智對四嬸說：「你把鍋碗洗了，你過來。」四嬸沒有理。夏天智又趕到廚房去，說：「我是正煩著的，說了你一句，看你凶樣！你知道不，娃娃的手術失敗了，現在要在肛門那兒插個皮管子。」四嬸的一隻碗從手上掉下去，在鍋子裏爛了，說：「爺呀，插皮管子？那是長法呀?!」夏天智說：「我想近日再去省城。」四嬸說：「你去我也去。我娃倒遭了啥孽了，那麼小的，動了刀還不行？」夏天智說：「你去頂屁用，你兒子是能聽你的？他和白雪整天是吵，已經鬧崩了，連白雪她娘都氣得回來了，我害怕娃娃病沒治好，他兩個倒要出事哩。」四嬸不洗鍋了，一屁股坐在灶火口的木墩上，眼淚淌了一臉。

夏天智還沒有動身去省城，白雪就抱著孩子從省城回來了，白白淨淨的白雪已經黑瘦黑瘦，頭髮也沒有光澤，眼圈烏青。三個嬸子都來看娃娃，白雪送給她們一人一雙膠底棉鞋，白雪說：「這鞋是專為你們這些半纏半放的腳做的，又輕又扒滑。」三個嬸嬸都說：「咱這腳穿的鞋城裏還有賣的？」喜歡得當下脫了舊鞋換新鞋。但二嬸的腳在大拇指處凸了一個大疙瘩，穿不進去。白雪很難堪，二嬸說：「就好，就好，穿不成我也拿上，等我死了，睡在棺材裏穿！」她們就熱惦著把孩子抱過來抱過去，尖聲地說：「狗娃子，蛋娃子。」胡起名字。大嬸問：「沒給斷奶吧？」白雪說：「斷是沒斷，但能餵些稀的。」大嬸就把一疙瘩饃在嘴裏嚼嚼嚼，嚼爛了，用舌尖送到孩子的嘴裏。白雪說：「我來餵！」白雪不讓她們多抱孩子，抱過來的時候趁她們不注意把那嚼過的爛饃從孩子嘴裏掏出來握在了手裏，而同時擰了一下孩子的屁股，孩子便哭了。孩子一哭，白雪把孩子交給了四嬸抱，四嬸又交給了夏天智，夏天智抱著去巷子裏轉悠了。孩子的肛門處是插了一根皮管，糞便再不從前邊出來了，但飲食一定要吃稀的，而且糞便出來不能控制，只能隨時檢查著更換裹在身上的寬布帶。孩子就顯得很粗，抱得人累。事情就是這個樣兒了，沒人時四嬸總是哭，夏天智說：「有了苦不要給人說，忍著就是。災難既然躲不過，咱都要學會接受。」夏天智還現身說法，他在五十歲的時候患過胃病，啥藥都吃了不見效，他就每天晚上在心裏和病談判，既然制伏不了病，就讓病在身上和平共處，並享受著與病和平共處的好處：譬如家裏人不讓你吃粗糧，周圍人照顧你少幹重活，什麼事都不使強用恨，能寬容，能善良，人際關係好，還可以靜了心學一門手藝，他就是那時學畫起了臉譜的。夏天智說：「病得上了十年，我現在不是啥都好了嗎？」夏天智開導著四嬸和白雪，但他心裏卻懸著一件事，一直不敢對四嬸提說，也不敢詢問白雪。直過了七天，四嬸去泉裏淘米了，白雪把孩子哄睡了，拿了掃帚掃院子，掃著掃著，立在癢癢樹下不動彈，看著樹上的螞蟻。那是一長隊的螞蟻從樹上往樹根的洞穴裏爬，都帶著東西，非常努力，又非常有秩序。夏天智坐在臥屋畫臉譜，撐揭窗時看到了這一切，身上的肉就酥酥地抖，似乎要一塊一塊掉下來。他終於問起夏風，問夏風怎麼不送她們回來，白雪怔了一下，卻什麼也沒說，低了頭又掃起地。白雪一直背著揭窗在掃地，夏天智就明白小兩口真的是鬧崩了，他最擔心的事真的就發生了，張了嘴說不出一句安貼的話，就默默地看天。天上一朵雲往下落，落到了院子裏，明明是一朵雲落在院子裏，白雪又是掃了一下，雲不見了，而白雪擰過身的時候，一把淚珠子灑在了地上。白雪說：「爹，天怕要下雨了，掛在牆上的菸葉收拾不？」夏天智說：「下雨呀？」白雪說：「樹上的螞蟻都進洞啦。」夏天智說：「噢，那是要下雨呀。」自己走出臥屋，搭了梯子從山牆上卸菸葉，差點從梯子上要掉下來。

此後的數天，清風街上沒有再聽到高音喇叭播放秦腔。高音喇叭裏的秦腔聽慣了，有時你會覺得煩，但一旦聽不到了，心卻空空的，耳裏口裏都覺得寡。來運多時沒來院子裏臥了，熬過了湯的排骨在門道處讓雞啄著，雞又啄不動，惹來了三隻綠頭蒼蠅。院牆根的牡丹蓬折斷了支撐了木棍，嘩啦撲沓下來，夏天智再次用夏天裏撐蚊帳的竹竿把牡丹蓬架起來，四嬸埋怨了怎麼用竹竿撐，那夏天了又拿啥撐蚊帳呀？夏天智有些生氣，嘴裏沒吭聲，轉過頭來，又發現花壇東北角的一朵月季在掉花瓣，像是有一隻無形的手剝，花瓣掉下一片，又掉下一片，一朵花立時沒有了。白雪在西廂屋裏哼秦腔的曲牌哄孩子，孩子仍哭聲不絕。夏天智說：「白雪，讓你娘哄哄。」白雪把孩子抱給了四嬸，卻說：「爹，多時不見你放喇叭了，你咋不放了呢？」夏天智說：「你說放嗎？」白雪說：「放麼。」夏天智就播放了秦腔。播放了秦腔，夏天智第一回沒有坐在椅子上搖頭晃腦，他把孩子要了過來抱著，對四嬸說：「我出去轉轉。咱家不是還有銀耳嗎，你給熬熬讓白雪喝。」四嬸說：「熬的排骨湯還有，熬什麼銀耳湯？這事用不著你操心！」夏天智說：「你說話這麼衝的！你可不敢對白雪這樣呀。」四嬸恨了一聲，把夏天智推出了門。

街上的人看見夏天智抱了孩子，都覺得稀罕，說：「呀，四叔今日沒端你那白銅水煙袋了？」夏天智說：「我孫女不讓我吃煙了麼！」大家都來逗孩子笑，孩子卻就是不笑。問：「給娃娃起了啥名字嗎？」夏天智說：「還沒個名兒。」染坊裏的人把一節印花布裹在孩子的身上，說：「四叔是文化人，肯定會在字典上給娃娃起個好名字的！」夏天智說：「翻了幾次《辭海》，拿不準個意思好的。」那人說：「長得多胖的，一臉的福相，叫個福花！」夏天智說：「不要。人要有福，還要貴哩。」那人說：「牡丹是富貴花，那就叫牡丹！」夏天智說：「這倒是個好名字！」染坊人的建議受到了採納，便很得意，又說：「娃娃也沒認個乾爹吧？」旁邊人說：「你是個人來瘋！起了個好名兒又要想當乾爹嗎？夏風和白雪是什麼人，認乾爹認你這農民呀?!」那人說：「我哪裏敢想當乾爹的事！可農民怎麼不能認呀？乾爹又不是親爹，農民沒錢沒勢沒知識，身體卻好，認個農民乾爹對娃娃好。」夏天智當下心就動了，說：「那倒是，認個農民乾爹也好啊！」大家就起鬨：「那就認吧，那就認吧！」清風街的風俗，要認乾爹，就在動了這種念頭之後，立定一個地方，朝著一個方向等待，等待來個什麼人了，那人就是乾爹。當年夏天義生了第五個兒子，瘦小得像個病貓，二嬸就這樣認過乾爹，她抱著兒子是立在東街口朝北的，等來等去沒有等著一個人，卻來了一頭豬，二嬸就說：「我娃的乾爹咋是個瞎豬？」但還是按了兒子的頭在地上給豬磕了一下，算是認了。這五兒子就起了個名字叫瞎豬，叫著叫著，嫌豬字不好，就叫了瞎瞎，瞎瞎的身體從此健壯，給啥吃啥，吃啥不再生病。夏天智當下抱了牡丹就立在土地神廟前，面朝了東，眾人就眼巴巴地看東邊能來個什麼人。

東邊果真就來了一個人，那個人就是我！這的的確確是一種緣分。我們在七里溝抬石頭，往常多大的石頭用那根木杠子都抬得動，而這天我和啞巴抬一塊籠筐大的石頭，木杠子卻喀吧斷了，我只好跑回村要拿新杠子，就出現在了東街牌樓底下。土地神廟前的一堆人瞧見了我從東街口牌樓下走過來，哦地都叫了一下，首先是夏天智把孩子一摟轉了個身，鐵匠舖掄大錘的王家老三是個眼兒活的人，一向見碟下菜，他一瞧見夏天智臉色不好，就一陣風朝我跑過來，拉了我往牌樓南的一條巷道裏走。我那時莫名其妙，說：「你幹啥你幹啥？」他說：「我搓麻將輸了，你借給我五元錢！」我氣得說：「你輸了向我借錢？」從褲襠裏一掏，說：「借你個屁！」這時候我扭頭看見夏天智抱著孩子從巷口一閃而過。我還說：「四叔抱的是白雪的娃麼？」王家老三說：「你管人家抱了什麼！」揚頭就走了。我從小巷裏出來，繼續在街上往西走，土地神廟前的人都看著我，嘁嘁啾啾。這些長舌婦長舌男一定又在說我的是非了，我沒有理睬，唱：「自那年離了翰林院，官作知縣在古田。今日因事出衙門，眼界一闊心目閒。」

這件事，直到春節的時候，我去大清堂玩，染坊的人路上碰見了我說閒話，才告知了我。我一聽，噗噗噗地叫苦了半天，就日娘搗老子地罵了一頓王家老三。罵過了卻想：也多虧有王家老三，要不是王家老三攔阻我，我直端端地走到夏天智面前了，夏天智能讓我給孩子當乾爹嗎，當著那麼多村人的面，他怎麼下場，我怎麼下場？我雖然沒有給白雪的孩子當成乾爹，實際上我已經算是白雪孩子的乾爹了，我愛著白雪，白雪的孩子認乾爹偏偏就遇上了我，這不是命嗎？這是命！我甚至還這麼想：思念白雪思念得太厲害了，會不會就使她懷孕了呢？難道這孩子就是我的孩子?!

還是繼續說夏天智吧。夏天智抱著孩子急急匆匆地回家去，臉色極其難看，白雪問他咋啦，夏天智說：「胃有些疼。」四嬸說：「你才抱了一回娃，胃就累疼啦?!」並不在意。夏天智真的是胃疼了，他到臥室裏搗了一會兒肚子，還是疼，就喊四嬸來給他揉揉。四嬸見夏天智滿頭汗水，倒嚇了一跳，說：「還真是病了！」夏天智說：「恐怕吸了些涼氣。」四嬸揉了揉夏天智的肚子，又拿嘴對著肚臍吹熱氣，夏天智一連串咕嚕了幾聲，疼痛漸漸消去。四嬸說：「不是受涼，是你窩住氣了？」夏天智才說了抱孩子在街上認乾爹的事。四嬸說：「碰上引生了，就認引生麼，那有個啥，瞎瞎的乾爹還不是個豬？」夏天智說：「胡扯筋！引生是什麼人，讓娃認他呀?!」四嬸說：「沒認就沒認吧，那你還生的什麼氣？」夏天智不吭聲了，又取了水煙袋吃水煙。四嬸卻說：「他爹，我倒有句話一直擱在心口，昨兒夜裏我夢到夏風和白雪結婚哩，醒來就覺得不對，他們已經有了娃娃了，還結什麼婚？再說夢都反的……你察覺了嗎，白雪這次從省城回來就沒甚笑過，時不時就發呆……咱那兒子沒見送她們母女回來，年終月盡了他也沒個信兒……你說，他們會不會要離婚麼？」夏天智說：「他狗日的敢？他要離婚，我就到他單位找領導去！」四嬸更心慌了，說：「他要真的離婚呢？」夏天智說：「你不會說些吉利的話嗎?!」四嬸拿了抹布擦櫃蓋上的盆盆罐罐，盆盆罐罐擦得珠光寶氣的，她還是擦，一隻罐子突然間就破了。罐子破得沒聲沒息，成了三片，罐子裏的米流了一櫃蓋。四嬸吸了一口涼氣，拿眼睛看夏天智，夏天智沒有言喘，過去把米往一堆收拾，他說：「他狗日的要真瞎了心了，他就再不要回來。白雪和娃還依照就住在家裏，他不認，咱認！」

但是，夏天智到底是病了，每每在黎明時分肚子就開始疼，四嬸為他揉肚子，吹肚臍眼，都不起效果，他就起來一個人在院子裏轉。夏天智是找過一次趙宏聲，趙宏聲號了脈，說可能是胃潰瘍，抓了七服中藥讓熬著喝。這七服中藥還行，疼的次數減少了，但飯已不好好吃。過了一些日子，疼痛又加劇了，再喝中藥也不起作用，趙宏聲沒了辦法，就給了一些大煙殼子讓煎了水喝，喝下去真能止疼，不到兩天還是疼，夏天智害怕喝大煙殼子水上癮，不敢再喝。

夏天智生病的消息傳了出來，人們都說平日見他身體滿好的，退休後連頭疼腦熱都沒有過，怎麼突然胃疼了，這麼些日子不好呢？往常是夏天智照看別人，現在夏天智病了，好多人就還人情來探望他，四嬸是天天忙著招呼來家的人，一雙纏過的腳就累得錐兒錐兒地痛。這一天，冷得石頭都要酥了，蘿蔔窖上結了一層硬蓋，四嬸用钁頭搗了半天，搗出一個洞，從洞裏掏蘿蔔，要給夏天智包一頓素餃子吃。秦安在他老婆的攙扶下，用手帕包了幾顆雞蛋也來看夏天智。四嬸扔下蘿蔔，招呼秦安坐，說：「你咋也來了?!」秦安一臉瓜相，不吭聲，他老婆說：「四叔病了，我們能不來看看？」

夏天智也忍著疼在堂屋生了一盆炭火，陪了一會兒。夏天智依然還關心秦安，但他問秦安這樣那樣，秦安只是說：「噢。」不多說話。夏天智就拿了幾個冷饃在炭火上烤，烤黃了給秦安，秦安就吃了，又烤了一個再給秦安，秦安還是吃了。秦安的老婆說：「四叔你可不敢給烤了，他吃東西沒飢飽。」院子裏的雞翻過門檻，啄著秦安掉下來的饃渣，趁他不注意叼了他手上的一疙瘩饃到屋角去啄，秦安說：「噓，噓！」竟爬著到屋角去撿饃，又爬回到凳子前。秦安老婆說：「這是在四叔家，你爬?!」夏天智說：「他在家裏愛爬？」秦安老婆說：「活成二乾了。動不動就在地上爬。」夏天智說：「唉，病把人弄成這樣！」自已的肚子又疼得厲害了。四嬸就說：「你要難受了，你進臥屋歇下，我陪他們說話。」夏天智進了臥屋。四嬸和秦安的老婆又說了一陣話，中街的幾個老婆子便手拉手地進了院子，高聲叫嚷著夏天智的名字，說她們來看看他了。這些老婆子輩分都高，四嬸忙到院子裏迎接，她們說：「他四叔呢，病還沒回頭啊？」四嬸說：「還是疼。」她們說：「沒讓宏聲給看看？」四嬸說：「一直吃宏聲的藥，好像還不行。」她們說：「吃藥不行了，那就有怪處哩，沒讓誰給禳治禳治？這中星他爹一死，清風街也沒個會陰陽的人了！哎，過風樓鎮有個姓付的神漢本領大哩，沒去請請？」四嬸說：「他不信這個。」她們說：「要信哩，咋能不信，他王嬸崴了腿，派人去問人家，人家也不知道王嬸是誰，卻說是王嬸家後院牆破損，才使腿崴了，把後院牆修補修補腿就好了，你說怪不怪，王嬸她家後院牆真的是塌了一個豁口！他四叔不信，我給他說！」四嬸說：「他疼了一上午，才止住，睡著了。」老婆子們立即聲低下來，就坐在院子裏，說：「那讓他好好歇著，咱都不要驚動他，病人要歇好哩。」白雪抱著孩子出來招呼。一個老婆子立即臉笑得像一朵菊花，乍拉著手，說：「快把娃讓我抱抱！」白雪把孩子遞給她，她在孩子臉上親，說：「白雪的奶好，把娃餵得這麼胖！」白雪說：「不胖。我娘家二嫂的孩子臉像個關公，腮幫子肉都堆在肩上哩。」另一個老太太說：「就是那個超生兒吧，聽說是用石頭砸的臍帶？」白雪笑著說：「就是。」秦安老婆說：「咱娃臉不胖，身子胖麼！」四嬸臉一下子變了，就把孩子抱了過來。老婆子說：「哪兒臭臭的，是不是娃屙下了？」就過來解起孩子的腰帶，四嬸身子一斜，把孩子抱到臥屋裏去了。

在臥屋裏，四嬸給孩子解了衣帶，果然是屙下了，忙換了裹身布，又穿好衣服用帶兒繫好，問在炕上的夏天智：「還疼嗎？」夏天智說：「她們沒發覺吧。」四嬸說：「沒。」夏天智說：「你打發她們走，我實在疼得厲害。」四嬸說：「老是疼咋行？還是讓夏雨送你去縣醫院吧。」夏天智說：「你讓秦安路過酒樓了，把夏雨叫回來。」

夏雨很快騎了摩托車往家來，但他在街口碰著了坐著小車回清風街的夏中星。中星的小車是從三一二國道上掉頭進的西街，又從西街開到東街。街上的人多，還有豬貓雞狗，小車一路鳴了喇叭。快到農貿市場前的拐彎處，路邊晾著兩蓆淘過水要上磨的麥子，車輪就輾到了蓆角，主人跑出屋把車擋住，拽開車門就要揪司機下來。中星在車裏說：「是我！」那人說：「你是誰？」中星說：「你不認識我啦？」司機說：「這是夏縣長！」那人說：「是夏陰陽的娃呀？這蓆上該不是車路吧！」中星忙下車賠情道歉，說蓆把路擋了一半，那邊有一隻雞，車一避，不小心就把蓆輾了。那人說：「噢，怪我晒糧食了！」中星說：「不是的，不是的。那你說咋辦呀，我賠你的損失。」那人說：「你咋個賠？你數數輾了多少顆麥！」夏雨騎了摩托過來，忙勸說了一會兒，那人說：「我就看不慣他張狂！你哥比他能行吧，你哥回來沒見開車，就是開車回來，把車停在鄉政府院裏，他也是往回走哩。夏陰陽的兒子是把車從西街開到東街，喇叭按得一路響！要是派兒大，下次回來帶個警車開道麼！」說得中星面紅耳赤，便讓小車先開到東街口，他和夏雨就到了夏天智家。

　　得知是夏天智要夏雨送他去縣醫院看病，中星就一定要夏天智坐他的小車去。夏天智也沒再推辭，就收拾起牙刷、毛巾和換洗衣服。中星逗著白雪的孩子，問白雪現在劇團怎樣，白雪說早都不行了，她好久都沒再去。中星說：「那是怎麼搞的，我一走攤子就爛了？現在誰是團長？」白雪說：「原先劇務組老馬。」中星說：「他只會演戲哪裏懂得這個?!」白雪說：「他說話是沒人聽。性格太軟。」中星說：「不是性格軟不軟的事，他沒政治頭腦。」白雪說：「啥是政治？」中星說：「政治就是把你的人弄上來，上來的越多越好，把你的對手弄下去，下去的越多越好。」白雪說：「這是你說的？」中星說：「毛主席說的。」白雪就不言喘了，捲了一床被子，送到車上讓夏天智墊了躺。來送夏天智的有雷慶和梅花，也來了慶金、慶滿、慶堂和瞎瞎的媳婦。慶金揹了夏天智往車上去，夏天智不肯，要自己走。走時，他拿鏡子照臉，臉色黑灰，他把一頂草帽戴上，又壓低了帽簷兒，說：「來這麼多人幹啥？我去檢查一下，又不是去住院呀！不要送，都不要送！」最後一塊走的只是四嬸、夏雨和慶金。

世事很怪，清風街的故事總是相互糾纏的，說出來就像是我在編造，但就是那麼確實。當夏天智要往縣醫院去的時候，三踅他出事了。三踅早晨在魚塘裏撈魚，撈著撈著就把撈兜扔了，上善從魚塘邊過，說：「又慫上誰的氣了？」三踅說：「縣上來人要吃魚，你鄉長讓我送幾條我就送了?!」上善說：「鄉長你也不認呀，你是吃誰的飯砸誰鍋！」三踅說：「我可沒砸過你的鍋！你這要幹啥去？」上善說：「我去河堤上砍些樹枝，狗剩一死，他家今冬沒燒的，村部研究了得照顧啊！」三踅說：「君亭不是把你的權奪了嗎？」上善來了氣，說：「我不批條子了，我還不參與決策了？」三踅就說：「我跟你去！」跟著上善到了河堤。在河堤上，三踅沒讓上善上樹，他身手快，砍下一大堆樹枝，又給自己砍了根鍁把，說：「上善，你別嫉恨我，我寫小字報不是衝著你的，他君亭借刀殺人，讓我背黑鍋哩！」上善說：「我無所謂。」三踅說：「上善，我可是個粗人，刀子嘴，豆腐心，他君亭挖我的軟柿子，他也挖你的軟柿子，以後我會跟著你，你也得幫護著我哩！」上善說：「這你還看不出來？」三踅就從樹上下來，掏了紙菸讓上善吃。三踅的紙菸比上善的紙菸好。吃罷了一根紙菸，三踅便仰躺在堤上歇息，不一會兒竟瞌睡了。待上善把樹枝捆在了一起要往回拖，三踅啊了一聲。這一聲「啊」得奇怪，上善回頭看時，三踅的嘴裏有了半條蛇，他的雙手緊握著蛇的後半截。那一剎那，上善想著的是：冬天蛇都眠了，哪兒來的蛇？但上善看到三踅臉已紫青，頭高仰著，雙手握著蛇的後半截，蛇尾還不停甩動。他是驚住了，立即丟下樹枝，過去幫三踅往出拔蛇，蛇卻是勁大，拔不出來。上善說：「不敢鬆手！不敢鬆手！」兩人就往趙宏聲藥鋪跑。趙宏聲一看，說他治不了，得往縣醫院送。趕緊讓人開了手扶拖拉機去縣城，在東街口就遇著了夏天智，兩人就搭坐在了中星的小車上。

在縣醫院，上善陪著三踅，醫生在三踅的脖子上開了個口，把蛇從開口處拽了出來，是條菜花蛇。三踅這才算是活過來了。夏雨陪了夏天智做胃鏡檢查，夏天智在檢查前一定要刷刷牙，他不願意牙不乾淨讓醫生笑話他。刷過牙後，他獨自進了檢查室，等走出來，眼淚嘩嘩的，夏雨說：「做胃鏡是難受。」夏天智說：「丟人了，丟人了，我嘔吐了兩次，你快進去把地上的髒物給人家打掃淨！」夏雨扶了夏天智去過道的椅子上歇息，他去打掃衛生，醫生卻把他叫住，說：「你是病人的兒子？」夏雨說：「是。」醫生說：「你爹患的是胃癌。」夏雨一下子呆了。他沒有打掃完髒物，反倒自己還踩上了一腳，但他立即暗示醫生不要再說，回頭看了看過道上的夏天智，又問：「你沒哄我？」醫生說：「我哄你？」夏雨的額上就滾起了水豆子。醫生說：「趕緊住院，這號病越早手術越好。我開住院手續呀。」夏雨說：「住院，住院。我求你能保密，我把我爹叫來，你就說不是瞎瞎病。」醫生說：「這我知道。」夏雨穩了穩神，過去對夏天智說：「爹，不好了，你患了嚴重的胃潰瘍，醫生說得住院手術。」夏天智說：「我估摸是胃潰瘍。咱不做手術，保守著治。」夏雨說：「醫生說你這病嚴重，不手術可能將來癌變。是這樣吧，縣上條件差，要做手術咱去省城做，我哥在那兒，方便。大醫院手術人也放心。」夏天智說：「甭說是潰瘍，就是胃癌我也不去省城！」夏雨愁了半會兒，說：「那咱就在縣上治，你聽聽醫生的意見。」兩人過來，醫生真的就說患了潰瘍，因潰瘍面大，最好做手術。夏天智說：「把他的，老了老了還得挨一刀！」

夏雨辦了一切手續，讓夏天智住了醫院。三踅包紮了脖子，和上善來看夏天智，三踅說：「四叔，甭怕，我脖子上都開了刀哩！」夏天智說：「你沒事啦？」三踅說：「沒事啦。」夏天智笑著說：「你三踅是個惡人，要是別人，嚇都嚇死了，哪裏還能把蛇握住！」三踅說：「蛇要是細一點，我就把牠咬著吃啦！」夏天智說：「你這回去又該有吹的資本啦！」三踅說：「要吹的話，我就吹我是和四叔坐過一輛車的！」說到車，夏天智就催司機趕快把車開回去，說中星能把車帶回來肯定有事要辦，別太耽擱了人家。

上善和三踅便坐了小車回清風街，夏雨也隨車回來取錢，二返身再到醫院。這回是四嬸、白雪，還有慶金、雷慶都來了，夏天智問：「怎麼沒帶收音機來？」夏雨說：「過幾天了我給你取來。」夏天智說：「你現在就回去取，沒秦腔聽咋在病床上躺得住？」

夏雨又回了一趟清風街，天已經擦黑，他把收音機揣在懷裏，眼淚止不住往下流。他站在巷口低著頭想：爹能不能闖過這一關？或許手術後就好了，或許手術後一年兩年就又復發了。癌是難於治好的，能耐活三年五年就好，一年兩年也好，但願奇蹟能出現。那麼，就盼手術順利成功。如果手術順利成功，天上就出些星星吧，如果天上沒有星星，那……夏雨不敢再往下想，抬起頭來看天空。天空上黑乎乎一片。夏雨顫抖著，一眼一眼還往天上看，突然一顆星星閃了一下，但又不見了，就死死地盯著那個部位，終於星星又亮了。夏雨驚了一下，靠在巷口的樹上大聲地喘氣。巷口外的小路上，君亭和新生走過來，君亭正訓斥著新生，突然看見了夏雨，小跑過來說：「四叔住醫院呀？」夏雨把診斷的結果告訴了，君亭身子也矮了半截，半會兒沒說話。夏雨說：「這事你知道了就是，對外人就說是胃潰瘍，免得將來話又傳到我爹的耳裏。」君亭就從懷裏掏了一卷錢，說：「我實在去不了醫院看四叔，鄉政府開始徵收一攬子稅費呀，你知道這工作難度大，我是走不開的。我也沒時間去給四叔買什麼補品，這些錢是我這一月的補貼，才領到手，你看著給四叔買些營養品。做手術的時候，一定得給我說一聲！」夏雨說：「怎麼到臘月底了收稅費，人都忙著過年呀，手裏能有多少錢？」君亭說：「麥後要收的，因天旱沒收成，秋裏雖說還行，但也沒收起來，年前再沒日子了，鄉政府都急了……」新生走過來了，夏雨再沒聽君亭說下去，騎摩托急走了。新生說：「夏雨夏雨你這要到哪裏呀？」君亭說：「四叔住院啦。」新生說：「啥病住院了，不要緊吧？」君亭說：「不要緊。」夏雨聽見新生在後邊喊：「夏雨夏雨，有啥事我能幫上忙的，你就言傳啊！」

夏天智生病住院，事先我是沒有一點感應的，待我知道的時候，那已經是他做手術的那天。那天的風是整個冬季最柔的風，好像有無數的嬰兒屁股在空中翻滾。夏天義沒有去縣醫院手術室外守候，手術成功的消息傳回來後，他半個下午都是坐在七里溝的陽坡晒暖暖，解開懷，捉住了七個蝨。但夏天義不肯讓我去看望夏天智，說：「你去讓他病加重呀?!」想想也是，我就在七里溝裏哭。我那時還不知道夏天智的病是生夏風的氣而得的，總以為我給他添過許多亂子，是逃不了的一份罪責的，就祈禱他的病在手術後能多活幾年。我是在夜深人靜的時候可以看見自己的五臟六腑的，就是你越閉上眼越看得清，腸腸兜兜在腦子裏出現一幅畫。我企圖把我的胃當作夏天智的胃，但沒有成功，因為胃是有感情的，夏天智的胃能接受辣子，我的胃從小喜歡蒜，現在每頓飯只要嚼蒜，它就活躍，要不便懶得不動彈，克化不了，會不停地放屁。我很懷念中星他爹，他會為人添壽的，可惜他已經死了，我就試著學習他，讓樹木給夏天智添壽。連續三個夜裏，我叩拜了清風街所有的大樹，我對它們說：你們的壽命長達上百年，數百年，甚至千年，為什麼不拿出一年或者幾個月撥給夏天智呢？牛身上拔一根毛不算個啥，可夏天智多活幾年，清風街安穩了，我心也安穩了！我叩拜了大樹後的第三天，從屹甲嶺起身了一股大風，來回地在清風街颳。地皮颳起來，房上的瓦颳得掉下來，放在西街口的楊雙旦他二爹碾蘆葦做紙紮活的碌碡，被颳得滾了三丈遠。我倒操心我家的那口井，這是我爹活著時挖的清風街唯一的井，怕被風颳得從院子裏移到院子外。但井沒有被颳走，卻有三十棵大樹都折了枝腰，喀嚓喀嚓一連串地響，有的折了钁把粗的一股，有的折了樹梢，有的雖然沒倒，卻傾斜了，斷裂幾條根。我知道這是大樹在響應了我的請求，它們都在給夏天智貢獻了。

枝股折斷最厲害的是大清寺裏的白果樹，它有五股大枝，都是盆子那般粗的，其中一股齊茬茬地折斷，橫擔在院牆和廁所牆上，把在廁所蹲坑的上善嚇了個半死。

上善通知了兩委會全體成員到齊了大清寺，君亭就主持會議，宣讀了鄉政府《關於全鄉本年度稅費收繳工作的通知》，指出收繳的範圍還是老範圍，即土地稅、農牧稅、公積金提留、公益金提留、統籌金提留，以及教育附加費、公路代金費、治安聯防費、社會福利費、文體衛生費，等等。中街組的組長在腿面上鋪了一沓紙捲旱煙，低聲說：「萬歲，萬歲，萬萬歲！」他的聲音不高，君亭沒聽見，但旁邊的人都聽見了。坐在上善左邊的治安員用腳輕輕踢上善的腿，說：「他狗日的又胡說了。」上善裝著天地不醒，拿手撓禿頂，然後就站起來到院子裏的廁所去了。他在廁所裏蹲了一會兒，風就趔著筋斗颳，褲襠裏凍得便失去知覺，用手摸摸，還擔心風是刀子把他那一吊子肉割跑了，就聽見頭頂上喀嚓一聲巨響，還沒來得及反應，黑壓壓的東西就塌下來，他覺得是天塌了，大喊了一下，跌坐在蹲坑裏。在會議室開會的人聽見了喀嚓聲，又聽到了上善的喊，以為地震，有人就蹴在凳子上，有人溜身在會議桌下。君亭那時沒動，看吊著的電燈泡沒有搖晃，說：「不是地震。」就往外跑。大家也都跑出來，才發現白果樹折斷了一股橫擔在院牆和廁所牆上，而上善跌坐在蹲坑裏，雙手有屎。大家的心放下來，就說：「上善上善，你起來，蹲坑裏不臭嗎？」上善眼珠轉了轉，活泛了，說：「這是咋啦，這麼粗的樹股說斷就斷了？天怒啦？」治安員說：「你肯定得罪了天，天要滅你哩！」上善把髒手在廁所牆上抹，說：「多虧是我在廁所裏，要是別人，哼，樹股子砸不死也讓廁所牆倒下來塌死了！」上善這麼一說，大家心裏都騰騰跳，說咱正開稅費收繳工作會哩，就出了這事，千幸萬幸，沒傷著人也沒毀壞院牆和廁所牆。便一起動手，要把那樹股從牆上卸下來。但無論如何使勁，樹股卸不下來。君亭就說：「正好，上邊苫些包穀稈，就給廁所搭了棚了！都進會議室，開會，開會！」竹青說：「還開會呀？」君亭說：「咋不開？開麼！」上善到水池子那兒洗手，擦衣褲上的髒物，治安員也過來擤鼻涕，嘴裏嘟囔說：「虼蚤腿上能割多少肉呀?!」上善說：「群居守口，你在會上別管不住嘴。」治安員說：「我剛才說話你聽到了？」上善說：「稅費這事上邊一層壓一層，直接影響著鄉政府領導的政績和工資，也影響著咱們的補貼。群眾心都躁躁的，當幹部的要那樣說，你當心君亭擼了你！」治安員說：「君亭也聽到了？」上善說：「這我說不清。」治安員說：「我是直人，嘴上得罪人多，該你打圓場的時候你要打圓場。」上善說：「這你還看不出來?!」

會議繼續召開。君亭當然是講了稅費收繳工作的重要性和緊迫性。再是強調清風街的債務數額已經很大，已嚴重影響著清風街的正常工作，鄉政府意見很大，鄉長把他叫去幾乎是拍了桌子在警告他。這些債務大致由三個部分組成：一是前任村幹部借錢貸款開發七里溝，修村級碎石子路，不但貸款未還清，而且貸款的利息逐年積攢。一部分是由於村收入入不敷出造成的，大致包含國家稅金，「三提五統」和各項攤派這三大塊。其中「三提」的使用權歸村裏，近一年村裏卻又使用了三萬元，其餘十二萬都被作為稅費上繳到了鄉裏，因為清風街農民一直拖欠稅費和提留不繳。「三提」一併上繳到了鄉裏，鄉裏並不返還，其實繳到鄉裏的部分也不足，繳上去的由鄉裏先費後稅或先稅後費地安排使用了。農民大量地欠村集體的提留，而村集體卻必須借款完成鄉裏分下來的稅費、提留任務，每年的數萬元至數十萬元的借款都是高息，積累下來，僅利息就近十萬元。況且每年三萬元的「三提」費用並不夠村裏開支。現在清風街村民欠繳「提留」形成了惡性循環，據這幾年的經驗，先是貧困戶和少數「釘子戶」不繳，老實人年年繳，到後來，老實人有意見，說，我憑什麼該年年繳，因此也不繳。君亭就強調，這次收繳肯定困難大，但一定要來硬的，再像以前學軟蛋，那清風街就爛啦。他安排各組組長要挨家挨戶一項一項收繳，兩委會幹部具體包攤，鑑於兩委會人員不齊，由他、上善、金蓮分別到東街中街西街。為了便於工作，避開嫌疑，他包西街，上善包中街，金蓮包東街。會議從下午一直開到要吃晚飯了，君亭並沒有讓散會，還讓派人去鄉政府將稅收組專職幹部張學文請來，張學文又帶了李元田和吳三呈。張學文是從縣紀委調來的，年輕氣盛，他講了無論如何，清風街村幹部必須完成上級分解下來的徵繳任務，雖然知道村民生活比較困難，村幹部工作艱辛，但鄉裏也沒辦法，縣財政吃緊啊！所以，今年縣政府已經下發了文件，把徵繳任務完成的好壞作為縣裏評價鄉領導政績的第一指標，不完成的鄉主要負責人停發工資。鄉裏也決定了，將各村的徵繳任務完成的好壞與村幹部的報酬掛鉤，全部完成的，領全年百分之四十的報酬，完成多少，就以完成率計算。張學文又說，鄉稅收組最擔心的是清風街的徵繳能力，鄉領導已研究了，由他和李元田、吳三呈包清風街，如果他們不能督促協助完成任務，也是一律停發工資。張學文最後是拍了桌子，說：「同志們，我們是一條繩上的螞蚱——」突然停止了，拿眼睛看窗外。窗外有人影晃了一下，不見了。他繼續說：「誰也跑不了啊！誰在外邊？開會不要亂走動麼！」君亭說：「誰出去啦？」上善數了數，說：「都在這兒。」君亭說：「那外邊是誰？」上善就走出來，看見院角白果樹下立著趙宏聲。

趙宏聲為人配藥，缺了白果葉，心想雖是冬季，大清寺內的白果樹上總還能有些吧，就跑來了。院門沒有掩，進來了卻聽見張學文在啲啲啲地敲桌子，以為和誰在吵架，乍起耳朵聽了，才知道召開徵繳稅費工作會，就極快地閃過窗外去白果樹下了。上善瞧見了趙宏聲，忙給他擺手，讓快出去，趙宏聲卻震驚了白果樹折斷一股樹枝。上善走過去，低聲說：「開會哩，你來這兒幹啥？」趙宏聲說：「我知道開會哩，我來撿些白果葉又沒出聲。這樹股子怎麼就折斷了？」上善說：「樹嫌你來白撿葉子，它不願意了麼！你快出去吧，走來走去的能不影響開會？」趙宏聲就往外走，說：「不就是個徵繳會麼！」出了院門，心氣終究不順，想，會開得那麼大就能收上錢？年年徵繳哩，哪一年又完成過任務？從地上撿了個土疙瘩，在左門扇上寫了「向魚問水」。在右門扇上寫了「與虎謀皮」。

張學文講完了話，君亭再說：「大家都聽到了吧，這一次鄉裏是下了硬茬的！再餓一下肚子，誰也不要走。借鑑往年的經驗教訓，咱們再說說這一次怎樣去徵繳。」大家都不說話，目光也分散開來，有的低頭吃紙菸，有的乾咳嗽，一聲一聲總咳嗽不淨，像喉嚨裏塞了雞毛。大多數的人看著窗台。窗台上落著了一隻麻雀，走過來走過去，後來就飛了。君亭說：「咋都不說話了？那咱就餓肚子吧。」上善便彎腰去拿水壺給自己杯裏續水，他總覺得手沒有洗淨，聞了聞，說：「每一年徵繳的時候，我就沒人緣了。平日裏小小心心的為人哩，好不容易給自己壘了一個塔，一徵繳，嘩啦就坍了！但有啥辦法，你還得去得罪人呀，誰叫咱是村幹部？」中街組長說：「你上善的人緣夠好了，我們啥時候不被人罵作是狗的！」上善說：「這得益於我這張嘴呀，所以我說，搞徵繳，要會說話，他吃軟的你不能給他上硬弓，他吃硬的你不能給他下軟話。說穿了，得見人說人話，見鬼說鬼話，沒人沒鬼了就胡哇哇。啥叫胡哇哇，就是逢場作戲，打情罵俏麼。」上善這麼一說，氣氛就活躍了，西街組長說：「我是不是得賣尻子呀?!」大家哄地笑了。竹青說：「流氓，臭！」西街組長說：「是有些臭。清風街有幾個上善？我是一直在向上善學習的，可上善跌在廁所裏了人家不臭，我一下午連廁所去都沒去還是個臭！」大家又是笑。君亭說：「笑啥的，都嚴肅些！」金蓮就說：「我想了想，為了使今年徵繳任務順利完成，咱應該有個口號，我擬了一下，可以是：堅持常年收，組織專班收，聯繫責任收，依靠法律收。」治安員說：「這口號還用你說呀，哪一年不是這樣？依我看，今年工作難整哩！天旱，麥季減產，秋裏雖說可以，但現在物價都往上漲，村民手裏哪有多少錢？」張學文說：

「村幹部不要先洩氣！」治安員說：「我這不是洩氣，我說的是實情。」張學文說：「就是實情，這話也不能說！」治安員說：「那我不說了。」低了頭，吃他的旱煙。竹青說：「還有一個問題，今年以來，村裏閒置的土地多，人家都不種地了，還收這樣那樣的稅費合理不合理？村民問起來，話怎麼說？」張學文說：「當然要收，為啥不種地？」竹青說：「種一畝地收不了多少糧，一斤糧賣不了多少錢，稅費不減，化肥、農藥、種子價又不停地漲，種地不划算了麼，如果再這樣下去，明年我看荒蕪和閒置的土地就更多了。」治安員又說：「年年徵繳都是和農民在絆磚頭，能不能給上邊說一說，把稅費能減一減？」張學文說：「給誰說去，你去找一下國務院總理?!」治安員說：「瞧我這嘴！我咋不啞巴呢?!」他打了一下自己的嘴。君亭說：「說的倒也是實情，但那不是咱能決定了的事。中國這麼大，政策都一樣，別的地方能辦到的事，咱清風街也應該能辦到。這類話題咱就不說了。至於荒蕪閒置的土地要收回來讓人承包沒能實現，咱在以後還要再研究，在沒收回承包之前，必須按以前的規定辦，當然要徵繳。出外打工家裏沒人的，要通知他們回來繳，通知了仍不回來，咱就破門抬家具，按去年的辦法來。」治安員脖子梗了梗。君亭說：「你說？」治安員說：「我說完了。」上善說：「君亭說要總結以前的經驗，這是對的。以前的經驗是豐富的，咱也是在徵繳中學會徵繳，我歸納了一下，譬如說：一旦發現誰家賣了豬，賣了一籃雞蛋，在市場上出手了蔬菜，就立即去上門收款。只要知道誰家有現金收入，不等他將現金用掉就去收，有一分收一分，有一元收一元。」上善的辦法具體，大家就七嘴八舌地補充，金蓮也提了一條，即：凡是種香菇的人家，從順娃那兒直接截收，再是讓郵局提供信息，凡在外打工的或做生意的，一旦給家寄錢來，立即就去上門。還有，各組指派些打探消息的人，什麼時候有消息什麼時候就行動，早晨的不能拖到中午，半夜的不能拖到天明。竹青說：「咱是特務呀?!」金蓮說：「特務不是個壞名詞。什麼叫特務？就是執行特殊任務的人。在農村，徵繳工作就是特殊任務。」竹青說：「我長知識啦。」不再說話。

最後，又討論了一下可能有哪些難纏戶，還有像劉新生、三踅、陳星、陳亮、丁霸槽、夏雨、生民、順娃、白恩傑等等一些承包了果園磚場或有酒樓、飯店、染坊、鐵匠鋪、藥店、紙紮店、雜貨店，以及建築隊包工頭這樣人家的徵繳方案，會議就結束了。大家說：「餓得走不動了，君亭你看咋辦吧？」君亭說：「又謀著要吃公款呀？行麼！等這次任務完成了，我請大家到萬寶酒樓上吃魷魚海參，今日就去街上一人一碗牛羊肉泡饃，來優質的！」

從大清寺往出走的時候，有人看見了院門扇上的話。君亭說：「誰寫的？『向魚問水』，什麼意思？」金蓮說：「這是說人在問魚河在哪兒，因為魚是生活在河裏的。」西街組長說：「這是人渴了，問魚哪兒有水？」上善說：「我明白了，這是糟賤咱們徵繳工作哩！」竹青說：「咋個糟賤？」上善說：「魚是沒水活不成的，現在魚都渴著，人還向魚要水哩。」君亭再看看另一扇門上的「與虎謀皮」，說：「趙宏聲寫的?!」用手就擦了。對上善說：「你要給趙宏聲敲打敲打，甭讓他在這個時候沒事尋事，給咱添亂！」上善說：「這狗日的倒是有文采！」

至於村幹部如何吃了牛羊肉泡饃後，君亭又如何去鄉政府向鄉長做了彙報，這些就全不說了。只說怎麼個徵繳稅費。徵繳稅費是刀下見菜的事。甭看村幹部平日神氣活現的，徵繳起稅費卻都成了龜孫子。中街在三天之內，僅收了兩戶。上善的一張嘴能說會道，但中街的人也就針對了上善而死磨爛軟，你說東我也往東說，你說西我也往西說。上善是不得罪人的，在一戶人家幾乎泡了一天，似乎他忘了自己是去收稅費的，而成了聊天呫閒傳的。西街的進度是最快，君亭就讓西街組長繼續徵繳，他自己到了中街，協助上善。東街起先還較順利，因為那些外姓人家大多家裏有人在外打工或包活，經濟條件還可以，又都是婦女在家，竹青和金蓮一個用理一個用情，人家就都繳了。但是，在三踅家遇到了拒交，三踅的態度非常好，說他去西山灣收取一批磚瓦錢了就如數繳上，可一走竟再沒了蹤影。再去書正家，書正說：「夏家交了沒有？夏家交了我交。」竹青自己便先交了，君亭交了，夏雨交了。書正便交了三分之一，說：「能不能緩幾天？」竹青和金蓮就去武林家收。武林是最貧困的，他說他藏在他爹相框裏的三百元被黑娥偷走了。再拿不出錢，乞求等他賣些糧食後再交。金蓮不行，讓他現在就裝了麥子到市場上去賣。武林掮了麥袋去市場，嫌價格太低又掮了回來，說他明日再去賣。金蓮說：「你別給我耍花招啊！」武林說：「誰，誰，啊誰耍花招了，是豬，豬！」竹青就拉了金蓮到她家去吃飯。

武林在家愁得無法，越想越覺得黑娥坑了他，憋足了勁，去慶玉家找黑娥。慶玉幸好沒在家，武林說：「錢，錢呢，把我的，的，錢給我！」黑娥說：「我欠你什麼錢了，離婚時我只拿了判給我的那一份，我連判我的三隻雞都給你了，我欠了你的骨殖？」武林說：「我藏，啊藏在我爹相，相框裏的三，三百元，咋不見了?!」黑娥說：「不見了就是我拿了，你有證據？沒證據我還要你給我揭賊皮的！」武林說不過她，舉了拳頭說：「我砸，砸，啊砸死你個賣，賣，賣×貨！」拳頭還沒揚起來，慶玉進了門，一磨棍把武林撂倒了。武林爬起來就跑，慶玉攆出來，罵道：「你狗日的再來我家，我打斷你的腿！」武林跑回家，大罵慶玉和黑娥，把世上最難聽的話都罵了，還不夠解氣，拿了鍁又到了慶玉家門口。院門關住了，他從廁所鏟了一鍁糞塗在門上。再鏟第二鍁，慶玉從院門裏衝出來，一腳將他踹到了尿窖子裏。

尿窖子裏屎尿半人深，武林跌進去差點嗆喝了一口。東街人炸了鍋，說啥話的都有。金蓮和竹青跑了來，武林一身的屎尿坐在慶玉家門口，叫喊：「黑娥，你不還我三百元，我就坐在你家門口不起來，除非來把我打死！」金蓮進屋訓了慶玉，又訓武林，說武林的錢緩一步吧，你先回去。而讓慶玉立馬交稅費，慶玉是民辦教師，徵繳了稅費鄉裏才能開出工資，他沒理由不交，也就交了。

竹青和金蓮再次到書正家，書正卻口氣硬了，說：「你們給武林緩了，為啥不給我緩？」竹青說：「你咋能和武林比？」書正說：「武林被慶玉霸占了妻，我也是被你爹致殘了腿的！」竹青說：「你胡扯蛋！你不交不行，我現在就守在你這兒，什麼時候交了，我什麼時候走！」坐在門檻上吃起紙菸。金蓮見這裏有竹青守著，就去找別的人家收繳。收繳到了瞎瞎家，瞎瞎抱著頭往地上一蹲，說：「我沒錢！」金蓮火了，說：「你沒錢，你搓麻將就有錢了？沒錢那就戳糧，扛門，上房溜瓦！」瞎瞎的媳婦見金蓮變了臉，就在麥櫃裏翻，翻出了五十元要交。瞎瞎撲過去把錢奪了，罵道：「你咋這積極的？你就讓她戳糧扛門溜瓦麼！」金蓮順門就走，說：「瞎瞎，你這顆老鼠屎就壞夏家的一鍋湯吧，你嫂子是組長，你堂哥是支書，我讓他們來！」

瞎瞎這邊不交，村裏又有四五家看著樣兒不繳，竹青知道瞎瞎是個不講理的主兒，就和金蓮把他反映到君亭那裏。君亭跑來罵瞎瞎，瞎瞎把五十元交了，說：「你再搜，能搜出多少你都拿去！」君亭讓金蓮揭了炕席，炕席下沒有，再翻櫃子裏的麥和稻子，麥和稻子裏沒有，屋梁上掛著一個竹籠，卸下來了，裏邊是一堆舊棉花套子。君亭說：「你站起來！」瞎瞎站起來，身上的口袋都是癟的，還故意跨了馬步，褲子爛著襠。君亭氣得說：「你倒把日子過成個×啦！」

徵繳了七天，只收到了全部稅費款的五分之一，而且那些交過了稅費的發現大多人家都沒有繳，又來要求退錢。君亭又召開了會議，各組長紛紛叫苦，也同時提出稅費太高，大多村民實在交不起了，要求君亭把情況給鄉政府反映，如果能減免一部分就減免一部分，減免不了能希望再緩緩，春節沒幾天了，鬧得清風街雞飛狗咬的也不好。原本開會要給大家再次鼓勁，卻開成了訴苦會，君亭也心軟了，去向鄉政府反映，遭到鄉長一頓訓罵。君亭回來又訓罵各組長，三個組長卻一個腔：不當組長了，行不行?!當下撂了挑子。君亭和張學文商量，張學文說：「問題都出在東街，你是不是護你夏家人了就尋理由的？」君亭也生了氣，說：「你說我護夏家？我君亭為了清風街把夏家都得罪完了！那你去徵繳吧。」

張學文帶了李元田、吳三呈，又叫了派出所的兩個警察，就先到了東街。第一戶去的是三踅家，三踅正在家裏吃飯，飯碗一放，從後窗跳出去跑了。張學文窩了一肚子火，把三踅的那隻碗端起來摔了，說：「跑得了和尚跑不了廟，只要你三踅不在清風街閃面！」又兵分兩路，叫喊著從釘子戶開始，殺雞要給猴看。張學文、李元田和一個警察到了瞎瞎家，吳三呈和另一個警察到武林家。瞎瞎坐在家裏打草鞋，聽見後窗外有人喘氣，抬頭看見立了個警察，並沒在意，張學文和李元田就從前邊進了院子。瞎瞎說：「收稅費呀？」張學文說：「你咋不跑？」瞎瞎說：「我坦然得很，我交過了！」竹青正好從門前過，張學文喊：「竹青竹青，你進來！」竹青說：「我不是組長了，你不要叫我！」腳步不停地走了。張學文生了氣，問瞎瞎：「你交了？交了多少錢？」瞎瞎說：「五十元！」張學文說：「你交給誰了？」瞎瞎說：「交給君亭了！」張學文說：「君亭是怎麼搞的，五十元一收就算了？再補交！」瞎瞎說：「我沒錢！」張學文說：「我知道你是這話！」對李元田說：「戳糧食！」瞎瞎說：「戳糧食？」張學文說：「戳糧食！」李元田是提著幾個麻袋的，揭了櫃蓋就裝了一麻袋麥子，又裝第二袋麥子。麥粒灑了出來，雞就過來啦，咈咈咈啄了吃。瞎瞎的媳婦一邊攆雞一邊哭著撿麥粒，瞎瞎罵道：「你撿你娘的×哩，你撿？有土匪吃的還沒雞吃的?!」張學文說：「誰是土匪？」瞎瞎說：「你們是土匪！」張學文說：「你才是刁民！」吵著吵著，李元田已在紮麻袋口，瞎瞎說：「你再裝麼，兩麻袋就夠了？這櫃子裏不有哩，你怎麼不裝了？」嘩啦把櫃子拉倒，裏邊的麥子全倒出來，他又雙手把麥揚著，揚得滿屋子都是。

這時候，吳三呈和另一個警察扭著武林過來了，說武林就是不交，怎麼辦？張學文說：「不交戳糧食！」吳三呈說：「他那點糧食夠個屁！」張學文說：「那就抬門溜瓦！」吳三呈說：「一抬門他倒點了掃帚要燒房，他真燒了房那要給咱栽贓呢。」張學文說：「那就把人往鄉政府拉，辦學習教育班！」吳三呈拉扯武林，武林抱住了院門口的樹就是不走，警察扳他的手指，扳開一個指頭另一個指頭又合上，就拿拳頭砸武林抱著樹的手，武林就大聲喊：「鄉政府，打人了，救命，救命！」武林長聲叫喊，竟然不結巴了。院門口擁來了許多人。瞎瞎見來了人，膽也大了，說：「你們這是收稅費哩，還是國民黨拉壯丁呀?!」張學文說：「你別囂張，是不是看人多了？人多了咋？對待你這種刁民就得來武的。把糧食拉走！」李元田就從院牆角拉了瞎瞎的架子車，把兩麻袋的麥子裝了上去。瞎瞎一下子跳起來守在了院門口，說：「裝了我的麥還要拉我的車?!有本事你扛了麻袋走，敢動我的車，我就死在你面前！」張學文來撥瞎瞎，瞎瞎也推張學文，但瞎瞎沒有張學文個頭高，只抓著了張學文的衣服，張學文再一撥，衣服便嘶地拉扯了。張學文的外套一破，露出裏邊的紅毛衣，毛衣裏穿著一件白色的假領。張學文叫道：「你動手打人，你抗稅打人呀？給我銬起來，銬起來！」警察竟真的從腰裏取了手銬，就把瞎瞎雙手銬了，拉著往鄉政府走。

瞎瞎被銬了，推搡著往巷子裏去，看熱鬧的人就起了吼聲，說：「你收你的稅費，你銬人幹啥，共產黨的法律裏有沒有銬人收稅費的？」就有人飛跑去告訴了竹青。竹青趕來，說：「張學文，你咋能這樣？」張學文說：「你看沒看見我的衣服被他撕破了？」竹青說：「可你能銬人嗎？你要是手裏有槍，你也開槍呀?!」張學文說：「竹青，你是村幹部，你現在是什麼立場？」竹青說：「我不是村幹部了，我要那村幹部的帽子咂呀！」張學文說：「你不是村幹部你就站遠！」一把搡開了竹青。

巷子裏的人越擁越多。清風街人是有湊熱鬧的習慣，甭說是吵嘴打架，就是兩三人高聲說話，也就有人攏了來要瞧個稀奇，是說是非的，也要說幾句，是吵嘴打架的，但不阻攔，起鬨吆喝，搧風點火。這邊巷子裏人一多，聲音又大，農貿市場上就有人往東跑，一人一跑，十人都跑，中街西街也跑來了許多，巷道裏很快就塞滿了。人們見是為了稅費的事，沒有一個偏向張學文的，又見張學文銬了瞎瞎推搡著要去鄉政府，吼聲如起了漫水。張學文怕人多而武林趁機跑了，也給武林上了銬。但他們走不前去。張學文黑著臉，說：「閃開，閃開，把路閃開！」人還是擁著。張學文硬往前擠，就把一個人的腳踩了，那人說：「我交了稅費，你踩我的啥腳？」張學文說：「滾！」那人說：「我是清風街人，我往哪兒滾?!」後邊的人嚎地就叫，偏往裏擠，裏邊的人就擠著了張學文。張學文叫道：「誰在擠?怎麼啦，要聚眾鬧事呀，誰要鬧事，一樣銬了走！」人群就閃開了，閃開了一條縫，這縫一直到了巷子口，巷子口便站著了夏天義。

我現在要說夏天義了，因為夏天義的出現，使這次稅費徵繳工作成了一場轟動全縣的大事件。多年後，我和趙宏聲還談起這件事，我說：「清風街咋就出了個夏天義啊?!」趙宏聲說：「你說說，是清風街成就了夏天義，還是夏天義成就了清風街？」趙宏聲的話像報紙上的話，我說：「你用農民的話說。」趙宏聲卻不願意說了，罵我：「沒文化！」我是沒文化，但清風街上我就只認夏天義，誰要對夏天義不好，誰就是我的敵人。那一天的早晨，我們照常在七里溝勞動，天陰著，沒有烏雲，卻呼嚕嚕地打雷。冬季裏往常是不打雷的，現在打了雷又不下雨，我們就覺得怪怪的。半早晨，趙宏聲為了給俊奇娘配治哮喘病的藥引，到七里溝來找甘草根，他說起夏天智的病，叮囑夏天義若去縣醫院看望的時候，一定要把他也叫上。趙宏聲一走，夏天義覺得心慌，對我說：「引生，我這心咋這慌的？」我說：「我和啞巴又沒偷懶，你慌啥的？」夏天義瞪我，過了一會兒，又說：「是不是你四叔有事啦？」我說：「四叔做手術時都沒事，做過了有什麼事？」夏天義說：「那倒也是。宏聲是來給俊奇他娘配藥的？」我說：「俊奇他娘那是老毛病了，哪個冬天不是犯著？」夏天義不再跟我說話，往天上看了看，就叮嚀我和啞巴繼續刨石頭，他得回去看看，中午了給我們捎些白米撈飯來。我貪嘴，還問帶啥菜哩？他說還想吃啥菜，酸菜麼。我說酸菜就酸菜，那得用腥油炒一遍！夏天義就回村了。夏天義心還在慌著，直腳去夏天智家，夏天智家的院門鎖著，白雪和娃娃沒在，沒能問夏天智的病。就思謀著去不去俊奇家看看，便聽見了前邊巷裏亂哄哄地響。夏天義知道近日村幹部在徵繳稅費，肯定村裏都不安寧，但他轉到了前巷，沒想到那麼多人擁擠著，忙問啥事啥事麼，王嬸的枴杖在地上磕著，說：「他二叔，他二叔，你咋才來？鄉上的人把瞎瞎和武林上了銬子往鄉政府拉哩！」夏天義說：「胡說個啥的？」人群就閃了，人群閃開像麥田裏風倒伏了麥，果然是張學文他們推搡著瞎瞎和武林。瞎瞎的左手和武林的右手用一個銬子銬著，瞎瞎的胳膊細，武林的胳膊粗，銬子銬得武林不停地喊疼。瞎瞎不肯走，腿撐硬著，李元田在他的腿彎處踢了一腳，瞎瞎一下子倒在地上，武林也被拖倒在了地上，面朝下磕在一個土疙瘩上，口裏出了血，說：「我，我的牙，啊牙，門牙？」眼在地上瞅。夏天義站住了，張學文一行也站住了。

夏天義穿著黑棉褲黑棉襖，也一臉的黑色，說：「這是幹啥，幹啥？」瞎瞎就喊：「爹，爹，他們銬我！」夏天義訓道：「你給我住嘴！」瞎瞎使勁地拽胳膊，想要從地上站起來，但他站不起來，張學文把他拉起來，他的胳膊還被武林拖著，哎喲哎喲地叫。夏天義說：「他們犯罪了？」張學文說：「是老主任呀，你可別管這事，瞎瞎雖然是你兒子，但他抗拒納稅。你把路讓開，不要使事情鬧得誰都難看。」夏天義說：「你還知道我是老主任呀！那我告訴你，我從四九年起就當村幹部，我收了幾十年的稅費，但像你這種收法，還沒見過，也沒聽說過！你娃年紀輕，沒吃過虧，你這麼胡來，引起眾怒了，你還在鄉上幹事不幹事？」人群就哄哄起來。巷子的那頭傳來了二嬸的哭聲，瞎瞎的媳婦抱著孩子也往這邊跑，孩子尖叫著，來運在咬，東街所有的狗都在咬。巷口的人越擁越多，後邊的又在擠前邊的人，前邊的人腳未動，身子往前撲，有人將巷道牆頭的瓦揭下來摔了一塊，發出很大的破碎聲。張學文說：「想幹啥？想幹啥？」張學文留的是小分頭，他把頭一仰，頭髮撲忽在兩額，他說：「老主任，你可別煽惑啊！我尊重你，你倒倚老賣老了。現在的社會不是你當主任的社會，不來硬的稅收任務怎麼完成？誰抗稅誰就是犯法，把人帶走！」推搡起了武林和瞎瞎。夏天義一看，張學文根本不買他的帳，偏就站在路中間。人群就更亂了，架子車被推到了巷道邊，車輪陷進流水溝槽裏。張學文吼道：「誰在推？誰再敢推？拉了往鄉政府去！」一時吳三呈把架子車往前拉，後邊又開始往後拖，張學文過去把車頭掉了，從後邊往前推，許多人的腳就被車輪輾了，哎喲地叫，罵開了娘，更多的人來抓車幫，車輪又卡在了一個土槽子中。土槽子是下雨天的車轍，天晴後硬得像石頭。張學文鼓了勁往前一推，輪子是出了土槽子，卻一時收不住力，向夏天義衝去。夏天義沒有躲閃，被撞跌在地上，車幫的一角正好頂在他的右肩窩。張學文遲疑了一下，仍是很快地推了架子車出了巷子。眾人忙看夏天義，夏天義的肩膀雖沒出血，但鎖骨斷了，人疼得暈了過去。人群中就喊：「出人命啦！」竹青在後邊聽說出了人命就急了，大聲說：「攆他姓張的！」眾人立時像一窩被捅了的蜂，跑著去攆。張學文見人群來攆，就害怕了，丟下架子車，幾個人拉著武林和瞎瞎撒腳往鄉政府一路狂奔。瞎瞎就勢抱住了路邊一棵樹，警察拉，見拉不動，就拿警棍在手上打，瞎瞎手鬆了，警察的帽子卻掉下來。這警察是個禿子，帽子掉了以後，返身要跑過來撿，但看攆的人快要攆上，又折身往前跑。竹青是把帽子撿到了，卻累得蹴在了地上，看見斜巷裏跑來了三踅，就說：「三踅三踅，你跑到哪兒去了，你讓張學文把氣往武林瞎瞎身上撒?!」三踅說：「聽說把二叔都打了？」還沒等竹青說話，他就朗聲喊：「狗日的，這還得了，鄉政府來人把天義叔打死啦！」竹青說：「人是傷了，不敢胡說！」三踅還在喊：「鄉政府的人把天義叔打死啦！」扭頭對竹青說：「村人再不多去，他們真要打死人啦！你快喊人，喊人去呀！」竹青就進了夏天智的院子。院子裏只剩下白雪和孩子，白雪聽見外邊亂哄哄的，還不知道怎麼回事，竹青像一個瘋子，說：「把人銬走啦，把你二伯打昏啦！」就跑進夏天智的臥屋打開了高音喇叭，在上邊喊：「鄉政府收稅費銬人啦！戳麥抬門啦！打了人啦！要出人命啦！沒見過這樣收稅費的！是收稅費還是閻王爺來索命啦?!去奪人呀！抓凶手呀！打倒張學文！」

高音喇叭一播，東街人聽到了，中街西街的人也聽到了，乾柴見了烈火，劈劈啪啪地燒，西街先起了鑼聲，再是中街有人敲打臉盆，水壺，人們都在相互傳遞消息，大聲咒罵，都往鄉政府跑。差不多的是在出門的時候都從門外摸了一把鍁，也有拿棍的，空手跑的，在半路上拾起半截磚，喊：「日了你娘！日了你娘！」從巷道到了街道，從街道又到鄉政府門外的三一二國道上。

張學文一行才到鄉政府大門口，東街人有的跑得快，已經攆上。張學文站了個馬步，唬道：「敢再來，就敢銬你！」攆來的人站住。而後邊的人卻撲過來，喊：「法不治眾，你銬誰的？你銬！你銬！」張學文就往後退。一個警察提著警棍又跑過來，人群又往後撤。一進一退，一退一進，退退進進三個來回，西街中街的人也攆了來，一塊土疙瘩日地扔了過去，沒打中人，卻在李元田的腳前開了花。張學文把武林和瞎瞎拉進鄉政府的鐵門裏，喊：「關門！關門！」攆上去的人頂著門不讓關，李元田、吳三呈拳打腳踢把頂門的人往開推，鐵門哐地關上了，前邊頂門的人頭上就被撞出了血。有人喊：「把人打出血了！」傷了頭的人沒包紮傷口，反倒無數的手抹了血拍在鐵門上。緊接著，鐵鍁，木棍，石頭，磚塊都往鐵門上砸，鐵門就哐啷哐啷響。數百人把鄉政府圍了。

這一天屹甲嶺北溝有人偷偷給鄉長帶來了一隻熊掌，熊是國家禁獵的動物，鄉長讓炊事員紅燒了，給書記和幾個幹部都叮嚀咱們要吃狗肉。熊掌燒出來了，鄉長說：「這狗肉咋樣？」書記說：「狗肉香。」幾個幹部說：「狗肉就是他娘的香！」吳三呈就跑進來喊鄉長。鄉長趕緊把肉碗收了，隔著窗子說：「喊啥的，爆火燒了毬了?!」推開窗扇，張學文從鐵門外把武林和瞎瞎往裏拉，外邊人把武林和瞎瞎往外拉，接著鐵門就關了，外邊吼聲連天。一看這陣勢，書記臉便黃了，坐在椅子上腿發軟，說：「我擔心就擔心出事，這下咱的先進就泡湯啦！」鄉長從房間出來，張學文才要彙報，鄉長踢了他一腳，就到了大門裏，高聲喊：「聚眾鬧事是犯法的，圍攻鄉政府更是犯法，鄉親們趕快散開，散開！」門外一哇聲喊：「放人！放人！交出張學文！交出張學文！」鐵門砰地又關了。石頭瓦塊雨一樣地從院牆上打進來，鄉長和張學文都往後退，退到平房的屋簷下。石頭瓦塊大多砸在院裏的花壇上，有一塊石頭擊中了窗子，玻璃掉了一地。書記還在屋裏的椅子上坐著立不起腿，鄉長衝進來就給君亭打電話。電話鈴響著沒人接。從窗口看去，院子的石桌上有一盤象棋，張學文頭頂著鐵皮簸箕去取，一個東西在空中劃著弧線砸了過來，啪地在簸箕上濺開了，是一包糞便。鄉長仍在撥電話，罵：「清風街的幹部死到哪兒去了，村部沒人？」

其實君亭和上善就在村部辦公室。他們已經知道了群眾在圍攻鄉政府，但他們沒有出去，因為不知道該怎麼辦，火燒大了用水澆，水也成了油的，況且他們內外將不是人。電話一響，君亭要接，上善制止了，說：「肯定是鄉政府打的！」君亭說：「咱不出去，事情會鬧大的。」上善說：「咱出去幫誰說話呀？幫群眾吧，咱是幹部，幫鄉政府那群眾不把咱吃了?!」君亭說：「這樣下去咋行？」上善說：「張學文做過分了，惹了眾怒，咱有啥法兒？㞞管，也讓他們知道村上的事情不好辦，以後少給咱耍威風！」但君亭到底坐不住，說：「群眾失了理智，肯定會幹些蠢事，鄉政府解不了圍，打砸開了，公安少不了要來，那咱坐在這裏能脫了干係？」上善說：「是這樣，你迴避一下，到西山灣去，我去現場看看，如果出了事尋不到你頭上。」君亭想了想，說也是。出了辦公室又對上善說：「你也要小心點呀！」君亭是低著頭出了寺院大門，徑直鑽進戲樓旁的短巷，短巷中沒人，只有一頭豬擺著大肚子走，他出了巷到了河灘，然後從河堤上繞道走了。

等君亭走了半個小時，上善連聽著電話又響起了三陣，他就盯著電話機吃了一根紙菸，又喝了半杯茶才出來，慢悠悠地在街上走。到了土地神廟前，廟門口站著劉新生、陳星和西街的跛子順成，新生說：「是不是誰用紅顏色染的？」順成說：「誰染的？明明是自己紅了麼！」上善咳嗽了一聲，他竟然唱起《金碗釵》了：「好一個小小嬌娥，伶俐不過，聰明許多，我的情意她看破，我的來路她知著，真乃是大有才學，全不像小家人物。」三個人回過頭來，上善不唱了，說：「說啥的？在外邊不嫌冷！」陳星說：「你倒會唱旦的！」上善說：「女愁哭，男愁唱麼。」陳星說：「你有啥愁的？」上善說：「在家怕老婆嘮叨，出門怕被狗咬叫。」新生說：「甭絆閒牙。讓上善來看看。」上善說：「啥事？」陳星說：「土地公土地婆的眼睛紅了！」上善說：「胡說哩，那是石頭又不是人！」近去看看，似乎有些紅，似乎又沒有紅。上善說：「是你們眼睛紅了，看啥都是紅的！」新生就說：「上善上善，你沒到鄉政府去呀？」上善說：「我才不去巴結領導！彙報工作人家不叫我不到，有好事了人家不給我不鬧。」新生說：「出事啦你也不去？」上善說：「啥事？」新生說：「好得很，村人都在那兒砸大門哩，嚇得鄉政府的人一個都不敢出來！」上善說：「爺呀，這不是捅婁子啦?!」就四人一起到了鄉政府，見黑壓壓一大片人在那裏叫罵，三踅、慶滿，還有來旺七八個人正抬著一棵伐下來的樹樁撞鐵門。咣噹，咣噹，鐵門搖晃不已，門樓上的幾塊磚先裂開，嘩啦掉下來。三踅還在叫：一二！木樁又一次撞了鐵門，鐵門成了斜的。上善就拉長了聲調喊：「啥事麼，啥事麼？」上善的聲調一拉長，像公雞嗓子，鐵門裏的鄉長就聽到了，高聲在裏邊說：「是李上善嗎？李上善同志，你快把群眾疏散開！」上善偏不接鄉長的話，還在說：「啥事麼，啥事麼？」旁邊人就說：「上善來了，上善有力氣，來一塊撞！」上善說：「爺，這是鄉政府，我不敢。」旁邊人說：「都撞啦，誰都得撞！要犯法咱都犯法！」上善說：「我是村幹部，我怎麼能水沖龍王廟？」幾個人就說：「村幹部是鄉政府的狗哩，還管咱們的死活？上善，你是不是來看誰在撞門的?!」上善說：「撞門？誰在撞門？我怎麼沒看見？」三踅說：「上善也是披了張農民皮的，他能和咱們一心？撞，撞，一——二！」木樁再一次抬起來，抬木樁的人都往後退了幾步，幾乎同時一鼓勁，步伐一致往前衝，木樁把鐵門撞出一個窩。上善說：「咋出這蠻力，有事情說事情，和鐵門有啥仇的？」話剛落點，院牆上站著了賽虎，齜牙咧嘴地向外邊咬。來旺說：「咋說呀，誰聽咱說呀，戳我糧食的時候張學文凶得像頭老虎！瞧瞧，又放出狗來咬了！」幾個人就用鍁去打賽虎，賽虎忽地從牆頭撲下來，一口咬住了一個人的腿，周圍人嘩地後退，當下跌倒了幾個。三踅說：「日他娘，狗都欺負咱了，打，打！」放下木樁，拿木棍就打。賽虎迎著木棍撲過來，身子拉長，在空中跌了一道黃影，哐，木棍便磕在狗頭上。賽虎趴在地上，昏了，後腿在蹬著，還蹬著，卻蹬直了腿把身子撐起，像人一樣，打了一個轉兒，再趴下去，又沒事了，再撲過來。賽虎第二回撲過來，呼哧呼哧噴著響鼻，身上的毛全豎直，三踅往旁邊一閃，第二棍掄在賽虎的腰上。賽虎的腰是豆腐腰，這回沒能再爬動。後退的人立即又聚過來，全拿了石頭磚塊往賽虎身上砸，狗血就濺了一地。有人說：「砸死了，砸死了！」但賽虎又醒過來，在地上動彈。三踅說：「狗在地上是死不了，要吊起來！往起吊呀！」竟然就有了繩，是條麻繩，從人群外扔了進來。三踅把繩挽了一個套兒，套住狗脖，繩子一頭才繫在鐵門環上，繩子的另一頭就被人拽直，賽虎忽地吊在了空中。無數的聲在喊：「還長了個亮鞭！勒死牠！勒死牠！」賽虎前爪使勁抓了幾下，就軟軟地垂下了，喉嚨裏發著咯兒咯兒的響聲，眼珠子就往外暴。有人說：「還沒咽氣，灌些水就咽氣了！」三踅說：「灌水灌水！」但沒有水。被狗咬了腿的是冉家的兒子，解了褲子，要把尿往狗嘴裏撒，可惜尿不高，嘭地一聲，賽虎的眼球暴了出來。暴出來的眼球並沒有掉在地上，肉線兒連著，掛在臉上。上善已經從人群裏往外挪身，然後搗了肚子，說：「廁所呢，廁所呢？」小步往三一二國道上去，鑽進了書正修的那間公共廁所裏。上善在廁所裏沒有大便，也沒有小便，靠在牆上吁氣，直到聽見一陣警笛聲，才站起來趴在廁所牆上看，三一二國道上駛來了三輛警車。他立即又蹲下去，再沒有出來。

警車是縣公安局的，他們接到了鄉政府的緊急電話就開來了。警車一來，許多人就逃散開，木棍，鐵鍬，石頭，磚頭扔了一地，還有三頂帽子和十幾隻不成對的鞋。警察抓住了撞門和勒狗的八個人，鐵門從裏邊拉開了。

這就是著名的「年終風波」。這一年，十二屬相裏排為龍年，龍年是不安生的，我們縣上發生了五大案件。先是過風樓鄉實行村委會民主選舉，兩大家族間起了械鬥，數百人打成了一鍋灰。再是大油門鎮派出所為了籌資蓋宿舍樓，給警察分配處罰款數，一女子就以賣淫罪被抓了罰沒三千元，那女子不服上告，結果經醫院檢查，女子的處女膜完好無損。到了夏季，壅鄉小學才蓋了一棟教學樓卻塌了，當場死傷了六個學生。又不到半月，東川鎮八里村破獲特大盜竊自行車案，八里村二百零七戶而一百九十八戶都曾有過從省城、州城偷盜自行車的劣跡，八里村從此稱作偷盜自行車專業村。這些案件在發生之後都轟動一時，但清風街「年終風波」出來後，我們是大拇指，它們就是小拇指了。清風街在當天晚上下起了雪，雪是一片一片小白花往下落，它壓根兒不消，積得虛騰騰的有一乍厚。屋頂和街巷，三一二國道，以及鄉政府的院裏院外，都是純一色的白，你哪裏能想到這裏發生了驚天動地的事件！八個人，還有武林和瞎瞎，統統被關押在了鄉派出所，清風街街巷中沒有了一個人，人都回到了各自的家，沒吵鬧聲，也沒哭聲。但是，賽虎子的魂仍在鄉政府大門外飄蕩，因為來運在這兒抓抓，在那兒嗅嗅，然後望著已被拋扔在門前榆樹枝上的那根麻繩汪汪哀叫。趙宏聲來到夏天義家為夏天義捏骨，鎖骨沒有完全斷，屬於粉碎性骨折，他還是給貼了膏藥，然後掖著衣服回去。雪把他變成了個老頭。他看見了哀嚎的來運，叫道：「來運，來，來運！」來運卻不願意到他跟前來。趙宏聲在雪地立了一會兒，撿起了一隻鞋。鞋是燈芯絨鞋面，鞋頭破了一個洞，鞋後跟磨損得一半幾乎都沒有了。趙宏聲猜不出這是誰的鞋，剛提著鞋要走，大鐵門裏有人叫住了他，說：「站住！」趙宏聲就站住了。那人說：「你是誰？」趙宏聲說：「你是誰？」那人說：「我是專案組的！你在這兒看什麼？」趙宏聲趕緊說：「我是趙宏聲，清風街的醫生，我可沒參與鬧事。吳三呈，吳幹事，你得給我作證，我鬧事了沒鬧事？」吳三呈正從鐵門出來，說：「沒你的事，你快走吧！」趙宏聲把那隻鞋扔了，一邊往回走，說：「臭鞋！」甩著手。

清風街駐進來的專案組人員，連續三天三夜調查風波經過，結果撞門和勒狗的八個人各被行政拘留十五天。夏家抓走的是瞎瞎和慶滿，警察曾到竹青家來抓竹青，認為是她在高音喇叭上煽動群眾鬧事，身為村幹部，該更嚴處理，但竹青逃跑了。武林和瞎瞎沒有直接鬧事，卻是風波的起因，在交足稅費後分別罰款二百元，通知家人交錢領人，並繼續尋找竹青。要求慶堂，一旦竹青回來，立即報告。至於徵繳稅費，君亭他們給鄉政府寫了一份檢討，君亭只好去信用社貸了三十二萬元作為稅費款交給了鄉政府。

武林的稅費及罰款是村委會代交的，瞎瞎的也是拿不出錢，白雪替他墊了。武林放回來的第二天，去找陳星，求陳星能在果園裏有個活幹。陳星說：「冬天裏果林裏有啥活幹的，你是讓我養活你呀麼？」武林卻不走，賴著說：「你不，不，啊不讓我幹，我就就，就要飯去呀！」陳星就讓他幫陳亮幹活，工資是一月一百元，可以管飯。武林爬下就給陳亮磕頭。陳亮說：「你不要磕，磕頭，可我告告告訴你，你得聽聽我的話話，我叫你幹幹啥你就得幹啥啥，不能和我頂頂嘴你你聽到了沒沒？」武林說：「我，啊我聽，聽到了。我頂，頂，頂不過你，你換，換氣，比，比，比我快哩！」

夏天義已經貼了趙宏聲的三張膏藥，他再次去藥舖換藥時，寬大的棉襖顯得像給麥田裏的稻草人穿的，風一吹就呼啦啦晃蕩。他斜著身子倚在了藥舖門上，門上換了新聯：「開方觀人臉面；打針只對屁股」，而舖子裏坐有書正。書正也是來給腿上換膏藥的，旁邊放著一根竹棍。書正說：「天義叔，我是個斷腿，你也是個塌塌肩了，你說這是為啥？」夏天義說：「報應。」書正格兒格兒笑起來，笑成了一對鼠眼。他說：「天義叔，我不記恨了，你快坐下，現在胳膊還能抬起來嗎？」夏天義沒有坐，就走近了櫃檯前，他的屁股後是書正的頭，他讓趙宏聲給他換肩頭上的膏藥。書正說：「天義叔，我還要謝你哩！」趙宏聲捏了捏肩，夏天義吸了一口氣。書正又說：「不是你弄斷了我的腿，這一次抓人能少得了我？」夏天義回過頭來，用腳就在書正的另一條腿上踢了一下，說：「那就踢斷你這條腿！」書正便倒在了地上，哎喲哎喲叫喚，說：「你往腿肚子踢麼，天義叔！」夏天義的臉嚴肅得很，書正就不敢多作聲了。趙宏聲卻開始笑起來，說：「我說一個笑話！」不等兩人反應，趙宏聲就說開了，他說，這是上個月發生在中街的真事，鄉長在理髮店裏理髮的時候，和剃頭的張八哥拉話。拉著拉著說到了小康生活，鄉長說：「君亭給你們講沒講過奔小康？」張八哥說：「講了。」鄉長說：「那你說說，啥叫個小康？」張八哥說：「白天有酒喝，晚上有奶摸……」坐在理髮店門口的白恩傑媳婦說：「張八哥，你嘴裏咋就吐不出個象牙？」張八哥說：「噢，這白家嫂子就是小康，白天有牌打，黑來有毬耍！」笑話就講完了。講完了夏天義沒笑，書正也沒笑。趙宏聲說：「咋都不笑？」夏天義扭身從藥舖裏走了，書正一眼一眼看著夏天義走。雪後的太陽照著，門檻和台階上落下一個高大的身影。書正說：「這算啥笑話？張八哥說的對著的。」趙宏聲愣了愣，說：「沒文化！有你這話，才更是笑話哩！」

夏天義踉踉蹌蹌地從街上走過，小爐匠和張拴狗是喝醉了，小爐匠咧著嘴站在染坊門口笑，笑聲像夜貓子叫，然後就倒在雪窩裏。張拴狗卻手拿了一個木棍，歪著頭挨家挨戶敲屋簷上吊著的冰凌，嘩啦，一串冰凌掉下來，嘩啦，一串冰凌掉下來，一根冰凌落在他的頭上，血從額上流出來，紅蚯蚓一樣蠕動。夏天義突然想吃一碗涼粉，但街上的幾家飯店門都關著。他沒有吃成涼粉，走到了東街，在夏天智的院牆外立了腳聽動靜。院子裏有孩子的咿呀聲。夏天義朝院子裏問：「白雪，白雪，你爹還沒回來嗎？」院裏的白雪說：「是二伯呀，你進來坐呀！我爹還沒回來，聽夏雨說就這幾天要出院的。」夏天義說：「他該回來了……娃乖著吧？」白雪說：「乖著。」夏天義說：「你娘身子骨還好？」白雪說：「前天我去看了一次，我娘還行，只是在醫院睡不好。」夏天義說：「噢。我就不來了。」

夏天義試著把胳膊往上抬，勉強還能抬起來，但巷道的短牆頭上一棵狗尾巴草的穗兒白茸茸的，像開著的一朵花，他想去掐掐，卻怎麼也舉不到那麼高。竹青就從旁邊的一個廁所裏閃出來，嘴裏還叼著一根紙菸，叫聲：「爹！」夏天義吃了一驚，說：「你回來啦，幾時回來的？」竹青說：「我早晨回來的，爹，你的傷咋樣，人就瘦得這樣呀？」夏天義說：「派出所來人找過你沒？」竹青說：「我回來還沒人知道。」夏天義說：「你這麼大個人，又不是隻蒼蠅，怎麼能沒人知道？我看你還是去派出所……」天突然間暗下來，夏天義聞到了一股嗆嗆的氣味，他以為是傍晚村裏人家的炊煙，扭頭看時，巷道外的那一片麥地裏霧氣籠罩了一層。他說：「今日霧起身早。」竹青也看著霧從麥地裏四處流動，一隻貓迅速跑過來，像是霧的潮水在追趕牠，又像是它牽動了麥地裏的霧，濕漉漉地湧了浪，立時貓不見。竹青說：「去派出所？……慶滿他們還沒回來哩。」夏天義說：「沒回來才說明事情沒結束呢。你去派出所吧，共產黨的事你也知道，躲得過初一，躲得過十五？」霧把巷子也填了一半，竹青拿手去抓一疙瘩霧，抓到手裏，手裏卻又什麼都沒有，她說：「爹，咱倒弄了一場啥事麼?!」夏天義長出了一口氣，說：「走吧，爹陪你去。」

　　兩個人便去派出所，竹青走在前邊，夏天義跟著在後，都有氣無力。這時候，萬寶酒樓的院子裏丁霸槽在剝狗皮。因為鄉政府派人來訂好了一桌飯，來人就揹著死了的賽虎，要求燉上一鍋狗肉。丁霸槽把狗皮剝下來，吊在繩上的沒了皮的賽虎竟然和人一模一樣，丁霸槽就嚇得刀從手上掉了下來。酒樓上開始唱起了秦腔的曲牌，曲牌聲中，賽虎子終於被開膛分割，一塊一塊燉在了鍋裏。秦腔的曲牌聲，哼唱得並不高，清風街許多人家都沒有聽到，但夏天義和竹青卻聽到了。夏天義說：「誰唱秦腔哩？」竹青說：「誰唱秦腔哩？」霧已經是十步遠就啥也看不清，一團一團像滾筒子在翻捲，再後兩人就踏進了棉花堆裏一樣。竹青不忍心夏天義的樣子，說：「爹，你不去了，我獨個去。」夏天義說：「是不是看爹老了？」竹青說：「爹只是有傷，傷好了就和以前一樣了。」夏天義說：「是老了！」秦腔的曲牌再一次傳了過來：

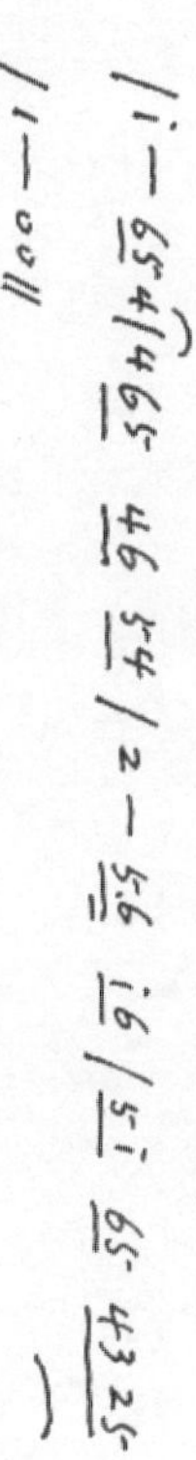

夏天義住了腳再聽時，音調又變了：

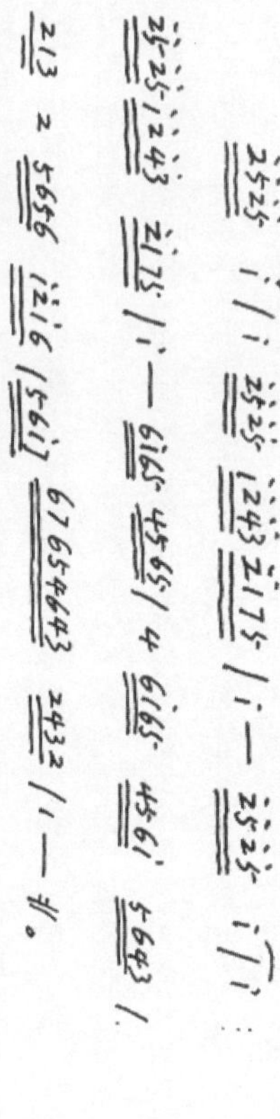

我現在可以坦白地說，這秦腔曲牌是我哼的。我破鑼嗓子，哼得不好。但我是為安妥賽虎的亡魂哼哼的。「年終風波」我遺憾沒有參與，不能五馬長槍地給你排誇。我是和啞巴一直在七里溝，等晚上回來，還來埋怨夏天義呀，而夏天義已經受傷了躺在炕上。那些天，我懷裏是揣著一把菜刀的，曾經在鄉政府的大門外等待張學文。張學文，狗日的，你撞傷了夏天義，我要讓你刀下見紅！但我一直沒等到張學文的影子。當得知鄉政府在萬寶酒樓上訂飯局，我以為是張學文去訂的，就喝了點酒，直接去了。但訂飯局的不是張學文，我問張學文呢，那人說張學文已經離開清風街了。我把菜刀在石桌上砰砰地砍，說：「他狗日的走了?!」那人說：「你要砍人？專案組還沒走呢，你要砍人？」我說：「我砍石桌！我就砍了！」菜刀在石桌上砍出火星，刀刃全崩了。後來，見丁霸槽在剁賽虎的皮，我說：「他們養的狗他們也忍心吃呀？」丁霸槽說：「讓他們吃吧，他們吃他們自己哩。」狗皮一剝，那樣子真像個人，只是齜著牙令人恐懼。我那時可憐起賽虎來了，想牠這是什麼命呀，就哼起了秦腔曲牌。我平常什麼時候哼過秦腔曲牌？但不知怎麼就哼了出來。

這一個晚上，我知道了鄉政府在萬寶酒樓上擺了一桌席，吃飯的有鄉書記、鄉長，竟然還有夏風。其實，得知夏風回來的消息最早的還是竹青。她到了派出所，當然就把她銬起來了，所長派人去叫鄉長，鄉長沒過來，那人低聲說：「夏風從省城回來了，鄉長要給接風哩！」竹青聽到了，心裏說：這邊抓人哩，那邊倒討好哩。過了一會，所長的電話響了，所長對著話筒說了一句：「鄉長，這……」拿眼睛看了看竹青，背過身去，低聲說了些什麼，然後就打開了竹青的手銬，告訴說，鑑於她並沒有動手撞門和殺狗，也已罰了兩人，拘留了八人，不再追究責任，但必須寫一份悔過，還要在高音喇叭上向全清風街人廣播。竹青推門就走。所長說：「這就走啦？」竹青說：「那還有啥？」所長說：「給你最寬大了，也不說一句謝話？」竹青說：「謝謝我夏風兄弟！」

夏風他回來得正是時候。夏風不知道爹得了病。夏天智手術時也不讓給他說，而白雪思來想去，怕夏風若不回來，村人要知道是夏天智不讓告訴他，或許不會怨他，但村人不知道的就會說夏風不孝順了，所以最後還是給夏風打了電話。夏風從省城坐車一到清風街就碰著了鄉長，鄉長請他吃了飯，回到家，才知道無意中幫了竹青的忙，又立即去看望夏天義。夏天義在炕上躺著，我早從萬寶酒樓過來和啞巴在屋庭裏幫夏天義劈柴火。我原本已說好這個晚上就睡在夏天義家，但夏風一進來，我就從燈影下溜出了門。我這一生最大的悲哀就是和夏風同時活在世上，又同時是清風街人。秦腔戲裏那個周瑜，唱：既生瑜兒何生亮。我曾經對趙宏聲說：這是啥意思，是周瑜他娘叫既，諸葛亮的娘叫河？趙宏聲笑了半天，說：比個例子吧，就是既然清風街出了個夏風，為什麼還要再生引生呢?!我那天夜裏從夏天義家出來是矮了一截，霧氣埋沒了我的身子，只露著一個腦袋，如果誰在那時碰著了我，一定以為只有一個腦袋在空中飄浮。

我沒有碰著人，來運卻在叫我。來運是從地上爬到了萬寶酒樓山牆外的廁所牆上，向山牆上撲，摔下來，又爬到了廁所牆上向山牆上撲。我不曉得來運這是幹什麼？往山牆上一看，山牆上掛著賽虎的那張皮。我立即把來運抱住了，低低地喊：「來運，來運！」我哭，來運也哭。賽虎已經死了，還要那張皮幹啥呢？我把來運架在脖子上，就像架著一個娃娃，我們去敲供銷社的門。張順把門開了，我說：「買一瓶酒！」張順疑惑地看著我。我說：「我倆喝酒呀！」張順說：「拿錢呀！」我說：「先賒下。」張順說：「不賒！」我說：「我吸吸酒精導管。」張順說：「沒進酒精。」我給張順說好話，求他，還說，我實在想喝酒，如果你看上我這頂棉帽子，我把棉帽子押在你這兒，如果你有什麼出力氣的活兒，我給你幹。張順他到底心軟了，拿出一瓶酒，說是不賒我，要我陪他喝。我和張順在供銷社喝酒喝到半夜，都喝高了，已記不清在說什麼事時提到了夏風，我就惡狠狠地說：「甭提他！」張順說：「你恨他？」我說：「恨哩！」張順說：「他不恨你，你倒恨他了？」我說：「他恨我咋的？」張順說：「你惦記人家白雪麼！」我嗚嗚地哭起來。張順說：「引生引生，你狗日的醉了？」我說：「我沒醉，你再拿一瓶喝了也不醉。」我趴在桌上吮灑在桌面上的酒，張順竟把酒往桌面上倒著讓我吮，他說：「引生引生，你就那麼愛白雪呀？」我說：「你在哪兒還見過比白雪好的女人？你說她臉白不白？眼睛大不大？腰細不細？她能唱戲，她說話也好聽，她笑起來牙那麼白。她咋那麼乾淨，我覺得她都不放屁的！」張順嘎嘎嘎地笑起來。我生了氣，說：「你笑啥的？」張順說：「白雪再好，那是人家的媳婦，你說這樣的話多虧在我這兒說，要是被別人聽到，肯定搧你嘴巴的！」我說：「我就愛啦，我還要說：我就愛白雪！我就愛白雪！」張順說：「我有個法兒，你就不害相思啦。」我說：「我不聽！我不聽！」張順說：「你狗日的醉了！」張順說我醉了，我沒有醉，他倒是從桌面上不見了，我往桌子下一看，他趴在那裏不動了。

第二天早晨，我醒來時也是睡在桌子底下的，張順還沒有醒，來運開始睜了眼。牠滿臉都是我和張順吐的髒物。我說：「來運，你是吃了我們吐的東西也醉了的嗎？」我和來運又抱著哭。

就在我和來運醉倒在供銷社的時候，夏風並沒有在清風街多呆。他詢問夏天義村裏怎麼就出了這麼大的事，夏天義卻迴避了，只怨怪說你爹動手術你怎麼沒回來？夏風說：「我哪裏知道呀，昨天晚上白雪才給我打了電話，她也太不像話了，啥事都瞞我！」夏天義說：「你也別怪她，你爹一住院，她帶個娃，上上下下跑著，也夠勞累的了，你沒見她瘦成啥樣了？」夏風就不再言語。夏天義說：「你還沒吃飯吧，讓你二嬸給你做些吃喝？」二嬸從炕上就往下溜。夏風趕緊擋了，說一下車碰著鄉長，在萬寶酒樓上吃了。夏天義說：「我明白了，我說你竹青嫂子咋那麼快就回來了？夏風，夏家就出了你這一個，你在省城是忙，可得常常回來才是。」夏風掏了二百元錢放在炕邊，說：「伯，我回來急，也沒給你買什麼東西，這點錢你就拿著去街上買個零嘴吧。」夏天義也不推辭，說：「你還要給我錢呀！也不虧我疼過你，你上次給我買的捲菸我還沒捨得吃哩，你看你看。」夏風看見炕頭牆上的木板架上放著一包雪茄。夏天義就把二百元交給了啞巴，說：「把一百元還給趙宏聲，用這一百元明日去買些鐵絲，知道不，買抬石頭的粗鐵絲！」

夏風從夏天義家出來，並沒有再回他家，直接往公路上擋過路夜車要到縣城。但夏風沒想到的是，去公路的三岔路口上，白雪和竹青已經在那裏了。竹青正高聲地和俊奇說話：「竹青，你回來啦？」「回來啦！」「回來沒事吧？」「回來會有啥事？」回頭看見了夏風，說：「我兄弟能行得很麼！」夏風說：「我哪有嫂子能行，要是在文化大革命中，你肯定當個造反派頭兒！」竹青說：「你怎麼不說在解放前我就是劉胡蘭?!」從懷裏掏出了菸盒，抽一根遞給夏風，說：「我在你家等你，白雪說你肯定從你二伯家出來就要到公路上擋車去縣城呀，果真是這樣，白雪是你肚裏的蛔蟲啦！」夏風看了一眼白雪，說：「我還以為我爹出院了在家裏……我得去醫院呀！」竹青說：「這個時候了，路上哪能擋了車！白雪把俊奇叫來，讓俊奇騎摩托帶你。」夏風就說：「俊奇哥，那得謝謝你呀！」俊奇說：「有啥謝的？以後我還可以給人吹噓夏風坐過我的摩托哩！」白雪笑了一下，但沒有聲音。竹青說：「俊奇，你把車子推過來檢查檢查。人家兩個還沒多說話，咱給人家也騰出些時間麼，沒眼色！」兩個人轉身往旁邊走，白雪卻將孩子塞在她懷裏，說：「我們有啥說的！」竹青又將孩子塞給夏風，說：「快把你娃抱抱！」夏風抱住了，孩子卻哇哇地哭，手腳亂蹬打，折騰得夏風不知所措。白雪又從夏風懷裏抱回了孩子，說：「你們走吧，霧大，路上一定要小心！」夏風尷尬地立在那裏，然後坐上了摩托後座，摩托車駛走了。

那時候，地上的霧流動起來，誰家的雞開始叫鳴。摩托車和摩托車上的人漸漸地淡去，白雪一顆眼淚咕嚕嚕滾下來。滾下來了，眼裏臉上毫無痕跡，只是輕輕落在孩子的小手上。

夏天智終於出院了，那是臘月的二十八。夏風在縣委要了一輛小車，小車開來的時候，縣委辦公室主任代表書記來送夏天智，車後廂塞滿了年貨。四嬸翻著看了看，是肉呀酒呀，雞和魚，說：「送這麼多東西?!」夏天智拽了拽她的衣襟，低聲說：「向人家表示感謝！」四嬸就說：「謝謝你啊！」主任說：「書記今日開會來不了，他交代說，以後家裏有什麼事，夏風不在，都來找他就是了。」夏天智便問夏風：「你沒帶我那本書吧？」夏風說：「沒帶。」夏天智說：「明日我給領導簽幾本書，你送來讓領導指正。」主任說：「老校長也著書立說啦？」夏天智說：「老來聊發少年狂。」頭就暈起來，額上出了一層汗。夏風讓他不要多說話，閉了眼睛養神，車子才啟動了。車一直開到清風街的東街牌樓下，夏風要揹了夏天智回家，夏天智卻一定要自己走，就手撐了腰慢慢地走。一路上碰著的人都在打招呼，夏天智每次總要努力地微笑，待到夏天義斜著身子也在巷口來接他，他突然老淚縱橫，說：「二哥，我恐怕這回要絆麻達呀！」

但夏天智的身體竟然恢復得很快，第二天就自個在院子裏轉悠，而且又播放了秦腔。高音喇叭一放秦腔，清風街的人都知道夏天智回來了，親朋好友接二連三地來看望。凡是客來，四嬸都要在廚房燒水做飯，夏天智就懷抱了孫女，開始講他是患了胃潰瘍了，胃切除了五分之三，但胃是能撐大的，醫生說一年之後就可以和以前一樣的飯量，而現在才這麼幾天，一日五餐，每次已經吃半碗了。來人就隨著他的話一會兒焦慮，一會兒驚愕，然後就說大難不死，後邊該有洪福呀。懷裏的孩子格格地笑起來，笑得有些傻，夏天智就說：「臭女子，你笑啥哩？」他自己也笑起來了。四嬸端著荷包蛋開水上來了，夏天智說：「肉哩嗎？酒哩嗎？」四嬸說：「夏風剛才去街上割肉了，嫌那是母豬肉，沒買成。」夏天智說：「那縣委書記送的年貨呢，不是有肉嗎？」四嬸哦哦應著，到了廚房，對白雪說：「你爹就會作弄我！」將那些年貨一大筐提到堂屋，當眾打開，裏邊是有一個肉包，綻開紙，一條驢鞭，上面的字條沒有動，寫著：夏風。來人看了，叫道：「哇，是縣委書記送的！」夏天智說：「送來了咱就吃。給大家做了吃！」四嬸說：「這我還不會做，得叫來書正哩。」來人說：「不吃了不吃了，我們咋能吃得起這東西！」倒動手把驢鞭包了，放回到筐裏。

夏天智的身體恢復得快，是因為夏風回來了。他恨著夏風和白雪鬧矛盾，不讓給夏風通知他住院的事，甚至夏風到了醫院他也惱得不理，但自出院回到家，拿眼睛看著小兩口還可以，尋思矛盾可能是化解了吧，心裏便朗然了許多。吃飯的時候，他要一家人都坐到桌上來。四嬸說：「我坐桌子吃著不香，我就在灶火口吧。」夏天智說：「瞧你娘，端不到席上的狗肉麼！」罵是罵著，四嬸笑著端碗坐到了桌邊。夏天智說：「我這一場大病要是不得過來，一家人想坐一個桌子也坐不成了，既然囫囫圇圇的，在桌子上吃飯多香！」四嬸說：「你們不知道哩，你爹做手術的頭天晚上，都給我交代後事啦，說誰欠了他的帳，他欠了誰的帳，說這一院房子兩個兒子一人一半，你要是再招人，住是住，但房產權不能給了人家的孩子。」夏風說：「娘咋應承的？」四嬸說：「我說我沒那麼傻，肯定給我兒子的！」夏天智說：「我現在倒要說你了，你那時咋不給我保證：我絕不招人！」四嬸說：「我偏不給你保證！」白雪就說：「娘想招人的計畫第二天中午我爹一下手術台就破產啦！」一家人哈哈大笑。夏天智說：「是不是我舊腦袋啦？」夏風說：「就是。」夏天智說：「我是考驗她哩，她就是不說！」一家人又笑。吃罷了飯，夏天智給夏風遞過了一根紙菸，夏風說：「咦，爹這是第一回給我紙菸的！」夏天智說：「你是大人了麼，如果我沒退休，像你這麼大的同事，還不都稱革命同志麼！」白雪說：「爹還幽默麼。」夏天智說：「我在單位的時候幽默得很哩！」夏雨說：「這麼說，你在家就不如在單位啦？」夏天智說：「像你這一天到黑惹大人生氣的，我拿啥幽默呀？」夏雨說：「我又咋啦？」白雪說：「爹這回生病，夏雨可是出了大力啦！」夏天智說：「這回表現得好！做老人的，能看著一家人和和氣氣，那心裏就高興麼，人一高興哪還有什麼病呀?!」就問夏風：「你過了年走吧？」夏風說：「肯定得過了年呀！」夏天智說：「這就好。這個年咱美美地過，夏雨你下午把該買的東西都買齊，肉多割些，豆腐來不及做了也買些回來，今黑來哪兒都不要去，在家幫你娘蒸饃做炸鍋。」夏雨說：「啥都不買了，酒樓那兒啥都是現成的，我讓他們送過來就是了。」夏天智說：「酒樓有現成的？」夏雨說：「啥蒸碗子都有，趁過年得賺一筆呀！」夏天智說：「那好，你給你二伯和大嬸、三嬸也送上些。夏風你到你二伯那兒去過了？」夏風說：「我一回來就去過了。」夏天智說：「多去你二伯家坐坐，我這次回來，咋看他瘦得都失形了，先是一場病後又受傷，心緒又不好，我真擔心他……」夏雨說：「我那幾個嫂子不如旁人路人！」夏天智說：「所以你們要多關心你二伯二嬸的。夏風，爹還給你說一句話，清風街的事你也得上個心，去給鄉上或者縣上說說，讓把慶滿他們放回來，要麼，他們家裏人這年咋過得去呀?!」夏風說：「這我知道。」夏天智說：「不說了，吃飯吃飯。」他扒了兩口飯，卻又指責夏雨吃飯響聲太大，頭髮那麼長的也該理了，商店裏有沒有棉毛毯，得給娃娃買個棉毛毯，如果商店沒有，就得去西山灣或茶坊的商店去看看。說完了，他又問：「我那雙皮鞋呢，得拿出來上些油，過年我要穿哩！」夏雨說：「先吃飯，吃完飯我給你皮鞋上油！」拿了夏天智的碗去廚房添飯。白雪也去盛湯。夏雨說：「你發現了沒，爹現在囉嗦得很！」白雪只是笑。夏雨說：「做了個手術人都變啦，就是對秦腔沒變！」白雪還只是笑。

夏風是飯後就去了鄉政府，慶滿他們真的就被提前釋放了。夏風的威信在清風街又高漲了許多，他再去大清堂找趙宏聲聊天，一路上誰見了他都問候，劉新生更是當街把他拉住，說他要給夏風敲一曲《秦王得勝令》，但他沒鼓，竟然脫了上衣在肚皮上拍鼓點，拍得肚皮像醬肉一樣紅。夏風趕緊讓他穿好衣服，以免感冒，自己快步去了大清堂，趙宏聲已經在門口笑嘻嘻地等候了。趙宏聲說：「你看你看，清風街人把你當大救星了！」夏風說：「是個棒槌！」趙宏聲說：「也是個棒槌，能打鄉政府那些人哩！」夏風說：「現在農村咋成這個樣了?今年全省農民抗稅費的事件發生了多起哩。」趙宏聲說：「清風街不是第一起呀？」夏風說：「不說這些了。年貨備得怎麼樣了？」趙宏聲說：「有啥備的?娃娃夥盼過年哩，大人過一年就老一年，這一年一年咋這快的！」趙宏聲就給夏風道歉，說他誤診了四叔的病，他怎麼也沒有想到四叔患的是胃癌。夏風說哪個醫生敢保不失手呀，好的是他爹病還在中期，若再耽擱就危險了。夏風又問起清風街現在七十朝上的老人還有多少？趙宏聲扳指頭數了數，西街有五個，中街有七個，東街也就是夏家的幾個長輩和俊奇的娘了，說近幾年人死得多，患了胃癌的有八個。夏風說：「這麼多？」趙宏聲說：「我也調查這事哩，原以為是水土問題，可年輕人患這病的少，可能的原因是像四叔這等年紀的人以前生活苦焦，傷了胃，加上飲食習慣，都愛吃漿水菜……聽說漿水菜吃多了容易致癌。」夏風說：「要說吃喝上受虧和吃多了漿水菜，我二伯可是一輩子都在農村，他胃倒好！」趙宏聲說：「你見過他什麼時候生過悶氣？心性強的人不輕易得胃病。」夏風說：「是嗎？」心裏咯噔了一下。趙宏聲說：「清風街上我最服的人就是天義叔了，他一生經了多少事情，可他精神頭兒從來都是足的！我最近從鄉長那兒借了一本縣志看哩，上邊多處都提到了天義叔，咱年紀輕只知道他幾十年是村幹部，村幹部就村幹部麼，可看了縣志你就能想來那有多艱難，而他卻像掛起來的鐘，有形有聲。人呼吸重要吧，它是日日夜夜不停地一呼一吸，可你什麼時候注意過呼吸？除非你身體生了病！」夏風說：「你這句話說得很對！縣志還在你這兒不，讓我瞧瞧？」趙宏聲進了臥屋，把縣志取來，夏風翻了幾頁，是歷年的大事記，他從一段讀起，果然見到了夏天義的名字。

那一段是從一九五八年記起的，這樣寫道：

一九五八年，縣東區抽調農村勞力五萬人，由副縣長張震任團長、夏天義任副團長帶隊赴惠峪參加引水工程。該工程由縣東紅磧渡口引州河水入縣北，但後因資金短缺，一九六一年停止，計畫未能實現。

八月，按照中共中央主席毛澤東關於「還是辦人民公社好」指示，僅十天時間，全縣實現了人民公社化。

九月上旬，為迎接中央水土保持檢查團，全縣調集五萬人在華家嶺、留仙坪、桃曲，一百六十華里的公路沿線上大搞形式主義水土保持工程。修渠二十四條，結果垮塌十八條，死人三個，並影響了秋收。

是年，全縣農業高指標，高估產，高徵購，上面逼，下面吹，糧食實產一・一五億斤，上報二・六億斤。徵購達四一五〇萬斤，占總產百分之三十六，人均口糧不足三十斤，致群眾以草根、樹皮充飢。清風街出現人體浮腫現象。

一九六一年至一九六三年，市場糧價高貴，每市斤小麥由一九五七年的〇・七元漲到五元。土豆由〇・三四元漲到一・二〇元。一個油餅賣到二元。

十月，再抽調二・五萬勞力繼續在華家嶺、屹甲嶺、雞公山搞水土保持工程。召開縣勞模大會，選出城關白占奎，留仙坪王貴，過風樓李三元，清風街夏天義。

一九六二年一至五月，全縣狼害成災，傷一〇六人，死三十五人。傷亡大牲畜四十四頭，豬一〇二〇隻。

一九六三年清風街百分之九十勞力加固村前的州河河堤，並新修灘地八〇〇畝。縣長給老勞模夏天義披紅戴花。鬧社火三天。

一九六四年，掀起種植核桃林運動，西固公社六〇〇畝，南由公社五〇〇畝，西山灣公社八〇〇畝。清風街、茶坊、留仙坪任務未完成。

一九六五年「四清運動」，村幹部「下樓」，省委譚成仁書記帶工作組來縣檢查。十分之八的大隊幹部受整，逮捕三人，撤職十九人。留仙坪東溝大隊長上吊自殺。

一九六六年文化大革命席捲全國……

一九七〇年劉尚志當選為縣委書記，李長川當選為縣長，一批老村幹部相繼重新上台，如城關大隊劉德興，過風樓的王才，清風街的夏天義。

八月，縣東片三萬勞力修黑龍峪水庫。西片修苗溝水庫，先調集兩個公社一二〇〇〇人，後又調集三個公社一七〇〇〇人。

一九七一年，大饑，米麥價漲，樹皮草根人食殆盡。

十一月縣東地震。

一九七二年八月大雨傾盆，三晝夜不絕。州河多處堤潰。清風街堤決口三〇〇米，全村老幼出動護堤，又急調西山灣八十人。共毀田三〇〇畝，樹一〇〇〇棵。三人被水沖走，終不見屍體。

十月清風街重新修地築堤。

一九七三年四萬勞力修虎山水庫。縣委羅延申任總指揮，副指揮有西山灣劉炮娃，清風街夏天義，茶坊韓天楚。

六月，虎山水庫工地牛毛氈工棚失火，燒死三人。

八月，棉花有一蒂三蕊。清風街民工連事蹟由省報記者採寫，登於八月二十八日頭版頭條。

一九七四年，彗星長天，自西北噴至東南，光芒徹夜。全縣修大寨田，王洪章縣長蹲點清風街，伏牛坡平墳墓四二〇座，修堰十三條，水渠二條，為全縣學大寨標準田。

一九七五年反擊右傾翻案風。三月忽起風霾，天氣太熱。七月鼠災，十百為群，晝則累累並行，夜聒聒使人不能寐。清風街、過風樓均發生齧咬小兒致死事件。

一九七六年五月星隕如雨。

夏風滿有興趣還要往下看，門外一陣敲鑼打鼓，經過著一隊結婚隊伍。新郎推著自行車，車後座坐了新娘，再後是眾人抬著紅漆箱子、紅漆櫃，還有電視機、縫紉機、收音機和三床四床的緞面被子。一個拿著臉盆的女人從門口往裏一望，望見了夏風，就喜歡地叫：「夏風哎夏風！」夏風一時未認出這是誰？女人說：「貴人多忘事，認不出我了？我是來成的媳婦！」夏風驀地醒悟這是小學同學的媳婦，人比以前認識時胖了一圈。夏風說：「你家誰結婚？」女人說：「我姪兒麼。」趙宏聲說：「打鑼打鼓，不過是為他人高興，搬櫃搬箱，總之你自個破財。」女人說：「那可不是，娘家陪得好！」就對夏風說：「聽說你回來了，我還得求你幫忙哩！」夏風說：「啥忙？」女人說：「我那二女子在省城打工，先是在一個公司裏，可那公司老闆是個瞎㞞，老闆占娃的便宜，娃就離開了，但娃的工錢不給，身分證也不給，那工錢咱吃個虧，不要了，可沒了身分證就沒辦法再到別處去打工呀，娃在電話裏給我哭哩！」夏風說：「身分證要拿回來，工錢為什麼不要？要！」女人說：「咱農村娃老實麼。我讓娃去找你，你幫娃要要。你去，嚇死那瞎㞞啦！」夏風說：「讓娃來找我。」當下寫了自己在省城的住址和電話。女人說：「咋謝你呀？我讓來成請你喝酒！」屁股一擰一擰去攆迎親隊伍了。夏風問趙宏聲：「清風街在省城有多少打工的？」趙宏聲說：「大概幾十吧。除了在飯館做飯當服務員外，大多是賣炭呀，撿破爛呀，販藥材呀，工地上當小工呀，還有的誰知道都幹了些啥，反正不回來。回來的，不是出了事故用白布裹了屍首，就是缺胳膊少腿兒。」夏風一時倒沒了話，悶了半會兒，就請趙宏聲到他家去吃飯，趙宏聲滿口滿應，說他該去看看四叔的，但一定得拿個東西，就裁紙要寫副春聯。夏風說：「要寫就寫『得大安穩，離一切相』。」趙宏聲說：「這詞兒農村人看不懂。四叔大病方癒，寫喜慶的詞好。」就寫了：「博愛從我好；宜春有此家。」又寫了橫額：「種德收福」。

兩人在街上走過來，夏風不時地被人擋住，有西街的白家人，說他兒子在糧食局工作，以前白雪常到糧食局買糧，兒子都是偷偷地把粗糧換了細糧的，現在糧食局不行了，想調個單位，讓夏風給縣長談談，能不能調到稅務局去。有的說兒子在省上園林處看大門的，已經三十歲了，能幫孩子找個媳婦，上人家女方門也行，能不回咱這鬼地方就行啦。趙宏聲說：「你是名人麼，在省城恐怕是人見了讓簽名照相的，可一回到咱這兒，都是求你辦事呀！」夏風說：「他們以為我啥事都能辦的，其實能辦了啥事？現在辦事都是交換，我是拿了名兒去蹭的，人家要認我了就認，不認就是不認麼。」走到東街巷裏，一個廁所牆頭露著梅花的頭，梅花說：「夏風，你倆吃了沒？」趙宏聲說：「你才吃了！你站在廁所裏問人吃了沒？」梅花說：「那有啥的，我沒文化麼。」就出來說：「兄弟，嫂子可得求你了！」夏風說：「啥事？」梅花說：「只有你能救你小姪子哩！」夏風說：「他不是頂了我哥的班了嗎？」梅花說：「壞就壞在頂你哥的班了！你哥你知道，人老實，臉皮又薄，遇了那事就要退休，按政策提前退休子女可以頂班的，但誰能料到一頂班，公司實行承包制了，不給他安排工作。這已經多長時間了，他沒工作，公司又不發一分錢，原先英武地戀愛哩，現在人家一看你沒事幹，就提出退婚呀！你人大臉大，你給州裏領導說句話，抵得你哥一萬句，讓你姪子有碗飯吃麼！」夏風說：「哎呀，市長倒是認識，可現在各單位都改革，都是人多得裁不下去……再說，上次才為中星的事求了人家，又去說就難開口了。」梅花說：「中星的事你都出面說話哩，你親姪子你能不管?!」夏風說：「那這樣吧，我寫個條，你讓他尋市長，事情能辦得成辦不成不敢保證。」當下梅花就拉夏風和趙宏聲到她家，取了紙讓夏風寫。剛剛寫好，雷慶提著一個豬頭進了院，雙方都招呼了，雷慶就不讓夏風和趙宏聲走，需要在他家吃一頓飯。梅花卻說：「叫你去買肉，買了一下午，提回來就是個豬頭？」

雷慶說：「豬頭實惠。你炒一盤鹽煎肉吧。」梅花說：「日子過成啥啦！夏風兄弟你別笑話，往年都是一扇子豬肉往家裏揹哩，今年就一個豬頭！你再不幫你姪兒，明年怕只能買回個豬尾巴了！」在豬頭項圈處割了一塊去廚房。雷慶說：「不吃肉還能把你擱在年這邊?!」就給夏風和趙宏聲散了紙菸，自個生火燒火鉗，用火鉗烙豬頭上的毛。夏風和趙宏聲走不是，不走也不是，只好幫雷慶烙豬毛，等著吃飯。

這個夜裏，清風街家家都在煮肉、做豆腐、蒸饃、熬紅白蘿蔔，少有的香味就瀰漫在空中。巷道裏，有孩子在大聲叫喊，提前打著燈籠，誰個就蠟燭倒了，燒著了燈籠，互相對罵，然後是嗚嗚地哭。誰家在放鞭炮，啪地一聲，也只有一聲，可能是試著一個看受潮沒受潮。一隻狗叼了根骨頭跑進院來，又一隻狗也跑進來，兩隻狗爭搶骨頭。雷慶喊：「滾！滾！」叼骨頭的狗先跑出去了，沒搶上骨頭的卻回過身撲了來。雷慶忙護了豬頭，那狗卻站住了，放了一個屁，然後走了。狗屁很臭。氣得雷慶把火鉗擲過去，沒有打著狗，卻把放在院門邊的瓦罐打碎了。

夏風終於等候到吃了一頓飯，夜已經深了，趙宏聲嫌太晚，也沒再去看夏天智，讓夏風把春聯自帶回去，說他初一了給四叔拜年。夏風進了門，院子裏黑乎乎的，只有自己的小房間還亮著燈，白雪在給孩子換布墊。白雪說：「咋這才回來?」夏風說：「有事。」白雪說：「吃了沒?」夏風說：「在雷慶哥家吃的。」白雪說：「把乾布墊給我。」夏風從床上拿了件乾布墊，遞過去。孩子光溜溜地躺在床上，像一個小青蛙，身上一條皮管子。白雪把沾著屎尿的布墊捲起來，出去扔到了屋台階，又提回了一隻尿盆，見孩子還是光溜溜地在床上手腳亂動，說:「你沒見娃光著嗎，也不包也不蓋?」夏風用小棉被包裹孩子，怎麼也包裹不好。白雪過來包了，蓋上了被子。夏風說：「我睡呀。」便睡下了。白雪坐了一會兒，拉滅了燈，也睡下了。

老鼠啃了一夜的箱子，夏天智起來了三次，三次都沒去攆老鼠，只是吃他的水煙袋。天亮後，夏天智照例起得早，但他已經不能在街上和河堤上轉一圈，踱步到了前巷口的碾子前，額上便沁出了汗，又往回走，還是挨家挨戶拍別人家的門環，然後就回到自家院裏。夏風和白雪也起來了，一個在掃院子，一個在澆花壇上的月季，夏天智偷看他們的臉，臉色還都可以，他就去播放了高音喇叭。一時間，清風街都是《白玉錢》：「唉呀！一樹開放一樹罷，蝴蝶兒不住的綻荷花，蒼豆梅緊靠茉莉架，悶坐湖山整鬢鴉。」但是，吃罷早飯夏風又不沾家了，說他去買些年貨去，一會兒從街上買了粉條回來，一會兒又從街上買了蒜苗和醬油，白雪卻總坐在捶布石上發呆。孩子的屎屙下來，夏天智說：「是不是屙下了，臭臭的？」白雪回過神來，忙給孩子解衣帶，果然是屙了屎。夏天智說：「白雪，你咋的？」白雪忙笑著說：「沒啥呀？」夏天智說：「我和你娘去你三嬸家說話，你去不？」白雪說：「我要給娃娃洗布墊的，你們去吧。」夏天智說：「讓你娘洗。今日沒風，把娃抱上，和夏風到街上轉轉去，有好看的燈籠了，給娃也買一對！」白雪說：「噢。」

夏天智和四嬸一走，白雪並沒有抱孩子和夏風去街上，夏風在家吃了一根紙菸，又要出門，她把院門關了，要和夏風說說他們的事。白雪開始數說夏風長久不回來，回來了在家坐不住，難道是我和孩子就那樣讓你討厭嗎？夏風說你說這話是啥意思呀？怎麼這樣囉嗦！白雪說是我囉嗦嗎？我怎麼就囉嗦了？不囉嗦又有什麼法兒，你是肯和我溝通呢還是肯和我說話？孩子再殘廢還是你的孩子，我想不通你心就那麼硬？夏風說我又咋了？咋了？白雪說娃再哭你哄過一次沒？你抱過一回沒？夏風唉了一聲，坐著的身子像洩了氣的皮球，收縮成一疙瘩。白雪說，你回來了沒問一聲我現在的情況怎樣了，劇團還演不演戲，工資能不能按時發？白雪說，我知道我文化低，戶口又在縣上，我也明白你當時追求我是因為我長得還漂亮，我不該答應了你，可我是暈頭了。或許我是虛榮，我不該去攀高枝，雞就是雞，雞不是住梧桐樹的！白雪說，現在我生了孩子，劇團又是這麼個樣子，人不漂亮了，事業沒有了，你就嫌了？而你就是嫌了我，心裏沒了我和這個孩子，你也說一聲。整天這麼過著，是夫妻還是旁人世人，連旁人世人都不如了！夏風想吃紙菸，從口袋掏出菸盒，菸盒裏卻沒了菸，揉了一團扔在地上。白雪說：你說呀，你說呀！夏風偏就不說。白雪便嗚嗚地哭。白雪一哭，懷裏的孩子也哭，哭得尿出來，屎也出來。白雪把孩子往台階上一放，說：「你尿吧，你屙吧，你咋不死嗎，你死了了不受罪也不害我了！」孩子在台階上哭得更厲害，氣都噎住了。白雪又把她抱起來，母女倆哭成了一疙瘩。夏風渾身在顫，終於一跳起來，說：「這日子怎麼過？這過不成了麼！」白雪說：「過不成了就離婚麼！」夏風說：「這話可是你說的！」白雪說：「是我說的，你是等著我說哩！」夏風說：「離婚就離婚，誰還不敢離婚！」白雪說：「那你寫離婚書！」夏風說：「你要離婚的，你寫！」白雪抱起了孩子進了小房間，她真的就寫了。寫畢了，白雪說：「寫好了，你來簽字吧！」夏風也就進來，一張紙上寫了三四行，落著三滴眼淚，他改動了一個錯別字，把自己的名字簽了。白雪看著夏風簽字簽得那麼快，一股子眼淚刷地又流下來，但再沒哭出聲，說：「夏風，你這得逞了吧？你就給別人說離婚的話是我先提出來的，離婚申請書是我寫的！」抱了孩子就往娘家去，出門時又是一句：「你去辦吧！」

白雪抱著孩子離開了夏家回西街娘家，武林是最早看見了的。武林是早都不賣豆腐了，但我倆合夥了二十斤豆子在他家給自己做豆腐，他去泉裏挑水的時候看見了白雪。他回來給我說：「白，啊白，白雪，回娘家家，去了。」我說：「這有啥稀罕的？」武林說：「她，她哭著的。」我就跑到巷口，但巷子裏沒有白雪的影。武林是不會說謊的，但白雪為啥哭著回娘家？我低了頭在巷頭裏尋白雪的淚珠子，沒有尋到。我回來再做豆腐就沒了心思，過濾豆漿的時候，我繫的豆腐包，沒有繫緊，武林將一盆子豆漿倒進去，豆腐包咚地掉進鍋裏，濺出來的開水把我胳膊就燙傷了。武林罵我「能幹個毬！」卻催我去夏天智家塗燙傷膏，說夏天智家有燙傷膏的。我不去，他跑著去了，我在巷口等他，白娥卻搖搖擺擺走過來。白娥說：「引生，你在這兒賣啥眼哩？」我沒有理她。白娥說：「你見到了你的白雪嗎，她哭著回娘家了，她生了娃咋變成那樣了?!」我說：「變成啥樣了？」白娥說：「臉黑瘦得看不成了麼！」我氣得說：「你尿泡尿把你照照！」白娥還要說話，武林拿了燙傷膏來了，白娥扭頭就走，偏伸手在我頭上摸了一下。武林說：「你，啊你跟，跟她好了？」我把武林唾了一口。

事後，武林告訴我，他去夏天智家討要燙傷膏，夏天智和四嬸也是剛回家，給他取了藥膏後，四嬸就問夏風：「白雪和娃呢？」夏風說：「回娘家去了。」語氣洶洶的。夏天智便毛了，說：「這個時候回娘家幹啥?!搗嘴了？」夏風說：「過不成了麼！」夏天智一腳踹在夏風身上，把夏風踹倒在桌邊，衣服被桌角劃了一道口子。夏風沒想到父親還能打他，沒言語爬起來就去了小屋間，把門關了。四嬸說：「他是大人了，你還打他？」夏天智說：「你瞧他識好歹不？」四嬸來敲夏風的屋門，夏風不開，她隔著門說：「小兩口吵架那有啥呀？她回娘家了，你給我叫回來！女人家臉面薄，你給她個台階，下一句軟話那丟人啦？」夏風還是不開門。夏天智在他的臥屋裏喊叫：「他什麼道理不懂，他是起了瞎心了！人家沒你長得排場還是人家心腸不善，在家伺候你娘老子，給你抓著娃，過年呀你趕人家回娘家，你還有個良心沒？當初你是自由戀愛的，你死乞賴臉地追人家，這才結婚了多長時間，你就不往心上去了？我拿眼睛一直盯著你哩，你對她母女不理不睬的，你就是這樣做夫做父的嗎？唵?!」四嬸說：「你能不能少說幾句？」又敲門，說：「你讓你爹生氣呀嗎？你爹還敢生氣嗎？」夏風把門打開了，卻往外走。四嬸說：「你往哪兒去？」夏風說：「去西街！」四嬸即刻像個老母雞撲出來，說：「你就這一臉殺氣去西街呀?!」夏風出了院門，四嬸還在後邊攆，邊攆邊說：

「我可給你說，你去了要好言好語，女人家吃不得軟的，你聽著了沒有。」夏風就出了巷口。

夏風走到了街上，卻不知道該怎麼去西街?街上賣年貨的和買年貨的人還很多，碰見的熟人又都招呼，他便踅進了大清堂。趙宏聲在翻洗豬大腸，說：「夏風夏風，快來，我給你說個段子！」這些年城裏流行說段子，清風街在城裏打工的人多，段子就常常流傳了回來。夏風說：「啥段子？」趙宏聲說：「馬大中又來了，他要在清風街過年呀！他說的，你可以寫進你的書裏：黨出菸咱出肺，黨出酒咱出胃，黨出小姐咱陪睡，黨出貪官咱行賄。好不好？」夏風還未應聲，街上亂哄哄起來，許多人都往西跑，而從西頭過來的人卻有推摩托車的，抱電視機的，還有的抬著大立櫃和沙發床。夏風和趙宏聲莫名其妙，門外不遠處站著陳亮在問抬沙發床的：「便便宜，宜不？」那人說：「當然便宜！」陳亮說：「他家有個三三，三輪車哩，有人買買買，買了沒？」那人說：「你要三輪車幹啥?你沒媳婦，把他媳婦買過來！」陳亮說：「瞎瞎屄！」趙宏聲就把陳亮叫了過來，問出了啥事?陳亮說：「你你不知知道?是真不知知道，還是假假不知道？」趙宏聲說：「我真真不知知道。陳亮，跟你說話我也成結巴了！你說，啥事？」陳亮結結巴巴說了半天，才說是李英民四年前貸了信用社五十萬元的款，這幾年搞建築發了家，但就是不還貸款，信用社每個季度都去催，他壓根不理，信用社就告他到了法院，法院強制執行，便把他家的家具拍賣。原以為這些家具拍賣沒人肯買，沒想消息一傳開，買的人放了搶，氣得李英民的媳婦抱著家具不放手，但家具已經屬於別人的了，人家抬著家具走，她還拽住不放手，人就像個木耙子被拖著。趙宏聲說：「分大戶呀?!」三踅拉了一架子車木頭就過來，還唱了《周仁回府》：「嫂嫂不到嚴府去，十個周仁難活一。嫂嫂若到嚴府去，周仁不是人生的！」趙宏聲說：「你就不是人生的！哪兒弄的木頭，是鐵路上的枕木麼！」三踅說：「李英民的本事大，能弄來這些舊枕木，可他做夢也沒想到便宜了三分之一的價賣給了我！這枕木做棺材不錯吧？」趙宏聲說：「你也去趁火打劫了？」三哲說：「夏風在這兒夏風你說說，我這也是為了挽回不良貸款，讓國家少受損失呀！」夏風說：「李英民可得把你恨死了！」三哲說：「我還恨他哩！都是農民麼，他憑啥就在清風街第一個蓋水泥兩層樓，憑啥就睡沙發床？」夏風是笑了，但他臉上沒有笑容，說：「這枕木做棺材是不錯！」三哲拉著架子車走了，又返回來，說：「夏風，是你把我救了出來，大年初二，說定了，我不拜我老丈人，去給你拜年啊！」三哲再次走了，趙宏聲說：「瞧著吧，總有一段段子好吧？」夏風說：「有啥好的！」趙宏聲說：「不好？是你情緒不好吧？你給我說實話，是不是有了什麼事兒讓白雪抓住了？」夏風說：「我有啥把柄？」趙宏聲說：「我看見白雪抱著娃娃回娘家了。我一問，她倒眼淚婆娑的。一個人抱著娃娃流淚回娘家，肯定你惹了她了！」夏風說：「猴精！我給你說哩，我和白雪怕是過不成啦。」趙宏聲說：「你嚇我哩吧？」夏風說：「鞋夾腳不夾腳，腳知道。」趙宏聲立馬正經了，說：「夏風，啥氣話都可以說，離婚的話可說不得！你和白雪結了婚，清風街誰不說是天造地設的，你待客的時候，鑼鼓喧天地唱大戲哩，這才有了娃娃，好光景正滋潤哩！你倆要是離了婚，沒人說白雪一個字，可全怪了你！」夏風說：「你倒說得天搖地動的！」趙宏聲說：「你別以為你給村人辦了不少好事，人見人敬的，可你這樣一做，你就是個陳世美了！你給我說說，到底為啥麼？」夏風說：「看來，這婚姻還是要門當戶對的好。」趙宏聲說：「你說你倆不門當戶對？你家在東街，她家在西街；夏家現在是大戶，白家過去更是大戶；你吃公家飯，她也有工作。這咋不是門當戶對?!」夏風說：「不是你說的這意思！我戀愛的時候別人提說過幾個也是幹我們這一行當的人，可我不想找同行當的。只說她文化不高，不懂我的事業，不懂有不懂的好處，但結了婚才知道想法不一致，話說不到一塊麼。」趙宏聲說：「結了婚是過日子哩，還談戀愛呀，說什麼話？你給我講，有啥話說不到一塊？」夏風笑了一下，笑得苦苦的。趙宏聲說：「你講麼，我口嚴，什麼是非到我這兒就到頭了，白雪他娘家二嫂的事我給誰說過？」夏風說：「這不就給我說了？」趙宏聲也笑了，說：「你不肯講了也罷，你喝酒不？」夏風說：「你把酒拿出來。」兩人取了酒就喝開來，直喝到天黑，雞上了架，狗進了窩，還在喝，夏風最後就醉倒在了大清堂裏。

臘月三十日早上，四嬸在油鍋裏炸了油糕油饃和油豆腐，原本年飯一切都備齊了，她又蒸了兩籠饃。一籠是紅薯麵豆渣饃，這是她給自己蒸的，她喜歡吃這種粗糧饃。饃蒸出來，夏雨和丁霸槽擔了一擔各類蒸碗子回來，丁霸槽還笑著說：「四嬸你這是憶苦思甜呀？」可著菊娃過來借篩子，吃了一個，說好吃，前巷的興旺他爹，七娃他奶，還有慶金和麻巧路過門口，聽說了，也都進來每人吃了一個。四嬸讓夏雨把蒸碗子給夏家幾個伯家分送時，她又蒸第二籠饃，卻全是白兔娃饃，專給孫女初一和十五插蠟燭用的，白兔娃的眼睛得拿豆莢籽來做，她搭梯子到前簷掛著的豆莢串上剝豆籽，夏雨跑回來告訴說，夏風搭了趙家富的順車返回省城去了。大年三十的早上夏風走了，這弄的啥事呀?!四嬸眼前一陣烏黑，從梯子上就掉了下來。

夏家從四個兄弟分鍋另灶的那年起，年年春年都是輪流吃飯的，尤其是三十的年飯。形成的規矩是：夏天義夏天禮夏天智先到夏天仁家，在那裏吃肉喝酒了；然後到夏天義家，夏天義家的紅白條子肉做得最好；吃罷了再到夏天禮家，夏天禮拿手的是葫蘆雞，這是夏天禮在鄉政府學到的一門手藝，一年就顯擺這一次。最後夏天智催促大家快去他家，因為他家的飯菜差不多都熱過幾次了。在夏天智家一直要吃到半下午，飯桌子撤了，繼續熬茶喝。往往是茶還在喝著，戲台上的叮叮咣咣鑼鼓聲就從中街傳了過來，孩子們都跑去看熱鬧了。夏天智是早早就知道這晚上演的是什麼戲，現在的鑼鼓只是吵台，等天完全黑嚴了，汽燈燒起來，夏天義照例還要在台上講話，總結過去一年的工作和安排年後的春耕生產，那最少也得一個鐘頭。所以，夏天智就叫嚷夏風夏雨撕窗子上的舊紙，一個小木格兒一個小木格兒地撕，撕淨了貼上新紙，然後寫春聯。他是要夏風夏雨都寫，看誰寫的字好，然後貼在院門上、堂屋門上、廚房門上、雞棚豬圈廁所門上。再然後四嬸咂咂咂地剁餃子餡，一家人都坐在火盆前包餃子。夏風夏雨早不耐煩了，餃子越包越大，夏天智就說：「鑼鼓勾魂哩，去吧去吧！」夏風夏雨從櫃裏往口袋塞滿了柿餅和花生便跑了。夏風夏雨一走，夏天智也坐不住了，但他要披上那件嗶嘰布面的羊羔皮大衣，才往戲樓去。自從夏天仁死後，兄弟四個剩下了三個，老規矩仍是不能變的，當然也還是去大嫂那邊，雖不在她家吃飯，卻一定得把大嫂接過來在各家吃，而且坐在上席。今年夏天禮也死了，夏天義傷未好，夏天智又才出院，夏天智早早給四嬸交代：今年不順，夏家人氣不旺了，要得多備些年貨，到時候全憑咱家為主啊！雖然縣委書記送了年貨，夏雨也準備了現成的各類蒸碗子，家裏還是買了一隻懶公雞，買了人參和板栗，要做栗子雞，買了排骨要做小籠酥肉，買了豬後腿要做紅燒肘子，從蓮池裏採了乾荷葉要做荷葉條子肉，買了豬心肺、蓮藕、木耳、金針菜，要做胡辣湯，還有炸泡泡油糕的糯米粉，做甜碗子的醪糟、大棗、白果、核桃仁、葡萄乾，做涼菜的南山豆腐干、醬筍、涼薑、豆芽……一切都備停當了，但夏風卻走了。夏天智窩在了他的臥屋裏，沒有去商店取已經訂好的白酒和黃桂稠酒，也懶得給自己的那些水煙絲裏拌攪香油和香料。四嬸從梯子上掉下來，幸好沒傷骨頭，只把胳膊碰得一塊青色，她沒有喊疼，流了一陣眼淚，堅持把兔娃饃蒸好，就叫夏天智幫她洗洗蘿蔔。夏天智說：「你那手呢，你就不會洗？」四嬸說：「你窩在屋裏太久了，你也出來轉一轉麼。」夏天智說：「轉啥呀，我還有臉去轉？我窩得再不起來才好哩！」四嬸嫌晦氣，呸呸地就朝空中唾，卻不敢再說話，自己去洗蘿蔔。夏天智在炕上眼睜著看樓板頂，看著看著，也看不出個啥名堂，卻從炕上下來，用刀片子乾刮下巴上的鬍楂兒，刮畢了，來到了廚房，說：「他走了咱就不過年啦？過哩！還要美美地過哩！」跎蹴在水盆前洗蘿蔔。洗完了蘿蔔又用刀切蘿蔔，切完了蘿蔔又熬蘿蔔。足足幹了兩個小時，也不去歇，四嬸就去給他取水煙袋，熬茶，他說：「你現在就去西街把她娘兒倆接回來！」自己把所有的窗扇都卸下來了，撕舊紙，糊新紙。

年就這樣過起來了。這個年清風街沒有耍社火，也沒有唱大戲，和往常的日子一樣，咕咚不響的。單身漢是不願意過年的，你到哪兒去呢，去哪兒都不合適。武林和我做豆腐的時候，他問過我：年怎麼個過？他的意思想要到我家去，我沒有應他的話，我寧願孤單著也不願和他在一起，他話說不連貫，而且身上有一股臭味。所以，我關了院門，年三十的午飯早早就炒了一盤肉，煎了一盆豆腐，燜了一鍋米飯就吃起來。我端了碗，想起了我爹我娘，我說：「這口飯我替你們吃吧！」扒下了第一口。我當然就接著想起了白雪，我說：「白雪，我也替你吃吧！」扒下了第二口。第三口我是替夏天義吃的。吃過了三口，我還能替誰吃呢，誰還值得我替吃呢？我是想到了啞巴，想到了土地廟裏的土地公和土地婆，想到了二嬸和四嬸，想到了君亭和趙宏聲。還有樹，我家院子裏的樹，大清寺裏的白果樹，七里溝裏那棵木棍長活了的樹，還有夏天智家院裏的癢癢樹，清風街所有的樹。來運呢？應該有來運。再就是染坊裏的大叫驢，萬寶酒樓上的那隻大花貓，夏天智院裏那架牡丹蓬。還有還有，怎麼就把石頭給忘了呢？七里溝裏那麼多的石頭。戲樓前的那塊長滿了苔，苔一年四季都換顏色，苔是石頭的衣服嗎？市場牌樓下的那個石頭，是方方正正的大青石，白雪抱著娃娃在那兒坐過。它始終沒有說過話，但石頭下是長過一叢喇叭花的，花蔓一直爬到牌樓上。我想起來的要感謝的東西很多很多，一年了，它們都給過我好處，我引生沒別的來報答它們，我替它們吃口年飯吧！但我哪裏能吃得這麼多飯呀，我就把半碗飯放在了院裏，我說：「讓鳥來吧，讓黃蜂蒼蠅都來吧，把這一碗飯叼給它們吧！」你相信不相信，我這話一落點，有六隻麻雀就飛了來，各叼了一顆米走了。然後是無數的黃蜂、蛾子和蒼蠅到了院子裏，更有長長的一溜螞蟻從院牆上列隊下來，都是叼了一顆米就走了。我是眼看著一碗米飯只剩下了一顆米。我把最後一顆米黏在我的鼻尖，舌頭伸出來一舔，吃在了我的肚裏。

再說夏天智吧。四嬸從西街接回來了白雪和孩子，夏天智埋怨了四嬸：「怎麼沒把咱親家也都請來呢？」白雪說：「我大哥一家從外地回來了，我娘走不開的。」夏天智說：「你大哥聽說是工程師了？」白雪說：「已經是總工了。」夏天智說：「你大哥學問好，人品也好。那就這樣吧，初二了你去西街拜年，初三讓你爹你娘你大哥大嫂都到咱這邊來！你現在去二伯家，就不讓他做飯了，接他們來咱家吃，還有你大嬸、三嬸。」又對四嬸說：「是不是把君亭、慶金也叫來？」四嬸說：「叫倒可以，但要叫就得全叫。要去叫，白雪不要抱娃娃，要不人家還以為是尋著讓給娃娃壓歲錢哩。」夏天智說：「他們該給我娃壓歲錢啊！」白雪各家走了一遭，還是沒有抱孩子。大嬸三嬸都問咋沒抱娃呢？各掏了五元算是給了孩子壓歲錢，白雪不要，她們就生氣了，說是嫌少嗎，瞎老婆子不掙錢，不要嫌少。夏天義是給了二十元。君亭人不在，慶金給了二十元。慶堂、瞎瞎各是五元。白雪在慶滿家門口遇見的慶滿，說了請他中午過去吃飯的話，慶滿說：「哎喲，我們沒請四叔，四叔倒請我們！這樣吧，中午我請四叔四嬸還有你，過我這邊吃了，我再過去。」白雪說：「你不用做了，都一塊過去熱鬧麼！」慶滿就把三十元塞給了白雪。他們說話時，白雪是瞧見慶玉在不遠處的新房門口掃地的，再回頭走過去叫慶玉時，院門卻掛了鎖。白雪知道慶玉在避她，偏也高聲對慶滿說：「咋不見慶玉哥？」慶滿說：「剛才還在的，不知又幹啥事去了？」白雪就說：「你過來時把慶玉哥叫上啊！」到了雷慶家，梅花才從誰家提了半桶殺豬熱水，剛讓雷慶泡了腳，見白雪說了，就合掌叫道：「今年是咋啦，四叔請開咱們啦，往常他們老弟兄們來來往往，我們做小的做好了飯就等他們，等他們吃了才輪到我們，菜就全涼啦，過年總吃些涼涼飯！白雪，今年是你新媳婦頭一年，家裏備什麼好酒了，你哥就好一口酒！」白雪說：「我爹買的，我也說不上名兒。」梅花說：「肯定是好酒，現在只有你家有好酒了！娃娃呢，怎麼沒抱娃娃來？人是一茬一茬的，我該是娃娃的四嬸了，四嬸要給娃娃壓歲錢呀！」就拍著雷慶問：「你給我掏十元錢。」雷慶從懷裏掏了一張五十元的，梅花說：「沒零的？」雷慶說：「沒。」白雪轉身要走，梅花說：「你不要走，這是規矩，四嬸給娃娃壓歲錢了，四嬸將來還要沾娃娃光哩！」就跑出去到隔壁院裏將五十元兌換了五張十元，進來抽出一張給了白雪。雷慶泡著腳，說：「說是夏風又走了？」白雪說：「他今年春節給單位值班哩。」梅花說：「他人都回來了，單位還安排值班？現在單位能靠得住？他把單位倒看得那麼重！」白雪沒敢多呆，說了聲：「這殺豬水泡腳真的能治腳裂？」然後就走了。

我是吃罷了飯，才準備睡一覺的，啞巴來叫我，讓去夏天義家吃年飯。我原本不想去，啞巴硬拉我，他們吃飯的時候夏天義卻一定要叫夏天智一家先來他家吃。我在事前絕不知道夏天義要請夏天智他們也來吃飯的。啞巴去泉裏挑水，我正在灶火口坐著燒火，火呼呼地響，我還說：「火你笑啥的？火笑有喜，你讓我見到白雪，你才算靈哩！」沒想院門響，夏天智老兩口和白雪就進來了！我那時真是嚇慌了，站起來，立在了廚房門口，不知道該怎麼個辦著才好。夏天義說：「引生引生，過年哩，給你四叔磕個頭！」我趴在地上就磕了頭。夏天智可能也懵住了，說了句「不用不用」，徑直往堂屋裏走。四嬸過來擋住了白雪，她抱著孩子，說：「起來起來，你又不是小娃，磕什麼頭呀！」我還趴在地上，我看到了白雪的腳。四嬸懷裏的孩子手卻乍拉著，一把抓走了我頭上的絨線帽子。孩子抓走了我的帽子，我沒有說，四嬸也沒有發覺，等她走到堂屋台階上了看見孩子手裏還拿著個帽子，回頭瞧見我光著頭還趴在廚房門口，就說：「這娃娃！你這娃娃！」過來把帽子還給了我。我說：「娃真親！」四嬸並沒有讓我逗孩子，夏天義就說：「你去端菜吧！」對夏天智他們說：「引生和啞巴跟我在七里溝幾個月了，大年三十我讓他們都在我這兒。」我把菜從廚房往堂屋的桌上端，菜很簡單，夏天義只炒了一大盆肉，再加上些燴肚絲和油炸的豆腐，再就是糯米糕，生汆丸子。夏天智說：「報上名字！」我端上燴肚絲了，就說：「引生！」夏天智說：「報菜名字！」我端上生汆丸子，說：「生汆丸子引生！」噗地一聲，白雪就笑了。她的牙很白，只笑了一下就忍住了，藉撿掉在地上的筷子，把身子彎到了桌子下。夏天義訓我：「你咋啦，叫你報菜名你報你的名，誰不知道你是引生?!」我完全是腦子滲了水，丟了這麼大的醜！再去廚房端菜時，就打了自己個嘴巴。菜全部上齊了，夏天義喊我和啞巴也到桌上去，我就坐在桌子的北面，正好和白雪照面，我的眼睛就沒地方看了。我不敢正視白雪，也不敢正視夏天智，眼光就盯著菜盤，盯著菜盤又顯得那個，只好把眼光收回來看著我的手。夏天義說：「你咋不動筷子呢？」我說：「動，動。」發現夏天智杯裏酒沒了，便站起來給他斟酒。夏天義說：「引生，給你四叔四嬸都敬一杯吧！」我給夏天智敬了一杯，讓她隨意，我全喝了；又給四嬸敬了一杯，讓她隨意，我也要全喝，四嬸說：「引生，你有病，你不敢喝多。」我說：「沒事！」端起酒杯一下子喝了。四嬸說：「喝酒像他爹！」四嬸這麼一說，我稍稍不緊張了，腦子就想：「下來該不該給白雪敬酒？給白雪敬酒了白雪不喝怎麼辦？給白雪敬酒了夏天智臉色不好看怎麼辦？」我豁出去了，說：「白雪，我敬你一杯吧！」白雪臉唰地紅了，說：「我不會喝酒。」我說：「過年哩，少喝點吧。」四嬸也說：「你少抿一點。」白雪竟然是站了起來，但她端杯子的手抖，我倆杯子對杯子碰了一下，我看見叭地有了閃光，她抿了一下，立即嗆得咳嗽起來了。白雪說：「二伯二嬸，我先回去收拾菜去，你們少吃一些就快過來啊！」抱了孩子匆匆離席。這是我平生第一回和白雪吃飯喝酒，她走出堂屋門的時候，我心裏說：你打個噴嚏吧，打個噴嚏吧！她果然打了個噴嚏。這就好了，那麼，我敬她喝下的那些酒一定會長久地熱火她的五臟六腑的！等到夏天智他們喝了那一小壺酒後都去了夏天智家，桌上就只留下了我和啞巴。院子的天上雲一片一片起了各種顏色，是紅的被面子藍的被面子白的被面子。啞巴狼吞虎嚥，我卻不動筷子。啞巴哇哇地比畫著讓我吃；他可憐，不知道什麼叫秀色可餐。

夏天智他們回到家裏，一隻白色的鳥在房脊上一動不動地站著，夏天智首先看到了，揚手吆喝：唏！鳥還站著，咋吆喝牠都不飛。夏天智不知怎麼就一定要攆走鳥，喊叫起夏雨，夏雨拿了彈弓來射，鳥卻不見了。家裏已經來了大嬸和三嬸，下一輩人只有慶金，提了一瓶酒，還帶著一個鐵皮焊的溫酒壺。不一會兒，慶滿、慶堂、瞎瞎先到，隨後雷慶和梅花、竹青也到了。梅花說：「四叔叫姪子們吃喝哩就不叫姪媳婦呀，怕我們吃喝得多嗎?!」竹青說：「不叫也要來哩！」四嬸就笑道：「梅花是雷慶的尾巴，叫了雷慶也就算把你叫了。竹青是組長，那還用叫嗎?白雪，給你竹青嫂子敬紙菸，她菸緊哩！君亭和慶玉呢？」夏雨說：「我又去叫了一次，我君亭哥沒在家，可能去鄉政府了吧。我慶玉哥說他吃過了，硬不來。」四嬸說：「慶玉脾氣怪，不合群。」就招呼大家入席。夏天智親自把一道菜一道菜往上端，上一道了問味道如何。幾個老人都坐著，晚輩的立在桌邊夾那麼幾筷，都說：「好！好！」連吃帶喝著一個時辰，慶滿的小女兒和淑貞就在院門口叫慶滿和慶金，說家裏飯菜都放涼了。白雪忙去拉她們進來，她們不進來。白雪回來說了，竹青說：「大嫂一定是看見我們來了，還以為是四叔四嬸叫了我們而沒叫她生氣了。」四嬸說：「慶金，你叫去！」慶金說：「甭管她！」四嬸自己去了院門口，淑貞人卻走了。梅花見淑貞到底沒來，話就多了，說：「白雪，你娘家是咋過年三十的，夏家可是年年都這樣，男人們都各家輪著吃，媳婦娃娃在家硬等著，沒有一年的三十飯能吃到熱的！」白雪說：「我娘家沒這麼講究。」夏天智說：「當年沒分家時二十多口人在一個鍋裏吃，分了家這麼走動，清風街也只有咱夏家！」梅花說：「我看親熱也不在於這樣過年，各家吃各家的倒好。」夏天智說：「你盡胡說！吃飯最能體現家風的。」竹青說：「四叔好形式！」夏天智說：「該講究形式的還得講究形式，縣上年年開人民代表大會的，會上還不是每個代表發了縣長的報告稿，縣長還不是在會上唸報告稿。按你的說法，用不著代表去了，用不著縣長唸報告了，把報告稿一發就完了麼？這也是形式，可這形式能體現莊嚴感，你知道不？」竹青說：「我不知道，我只知道吃！」去盛了一碗米飯，對梅花說：「你也吃一碗，四嬸做的飯香哩！」但做晚輩的卻全站起來，說：「你們老人們慢慢吃，我們先走呀！」就都走了。

飯吃得並不熱鬧，而且剩下的飯菜又特別多。飯後，四嬸就埋怨沒吃好，剩下這麼一堆這幾天年裏都得吃剩湯剩水了。夏天智便罵梅花和竹青不像樣，盡說些沒鹽沒醋的活敗興。四嬸也說：「我看來，明年這三十飯就吃不到一塊了，人是越來心越不回全了。」夏天智在火盆上熬罐罐茶，老熬不開，低頭去吹火，灰瞇了眼睛，也就不再熬了，起身去放高音喇叭，說：「今年村裏沒說要鬧社火的話？」四嬸說：「沒見君亭說麼！往年新生熱火操辦的，咋也咕咚不響了？」高音喇叭就響起了秦腔：

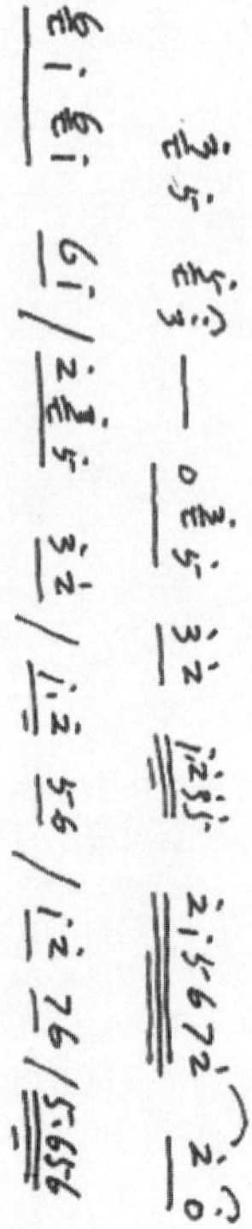

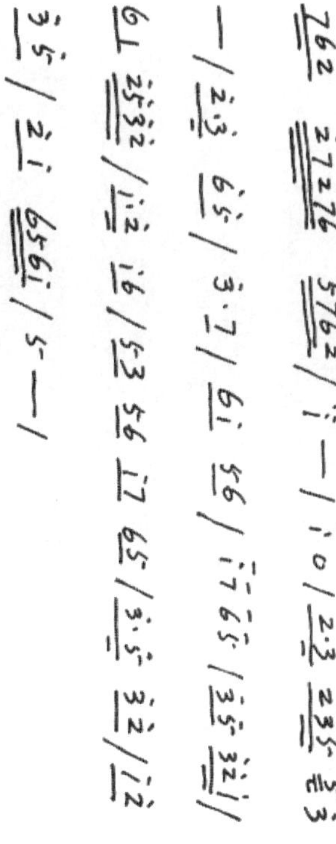

秦腔一響，天卻一下子陰起來，而且有了風，樹梢子都搖。夏天智看了看天，覺得疑惑，說：「這天咋變了，是要下雪呀嗎？」便聽見喇叭聲中有了咚兒鏘咚兒鏘的鼓樂。夏天智就喜歡了，說：「敲社火鼓的！我說哩，過年咋能這麼冷清?!你抱娃娃去看吧，如果真是要鬧社火，讓咱娃坐一回社火芯子。我小時候坐過芯子，扮的是『桃園結義』中的關公，夏風小時候也坐過芯子……」說到夏風，他不願多說了。白雪就逗著孩子，說：「你扮個啥呀?我娃扮一個『劈山救母』的小沉香！」夏天智從櫃子裏往外拿秦腔臉譜馬勺，聽白雪這麼說，手在櫃裏停住了，一股酸水從胃裏湧到嘴裏。但夏天智沒有把酸水吐出來，哽了哽脖子，又嚥了下去。

白雪抱了孩子走到街上，街上的風比院子裏硬，地上的雞全亂了毛，斜著身子順著牆根跑，跑著跑著就翻個跟頭。斜巷中鑽出了文成、張季一夥，每人手裏拿著從池塘砸開來的冰，嘩啦摔在地上，又踩了一塊當滑輪，出溜出溜地滑。張季滑得收不住力，直著往白雪衝過來，白雪忙閃在一旁，張季咣地就身子撞了牆，摔了個狗吃屎。那塊踩滑的冰是塊三角形，裏邊凍著一條魚，魚還是游動的樣子，但這游動的樣子卻死了。農貿市場上已經沒人擺攤，到處滾動著草屑和塑料紙，大堆的垃圾裏，幾隻狗在撲上撲下，說不來是廝咬還是戲耍，而遠處站著來運。白雪聽夏天義說，來運昨晚哭了一夜，今早一露明就跑到鄉政府門口去了。現在，牠遠遠地看著牠們的同類戲鬧，牠們不呼喚它，牠也不願前去，後來就臥在那裏，頭彎下去舔自己的腿。白雪叫道：「來運，來運！」來運向她走來，腿卻一瘸一瘸的，她才發現來運的腿上還淌著血。白雪說：「過年哩，誰把狗打成了這樣？」萬寶酒樓門口站著馬大中，他穿了兩件毛衣，套著一個條格西服，紅色的領帶很耀眼，他說：「書正打的。」白雪說：「他書正打的？」馬大中說：「狗見了書正就咬，把他新穿的一條褲子咬扯了，書正拿了棍……一個向左拐，一個向右拐。」白雪嘆了口氣，對狗說：「你回去吧，你回去吧。」來運沒有回去，在風裏又哭了。陳星陳亮就從鞋舖裏出來哈手跺腳，然後往舖門上貼對聯，馬大中高聲問：「吃了沒？」陳星說：「吃了。你也吃了？」馬大中說：「吃了。翠翠沒回來看你？」陳星扭頭看了一下白雪，白雪把眼光挪開，但陳星始終沒回答。馬大中又說：「趙宏聲給你寫的還是你寫的？」陳星說：「趙宏聲寫的。上聯是『來的必有豹變士』，下聯是『去者豈無魚化才』。好不好？」馬大中說：「清風街這地方怪，農民寫的對聯文得你看不懂！」陳星說：「上聯是寫你我這樣的外來人，下聯是寫從清風街走出去的人。你只認得錢！」馬大中說：「寫得不好！你瞧瞧萬寶酒樓的對聯：憶往昔，小米飯南瓜湯，老婆一個孩子一幫；看今朝，白米飯王八湯，孩子一個老婆一幫。」陳星說：「趙宏聲怕是專為你寫的！」馬大中說：「就是為我寫的，那好啊！」馬大中哈哈地笑，一回頭白雪到了跟前，腰就彎下來，說：「白雪，過年好！」白雪說：「過年好！」馬大中從口袋裏掏出錢夾來，抽出了三張一百元的鈔票，說：「給娃娃個壓歲錢！」白雪急忙躲避，馬大中把錢已塞在孩子的裏被裏，說：「咋不要?給娃娃個吉利麼！」陳星和陳亮吐了一下舌頭，已鑽進鞋舖不出來了。白雪說：「過年你也不回老家呀？」馬大中說：「哪兒都是家麼！」白雪說：「既然看上了清風街，咋不把你老婆娃也接出來呀？」馬大中說：「我獨身慣了，人家也不願意出來。往常都在縣城過年，今年只說在鄉下過年圖個熱鬧，沒想年三十了還冷清得啥也沒有！」白雪說：「我聽到鑼鼓響，還以為鬧社火呀！」馬大中說：「剛才是劉新生和順娃、啞巴他們在這裏敲了一陣鑼鼓，人沒引來，又轉到西街敲去了，一會兒還會來的。」真的過了一會兒，街西那頭過來一小群人，開著手扶拖拉機，拖拉機上架著牛皮大鼓。

是我開的手扶拖拉機，我心裏高興，就想敲鑼打鼓。吃罷飯，和啞巴去煽惑君亭鬧社火，君亭從鄉政府才回來，說清風街出了那麼大的事，誰還有心情鬧社火呀，今年就免了。我和啞巴心不死，又去找新生，新生就取了鼓，鼓正面破了，用反面敲。我萬萬沒有想到，手扶拖拉機從西街開過來就又遇到了白雪，那手扶拖拉機就像個小牛犢子，竟斜斜地向白雪衝去。白雪還和馬大中說話，手扶拖拉機衝過去時她沒注意，而馬大中尖叫了一聲，白雪回過頭來，她也驚呆了。白雪驚呆了，不知道了躲閃，我在手扶拖拉機上也驚呆了，手腳全成了硬的。但是，手扶拖拉機眼看著撞上白雪了，卻拐了頭，咕咚撞在了萬寶酒樓前的那塊「泰山石敢當」上，停下來，呼呼地喘氣。新生從鼓邊掉了下去，爬起來破口大罵：「引生，你是軋死人呀還是你要死呀?!」順娃說：「過年哩別說喪話！」新生還在罵：「你狗日的今會不會開？」我說：「拖拉機要往這邊去的，我沒拉得住麼！」眾人就笑了，說：「引生是看見白雪了，眼睛就斜了，倒怪拖拉機？」我從拖拉機上下來，對白雪說：「沒嚇著吧？」白雪在吃飯的時候雖然不大理我，但臉一直紅撲撲的，現在是臉灰白了，她彎下腰從地上捏了一撮土放在孩子的額上，擔心嚇著了孩子。我就說：「是拖拉機要斜的，真的，拖拉機也有靈魂麼！」新生用鼓槌戳我的頭，說：「滾滾滾，不讓你拉了，就在這兒敲！」他自己開始敲開了。

敲了一陣，巷道裏才有人出來。武林袖著手是走到市場前的岔路上，瞎瞎在路邊的土塄下拉屎，忽地站起來，把武林嚇了一跳。瞎瞎說：「武林，今早沒拾糞呀？」武林說：「過年哩拾啥啥，啥糞哩？我去看，啊看社，社火呀！」瞎瞎說：「想得美！誰給你鬧社火呀？」武林才要說話，抬頭往北一看，三一二國道上走下來了張學文，武林忙把腰貓下，轉身往回走。瞎瞎說：「武林，武林！」也看見了張學文，趕忙又蹲下去，土塄擋住了他，低聲罵：「張學文，你死到初一，初一不死十五死！」張學文並沒有看見武林和瞎瞎，他回家避了幾天風頭，過年期間又來和鄉長在鄉政府值班，兩人下了幾盤棋，閒得發悶，出來要去街上商店買條紙菸。從巷道出來的人見張學文來了，全都站住了腳，後來紛紛縮進巷道，新生還在敲他的鼓，頭低著，眼睛不往別處看。拖拉機上下的所有人都沒有說話，也沒有看張學文，當張學文走過去了，鑼鼓停下來。新生說：「他狗日的咋沒回去過年？」順娃說：「瞧見了吧，他腰裏別了手銬哩！」我從新生手裏奪過了鼓槌，跳下了拖拉機。新生說：「你幹啥？」我說：「我打他狗日的！」新生說：「好爺呀，這大過年的，你別再惹事！」我說：「我手癢哩麼！」順娃說：「你這陣說大話，撞鄉政府大門時你躲得遠遠的！」我說：「我在七里溝！」新生說：「吵屄哩！不敲啦，沒人來熱鬧，敲著也沒勁了！」

事過了，我給你說，我要真打張學文是新生拉不住的，我之所以沒再去打張學文，是因為白雪在場，我不願意惹出事了讓她擔驚受怕，打開了我的樣子也肯定不好看。新生說不敲了，我偷偷看了一眼白雪，白雪已抱了孩子往回走，我也就說：「不敲了不敲了，散夥！」開了手扶拖拉機到夏天義家去，新生在後邊喊著要我把鼓送回果園，我不作聲，繼續開手扶拖拉機。開過了東街牌樓，攆上了白雪，我把手扶拖拉機停下，說：「白雪白雪，你坐上來，我拉你！」白雪沒理我。我就從手扶拖拉機上下來，說：「你走，那我也走。」斜著身子把握了手扶拖拉機的車把，拖拉機哼哼地唱著往前駛，我跟著小跑。這時候風突然地大起來，而且帶了哨子聲。白雪緊緊地把孩子摀在懷裏跑起來，我大聲喊：「你坐上來，你坐上來麼！」風吹起的塵土瞇了我的眼，手扶拖拉機便駛歪了，前輪子陷進了路邊的水渠裏。風越來越大，我就看見三一二國道北的塬上有了一股龍捲風。龍捲風起身於哪裏，沒人說清，清風街人看見它的時候，它已經在三一二國道北的塬上了。這場龍捲風掃過了伏牛梁，使差不多的樹林子倒伏，把老貧協的墳，我爹的墳，還有中星他爹的墳都揭了一層土，中星他爹墳上的千枝柏連根拔了。最後進了街，經過農貿市場，又經過戲樓前廣場，再從戲樓旁南下到河灘，州河水面上旋起了幾丈高的水柱，河在瞬間裏幾乎都要斷流，即刻卻突然地消失了。它總共吹折了村裏十三棵樹，揚棄了兩個麥草垛和三個包穀稈垛，毀了五座房屋的簷角，死了十隻雞三隻貓。染坊裏的狗是被吹在了半空，掉下來斷了腿。丟失了晾著的一條被子，四件衣服。我說我突然地不知道了一切，是我正喊著讓白雪快跑，我的雙腳就離了地，扶風往上。風是可以扶的，就像你在水裏上岸手攀了岸石往上躍，呼地就起來了。風在空中你看不見，你雙手亂抓，卻能抓住。在我離地三丈高的時候，我還很得意，還往地上看，白雪抱著孩子已鑽進了巷道，她是斜著身子跑的，頭髮全立起來，但她還在跑。孩子的帽子就掉了，像一片樹葉子飛上了樹梢，又像一隻鴿子飛到了我身邊，我抓了一下，沒抓住。我喊：「帽子！帽子！」我開始打轉了，先還是豎著轉，再就是橫著轉，我被扭成了麻花，腦袋便轟地一下什麼也不知道了。但是我又清醒了，我清醒的時候，是坐在了龍捲風的中間的，說出來你可能不信，龍捲風的中間竟然是白的，就像個大的空心竹竿，它的四壁，應該是空心外有壁，是一道道密密的條紋，用手拍拍，都硬邦邦的。我那時只要想順著那壁爬，絕對就能爬上去，但我害怕了，爬到了五米高再溜下來，就老老實實坐在空心地上。約摸是三分鐘吧，我猛地又被提了起來，然後咚地落在地上，看見龍捲風從身邊旋著走了。我沒有受傷，只是落下來屁股疼，就聽見了夏天智家的高音喇叭還在播放秦腔。

「九九」八十一，窮漢娃子靠牆立，凍是凍不了，只害肚子飢。這是清風街從爺的爺的爺的手裏就唱的謠。這個春上，村裏的孩子們又唱著，我就覺得是在唱我。我把爛棉襖脫了，換上了一件薄毛衣和夾克，再不縮頭縮脖的害冷，但肚子裏有了個掏食蟲，吃了這頓攆不及那頓，從巷子裏走過，誰家蒸了米飯，誰家熗了蔥花，全聞得出來。許多人家開始翻騰紅薯窖、蘿蔔窖、土豆窖，將壞了的紅薯挑出來，將長了根鬚的蘿蔔和生了芽的土豆弄淨了鬚芽重新下窖。我家地窖裏的紅薯生了黑斑，我是統統取出來了，挑揀著好的在水盆裏洗了要吃，將生了黑斑的紅薯挖了黑斑再放進窖去。隔壁的來順在門口的蓆上拿柿子拌炒熟的稻皮、大麥，準備晾乾了磨炒麵，他一直看著我挑揀紅薯，說：「你到底不會過日子！」我說：「咋不會過日子？」他說：「你應該先吃生了黑斑的紅薯呀！」我說：「那我吃到完都是吃壞的！」來順他不理解我，他講究會過日子呢，就是沒吃過一頓稠飯。來順又問我咋不見用柿子拌稻皮、大麥做炒麵呢？我才不吃炒麵，看見他吃炒麵拉不下屎用棍棍掏，我都覺得難受。但來順卻在嘲笑我沒媳婦沒娃，他說：「我比不得你，我要養活四口人哩，你是一人吃飽全家都飽了！」我說：「麻雀！」他說：「麻雀？」來順沒聽過《陳勝和吳廣》，他就不曉得「麻雀難知鴻鵠之志」。

我和啞巴歇過了正月十五，許多回家過年的打工人又揹了鋪蓋去城裏了，我們也往七里溝去。路過小河石橋，河灘的亂石窩裏刨出的那兩塊席大的地上，慶金和他媳婦在下土豆種，見夏天義過來，慶金說：「爹，爹，種土豆不能施雞糞是不是？」夏天義說：「雞糞生刺草蟲，會把土豆咬得坑坑窪窪的。你這能種幾窩土豆？要種你到七里溝種麼！」慶金說：「你又到七里溝呀，你身子能行嗎？」夏天義說：「有啞巴和引生麼，我只是指揮指揮。」夏天義說罷前邊走了，慶金看著他爹的背影，對我說：「過了個年，我爹老多了。」淑貞說：「你沒看你都老成啥啦?!」慶金的臉，黑黃黑黃的，他的肝從年前就隱隱地疼，一疼就得拿拳頭頂住要歇半天。但慶金在叮嚀我，在七里溝一定要照顧好他爹，能幹的活就幹，太累了就堅決得歇下。他說：「兄弟，你是好人，你要是不貪色，你就是清風街最好的人了！」我要反駁他，他塞給了我一根紙菸，把我的嘴堵住了。

夏天義在七里溝真的抬不了石頭了，也挖不動半崖上的土了，人一上到陡處腿就發顫。吃中午飯的時候，我們帶的是冷饃冷紅薯，以前他是擦擦手，拿起來就啃，啃畢了趴到溝底那股泉水邊咯兒咯兒喝上一氣。現在只吃下一個饃，就坐在那裏看著我和啞巴吃了。他開始講他年輕時如何一頓吃過六個紅薯蒸饃，又如何能用肚皮就把橫著的碌碡掀起來，罵我們不是個好農民，好農民就得吃得快，屙得快，也睡得快。我說：「你咋老講你年輕的事？」我這話說得太硬，但夏天義沒惱，直直地看著我，說：「我是老了？」我真是逞了能，說：「二叔，你愛錢不愛錢？」夏天義說：「屁話，誰不愛錢？我愛錢錢不愛我麼。」我說：「俗話講人老了三個特徵：怕死愛錢沒瞌睡。二叔是老了！人老了要服老，你就靜靜在這兒坐著，看我和啞巴抬石頭！」夏天義說：「狗日的像你爹！」這是我跟夏天義以來，夏天義對我最大的誇獎。那一天裏他是老老實實坐在一邊看我們勞動的。可是到了三天後，他讓瞎瞎的媳婦給他用麻袋片做了三層厚的護膝筒套在膝蓋上，又跪著在石壩前壘石頭，或者跪著用鋤頭扒拉從崖上挖下來的土。腿跪得時間久了，發木發麻，就又讓我和啞巴給他捶揉，我們總捶揉不到地方，他又罵，自己四肢爬著到草棚前去吸捲菸。我笑他那個樣子，說：「二叔呀，你撅了屁股瞪著眼，像一頭老犟牛！」夏天義就不動了，半會兒才回過頭來，說：「引生，你最近沒見到俊奇？」我說：「我不欠電費，我見他幹啥？哎，你咋突然問他呢？」夏天義說：「為啥不能問？拉石頭去！」

又一個早上，我剛剛起來走到中街染坊門口，西街牌樓下停著了一輛車，我還在疑惑這是不是中星或者夏風回來了，便見車上下來了六七個人，急急地跑，領頭的是上善。跑過了西街那一排門面房，上善在敲王嬸家的門，說：「羊娃，羊娃！」門開了一條縫，六七個人就衝了進去，立即王嬸的兒子羊娃就被扭了胳膊架出來，羊娃在喊：「娘，娘！」王嬸跑了出來，羊娃被塞進車裏，車吼了一聲開走了。王嬸倒在地上哭，上善拍了拍手上的土，手又抄在了背後，直直地走過來。我說：「咋回事，咋回事，羊娃被誰抓走了？」上善說：「省城裏公安局來的人，羊娃把人殺啦！」我吃了一驚，說：「弄錯了吧，羊娃毬高的個子，他能殺人？」上善說：「人窮極了就殘忍哩。他們三個打工的，年前要掙些錢回來，又沒掙下錢，就半夜裏到一戶人家去偷盜，家裏是老兩口，被發覺了就滅人家的口……你猜搶了多少錢？」我說：「多少錢？」上善說：「二百元！二百元就要那小子的命了！你看見他被抓走了？」我說：「是你領的路麼。」上善說：「我是村幹部呀，公安人來了先尋我，我只能領路認個門呀！你要是村幹部你領不領？」我說：「我不是村幹部。」上善說：「記著，你要犯了法了，我也會領路去抓你的！」呸呸呸，我嫌他說話不吉利，朝天唾了幾口。上善一走，我就往東街口跑，夏天義和啞巴已經在那裏等我好久了。我說了羊娃在省城殺了人，剛才被省城公安局的人抓走了。啞巴一聽就要去羊娃家，夏天義拉住了，說：「要不是七里溝，去年冬天你和羊娃就一塊去省城了！」我說：「羊娃會不會被槍斃？」夏天義說：「他殺了人他不償命？」我的腦子裏就活動開了羊娃那顆梆子頭，他被五花大綁了，跪在一個坑前，一支槍頂著後腦勺，叭的一聲，就窩在坑裏不動了。可憐的羊娃臨去省城時還勾引了我和啞巴一塊去，說省城裏好活得很，幹什麼都能掙錢，沒出息的才呆在農村哩。等他掙到一筆錢了，他就回來蓋房子呀，給他娘鑲牙呀。他娘滿口的牙都掉了，吃啥都咬不動。可他怎麼就去偷盜呢，偷盜被發覺了就讓人家罵吧打吧，怎麼能狠心就殺人呢？我說：「羊娃肯定沒殺人，或許是另外兩人動的手，他只是一塊跟著去的罷了。」夏天義說：「一塊去的，他動手不動手也是殺人犯！」我說：「他在清風街從沒偷盜過呀？」夏天義說：「你以為省城裏是天堂呀，錢就在地上拾呢？是農民就好好地在地裏種莊稼，都往城裏跑，這下看還跑不跑了?!」到了七里溝，一整天我都幹活不踏實，腦子裏還是羊娃，是羊娃那張柿餅臉，那顆梆子頭，他架出門後喊他娘的聲音，我估摸這是撞上羊娃的鬼了。人死了有鬼，人活著也有鬼，現在折磨我的是羊娃的鬼。夏天義罵我不好好幹活，又罵我瓷腳笨手。我發呆著，說：「喃？」夏天義說：「說你的，賣啥瓷眼？」我破了嗓子地大喊，無數的羊娃頭就嘩地散開。但我的大喊使夏天義目瞪口呆，啞巴以為我在給夏天義發凶，怒髮衝冠地要打我。夏天義把他拉住，說了一句：「他要犯病了嗎？」我沒有犯病，大喊之後我想哭，但我不能哭，就到溝底水泉裏用冷水洗頭，然後掏出手帕擦臉。我掏出的是白雪的那塊小手帕，我又想起了白雪。一想起白雪，他羊娃的腦袋就徹底消失了。我現在要說的是，七里溝這地方真靈。到了天黑，我們準備收工，啞巴在那裏尿哩，我也背過了身尿，一抬頭，似乎看見了溝腦的梢林裏有一個人，我立即感覺那人是白雪了！白雪怎麼會在溝腦的梢林裏，但我強烈地感覺那就是白雪！我就說：「二叔，你們先走吧，我去拉泡屎。」自個上了坡，鑽到一塊大石頭背後去了。

夏天義和啞巴先走了，走了百米遠，夏天義卻坐下來要等我。白雪真的是從溝腦的毛毛路上走下來了，夏天義揉著眼睛，問啞巴那是不是白雪，啞巴點了點頭，夏天義就看我的動靜。我那時也是糊塗了，全然不曉得夏天義會停下來等我，當我趴在了大石頭後一眼一眼盯著白雪往下走，真的，我覺得她的腳下有了一朵雲，她是踩了雲從天上來的。白雪走過了大石頭下邊的斜路上，我「噢噢」叫了兩聲，白雪就站住了，前後左右地看，沒有看見什麼，一下子小跑起來了。夏天義便站起來，說：「白雪，白雪！」白雪說：「是二伯呀！你們還沒回去呀？」夏天義說：「你咋從這兒走，到哪兒去了？」白雪說：「水庫西溝的陳家寨有結婚的，我們給人家熱鬧了，我有娃，晚上得回來，就抄了近路。」夏天義說：「噢，誰家結婚？」白雪說：「姓陸的，二茬子婚。」夏天義說：「二茬子婚還請樂班呀！」讓白雪和啞巴先往溝外走，他卻上來到大石頭後邊了。我還趴在地上，褲子脫到了膝蓋處。我的臉一下子燒起來了，哦哦著往起站，站起了又軟下去，又站起拉好了褲子，不敢看夏天義的臉。夏天義說：「屙啦？」我說：「屙啦。」用腳踢了一下土，土蓋住了一灘髒東西。夏天義竟然沒有再說什麼，轉身往溝下走，我跟著他，就好像他用繩子拉著我走。

到了村，我們照例都在夏天義家吃飯，但夏天義這一頓飯讓我和啞巴在院裏歇了，他親自擀麵條，親自給我們撈，啞巴一碗，我一碗。啞巴高興地端了飯碗蹴在門檻上吃，我是坐在台階上，吃著吃著，碗底裏卻是一些草節。我不知道這草節是夏天義故意放的，我說：「二叔，碗裏咋有草節呢？」坐在炕的二嬸說：「胡說哩，你又不是牲畜，你叔給你碗裏放草節呀?!」我頭嗡地一下，覺得當頂裂了個縫，有氣吱吱地往外冒，同時無數的羊娃的柿餅臉、梆子頭就繞著我轉。

當天晚上我的病就犯了。這一次犯病不像以前犯病時那麼急躁，心裏像有一團火，總想喊，到處跑，若手裏有桿槍了就去殺人。這一次是臉先浮腫，接著就遺三忘四。在路上遇見慶堂了，慶堂問我吃了沒，我臉定得平平的，好像是沒聽見，惹得他就罵我。罵就罵吧，罵著也不疼。到丁霸槽的萬寶酒樓上去看電視，眼睛睜著，人木頭一樣呆坐，丁霸槽把電視關了，我還坐在電視機前，眼睛睜著。夏天義包了一頓蘿蔔餡的餃子，要我吃，我就吃，他給我盛一碗，我吃一碗，盛兩碗，吃兩碗，盛過三碗了我還在吃，他疑惑地看著我，不給我盛了，我也不吃了。吃罷飯，二嬸說：「這蘿蔔餡餃子好吃！」我說：「是蘿蔔餡？」從門檻上往起站，一顆餃子就從喉嚨裏又滾了出來，還是囫圇的。夏天義說：「引生你病了？」我說：「沒病。」他說：「真的是病了！」領了我去大清堂。夏天義在前邊走，我在後邊走，腳抬得很高。文成看見了笑我，他從後面抱了我的腰，把我擰了個方向，我就又直直往前走。夏天義走了一會兒聽見沒了我的腳步聲，回頭一看，我是往回走去了，他就罵文成，又把我拉了往前走。夏天義讓趙宏聲好好給我看病，趙宏聲把了脈，給了我三片膏藥。夏天義說：「你怎麼總是膏藥？」趙宏聲說：「他這病有一味藥能治，但我不能開。」夏天義說：「啥藥？」趙宏聲沒有說出口，在紙上寫了，夏天義一看，臉色難看，牽著我又回蠍子尾了。趙宏聲在紙上寫了什麼藥？事後我才知道，他寫了兩個字：白雪。趙宏聲是個好醫生，他能認病卻治不了病，他們都不肯給我治病。待到俊奇來夏天義家，看見了我，他說我這是丟了魂了。俊奇說這話，我是聽到了，但沒有吱聲，繼續聽他和夏天義說話。夏天義說：「你咋知道引生是丟魂了？」俊奇說：「我娘以前給我說過她年輕時丟過魂，就是這樣子。」夏天義說：「你娘也丟過魂？」俊奇說：「後來虎頭崖澄昭師傅給她收了魂。」夏天義說：「還有這事，咋收的？」俊奇說：「拿一根紅線纏在一顆雞蛋上，然後把雞蛋在灶火裏燒，等雞蛋燒成炭了吃下，再喊叫她的名，她應著，魂就回來了。」俊奇這麼說著，我以為夏天義壓根不肯信的，沒想到夏天義卻起身去取了紅線和雞蛋，真地在灶火口燒起來了。俊奇對我說：「你要吃炭雞蛋的，一吃魂就回來了！」我說：「我魂常丟的。」俊奇說：「咋丟的？」我說：「我頭上一冒氣，我能看見我在我的面前站著。」俊奇說：「現在你看見你在什麼地方站著？」我說：「現在我看不見。」俊奇說：「丟了。丟得不知道在什麼地方了！」如果俊奇的話是對的，我的魂丟到哪兒去了呢？是在七里溝，還是讓白雪帶走了，還是夏天義羞辱了我，丟在了灶火口？但我不願意讓夏天義給我收魂，我順門就走。俊奇說：「你不能走！你走就是行屍走肉！」不走就不走吧，我回坐在了廚房裏。夏天義在灶火口燒雞蛋，把雞蛋燒成了炭，出奇的是紅線卻完好無缺，這使夏天義都目瞪口呆了。夏天義說：「真個怪了！引生，你到院門外去，我叫你得應著，然後回來吃這雞蛋！」我站在了院門口。院門口站著一隻公雞，領著三隻母雞，公雞的雙翅撲撒著，走過來的神氣像是村幹部。夏天義說：「喂──引生！」我說：「哎！」夏天義說：「回來──嘍！」我看見了白雪，我沒回應。白雪是一手抱著孩子一手提了捆粉條，哼哼嘰嘰的，猛地和我對面，眼睛就相互看了一下。眼睛是能說話的，那一瞬間裏我們的眼睛在說：「哎！」「哎？」「哎……」「哎。」白雪是側了身子走進了院裏，把粉條要掛在堂屋門閂上，但沒掛住，掉下來了。夏天義在說：「回來──嘍！」我說：「讓我掛。」夏天義粗聲罵我：「引生，引生，你狗日的撮口了的不回應?!」白雪自己把粉條掛好了。我說：「你坐，喝水呀不?」夏天義走出了廚房，看見白雪把粉條掛在了堂屋門閂上，而我又拿了小板凳給白雪，就拿腳踢我的屁股，罵道：「你狗日的還要小命不?!滾！」把我趕出了院，也不讓我吃燒雞蛋了。

我到底沒吃燒雞蛋，但我的魂又回來了。俊奇不明白我沒吃燒雞蛋，怎麼魂又回來了？夏天義知道。我被趕出院有三個小時後，悄悄又返回到夏天義家，立在院裏，聽見夏天義和二嬸在堂屋裏說話。夏天義說：「唉，世事實在說不清，咱夏風不珍貴白雪，引生卻對白雪心重麼。」二嬸說：「你勸勸白雪，給引生笑笑或者說些話，這沒啥麼，不捨白雪的啥麼，又能治引生的病。」夏天義說：「這話我沒法說。」就是夏天義這一句話，他得罪了我。我再也不去七里溝了。我沒去七里溝，而且又做了一件最糊塗的事，這就直接導致了夏天義添了病，睡倒了三天。

事情是這樣的。鄉政府的團幹，還記得吧，就是結婚請村幹部去上禮的那個團幹，他後來竟然愛上了攝影。得知七里溝長出了個麥王，就來找我，說能不能把麥王給他，他照一張照片，絕對能照張可以獲獎的照片哩。我說：「不能給你，你獲獎呀與我們屁事?!」他說：「給你五元錢也不行？」我說：「不行。」他說：「那只照一下，照出來發表了也是給你們宣傳呀！」我就領他去了土地神廟。麥穗吊得太高，他拍照不成，我們就把麥穗取了下來，放在地上照。照過了，我向他要錢，他卻反悔不給。沒見過這麼耍賴的人，我當然和他爭吵，街上的一隻雞卻走進來將麥穗叼走了。當我拿了錢發現麥穗沒了，出來看見雞在街上把麥穗啄成了三截，我是嚇壞了，團幹也嚇壞了。他到底鬼，又從別處弄來一穗麥吊在了空中，說：「不給夏天義說，他哪裏會知道？」

我是一輩子沒哄過人的，這事我能不給夏天義說嗎？但我又不敢對夏天義說。我把五元錢交給了書正媳婦的飯店，便每天給夏天義端一碗涼粉。端了第一碗去，夏天義說：「你不願到七里溝去了，還給我買什麼涼粉?!」我說：「誰說我不去七里溝了，我只是歇了幾天麼。」夏天義就高興了，吃了那碗涼粉。一連三天他都吃了我端去的涼粉，還對人說：「狗日的還真孝順！」

但是，世上沒有不透風的牆，啞巴不曉得怎麼就知道這件事，給夏天義說了。我端了第四碗涼粉去，夏天義是坐在院子中的條凳上，條凳邊放著一根竹棍。我說：「涼粉，二叔就好一口涼粉！」夏天義提起了竹棍就把涼粉碗打翻了，再提起來打在我的腿彎，我撲通就跪下了。我說：「你打我？」他吼道：「麥穗呢？你把我的麥穗呢?!」我心裏說：「完了，完了！」竹棍就落在我的背上。他打我我不動，直到把我打得趴在了地上，嘴角碰出了血，他才不打了，喉嚨咯兒咯兒一陣響，倒在了地上。

夏天義是睡倒了三天，三天後才勉強下炕。我一直在伺候他，他也不理我。這期間，夏天智來看望過他，大嬸三嬸四嬸來看望過他，他們勸說著夏天義，但沒有罵我，只讓我好好服侍著。夏家的所有晚輩都來看望過夏天義，始終沒見白雪。

白雪在開春後就開始聯絡劇團裏的人。演員們已組織了七個樂班分布在全縣，他們如小偷一樣形成了各自的地盤，誰也不侵犯誰的勢力範圍，誰也不能為了競爭而惡意降低出場價。和白雪關係親近的幾個演員曾邀請白雪參加，但他們的地盤在縣城關鎮一帶，白雪嫌離家太遠，就尋找在清風街、西山灣、茶坊、青楊寨串鄉的樂班，希望能入夥。這個樂班當然巴不得白雪加盟，甚至答應給她最高報酬。白雪就把孩子讓四嬸經管，四嬸先有些不願意，一是孩子小，白雪出去跑也辛苦，二是覺得自己的兒子在省城工作，七大八大的，媳婦卻走鄉串村為人吹吹唱唱，怕遭恥笑。夏天智卻同意，他說這有啥丟人的，別人過他的紅白喜喪，吹唱吹唱自己的秦腔，你是不知道唱戲的人不唱戲了有多難受，唱著自己舒坦了，還能掙錢麼。四嬸說能掙幾個錢？夏風又不是缺錢的！夏天智就躁了，說你兒子有錢，這年前一走給白雪寄過一分還是給咱捎過一鳌？他是瞎了心了，八成在省城又有了什麼人，硬這樣逼著白雪離婚呀！四嬸還是心在兒子身上，說我養的狗我能不知道咬人不？他們有矛盾是實情，誰家又沒個拌嘴嘔氣的，牙還咬舌頭哩！他就是在省城有個相好的，那還不是跟你的秉性一樣，我兒子不好，你年輕時就老實啦？他過一段時間了，或許能回心轉意，哪裏要真的離婚?!夏天智就不言語了。但白雪去樂班的主意已定，四嬸還是管待了孩子，夏天智也不多出去轉悠，特意買了一隻奶羊，一日數次擠奶又生火熱奶。

常常是天一露明白雪就出門走了，直到晚上回來。夏天智總建議夏雨把摩托車給白雪，行走方便些，白雪堅決不要，說她不會騎，也不去學著騎的。每天早晨，夏天智起來得早，就仰著頭看天，天要陰著，他就把傘放在門口，提醒白雪出門帶上。每晚家人都睡了，院門給白雪留著，門環一響，四嬸就敲她睡屋的窗子，說：「白雪你回來啦？」白雪說：「你還沒睡呀？」四嬸說：「回來這麼晚的！你吃了沒？」白雪說：「吃了。」四嬸說：「我在電壺裏灌了熱水，你把腳泡泡暖和。」白雪心裏暖和了，說：「娘，我在商店裏給你定好了一件衣服，明日記著提醒我去取呀。」四嬸說：「我要衣服進城呀？你也是燒包，掙了幾個錢就海花啊！退了退了，我不要的。」說完了就端起孩子尿，孩子不尿，哭起來。白雪說：「讓娃跟我睡吧。」四嬸說：「娃睡得熱熱的，再抱過去容易感冒。你早早睡吧，今日夏風來了信，我在你的床頭櫃上放著。」白雪就去泡了腳，回到自己的屋間，信果然在床頭櫃上，原封未動。白雪沒有立即去拆，而是一眼一眼看著，待脫了褲子在被窩裏暖熱了，才開了信封，但信封裏沒有信，僅一份辦好了的離婚證明書。白雪沒驚慌，也沒傷心，仰頭看了看頂棚，一掀被子鑽了進去，信封和那張紙就掉到床下。

白雪是美美地睡了一覺，她太乏了，一睡下去，像一灘泥，胳膊腿放在那兒動也不動。夜還寒冷，露水也大，窗外的癢癢樹上還掛著前冬最後的一片葉子，現在落下了，在空中劃了一道弧線，著地時沒聲無息。但居住在樹根的三隻蛐蛐在叫了，一條蚰蚓在叫了，一隊螞蟻正往樹幹上爬，邊爬邊叫。後來是夏天義家院子裏的來運叫，雞叫，書正家的豬叫，染坊裏的叫驢也叫了。夏天智在醒著，白雪卻睡得沉。但是，孩子突然啼哭了一聲，白雪就醒了，四嬸在那邊屋裏罵：「小祖宗呀，端你尿你不尿，放下你了你就給我尿長江呀！」白雪說：「娘，娘，我哄娃睡吧？」四嬸說：「你睡你的。我給她換個小褥子就是了。」四嬸用嘴響著節奏，孩子的哭聲軟下去，最後是咯得得的噎氣聲，好像受了莫大的委屈。白雪再也沒有睡去，咬著枕巾哭到了天亮。

也是在這晚上，順娃喊我去打麻將，我們是在文化活動站打的，有上善，還有中街養種豬的老楊。我是贏了，牌想啥來啥，得意地說：「俗話說：錢難掙，屎難吃。這屎的確難吃，錢卻好掙麼！」但我很快就睏得要命，提出要走，老楊便罵我贏了就走呀，那不行！我只有繼續打下去，眼睛半瞇著，想輸點了再走，可我瞇著眼抓牌，仍是自扣炸彈。我說：「沒辦法，輸不了，錢分給你們，放我走吧。」錢分給了他們，一回來我就睡下了。我睡下後做了個夢，夢著在樹上吃柿子。屹甲嶺上的柿樹一棵連著一棵，紅了的蛋柿很多，我是看中了一顆，用牙咬破蛋柿尖兒，呼地一吸，軟的甜的全進了口中，然後噗地送一口氣，蛋柿空皮又鼓起來，恢復到原來的樣子。當我吃到了第三顆，往柿皮裏吹氣，這一回，噗，門牙卻掉了，我也就醒了。想：人常說夢裏掉牙是親人有難，但我還有什麼親人呢？沒有。如果有，只能是白雪，白雪會有什麼事嗎？我立即驚起來。到了天亮，我原本是去小石橋那兒等夏天義和啞巴的，卻到了東街巷裏。夏天智家的院門關著，我從門前走過去了，走了過去，看看巷中沒人，掉頭又走回來，院門還關著。這麼來回走了幾次，巷裏的人多起來，我就不敢再走了。竹青見著我，說：「你在這兒幹啥哩？」我說：「我等你爹去七里溝呀！」竹青說：「我爹和啞巴早在小石橋那兒等你了！」我灰沓沓地只好離開了東街巷道。在七里溝，我盼著天黑，天黑了還要在東街巷裏轉悠，我下定了決心，如果碰著白雪，管夏天義在場不在場，即便在場的還有夏天智，我都要問問白雪有沒有什麼事。我要學飯時的蒼蠅，你趕了又來，就是要趴在碗沿上，令人討厭但牠勇敢啊！我不停地看天上的太陽，太陽走得太慢。夏天義說：「你看啥哩？」我說：「太陽咋沒長個尾巴呢？要是有尾巴，我一把將它拽下來！」

白雪在她的屋間裏一直哭到天亮。夏天智一起來，白雪就不敢哭了，也起來打掃院子，去土場上的麥草垛上抱柴火回來燒洗臉水，又煮了一鍋米湯。然後是四嬸起來了，她說：「娘，今日我得出去哩。」四嬸說：「去哪個村？」白雪說：「青楊寨有家給他娘過三年奠的。」四嬸說：「那你先吃飯，吃飽點。」白雪沒有吃飯，去了四嬸的臥屋看孩子，孩子還沒有醒，小小的嘴嚅著，一隻腳露在被子外，她抱住腳塞在自己口裏親了親，眼淚又嘩嘩地流下來。四嬸跟了進來，催督著去吃飯，白雪忙擦了淚，給孩子蓋好了腳，說：「我不吃啦，得早些去哩。」四嬸送她到院外，說：「你眼泡腫得那麼高？」白雪說：「怕是沒睡好吧。」就急急笑了一下，走了。

夏天智繞著清風街轉了一圈，回來後，知道白雪又走了，就說：「她也辛苦。」四嬸說：「睡都睡不好，眼睛都是腫的。」夏天智說：「你要給她說哩，身體重要，年輕不在乎。剛才我見著二哥了，二哥的身子說不行咋就不行了？瞧他那氣色，我真擔心哩！現在老兩口一個瞎子一個病著，這樣下去咋行呀？」四嬸說：「你操二哥的心，這事你又咋管，他五個兒子的讓你操心？」夏天智說：「五個兒子……哼，和尚多了沒水吃哩！」他不說了，拉出了奶羊擠奶，再去白雪的屋間取奶瓶，發現了床下的信封和一張什麼紙，撿起來一看，就大聲地叫起了四嬸，而自己身子一晃跌在地上。

傍晚我從七里溝來到了東街巷道，沒有見到白雪，但知道了夏天智是突然地又病了。夏天義是進了夏天智家的院子，我沒有進去，只聽見白雪的孩子一聲比一聲尖著哭，原本天上還是鐵鏽紅的雲，一時間黑氣就全罩了。

夏天智睡倒了兩天後，添了打嗝兒的毛病，嗝聲巨大，似乎是從肚裏咕嚕嚕泛上來的。一輩子愛吃水煙，突然覺得水煙吃了頭暈，甚至聞不得煙味，一聞著就嘔吐。太陽正中午的時候，他讓把他攙到院中的椅子上，然後把四嬸、白雪、夏雨都叫來，開始問白雪和夏風的婚事。白雪先還是隱瞞，他就說他看到夏風的那封信了，白雪便放聲哭了起來。白雪一哭，鼻涕眼淚全下來，四嬸和夏雨都慌了手腳。夏天智說：「事情既然這樣了，我有句話你們都聽著：只要我還活著，他夏風不得進這個門；我就是死了，也不讓他夏風回來送我入土。再是，白雪進了夏家門就是夏家的人，她不是兒媳婦了，我認她做女兒，就住在夏家。如果白雪日後要嫁人，我不攔，誰也不能攔，還要當女兒一樣嫁，給她陪嫁妝。如果白雪不嫁人，這一院子房一分為二，上房東邊的一半和東邊廈屋歸夏雨，上房西邊的一半和西邊的廈屋歸白雪。」說完了，他問四嬸：「你聽到了沒？」四嬸說：「我依你的。」夏天智又問夏雨：「你聽到了沒？」夏雨說：「聽到了。」夏天智說：「聽到了好！」靠在椅背上一連三聲嗝兒。白雪哭著給他磕頭。他說：「哭啥哩，甭哭！」白雪不哭了，又給他磕頭。他說：「要磕頭，你磕三個，大紅日頭下我認我這女兒的。」白雪再磕了一次。夏天智就站起了，不讓夏雨再攙，往臥屋走去，說：「把喇叭打開，放秦腔！」夏雨說：「放秦腔？」他說：「《轅門斬子》，放！」

這天午飯時辰，整個清風街都被高音喇叭聲震蕩著，《轅門斬子》播放了一遍又一遍。差不多的人端著碗吃飯，就把碗放下了，跟著喇叭唱：「焦贊傳孟良稟太娘來到。兒問娘進帳來為何煩惱？娘不說兒延景自然知道。莫非是娘為的你孫兒宗保？我孫兒犯何罪綁在了法標？提起來把奴才該殺該絞！恨不得把奴才油鍋去熬。兒有令命奴才巡營瞭哨，小奴才大著膽去把親招。有焦贊和孟良稟兒知道，你的兒跨戰馬前去征勦。實想說把穆柯一馬平掃，穆桂英下了山動起槍刀。軍情事也不必對娘細表，小奴才他招親軍法難饒。因此上綁轅門示眾知曉，斬宗保為飭整軍紀律條。」

自後的日子裏，夏天智的肚子便不舒服起來，而且覺得原先的刀口處起了一個小包，身上發癢。他每日數次要四嬸幫他抓癢，自個手動不動就去摸那個小包，說：「縣醫院的大夫縫合傷口不行，怎麼就起了個疙瘩?!」小包好像還在長，甚至有些硬了。但夏天智的精神頭兒似乎比前一段好，他就獨自去找趙宏聲，讓趙宏聲瞧那個小包。趙宏聲捏了捏小包，說：「疼不？」他說：「不疼。」趙宏聲說：「沒事沒事，我給你貼張膏藥。」

夏天智從趙宏聲那裏出來，隨路去秦安家轉轉，沒想夏天義也去了。夏天義越發黑瘦，腿卻有些浮腫，指頭一按一個坑兒。他們說了一陣話，夏天智就回家了，一回家就讓夏雨把慶金、慶滿和慶堂、瞎瞎叫來，沒叫慶玉，也沒叫任何一個媳婦，他說：「四叔把你們叫來，要給你們說個事的。這事我一直等著你們誰出來說，但你們沒人說，也只好我來說了。你爹你們也看到了，年紀大了，去冬今春以來身體一天不如了一天，他是不去了七里溝……」慶金說：「他還去哩。」夏天智說：「我知道。他現在去是轉一轉，幹不了活了。他確實是幹不了活了！可是，你爹你娘還是自己種著俊德家那塊地，回來自己做自己吃。我去了幾次，做的啥飯呀，生不生熟不熟，你們是應該伺候起他們了！我給你們說了，你們商量著看咋辦呀？」慶金慶滿慶堂和瞎瞎都說四叔你說得對，我爹我娘是不能單獨起灶了。四個兒子便在夏天智家商量，雖然仍是爭爭吵吵，言語不和，但最後終於達成協議：五個兒子，每家管待兩位老人一星期飯，到誰家，誰家就是再忙再窮，必須做改樣飯，必須按時，不能耽擱和湊合。商量畢，夏天智說：「好了！」讓他們給爹娘說去。可到了後晌，夏天智拿了他的書在台階上看，看出了一個錯別字，正拿筆改哩，慶金來說，他爹見不得慶玉，執意不肯去慶玉家吃飯。夏天智說：「我估摸你爹不肯去慶玉家，那你們四家就輪流麼。」慶金說：「我兄弟四個沒意見，可幾個媳婦難說話，嚷嚷爹娘生了五個兒子為什麼他慶玉就不伺候老人？惡人倒得益了！他不伺候，也該出錢出糧呀！我去給慶玉說，慶玉卻口口聲聲不出錢也不出糧，說他要管待老人的，剩下了他，村人怎麼戳他脊梁，他才不願意落個不孝順的名兒。」夏天智哼道：「他說的屁話！他知道你爹不願去才說這話，他要孝順咋不出錢出糧？你回去給你們的媳婦們說，你爹不願去慶玉家，就不去慶玉家，四個兒子不准看樣！你就說這是我說的，誰有意見讓來找我！」又罵慶金是軟蛋，把慶金趕走了。

夏天智趕走了慶金，又看他的書，但如何也看不進去，再要播放一段秦腔，喇叭竟也出了故障，就坐在椅子上呼哧呼哧出氣。到了晚上，傷口上的小包疼痛起來。連著疼了幾天，夏天智讓夏雨去趙宏聲那兒買膏藥，趙宏聲對夏雨說：「四叔傷口上那個小包，我疑心是病又復發了。」夏雨慌了，說：「如果復發了那怎麼辦？」趙宏聲說：「再復發，恐怕就難弄了，這號病一般是熬過一年就能熬過三年，熬過三年就能熬過五年，熬過五年了就沒事了。四叔手術後復發這麼快，是手術沒做好？」夏雨說：「醫生告訴我手術很成功呀！」趙宏聲說：「那這是啥原因？或許是命吧，再好的醫生是能治病治不了命的。你得有個思想準備。」便取了幾瓶治癌的中成藥，撕了瓶子上的藥名貼紙，給了夏雨。夏雨腳像踩在棉花堆裏，一路上眼淚流個不止。到了東街巷口，他走不動了，坐在碾盤上吃紙菸，巷道裏空空盪盪，他想：真的是爹不行了嗎？人這命咋這麼脆的？如果這陣一直到我回家的路上能碰上個雞，爹就沒事，如果碰不上，那……夏雨拿眼盯著巷道，默默地說：出來個雞吧，天爺，出來個雞吧！他慢慢地走到了自家院門口，仍是沒有一隻雞走動，已經把院門推開了，還回頭看看巷道，巷道裏還空空盪盪。夏雨穩定了情緒進屋，夏天智摀著肚子在炕上，夏雨把藥給了夏天智，說是能止疼的。夏天智說：「這瓶子上怎麼沒商標什麼的？」夏雨說：「這是宏聲把止疼的中成藥裝在廢瓶中的，一天三次，一次六片。」四嬸說：「一次吃那麼多呀！」但夏天智取了六片藥一次塞在嘴裏，喝水沖了一下沒沖下去，再喝水沖了一下，脖子梗得老長。夏雨就不忍心看了，藉故走到院子，眼淚吧嗒吧嗒往下掉。

此後的夏雨就很少在萬寶酒樓，再不兩天三天不回家，他每日都抽空回來陪夏天智說話，幫夏天智和顏料，又買一大堆秦腔盒帶。夏天智覺得奇怪了，對四嬸說：「是不是夏雨和那女子的事吹啦？」四嬸說：「他給你說了？」夏天智說：「以前整日不沾家的，現在回來這麼勤，不是戀愛吹了能是啥？」四嬸說：「或許他生了心，懂事了！」夏天智說：「肯定是吹了！」四嬸等夏雨再回來，他提了一隻鱉，說要給爹熬鱉湯喝呀，四嬸說：「你爹病了，你也不把你對象領回來看看你爹？」夏雨說：「你們不願意人家，她害怕麼。」四嬸說：「既然你同意，我們還有啥說的？領回來！」

夏雨真的把金蓮的姪女領回來了幾次。這女子嘴甜，一口一個爹和娘，但夏天智每每見到她來了，點個頭算是打了招呼，就坐到他的臥屋去，對四嬸說：「她沒過門，叫的什麼爹呀娘呀的，她叫你，你還答應？」四嬸說：「我看這女子還行。」夏天智說：「行啥呀？你瞧瞧那個站相……」四嬸噓了一聲，忙制止。院子裏，夏雨和那女子在殺鱉，夏雨用刀剁了鱉頭，那女子去撿鱉頭要扔給貓，鱉頭卻咬住了那女子的中指，疼得嘰吱哇嗚地喊。

過了半個月，清風街出了個笑話，是書正的二女兒害了病，趙宏聲給抓了七服中藥，吃了六服，病就好了。書正的媳婦一個人在家的時候，唸道這藥好，這剩下的一服撂了吧是花了錢買的，太可惜，就自己熬著喝了。沒想到喝後肚子疼得打滾，送到趙宏聲那兒又打了三天的針才好過來。這一天，夏天智和四嬸去和大嬸說話，書正的媳婦來借秤，又說起吃藥的事，四嬸說：「你啥想占便宜，別人的藥都敢喝?!」書正媳婦說：「不是想占便宜，是嫌可惜。平日娃娃們吃剩的飯都是我吃的，我只說我身體也不好，誰曉得那藥厲害！」大嬸說：「讓宏聲也給我抓服藥，讓我吃得能死就好了。我活得夠夠的了！」書正媳婦說：「大嬸你不敢死，你君亭當官哩，你是福老婆子呀！」大嬸說：「我有個豆腐！」四個人正說著話，慶滿的媳婦嘴噘臉吊地從門前走過。四嬸說：「你本來臉長，再拉得那麼長是掛水桶呀?!」慶滿媳婦就進了院，說：「四娘四娘，你說這瞎瞎夠人不夠？」四嬸說：「又咋啦麼？」慶滿媳婦說：「他爹他娘在瞎瞎家吃了五天飯，他娘眼睛看不見，撞碎一摞三個碗，瞎瞎說爹娘是弟兄四個養活的，打碎的碗卻是他一人的，這碗錢應該四家分攤，我大哥和竹青就給了兩份，他又來尋我，我就不給，打了你三個碗，兩家給你貼賠了，再加上你的一份，已經夠了，我會賠啥的？他瞎瞎就拿了我家一個碗摔了，說是這樣誰都不吃虧。你瞧這瞎瞎，虧他做得出這種事來?!」堂屋裏夏天智罵道：「贏人得很！你在院子裏說啥哩，你到大街上去說麼！」慶滿媳婦嚇了一跳，說：「四叔在屋裏？」四嬸說：「在裏邊。」慶滿媳婦扭身就走。到了飯時，麻巧從地裏回來，留夏天智和四嬸吃飯，夏天智執意要走，走到了巷子口，正好碰著夏天義。夏天義顫顫巍巍地拉著瞎眼二嬸，二嬸卻皺了鼻子說：「誰家熗了蔥花？」夏天義說：「就你鼻子尖！」二嬸說：「今日能給咱吃啥飯？我剛才打盹，夢見是蘿蔔豆腐餡兒餃子。」夏天義說：「你想了個美！」身下的路上有了黑影，抬頭一看是夏天智。夏天智說：「二哥，這往哪兒去？」夏天義說：「到慶堂家吃飯呀。兄弟，你瞧瞧，我這是要飯的麼！」

夏天智心裏不是個滋味，回到家裏，院門卻關著，喊了幾聲，夏雨滿頭汗水地來開了門。四嬸說：「咋，洗頭了，洗頭你關門幹啥？」堂裏走出了金蓮的姪女，頭髮蓬亂，衣服扣子又扣斜了，一個襟長一個襟短，說「爹，娘」，順門就走了。夏天智明白了什麼，說：「你……」恨得說不出話，肚子卻疼了起來。

夏天智的病就從這一天加重了，疼痛使他不思茶飯，以至於躺在炕上，沒威沒勢，窩蜷著像是一隻貓。趙宏聲開始給他罌粟殼湯喝，後來罌粟殼湯也不抵事，就注射杜冷丁。杜冷丁先兩天注射一次，再是一天注射一次，再是半天注射一次。夏天智也明白自己得的是什麼病了。做完手術後他見人愛說他的病，也盼著清風街所有的人都能來看望他，現在他不願意多說話了，清風街的人又一輪來看望，他只是搖一搖手，或者眼睛動一下，算是招呼，任憑來人說「好好養養，不就是個胃潰瘍麼，養息養息也就好了」，自己一句話也不響應。他要尿，需夏雨攙扶他去廁所。夏雨把尿壺塞進被窩，他說他尿不出來，還是要到廁所去。夏雨說：「你就在炕上尿麼，換個褥子就是了。」夏天智發了火，但他罵不出聲了，就拿眼睛瞪著夏雨，夏雨只好攙他去廁所。探望的人越來越多，夏天智誰也不願意見，每每院門一響，他就閉上眼。夏雨幾次提出給夏風打電話，夏天智都搖頭，夏雨還要說，他就唾夏雨，唾沫噴不到夏雨，卻落在自己臉上。夏雨和四嬸、白雪商量，說不讓夏風知道那怎麼行，可暗中把夏風叫回來了，夏天智知道了肯定會加劇病情，三個人沒了主意，都坐在院子裏無聲地哭。

在天上下起了黃泥雨的那個中午，我看望了夏天智。天上颳了兩天風，塵土罩著清風街，第三天早晨落了一陣小雨，雨都是黃泥點子，我讓來運領我進了夏天智家的院，我的白衫子成了灰衫子，來運是白狗成了麻點狗。我一進院子，四嬸、白雪和夏雨稍稍有些吃驚，但並沒有拒絕我。我說：「四叔好些了嗎？」四嬸說：「引生你也來看你四叔了？」拿了小凳讓我坐。我去了臥屋，夏天智的眼睛閉著，他已經失了人形了，我看他的頭頂，頭頂上雖然還有光焰，但小得弱得像個油燈芯子。後來我便退出臥屋，立在院子裏不知道要幹些什麼和說些什麼。突然間，我盯著了那棵癢癢樹，我說：「我能治四叔的病！」夏雨說：「你又瘋了，你走吧，走吧。」夏雨把我往院外推，我偏不走。白雪對夏雨說：「他說能治，問他怎麼個治法？」我說：「白雪理解我！」四嬸和夏雨都不言語了。我說：

「四叔身上長了瘤子，這癢癢樹也長了瘤子。」我這話一說，他們都看癢癢樹，癢癢樹上真的是有個大疙瘩。我說：「這疙瘩原先就有還是最近長的？」四嬸說：「這也是怪事，以前樹身光光的，什麼時候長了這麼大個疙瘩？你說，引生，這疙瘩是咋啦？」我說：「如果是新長的疙瘩，就是這樹和四叔通靈的。」當下取了斧頭，三下五下將樹上的疙瘩劈了。我又說：「劈掉這疙瘩，四叔身上的腫瘤也就能消失了。」四嬸、白雪和夏雨都驚愕地看著我，那一瞬間，我是多麼得意，我怎麼就能想到這一點呢，我都為我的偉大而感動得要哭了！

從那天起，我沒有了自卑心，毫無畏懼地來夏天智家。我幾乎是天天來，雖然夏天智每次在我來時都閉著眼，白雪也沒有同我多說什麼，但沒有人反對我，也沒有人罵我是瘋子，反倒問我：「你四叔真的能好了嗎？」我說：「這得相信我！」我坐在花壇沿上，我的身後所有的月季都開了。

但是，夏天智在第八天裏把氣噝了。

夏天智噝氣前，已經不能說話，他用手指著收音機，四嬸趕忙放起了秦腔，秦腔是什麼戲，我一時還沒聽得出來，又到了末尾，是：

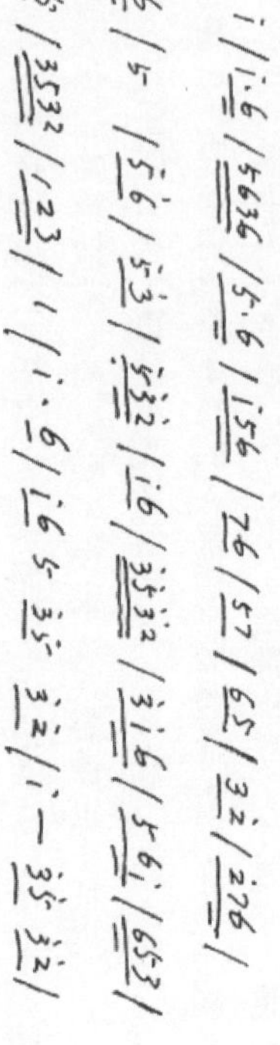

花音二倒板裏唱的卻是一句：天亮氣清精神爽。我說：「唱得好，唱得好，四叔的病怕要回頭了！」白雪卻在喊：「爹！爹！」我回過頭去，夏天智手在胸前一抓一抓的，就不動了，臉從額部一點一點往下黑，像是有黑布往下拉，黑到下巴底了，突然笑了一下，把氣噝了。

　　中星他爹在世的時候曾經告訴我，人死了有的上天堂，有的下地獄，凡是能上天堂的死時都是笑的，那是突然看到了光明，突然地輕鬆，不由自主地一個微笑，靈魂就放飛了。夏天智受疼痛折磨的時間夠長了，他臨死能有一個笑，這讓我們的心都寬展了些。但是，我保證過我能治夏天智的病，現在人卻死了，我非常地尷尬，四嬸和白雪呼天搶地地哭起來，夏雨沒有哭，他直勾勾地看著我，我慌了，說：「四叔是笑了一下。」夏雨說：「笑了一下。」我又說：「四叔上天堂了。」夏雨也說：「上天堂了。」我說：「我……」夏雨沒有再說什麼，眼淚刷刷刷地流了下來。

　　夏天智一死，哭聲從一個院子傳到另一個院子，從一條巷傳到另一條巷，再從東街傳到了中街和西街。夏家的老老少少全都哭得癱在地上，除了哭竟然都不知道該幹些什麼。虧得上善又來主持，安排人設靈堂的設靈堂，清理棺材的清理棺材，再把夏家晚輩叫在一起，說：「誰都要走到這一步，哭一鼻子就對了，你們都這麼哭著，誰料理事呀？」他就分配活計：慶滿領人在院子裏壘鍋灶；夏雨負責磨麵碾米，買酒肉、菸茶、蔬菜、火紙、香表和蠟燭；慶堂率領眾妯娌在廚房忙活；白雪去預定樂班；慶金去請趙宏聲來寫銘錦；瞎瞎和雷慶去老親世故家報喪。最後，新生帶了四色禮去西山灣，讓陰陽先生看下葬的時辰。清風街的人一溜帶串地都來了，屋裏已坐不下，都站著，圍了靈床把夏天智再看一眼，抹幾把淚，到院裏問慶金：需要我幹些啥？慶金端著一個木盤，木盤裏擺著紙菸，一邊散一邊說：「人手夠，人手夠，明日都過來吧。」來了的人散去，回家準備蒸獻奠大饃，買燒紙和香表，趕明日再來弔孝。夏天義是在夏天智倒頭後最早來的，來了就再沒有回他家，他一直沒哭，只是靈堂設起後，親手把一張麻紙蓋在夏天智的臉上，說了一句：「兄弟，你咋把你哥一個留下啦?!」兩股眼淚才流下來。他的眼淚不清亮，似乎是稠的，緩慢地翻越著橫著的皺紋，從下巴上又流進了脖領裏，然後就坐在夏天智的炕沿上，見人也不搭理，沉悶著像個呆子。夏雨和白雪重新更換了中堂上的字畫，再將一櫃子的秦腔臉譜馬勺全取了出來，掛滿了靈堂。白雪說：「上善哥，我爹生前說過，他死了要枕他的書哩，能不能用書換了他的枕頭？」上善說：「要得！你不提醒，我倒忘了！」將六本《秦腔臉譜集》替換了夏天智頭下的枕頭。原本夏天智的脖子硬著，用書換枕頭的時候，脖子卻軟軟的，換上書，脖子又邦硬。上善就說：「四叔四叔，還有啥沒辦到你的心上？」屋子裏沒有風，夏天智臉上的麻紙卻滑落下來，在場的人都驚了一下。院子裏有人說：「新生回來了！」上善說：「好了，好了，新生回來了，四叔操心他的時辰哩！」就又喊：「新生！新生！」新生就跑進來。上善說：「時辰咋定的？」新生說：「後天中午十一時入土。」上善說：「四叔，四叔，後天中午十一時入土，你放心吧，有我主持，啥事都辦妥的。」把麻紙又蓋在夏天智的臉上。奇怪的是麻紙蓋上去，又滑落了。屋裏一時鴉雀無聲，連上善的臉都煞白了。白雪突然哭起來，說：「我爹是嫌那麻紙的，他要蓋臉譜馬勺的！」把一個臉譜馬勺扣在了夏天智的臉上，那臉譜馬勺竟然大小尺寸剛剛把臉扣上。

靈床上發生的事夏雨沒在場，他和君亭在院子裏商量如何通知村小學和鄉政府，以及縣上有關部門。商量定了，夏雨說：「給不給我哥打電話？」君亭說：「你還沒通知夏風呀？」夏雨說：「還沒哩。」君亭說：「快去打電話，這事還用商量?!」夏雨這才醒悟家裏的事外人都不知道，便不再說，自個去萬寶酒樓給夏風掛了長途電話。可是，夏風偏偏人不在省城，說他在離省城二百里外的地方采風哩，下午就返省城，明天限天黑前肯定能趕回來。

再說夏風接罷了電話，嚎啕大哭了一場，立即尋便車趕天黑回到了省城，又連夜聯繫了單位小車司機，說好第二天一早準時送他。天亮車來，夏風讓車開往城南興善寺購買了兩對特大香蠟，十六對小蠟，十把香，十刀燒紙。又去批發市場買了一箱紙菸，兩箱白酒。已是中午十一時，兩人進一家小飯館要了兩碗刀削麵，正吃著，服務員進來說：「是不是你們的車停在人行道上？」司機說：「咋著？」服務員說：「警察拖車哩！」夏風拿著筷子就往出跑，見拖車把小車拖到了馬路上，大喊：「為什麼拖車，為什麼拖車？」旁邊的警察說：「人行道上是停車的地方嗎？」夏風說：「我有急事，你罰款麼！」但小車已經被拖走了。夏風氣得大罵，立即用電話四處聯繫熟人，直到三個小時後，一位朋友才將自己的私車開來，兩人又去交警大隊，將違章車上的喪事用品取下來，直折騰到了下午三點，才離開了省城。夏風更想不到的是，天近傍晚，車行駛到全路程的少一半處，前不著村，後不挨店，突然出了故障，怎麼檢查都尋不出毛病，就是發動不著。夏風急得幾乎瘋了，站在路邊擋順車，但夜裏車輛極少，偶爾過來一輛大運貨車，卻怎麼招手吶喊也不肯停，兩人只好在車裏呆了一夜，等待著第二天能再攔擋別的車。

夏雨第二天沒有等到夏風回來，晚上還沒有回來，急得嘴角起了火泡。君亭說：「最遲也該趕到明日十一點前吧，要不就見不上四叔一面了！」上善說：「是不是出了什麼事趕不回來？」夏雨說：「能有什麼事?他不回來許多事不好辦哩！」君亭說：「事到如今，他即使明日十一點前趕回來，商量事情也來不及了！咱們做個主，如果他趕不回來，孝子盆夏雨摔，至於抬棺的，上善你定好了人沒？」上善說：「該請的都請到了，該擋的也都擋了，席可能坐三十五席，三十五席的飯菜都準備停當。只是這三十五席都是老人、婦女和娃娃們，精壯小夥子沒有幾個，這抬棺的，啟墓道的人手不夠啊！」君亭說：「東街連抬棺材的都沒有了？」上善說：「咱再算算。」就扳了指頭，說：「書正腿是好了，但一直還跛著，不行的。武林跟陳亮去州裏進貨了，東來去了金礦，水生去了金礦，百華和大有去省城撿破爛，武軍販藥材，英民都在外邊攬了活，德水在州城打工，從腳手架上掉下來，聽說還在危險期，德勝去看望了。剩下的只有俊奇、三娃、三踅、樹成了。俊奇又是個沒力氣的，三踅靠不住，現在力氣好的只有你們夏家弟兄們，可總不能讓你們抬棺呀！」君亭說：「還真是的，不計算不覺得，一計算這村裏沒勞力了麼！把他的，咱當村幹部哩，就領了些老弱病殘麼！東街的人手不夠，那就請中街西街的。」慶金說：「搭我記事起，東街死了人還沒有請過西街人抬棺，西街死了人也沒請過中街人抬棺，現在倒叫人笑話了，死了人棺材抬不到墳上去了！」一直坐在一邊的夏天義長長地嘆了一口氣，拿眼睛看著君亭。君亭說：「二叔你看我幹啥？」夏天義說：「清風街啥時候缺過勞力，農村就靠的是勞力，現在沒勞力了，還算是農村?!」君亭說：「過去農村人誰能出去？現在村幹部你管得了誰？東街死了人抬不到墳裏，恐怕中街西街也是這樣，西山灣茶坊也是這樣。」夏天義說：「好麼！好麼！」竹青見夏天義和君亭說話帶了氣兒，忙過來說：「勞力多沒見清風街富過，勞力少也沒見餓死過人。」夏天義說：「咋不就餓死人呢?!你瞧著吧，當農民的不務弄土地，離餓死不遠啦！」君亭不理了夏天義，說：「咱商量咱的，看從中街和西街請幾個人？」上善又扳指頭，說了七個人，大家同意了，就讓竹青連夜去請。君亭如釋重負，站起來拍拍屁股上的土，說：「好了！」仍沒理夏天義，坐到院中的石頭上吃紙菸去了。

石頭邊臥著來運。來運自夏天智湯水不進的時候也就不吃不喝，夏天智一死，牠就臥在靈堂的桌子下。來人弔孝，夏雨得跪在桌邊給人家磕頭的，淑貞就嫌狗臥在那兒不好看，趕了去，牠就臥在院裏的石頭邊，兩天沒動，不吃喝也不叫。癢癢樹下，立著白雪，白雪穿了一身白孝，眼紅腫得像對爛水蜜桃。淑貞說：「白雪白雪，你穿啥都好看！」白雪沒答言。淑貞又說：「這夏風咋還不見回來，該不會是不回來啦?」白雪說：「怕還在路上哩。」君亭說：「他做長子的能不回來?!」淑貞說：「養兒防老，兒子養得本事大了反倒防不了老。四叔這一倒頭，親兒子沒用上，倒是姪兒們頂了事了！」三嬸就在廚房門口喊：「淑貞，讓你把泔水桶提來你咋就忘了?!咋就忘了。」君亭拍了拍來運的背，一口煙噴出來，來運嗆著了，兩天兩夜裏說了一個字：汪。

又是整整一夜，夏家的人都沒有合眼，各自忙著各自的活，直到雞叫過了三遍，做大廚的都回去睡覺，姪媳婦就坐在草鋪上打盹，幫忙的人不願回去睡的就在小方桌上玩麻將，準時七點，夏雨和慶金拿了鞭炮、燒紙和鍁去墳上啟寢口土，而白雪請的樂班卻已經到了門前。

樂班來了十二個人，八男四女，都曾是在夏風和白雪結婚待客時來過清風街的。這些人當然我是認識的，我近去一一和他們打招呼。最後來的是王老師和邱老師，半年多不見，王老師又老了一截。我說：「您老也來啦?」她說：「來麼。」我說：「還唱《拾玉鐲》嗎?」她說：「唱麼。」我給男樂人散了紙菸，她說：「咋不給我散?」我趕忙敬上一根，但她沒吃，裝在了她的口袋裏。去年夏裏這些人來，他們是劇團的演員，衣著鮮亮，與凡人不搭話，現在是樂班的樂人了，男的不西裝革履，女的不塗脂抹粉，被招呼坐下了，先吃了飯，然後規規矩矩簇在院中搭起的黑布棚下調琴弦，清嗓音，低頭嘁嘁啾啾說話。到了早晨八點，天陰起來，黑雲像棉被一樣搗著，氣就不夠用，人人呼吸都張著嘴。參加喪事的人家陸續趕來，邱老師就對上善說：「開始吧?」上善說：「辛苦！」邱老師驀地一聲長嘯：「哎呀來了！」旁邊的鑼鼓鈸鐃一起作響，倒把屋裏院裏的人嚇了一跳。瞎瞎在夏天智臥屋裏正從一條紙菸盒裏拆菸，忙揣了一包在懷裏，跑出來，便見邱老師踏著鑼鼓點兒套著步子到了靈堂前整冠、振衣、上香、奠酒，單腿跪了下拜，然後立於一旁，滿臉莊嚴，開始指揮樂人都行大禮。拉二胡的先上靈堂，他喊：更衣！拉二胡的做更衣狀；他喊脫帽，拉二胡的做脫帽狀；他喊拂土，拉二胡的做拂土狀；他喊上香，拉二胡的上香；他喊奠酒，拉二胡的奠酒；他喊叩拜，拉二胡的單腿跪了三拜。拉二胡的退下，持鈸的上靈堂，再是反覆一套。持鈸的退下，打板鼓的上靈堂，又是反覆一套。打板鼓的退下，唱小生的上，唱小生的退下，唱淨的上，唱淨的退下，吹嗩吶的上，吹嗩吶的剛剛在靈堂前做拂土狀，我看見中星進了院子。中星當了縣長，我還是第一次見他，他的頭髮仍然是那麼一綹，從左耳後通過了頭頂貼在右耳後，他拿著一捆黑紗布。慶金在台階上站著，也發現了他，立即迎上去接了黑紗布，說：「你怎麼知道的，就趕回來了？」中星說：「我在州裏開會，順路回來的，怕是四叔陰魂招我哩！」慶金就把黑紗布掛在了靈堂邊的繩子上，繩子上掛滿了黑紗、白紗，落帳單的趙宏聲立即寫了一個字條黏在那黑紗上。中星說：「這會兒奠不成酒，我看看四叔一眼，向他老人家告個別。」慶金領著去了靈床前，慶金說：「人已經瘦得一把皮了。」揭夏天智臉上的臉譜馬勺時，馬勺卻怎麼也揭不下來。中星說：「不揭了，這樣看著也好。」院子裏的人都在觀看樂人的奠拜，沒大注意中星，待中星從堂屋出來，幾個人就問候，中星搖搖手，示意不要影響了樂人，他也就立在一旁觀看。吹嗩吶的從靈堂退下，拉板胡的又上去做了一番動作。男樂人奠拜完畢，四個女樂人集體上靈堂，套路是另外的套路，各端了木盤，木盤上是各色炸果，挽花步，花步錯綜複雜，王老師就氣喘吁吁，步伐明顯地跟不上。邱老師給敲板鼓的丟了個眼色，鼓點停了，炸果才一樣一樣貢獻了靈桌上。樂人們才立在一邊歇氣，中星就近去一一握手，王老師說：「呀，團長呀?!」唱淨的樂人說：「哪裏還是團長，應該叫縣長！」王老師說：「夏縣長！你來了多時了？」中星說：「多時了。」王老師說：「那你看到我們奠拜了？」中星說：「看到了。」王老師說：「你感覺咋樣？」中星說：「覺得滄桑。」王老師說：「你說得真文氣，是滄桑，夏縣長！事情過去了，我說一句不該說的話，咱們劇團在你手裏不該合起來，當時分了兩個分隊，但畢竟還能演出，結果一合，你又一走，再分開就分開成七八個小隊，只能出來當樂人了。」唱淨的樂人說：「這有啥，咱當了樂人，卻也抬上去了一個縣長麼！」中星笑著，笑得很難看，他用手理他的那綹頭髮，說：「秦腔要衰敗，我也沒辦法麼，同志！」邱老師當然也看見了中星，但他並未過來，這時高聲說：「各就各位！」王老師和唱淨的就回坐到桌子前。邱老師立於靈堂前，雙手拱起，口裏高聲朗誦很長很長的古文，瞎瞎聽不懂，卻知道是生人和死人的對話。瞎瞎就低聲對我說：「他們比夏雨的禮還大！」夏雨除了張羅事外，凡是來人弔孝都是跪下給來人磕頭的，見了什麼人都要作拜，孝子是低人一等，而樂人是被請來的客，我也沒想到他們能這般的禮節。我說：「是大。」瞎瞎說：「那他們見天都給別人做孝子賢孫？」這話聲高，我不願讓樂人們聽見，就扯了他一下胳膊，說：「看你的！」那邱老師聲真好，越誦越快，越誦越快，幾乎只有節奏，沒了辭語，猛地頭一低，戛然而止。我忙端了一杯水要給他潤喉，他撥了一下我，緊身後退，退到堂屋門口，雙手嚯地往上一舉，院子裏就起了《哭腔塌板》。

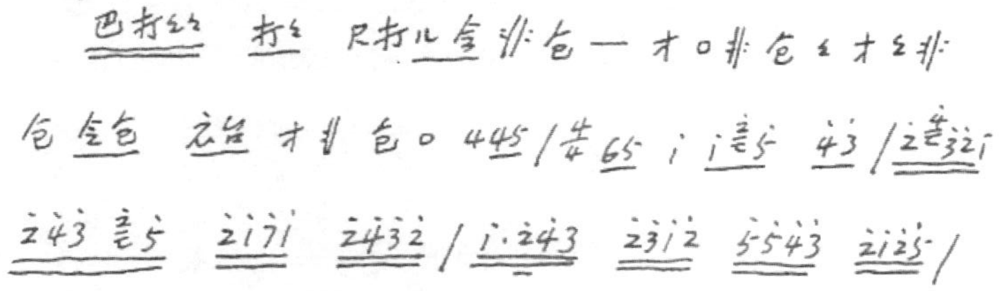

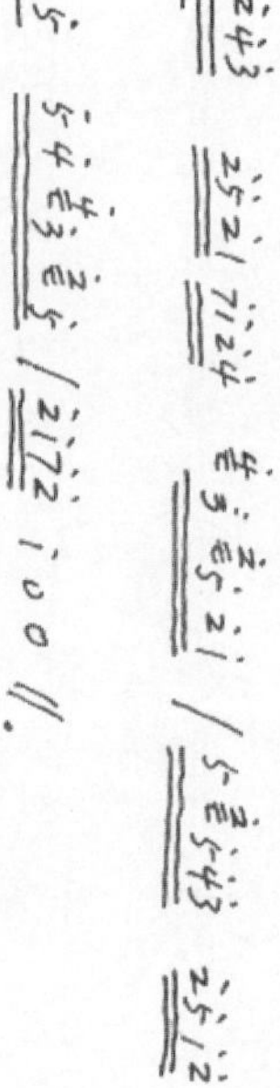

《哭腔塌板》響過，便吹打《苦音跳門坎》，《張良歸山》，《柳生芽》，《永壽庵》，《祭南風》，《殺妲姬》。又吹打《富紫金山》，《夜深沉》，《王昭君》，《釘子釘》。然後男一段唱，女一段唱，分別是《遊西湖》，《竇娥冤》，《祝福》，《五典坡》，《下宛城》，《雪梅弔孝》，《諸葛祭風》。邱老師是個高個子，脖子很長，他自己敲起了乾鼓和別人對，臉就脹得通紅，而謝了頂的頭上，原本是左耳後一撮頭髮覆蓋了頭頂搭在右耳處，和中星一個樣的，現在那撮頭髮就掉下來，直搭在左肩上。看熱鬧的人群裏咯地笑了一下。大家回過頭去，發笑的是白娥。白娥並不在乎眾人怨恨，她一眼一眼看著邱老師，邱老師也看著她，唱得更加起勁。我不願意看到這場面，就又端了一杯水要送到樂人桌上，從人窩擠過白娥身邊時，狠狠踩了她一腳，她一趔趄，茶水又澆在她褲子上，她哎喲一聲俯下身去，從人窩裏退出去揉腳了。邱老師是顧不及整髮的，自己唱罷，乾鼓聲中就努嘴裂目來指揮別人，別人一唱起，又低頭敲乾鼓，再輪到自己唱了，猛一甩頭，頭髮掃著了桌面上的茶碗，茶碗沒有掉下桌，茶水卻濺了旁邊人一臉。他唱得最投入，臉上的五官動不動就挪了位，一雙眼睛環視著。我知道他還在尋找白娥，但他尋不著白娥了，然後盯著院中的丁霸槽，眼亮得像點了漆，丁霸槽翹了一個大拇指，眼睛又盯住了我，眼亮得像點了漆，我叫了聲：「唱得好！」院子裏的人都站著鼓掌。我身邊一個聲音卻說：「好個屁！」我一回頭，是翠翠。我說：「翠翠你回來啦，幾時回來的？」

翠翠說：「用得著給你彙報嗎？」我沒生翠翠的氣，我說：「能回來就好，就是你四爺的順孫女，比你慶玉伯強！」她扭轉了頭，她的臉很白，脖子卻是黑的。我還要看她的睫毛那麼長，是不是假的？陳星在院門口給翠翠招手，翠翠又把頭扭過來，嘴噘起多高。我走到院門處，訓陳星，說：「你是來弔孝的，為啥不到靈堂上去磕個頭？」陳星說：「我來找翠翠。」我說：「啥時節裏你來找翠翠?!」陳星這才走了。這時候瞎瞎擔著桶去泉裏挑水，他讓我替他去挑，我沒去，他說：「你剛才訓誰了？」我說：「陳星沒拿一張紙一根香，我把他攆走了！」瞎瞎說：「對著的，不來弔孝不讓看熱鬧，你把住門！」

差不多過了一小時，淑貞去街上買了一包胡椒粉回來，對上善說，怎麼搞的，陳星在東街牌樓那兒彈吉他唱歌哩，咱在這裏過事，他在那裏唱算什麼呀，許多人倒跑去聽他的了。上善說：「是不是？」就讓我去看看，如果真是聚的人多，就攆散了去。我和啞巴就去了，果然陳星在那裏彈著吉他唱歌，他唱的仍是那些流行歌，「誰能與我同醉，相知年年歲歲」，眼淚長流。對於陳星愛翠翠，我是佩服的，我也嫉妒過，但你陳星在這個時候唱的什麼歌，我就不客氣了，一頓臭罵，把他轟走了。

我重新回到了夏家的老宅院裏，樂班還在吹拉彈唱，孝子順孫們開始燒紙奠酒。但順孫輩裏卻沒有了翠翠。我問文成，翠翠呢？文成說看見剛才出了院門，不知道去哪兒了。我也是做得過分了，就懷疑是不是翠翠找陳星了，陳星會不會又在東街牌樓下唱歌呢？當秦安被他老婆揹著來弔孝的時候，秦安沒有哭，拿頭使勁地在夏天智的靈床上碰，碰得額上都起了青色，上善就吩咐秦安老婆快把秦安揹回去，免得傷心過度出事，但秦安死活不讓老婆揹回去，上善就說：「引生，你幫著揹回去。」我說：「我揹他，我嫌他身上一股味！」瞎瞎說：「你不揹了你挑水，我揹！」我不願意受瞎瞎指揮，就把秦安揹了回去，路過東街牌樓下，陳星是再沒有在那兒唱歌，等送了秦安返回來，路過陳星的鞋舖，我還想說：「你能行，咋不唱了？我不讓你唱你就唱不成！」卻見門關著，順腳近去從窗縫往裏一望，陳星和翠翠都光著下身在那裏幹事哩。翠翠撅了屁股，讓陳星從後邊幹，她上身趴在床沿上還吃著蘋果。你作孽呀翠翠，你四爺還沒入土哩你就幹這事了！我咚地把門踢了一腳，回頭就走，一邊走一邊說：「作孽！作孽！」而我走出一丈遠了，鞋舖傳來了吵架聲，好像是為了錢，翠翠罵罵咧咧跑了過來，跑過了我的面前，我沒有理她，她也沒有理我。

這件事我不敢對人說，但我覺得晦氣，為什麼翠翠幹那事讓我撞見？我到了巷口，瞎瞎還在挑水，問：「你把秦安揹回去啦？」我說：「你挑你的水！」我覺得我眼睛都是紅的。

夏天智過世的頭天下午，我是在我家的紅薯地裏拔草，拔完了一壟，靠在地塄下歇息，太陽暖暖和和，只覺得又飢又睏，迷迷瞪瞪就睡著了。突然聽到有腳步聲，夏天智從地塄下的土路上走了來，我看見了他，躲避不及，忙把一張紅薯葉子擋了眼睛，我看不見他了，心想他也看不見了我。但是，夏天智卻說：「引生，你幫我拔拔我家地裏的草，將來紅薯收下了，我給你裝兩背簍！」我說：「我不。」夏天智說：「你就懶！」我說：「我是餓著，可我是坐著！」夏天智很瞧不起我的樣子，便繼續從路上走去。我說：「四叔四叔，我是哄你的，我給你拔草！」夏天智再沒理我。我說：「四叔四叔，你這往哪兒去？」夏天智說：「我走呀！」還指了一下，路上就有了夏天禮和中星他爹。夏天禮和中星他爹是死了的，怎麼又活著？這條路往下走是進了清風街的，往上走卻就去了伏牛梁。夏天智說他走呀，他是往哪裏去？我忽地就醒了。醒來太陽已經在屹甲嶺上落成了個半圓，紅得像血水泡了的，接著就咕咚一下掉下去沒了。我那時心裏是針扎似的疼了一下，強烈地感覺到夏天智是要死呀！我說：「不敢胡想，不敢胡想。」越是不敢胡想，越是想著夏天智要死呀，站起來就回到清風街，直腳往夏天智家去。夏天智還仍然昏睡著，白雪在院子裏拿著一個土豆練習扎針。夏天智是每一個半小時就得打杜冷丁，趙宏聲不可能總守在床邊，白雪就在土豆上練扎針，她練了也讓夏雨練。從那天下午起我就沒離開夏家，我是目睹了夏天智死的。夏天智死後又是我去叫了夏天義，叫了慶金、君亭和上善的。現在，我已經在夏家忙活了兩夜三天，上善雖然沒給我分配專項任務，但夏家的兄弟們總是指派我幹那些粗活笨活。邱老師原本是來吹樂的，他一唱起來倒陶醉在自己的得意中，全然要博得眾人的喝采，我便有些意見了。慶金也有意見，他讓瞎瞎去挑水，瞎瞎還想讓我同他一塊去，我不去，也不想再看邱老師了，站在院門外看院門上的對聯。狗剩的兒子早來的，在廚房裏吃了兩個饃和一碗豆腐，又拿了一個饃到巷裏，將饃高高拋起，雙手拍著，說：「饃呀饃呀！」再把饃接住，看見了武林滿頭汗水地跑來，就說：「武林叔，你也為饃來啦？」武林說：「我出差，啊差，差啦，得是四叔歿，歿，啊歿了?!」狗剩的兒子說：「歿了！廚房裏有饃哩！」武林說：「饃你娘，娘，啊娘的×哩，你碎仔沒，沒良心，餵不熟，熟的狗，你為饃來，來，來的?!」嗚嗚地哭著進了院門。

武林的哭聲粗，邱老師就不唱了。大家都看著武林進了堂屋，撲到靈床上哭得拉了老牛聲。武林能哭成這樣，誰也沒想到，都說：「武林對四叔情重！」四嬸便去拉武林，好多人也去拉武林，拉著拉著都哭了。靈堂上一片哭聲，院子裏的樂班倒歇了。上善說：「繼續唱，繼續唱！」一時卻不知點唱哪段戲好。白雪抹著眼淚從堂屋出來，說：「我爹一輩子愛秦腔，他總是讓我在家唱，我一直沒唱過，現在我給我爹唱唱。」就唱開了，唱的是《藏舟》：

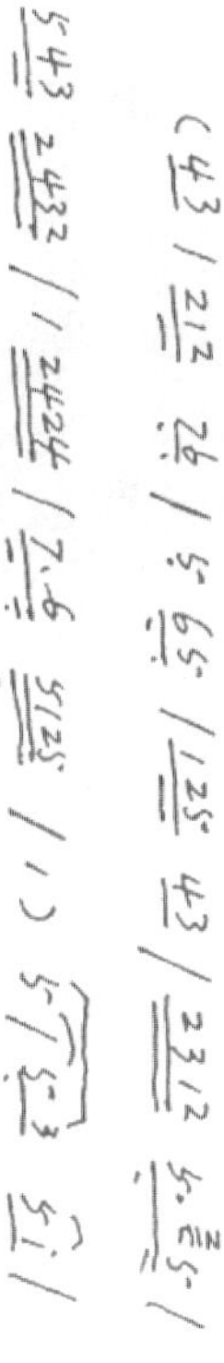

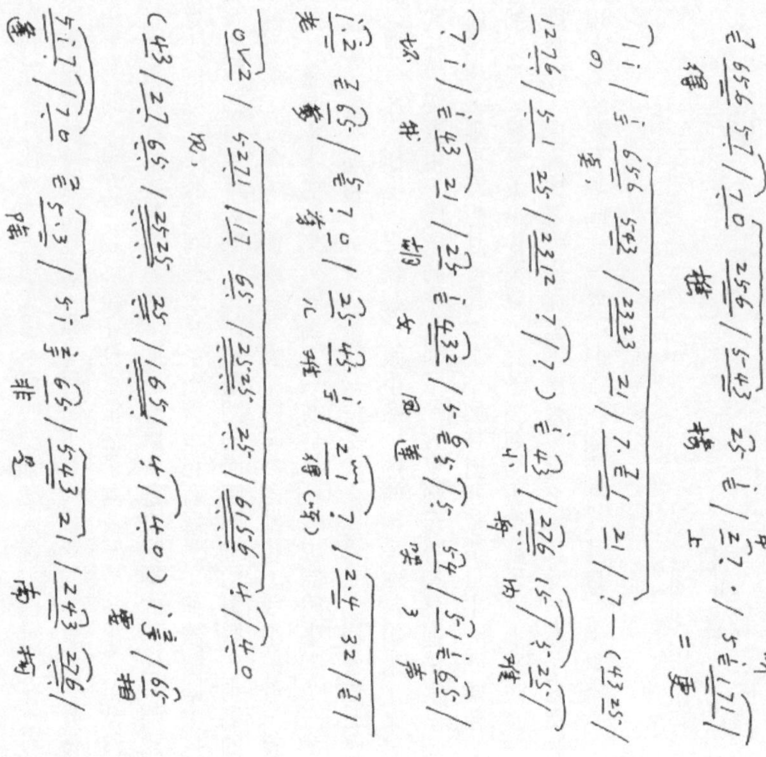

白雪唱得淚流滿面，身子有些站不穩，靠在了癢癢樹上，癢癢樹就劇烈地搖晃。我是坐在樹下的捶布石上，看見白雪哭了我也哭了，白雪的眼淚從臉上流到了口裏，我的眼淚也流到了口裏。眼淚流到口裏是鹹的。我從懷裏掏了手帕，掏了手帕原本要自己擦淚，但我不知怎麼竟把手帕遞給了白雪。白雪是把手帕接了，並沒有擦淚，唱聲卻分明停了一下。天上這時是掉雲，一層一層掉，像是人身上往下掉皮屑。掉下來的雲掉到院子上空就沒有了，但天開始亮了起來。院子裏一時間靜極了，所有的人都在看我。竹青就立過來站在了我和白雪的中間，她用腳暗中踢我，我才驚覺了站起來退到了廚房門口。退到廚房門口了，我漲紅著臉，慶幸白雪能接受了手帕，又痛心那手帕白雪不會再給我了！白雪的手帕又回到了白雪的手裏，我命苦，就是這一段薄薄的緣分！

堂屋的台階上，上善在看手腕上的錶，然後對夏雨說：「都快十點了，十點二十分必須要成殮起靈的，你哥怎麼還不到？」夏雨說：「他可不敢誤時辰啊！」上善說：「再等二十分鐘吧，若還不回來，就不等他了。」夏雨說：「那只有這樣。」又等了二十分鐘，白雪還沒有唱完，上善就過去說：「白雪，你不唱了，給你爹入殮吧。」白雪收了聲，卻對活諸葛說：「入殮時就奏秦腔曲牌，我把高音喇叭打開。」進屋開了喇叭，立即天地間都是秦腔聲。秦腔聲中哭喊浮起，夏天智入殮了，棺木蓋上，釘了長釘，繫了草繩，扭成八抬，眾人一聲大吼：「起！」八人抬起，又八人在抬槓下扶著，一搖三擺出了堂屋，出了院門，出了巷道，到了街上，直往中街、西街繞了一遍，折上三一二國道，往伏牛梁墳地去了。

我沒有分配去抬棺。棺木抬著去了中街西街，我抄近道往夏天智的墳上跑去，跟在我身後的是來運。來運一直在院中臥著，奄奄一息，我跑出院門時牠竟忽地站起來跟著了我。在墳頭上，我揮著一個小柳枝兒，枝頭上是白紙剪成的三角旗，我嚯地揮旗指著地，地上生出一寸多高的麥苗和草全伏了下去，又嚯地揮旗指著天，天就掉下一疙瘩雲，碾盤大的，落在墳前的路上，沒有碎，瀰漫了一片。秦腔聲越來越大，我已搞不清這秦腔聲是遠處的高音喇叭上響的還是雲朵裏響的？來運突然地後腿著地將全身立了起來，牠立著簡直像個人，而且伸長了脖子應著秦腔聲在長嚎。來運前世是秦腔演員這可能沒錯，但來運和夏天智是一種什麼緣分，幾天不吃不喝都要死了，這陣卻能這樣長嚎，我弄不清白。

送葬的隊伍從三一二國道上往伏牛粱來，他們在上一個地塄。地塄上是有一條小路的，抬棺的八抬，小路上只能通過一人，棺木就怎麼也抬不上去。上善在喊：「鼓勁！鼓把勁呀！」前邊的四個人牽著地塄上人的手，上到一半，後邊的四個人就罵前邊的：「往前拉呀，熊包啦?!」前邊的喊：「後邊往前擁！擁！」前邊的兩個人膝蓋軟了，跪倒在地上，大叫：「不行啦！不行啦！」上善的臉都變了，喊：「再來人！來人啊！」但已經沒有精壯小夥了，上善和丁霸槽也撲過去把前邊的木槓往起抬，丁霸槽個子矮，上善彎了身去扛木槓，齜牙咧嘴著。夏雨已趴在地上給抬棺人磕頭，說：「求大家了，再努些勁，努些勁！」慶金就喊：「慶滿，君亭，瞎瞎，你們快幫忙！」三個孝子忙近去也抬木槓。差不多二十多人擠在一塊，一聲吼：「一二——上！」棺木抬上了地塄，再一鼓作氣到了墳上，停放在了寢口前。人人都汗濕了衣服，脖臉通紅，說：「四叔這麼沉呀！」上善就給大家散紙菸，拿了燒酒瓶讓輪著喝，說：「不是四叔沉，是咱們的勞力都不行啦！」孝子順孫們白花花地跪在棺前燒紙，上香，奠酒，樂班的鑼鼓弦索嗩吶再一次奏起來。夏雨和白雪跪在一邊，夏雨低聲說：

「我哥到底沒回來。」白雪說：「爹說過他死也不讓你哥送葬的，你哥真的就不回來了。」

棺木入墓室，幫忙的人砌了墓門，鏟土壅實。一堆高高大大的墳隆起來了，樂班也駐了樂，但高音喇叭上仍在播放著秦腔曲牌《祭沙》：

大家都站在那裏聽秦腔，夏雨說：「磁帶這麼長的？」白雪說：「怎麼又重播了？」夏雨說：「家裏沒人呀？」還疑惑著，便看見一輛小車停在了三一二國道上，從車上下來了夏風，哭喊著往墳上奔來。

清風街的故事該告一個段落了吧。還說什麼呢？清風街的事，要說是大事，都是大事，牽涉到生死離別，牽涉到喜怒哀樂。可要說這算什麼呀，真的不算什麼。太陽有升有落，人有生的當然有死的，剩下來的也就是油鹽醬醋茶，吃喝拉撒睡，日子像水一樣不緊不慢地流著。夏風是在夏天智過了「頭七」，就返回了省城。那個陳星比夏風還早一天也揹著他的吉他走了。陳星的走，有些莫名其妙，因為開春後他還請了縣農技所的人來修剪了一次果林，而且頭一天在戲樓上彈著吉他唱歌，唱了一首又一首，幾乎是辦了一場他的專唱會，第二天一早他卻走了，走了再沒有在清風街露面。以後呢，是天漸漸又熱了，蟬在成蛹了，貓在懷春了，青蛙在產卵了，夏天義一日復一日地還在七里溝，只是每次從七里溝回來，路過夏天智的墳前，他就嘮叨得給墳前豎個石碑的。他責問過夏雨，夏雨說這事他和夏風商量過，夏風讓等他回來了好好給爹豎個碑的，他已經請石匠開出了一個面碑石了。夏雨卻對夏天義問起一件事來，是不是縣上派人來調研重新分地的事了？夏天義睜大了眼睛，說：「你聽誰說的？」夏雨說：「上善……你不知道呀？」夏天義說：「狗日的！」夏雨說：「他們不知來調研啥的，是同意重新分地，還是不同意分地？」夏天義說：「一壺酒都冷喝了，才端了火盆呀！」夏雨說：「……」夏天義說：「總算來了，來了就好，我夏天義的信還起作用麼！」夏雨說：「二伯你又告了?!」夏天義沒言喘，抄著手回家去了，他的頭向前傾著，後脖子上的臃臃肉雖然沒了，卻還泛著一層油。但是，縣上的來人卻路過了清風街先去了西山灣，而麥子眼看灌漿了，清風街下起了一場大雨。雨先是黑雨，下得大中午像是日頭落山，黑濛濛的。再是白雨，整整一夜，窗紙都是白的。雨大得人出不了門，拿盆子去接屋簷水做飯，怎麼接只能接半盆子。白雪抱著孩子站在台階上，從院牆頭一直能看到南山峁，山峁被黑色的雲霧裹著，像是坐著個黑寡婦，她就不看了。門樓的一角塌了，裸露出來的一截木頭生了綠毛。院子裏的水已經埋沒了捶布石，牆根的水眼道被雜物堵了，夏雨在使勁地捅，捅開了，但水仍是流不出去，他出了院門，開始大聲叫前院人的名字，大名小名地叫，前院裏才有了應聲。夏雨說：「耳朵叫驢毛塞了?你家尿窖子溢了，屎尿漂了一巷道！」前院人說：「水往尿窖子裏灌哩，我有啥辦法，我日天呀?!」夏雨說：「你還躁哩?!你為啥不在尿窖邊擋土堰呢?」就取了钁頭去疏通巷道了。四嬸在廚房門口生火盆，讓白雪把孩子的濕尿布拿來烘一烘，就聽到轟地一聲。白雪說：「娘，誰家的院牆又塌了！」四嬸說：「塌吧，塌吧，再下一天，咱這院牆也得塌了！」白雪沒有拿了濕尿布去烘，回坐在門檻上，覺得屋裏黑暗，陰氣森森的，打了一個冷顫。

雨又下了一天，夏家老宅院的院牆沒有塌，只掉脫了席大一面牆皮，但東街塌倒了十二道院牆，武林家的廈房倒了，農貿市場的地基下陷，三踅的磚瓦場窩了一孔窯，而中街西街也是塌了十三間房三十道院牆，壓死了一頭母豬，五隻雞。街道上的水像河一樣，泡倒了戲樓台階，土地神廟一根柱子傾斜，溜了十行瓦，土地公和土地婆全立在泥水裏。整個街上的水流進了東街外的小河，小河水滿，沖走了慶金刨修的地，也沖垮了兩岸的石堤，一棵柳樹斜斜地趴在那裏。州河有石鱉子堆，總算沒決潰，但也水離堤只差了一尺，男女老幼幾百人在護衛，君亭幾天幾夜都沒有回家，鑼敲得咣咣響，要嚴防死守。而伏牛梁更糟，有泥石流往下湧，湧沒了那一片幼樹林子，退耕還林示範點像是癩瘡頭，全是紅的黃的疤和膿，沒了幾根毛髮。清風街人都愁著，見了面就罵天：一旱旱了五年，一下卻把五年的雨都下來了，這是天要滅絕咱呀！

說實情話，一下起雨，我是高興的。平平淡淡的日子我煩，別人家生活得好我煩，別人家生活得不好我也煩，這場雨讓清風街亂了套，看著人人鼻臉上皺個疙瘩，我嘴上不說，心裏倒有了一點快意。這或許是我道德品質壞了，但我就是覺得快活麼！我光著腳，也不戴草帽，在雨地跑來跑去，到東街報告著西街的誰誰家屋漏了，到西街報告著東街的誰誰家後簷垮了。我去看夏天義，我說：「二叔，果園那邊坍方啦，新生家毀了三十棵蘋果樹，陳亮搭的棚子倒了，你說這雨厲害不厲害，那麼結實的園子地，說塌呼嚕塌了一百米！」夏天義從炕上坐起身，說：「你過來，你過來。」我伸過頭去，夏天義啪地在我臉上搧了一下，說：「看把你高興的?!」這一搧，不疼，卻把我搧蔫了，乖乖地坐著。二嬸說：「你打引生幹啥哩？」夏天義說：「不打他就瘋圓了！」伸手在炕頭上摳土，摳下一小塊乾土塞在嘴裏嚼。

夏天義在一開始下雨渾身的關節就疼得不能下炕，昏昏沉沉在睡，總覺得天裂了大縫要塌下來，後來睜開眼，又看見睡屋的牆裂了一條直直的縫子，趴起來再看時，是電燈開關繩子，頭就枕著那塊白石枕頭繼續睡。睡得頭疼，坐起來肚子飢，摳炕頭牆上的乾土疙瘩吃。蚯蚓是吃土的，夏天義也吃起土了?夏天義在吃了一疙瘩乾土後竟然覺得乾土疙瘩吃起來是那樣香，像炒的黃豆，他就從那時喜歡起吃土了。先是夜裏二嬸聽見他咔咔地咬咂聲，還以為他睡夢裏磨牙，拿腳蹬了蹬，夏天義哼了一聲，二嬸說：「你醒著?吃啥的?!」夏天義說：「好東西。」二嬸說：「啥好東西不給我吃？」從炕那頭爬過來奪過一點塞在自己嘴裏，才知道是土，就忙在夏天義的口裏摳。夏天義卻說他覺得吃著香，還是吃，幾天就把炕頭牆摳得像狼扒過一樣。那些天吃飯是輪到了慶堂家，慶堂和竹青打了傘過來揹他們，夏天義坐在慶堂家的門檻上，又是手自覺不自覺地在門框邊牆上摳。竹青就去把趙宏聲叫來，趙宏聲也覺得奇怪，說吃乾土是小孩家肚裏有蛔蟲了才喜歡吃的，還未見過大人吃土。就對夏天義說：「天義叔，你咋吃土呢？」夏天義說：「我也不知道，只覺得好吃。」趙宏聲說：「吃了土有沒有不舒服的？」夏天義說：「沒。」趙宏聲就對竹青說：「沒事，雞還吃石子哩，他要吃就讓他吃吧。」

到了這天晌午，雨總算停了，啞巴從河堤上回來，腿上流著血，他是在堤上打木樁，鐵錘打偏了撞破了腿，一回來就死豬一樣倒在炕上呼呼地睡。夏天義卻要把他喊醒，怎麼喊都喊不醒。二嬸埋怨娃乏了你叫他幹啥呀，夏天義說天放晴了，得去七里溝看看。二嬸說：「啥時候了你還操心七里溝？」夏天義說：「啥時候?!」還是把啞巴搖醒。夏天義卻在箱子裏尋他的新衣服，嚷嚷他的那件竹青給新縫的藍夾襖呢，腰帶呢？二嬸說：「去七里溝呀還是吃宴席呀?!」夏天義說：「有新夾襖為啥不穿，再不穿沒日子啦！」二嬸說：「你是死呀?!」說過了覺得不吉利，呸呸呸地吐唾沫。夏天義穿了新夾襖，又繫上腰帶，拿鍁就往出走，啞巴要揹他，他不讓，兩人剛走到夏雨家院門外，白雪在院門口往腳上套草鞋，而夏雨兩腳黃泥，拿著一把鍁。夏天義說：「夏雨你是從堤上回來的，水退了嗎？」夏雨說：「退了。我剛才去我爹的墳上看了看。」夏天義說：「水沒沖墳吧？」夏雨說：「只把栽的幾棵柏樹沖了。」夏天義說：「白雪你也去了？」白雪說：「我沒去，茶坊那邊捎了口信，說房塌把人壓死了，讓去的。」夏天義說：「人咋這麼脆的！那咱一塊走，我到七里溝看看去。」白雪說：「去七里溝呀？等天晴定了，地乾了再去麼。」夏天義說：「地不乾，你不是也出門呀？」白雪說了一句「二伯這夾襖合身」，跟著夏天義一塊出了巷子。

巷外的街道上停著手扶拖拉機，拖拉機上我坐著哩。我不嫌涼，光著膀子唱秦腔：「把你的貞節名注在匾上，曉與了後世人四海宣揚。」夏天義就說：「引生，你咋知道我要去七里溝呀？」我說：「我還知道白雪也出去呀！」我讓他們都坐到拖拉機上，白雪不坐。夏天義說：「坐，你看引生像個瘋子嗎？」白雪就坐上來，坐在了車廂後沿。

有白雪在拖拉機上，我開得很慢。大雨把沿路沖得坑坑窪窪，卻使路兩邊的草很綠，所有的花都開了。今天花見了我特別欣喜，蜂也來追逐我。一隻蜂落在我耳朵上，嗡嗡地唱，啞巴看見了就來趕蜂，但那蜂不等他的手拍過來卻掉下去死了。我說：「天義叔，這蜂樂死了！」夏天義說：「鬼話，蜂咋樂死的？」我說：「蜂一看見我光著膀子，心想這下可以叮了，一樂就樂死了！」夏天義和啞巴都笑，白雪也笑了，白雪笑是拖拉機一顛蹦出一個笑的，笑得像爆包穀顆，一個一個都是花。

到了七里溝外，白雪下了拖拉機要走了，她要走過那個溝岔地，再往東拐一個彎，再走二里地就到茶坊村的。我立即也跳下拖拉機，說：「你幾時回來呀？」白雪說：「天不黑就回來吧。」我說：「那我們等著你！」一眼一眼看著她走過了那段溝岔地。啞巴催我開拖拉機，咈咈地敲車廂，夏天義一直沒說話，吃他的黑捲菸。

七里溝裏，果然水將那道石堰沖垮了，而且還有一股水從溝裏往下流，夏天義就讓我和啞巴在溝上邊築了一道土堰，把水改到了崖根。我和啞巴幹活，夏天義坐在草棚門口，草棚沒有倒塌，他坐了一會兒，手便又在棚門口摳地上的乾土，丟進嘴裏嚼起來，然後直直地盯著不遠處自己的那座空墳。我那棵木棍栽活了的樹上，鳥巢還在，再大的雨鳥巢裏不盛水，鳥夫妻卻總不安分，嘰嘰喳喳地叫。我說：「叫啥哩，叫啥哩？幾天沒見，想我們啦?!」鳥夫妻還是叫，在空中飛，但不離開我們，而且落下三片羽毛。我不理了鳥夫妻，我說：「啞巴，你爺看他的墳哩！」啞巴沒吭聲。我說：「啞巴，你爺在想啥哩？」啞巴還是沒吭聲。啞巴是說不了話的，我就不和他說了，但我在那一刻裏卻聽見夏天義在說話，他的話沒有聲，是在心裏說的。他說的是：我不久就要住到這裏了嗎？我要死了，清風街會有誰能抬棺呢？這場雨使今年又少了收成，更多的勞力還要出外嗎？清風街人越來越少了，草就更多了吧，樹就更多了吧，要有狼了嗎，有狐子了嗎？我埋在了這墳裏，墳上會長出些什麼東西呀，是一棵樹還是一叢荊棘，能不能也長一片麥子，麥穗就像那一穗麥王？人死了變成樹或者荊棘或者麥子，何年何月能重到七里溝淤地呀？人活一世太短了，幹不了幾件事，我連一條七里溝也沒治住！清風街人都往外走，不至於就走完吧，如果有一日還有人來淤七里溝，淤成了，他們坐在我的墳頭上又該怎麼說呢？說：以前有個夏天義，他做人是失敗了，這七里溝是他的恥辱。唉，或許這墳不幾年就平坦了，或許淤地這墳就徹底埋在土層下邊了，以後的兒兒孫孫誰還會知道夏天義呀?!現在的孩子你問他：你爺叫啥？十個有九個都不知道的。我夏天義又不是毛主席，誰知道？鬼知道！夏天義就是這麼在心裏說的，說到這兒了，他站了起來，叫喊道：「引生，引生！」我說：「啥事？」夏天義說：「我要叫他們知道我的！」我說：「他們是誰？」他卻不言語了，木木地向被沖垮的石堰走去，地上一踩成泥，泥黏在鞋上夏天義帶不動，一提腳，鞋陷在泥裏拔不出來了。

遠在茶坊村的那戶人家喪事辦得極其簡單，因為到處都是泥濘，什麼也不方便，樂班只吹唱了三個回合，亡人就下葬了。樂人並沒有吃飯，拿了報酬後，主家又給了各人一瓶酒，白雪就提了酒急急往回趕。她走到了七里溝口，七里溝出了太陽。久雨過後的太陽從雲層裂開的一條大縫裏，一束一束射下來，像血水往下潑。那時候我聽見了一種很奇怪的聲音，我說：「天義叔，啥在響？」夏天義說：「啥在響？」烏夫妻在他頭上飛，像飛機一樣向他頭上俯衝，他站在那裏，說：「啥在響？」罵起了烏夫妻。而我一抬頭看見了七里溝口的白雪，陽光是從她背面照過來的，白雪就如同牆上畫著的菩薩一樣，一圈一圈的光暈在閃。這是我頭一回看到白雪的身上有佛光，我丟下鍁就向白雪跑去。啞巴在憤怒地吼，我不理他，我去菩薩那兒還不行嗎？我向白雪跑去，腳上的泥片在身下飛濺，我想白雪一定看見我像從水面上向她去的，或者是帶著火星子向她去的。白雪也真是菩薩一樣的女人了，她沒有動，微笑地看著我。但是，突然間，轟隆隆的一個巨響，腳下的地就橋板一樣晃，還未搞清是什麼回事，我就撲倒在地，撲倒在地身子還往前衝，衝出了三丈遠。是什麼在推我？我看見白雪也同時跌倒了。她身邊並沒有人，誰推倒了她？是空氣。空氣在平日看不見，抓不著的，現在卻像是一個木橛，猛地將我從身後砸了一下，我幾乎是一疙瘩泥，被用力地摔沓在地上，我喊了一聲：「白雪，咋啦？」我想我沒胳膊沒腿了，沒鼻子沒眼了，是一張泥片黏在了地上，就什麼也不知道了。

這就是三月二十四日的災難。三月二十四日這個數字我永遠記著，清風街也永遠記著。這一天，七里溝的東崖大面積地滑坡了，它事先沒有一點跡象，或許在那場大暴雨中山體已經裂開，但我們全然不知道，它突然地一瞬間滑脫了，天搖地動地下來，把草棚埋沒了，把夏天智的墳埋沒了，把正罵著鳥夫妻的夏天義埋沒了。土石堆了半個溝。清風街來了人，但仍然是沒有了主要勞力，都是些老人小孩和婦女，我們刨土石一直刨了一夜，但那僅僅只刨了滑脫下來的土石的二十分之一還不到。上善和君亭就把夏家的人都叫到了一塊，商量的結果是，人肯定是死了，要刨還得刨兩三天才能刨出來，就是刨出來，若再要刨出墳墓，又要三四天，不如不刨了，權當是夏天義得到了厚葬。夏家人都哭得汪洋一般，也只好這麼辦。但夏天義被埋在了土石堆裏，土石堆將可能就在這裏形成永久的崖坡，夏天義便沒個具體的墳墓，那就得必須在這裏豎一塊碑子。決定豎碑子，夏天義的五個兒子和媳婦就吵鬧開了，依上善出的主意，碑子錢和豎碑子的費用各家分攤，而慶玉慶滿和瞎瞎堅決反對，理由是原先分攤的是慶金負責安葬夏天義的，現在老人遇到了這事，省了多少花銷，這碑子錢和豎碑子的費用還能再分攤嗎？淑貞說，是省了些程序並不省花銷呀，靈堂要設的吧，來弔孝的人要招待吧，如果不分攤，這碑子就不豎了！商議不到一塊兒，上善氣得就不管了，是夏雨主動提出來，把他給他爹準備的那塊石碑先讓給他二伯。石碑從西山灣石匠那兒拉了回來，也正好是縣上調研的人進了清風街，他們第一個要找的就是夏天義，當知道夏天義已經死了，就說：「他怎麼在這個時候死了?!」這話很快傳開來，清風街的人就不知道了調查人到底來調查什麼，不敢多言語。慶金去請趙宏聲給石碑上題辭，趙宏聲便推託了，說：「寫上『夏天義之墓』？那太簡單了。夏風臨走的時候說了，他要給他爹墓前豎一個碑子的，概括一句話刻上去的。二叔英武了一輩子，他又是這麼個死法，才應該給他的碑子上刻一段話的，可這話我概括不了，咱就先豎個白碑子，等著夏風回來了咱再刻字吧。」趙宏聲的話也在理，那滑脫下來的土石崖前就豎起了一面白碑子。

從那以後，我就一直在盼著夏風回來。

二〇〇三年四月三十日晚草稿完畢
二〇〇四年一月十二日凌晨兩點二稿完畢
二〇〇四年八月三十一日晚三稿完畢
二〇〇四年九月二十三日再改畢

後記

在陝西東南，沿著丹江往下走，到了丹鳳縣和商縣（現在商洛專區改制為商洛市，商縣為商州區）交界的地方有個叫棣花街的村鎮，那就是我的故鄉。我出生在那裏，並一直長到了十九歲。丹江從秦嶺發源，在高山峻嶺中突圍去的漢江，沿途沖積形成了六七個盆地，棣花街屬於較小的盆地，卻最完備盆地的特點：四山環抱，水田縱橫，產五穀雜糧，生長蘆葦和蓮藕。村鎮前是筆架山，村鎮中有木板門面老街，高高的台階，大的場子，分布著塔，寺院，鐘樓，魁星閣和戲樓。村鎮人一直把街道叫官路，官路曾經是古長安通往東南的唯一要道，走過了多少商賈、軍隊和文人騷客，現還保留著騾馬幫會會館的遺址，流傳著秦王鼓樂和李自成的闖王拳法。如果往江南岸的峭崖上看，能看到當年兵荒匪亂的石窟，據說如今石窟裏還有乾屍，一近傍晚，成群的蝙蝠飛出來，棣花街就麻碴碴地黑了。讓村鎮人誇誇其談的是祖宗們接待過李白、杜甫、王維、韓愈一些人物，他們在街上住宿過，寫過許多詩詞。我十九歲以前，沒有走出過棣花街方圓三十里，穿草鞋，留著個蓋蓋頭，除了上學，時常揹了碾成的米去南北二山去多換人家的包穀和土豆，他們問：「哪裏的？」我說：「棣花街的！」他們就不敢在秤上搗鬼。那時候這裏的自然風景和人文景觀依然在商洛專區著名，常有穿了皮鞋的城裏人從三一二國道上下來，在老街上參觀和照相。但老虎不吃人，聲名在外，棣花街人多地少，日子是極度的貧困。那個春上，河堤上的柳樹和槐樹剛一生芽，就全被捋光了，泉池裏石頭壓著的是一筐一筐煮過的樹葉，在水裏泡著拔澀。我和弟弟幫母親把炒過的乾苕蔓在碾子上砸，羅出麵兒了便迫不及待地往口裏塞，晚上稀糞就順了褲腿流。我家隔壁的廈子屋裏，住著一個李姓的老頭，他一輩子編草鞋，一雙草鞋三分錢，臨死最大的願望是能吃上一碗包穀糝糊湯，就是沒吃上，隊長為他蓋棺，說：「別變成餓死鬼。」塞在他懷裏的仍是一顆熟紅苕。全村鎮沒有一個胖子，人人脖子細長，一開會，大場子上黑乎乎一片，都是清一色的土皂衣褲。就在這一群人裏誰能想到有那麼多的能人呢：寬仁善製木。本旺能泥塑。東街李家兄弟精通胡琴，夜夜在門前的榆樹下拉奏。中街的冬生愛唱秦腔，吃了上頓沒下頓的，老婆都跟人去討飯了，他仍在屋裏唱，唱著旦角。五林叔一下雨就讓我們一夥孩子給他剝玉米棒子或推石磨，然後他盤腿搭手坐在那裏說《封神演義》，有人對照了書本，竟和書本上一字不差。生平在偷偷地讀《易經》，他最後成了陰陽先生。百慶學繪畫，拿鍋黑當墨，在牆上可以畫出二十四孝圖。劉新春整理鼓譜。劉高富有土木設計上的本事，率領八個弟子修建了幾乎全縣所有的重要建築。西街的韓姓和東街的賈姓是棣花街上的大族，韓述績和賈毛順的文墨最深，毛筆字寫得寬博溫潤，包攬了全村鎮門樓上的題匾。每年從臘月三十到正月十五，棣花街都是唱大戲和鬧社火，演員的補貼是每人每次三斤熱紅苕，戲和社火去縣上會演，總能拿了頭名獎牌。以至於外地來鎮上工作的幹部，來時必有人叮嚀：到棣花街了千萬不敢隨便說文寫字。再是我離開了故鄉生活在了西安，以寫作出了名，故鄉人並不以為然，甚至有人在棣花街上說起了我，回應的是：像他那樣的，這裏能拉一車！

就在這樣的故鄉，我生活了十九年。我在祠堂改做的教室裏認得了字。我一直是病包兒，卻從來沒進過醫院，不是喝薑湯搗汗，就是拔火罐或用瓷片割破眉心放血，久久不能治癒的病那都是「撞了鬼」，就請神作法。我學會了各種農活，學會了秦腔和寫對聯、銘錦。我是個農民，善良本分，又自私好強，能出大力，有了苦不對人說。我感激著故鄉的水土，它使我如蘆葦叢裏的螢火蟲，夜裏自帶了一盞小燈，如滿山遍野的棠棣花，鮮豔的顏色是自染的。但是，我又恨故鄉，故鄉的貧困使我的身體始終沒有長開，紅苕吃壞了我的胃。我終於在偶爾的機遇中離開了故鄉，那曾經在棣花街是一件驚天動地的事情，記得我揹著被褥坐在去省城的汽車上，經過秦嶺時停車小便，我說：「我把農民皮剝了！」可後來，做起城裏人了，我才發現，我的本性依舊是農民，如烏雞一樣，那是烏在了骨頭裏的。

我必須逢年過節就回故鄉，去參加老親世故的壽辰、婚嫁、喪葬，行門戶，吃宴席，我一進村鎮的街道，村鎮人並不看重我是個作家，只是說：賈家老四的兒子回來了！我得趕緊上前遞紙菸。我城裏小屋在相當長的年月裏都是故鄉在省城的辦事處，我備了一大摞粗瓷海碗，幾副鋼絲床，小屋裏一來人肯定要吃撈麵，腥油拌的辣子，大疙瘩蒜，喝酒就划拳，惹得同樓道的人家怒目而視。所以，棣花街上發生了任何事，譬如誰得了孫子，是順生還是橫生，誰又死了，埋完人後的飯是上了一道肉還是兩道肉，誰家的媳婦不會過日子，誰家兄弟分家為一個笸籃致成了仇人，我全知道。一九七九年到一九八九年的十年裏，故鄉的消息總是讓我振奮，土地承包了，風調雨順了，糧食夠吃了，來人總是給我帶新碾出的米，各種煮鍋的豆子，甚至是半扇子豬肉，他們要評價公園裏的花木比他們院子裏的花木好看，要進戲園子，要我給他們寫中堂對聯，我還笑著說：棣花街人到底還高貴！那些年是鄉親們最快活的歲月，他們在重新分來的土地上精心務弄，冬天的月夜下，常常還有人在地裏忙活，田堰上放著旱煙匣子和收音機，收音機裏聲嘶力竭地吼秦腔。我一回去，不是這一家開始蓋新房，就是另一家為兒子結婚做家具，或者老年人又在晒他們做好的那些將來要穿的壽衣壽鞋了。農民一生三大事就是給孩子結婚，為老人送終，再造一座房子，這些他們都體體面面地進行著，他們很舒心，都把鄧小平的像貼在牆上，給他上香和磕頭。我的那些昔日一塊套過牛，砍過柴，偷過紅苕蔓子和豌豆的夥伴會坐滿我家舊院子，我們吃紙菸，喝燒酒，唱秦腔，全暈了頭，相互稱「哥哥」，棣花街人把「哥哥（gē）」發音為「哥哥（guǒ）」，熱鬧得像一窩鳥叫。

對於農村、農民和土地，我們從小接受教育，也從生存體驗中，形成了固有的概念，即我們是農業國家，土地供養了我們一切，農民善良和勤勞。但是，長期以來，農村卻是最落後的地方，農民是最貧困的人群。當國家實行起改革，社會發生轉型，首先從農村開始，它的偉大功績解決了農民吃飯問題，雖然我們都知道像中國這樣的變化沒有前史可鑑，一切都充滿了生氣，一切又都混亂著，人攪著事，事攪著人，只能撲撲騰騰往前擁著走，可農村在解決了農民吃飯問題後，國家的注意力轉移到了城市，農村又怎麼辦呢？農民不僅僅只是吃飽肚子，水裏的葫蘆壓下去了一次就會永遠沉在水底嗎？就在要進入新的世紀的那一年，我的父親去世了。父親的去世使賈氏家族在棣花街的顯赫威勢開始衰敗，而棣花街似乎也度過了它暫短的欣欣向榮歲月。這裏沒有礦藏，沒有工業，有限的土地在極度地發揮了它的潛力後，糧食產量不再提高，而化肥、農藥、種子以及各種各樣的稅費迅速上漲，農村又成了一切社會壓力的洩洪池。體制對治理發生了鬆弛，舊的東西稀里嘩啦地沒了，像潑去的水，新的東西遲遲沒再來，來了也抓不住，四面八方的風方向不定地吹，農民是一群雞，羽毛翻皺，腳步趔趄，無所適從，他們無法再守住土地，他們一步一步從土地上出走，雖然他們是土命，把樹和草拔起來又抖淨了根鬚上的土栽在哪兒都是難活。我仍然是不斷地回到我的故鄉，但那條國道已經改造了，以更寬的路面橫穿了村鎮後的塬地，鐵路也將修有梯田的牛頭嶺劈開，聽說又開始在河堤內的水田裏修高速公路了，盆地就那麼小，交通的發達使耕地日益銳減。而老街人家在這些年裏十有八九遷居到國道邊，他們當然沒再蓋那種一明兩暗的硬梁房，全是水泥預製板搭就的二層樓，冬冷夏熱，水泥地面上滿是黃泥片，廳間滿大，擺設的仍是那一個木板櫃和三四隻土甕。巷口的一堆婦女抱著孩子，我都不認識，只能以其相貌推測著叫起我還熟悉的他們父親的名字，果然全部準確，而他們知道了我是誰時，一哇聲地叫我「八爺！」（我在我那一輩裏排行老八。）我站在老街上，老街幾乎要廢棄了，門面板有的還在，有的全然腐爛，從塌了一角的簷頭到門框腦上亮亮的掛了蛛網，蜘蛛是長腿花紋的大蜘蛛，形象醜陋，使你立即想到那是魔鬼的變種。街面上生滿了草，沒有老鼠，黑蚊子一抬腳就轟轟響，那間曾經是商店的門面屋前，石砌的台階上有蛇蛻一半在石縫裏一半吊著。張家的老五，當年的勞模，常年披著褂子當村幹部的，現在腦中風了，流著哈喇子走過來，他喜歡地望著我笑，給我說話，但我聽不清他說些什麼。堂兄在告訴我，許民娃的娘糊塗了，在炕上拉屎又把屎抹在牆上。關印還是貪吃，當了支書的他的姪兒家被人在飯裏投了毒，他去吃了三大碗，當時就倒在地上死了。後溝裏有人吵架，一個說：你張狂啥呀，你把老子×咬了?! 那一個把帽子一卸，竟然撲上去就咬×，把×咬下來了。村鎮出外打工的幾十人，男的一半在銅川下煤窯，在潼關揹金礦，一半在省城裏拉煤、撿破爛，女的誰知道在外邊幹什麼，她們從來不說，回來都花枝招展。但打工傷亡的不下十個，都是在白木棺材上縛一隻白公雞送了回來，多的賠償一萬元，少的不過兩千，又全是為了這些賠償，婆媳打鬧，糾紛不絕。因搶劫坐牢的三個，因賭博被拘留過十八人，選村幹部宗族械鬥過一次。抗稅惹事公安局來了一車人。村鎮裏沒有了精壯勞力，原本地不夠種，地又荒了許多，死了人都熬煎抬不到墳裏去。我站在街巷的石碌子碾盤前，想，難道棣花街上我的親人、熟人就這麼很快地要消失嗎？這條老街很快就要消失嗎？土地也從此要消失嗎？真的是在城市化，而農村能真正地消失嗎？如果消失不了，那又該怎麼辦呢？

父親去世之後，我的長輩們接二連三地都去世，和我同輩的人也都老了，日子艱辛使他們的容貌看上去比我能大十歲，也開始在死去。我把母親接到了城裏跟我過活，棣花街這幾年我回去次數減少了。故鄉是以父母的存在而存在的，現在的故鄉對於我越來越成為一種概念。每當我路過城街的勞務市場，站滿了那些粗手粗腳衣衫破爛的年輕農民，總覺得其中許多人面熟，就猜測他們是我故鄉死去的父老的託生。我甚至有過這樣的念頭：如果將來母親也過世了，我還回故鄉嗎？或許不再回去，或許回去得更勤吧。故鄉呀，我感激著故鄉給了我生命，把我送到了城裏，每一做想故鄉那腐敗的老街，那老婆婆在院子裏用濕草燃起燻蚊子的火，火不起焰，只冒著酸酸的嗆嗆的黑煙，我就強烈地衝動著要為故鄉寫些什麼。我以前寫過，那都是寫整個商州，真正為棣花街寫的太零碎太少。我清楚，故鄉將出現另一種形狀，我將越來越陌生，它以後或許像有了疤的蘋果，蘋果腐爛，如一泡膿水，或許它會淤地裏生出了荷花，愈開愈豔，但那都再不屬於我，而目前的態勢與我相宜，我有責任和感情寫下它。法門寺的塔在倒塌了一半的時候，我用散文記載過一半塔的模樣，那是至今世上唯一寫一半塔的文字，現在我為故鄉寫這本書，卻是為了忘卻的回憶。

我決心以這本書為故鄉樹起一塊碑子。

當我雄心勃勃在二〇〇三年的春天動筆之前，我奠祭了棣花街上近十年二十年的亡人，也為棣花街上未亡的人把一杯酒灑在地上，從此我書房當庭擺放的那一個巨大的漢罐裏，日日燃香，香煙裊裊，如一根線端端衝上屋頂。我的寫作充滿了矛盾和痛苦，我不知道該讚歌現實還是詛咒現實，是為棣花街的父老鄉親慶幸還是為他們悲哀。那些亡人，包括我的父親，當了一輩子村幹部的伯父，以及我的三位嬸娘，那些未亡人，包括現在又是村幹部的堂兄和在鄉派出所當警察的族姪，他們總是像搶鏡頭一樣在我眼前湧現，死鬼和活鬼一起向我訴說，訴說時又是那麼爭爭吵吵。我就放下筆盯著漢罐長出來的煙線，煙線在我長長的吁氣中突然地散亂，我就感覺到滿屋子中幽靈飄浮。

書稿整整寫了一年九個月，這期間我基本上沒有再幹別事，缺席了多少會議被領導批評，拒絕了多少應酬讓朋友們恨罵，我只是寫我的。每日清晨從住所帶了一包擀成的麵條或包好的素餃，趕到寫作的書房，門窗依然是嚴閉的，大開著燈光，掐斷電話，中午在煤氣灶煮了麵條和素餃，一直到天黑方出去吃飯喝茶會友。一日一日這麼過著，寂寞是難熬的，休息的方法就寫毛筆字和畫畫。我畫了唐僧玄奘的像，以他當年在城南大雁塔譯經的清苦來激勵自己。我畫了《悲天憫貓圖》，一隻狗臥在那裏，仰面朝天而悲嚎，一隻貓躡手躡腳過來看狗。我畫《撫琴人》，題寫：「精神寂寞方撫琴」。又寫了條幅：「到底毛穎是吞虜，滄浪隨處可濯纓」。我把這些字畫掛在四壁，更有兩個大字一直在書桌前：「守侯」，讓守住靈魂的侯來監視我。古人講：文章驚恐成，這部書稿真的一直在驚恐中寫作，完成了一稿，不滿意，再寫，還不滿意，又寫了三稿，仍是不滿意，在三稿上又修改了一次。這是我從來都沒有過的現象，我不知道是年齡大了，精力不濟，還是我江郎才盡，總是結不了稿，連家人都看著我可憐了，說：結束吧，結束吧，再改你就改傻了！我是差不多要傻了，難道人是土變的，身上的泥垢越搓越搓不淨，書稿也是越改越這兒不是那兒不夠嗎？

寫作的整個過程中，有一位朋友一直在關注著，我每寫完一稿，他就拿去複印。那個小小的複印店，複印了四稿，每一稿都近八百頁，他得到了一筆很好的收入，他就極熱情，和我的朋友就都最早讀這書稿。他們都來自農村，但都不是文學圈中的人，讀得非常興趣，跑來對我說：「你要樹碑子，這是個大碑子啊！」他們的話當然給了我反覆修改的信心，但終於放下了最後一稿的筆，坐在煙霧騰騰的書房裏，我又一次懷疑我所寫出的這些文字了。我的故鄉是棣花街，我的故事是清風街，棣花街是月，清風街是水中月，棣花街是花，清風街是鏡裏花。但水中的月鏡裏的花依然是那些生老病離死，吃喝拉撒睡，這種密實的流年式的敘寫，農村人或在農村生活過的人能進入，城裏人能進入嗎？陝西人能進入，外省人能進入嗎？我不是不懂得也不是沒寫過戲劇性的情節，也不是陌生和拒絕那一種「有意味的形式」，只因我寫的是一堆雞零狗碎的潑煩日子，它只能是這一種寫法，這如同馬腿的矯健是馬為覓食跑出來的，鳥聲的悅耳是鳥為求愛唱出來的。我唯一表現我的，是我在哪兒不經意地進入，如何地變換角色和控制節奏。在時尚於理念寫作的今天，時尚於家族史詩寫作的今天，我把濃茶倒在宜興瓷碗裏會不會被人看作是清水呢？穿一件土布襖去吃宴席會不會被恥笑為貧窮呢？如果慢慢去讀，能理解我的迷惘和辛酸，可很多人習慣了翻著讀，是否說「沒意思」就撂到塵埃裏去了呢？更可怕的，是那些先入為主的人，他要是一聽說我又寫了一本書，還不去讀就要罵母豬生不下獅子，狗嘴裏吐不出象牙。我早年在棣花街時，就遇著過一個因地畔糾紛與我家致了氣的鄰居婦女，她看我家什麼都不順眼，罵過我娘，也罵過我，連我家的雞狗走路她都罵過。我久久地不敢把書稿交付給出版社，還是幫我複印的那個朋友給我鼓勁，他說：「真是傻呀你，一袋子糧食擺在街市上，講究吃海鮮的人不光顧，要減肥的只吃蔬菜水果的人不光顧，總有吃米吃麵的主兒吧?!」

但現在我倒擔心起故鄉人如何對待這本書了，既然張狂著要樹一塊碑子，他們肯讓我豎嗎，認可這塊碑子嗎？清風街裏的人人事事，棣花街上都能尋著根根蔓蔓，畫鬼容易畫人難，我不至於太沒本事，要寫老虎卻寫成了狗吧。再是，犯不犯忌諱呢？我是不懂政治的，但我怕政治。十幾年前我寫《商州初錄》，有人就大加討伐，說「調子灰暗，把農民的垢甲搓下來給農民看，甭說為人民寫作，為社會主義寫作，連『進步作家』都不如！」雨果說：人有石頭，上帝有雲。而如今還有沒有這樣的人呢？我知道，在我的故鄉，有許多是做了的不一定說，說了的不一定做，但我是作家，作家是受苦與抨擊的先知，作家職業的性質決定了他與現實社會可能要發生摩擦，卻絕沒企圖和罪惡。我聽說過甚至還親眼目睹過，一個鄉級幹部對著縣級領導，一個縣級幹部對著省級領導述職的時候，他們要說盡成績，連蝨子都長了雙眼皮，當他們申報款項，卻恓惶了還再恓惶，人在喝風屙屁，屁都沒個屁味。樹一塊碑子，並不是在修一座祠堂，中國從來沒有像今天這樣渴望強大，人們從來沒有像今天需要活得儒雅，我以清風街的故事為碑了，行將過去的棣花街，故鄉啊，從此失去記憶。

（在寫作過程中參考了《當代中國鄉村治理與選舉觀察研究叢書》中的有關材料和資料，特在此說明並致謝。）

附錄

秦腔秦腔獲獎的意義在哪裏？

陳思和

賈平凹的創作反映中國鄉村急劇變化的生活現實

我可以毫不掩飾地說，賈平凹的長篇小說《秦腔》是新世紀以來中國大陸最優秀的現實主義作品，它獲得世界華語文學領域裏最高獎金的「紅樓夢獎」首獎當之無愧。正如決審委員會主席、哈佛大學王德威教授指出的：「評審委員會在眾多優質作品中選出《秦腔》，是因為作者藉陝西地方戲曲秦腔的沒落，寫出當代中國鄉土文化的瓦解，以及民間倫理、經濟關係的劇變。全書細膩寫實而又充滿想像活力。有關當代中國城鄉關係的創作有很多，但《秦腔》同中求異，以傖俗寫真情，平淡中見悲憫，寄託深遠，筆力豐厚，足以代表中國小說又一次重要突破。」

賈平凹是對中國當代文學有重要貢獻的作家，他幾乎每隔十年給文壇帶來一輪震撼。他在三十歲時寫出了《商州初錄》，風格為之一變，以文化尋根而立足；四十歲時寫出了《廢都》，風格又為之一變，在時代的大惑中求得個人的不惑；這回是五十歲時寫出了《秦腔》，應是知天命之作，同時也道出了中國農村發展的「天命」。三十多年來他像一頭沙漠裏的駱駝，邁著沉著雄厚的步伐，跋涉在現實生活的泥水砂石之上。他的創作全景式地反映了中國，尤其是中國鄉村急劇變化的生活現實，創作風格與時代情緒暗合得非常緊密，隱含了相當大的社會歷史的信息量。

入圍作品中有多部為家族史的長篇力作

在這次評獎過程中，入圍的作品中有多部寫家族史的長篇力作，如大陸作家劉醒龍的三大卷《聖天門口》、台灣作家陳玉慧的《海神家族》等，都是以家族史來印證國史或者地區史。但由於歷史本身是根據各種意識形態敘述出來的，這些作品的意義在於以文學印證了歷史的主流敘述，但是當歷史的一面被豐富地展示出來時，文學的一面卻多少受到了限制。香港作家董啟章的《天工開物・栩栩如真》是一部構思絕佳的作品，以人、物之間的關係來構築一部家族史和香港史，恰如其分又匠心獨運地寫出了香港這座城市特有的資本主義歷史風貌。其精妙的藝術構思和後設的寫作技巧受到了評委的讚揚，但是在處理「人物」這一新的藝術對象時定位尚不清楚，好在此卷是作家計畫中的「天工開物」第一部，還未展現其三部曲的全部藝術面貌，以後還有機會給以更加準確的評價。決審委員會經過長時間的討論爭辯，最終以多數票選出了《秦腔》為首屆紅樓夢獎得主，其主要原因還是因為這部小說完全擺脫了那種歷史觀念先行的弊病，把歷史還原給了文學。《秦腔》也是一種關於家族史的寫法，從清風街夏家三代歷史的演變來看，真是一代不如一代，最後一代出生的女嬰竟然肛門閉鎖，讓人想起了拉美的魔幻現實主義作品。它絲毫沒有去印證具體的歷史事件，卻從整體氣氛的烘托裏，深刻地展現出作家對當代生活發展趨向的認識。

不依附歷史事件的現實主義作品

《秦腔》是賈平凹根據他的故鄉陝西丹鳳棣花街（村）的農民日常生活場景，虛構了清風街這一民間社會，描述了近十年來中國農村經濟的破敗、古老的土地觀念的轉變、農民勞力向城市流散、市場經濟和商品觀念在農村的滲入等等，幾乎沒有完整的故事、情節和人物。清風街的居民們度日如年地一天天活下去，有幾個人小奸小壞，有幾個人勾心鬥角，在這過程中有的人死了，有的人走了。作家懷著極其矛盾的心情，既為農村的衰敗而沉痛哀悼，又有一種無可奈何的心情，看著農民兄弟帶著朦朧的希望走向都市、開始新的生活歷程，於是「無邊的恐怖」（司馬長風評沈從文小說語）就慢慢地接近了。貫穿始終的是古老的戲曲秦腔在西北農村一步步沒落的過程，為衰敗中的傳統文化唱起了輓歌。就像是早春時節你走在郊外的田野上，感覺著大自然的春天到來，天氣雖然還很寒冷，衣服也並沒有減少，但是該開花的時候就開花了，該發芽的時候就發芽了，你走到田野裏去看一看，春天就這樣突然地來到了。讀《秦腔》就是這樣的感覺，好像自然狀態的民間日常生活就是那麼一天天地過去了、瑣瑣碎碎地過去了，而歷史的腳步就在其中展示出來。這就是真正的現實主義藝術的魅力。就如曹雪芹創作偉大的《紅樓夢》一樣，家族史毋須用來印證歷史的真實事件，但反過來是用現實主義的力量揉碎了現實生活中無數細節，再創造出一個更加完整更加和諧的藝術世界。這樣的現實主義，是天地的、自然的現實主義，也是最有力量的現實主義。

敘事手法充滿魔幻色彩

《秦腔》在敘事手法上也充滿了魔幻的因素，敘事形式極為靈活。清風街的日常生活是由一個被稱作瘋子的張引生的視角來敘述的。這個瘋子其實並不瘋，他不僅有高於常人的領悟能力，常常能夠一針見血地揭示出現象背後的問題所在，而且還有特異功能，靈魂經常出竅，奔走在芸芸眾生的頭上，化身為花鳥蟲魚，冷眼旁觀世上萬象，熱血抨擊人間炎涼。虛虛實實的特殊敘事視角為小說「引」來了廣闊的社會生活的內涵。

《秦腔》在香港的獲獎還有一個啟示：賈平凹在後記裏曾說，他雖然為故鄉的父老豎起了一塊大碑，但他還是在擔心，清風街的那一堆雞零狗碎的潑煩日子，農民也許能夠進入，但城裏人、陝西人、外省人能夠進入嗎？現在答案已經有了，在香港這一個國際性的平台上，賈平凹的《秦腔》獲得了如此廣泛的認可，或可以說，真正的藝術傑作真是沒有地域限制的。

原載《聯合報・聯合副刊》，二〇〇六年九月五日

＊本文作者為「紅樓夢獎：世界華文長篇小說獎」決審委員、上海復旦大學中國語言文學系教授。

麥田文學 204

秦腔

作　　者　賈平凹
主　　編　胡金倫
總 經 理　陳蕙慧
發 行 人　涂玉雲
出　　版　麥田出版
城邦文化事業股份有限公司
100 台北市中正區信義路二段 213 號 11 樓
電話：886-2-23560933　傳真：886-2-23519179　886-2-23516320

發　　行　英屬蓋曼群島商家庭傳媒股份有限公司城邦分公司
104台北市中山區民生東路二段141號2樓
客服專線：886-2-25007718、886-2-25007719
24小時傳真專線：886-2-25001990、886-2-25001991
服務時間：週一至週五上午09:00~12:00；下午13:00~17:00
劃撥帳號：19863813　戶名：書虫股份有限公司
E-mail：service@readingclub.com.tw
網　　站　城邦讀書花園
網　　址　www.cite.com.tw
麥田部落格　http://blog.yam.com/rye_field

香港發行所　城邦（香港）出版集團有限公司
香港灣仔軒尼詩道 235 號 3 樓
電話：852-25086231　傳真：852-25789337
E-mail：hkcite@biznetvigator.com

馬新發行所　城邦（馬新）出版集團【Cite (M) Sdn. Bhd. (458372U)】
11, Jalan 30D / 146, Desa Tasik, Sungai Besi,
57000 Kuala Lumpur, Malaysia.
電話：603-90563833　傳真：603-90562833

印　　刷　成陽印刷股份有限公司
初版一刷　2006 年 11 月 1 日
初版六刷　2009 年 4月 1 日
售價：420元
ISBN 13 : 978-986-173-153-7
ISBN 10 : 986-173-153-9

國家圖書館出版品預行編目資料

秦腔／賈平凹著．-- 初版．-- 臺北市；麥田出版；
家庭傳媒城邦分公司發行，2006〔民 95〕
面：　公分．--（麥田文學；204）

ISBN 978-986-173-153-7（平裝）

857.7　　95017806

cité 城邦 麥田出版
Rye Field Publications
A division of Cité Publishing Ltd.

廣　告　回　函
北區郵政管理局登記證
台北廣字第000791號
免　貼　郵　票

英屬蓋曼群島商
家庭傳媒股份有限公司城邦分公司
104 台北市民生東路二段141號2樓

▼
請沿虛線折下裝訂，謝謝！

文學・歷史・人文・軍事・生活

麥田出版
Rye Field Publications

書號：RL1204　書名：秦腔

讀者回函卡

謝謝您購買我們出版的書。請將讀者回函卡填好寄回，我們將不定期寄上城邦集團最新的出版資訊。

姓名：________________ 電子信箱：________________

聯絡地址：□□□ ________________

電話：（公）__________ 分機 _____（宅）__________

身分證字號：________________（此即您的讀者編號）

生日：_____年_____月_____日 性別：□男 □女

職業：□軍警 □公教 □學生 □傳播業 □製造業 □金融業 □資訊業 □銷售業

□其他 ________________

教育程度：□碩士及以上 □大學 □專科 □高中 □國中及以下

購買方式：□書店 □郵購 □其他 ________________

喜歡閱讀的種類：（可複選）

□文學 □商業 □軍事 □歷史 □旅遊 □藝術 □科學 □推理 □傳記

□生活、勵志 □教育、心理 □其他 ________________

您從何處得知本書的消息？（可複選）

□書店 □報章雜誌 □廣播 □電視 □書訊 □親友 □其他 __________

本書優點：（可複選）

□內容符合期待 □文筆流暢 □具實用性 □版面、圖片、字體安排適當

□其他 ________________

本書缺點：（可複選）

□內容不符合期待 □文筆欠佳 □內容保守 □版面、圖片、字體安排不易閱讀

□價格偏高 □其他 ________________

您對我們的建議：________________

____

____